새자료에 의한

한국문학사의 재평가

이 상 비 지음

이회문화사

머릿글

한국문학사를 재검토하겠다는 생각을 일으킨 것은 대학에서 「국문학사」를 강의하던 1962년경부터였다.

이 무렵 내가 집착했던 문제는 지금의 한국문학사서들이 현존하는 한국문학작품을 총망라하여 다루고 있는 것일까? 하는 것이 그 하나이고, 다른 하나는 한국문학을 올바르게 평가하고 또 체계적으로 정리하였을까 하는 두 가지였다.

이 문제를 풀기 위해서는 작품의 총수량을 파악하기 위한 발굴작업이라고 판단하여 여름·겨울의 휴가를 바쳤었다.

자료조사의 역정에서 빚어진 애환을 다 열거할 수는 없으나 국내외를 두루 다니는 사이에 당시 내가 살던 집값의 20배에 이르는 빚을 지게 된 것은 우울한 일 가운데 하나였으나 기존 문학사의 평가를 뒤집는 새자료를 발견할 때마다 겪는 통쾌한 희열은 그 어떤 것과도 바꿀 수 없는 것이었다.

이러한 자료수집 과정에서 취할 만한 몇 가지를 추려 본다면 다음과 같다.

1. 시대구분의 문제를 지적하였다.

한국문학사서는 어느 것이나 1910-1945년을 「일제침략시대」로 시대구분하지 않고 있고 다만 1940-1945년만을 「암흑시대」로 구분했을 뿐이었다.

이는 일본문학사의 복사판에 불과한 것으로서, 한국문학이 아직도 일제 식민지 체제의 틀에서 벗어나지 못하고 있음을 입증하는 것이다. 나는 1910-1945년의 식민지시대를 「일제침략시대」로 시대구분하라고 여러 차례의 논문에서 주장하였던 것이다.

2. 관리문학과 그 길들여진 체제 긍정의 체질을 지적하였다.

일제 침략자들이 1910년 이후 국내의 모든 문학을 검열을 통해서만 발표할 수 있도록 조치하였으므로 작품의 내용이 모두 친일, 유미주의 쪽으로 굳혀졌던 것이다.

국토는 적의 감옥이 되었고 민족은 노예가 되었는데도 망국의 설움이나 학정에 대한 분노, 구국에의 투지를 선양하는 한 줄의 표현도 하지 못한 문학, 그것이 어찌 불구의 문학이 아니겠는가.

이런 연유로 나는 왜적이 민족말살을 위하여 보호, 육성, 관리한 문학이라는 뜻에서 국내문학을 관리문학, 또는 식민지 체제에 길들여진 체제 긍정문학이라고 부른 것이다.

3. 구국문학과 민족혼

구국문학은 중국 상해의 대한민국 임시정부에서 발행한 「독립신문」의 문학작품을 원류로하여 주로 나라 밖에서 간행되었던 신문·잡지에 게재된 작품들을 총칭하는 말이다.

이들 작품은 표현에 제한을 받을 일이 없기 때문에 망국시대의 우리 민족의 사상·감정을 적나라하게 표현하였으므로, 나라 잃은 설움, 왜적의 학정에 대한 분노, 나라를 찾고자 하는 구국의 투지가 넘쳐흐르는 살아 숨쉬는 문학이 된 것이다. 이 구국문학을 골조로하여 1910-1945년의 식민지 시대의 문학사를 다시 써야 한다고 여러 번 주장하였다.

나를 1975년에 구국문학의 시를 26편을 학계에 처음으로 보고 하였고 1996년의 글에서는 82편을 채집하여 보고하였다.

4. 자유시, 산문시의 효시를 10년이나 앞당기었다.

　자유시의 효시가 「창조」(1919)의 「불노리」(주요한 작)라는 것이 정설이었
으나 내가 「학지광」(1914)에 실린 「쎌지엠의 용사」(최승구)와 역시 「학지
광」(1915)에 실린 「밤과 나」(김억 작)를 발굴하므로써 5년을 앞당기었고 다
시 「대한매일신보」(1909)의 「한반도」(작자미상)와 「소년」(1909)의 「지게
꾼」(최남선 작)을 발견하여 5년을 더 끌어올렸으니 전체적으로는 자유시와
산문시의 효시를 「불노리」보다 10년이나 앞당긴 것이다. 모두 1975년에 학
계에 보고하였다.

5. 현대시조의 효시와 시조 부흥운동

　현대시조의 효시가 최남선이 지은 「국풍」인데 「동경유학생회보」에 실려 있
고 그 연대가 1903년으로 추산된다는 모인의 기록이 통설로 되어 있었는데,
내가 「동경유학생회학보」를 발견하고 확인한 결과 창간호가 1907년 3월에
나왔고 1·2호에는 시가 없었으며 3호(1907. 5.)에 「병중」이라는 시조가
「몽몽」이라는 별명으로 발표되어 있음을 확인하므로써 현대시조의 효시가
1907년의 「병중」으로 바로 잡히게 된 것이다.
　또 시조의 부흥운동도 「대한매일신보」의 442호(1908)부터 "스조"란에 시
조를 매일 1편씩 발표하기 시작하였으니 시조는 이때부터 부흥운동으로 간주
하는 것이 옳고, 1926년의 부흥운동은 시조의 이론화에 치중한 시기로 보는
것이 타당하다는 의견을 제시하였다.

6. 「학지광」의 발굴과 한국문학 연구의 활성화

　「창조」(1919)를 최초의 문예지로 알던 시대에 내가 1970년 7월에 원광

대학도서관에서 「학지광」(1913)을 발견한 것은 한국문학사에 있어서 하나의 큰 이변이었다.

「학지광」 4호(1914)에서 자유시 「쩰지엄의 용사」, 「학지광」 5호(1915)에서 산문시 「밤과 나」, 「학지광」 14호(1917)에서 장시 「극웅행」을 내가 차례로 발견하여 학계에 보고하게 됨에 따라 국문학계의 연구가 갑자기 활성화되는 전환기를 맞게 되었다.

7. 언문일치의 체계적 정리

종래의 정설은 김동인이 언문일치운동을 처음 시도한 것처럼 되어 있었으나, 내가 새 자료를 발굴·정리하여 강위가 1883년에 국한문혼용체의 문장을 창안한데서 출발하여 「한성주보」(1886)를 거쳐 「독립신문」에서 순한글 띄어쓰기로 발전하고 다시 「혈의 누」를 지나서 「학지광」(1914)의 「남조선의 신부」(최승구 작)에서 현대 문장이 완성되는 과정을 체계적으로 틀 잡아서 학계에 보고하므로써 그동안 애매했던 언문일치 문장의 발생, 발전, 완성의 단계를 일목요연하게 바로 잡았다.

8. 근대초기 한국시가의 공백을 정리하였다.

그동안 단편적으로 다루어졌던 1896-1909년의 한국시가의 발전과정 곧 신체시형⇒창가⇒자유시의 흐름을 새자료를 발굴하여 장르별로 고찰하여 정형화하였다. 그동안 이 분야는 공백상태로 방치되어 있었던 것이다.

9. 이신의의 「사우가」 발견

윤선도의 「오우가」보다 24년이나 앞서서 지어진 「사우가」를 「석탄집」에서 발견한 것은 1973년 가을이었다. 「석탄집」은 석탄 이신의의 문집인데 천·지·인 3권의 인편에 「사우가」 4수와 나머지 6수가 있어서 모두 10수의 시조가 발견된 것이다.

학계에서는 국보급의 수확이었다는 평이었다. 국문학계의 입장에서는 그 위에 큰 경사를 맞은 셈이다.

10. 최치원의 출생지 문제

「삼국사기」와 「삼국유사」에는 최치원의 출생지가 경주로 되어 있으나 각기 내용이 다르고 정조 때의 명신 서유구는 어명으로 최치원의 행장을 지으면서 고군산 사람이라 하여 큰 문제를 제기하였다.

나는 비전사료, 전설, 현지답사를 바탕으로 최치원이 고군산 출신임을 고증하였다.

11. 백제가요 「정읍」의 몇 가지 문제들

그동안 쟁점이 되어온 이른바 「정읍사」를, 새로 발굴한 「완산지」를 근거로 하고 현지의 현황을 바탕으로 재정리하였다.

「정읍사」가 아니고 「정읍」이 바른 호칭이라는 것과 「정읍」에는 백제가요 「정읍」과 「무고」의 별명으로서의 「정읍」 등 2가지 호칭이 있다는 것, 「정읍」은 신라후기 노래가 아닌 백제때의 가요라는 점, 가사 가운데 "後腔全져재녀러신고요"에서 "後腔 全져재녀러신고요"로 읽어야 옳다는 것, 망부석의 자리가 정읍시 북면 승부리 북쪽언덕이라는 것 등을 밝혔다.

이생을 한민족으로 몸을 받았으니 살아 있는 동안은 민족의 긍지 수립에

도움이 되는 사업을 해야겠다고 생각하고 그 사업의 일환으로 한민족 사상사에도 관여하고 국문학사에도 손을 댔으며 방송, 칼럼, 강연을 통하여 긍지를 높이는데 주력하여 왔었다. 누구나 자기 일을 열심히 하는 것이 결국에 있어서 민족이나 나라를 돕는 일이겠지만, 특별히 민족의 긍지 수립이라는 명제를 전제하게 된 것은 2,000년이래 우리 사람끼리 골육상쟁을 한다든지 자기로서 살아가지를 못하고 남에게 의지한다든지 하는 골수의 폐습에서 벗어나게 하려면 긍지 수립 이상의 처방이 없다는 결론에서 그런 것이었다.

내 스스로 부지런하다고는 생각지 않으나 그래도 정성을 다한다는 신념으로 이날까치 살아왔다 싶었었는데 고희를 바라보는 언덕에 서서 지나온 자취를 돌아보니 착수했을 뿐 이룬 것이 별로 없구나 하는 느낌이다.

그러나 다른 한편으로 생각하면 짧은 인생에서 무엇을 얻었다 하고 무엇을 잃었다고 할 것인가. 인생이라고 하는 것이 붉은 먼지 속에서 명멸하는 한낱 환상의 유희에 다름 아닌 것을………. 그러나 그 일이 순수하고 참다운 것이며 나를 던져 겨레와 인류를 건지는 빛의 길이라면 수십 수백의 생을 되풀이해서 몸을 받아서라도 완성해야 할 것이니 그런 일은 아무리 작고 보잘것없는 시작이라 할지라도 소중하지 않을 까닭이 없을 것이다. 나의 이생에서의 일들이 그러한 수준의 것인지 아닌지는 아직 알지 못하지만 그렇게 되기를 마음 속 깊이 소망할 뿐이다.

이 책이 나오기까지 애를 써 준 나의 사랑하는 제자 이정주박사와 유희옥 시인의 수고를 치하하고자 하며, 그리고 이 몇 년사이 극심한 수난 속에서 굳굳하게 나를 받쳐준 추강과 지영에게 고마운 뜻을 전하고 싶다.

서기 1997년 10월 15일

청림재에서 이상비

목 차

제2부 管理文學史의 誤謬와 是正

제4부 文人, 그가 追求하는 世界

제 1 부 救國文學 論議

제 1 장 國文學史의 時代區分 批判

Ⅰ. 序 言

1. 轉倒된 史觀

우리들은 중요한 시대에 살고 있다. 그것은 우리의 시대가 이제까지 미루어 왔던 여러 가지 문제들을 整理해야 할 시대라는 데서 더욱 그렇다. 막상 整理作業에 들어가 맨 먼저 부닥치는 것이 "史觀의 定立"이다. 명백한 史觀의 定立이 없이 의욕만 가지고 섣불리 體系化에 착수한다는 것은 있을 수 없는 일이다. 나라마다 저들 나름의 史觀이 있겠지만 韓國에는 크게 두 개의 史觀이 角逐해 오고 있다고 볼수 있다. 하나는 事大主義 的 史觀이요, 다른 하나는 自主的史觀이다. 事大史觀은 高麗말엽에서 朝鮮초엽에 형성되었으며 日帝에 의하여 政策的으로 助長된 것이었다.

이네들 事大主義者들의 이론에 따르면 우리의 文化는 모두 劣等, 單調, 模倣, 粗野의 것으로 "이렇다"고 내 놓을 것이라고는 하나도 없다는 것이다. 外國의 것이면 덮어놓고 숭배한다. 韓國의 것이면 우선 否定的 態度로 바라보며 나중에는 唾棄해 버리는 것이다.

이것은 지금 하나의 큰 세력이 되어 있으며 우리 시대에 膨滿하여 국민의식의 기저로 틀잡아 가는 형세에 있다. 이것은 엄숙한 현실이며 그렇기 때문에 마음있는 사람을 몹시 우울하게 만들고 있다. 생각해 보자. 지금 당장 깜짝 놀랄만한 遺物을 찾자고 天方地軸 버둥댈 것이 아니라 興奮을 식히고 조용히 反省해 보자.

뭣인가가 크게 잘못되어 있다고 생각되지 않는가. 아무리 少數의 民族이지만 數千年동안 大陸의 强大國들과 싸우면서 오늘날까지 疆土를 보존해온 裏面에는 무엇인가 "이것이다"하고 뒷 사람들이 그들의 어린 자식에게 자랑할만한 것이 어찌 하나 둘 뿐이겠는가. 그런데 우리 역사에는 자랑스러운 것도 없으며 차마 내 놓을 것이 없다고들 한다.

내 놓을만한 것이 없다는 것, 우리 先人들의 남긴 것이 거의 零星하여 지금 전해 오는 것은 名目上의 이름뿐 내용은 전혀 傳하지 않는다는 것, 이 모든 현실적인 문제를 앞에 두고 우리는 두가지의 질문이 가능하다고 생각한다.

> ㄱ, 先人들의 豪放不羈하던 모습을 상상해 보면 그분들이 남긴 위대한 史實이 많았음에 틀림없을 것이 아닌가.
> ㄴ, 先人들의 史實이 많을 것이지만 그당시 事大主義的 史觀 때문에 그 모든 自主的 史實이 支那의 忌諱에 부딪쳐 史記에서 송두리째 빠진 것이라고 한다. 이것은 사실인가.

ㄱ의 질문에 대하여 우리들은 자신있는 대답을 잠시 보류해야 겠다. 왜냐면 우리의 史的記錄이 모두 事大主義者들의 얼빠진 抹消 때문에 지금 전하지 않기 때문이다. 우리는 옛 분들의 史蹟을 상상해 보고 여기 저기 時文雜記에서 귀떨어진 資料를 주어모아서 껍질뿐인 옛 역사의 알맹이를 채워가고 있는 형편이니 지금 자신있게 말할 수 있는 것은 아마 없을 것이다. 그렇다고 悲觀만 할 일은 아니다.

歷史라고 하는 것은 과거에서부터 현재까지만을 의미하는 것이 아니라 무한한 미래까지를 의미하고 있는 것이기 때문이다. 그렇다면 지금부터 미래의 역사를 창조한다는 데에서 우리들의 使命과 責任을 발견해야 할 것이다.

진실로 한 시대의 사람들이 그들의 역사를 타락시키느냐 발전시키느냐 하는 것은 그 時代人의 능력과 책임에 속하는 일인 것이다.

小說家 朴種和氏는 이렇게 말한다.

"…… 우리들 先人들의 人間像은 모두 다 豁達했다. 襟度가 넓었다. 인간도 크고 장대했지만 마음씨도 넓고 컸다. 利慾만을 追求하지 아니했다. 德으로써 天下萬象을 同化시키려는 크나큰 思惟를 가졌던 것이다. 이러한 모든 人間像은 우리의 先民의 발자취인 高句麗史와 新羅史며 百濟史, 또는 渤海史 등에 모두 다 散見되는 바다. 그러기에 中國사람들은 우리나라 사람을 가리켜 大弓人이라 했던 것이다. 體軀도 크려니와 활을 잘 쏘고 활을 잘 쏘면서 마음이 크고 넓어서 여유가 작작하다는 것이다⋯⋯" (傍線筆者) 1)

先人들의 人間像이 豁達하고 襟度가 넓고 여유가 작작 하였다는 記錄을 우리가 古記에서 散見하는 것은 사실이나 이른바 正史라는 것에는 보이지 않으니 유감스럽다고 하지 않을 수 없다.

그러면 ㄴ의 질문으로 넘어가서 이 문제를 좀더 구체적으로 알아보자. 일찍이 燕岩은 그의 유명한 『熱河日記』에서 다음과 같이 쓰고 있다.

"⋯⋯唐太宗 動天下之兵不得志於彈丸小城 蒼黃旋師 其跡可疑 金富軾 只惜其史 失姓名 盖富軾爲三國史 只就中國史書 抄騰一番 以作事實 至引柳公權小說 以證 駐驛之被圍 而唐書及司馬通鑑 皆不見錄則疑其爲中國諱之 然至若本土舊聞 不敢 略載一句 傳言傳疑之間 盖闕如也 (傍線筆者) 2)

이 글은 安市城을 지나면서 기록한 것이지만, 우리는 여기서 그 옛 사람들의 史觀의 한 面貌를 여실히 찾아볼 수 있는 것이다.

楊萬春의 영웅적 방어전이 三國史記에 一言反句도 없는 事理를 燕岩은 이렇게 밝힌 것이다.

唐書나 司馬光의 通鑑, 柳公權의 小說등에서 베끼었을 뿐만 아니라 우리나라에서 아무리 신빙성이 있는 것이라도 일부러 빠뜨렸다는 이야기이다.

그것을 燕岩은 명백하게 밝히고 있지 않은가.

而唐書及司馬通鑑 皆不見錄 則疑其爲中國諱之 然至若本土舊聞 不取略 一句 傳言傳疑之間 盖闕如也

---

1) 朴種和, 人間回復에의 길. 朝鮮日報. 1972. 2. 8.
2) 朴趾遠. 熱河日記. 渡江錄.

唐書나 司馬光의 通鑑에 기록되지 않은 것은 모두 中國에서 싫어할까하여 빠뜨렸으며 우리나라 傳來의 것들도 그것이 의심스럽던 아니던 간에 中國의 체면 때문에 감히 한 구절도 記載하지 않고 모두 빠뜨렸다는 말이다. 이것이 金富軾의 史觀이요, 事大主義者들의 思考方式이라고 볼 것이다. 도대체 富軾은 어느나라 사람이었을까 의심스럽다. 支那人이었다해도 이 보다는 충실한 史觀을 가졌음직 하지 않는가 싶다.

역사는 끊임없는 투쟁의 기록이다. 지는 쪽이 있어야 이기는 쪽이 있을 것이다. 수천년을 멸망하지 않고 버젓이 번영을 누리며 살아온 민족에게는 분명 이기고 있는 역사의 記錄이 남았어야 옳았고 자랑스런 史實이 많았어야 옳았다. 그런데 우리들에게 남겨준 記錄에는 오히려 羞恥와 屈辱뿐이니 어찌 된 영문인가.

이는 事大主義的史觀과 自主的史觀 사이에서 생기는 엄청난 갭이다. 똑같은 우리의 史實을 놓고 支那化하여야만 그것이 더욱 위대하고 자랑스럽게만 여겨졌던 事大·慕華者들에게 있어서는 그러한 僞裝·曲筆이 오히려 愛國的이요, 民族衿持를 높이는 일이라고 여겨졌을 것이다.

그것을 否定的인 눈으로 보며 저들 고려이후 조선 중엽에 이르는 300여년 동안3)에 流行했던 事大主義 史觀을 拒否하고 개탄하는 것은 自主的 立場에서 評價하기 때문이다. 우리들 長久한 역사의 흐름속에서 그처럼 "짤막한 시기에 있었던 誤解"(事大主義的 史觀)에 구애되어 슬퍼만 할 것은 아니다.

스스로 自主的史觀을 構築하고 지난날의 잘못을 懲戒하며 300여년동안 모자란 사람들이 저지른 過誤를 修正하고 補完하여 간다면 그뿐이 아니겠는가. 수수방관하고 앉아서 얼빠진 史觀에 얽매여서 事大·慕華者들이 남긴 그 "生命없는 形骸만의 史觀"에 묶이어 한탄하고 있을 것은 아니다. 역사의 주체는 과거의 어떤 짧은 기간에 살았던 사람들의 것이 아니라, 오늘 우리들의 것이기 때문이다.

---

3) 이 계산은 金富軾에서 世宗의 訓民正音創製까지를 친 것이다.

Ⅱ. 植民地의 遺産

1.

나는 가끔 日本 一橋大學의 鈴木道彦의 다음과 같은 말을 회상하곤 한다.

"… 지금 朝鮮에 대하여 日本民族이 짊어져야할 責任을 列擧한다면, 植民化, 關東大震災 당시의 虐殺, 强制連行, 특히 炭鑛에 있어서의 强制勞動, 天皇制的 同化政策(天皇의 이름아래 朝鮮人도 半島人이라는 이름의 日本人이며, 朝鮮語 는 금지되었다), 朝鮮分割(日本의 關東軍과 朝鮮軍의 境界가 지금의 三十八度 線을 만들었던 것이다) "解放軍"아메리카와 친밀하여 分割固定에 협력한 것, - 中略- 在日朝鮮人을 "差別"하였던 것, 마음속에 절어있는 朝鮮蔑視, 天才少年 李珍宇를 犯罪 (小松川事件)와 死刑으로 몰아친 것, 아직 얼마든지 있다. 우리 들 日本人의 손은 이미 피투성이이다. 日本의 땅을 밟는 사람은 怨嗟의 소리를 지르며 죽어간 朝鮮人의 뼈 위를 걷고있는 것이다. 이것은 결코 誇張이 아니 다. ……"(번역은 필자) 4)

나는 여기서 아쉬운대로 日本人 가운데도 一抹의 良心이 남아있다는 것을 발견하고 저으기 놀라와 했다. 우리 국민 가운데도 日本이 무엇을 잘못 했는 지 조차 분간하지 못한 채 尙今 植民地的 風土에서 살아가는 사람들이 없다 고 볼수는 없다. 그런이들에게 한 번쯤 읽어주고 싶은 글이다.

日本은 三十六년간이나 우리를 지배했다. 지배할 뿐 아니라 종당에는 同化 政策을 써서 日本化하려고 발광했었다. 모든 固有性, 모든 主體的인 要素, 모 든 傳統的 思想, 모든 自主的 眼目을 뿌리뽑아 없애려 하였다.

그러기 위하여 그들은 韓民族의 主體性과는 정반대의 흐름인 事大思想을 誇張하여 우리 민족의 역사를 왜곡해 버린 것이다. 수 많은 御用學者, 御用文 人이 그들의 歷史抹殺作業에 動員되어 硏究室에서, 안방에서 韓民族의 日本 化를 위한 근거를 찾기에 狂奔하였고 虛僞·曲筆로 역사를 捏造하기에 腐心

---

4) 鈴木道彦. アンガージユマンの 思想. 民族の責任(二).

하였다.

三十六年 동안에 걸친 이 世紀的 反逆行爲는 비록 실패하였지만, 우리들의 주변에는 아직도 저들의 遺産이 온전하게 계승(?)되어 그들의 허위·날조된 설명에 蠱惑되어서 그들이 남긴 방편에 좇아 자신을 정리하는 슬픈 현상이 지속되고 있는 것이다.

해방이 되었으나 숨돌릴 겨를도 없이 六·二五動亂이 발발하였다. 클러크의 말대로 "韓國에는 앞으로 三年동안 비료가 필요 없을 것이다. 왜냐하면 이 좁고 긴 나라는 롤러로 세 번 문지른바 되었기 때문이다"라는 엄청난 피해는 쉽사리 복구될 수 없었다.

독재정권은 이렇다할 "植民地時代의 淸算"도 하지 않은채 敎育, 文化, 經濟, 社會의 모든 분야를 이러구러 糊塗해 갔다.

씻겨지지 않는 植民地의 땟물은 이제 四·一九를 계기로 하여 韓民族이 참다운 民主主義의 自覺을 하게 된 때에도 끈질기게 自主的氣脈을 억누르고 民族中興의 기운을 阻害하여 끝없는 迷妄속을 헤메게 하고 있는 것이다.

李基白氏는 다음과 같이 말한다.

"……이같이 韓國의 역사는 他律的으로 이루어진 것이지 自律的으로 발전한 것은 아니였으며, 黨閥性, 依賴性, 雷同性, 宿命論등등으로 표현되는 韓國民族性의 여러 특징도 여기에 그 근원이 있다는 것이다. 이 같은 이론에 의하면 韓國은 남에 의지하지 않고는 살수 없는 가련한 고아이다. 그리고 그 원인은 인간의 힘으로 변화시킬수 없는 지리적 조건이기 때문에, 말하자면 한국은 어머니 뱃속에서 부터 事大의 굴레를 쓰고나온 고아인 셈이다.

이러한 주장을 내세운 목적이 무엇이었는가는 설명을 기다리지 않고도 분명하다. 한국의 자주성을 말살함으로써 日本의 침략을 정당화하려는 것이다. 이러한 御用學者의 說에 진실이 있을 수 없음은 뻔한 일이다. 그런데도, 불구하고 이러한 설에 많은 학자들이 귀를 기울여 왔고, 또 적잖은 한국인들 까지도 이에 동감을 하여왔다.

그것은 한국이 처해있던 당시의 현실을 가장 잘 설명해 준다고 믿었기 때문이었고, 또 異民族의 지배 밑에서 조장된 민족적 劣等感이 이러한 宿命論에 쉽사리 동조케 하였기 때문이었다……"(傍線筆者) 5)

순서대로라면 植民地의 땟물을 씻어내는 擧國的運動이 벌어 졌어야 옳았다. 특히 敎育界와 學界에서는 이 작업이 自體肅正의 방법으로라도 벌어져야 했을 것이다. 그러나 어쨌던 그런 피나는 手術의 과정을 겪지 않은채 어언간 三0年에 가까운 시간이 흘렀다.

그래서 日本이 造作했던 모든 犯罪的遺産이 그대로 계승되었던 것이다. 이러한 이유 때문에 李基白氏는 "그런데도 불구하고 이러한 설에 많은 학자들이 귀를 기울여 왔다"고 지적하고 있는 것이다.

2.

이렇게 계승된 "植民地의 遺産"이 우리들의 精神史의 여러 분야에서 그대로 作用하고 있어서 한국의 純粹性이 제대로 드러나지 않는 것이다. 참으로 그들이 끼친 민족말살의 後遺가 얼마나 무서운 것인가를 새삼스럽게 느끼게 한다.

따지고 보면 우리의 文化는 日本 따위 보다는 훨씬 優位에 있었다. 百濟나 新羅에서 輸入해간 文物은 우리가 다 아는 바이지만 高麗와 朝鮮時代에도 그러한 文化의 落差는 항상 지속되었던 것이다.

다만 十九세기에 접어들면서 이러한 관계가 뒤바뀐 것 뿐이었다. 그러나 그것은 전혀 日本의 傳統的 能力에 의한 優位가 아니었다. 西歐 資本主義를 재빨리 移植한 한 時期의 外交的 手段이었던 것이다. 韓末의 無能과 腐敗가 日本의 재빠른 虛勢에 짓눌렸고 그와 같은 방법으로 淸과 러시아가 무릎을 꿇어서 日本의 터무니 없는 自慢이 東洋을 魚肉으로 만들어 버린 것이었다.

여기서 한 日本知識人이 자기네의 민족성을 어떻게 비평하고 있는가를 살펴볼 필요가 있을 것 같다. 얼마나 희망적인 눈으로 찬미하고 있는지.

　　"……日本人의 文化的 機能은 海外의 新文化에 接할 때마다 움직이는 傾向을 보며, 激熱한 모방을 最初로 일으키고 다음에 스스로 그것에 醇化를 더하여

---

5) 李基白. 韓國史新論. 序言. 1973.

가는 것이다. 日本人은 創造力에는 비교적 缺乏되어 있지만, 模倣力, 融和力에 있어서는 古來 他邦에 비하여 특히 傑出하게 되어있는 것이다. 支那, 印度, 朝鮮 등의 文化도 一時 模倣한 時代도 있었으나, 그렇다고 언제까지나 模倣에만 달가와 하지 않고 그것을 잘 消化하여 日本獨自의 것으로 하여버리는 長所를 지니고 있다."(번역 필자) 6)

이런 史觀은 부러운 태도이다. 순수하면서 구김살 없게 자기민족의 모습을 그리려고 노력한 흔적이 보인다. 그러나 韓國에서는 많은 학자와 文人들이 그렇게 긍정적인 눈으로 한국을 보려고 하지 않는 것 같다. 한국에 무슨 근대가 있었느냐고 일축해 버린다. 찾아볼 가치조차 없다고 외면해 버린다. 그런 것이 있었다면 甲午更張 이후이며 그 이전에야 傳統的인 봉건국가가 아니냐고 비꼰다. 그나마 그 甲午更張도 日本의 壓力에 의하여 어쩔 수 없이 받아들여 진 것이다7) 라고 말하고 있다. 과연 그럴까. 우리에게는 전혀 近代的 性格을 띤 아무런 움직임도 없었단 말인가. 그래서 文學史家들은 甲午更張 이전의 작품은 모조리 古代 취급을 하고 있는 것인가.

    신 소 설 → 고대 소설
    현대 시조 → 고 시 조8)

이런 식으로 每事를 快刀亂麻, 주어진 植民地的 遺習으로 척척 잘도 처리해 간다. 그러나 甲午更張을 分岐點으로 한 이러한 史觀이 옳지 않는 것은 너무도 잘 아는 사실이다.

甲午更張이 日本의 强要에 의하여 만들어진 軍國機務處에 의하여 다루어졌으며 日本公使 大鳥圭介가 顧問으로 앉아서 金弘集內閣을 위협하고 개혁을

---

6) 高須芳次郎. 日本 現代文學 十二講. 新文學の 源流と文學. 新潮社. 1927.

7) 震檀學會. 韓國史. 韓國史年表. 李弘植編. 國史大事典. 甲午更張.

8) 金起東・鄭鈺東兩氏는 各各 그들의 著書인 李朝時代 小說論 (金起東著)과 古代 小說論(鄭鈺東)에서 朝朝小說이 律文體가 아니고 散文體임을 주장하였다. 律文體는 春香傳, 沈淸傳, 興夫傳, 장끼傳, 토끼傳, 裵裨將傳, 雍固執傳 등 七編뿐이며 打令調의 唱劇本등이라고 하였다.

단행토록 했다.9) 는 이야기들은 너무도 韓國의 主體性을 무시한 발언이다. 韓國이 全혀 近代化에 대한 관심을 가지고 있지 않았는데 日本이 강요하여 이루어진 것은 아닐 것이다.

1894년에 東學革命이 일어났으며 東學革命이 일어나기 전에 1890年代 전후에 姜甑山10)같은 사람이 또는 그 밖의 많은 先人들이 나와서 英正祖 이래의 近代性의 흐름을 集約하였다고 보아야 할 것이다. 나는 여기서 事大 主義者들의 편견을 충고하는 실례로서, 조그만 예를 하나 들어볼까 생각한 다.

事大를 하는 이들을 나는 가끔 "祖國 속의 에뜨랑제"라고 부르거니와, 이들 에뜨랑제들은 西歐의 르네상스를 설명하면서 한국에는 그런 충분한 성장이 이루어지지 않았다고 말한다. 그러나 나는 西歐의 文藝復興이 반드시 韓國의 것과 一致해야 될 필요도 없으며 또 一致할 수도 없다고 보는 것이다.

近代의 初期인 르네상스期를 科學의 時代처럼 誤解하는 것은 잘못이라고 생각한다. 西歐의 科學은 18世紀 이후의 일이었다. 당초의 르네상스는 科學 과는 관계없는 것이었으며 그것은 自主精神 및 平等意識의 高調, 愛國精神이 바탕이 된 것이다. 더욱이 中心이 된 것은 文藝였는데 그것은 래틴語圈에서 分離하여 이텔리, 프랑스, 잉글랜드가 모두 그들의 民族語로 또는 俗語(이텔 리의 경우) 로 詩와 散文을 발표한데에 있었다. 영국의 경우만 하더래도 그 들의 르네상스를 초오서 (Geoffrey Chaucer 1343 - 1400) 11) 에서 시작 한 것으로 보지만 英語가 지금의 것처럼 近代的 形態로 자리잡힌 것은 "초오 서"로부터 200년쯤 뒤인 엘리자베드 王朝때였다.

그 이전의 英語는 거의 래틴어와 혼돈되거나하여 英語로서의 獨立言語가 形成되기 전이었다. 그런데 이에 비한다면, "朝鮮"의 경우는 어떤가. 1000여

---

9) 주 7과 같음.

10) 韓國의 豫言者. 天主의 降臨으로 알려져 있음. 全北 井邑郡 德川出身. 言行錄 으로 "大巡典經"이 있음.

11) 다른 곳에는 초오서의 生存年代가 모두 1340 - 1400으로 되어 있으나 여기 서는 보다 具體的인 年代로 1343 - 1400을 취하였다. 原典은 The norton anthology of English Literature 1962년 판을 근거로 했다.

년 동안이나 固有의 言語가 있었으며 다만 文字를 갖지 못했었는데 15세기에 와서 世宗朝에 文字를 創製하게 된다. 그리고는 大叙事詩가 創作되었다.[12] 다시 世宗朝 에 이르러 대규모의 飜譯사업이 시작되어 支 那의 古典과 印度의 思想이 들어와 우리들의 文化를 풍부하게 하였다.

그러자 100여년쯤 뒤 崔世珍에 의하여 文字의 손질이 시작되어 一般化되기에 이른다. 이뒤에 얼마나 많은 詩歌와 散文이 나왔었던가. 이것을 사람들은 "古時調"라 하고 "古代小說"이라고 부른다. 어째서 이것이 古代小說이며 古時調인가, 매우 의심스럽다.

西歐의 르네상스는 是認하면서도 우리 나라에서 일어난 文藝上의 一大革命은 중요시 하지 않으니 웬일일까. 중요시 하지 않을 뿐 아니라 부정해 버리니 더 말할것이 없다.

韓國의 事大主義는 韓國의 癌이다. 이 癌을 조장하고 부채질한 것이 日本帝國主義이다. 日本은 이땅에서 물러 갔지만 그들이 뿌린 癌의 씨 (拜外思想)는 아직도 큰 세력을 가지고 있는 것 같다.우리는 이 기회에 다음과 같은 문제를 정리해 두는 것이 좋을 것이다.

① 事大主義的 史觀은 健在하다.

金富軾의 "不敢略載一句" 사상이나 오늘날 歐美에 心醉하여 韓國을 否定的態度로 바라보는 "祖國 속의 에뜨랑제"나 모두 같은 部類이다.

② 自主的史觀을 定立해야 한다.

그러나 이 自主的 史觀이 지나치게 牽强附會로 꾸며져서는 안될 것이다. 오히려 모든 僞裝·曲筆의 잘못된 탈을 벗기어 "韓國의 참 모습"을 드러나게 하자는데 있어야 할 것이다. 이것은 "바른 評價"에 목적이 있는 것이지 國粹主義를 하자는 것은 결코 아니다.

---

12) 龍飛御天歌

이 두가지 批評態度 가운데서 우리가 선택해야 할 것이 두 번째의 "自主的 史觀"임은 더 말할 것도 없다. 이것은 모든 분야에 있어서 研究의 핵심이 되는 문제이며 또 건전한 결론을 이끌어 가는데 있어서 절대적인 영향을 줄 것이라고 생각된다.

Ⅲ. 體系化에의 試驗

1.

나는 이상의 "自主的史觀"을 바탕으로 韓國의 文學이 다시 정리되어야겠다고 생각하며 이제까지 아무런 비판없이 공인되어 왔던 "韓國 現代文學의 時代區分"에 대하여 이 원칙을 적용하고저 한다.

첫째로 제기되는 것이 時代區分에 있어서 近代의 起點이다. 지금까지의 몇몇 분들이 近代 文學史를 다루면서 모두 近代를 甲午更張에 두고 있는 것은 우리가 다 아는 사실이다. 물론 근대를 1894년으로 斷定해 버린다면, 그리고 그대로 보아 넘긴다면 어떤 의미에서는 편리할 것이겠다. 그러나 이렇게 되면 몇가지 의심스런 일이 남게된다. 그것은 대체로 다음의 문제들이다.

ㄱ. 訓民正音 "例義"에 나타난 최초의 한글 散文은 中世語의 記錄으로만 볼 것인가, 아니면 漢文圈에서 떠나서 自主的인 國語에로의 독립한 첫 試圖로 볼 것인가.

ㄴ. 용비어천가를 비롯한 여러 편의 詩歌와 樂章의 文學作品은 단순한 창작이나 번역작품으로 간주해 버리는가, 아니면 西歐的 方法으로 보아 온당히 文藝復興期의 것으로 볼 것인가.

ㄷ. 宣祖朝를 전후한 歌辭와 時調는 한글이 창제된 뒤에 유행한 詩歌形式인데 그것은 中世的인 것으로 보는가, 아니면 西歐처럼 近代文學으로서 새로운 의미를 부여하는가.

ㄹ. 홍길동전을 위시한 傳奇小說들은 완전한 散文들인데 이것은 近代散文의 효

시로 보는 것이 마땅하지 않는가.

초오서의 The Canterbury Tales는 복까찌오의 방법을 모방한 것이었는데 그것은 敍事詩였다. 이러한 史實에 비추어 보면 홍길동전의 산문은 許均의 思想이나 그 당시의 변모해가는 社會意識에 깊은 관련을 가진 것으로 근대 의식의 發顯이라고 볼 수 있지 않은가. 대체로 이상과 같은 질문을 던질 수 있다고 보아지며 十五世紀에 나타난 國語가 現代語와 비교할 때 西歐의 르네상스 期와 그들의 現代語의 차이에 비하여 오히려 더 현대어에 가까운 편이라는 것을 알 수 있다.

나는 韓國의 近代를 고찰하는 데 있어서 지나치게 經濟的 社會的 政治的 側面에 집착하여 덮어놓고 西歐的 樣式에 密着시키려고 노력하는 태도는 옳다고 보고 싶지 않다.

文藝復興을 그러한 背景과 分離하여 다루어야 한다는 것은 아니지만 韓國은 韓國으로서의 特殊性을 인정해야 한다는 것이다.

西歐쪽에서도 모든 나라가 동일한 과정을 겪어서 르네상스期를 통과하고 있었던 것은 아니었다.

> "르네상스라고 한 말로 말하더라도, 그 胎動이 이미 十四世紀의 초오서 (Geoffrey Chaucer) 의 시대에 보이는 것은 페이터(Walter Pater) 가 그 "The Renaissance"(1873)에서 指摘하고 있는대로이다.
>
> 그러나 이 文化史上의 變革이 이미 廣範圍에 걸치고 있으므로, 그것이 예를 들면 프랑스와 이탤리에서는 다른 형태로 나타났으며, 또 영국에서는 다시 獨自의 모양을 취하였던 것을 먼저 염두에 두지 않으면 안된다. -中略- 영국의 경우는, 그 이전에 宗敎, 혹은 비록 로마 敎皇을 머리에 이는 교회에 대한 강렬한 관심이 人間性의 抑壓을 가져오는 일이 없었기 때문에, 르네상스의 人間性의 주장은 新興國의 國民의 自覺이라고 하는 方向을 좇아서 실천되었다……"
> (번역 필자) 13)

특히 나의 관심을 끄는 것은 韓國의 十五世紀가 韓國자체의 地政學的 특수

---

13) 伊藤信吉. 明治·大正·昭和詩史. 角川書店. 1969.

성 때문에 더욱 西歐의 情景과 일치하는 점이 많다는 점에 있다. 고려 중엽 이후에 元·明의 강력한 통일국가가 대륙에 웅거하고 있어서 사실상 獨立·自主의 입장이 흔들리고 있었을 뿐 아니라 고려의 말엽에 이르러서는 거의 盟邦의 관계에서 한층 屬邦의 위치로 전락하고 있었던 것도 사실이었던 것이다.

朝鮮의 건국 과정이 이미 그와같은 主從의 처지에서 출발했으며 그랬기 때문에 그 시기에 國民들의 自主意識이 十五世紀頃에는 上·下가 모두 하나로 뭉쳐 독립·자존을 부르짖게 하였고, 드디어 君王의 입장에서 大陸의 隷屬 관계에서 떠나야 되겠다는 각오 아래 自主宣言을 하게 되었는지도 모른다.14)

또 朝鮮의 文學에 있어서도 時調와 歌辭등이 定型·散文性의 詩歌들로 흥성하게 되어 가위 황금시대를 이루고 있는데, 영국에 있어서도 르네상스의 절정이 엘리자베드朝이며 대표적 시인이 섹스피어라고 하는데, 섹스피어의 모든 작품이 또한 韻文이었다는 것을 想起할 필요가 있는 것이다.

"King. So Shaken as we are, So wan with Care, Find we a time for frighted Peace to Pant, And breathe Short-winded accents of new broils To be commenced in strondns afar remote. No more the thirsty entrance of this soil Shall daub her with her lips own children's blood,"
No more shall trenching war channel her fields, Nor bruise her flowerets with the armed hoofs of hostile Paces: those opposed eyes, Which, like the meteors of a troubled heaven, All of one nature, of Substance bred, Did lately meet in the intestine shock And furiouse close of civil butchery, Shall now, in mutual well-beseeming ranks, March all one way and be no more opposed Against aguaintance, kindred, kinclred and allies.15)

---

14) 訓民正音例義. 序文. 1443.

15) William Shakespeare. The Part of King Henry the Fourth. Act 1. Scene 1.

우리가 이러한 일련의 과정을 고찰해 가면 朝鮮朝의 近代性에 대하여 자신을 가지게 될 줄로 안다. 홍길동전은 散文으로서는 최초의 작품화 된 것이었다. 小說로서의 형식이야 중국의 것을 모방한 것이지만, 내가 관심을 갖고자 하는 것은 홍길동전의 散文 자체인 것이다. 한글이 만들어진 뒤 약 백 년쯤 되어서 이와같은 산문이 나왔다는 것은 우리들에게 몇가지 推量을 낳게한다.

하나는 壬亂을 계기로 民族의 一大覺醒이 있었으며 그것은 한글의 빠른 傳播가 그것을 더욱 촉진시킨 것이다.

둘째는 한글 그 자체가 벌써 창제 동기부터 人間性의 존중에 역점이 있었다고 보여짐으로 한글의 보급은 이러한 人間性의 自覺에 큰 힘이 되었을 것이다.

셋째는 임진왜란때에 조국의 危機를 구한 것은 오히려 계급적으로 탄압을 당하던 部類였다는 것이 나타나 있다. 僧侶, 農民, 庶民層, 婦女子들이 앞장서서 倭兵을 물리쳤다. 士類들은 救命圖生하느라 피란 봇짐이나 메고 이리 뛰고 저리 숨느라 꼴불견이었으리라.

임란은 朝鮮에 큰 충격을 주었다. 그것은 文弱의 自覺이요, 庶民 계급이 일어나서 士類를 부정하고 나선 것이요, 애국심, 人間性의 覺醒이었다.

"洪吉童傳"의 출현은 이러한 배경을 상징적으로 대변한다고 볼수 있다. 작품 자체로서의 社會意識도 높이 평가해야 하지만 散文의 形式도 이전에 없던 것이다. 우리가 더욱 庶民意識을 실감할 수 있는 것은 그 많은 韻文 및 散文의 小說類의 著者가 無名으로 되어있다는 점이다. 이른바 稗官文學類에 屬한 이들 諺文小說은 그것이 蔑視一番의 社會風土 속에서도 버젓이 유행하였고 愛讀되었다는데에 더욱 큰 가치가 있다고 할 것이다.

朝鮮의 社會史的 變化는 현저한 것이 없겠으나 天主敎 수입이나 實學의 復古主義와 實踐的 傾向이 작으나마 이러한 文學의 近代性을 補充해 주는 것이 될 것이다. 朝鮮의 小說은 純祖에 들어가면서 描寫體로 발전해 간 것을 볼 수 있는 것이다.16)

---

16) 金東旭. 春香傳硏究. 延世大出版部. 1965.

　이러한 觀點에서 다루어 간다면 甲午更張은 近代資本主義의 수입으로 볼 수 있고 하나의 政治·社會의 革命임에는 틀림 없으나 文學史的 立場에서는 近代의 完成에 다름아닌 것이다. 新小說이나 唱歌와 新體時는 調律의 側面이나 文體에 있어서 朝鮮小說과 連續되어질 수 없다고 보는 것은 지나친 速斷이 아닐 수 없는 것이다. 나로서는 唱歌나 新小說이 文學的 側面에서는 조금도 새로울 것이 없다고 본다. 내용면에서는 그 당시의 科學文明에 대한 놀라움, 애국사상, 歐美諸國에의 憧憬등이지만, 形式에 있어서는 唱歌는 民謠나 時調와 歌辭의 調律이 바탕이 되어있음을 확인할 수 있는 것이다.

　또한 新小說에서는 그 文體가 散文性이나 描寫性에 있어서 "洪吉童傳"이나 "春香傳"을 앞서고 있는 것도 별로 없다는 것을 알수 있다. 다른것도 그렇겠지만, 文藝는 그 바탕이 되는 傳統的 形式이 없이는 어떠한 형태의 散文이나 詩歌도 존재 불가능하다는 것은 하나의 常識일 것이다.

　　2.

　여기서 항목을 따로 둔 것은 時代區分에서 1910년이후 1945년까지의 우리 문학을 지금까지의 "一般的評價"에서와는 달리 "特殊한 時代의 文學으로 評價"하자고 하는데에 있다.

　잘 아는바와 같이 1910년은 國恥의 해이다. 이해부터 1945년의 光復까지 우리는 日本 帝國主義의 植民地였었다. 그런데 몇몇 文學史家들의 評價를 보면 이 시기의 문학이나 그 이전 이후가 모두 동일하게 취급되고 있는 것을 본다. 다시 말하면 植民地時代의 문학을 따로 구별하지 않고 독립국가의 문학처럼 다루고 있다는 것이다. 時代區分에 있어서도 그렇지만은 個別的인 評價에 있어서도 그 "不幸한 時代"를 전혀 특별하게 意識하지 않고 다루고 있는 것이다.

　이것은 놀라운 사실이다. 혹시 日帝治下에서 출간되었다면 모르겠으나 光復 이후에 쓰여졌다면 마땅히 그 時代의 문학을 따로 불러서 "일제침략시대의 文學"이라던지 "植民地時代의 文學"이라던지 무언가의 명칭이 붙었어야 했을 것이다. 그러나 『國文學 全史』17)나 『韓國現代文學史』18)의 어디에도 이러한 區分은 없는 것이다.

지나친 말이 될지는 모르겠으나 植民地 時代의 文學을 光復後나 前의 文學과 같이 취급하여, 評價도 評價려니와 전혀 엉뚱하게 "顚倒된 規準" 때문에 피해를 입은 많은 文學人과 作品을 보고 우리는 몹시 안타가와 하지 않을 수 없는 것이다. 文學은 예민하게 자신의 現實을 反映한다. 그것은 文學의 존재 이유이며 本質이기 조차 하다. 그런데 우리 문학의 대부분에서 보면, 우리가 그것을 읽어가는 동안에 두가지 錯覺을 느끼는 것이다.

　ㄱ. 이것이 혹시 일본문인이 쓴 글인가.
　ㄴ. 한국인이 썼다면 日本을 祖國으로 알았단 말인가. 그렇지 않으면 이 사람
　　은 전혀 나라를 잃은 현실을 외면하고 幻想속에서 이 글을 썼는가.

그러나 이런 작품을 批評하는 文學에서도, 그 批評이 日帝時代라면 이해가 가지만, 光復후의 批評에도 거의 이렇다 할 특수한 規準을 두고 있는 것을 볼수 없다. 매우 유감스러운 일이다.

오늘날의 中高等學校나 大學의 敎育에서도 이와 같은 評價가 그대로 通用되고 있으니 한심스럽다. 이러한 몇가지 덜 整理된 일들 때문에 나는 다음과 같은 작업이 착수되어야하지 않겠는가 라고 보는 것이다.

　1. 이 時代의 文學은 마땅히 특수한 名稱으로 區分되어야 한다. 그 區分은 "植
　　民地時代의 文學"이라고 하는 것이 마땅할 것이다.

나라를 잃은 민족에게 있어서의 第一課題는 國權의 회복이다. 文學은 스스로 한 時代의 主役을 담당하느냐, 한발 물러서서 그 시대의 상황을 誠實하게 反映하느냐의 어느 하나에 자신의 使命을 매어달아야 할 것이다. 不幸한 시대이면 그럴수록 그 시대와 함께 괴로워하고 슬퍼하는 眞實을 生命으로 하는

---

17) 白鐵. 李秉岐. 國文學全史. 新丘文化社. 1957.
18) 趙演鉉. 韓國現代文學史. 1956.

것은 文學의 상식에 속하는 일이다.

어떠한 변명을 늘어놓더래도, 진실과 遊離된 美는 있을 수 없는 것이다. 그 美는 다른말로 바꾸어 말하면, 시대의 不幸을 外面한 데서 비로소 가능한 것이며, 그가 소속한 시대의 불행을 외면한다는 것은 곧 그 시대의 眞實에서 도피했다는 것을 의미하는 것이다.

옳았기 때문에 不義에 몰리우며, 나라를 사랑했기에 反逆罪에 해당이 되고, 眞實했기 때문에 迫害를 무릅써야 하는 "顚倒된 價値觀"의 시대에서 꽃을 찬미하며 단풍을 노래하는 자세를 아름답게 보아 준다면, 도대체 이 文學은 侵略者의 것인가, 아니면 迫害를 받는 사람들의 것인가 알수 없게 될 것이다.

> 2. 韓國의 現代文學은 처음부터 日本帝國主義者들의 監視속에서 制限的으로 許容되었으며 그들의 政策的 保護(?) 속에서 살아왔던 것이다. 우리는 이 시대의 문학을 이런 의미에서 "管理文學"이라 이름지을 수 있을 것이다.

이런 觀點에서 評한다면 春園이나 六堂의 文學活動은 매우 높이 보아 주어야 할 것이며 金東仁의 文學은 지금까지의 경우보다도 格下되어야 할 充分한 缺點을 갖는다고 할 것이다.

> "金東仁은 『創造』誌를 通하여 ① 口語體文章을 確立하고, ② 具體的 文藝 運動을 展開하고, ③ 啓蒙主義를 거부하고 純文學 精神 및 近代寫實主義를 導 入시켰다."[19]

위 引用文에서 列擧한 것 가운데 "口語體文章을 確立" 하였다는 것은 인정할 수 있으나, "具體的 文藝運動"을 전개하였다는 그 "具體的 文藝運動"이란 무엇을 말하는 것일까. 또 "純粹文學精神 및 近代寫實主義"를 도입시켰다고 했는데 그 "純粹文學"이나 "近代寫實主義"는 구체적으로 어떤 것을 뜻하는 것일까. 金東仁은 스스로 "創造에서는 리알리즘의 眞味야 말로 小說의 最高味"[20]라고 주장하고 있는데 그가 말하는 리얼리즘은 어떤 것을 가리키는가. 우

---

19) 趙演鉉. 앞 책.

리가 알고 있는 寫實主義는 啓蒙主義와 浪漫主義에 반대하여 일어난 것으로 대체로 다음과 같은 특징을 갖는 것이었다.

1. 現實을 誇張하거나 空想的으로 보는 것이 아니라 客觀的으로 把握하며 모든 事象을 類型的으로 묘사하는 것이 아니라 個性的 特徵을 중심으로 묘사한다.
2. 作品의 題材는 實在 人物이나 作家와 同時代의 事實을 다루는 傾向이 절대적이며 虛構일지라도 記錄的인 印象을 풍기는 것이 통례이다.

寫實主義가 浪漫主義의 內容上의 革命에 反하여 技術上의 또는 表現手法上의 革命인 것은 잘 알고 있는 사실이다. 그러나 金東仁에게 있어서의 寫實主義가 現實을 客觀的으로 파악한 한계가 매우 애매한점,

金東仁 자신의 時代性을 眞率하게 다루고 있다는 것이 거의 없었으며 그의 文學은 時代와는 거리가 먼 한 개의 초시대적인 生活人을 想定하여 다루어 나가고 있음을 발견하게 된다. 그가 몹시 아꼈던 "배따라기"에서도 우리는 하나의 空想的 浪漫을 느낄지언정 客觀的 時代性은 찾을 수는 없는 것이다. 우리가 빨작이나 공꾸르 兄弟에게서는 느끼는 現實性은 그들이 植民地의 作家가 아니었어도 더욱 如實한 데가 있는 것이다. 결국 우리가 金東仁에게 찾을 수 있는 것은 超時代的인 唯美主義이고 댄디이즘일 것이다.

日帝는 당시 朝鮮人의 文化活動을 神經質的으로 간섭했다. 文學活動도 抗日的 感情을 자극하는 現實批判이나 폭로, 억압당하고 있는 植民地的 狀況을 寫實한 文學은 용납하지 않았다. 그들이 용인했던 것은 耽美主義的인 傾向, 頹廢主義, 댄디이즘 등등 데카당하고 現實逃避的인 것만이 허용된 것이었다.

金東仁 등 『創造』誌의 同人들 뿐만 아니라 당시의 모든 『廢墟』『白潮』『詩文學』의 通路는 그처럼 嚴格히 제한된 것이었다.

어떤 것이건 간에 art for life의 傾向은 排除된 것이라야 했다. 이 때문에 KAPF의 文學이 그처럼 뚱단지 같은 階級理論을 가지고 消日하고만 것이 아

---

20) 金東仁. 春園研究. 新丘文化社. 1956.

니던가. 나라가 망하고 없는 데 階級論이 무슨 소용인가. 차라리 梁柱東씨의 提案대로 階級論을 擴大하여 日帝와 朝鮮民族으로 應用했더라면 한편의 文學 다운 文學이라도 나왔었을 것이다.

結局 植民地時代의 管理文學은 日帝의 注文에 응하여 움직였으며 正常的인 發育을 할 수가 없게된 文學이었다. 그것은 圖式하면 다음과 같은 線으로 이어질 것이다.

寫實主義 (奇形의) -自然主義 (역시 剝製된) -로맨티시즘 -데까당디즘·댄디즘 -純粹文學 -人間主義文學 (그러나 이것은 本質的 휴머니즘과는 거리가 먼 것이었다) -主知主義 (그러나 主知主義는 一種의 感覺的인 것만 받아들였던 것이다) -自然主義

모든 文學이 民族 抹殺의 計略아래서 現實 外面의 方向으로 밀고가게 하고, 民族의 抵抗을 耽美主義的, 觀念的 傾向으로 그 배설구를 마련하여 차츰차츰 民族精神을 弱化시기어 표백하려던 日本의 악랄한 底意를 잘 알 수 있을 것이다.

이러한 政策的 管理아래서 育成(?) 된 文學이기 때문에 오늘날 韓國의 文學이 애써 art for art 傾向을 藝術의 本領으로 誤認하고 있으며 眞實로 本格的인 文學이 나오지 않는 이유도 바로 여기에 있는 것이다. ·

따라서 植民地時代에 있어서 敵의 迫害속에서 "誠實하게 文學을 한 사람들"이 오히려 "抵抗文學"이라는 특이한 類派로 分類되는 등 난장판을 이루고 있는 실정이다.

우리는 이제 管理文學을 非正常으로 인정해야 하며 도리어 度外視되었던 몇몇 救國文人들을 植民地時代의 正常的인 文學으로 격상시켜 주어야 할 것이다.

따라서 이제까지의 모든 그 무렵의 文學作品에 대한 評價도 대담하게 바로 잡고 整理하여 뒷 사람들에게 이 그릇된 文學의 흐름이 얼핏 韓國文學의 傳統인 것처럼 誤認하지 않도록 해야 할 것이다. 그리고 이 기회에 韓國文學의

正統은 art for life 였었다는 것을 말해줄 필요가 있겠다.

  대체로 이와 같이하여 이 글을 맺으면서 지루한 느낌이 없지 않으나 다시
간추려 보면,

  1. 自主的 史觀을 確立하여
  2. 朝鮮時代의 世宗朝까지 近代의 起點을 擴大하고
  3. 日帝의 악랄한 민족 抹殺 정책의 一環으로 강제된 소위 "植民地 時代의 管
     理文學"을 再評價하여, 지금 誤認 및 誤導되고 있는 韓國文學의 傳統을 바
     로 잡자는 것이다.

(1972. 원광대 논문집)

제 2 장 韓國文學의 反省과 管理文學의 發生過程에 관한 考察

Ⅰ. 問題 提起

1972年 以來 筆者가 주로 主張해온 「民族文學」이라는 用語가 指示하는 文學的 限界는 민족이라는 槪念이 가지는 種族的 特性이라거나 南北분단의 現實을 의식하면서 統一祖國의 一元性을 假想한 문학을 가리키는 것은 아니었다.

筆者가 여기서 提起하는 민족문학은 식민지시대였던 1910년에서 1945년 동안에 遂行된 韓民族의 文學行爲 가운데 救國鬪爭의 系列에 섰던 사람들의 작품을 가리키며 이들 작품을 주축으로 한 한국문학사의 體系的 整理라는 分明한 目的意識과 깊이 關聯되어 있는 호칭인 것이다.

植民地 時代에는 국가도 民議의 代辯紙도 없었을 것이므로, 자연히 나라 잃은 민족의 意識을 대변하는 發表機關은 地下組織이나 國外의 亡命政府에 依存하지 않으면 안되었던 것이다. 그러므로 이런 條件下에서의 「民族意識의 眞正한 代辯機關」에서 행하여지는 사업은 마땅히 적의 殘酷한 彈壓을 겪어야 하였으며 秘密裡에 進行되지 않으면 안되었던 것이다.

가령 上海 임시정부의 기관지 격이었던 「獨立新聞」, 하와이의 「국민신보」나 「한미보」, 雜誌 「우락키」 등이 이러한 民族意識을 反映해 온 좋은 言論機關이었던 것이다.

따라서 이와 反對의 系列에 섰던 言論 또는 文藝활동은, 아무래도 왜적의 總督府의 許可條件을 充足시킨 國內의 것들로서 이른바 檢閱制度의 制裁를 받으면서 民族抹殺政策에 동조하거나 他意에 의하여 끄을려 갔을 諸메스콤이나 거기에 발표된 문학을 가리키는 것이 될 것이다.

비록 내용상으로는 反民族的이라기 보다는 愛族的 傾向을 띤 것이 더러 있다 할지라도 日帝의 문화정책의 경향이 漸進的으로 韓民族의 生命的 特性을 저들의 동화정책에 의하여 蠶食하려 하였던 것이므로 우리는 國內와 일본에서 치루어냈던 文藝活動을 일단은 「民族文學과 反對系列의 文學」으로 看做하고자 하는 것이다.

그러나 여기서 밝혀두고자 하는 것은, 지금 分類하는 民族文學系列과 反對系列文學의 槪念은 다만 文學史上의 分類이지 그것이 그 作品의 思想性이나 作者의 愛國的功過와 直接關聯이 없다는 것이다.

내가 「文學史上의 分類」라고 말하는 것은, 다름아닌 한 作品이 發表된 新聞이나 雜誌가 어떤 主體에 의하여 許可·運營되었던가 하는 데에 기준을 둔 것이었다. 민족문학은 당연히 祖國光復을 위하여 鬪爭하던 義兵, 獨立軍, 臨時政府, 그 밖의 地下組織이나 애국적 경향의 活動에서는 일정한 發表誌를 가질 수 없었던 것은 日帝의 言論·文化政策이 愛國的 경향의 活動을 嚴斷했던 데에 起因하였기 때문이다. 이와 反對로 反對系列의 文藝活動은 저들에 의하여 勸奬되었거나 保護되었으며 비단 直接的으로 反民族的 意識下에 쓰여지지 않은 작품이라 할지라도 작품의 내용이 일부러 民族愛나 光復精神을 忌避 또는 度外視하므로서 民族感情을 光復志向性에서 疏外시키는 데 도움이 되는 것들은 그들의 文化政策의 意圖的 方向으로 算入시켰던 것이니 檢閱制度가 指向하는 내용은 매우 집요하였고 또 成功的으로 遂行되었다고 할 수 있다.

이러한 이유로 필자는 民族文學을 1910年 이후에서 1945年까지의 植民地時代로 局限하여 생각하고자 하며 이 時期의 文學을 정리함에 있어서 「民族意識의 發現으로서의 文學」을 主眼으로 하여 韓國의 近代文學史를 整理하는 것이 百番千番 옳은 일이라 여겨서 감히 民族文學史의 硏究에 着手하게 된 것이다.

이 마당에서 지나간 일들을 탓하고 旣往의 文學史에 대하여 말하고 싶지 않으나, 지금까지의 文學史1)는 國內에서나 日本國의 東京 등지에서 발행된 新聞·雜誌를 중심으로 엮은 것이어서 모두 적의 民族抹殺政策의 一環으로, 비록 그에 協助하였다고는 볼 수 없으나, 韓民族의 眞正한 思想·感情이 充分히 形象化되었다고 看做할 수 없으므로 그것들을 우리의 正統文學史라고 하기에는 많은 矛盾이 따른다 할 것이다.

　그러기에 筆者는 하나의 民族文學史의 試論으로서 零星한 몇가지 文獻을 통하여 엉성하나마 민족문학사의 正脈을 摸索하여 보고자하며 이것이 뒷날의 바른 韓國文學史의 定立을 위한 한 개 里程標로서의 값어치만 될 수 있다면 더 없는 기쁨으로 여기고자 한다.

Ⅱ. 韓國 文學史의 批判

1. 管理文學史觀의 出發

　韓國 文學史의 骨格은 이미 文學史書의 嚆矢가 된 金台俊의 「朝鮮小說史」에 의하여 잡혀진 셈이었다. 그의 소설사는 뒷날의 續篇인 「朝鮮歌謠史」와 함께 한국문학사에 있어서 代表的인 初期文學史書로 後人들의 많은 參考에 寄與하게 되지만, 여기에서 採擇하고 있는 時代區分은 管理文學史觀에 바탕을 둔 標本的인 것으로서 뒷날의 문학사의 重要한 誤謬의 始發을 이루고 있다는 것을 알아둘 필요가 있다.

　이 뒤를 이어서 白鐵교수의 「朝鮮新文學思潮史」, 趙潤濟 교수의 「國文學史」, 金思燁교수의 「國文學史」, 李秉岐교수의 「國文學全史」, 趙演鉉교수의 「韓國現代文學史」 등등 많은 文學史書들이 나왔으나 대개 上記한 金台俊의 時代區分이나 資料의 限界를 멀리 벗어나지는 않았다고 보여진다.

---

1) 旣往의 文學史書 가운데 近代文學을 다룬 것들은 白鐵 교수의 「朝鮮新文學思潮
　 史」 1948, 趙演鉉교수의 「韓國現代文學史」, 등이 代表的인 것들이다.

金台俊의 「朝鮮小說史」는 1923년에 出刊될 것인데, 저기에 林和가 쓴 文庫版의 序2)에는 金台俊의 自序에 있는, 「朝鮮小說史」가 出刊時보다 三年 앞선 1920년에 起筆하고 있다는 것을 再確認하고 있음을 볼 수 있다. 다 아는 바와같이 1920년이면 우리 문학이 아직 초창기일 뿐 아니라 국문학의 연구도 準備期에 속한다 할 수 있어서 金台俊의 小說史가 준 영향이 어떠하였던가하는 것은 길게 말할 필요가 없을 줄 안다.

그런데 여기서 注目할 것은, 金台俊을 위시한 金在喆의 「朝鮮演劇史」나 林和의 「朝鮮新詩史」 등은 모두 1930년대나 그 以前에 發行된 것들로서, 그것이 日本 侵略者들의 强占期에 저들의 苛酷한 干涉에 迎合하는 姿勢를 취하지 않을 수 없었으며 또 그런 內容으로 著作되어 出刊하지 않을 수 없었다는 点이다.

그래서 이들의 文學史에서는 특히 滿洲나 中國, 또는 美國의 하와이, 샌프란시스코 등지에서 出版되는 많은 定期 또는 不定期 刊行物을 통하여 우리의 愛國志士들이 이미 發表하고 있는 山積한 文學作品을 外面하였으며 그렇기 때문에 倭人에 의하여 許諾된 作品3)만을 대상으로 하고있다는 사실을 指摘하지 않을 수 없는 것이다.

다시말하면 金台俊이나 林和의 文學史는 그것이 敵治下의 國內에서 刊行된 것이기 때문에 臨時政府를 중심으로한 愛國志士들의 文學作品을 한편도 收錄하지 않았던 것이다. 萬一에 단 한편이라도 對象으로 하였다면 그 著書가 出刊될 수 없음은 물론이요 執筆자도 무슨 罪目으론가 둘러씌워서 저들의 감옥으로 보내졌을 것은 不問可知의 일이다.

여기서 우리는 크게 나누어지지 않으면 안되는 文學史觀의 類型을 찾아볼 수 있는 것으로, 日帝治下에 있어서 敵에 의하여 허락되어진 사관 곧 "管理文學의 史觀"과 國內外의 愛國人士들에 의하여 피와 죽음으로 쓴 眞實한 文學

---

2) 金台俊. 朝鮮小說史. 林和序文. 學藝社. 1923. P. 3.

3) 그들은 檢閱制度를 두고 愛國思想을 철저히 막았던 것이므로 이미 國內發行의 雜誌, 新聞紙上에 發表할 수 있었던 作品은 倭人에게 許諾된, 非愛國的인 것이라 할 수 있다.

곧 "民族文學의 史觀"의 두가지 흐름이 그것이다. 愛國人士들에 의하여 쓰인 문학을 우리는 부르기 쉽게 民族文學이라 한다면 意味論上의 뉴앙스는 다소 걸릴지 모르나 이 경우의 性格에는 걸맞는 命名이라고 생각된다.

管理文學의 史觀이라고 本 研究者가 부르기 시작한 것은 1972년으로서 그 때에 設定한 槪念은 "倭人들이 저들이 의도한 바 民族抹殺政策의 一環으로 施行하였던 檢閱制度는 한민족의 문화활동을 强制에서 自律로, 他意에서 自意로 親日·同化하여가도록 誘導하기 위한 원대한 계획아래 한민족의 문학을 保護·育成·管理한 것이다"라는 事實에 입각한 것으로, 敵이 政策的으로 밀고가는 同化政策의 大原則에 同調된 史觀 그것이 바로 管理文學의 史觀이라고 본다.

물론 내가 "同化政策의 大原則에 同調된 史觀"이라고 썼을 때의 "同調된"은 "同調한"과는 전혀 다른 뜻에서 決行된 것이라는 생각으로 그렇게 썼다. "同調한"이 意識的인 反民族的行爲였다면 "同調된"은 內心 不當한줄 알면서 他意에 의하여 不可抗力的으로 追從한 行爲였음을 말하여 준다. 日帝治下에서 刊行된 文學史書에 대한 敵이 許容한 限界가 바로 그러한 性向의 것이었으므로 할 수 없이 저들의 政策에 同調된 狀況에서나마 우리의 것을 云謂할 수 밖에 없었던 것이다.

김태준의 「朝鮮 小說史」의 時代區分에는 이러한 管理文學的 史觀이 잘 드러나 있다.

> "…第六編　近代小說　一般
> 　　　　　第一章　英正時代이　小說
> 　　　　　第二章　中國文學의　一傍系로　본　漢字小說
> 　　　　　第三章　三韓拾遺
> 　　　　　第四章　大文豪朴趾源(燕巖)과　그의　作品
> 　　　　　第五章　薔花紅蓮傳과　그　他公案
> 　　　　　第六章　傑作　春香傳의　出現
> 　　　　　第七章　春香以後의　艶情小說
> 　　　　　第八章　前代繼承의　文學

第七編 文藝運動後 四十年間의 小說觀
　　第一章 小說을 中心으로
　　第二章 啓蒙運動時代의 文學
　　第三章 發芽期 의 小說
　　第四章 新興文學의 發展
　　第五章 結論 4)

여기서 「第三章 發芽期(1911~1919)의 小說」의 구분을 보면 庚戌의 國恥와 그에 따른 時代的背景을 전혀 取扱하지 않고있음을 본다. 1910년 以後에 모든 領域에서 價値의 轉倒現象이 일어났으므로 文藝分野의 質的變化도 여기에 따라서 당연히 强迫되지 않을 까닭이 없었던 것이다.

文藝의 변화는, 從來의 憂國警時的, 譏弄的 傾向의 것은 義兵, 救國鬪士와 愛國的人士들에게 繼承되고 國內文學으로 남아있었던 「靑春誌」5)가 있으나 1908년서부터 계속된 「少年」誌6)가 「靑春」誌에 앞서 1911년까지 속간되었으므로 식민지 시대로 들어오는 過渡期의 橋梁的 役割을 이 두 잡지가 하였다고 할 수 있을 것이다.

그러나 本格的인 흐름은 오히려 國內의 「少年」이나 「靑春」에 의하였다기보다는 日本 東京에서 그곳에 가있는 韓國留學生들이 發行한 「學之光」7)에 의하여 先導되었던 것이니, 筆者가 관리문학이라고 말하는 것은 바로 이것을 말한다.

金台俊의 時代區分은 바로 이 管理文學을 標本으로 하였던 것이며 비록 1910년대 이후에도 국외에서 發行되는 刊行物에 의하여 多少의 作品이 散見되었을 것인데도 그것을 論外로 하지 않을 수 없었던 데에는 日帝의 禁斷이 作用했을 것이기 때문이라는 생각을 갖게 된다.

例의 金台俊의 時代區分 가운데 「第三章 發芽期」(1911~1919)는 第一節

---

4) 金台俊. 前揭書. PP. 6-7.
5) 靑春. 1914. 10. 1-1918. 9. 26 通卷 15號.
6) 少年. 1908. 11. 1-1911. 5. 15 第4年 2號 通卷23號.
7) 「學之光」. 1914. 4. 2-1930. 4. 5. 通卷 28號. 「學之光」은 본인이 1970년네 발굴하였다.

「新小說의 作家들」, 第二節 「發芽期를 獨擔하는 小說家 李春園」(1882~　　),
第三節 「己未前後에 激變한 文藝思潮」[8]로 되어있어서 文學中心의 發展史를
더듬어가는 가운데 時代背景과 光復運動의 周邊에서 發生하던 作品을 論及할
한 두마디의 여유도 남기지 않았던 것이다.

2. 白鐵교수의 文學史

그런데 이러한 文學史觀은 1945년 光復以後에도 약간 批判은 되었으나 그
첫 번째 走者였다할 白鐵교수의 「新文學思潮史」에서도 實際에 있어서 克服되
지 못하고 있었다. 白鐵교수는 1948년에 이 책을 發刊하게 되는 데, 여기에
서의 時代區分은 다음과 같다.

緒論 近代思潮와 新文學
第一章 開化思潮와 新小說
　　一. 新小說의 登場
　　二. 啓蒙文學으로서의 新小說
　　三. 自主獨立을 強調(新小說主題 其一)
　　四. 新敎育思潮의 宣傳(新小說主題 其二)
　　五. 因習의 批判과 新道德觀(新小說主題 其三)
　　六. 迷信打破와 現實暴露(新小說主題 其四)
第二章 民族主義와 新文學의 草創期
　　一. 民族主義의 高潮時代
　　二. 新文學과 新文章
　　三. 少年은 이 時代文學의 主人公
　　四. 愛國主義와 理想主義
　　五. 新敎育科學思想의 啓發
　　六. 우리文學의 新大陸―自由戀愛觀
　　七. 外國文學의 紹介와 新人의 登場
第三章 文藝思潮의 混流와 純文學運動
　　一. 文藝誌와 純文學運動

---

8) 金台俊. 앞 책. PP. 248-256.

白鐵교수는

"第一期 新文學運動의 紀元을 隆熙二年 十月一日「少年」誌가 六堂 崔南善 主
宰로 創刊된 것에 두면 이 땅의 新文學運動은 新小說文學期와 竝行해서 시작
되었던 것이다. 그리하여 나는 第一期의 新文學運動을 隆熙末期에서부터 1919
년 三一獨立運動期를 前後한 約十年間을 잡아본다"10)

고 하고 이어서

"新小說文學이 前項에서 보아온바와 같이 開化期를 背景하고 開化思潮를 啓
發해간 文學이라면 第一期의 新文學도 그 近代的인 新思潮를 主題로 올렸으되
이 時期에 와서는 一層 明確한 統一된 時代意識을 背景할 것이었으니 그것은
民族主義였다. 隆熙末年에서 1919년까지 이 十年間은 朝鮮의 民族主義가 生成
된 時期였다. 그리고 第一期의 新文學은 生成하는 이 民族主義와 함께 發芽 生
成하게 된 것이다 民族主義時代 이것은 그 前期의 暴風과 같은 그러나 어덴지
漠然한 그 自主獨立의 情熱이 合邦이라는 日本帝國主義의 侵略的인 現實을 통
하여 一層 明確한 民族의식의 形態로 生成한 過程인 同時에 그것은 하나의 世

---

9) 白鐵. 新文學思潮史. 民衆書館. 改訂版. 1955. 4. PP. 1-147.
10) 上揭書 P. 48.

界的인 情勢와 呼應한 事實이었다."11)

고 하고 이어서 이 時代를 다음과 같이 評價하고 있음을 본다.

> "말하자면 20世紀의 初期는 19世紀라는 民族主義世紀, 헤겔의 民族精神의
> 世紀의 翌日이 아니던가 또는 國內的으로 展望하여 그 開國과 함께 崩壞가 急
> 激히 시작된 낡은 社會體裁 대신에 日本의 野蠻的인 武斷政治下에 極히 不活
> 潑하게나마 市民階級이 生成되면서 있지 않았던가? 民族主義란 說明할 것도
> 없이 根本에 있어 하나의 市民意識이다. …그런 社會的인 現實的인 意味에서도
> 合邦前後의 時期는 하나의 市民意識의 生成時代로 規定할 수 있을 것이다. 무
> 엇보다도 啓蒙期에 一段落을 지은 1919년의 三一運動이 典型的으로 民族主義
> 運動的인 表現이었다는 것으로서 다시금 그 意味를 保證할 수 있다.…"12)

결국 白鐵 교수의 文學史는 그것이 1948년이라는 時期, 곧 光復後에 執筆
되었다는 것을 실감케 하는 것으로서 우선 "民族主義의 生成"을 드는 것이 그
것이라 할 수 있다. 1920년대에 金台俊에게는 禁忌에 속하였던 民族云云이
1945년 이후의 白鐵 교수에게 可能했다는 것은 너무나 당연한 일이다. 白교
수는 광복의 感激속에서 아무런 干涉도 받지 않고 文學史를 엮을 수 있었기
때문이다. 그랬기에 그는 韓國文學의 惡條件을 들어 다음과 같이 말하고 있
는 것이다.

> "…첫째는 例의 政治環境의 條件인데 … 黎明이 밝기 시작한 때는 이 땅의
> 맑은 하늘에 日本帝國主義의 검은 구름이 傲慢하게 侵來해온 時期였다. 1905
> 년의 소위 保護條約과 1910년의 소위 日韓合倂이 그것이다. 近代思潮의 脚光
> 을 받고 開化의 新文學運動이 시작되던 때는 이미 時期가 늦어 開化運動의 基
> 本理念인 自主獨立대신에 이 나라는 民族的으로 去勢를 당한 植民地의 環境으로
> 變하고 있었다. 先進해서 近代的인 것을 消化한 日本의 近代性은 결국 資本主義
> 的인 것인 때문에 植民地인 이 地域에 대하여는 온갖 意味에서 掠奪者였다는 것
> 은 우리가 보고 겪어온 사실이다"13)

---

11) 上揭書. P. 48.
12) 上揭書. P. 49.

라고 하여 日帝의 植民主義者를 掠奪者로 規定하면서 그들의 蠻行을 다음과 같이 摘示하고 있다.

> "…「內鮮一體」라는 僞造한 事實下에 「一視東仁」이라는 表情도 지어보였으나 결국 그들이 나종은 우리 民族에게서 언어까지를 抹殺하려고 한 事實에서 그들은 文化的으로도 暴虐한 掠奪者였다."14)

고 斷言하고 日帝 40年間을 暗黑期라 判定하면서 우리 文學의 脆弱性이 "植民地的 環境위에 致命的인 大原因"이 있었다고 結論하면서 그는 다음과 같이 論述하고 있다.

> "…또한 그 意味에서 이 땅의 新文學史上 日帝下 四十年間은 暗黑期의 時代였다. 이 暗黑한 環境속에서 近代思潮가 順調롭게 發育할 수 없으며 또 그런 不具적인 民族문학으로서 近代的인 文學의 꽃이 爛漫하게 開發될 수 없었다. 近代문학은 본래 國民文學으로서 出發된 것이며 一貫해서 國民性과 個性의 文學이었는데, 自主獨立을 못갖인 植民地域의 文學이 根本的으로 國民文學의 發育을 할 수 없는 것이며 온갖 民族性 獨自性을 除去 當한 環境 속의 文學이 獨自的인 個性을 發揮한 文學이 될 수 없다면 이 日帝下의 우리 新文學의 運命을 占知할 것이다. 우리 新文學史가 그처럼 貧困한 것은 위선 이 植民地的인 環境위에 致命的인 大原因이 있었던 것이다."

白鐵 교수의 文學史는 引例에서와 같이 그가 文學史를 執筆하고 있는 現實을 잘 把握하고 있고 光復後의 時代環境인만큼 보다 自由로히 植民地時代를 評價할 수 있었던, 自身에게 주어진 權限을 十分 發揮하고 있음을 볼 수 있다.

가령 日本을 政治·經濟·文化面에서 뿐 아니라 모든 分野에 있어서 「掠奪者」였다고 말하고 韓國의 文學이 日帝下 四十年間에 있어서 「暗黑期」였다고 判斷하고 있다. 또한 이러한 이유로 韓國의 新文學이 「民族性·獨自性을 除

---

13) 上揭書. P. 50.
14) 上揭書. P. 50.

去 當한 環境 속의 文學」이라고 結論하므로서 사실상 日帝 40년동안의 國內 文學에 대한 正確한 利害위에서 新文學史를 出發시키고 있는 데 우리는 매우 만족하지 않을 수 없다.

그러나 白鐵교수가 이렇게 놀랍게도 正確한 利害위에서 組織化한 新文學史였는데도, 그 內容에 있어서는 거의 金台俊의 限界를 벗어나지 못하고 있음은 무엇때문인가, 다시말하면 분명한 民族문학의 槪念把握이라든가 日帝治下에서 있어서의 40년간의 문학의 성격을 인식하고 있음에도 불구하고 金台俊이 1920년 곧 日帝治下에서 엮어냈던 문학의 限界를 뛰어넘지 못하고 日本과 國內에서 敵의 檢閱을 통하여 발표된 作品만을 대상으로하여 文學史의 構造를 만들려 하였다는 것은 무엇 때문일까? 라고 우리는 反問할만한 것이다.

거기에는 대체로 몇가지 중대한 이유가 白鐵교수 자신의 述懷에 의하여 제시되고 있다. 그에 의하면,

1. 藝術로서의 文學이란 一定한 文壇의 形成을 條件으로 하는 것이며
2. 文壇의 成員으로서의 文人은 적어도 專門的인 文藝人임을 要件으로 하여야 하며
3. 文藝作品은 文藝誌, 敎養誌, 또는 新聞 등에 의하여 活字化되어 一般에 公開되거나 單行本으로 出版되었어야 한다.15)

는 것이었다. 생각하면 文學도 하나의 行爲에 의하여 果實되는 것이므로, 文學行爲를 할 수 있는 實踐場(紙面)이 所要되는 것은 必然的인 일이며 紙面에 활자화된 문학작품은 일정한 수준의 藝術的 價値를 具有하게 되기를 요구한다.

藝術的價値란 매우 多樣한 基準을 가지는 것이지만, 하나의 意識이 形象化하기까지 거기에 動員되는 많은 형식상의 技巧와 象徵性, 言語具現의 含蓄性 등이 近代의 外國文學의 水準에 肉迫한 것이어야한다는, 不透明하기는 하나 固定된 평가방법이 없는 것도 아니다.

---

15) 이 自述은 백철교수의 1968-1974년 사이 여러 번에 걸친 口述에 의하여 表現된 것임.

이렇게 따지어갈 때, 광복운동에 참여하였던 愛國鬪士들의 作品들이 비록 光復後에 入手되었다한들 위와 같은 관점에서 關心을 가질만한 것이 못되었음은 너무나 自明한 일이다.

다른 한가지의 이유로서는 광복후의 혼란속에서 또 日淺한 時日속에서 어떻게 國外의 작품을 蒐集할 수 있었겠는가? 그래서 白鐵교수는 손 가까운 國內에서 發表된 것과 일본에서 되어진 旣刊圖書에 의하였다고 말하고있고 지금과 같이 影印本이 많이 나오고, 各 大學의 圖書館이 활발하게 圖書購入에 열을 올리다거나 國文學界의 發掘이 盛行하는 時期였다면 많은 成果가 있었을 것이라고 한 것을16) 보면 1946~7年代의 與件이 白鐵교수에게 얼마나 刻薄한 것이었던가하는 것을 짐작하게 한다.

결국 白鐵교수에게 있어서의 문제점은 藝術的 價値의 要請도 作用하였겠으나 보다 많은 아쉬움을 남겼던 것은 局外의 作品을 손에 넣을 수 없었던 時代的 條件과 關聯된 것이라고 보겠다.

3. 趙潤濟교수의 文學史

이와 비슷한 때에 「國文學史」를 낸 趙潤濟 교수는 1948년 8월에 쓴 初版의 序文에서,

> "나는 大韓帝國時代에 나서 日帝時代에 배우고 解放後 軍政·過政時代에 大學講堂에서 우리의 國文學史를 講하야 빛나는 大韓民國政府가 樹立되자 이 책을 公刊한다. 實로 感慨無量한 일이다. 庚戌年에 우리 民族이 最大의 恥辱을 받은 以後 政治家는 마음에 칼을 품고 海內外에서 熾烈한 鬪爭을 하였으며 文筆家는 붓을 들어 우리의 文化昂揚에 큰 努力을 할 때 우리 民族의 정신을 鼓吹하여 보고자 우리 古典文學研究에 받을 들여 놓았다."17)

라고 말하고 이어서 時代區分論에서

---

16) 同上.
17) 趙潤濟. 國文學史. 東國文化社. 1948. P. 1.

"그래서 이 國文學史에 있어서는 歷史的인 政治變動을 充分 考慮하면서 大綱 以下와 같이 時代區分을 하여 보련다"

라고 政治變動에 特異한 關心을 表明하면서 다음과 같이 區分하였다.

　一. 胎動時代(新羅統三以前)
　二. 形成時代(統三新羅一代)
　三. 萎縮時代(高麗一代)
　四. 蘇生時代(朝鮮太祖一成宗)
　五. 育成時代(燕山君一宣朝壬辰亂)
　六. 發展時代(宣組壬辰亂一景宗)
　七. 反省時代(英朝一高宗甲午更張)
　八. 運動時代(高宗甲午更張一三一運動)
　九. 復歸時代(三一運動以後)[18]

　이 時代區分에서는 植民地時代를 運動時代와 復歸時代로 處理하여 一見 민족의 정신이 반성의 시기를 지나서 勃然히 蹶起하는 양으로 보았던 것같이 여겨진다. 이는 그의 文學史觀이 作品史라거나 文藝思潮에 核心을 둔 것이 아니라 精神史에 바탕을 둔 것이기 때문에 아무래도 榮枯盛衰의 生命的史觀에 依支하지 않을 수 없었던 것이리라. 랑케 이휴의 代表的인 史家 토인비 사관의 韓國的 再現이라 볼만한 것이다.

　그러나 아무리 그렇다하더라도 植民地時代를 「運動時代」라거나 「復歸時代」로 把握했던 것은, 비록 그 時代가 民族의 一代覺醒을 誘發한 受難의 時期였고 受難에 따른 그만큼의 反撥도 큰 것이어서 民族的自覺이 未曾有의 것이었다 하더래도 나라 잃고 奴隷生活했던 時代가 運動이나 復歸의 時代라고 말할 수는 없을 것이다. 이것은 時代區分을, 趙潤濟 교수 流의 史觀에 맞추다보니 이렇게 誇張된 것이 아닌지 모르겠다.

　그는 植民地時代의 문학에 대하여서도 白鐵교수보다는 매우 民族主體的인 입장에서 이해하는 편이어서 國內文學을 「知識靑年은 獨立運動의 一環으로서

____

18) 同上. 三版. 1954. PP. 8-9.

그 精力을 文藝方面에 몰아갔다.」19)고 說破하고 있는데, 과연 國內文學이 獨立運動의 一環으로 몰아갔던 것이었는지는 지극히 의심스런 일이다.

> "…三·一運動은 民族的 良心과 變潮하여가는 世界의 大勢에서 일어나 그것이 一層 더 朝鮮民族에 깊은 自覺을 주었다. 우리는 살기 위하야 獨立을 하여야 하고 그 獨立을 끝까지 三·一運動 精神에 依하야 鬪爭을 하지 않으면 안 됨을 알았다. 그리하야 獨立運動者들은 많이 海外로 亡命하야 上海에 臨時政府를 樹立하고 國際的同情을 끌면서 日帝에 對하야 猛烈한 鬪爭을 展開하였으며 國內에서는 사람마다 方寸의 칼을 품고 日帝에 反抗하였다. 그러나 日帝의 强壓은 갈수록 甚하여 갔다, 나날이 우리의 手足이 올키어 들어가 言論의 自由는 完全히 剝奪當하였으며 經濟權은 모조리 빼앗기어 生活은 漸漸 疲弊하여 갔다. 그러한 中에 한가지 比較的 우리에게 自由가 있었다고 하면 그것은 文藝方面이었다. 여기에 知識靑年은 獨立運動의 一環으로서 그 精力을 文藝方面에 몰아가서 六堂 春園에 依하야 杯胎되었던 新文藝運動은 三·一運動後 勃然히 일어났다."20)

결국 趙潤濟교수에게 있어서의 新文學史는 광복의 일환으로서의 정신운동이라는 매우 煽動的意味를 갖는 것인데 그가 그렇게 강조하리만큼 國內文學이 獨立志向이라거나 反日的이지도 못하였고 또 그에게도 自身의 時代把握이나 史觀에 合致할만큼 汎民族的 문학정신의 합리화에 노력하고 있는 흔적이 전혀 보이지 않고 있다.

그가 주장하는 바, 이 시대가 그만큼 民族的自覺의 時代라고 한다면 國文學의 槪念을 보다 廣範圍하게 擴大하여 國外의 愛國志士들에게까지 눈을 돌리는 誠意를 보였어야 했을 것이다.

그의 持論대로

> "國文學史는 곧 우리의 生活史이었었다. 生活은 「삶」이요, 生活史는 單純히 살어온 자취가 아니고 「삶」의 連續이니 國文學史가 곧 生活史라고 한다면, 過去의 各種 文學은 그 時代의 「삶」을 反映하였을 뿐 아니라 오늘의 우리의 문

---

19) 同上. P. 488.
20) 同上. P. 488.

학에 대한 생명체로서 연속되어 있지 않으면 안될 것이다."21)

라고 한다면 日帝治下의 民族意識을 가장 如實하게 反映하였을 海外의 愛國文學을 어찌하여 對象으로 삼지 않았단 말인가?

　조윤제교수의 경우도, 백철교수와 같이 비록 植民地治下의 문학의 不幸을 이해하였으면서도 그 代案으로서의 資料의 蒐集이 그들의 주장을 충족시키지 못한 데서 이러한 결과를 낳았단 말일까? 우리는 안타까운 마음으로 誤解된 文學史를 바라볼 뿐이다.

　이보다 약간 늦게 「韓國現代文學史」를 낸 趙演鉉 교수는 1956년 11월에 쓴 初版 서문에서 자신의 文學史 執筆上의 苦衷을 다음과 같이 털어놓고 있다.

　　"…내가 本著를 執筆하는 데 있어서 부디친 實際的인 隘路의 그 하나는 자료의 貧困이었고, 그 다른 하나는 傀儡集團에 使役되고 있는 文學人에 關한 部分이었다. 前者는 日帝의 暗黑期를 通過하는 동안에 거의 埋沒되고 湮滅된 남어지의 적은 資料가 다시 六·二五事變을 겪음으로서 또한번 消失되어진 결과로 起因된 것이며, 後者는 八·一五 以後 祖國에 反逆한 사람들의 文學的인 行程을 아직은 完全히 取扱해 볼 수 없는 우리의 現實的인 事情에 起因된 것이다.…"22)

　趙교수에게 있어서의 難點은 前記 두 교수에 비하여 한 가지가 더 加算된 것으로, 그것은 南北分斷의 必然的 慘禍였던 六·二五 動亂이 다름아닌 骨肉相爭의 殘酷이었고 그것으로 分明히 兩分된 反逆者와 愛國者의 系列化라는 중대한 국가적 차원의 思想史的 異質性이 여기에 作用한 때문이었다.

　植民地時代나 政府樹立 以前에는 다만 同族感情으로 다루어졌을 左翼系列이 反共民主政府의 樹立 이후에는 反國家集團으로 規定되어야 하였고 六·二五 動亂의 慘禍를 겪고난 뒤에는 祖國을 背反한 逆徒로서 指目되지 않을 수 없었던 때문에, 비록 그들의 文學活動이 政府樹立 이전이나 六·二五 以前이

---

21) 同上. P. 491.
22) 趙演鉉. 韓國 現代文學史. 人間社. 三版. 1968. 5. P. 3.

라 할지라도 응당 文學史論 밖의 문제로 除外되지 않으면 안되었다는 것을
조교수는 解明하고 있는 것이다.

  그러나 左翼에 가담한 文人들의 활동은 그렇다 하더라도, 식민지 시대에
대한 이해는 어떠하였던가를 살펴보아야 할 것이다. 그는 한국의 근대화 과
정을 서구의 그것과 비교 논술하면서 다음과 같이 말하고 있음을 본다.

  "…日本帝國主義는 韓國의 主權을 强取함으로써 韓國을 經濟的으로 搾取하
  고 利用했을 뿐만 아니라 韓國의 文化를 抹殺함으로써 韓國의 民族을 解體하
  여 그들에게 同化서키려고까지 했다."23)

고 指摘하고 韓國文學에 대하여 다음과 같이 쓰고 있다.

  "…그러므로 萬一 韓國의 近代文學 및 現代文學을 그러한 韓國近代史의 特
  殊性과 關聯해서 생각하지 않는다면 韓國現代文學의 特殊한 成長은 조금도 理
  解되어질 수는 없을 것이다. 먼저 우리는 韓國의 現代政治運動이 國內에서 附
  同하느냐 海外로 亡命하느냐 하는 두 가지 方式밖에 없었으니 韓國의 現代經
  濟가 資本主義的體制보다도 오히려 半封建的인 體制下에 놓여져 있었으며 ……
  現代韓國의 社會的인 風俗圖는 이를테면 韓國의 近代的인 後進性과 그 畸型性
  의 一社會的인 現象임을 짐작할 수 있다. 이와같이 韓國現代史의 그 모든 特殊
  性은 韓國의 近代文學 및 現代文學에도 그대로 反映될 수 밖에는 없었다. 그것
  은 言語와 文字의 不統一로서 或은 文藝思潮의 無秩序한 交替等으로 나타난
  것이라고 볼 수 있다."24)

고 前提하고 다음과 같이 그 나름의 韓國文學觀을 披瀝하고 있는 것이다.

  "…「新文學運動」의 重要한 特徵의 하나가 言文一致에 있었다는 것은 韓國近
  代史의 後進性을 端的으로 反映해 주는 것이며 文學上의 새로운 傾向이 아무
  런 必然的인 要求나 原因이 없이 오늘날 이것이 主張되고 來日은 저것이 試驗
  되는가 하면 그와 때를 같이해서 또 다른 것이 主唱되고 있다든가 하는 것은

---

23) 趙演鉉. 韓國 現代文學史 人間社 三版. 1968. 5. P. 3.
24) 上揭書. PP. 30-31.

韓國近代史의 畸型性을 그대로 表現한 것이 아닐 수 없는 것이다.……… 이뿐 아
니라 日帝의 政治的인 壓迫은 또 다시 文學에 있어서는 表現의 自由를 拘束하
는 것으로 나타났으니 自己의 思想을 正常的으로 表現할 수 없었던 表現上의
不自由는 表現의 理由가 그 基本的인 生命의 하나가 되어있는 文學生活에는
重大하고도 決定的인 打擊이 아닐 수 없는 것이다. 이러한 表現의 不自由가 前
記한 表現形式의 不安全性과 함께 韓國의 現代文學을 얼마만큼 그리고 어떻게
致命的인 絶望的狀態 속에 넣고 있었는가는 누구에게나 쉽게 會得될 수 있는
問題다. 그러므로 우리는 韓國의 近代文學 및 現代文學의 그 모든 稚氣와 未熟
과 混頓과 不完全 그리고 그 畸型的인 發展의 그 全部가 如上과 같은 韓國의
近代史的인 過程의 特殊性을 그 現實的인 條件을 하고 生成되지 않을 수 없었
다는 데 있었음을 잊어버려서는 아니 된다."25)

　결국 조연현 교수의 문학사는 金台俊 이래의 管理文學을 主體的 立場에서
理解하려고 한 白鐵, 趙潤濟 교수의 立場을 再確認한 셈이었던 것이다. 다른
것이 있다면 從來의 敍述方法에 文壇史的, 書誌學的 맛을 加味한 것이였다고
볼 수 있어서 내내 國內文學의 限界는 벗어나지 못하였으나 좀더 細密하게
照明하여 주었다는 点이 다르다면 다를 것이다.

　역시 그에게도, 표현의 자유가 극도로 抑壓된 한국문학이「致命的·絶望
的」이었음은 是認하였으나 그러한 極限狀況에서 民族의 思想·感情이 문학에
반영될 수 없었음에 비추어 民族意識을 率直히 代辯하였을 海外의 愛國鬪士
들의 作品에 눈을 돌리는 일에는 생각이 미치지 못했던 것이다.

　우리는 조교수의 경우에 있어서도, 그에 앞서 나온 白鐵, 趙潤濟등 두 교
수의 경우와 같이 資料의 蒐集不能이 크게 영향했으리라고 보고자 하며 그러
한 자료의 全無가 필경 그의 論旨를 뒷받침할 수 없게 하였으며 그로하여금
「稚 氣와 未熟과 混頓과 不完全」으로 된 현대 한국문학을 부족하나마 文學史
의 全種目으로 삼지 않을 수 없게 하였을 것이다.

　그러한 이유 가운데 중요한 몇 가지를 든다면, 조연현 교수가 그의 文學史
를 起筆하고 있었을 1950년 무렵은 六·二五 動亂으로 全國이 魚肉化하였으
며 따라서 頃刻을 다투는 昏亂속에서 충분한 執筆이 어려웠던 時期였다. 그

---

25) 上揭書. PP. 30-31.

런 가운데서도 이만치라도 充實한 文學史書가 나왔다는것도 後學으로서 고맙
게 생각해야할 일인지도 모를 일이다. 또 한가지는 이렇게 어려운 때였으므
로 資料의 海外에서의 蒐集은 힘든 것이었고 또 實地에 있어서 그일이 不可
能한 것이었다.

4. 韓國近代文學史의 方向

이상에서 1920년대에 한국문학사의 한 개 試驗이라할 金台俊의 「朝鮮小說
史」에 대하여 일별하고 光復後의 첫 文學史라 할 白鐵 교수의 「新文學 思潮
史」를 擧論하였다. 白교수의 文學史는 그 뒤의 趙潤濟 교수의 「國文學史」, 趙
演鉉 교수의 「韓國現代文學史」와 그 類型을 같이하는 것으로서 이들 文學史
의 共通點은 몇 가지로 集約할 수 있는 것이다.

1. 대체로 植民地時代에 대한 理解가 正確하였다. 植民地 時代를 背景으로 成
   長한 韓國文學의 特殊性에 대한 見解의 一致를 보였다. 그들이 對象으로한
   문학은 국내에서 出版된 刊行物을 중심으로 하였다는 공통점을 가지고 있었
   으며
2. 國外의 亡命政府나 愛國鬪士들의 文學은 論議에서 除外하였고
3 따라서 1910년대의 국내문학의 발생과 민족문학이 地下와 海外로 擴散하였
   으며 그것이 뒷날 光復鬪爭의 唯一한 表現手段으로 儼然히 存續하였다는 事
   實에 대하여서는 關心을 갖지 않았다.

韓國文學史論이 어쩔 수 없이 勘耐해야 하였던 脆弱点은 아무래도 자료의
빈곤에 있었던 것 같다. 많은 資料가 국내에 散在해 있었다면 누구도 抗日文
學에 대하여 소홀히 하지 못할 것이었기 때문이다.

그러나 資料가 貧困하였기 때문이라고 하더래도, 어차피 韓國의 現存 文學
史論들이 한결같이 救國鬪爭 過程의 모든 정신의 반영이었을 文學作品을 度
外視하므로서 齎來한 民族精神의 誤導는 謀免하기 어려운 큰 실수가 아니라
할 수 없는 것이다.

韓國史論이 분명히 하고있는 史觀에서도 1910년~1945년은 日帝侵略時代로 規定하고 있고 民族史的 救國運動을 國外, 國內로 擴大하여 論述하고 있음에 비추어 文學史의 偏見은 이제 辨明할 余地를 잃은지 오래라 할 것이다. 卑近한 한 예로 한 史書의 時代 區分을 살펴보아도 文學史書들이 얼마나 誤謬를 범하고 있는가를 알게 된다.

第一章 日帝의 植民地 統治政策
　　第一節 日帝의 植民地 支配體制確立과 韓國人彈壓
　　第二節 憲兵警察의 彈壓과 平和的 抗爭
　　第三節 經濟支配體制 整備와 收奪政策
第二章 三・一獨立宣言과 韓民族의 救國運動
　　第一節 三・一獨立宣言
　　第二節 日帝의 植民政策 强化
　　第三節 日帝下의 民族經濟 成長
第三章 抵抗期의 海外 光復運動
　　第一節 大韓民國 臨時政府의 成立과 活動
　　第二節 實力抵抗運動의 展開
　　第三節 海外 各地에서의 抗日救國運動
　　　— 下 略 — 26)

韓國史論의 이와같은 整地作業을 바라보면서 1920년 以來 舊態依然한 文學史論의 昏迷는 慨嘆을 금할 길 없는 것이며 하루 빨리 正常化해야할 急先務 가운데 하나라 할 것이다. 文學이 그 民族의 精神史라고 하는 比重을 勘案할 때 이 문제는 대단히 重要한 것이라 아니할 수 없는 것이다.

Ⅲ. 民族文學의 形成過程

1. 韓國近代文學의 槪念

---

26) 李炫熙. 日本强占期 韓國史大系 6 三珍社. 1973. 8.

한국근대문학이 1910년 以前에 發生했다고 볼 것인가 아니면 1919년의 「創造」까지 기다려야 하는가는 充分히 檢討되어야할 다른 機會가 있어야 하겠지만, 나는 여러번의 契機에 틈틈히 이 문제를 學界에 내놓았다고 생각된다.27)

韓國文學의 近代性은 동시에 한국의 사회발전의 近代性과 直結되는 것이기 때문에 歐美의 標準에 따른 成熟度의 測定에 있어서 전혀 문제삼을 만한 것이 못됨은 더 말할 것이 없다. 그러나 東洋諸國에 있어서의 近代의 劃定은 어디라 할 것이 없이 自國의 傳統文學에 歐美思潮가 移入된 時期부터 起算해 가는 것이 通例이며 外國思潮의 영향을 받아서 意識的으로 文藝活動을 한 作品을 始發点으로 看做하는 것이므로 우리도 그 準例에 따라서 韓國近代文學의 初期를 十九世紀로부터 잡는 것은 결코 무리한 일이 아니다.

물론 近代文學의 起点을 어디서부터 잡아가느냐하는 문제에는 여러 가지 基準이 따르기 마련이어서 個人意識의 대두를 불가결의 것으로 보는 日本의 예도 간과할 수 없는 것이나 이미 일본문학사학계의 一角에서 近代는 곧 個人이라는 公式에서 脫皮하자는 發論이 일어난지 오래된다는 것도 此際에 再吟味할 필요가 있다고 생각한다.28) 그들의 주장은 시대의식의 近代性에 대한 再評價에서 비롯된다고 볼 수 있다. 그 時代意識이 民權思想과 近代國家의 形成을 促求하는 초창기적 상황이 이미 成熟되었으며 그러한 民權思想에서 國權에로 指向하는 意識의 內面에는 近代的 個人의 確認이 作用했어야 했다는 論理는 否定할 아무런 이유가 없는 것이다.

우리는 이러한 평가방법을 우리의 이른바 개화기(開化라는 用語는 可能하면 쓰지 않기로 한다. 그것은 未開라는 말을 밑바닥에 깔고 있기 때문이다.)에 充分히 適用될 수 있는 것이며, 그 時代가 歐美의 민권을 啓蒙하던 熱氣 속에서 그것이 國權形成에로 連結하여가는 過程에 있었으며 그러한 外來思潮

---

27) 李靑原. 韓國近代詩歌史研究. 韓國文學誌. 1974-1976 연재.
　　 李靑原. 民族文學史의 方法研究. 詩文學誌. 1976-1978 연재.
　　 李相斐. 韓國近代初期詩歌의 名稱研究. 圓光大論文集 第7輯. 등 多數.
28) 平岡敏夫. 日本近代文學史研究. 有精堂. 1973. PP. 402-409

에의 漸次的 消化는 당연히 個人意識의 主體的 確認이 並行되지 않고는 不可能하였다는 하나의 圖式을 생각할 수 있게 한다.

그러므로 우리는 좀더 韓國的 近代化過程을 從前의 槪括的方法으로 훑어보거나 西歐社會와의 比較方法에 의하여 서구사회의 典型에 얽매이는 標本主義에서 脫皮하여 한국적 특수성을 인정하고 비록 일본이나 서구에서는 이러저러한 공식에 의하여 近代化가 進步되었다 하더라도 한국적 상황은 貧弱하나마 그렇게 될 수밖에 없었던 그 史實이 全部라는 것을 再確認할 필요가 있는 것이다.

서구의 樣式에 의하지 않았다 하더라도 그것이 韓國的 特殊性이 消化해낸 근대적 발전과정이었다는 이것을, 우리는 是認하여야하고 또 是認된 그 史實의 바탕에서 한국의 근대를 出發시키지 않으면 안될 것이다. 만일에 그렇지 않고 서구의 公式에 一致시키려는 固執으로 一貫한다면, 아마도 한국의 근대는 1950년대에 와서야 可能性을 試驗하게 될 것이며 1960년대에 들어서서 定着했다고 말해야할 것이기 때문이다.

嚴密히 따진다면 종래의 文學史에서 같이, 한국의 근대를 微細한 特徵에 따라 1894년이다 1918년이다 1919년이다 라고 구분하는 것은 危險한 생각이며 또 그렇게 分類할만한 根據가 充分히 갖추어진 것도 아니다.

다만 韓國近代文學史論이 자주 쓰고 있는 細分은 그나름의 確信이 있어서인 것만은 틀림없는 것이며 비록 짧은 時期를 너무 잘게 잘랐다는 非難을 받을지 모르나 그래도 文學史로서의 體貌는 갖추기 위해서는 그정도 具色은 갖추어야할 것이 아니냐는 변명은 受肯이 간다.

그러나 엄밀히 따진다면 十九世紀末이나 二十世紀初의 小說에서 顯著한 差異点을 발견할 수 없는 것이 사실이며 二十世紀初의 자유시와 1920년初의 자유시 사이에 분명한 斷崖가 그어져있는 것도 아니다. 또 言文一致運動이 1919년에 와서 갑자기 盛行한 것도 아니고 이미 1886년에 創刊한 「漢城週報」에서 姜瑋등이 創案한 國漢文混用體의 採用이 言文一致의 기반조성이라고 볼 수 있고 그것이 1896년의 兪吉濬의 「西遊見聞」, 1896년의 徐 載弼의 「독립신문」에 의한 한글 專用, 띄어쓰기에 이르러 一次的 試驗이 끝난것이라

고 할 수 있다.29)

二十世紀에 들어오면서 이봉운의 「國文正理」를 위시한 池錫永의 「新 訂國文」, 권정선의「正音宗訓」 등이 1905, 1906년경에 발표되고 光武 11년 (1907) 7月 8日에 國文硏究所가 設置되기에 이르고 당시 學務局長이었던 尹致昨가 위원장이 되고 魚允迪, 李能和, 權輔相 李億, 尹敦求, 周時經, 池錫永 등이 위원이 되어 23회의 회의를 거쳐 많은 業績을 남기고 있음을 보게되는 데30), 이것은 第一次 言文一致運動이 十九世紀末에 일어난 데 이은 國語의 必然的인 覺醒의 結果라 할 수 있는 것이다.

따라서 우리는 1905년 이래 1920년까지를 國語學硏究의 開花期로 보고자 하며 그 余波로서 「創造」誌 등에서 文章의 革新이 이루어지는 자연스런 發展을 목도하게 되는 것이다. 그러므로 「創造」誌나 그 뒤의 文藝誌에서 보이는 文章의 새모습은 十九世紀初의 國語學的 硏究熱이 끼친 영향하에서 結果되어진 것이라할 것이고 더 나아가서는 十九世紀의 言文一致運動의 繼承이라고 보는 것이 옳을 것이다.31)

이와 마찬가지로 小說이나 詩歌등 문예의 흐름도 동경유학생들에게서 突發的으로 發生한 것 같은 인상을 주는 論法을 삼가야하며 그들에 의하여 發展이나 現代化가 促求되었을 것은 확실하지만 前時代와는 斷絶된, 새로운 文藝의 出發쯤으로 論斷하는 태도는 事實과는 먼 거리에 있는 것이라 할 것이다.

本論에 들어가는 한 評價의 準據로서의 文學史觀을, 이와같이 긴 眼目으로 보아야하고 百年, 千年뒤에 보더라도 合理的인 평가를 해야할 것으로 생각한다. 따라서 모든 史觀이 아무리 歐美思想에 의하여 諸般 文化構造가 交替된 것같은 인상을 주더라도, 그것을 皮相的으로 槪觀하지말고 보다 積極的으로 接近하여 그 時代人들이 무엇을 생각했고 무엇을 하고자했던가하는 主體的 精神을 把握하여 한 시대사가 가지는 생명적 價値를 解明하는 態度로 이룩되

---

29) 言文一致의 省察에 대하여는 筆者의 글을 참고하시기 바람.
　　李靑原. 言文一致의 起點問題. 詩文學. 1977. 6-78. 3.
30) 金允經. 새로지은 國語學史. 乙酉文化社. 1963. PP. 118-129.
31) 上揭書. 注 31 참조.

어야 할 것이다.

이러한 次元에서 보아간다면 1890년대에서 1950년대까지의 60년 사이에 이루어졌던 文藝史가 一貫된 時代意識 아래에서 흐르고 있다는 것을 알 수 있으며 다만 그 사이에 많은 技術上의 變化를 보이고 있다는 것을 알게될 것이다.

2. 新體詩型의 出現

1910년을 分水嶺으로 보아 그 이전의 문학과 이후의 문학이 크게 달라지는 것은 事實인데, 이러한 差異는 1905년 이후와 이전에도 보이는 것으로서 이 시대가 歐美思潮의 流入에 따른 思想的激動期였음을 斷的으로 立證하여 주는 것이된다. 여기서는 1910년 이전의 한국문학의 흐름을 槪括하여 보는 것으로, 1910년 이후에 어떻게 繼承되어가고 있는가를 알아보려고 한다.

韓國의 近代初期의 最初의 詩歌는 예수교 계통의 讚頌歌를 번역하면서 시작된다.

최초의 讚頌歌集은 Jeorge Heber Jones와 Louise C, Rothweller의 共編으로 된 「찬미가」로서 1892년 발행이다. 1971년에 이 방면의 주요 論文을 쓴 金秉喆교수에 의하면 다음과 같이 되어 있다.

예수교의 찬송가類 출판연대

1. 찬미가	1892年	27편(初版)
	1895年	81편(再版)
	1899年	176편(三版)
	1902年	205편(五版)
2. 찬양가	1894年	117편(初版)
	1895年	154편(再版)
	1900年	182편(三版)
3. 찬셩시	1895年	54편(初版)
	1898年	83편(再版)
	1900年	84편(三版)[32]

여기서 보는 바와 같이 長老教와 監理教는 그들의 布教上의 필요성에 따라 數百篇의 찬송가를 韓國語로 번역하거나 創作하여 부르게 했는데, 그 調律을 分析하여 보면 8·8 - 7·8 - 7·7 - 7·6 - 6·6 - 6·5 - 4·3 - 3·3 등 多樣하였던 것이다.

이렇게 多樣한 調律이 나오게 된 것은 아마도 原歌의 뜻을 살리자하는 데서도 그러했고 曲調에 맞추다보니 어쩔 수 없이 多樣한 調律이 形成되었을 것이라고 볼 수도 있다.

이러한 찬송가는 教會와 主日學校에서 불리워졌던 것인 데, 主日學校는 대개 1880년대나 1890년대에 세워졌으니까 教會와 함께 찬송가 보급에 큰 몫을 담당한 것으로 볼 수 있다.33) 또 이무렵에는 徽文, 培材, 梨花, 永化 등 學堂이 基督教財團에 의하여 設立·經營되었기 때문에 찬송가의 普及은, 이들 學堂의 學生들이 당시 近代化의 前衛的 集團이었으므로 더욱 빠른 速度로 全局에 미쳤던 것이다.

1989년에 興味있는 近代詩를 썼던 李承晚의 「고목가」도 이러한 찬송가의 한 영향이었다는 것을 말하여 주는 데 그 내용을 보면 다음과 같다.

　　　고목가 Song of an old Tree
　일　슬프다 져나무
　　　다 늙었네
　　　병들고썩어서
　　　반만셨네

　　　심악흔비바람
　　　이러져리급히쳐
　　　몃백년큰남기
　　　노놀위터

---

32) 金秉喆. 開化期 詩歌史上에 있어서의 初期韓國讚頌歌의 位置. 亞細亞研究. 1971. 6. P. 49.

33) 梨花七十年史. P. 37. 永化七十年史. P. 57.

이　원수에 짯작새
　밋흘쫏네
　미욱한져 새야
　쫏지마라

　쫏고또쫏다가
　고목이부러지면
　네쳐즈네몸은
　어듸의지

　　— 以下 略 —34)

이것이 上記한 찬송가류에서 더러 보이는 字數律 가운데 6·4 6·4 6·7 6·4調에 自己의 作詩를 붙인 것으로서 그 무렵에 「독립신문」 등에 流行되었던 8·8調를 따르지 않고 그 이전의 찬송가의 한 형식을 밟고 있음을 알 수 있다.

이와같이 예수교계통의 讚頌歌類는 學生과 敎人을 통하여 빠른 속도로 波及되어가는 사이에 여러 가지 新歌型의 定立을 위한 試練이 잠시 있었을 것으로 推測되나 1896년의 「독립신문」에는 8·8調의 歌型이 하나의 固定된 스타일로 등장하는 것을 보게된다.

　서울 슌쳥골 최돈셩의 글
대죠션국건양원년 텬디간에사롬되야
즈주독닙깃버ᄒ세 진츙보국뎨일이니
님군쎄츙셩ᄒ고　 인민들을ᄉ랑ᄒ고
졍부를보호ᄒ세　 나라긔를놉히달세
나라도을싱각으로 부녀경뎌즈식교육
시죵여일동심ᄒ세 사롬마다홀거시라
집을각기흥ᄒ기면 우리나라보젼ᄒ기
나라몬져보젼ᄒ세 자나씨나싱각ᄒ세

---

34) 이승만. 고목가. 협성회회보. 제10호. 光武 2年 3月 5日. 이 「고목가」는 1972년에 필자가 발견하였음.

나라위히죽는죽엄 국태평가안락은
영광이제원한업네 ᄉᆞ롱공샹힘을쓰세
우리나라흥ᄒᆞ기를 문명지화열닌세샹
비ᄂᆞ이다하ᄂᆞ님ᄭᅴ 말과일과ᄀᆞᆺ게ᄒᆞ세
아모것도몰은사ᄅᆞᆷ
감히일언ᄒᆞ옵내다.35)

이 시는 近代初期의 詩歌의 嚆矢일 뿐 아니라 그 形式에 있어서 前에 보지 못한 特異한 形態임이 확실하다.

대체로 이 詩歌 이전의 찬송가류나 民謠, 또는 歌辭, 時調에서도 8·8調의 傳統調律은 찾을 수 있는 것으로서 가령 이 무렵의 東學革命 때에 流行한 民謠를 보아도 이 形式은 쉽게 찾아낼 수 있는 것이다.

새야새야 팔왕새야
녹두밭에 앉지마라
녹두꽃이 떠러지면
청포장수 울고간다.

또 이 時期보다 조금 앞선 崔水雲의 「龍潭歌」를 한 예로 들어볼 수도 있을 것이다.

가련하다 가련하다
우리父親 가련하다.
龜尾龍潭 좋은勝地
道德文章 닦아내어
山蔭水蔭 알지마는
立身揚名 못하시고
龜尾山下 一亭閣을
龍潭이라 이름하고
山林處士 一布衣로
後世에 傳탄말가 36)

---

35) 독닙신문. 톄일권 뎨삼호. 건양원년 4월 11일.

이상과 같이 8·8調(4·4調라고 부르는 이들도 있다)는 古來의 韓國歌謠에서 傳來한 固有形式이었던 것은 再論할 필요가 없겠으나, 이 形式이 1896년의 「독립신문」에서 다시 하나의 定型으로 固定된 背景은 도대체 무엇인가 우리는 이것을 궁금하게 생각하지 않을 수 없는 것이다.

「독립신문」에 게재된 百餘篇의 詩歌는 대개 학생, 교원, 교인, 순검 등의 순으로 作者가 되어있고 그밖의 人士들은 新詩歌에 별다른 關心을 보이고 있는 것 같지는 않다. 그런데 학생, 교원, 순검 등의 共通點은 近代化에 대한 積極的인 參與 내지 關心, 기독교의 신도거나 아니면 好感을 가진 부류들이었다는 것이다. 當時에 있어서의 기독교는 近代化의 유일한 背景思想이었고 歐美의 文明이 기독교 사상의 成果처럼 이해되었던 시대이었으니까 기독교에 대한 傾倒는 상상을 넘는 정도였을 것이다.

더구나 後進의 大要因으로 指摘되던 巫俗과는 달리 唯一神을 믿는 기독교의 교리는 마침 고취되고 있는 科學精神에 의하여 合理化되었던 것이니 新敎育과 科學思想과 기독교는 그 당시 사람들에게 同一槪念으로 받아들여졌던 것이다.

그런데 이렇게 近代化에의 前衛階層이었던 학생, 교원, 교인, 순검 등이 어찌하여 多樣한 기독교 찬송가의 형식을 따르지 않고 8·8조의 전통적 형식에 의존하였느냐 하는 것이 문제인 것이다. 우리는 여기서 다음과 같은 原理를 끌어 낼 수 있을 것같다. 곧 "外來思潮의 刺戟은, 그것이 激烈하면 할수록 전통사상의 集中力(自己凝集)을 加重시킨다"는 것이고 그러나 "그 集中된 傳統思想은 自己方式을 固守하는 것이 아니라 外來思潮의 刺戟을 입어 새로운 脫出口를 摸索한다"하는 것이다.

이러한 原理는 植物에 있어서도 가지치기를 많이하면 生命의 威脅 때문에 더 많은 細枝를 自生시킨다던지 大殺傷이 있었던 戰亂뒤에 人口가 急增하는 現狀은 모두 이러한 凝集과 脫出의 原理에 의하는 것이라 여겨진다. 따라서 韓國의 詩歌의 發展도 外來詩歌의 刺戟이 커질수록 强化되었던 自己凝集이

---

36) 崔東熙. 水雲의 基本思想과 그 狀況. 崔水雲硏究. 韓國思想硏究會. 韓國思想. 12 PP. 153-154 再引用.

결국은 8·8조의 전통형식의 固守로 一段은 決行되고 그 脫出의 方法으로서 「독립신문」의 新體詩型으로 탈바꿈하는 過程을 밟았을 것으로 推測된다고 보겠다.

이와 비슷한 경우인 日本의 唱歌도, 1869년에 福澤諭吉의 「世界國盡」의로 시작되지만, 그것이 傳來의 歌形인 7·5조에 의하여 표현되었던 韓國의 경우와 그 과정을 같이 한다.

> "…世界ハ廣シ萬國ハ, 多ソトィヘド大凡ソ五ニ分ケシ名目ハ, 亞細亞, 阿非利加歐羅巴, 北ト南ノ亞米利加ニ, 堺カギリテ五大洲………それはこううたいはじめ以下延延と八千餘字を連ねて, 世界の風土・風物・歴史を紹介していく, すべて七五調から成る, 啓蒙的な地理書だ. 福澤はその範を いわゆる 往來物(寺子屋の教科書)の「江戸方角」や「都路」にとっつたという, 兩者ともに 江戸中期から行なれていたもので…七五調でうたいつづけて 江戸や 東海道の 地理案內をくりひろげるもの"37)

福澤는 唱歌를 창작한 것이 아니라 日本 傳來의 俗曲의 形式인 7·5調를 近代的 內容을 담아서 再構成하였다는 것이라는 解明이 이미 日本文學史論의 定說이고 보면, 우리의 新詩와 같은 脈을 따르고 있다고 할 수 있다.

이렇게해서 「독립신문」의 新體詩型은 傳統形式인 8·8調를 계승하게 되는데 이것이 8·8調의 形式을 그대로 反復하는 것이 아니라 새로운 스타일로 變形시켰던 것이니 그것이 여간 놀라운 것이 아니다. 위에서 본바와 같이 民謠나 歌辭는 그 形式이 8·8調의 單行이었는데 대하여 「독립신문」의 新詩는 8·8調 二重復數行이었다는 점이다. 이것을 例示해 보면 다음과 같다.

민요와 가사의 形式
① ○○○○ ○○○○
② ○○○○ ○○○○
③ ○○○○ ○○○○
④ ○○○○ ○○○○

---

37) 鈴木亨. 明治詩史. 現代詩鑑賞講座. 12. 角川書店, 1972. P. 25 再引用.

「독립신문」의 신체시형

① ○○○○○○○　③ ○○○○○○○
② ○○○○○○○　④ ○○○○○○○
⑤ ○○○○○○○　⑦ ○○○○○○○
⑥ ○○○○○○○　⑧ ○○○○○○○
⑨ ○○○○○○○　⑪ ○○○○○○○
⑩ ○○○○○○○　⑫ ○○○○○○○

※ ①②③④ …의 番號를 읽는 順序로서 필자가 써 넣은 것이다. 이 시가 二重으로 되었을 뿐 아니라 復數型의 體裁를 갖추고 있다는 点에서 이런 類의 歌型이 世界에 그 類例가 없는 固有의 것이라는 것도 또한 注目할 일이다. 다만 이와 비슷한 것으로는 日本의 新體詩가 있으나 韓國의 新體詩型에는 그 構造가 미치지 못한다.

1882년에 發刊하여 큰 關心을 끌었다는 日本의 「新體詩抄」는 7·5調를 固守하면서 二重三行을 한 連으로 하고 있다는 것이 特色이었다.

四方を望めば夕暮の　景色もいとど物寂し
唯この時に聞ゆるは　飛び來る虫の羽の音
遠き牧場のねやにつく　羊の鈴の鳴る響 38)

이렇게 二重三行一連의 스타일이 여러번 되풀이해서 三連을 만들어내는 것인데 이것을 당시 1881년 11월에 나온 「小學唱歌集」의 영향도 있었으리라고 말하고 있으며 全 19篇이 收錄된 「新體詩」 가운데 5篇만이 創作이고 다른 14篇은 번역시였으니까 오히려 우리의 新體詩型보다는 새로운 맛이 적다고 할 수 있다. 구체적으로 日本의 新體詩와 우리의 新體詩型과 比較하여 보면 兩型의 差異點을 알게 될 것이다.

---

38) 上揭書. P. 48.

韓國의 新體詩型

1		3	
2		4	
5		7	
6		8	
8		11	
10		12	

— 下 略 —

※ 連이 없음

日本의 新體詩

1		2	
3		4	
5		6	

두 詩型사이에 나타난 差異는 여러 가지로 나눌 수 있겠으나 調律이 8·8 調인데 반하여 7·5調인 점, 構造가 二重復數型인데 비하여 二重三行 一連型 인 점등이 크게 다른 점이다.

例示하면 다음과 같다.

區　　分	韓國의 新體詩型	日本의 新體詩
調　　律	傳統的 8·8調	傳統的인 7·5調
二 重 構 造	二　重	二　重
復 數 並 行	있　음	없　음
三 行 一 連	없　음	있　음

여기서 復數並行이라고 말하는 것은 다른 것이 아니라 二重으로 되어있으 면서 옆으로 한 번 겹친 構造를 가리키는 것으로 다음과 같은 것을 이르는 것이다.

1 ___________________   3 ___________________
2 ___________________   4 ___________________
5 ___________________   7 ___________________
6 ___________________   8 ___________________

이것은 日本詩나 우리 민요, 가사 등의 구조와는 다르며

(민요·가사)

1 ___________________
2 ___________________
3 ___________________
4 ___________________
5 ___________________
6
____

日本新體詩의 구조와도 다르다.

(일본신체시)

1 ___________________   2 ___________________
3 ___________________   4 ___________________
5 ___________________   6 ___________________

　위와 같은 일본신체시의 單純二重行과 달리 한국의 신체시형은 復數二重行인 것을 말한다.

　「독립신문」은 1896년 4월 創刊이며 그와같은 달에 이 돈성의 詩歌가 첫 선을 보이므로 일본의 신체시보다는 15년 뒤의 일이지만 이무렵에 일본과 별 다른 文化交流가 없었던 것으로 미루어 일본의 신체시의 영향하에 우리의 新體詩型이 發生했다는 假定은 전혀 근거없는 일이며 어디까지나 韓國人들의 獨創物이었다는 것은 의심할 여지가 없다.

　그렇다면 한국의 近代문학에 있어서의 起點이라할 수 있는 新體詩型은 外

國思潮의 영향과 그로인한 刺戟속에서 創造的으로 創案된 詩型이라는 것을
알 수 있고 이 詩型은 「독립신문」 3호부터 폐간될 때까지 계속될뿐 아니라
「독립신문」에 발표된 모든 시들이 한결같이 이 復數二重型의 詩型에 의하여
表現될 뿐 일체 다른 詩型을 試驗하고 있지 않다는 것을 본다면 이 時代의
唯一한 歌型이라고 해야할 것이다.

이 時代에 完成된 復數二重型의 新體詩型은 「독립신문」이 폐간된 뒤에도
꾸준히 盛行하였던 것이니 그것은 「협성회회보」에 보이는 詩型이 그 좋은 例
가 될 것이다.

시위대 병뎡이 탄식호 노릐

一. 불상호다불상호다   二. 외국인의졀졔밧어
　　시위대병뎡불상호다   　　풍한셔습불피호고

三. 각근봉공호것만은   四. 만코만은겨부운이
　　긔한이막심호도다   　　쳥쳔빅일가렷으니

五. 어느날에구름거더   六. 잠씨여라잠씨여라
　　붉은빗을다시볼고   　　대한인민잠씨여라

七. 아모쏘록일심호야   八. 십만방리대한국을
　　외국인쎄견모말고   　　주쥬독립굿게호세39)

이 시형은 「독립신문」의 歌型을 그대로 밟고는 있으나, 一. 二. 三.⋯ 등
分節式으로 나누고 있는 것이 특색일 것이다. 그러나 이것은 뒷시대에는 계
승되지 않았고 다만 「독립신문」의 歌型만이 盛行하였으니 그 例를 國內와 國
外의 雜誌에서 하나씩 들어 보기로 하여보자

자비호신하느님이　과거사를싱각호고

---

39) 협성회회보. 6호. 1898.

녀희들을경계ᄒᆞᄉ　목뎍더욱굿게ᄒᆞ야
만셰반셕됴혼터에　자유힝복누리도록
고뎌광실시로짓고　마련ᄒᆞ야두셨스니

락심말고힘만써라　할녤루야할렐루야
나의혼말실신업다　쳐분디로　ᄒᆞ오리다.40)

外國에 나간 歌型은 어쩔 수 없이 舊歌型을 固守할 수 밖에 없었기 때문에 그랬다하겠으나 國內에서 발간되었던 「경향잡지」 에서 보아도 이 歌型이 지켜지고 있는 것은 어인일일까?

자유슈족ᄉ못뚤어　우리범혼무수죄악
십ᄌ가샹못박으니　얇흐고도셜업도다.

십ᄌ가샹셩령혼을　죽으시던대은쥬끠
셩부손에붓치시고　우리령혼붓칩시다.

슯흐도다우리셩모　예수셩혈셩모눈물
죽은아둘품에안네　내죄씻고날살니네

신셕총에셩시렴장　죄를씻고공을닥가
셩모셜움엇더홀고　예수셩톄령홀지라

슯흐도다예수고난　예수셩혈우리눈물
얇흐도다우리죄악　합ᄒᆞ여셔위로삼세41)

이 두 詩型에서 變型된 것이 있다면 二行一連으로 分節된 것이라할 것이다. 이런 것은 1898년 「협성회회보」의 詩型과 같으나 다만 一. 二. 三…… 등의 番號를 붙이지 않기로 한점이다.

---

40) 大道. 데1권 데8호. 1908. August. 本 大道誌는 샌프란시스코에서 발간되었음.
41) 경향잡지. 데 10권 357호, 1916년 9월. 1권. P. 426. 위 두 잡지는 모두 1969년에 필자가 발굴하였음.

이 歌型은 1916년 이후에도 기독교 계통에서는 지켜갔던 것인데, 기독교 계통에서 이렇게 이 歌型을 지켜간 데에는 그럴만한 이유가 없었던 것도 아니다.

宗教란 一貫性을 요구하게 되며 하나의 典型은 특별한 事由가 아니면 변경하지 않으므로 아마 1920년 이후에도 이 歌型은 내내 기독교 계통에서 愛用되었던 것이다.

3. 唱歌와 그 構造

이 新體歌型의 뒤를 이은 歌型이 다름아닌 唱歌이다. 唱歌는 주로 「大韓每日申報」에 실린 詩歌로서 그 최초의 詩는 아마도 「歌亦悲壯」이 아닌가 한다. 이 詩歌는 1905년 9월 30일, 10월 4일, 10월 5일의 三日間 연재된 것으로 末尾에 「美洞 仁義禮智家 成樂允 李敦和 禹範振」이라 써있어서 作詩者의 이름이 明記되어 있는 것이 특색이다.

또 「大韓每日申報」 1905년 9월 30日字에 편집부에서 이 노래를 실으면서 다음과 같이 註를 붙이고 있다. 「近日에 幾個 有志들이 時事를 憤歎ᄒ야 歌謠一篇을 作ᄒ야 本社에 寄來ᄒ얏ᄂᆞᆫ디 調雖俚俗이나 其志則可悲키로 記載 如左ᄒ노라」라고 쓰고 있다. 이 편집주에서 두 가지 근거를 발견하게 되는데, 하나는 이 시가 「時事를 憤歎」하여 쓴 것이고 다른 하나는 그 調律이 「俚俗」된 것이라는 것이다. 여기서 말하는 俚俗은 아마 民謠나 歌辭의 歌型을 말함일 것이다. 소개하면 다음과 같다.

歌亦悲壯

嗚呼우리 同胞드라
長夜昏衢朦朧中에

醉夢을 좀깬지여

我歌一曲드러보소

流涕痛哭기지업고
撫膺長嘆하일업다.

海東一隅文明國이
太祖高皇帝基業으로

衣冠文物典章法度
箕子千年遺風이오

禮義廉恥孝悌忠臣
古聖賢에遺訓이라

小中華라이르기는
君子國이有名터니

鳴呼痛哉甲午後에
世衰道微可知로다

三綱五倫斁絶ᄒ고
三尺王法不振ᄒ니

親小人遠賢臣은
國之興亡그안인가

亂臣賊子奸細輩는
聖主何代無之리오

— 中 略 —

어와우리 同胞드라
어셔밧비 꿈을쌔여

同心合力極盡ᄒ여
아모조록 開明ᄒ세

三千彊土復舊ᄒ고
億兆蒼生건져니여

社稷을安保ᄒ고
皇室를 扶護ᄒ여

大韓乾坤磐石갓치
光武日月堯舜갓치

文明之國다시되여
同樂泰平ᄒ여보세

美
洞　仁義禮智家

　　　成樂允 李敦和 禹範振 42)

이 노래는 俚俗이라고 大韓每日申報가 지적하고 있는 것처럼 歌辭나 民謠를 모방한 8·8調로서 自由律과는 다른 定型詩의 한 形態라 할 것이지만, 8·8조의 字數律이나 二行一連의 連作詩法 등이 「독립신문」의 新體詩型을 계승한 새로운 형태라고 할 것이다.

다시 말하면 「도립신문」의 新體詩型에서 「협성회회보」의 一. 二. 三. 四……式의 分節法과 二行一連의 體裁를 二重으로 하지않고 單連으로 한 것이 특색이다. 이것은 圖式하면 다음과 같다.

　　　　독립신문의 新體詩型

1 ________________________   3 ________________________
2 ________________________   4 ________________________

____

42) 大韓每日申報. 光武 9년 (1906) 9월 30일. 第41號. 10월 4일. 第 44號 10월 5일. 第45號.

5	7
6	8
9	11
10	12
13	15
14	16

※ 1, 2, 3…… 등의 번호는 읽는 順序를 밝히기 위하여 筆者가 붙인 것이다.

협성회회보의 新體詩型

一

二

三

四

大韓每日申報의 唱歌

이러한 圖式을 살펴보면 한국의 近代詩는 처음의 復數二重無連의 形式에서 復數二重二行一連으로, 거기서 다시 二行一連으로 발전하였다고 볼 수 있겠다.

이렇게 發展된 것은 장차 自由詩의 形式에 接近하는 당연한 순서로 볼 수 있어서 조금도 詩型의 後退라거나 歌辭形式으로서의 還元이라고 斷定할 수 없는 일이며 事實에 있어서 결코 還元이 아닌 것이다. 그런데 一部學者들이 「大韓每日申報」의 詩型이 歌辭와 같다고 하여 이것을 "開化歌辭"라고 부르고 있는 것을 본다. 이것은 日本의 詩史가 唱歌 ― 新體詩 ― 自由詩의 順으로 成長한 것을 보고 그러한 公式을 韓國 近代詩에 適用한데서 일어난 착오 일 것이다. 「大韓每日申報」의 詩型이 「독립신문」의 詩型보다 後退한처럼 보인 것은 日本의 新體詩가 唱歌의 7·5調의 單行無連의 形式에 비하여 7·5調의 二重三行一連의 形式을 갖춘 것으로 發展하였기 때문에 그와같은 公式으로 韓國詩를 본다면 당연히 古調로 還元하였다고 볼 수 있고 또 그 形式이 歌辭와 同一하기 때문에 歌辭라고 判斷한 것일 것이다.

그런 한국의 시를 일본의 公式으로 풀어보려는 態度부터가 옳지 않다고 나는 생각한다. 일본은 唱歌에서 시작하여 新體詩로 거기에서 自由詩로 그렇게 발전하였지 마는, 한국의 시는 新體詩型에서 시작하여 唱歌로, 거기에서 自由詩로 나아간 것이다. 이는 일본과는 다른 順序이며 또 어떤 것이 正式이냐 하는 것은 따져보아야 알 일이다.

나의 判斷에 의하면 한국의 詩史가 오히려 바르게 걸어간 것이 아니냐 하는 생각이 든다. 왜그러냐 하면 近代詩라는 것은 自由詩에 이르는 過程的歌型들이기 때문에 처음은 여러 가지 形態의 形式이 試驗되겠지만 차츰 自由詩와 비슷한 形態로 變形되는 것이 順序일 것이기 때문에 우리 詩처럼 二重으로 하다가 또 二行一行으로 바꾸다가 뒤에 連이 없이 自由詩처럼 單行連作으로 해가는 發展過程을 밟아야만 無理없이 自由詩로 承繼될 것이기 때문이다.

그렇지 않고 일본의 근대시처럼 唱歌에서 新體詩로 옮기고 거기서 自由詩로 이어지자면 二重三行一連의 形式이 깨어져야하고 그것이 다시 單行(二重이 아닌)으로, 無連으로 바뀌는 過程을 치루어내지 않고는 自由詩에 이를 수가 없으므로 新體詩에서 自由詩가 發生하기까지는 매우 힘든 陣痛을 겪어야 하였을 것이다.

이런 이유로 오히려 韓國詩쪽이 日本詩보다는 正常的인 발전을 한 것이라고 보고자하며 그러한 立場에서 韓國詩를 보아줄 것을 동시에 부탁하는 바이다.

新體詩型 이후의 이 歌型을 唱歌라고 부르는 것은 이 歌型이 唱歌集의 形式과 같은 때문에 그렇게 부른 것이다. 또 그 당시는 曲調에 맞추어 부르는 詩歌라할지라도 作者부터 그것을 曲調를 任意로 選擇하여 詩에 맞추어 불렀던 것이니 이 무렵의 詩歌들이 唱歌로 通稱된다고해서 조금도 이상할 것이 없다.

4. 變型詩와 自由詩의 登場

唱歌는 8·8조의 基本型을 固守하는 흐름을 1920年代나 그 이후까지도 지속하였으나 벌써 1907년부터 變型이 試驗되고 있는 것을 볼 수 있어서 自由詩에로의 移行過程이라고 보아지는 詩歌는 역시 이 變型詩에서 그 胚胎期를 발겨하게 된다. 몇 편을 예로 들면 다음과 같다.

농부가 己童의 童謠

…세게에유명한농산국이라
얼널널샹스지

문명흔나라의농리대로
죵즈와농긔를기량흐여

심으는법대로심은후에
거두는법대로것웟스면

십비와이십비가되리라
얼널널샹스지……43)

슈심가 트리童의 童謠

쟈고야우지말아
울나거든녀혼쟈울지

구가스샹에잠못든날쓰지
웨찌우느냐

녕변의약산동디야
네부듸평안이잘잇거라

내명년츈삼월에오거든
쏘다시맛나쟈

남산을 브라보니
번화ᄒ기가한량이업고나

언졔나뎌사롬이긔고
잘산단말이냐

영웅이녜로부터
업는째가업셧것마는

대한강산삼쳔리우에
ᄒ나도업느냐……44)

　이 變型의 詩歌들은 1907년에 崔南善으로 하여금 새로운 시의 試驗으로 突入하게 하므로써 새 時代를 展開하게 한다. 1907년「舊作三篇」以外에도 1908년 少年誌 창간호 卷頭詩가 있다. 그것은 그동안 是非가 많았던 소위

---

43) 大韓每日申報. 1907. 8. 20. 필자가 발굴하였음.
44) 大韓每日申報. 1907. 9. 5. 필자가 발굴하였음.

新體詩라고 불리웠던 "海에게서 少年에게"를 말한다.

　이 시는 처음 白鐵교수에 의하여 그의 文學史에서 新體詩로 規程된 것인데 이는 日本의 唱歌→新體詩→自由詩의 公式을 韓國詩에 適用한 데서 생긴 無理한 命名이었다. 그뒤에 趙演鉉 교수도 별다른 뜻이 없이 新體詩論을 계승한 셈인데, 우리가 다 아는 바와 같이 이 詩가 新體詩가 아닌 것은 분명하다.

　白교수는 일본의 公式대로 唱歌 다음에 新體詩, 그 다음에 自由詩의 順으로 하고자하니까 唱歌를 1896년의 「독립신문」의 詩歌로하고 1908년의 「海에게서 少年에게」를 新體詩로, 그리고 1919년의 「創造」의 「불노리」를 自由詩로 본 것이다.

　「독립신문」의 詩歌가 新體詩形이라고 말한 것은 더 말할 것이 없고 1907년부터 崔南善을 포함하여 다른 사람들에 의하여 唱歌體인 8・8調의 單行詩에 대한 變型의 試驗이 시작된다는 것은 앞서 말한바와 같다. 이 變型詩들은 自由詩로 이어지는 하나의 架橋로서 文學史上 그 意義가 여간 크지가 않다.

　崔南善 자신의 말에 의하면 丁未년(1907)에 「舊作三篇」을 썼었다고 하고 있고 그것이 「少年」에 발표되고 있으니까 역시 1907년이 初期 自由詩의 時期가 아닌가 싶다.

　1907年 「舊作三篇」으로 시작된 自由詩의 胎動이 몇 해 뒤인 1909년에 本格的인 自由詩 두 편을 出産하게 되므로, 나는 1907-1909년의 時期를 自由詩의 萌芽期로 보고자 한다.

　「舊作三篇」에는 崔南善이 몇 편의 新詩의 形式을 試驗했었던 經驗을 소개하고있는 것이 特記할만한 것으로 文學史的으로 빼놓을 수 없는 것이다. 그는 이렇게 쓰고 있다.

　　"나는, 天稟이, 詩人이, 아니러라. 그러나, 時勢와 밋, 나 自身의 境遇는, 連해 連方, 所願아닌, 詩人을, 만들녀하니, 처음에는, 매우, 頑固하게, 또, 强猛하게, 抵抗도하고, 拒絶도 하얏스나, 畢竟, 그에게, 摧折한바―, 되여, 丁未의, 條約이, 締結되기 前, 三朔에, 붓을, 들어, 偶然히, 생각한대로, 記錄한 것을, 始初로하야, 三四朔동안에. 十餘篇을, 엇으니, 이곳, 내가, 붓을, 詩에, 쓰던始初요, 아울러, 우리國語로, 新詩의, 形式을, 試驗하던, 始初라. 이에揭載하난바, 이것三篇도, 그中엣것을, 摘錄한것이라. 이제偶然히, 舊作을보고, 그時, 想華를, 追懷하니, 또한深大한, 感興이, 업지못하도다"[45]

여기서 보면 "丁未의 條約이 締結되기 前 三朔에 붓을 들어"로 되어 1907
년에 십여편을 얻은 것으로 말하였고 그것이 "우리 國語로 新詩의 形式을 試
驗한 始初라"로 밝히고 있다. 1907년이면 그가 日本 早稻田大學 高等師範學
部 地理歷史科에 入學했다가 模擬國會事件으로 自退하고 東京 秀英社에서 印
刷諸機具를 購入하여 돌아온 다음해요, 上犁洞 自宅을 改修하여 印刷所를 차
리고 「新文舘」을 創立한 해이니 매우 意慾에 찾던 때라고 볼 수 있겠다. 그
래서 三篇의 舊作을 소개하고 있는데 그것들이 모두 그 당시의 詩歌들인 唱
歌와는 形式이 다른 것이었다.

    한말하난일조곰틀님없도록
    夢寐에라도마음두고힘쓰게
    말이조흐면함박꼿과갓흐나
    일은흉해도흰쌀알과갓더라.
    눈비움도조흐나
    배불은것더조희 46)

이러한 形式은 定型律인 8·8調의 唱歌에서 變容된 것으로 거의 散文에
肉迫하고 있는 것이다. 本來 自由詩라 할 때의 自由의 뜻이 定型律에서의 脫
皮를 의미하는 것이기 때문에 verse libre의 名稱이 許容된 것이라면, 우리
의 自由詩도 응당 自由롭게 되기 이전의 定型이 前提되어야 하고 그 前提로
서의 8·8調의 唱歌를 하나의 定型으로 看做하야할 것은 더 말할 것이 없다.
이렇게 따져간다면 여기서 선보인 「舊作三篇」은 自由詩에의 최초의 胎動으
로 보아야 하고, 前記한 「大韓每日申報」의 1907년 變型詩와 함께 이 時期의
詩들을 自由詩의 試驗期의 詩로 指定해서 조금도 모자라지 않는다.
1907년에서 비롯된 自由詩의 胎動은, 1908년 11월 「少年」誌의 發刊과
함께 거기에 「海에게서 少年에게」가 創刊號의 卷頭詩로 게재됨으로써 한층
活氣를 띠게된다.

---

45) 少年. 第二年. 第四卷. 陸熙三年 四月. P. 3.
46) 上揭書. P. 4.

　　그러던 그 다음해 1909년에 本格的인 自由詩가 역시 崔南善 자신에 의하여 發表되고, 또 한편의 自由詩가 作者未祥의 人物에 의하여 햇빛을 보게되는 것이다.

　　崔南善에 의하여, 쓰여진 詩는 「少年」誌에 발표된 것이나 詩의 題目이 붙어있지 않고 紀行文 가운데 들어있는 一種의 卽興詩여서 더욱 關心을 갖게한다.

　　이 詩는 松京을 지나면서 본 情景을 읊은 것으로 "장차 松京을 등지고 써날새 西門을 바라보며 한 詩가 잇스니"라는 소개가 붙어 있다.

　　　허술한 門樓위에
　　　허술한 支揭ㅅ軍이 안젓네
　　　두손을 무릅압헤 맛잡고
　　　곰방대에 담배를 피우면서

　　　松岳山連峰위엔 마음업난 구름이
　　　오락가락하고
　　　滿月臺地臺아래엔 개똥 감춘 풀포기가
　　　푸릇누릇하도다.
　　　그가 일업시 보난 것이 무엇인고?

　　　半千年 王業이 길기도 하거니와
　　　三國을 統一하야 처음으로 高麗한
　　　半島에 帝國을 세우니
　　　쏘한 盛하도다.
　　　그러나 지금은 거림자도 업구나
　　　그가 일업시 생각하난 것이 무엇이뇨?

　　　한世上을 고요하게 지낼새
　　　너에게 자랑할 것 自負할 것 한아 업섯도다.
　　　그러나 大皇祖의 宏遠한 規模를 現實할양으로
　　　―사랑과 울흠의 大帝國을 이 人間에 셰울양으로
　　　―그리하야 主의 뜻을 이루고 아울너 우리나라의
　　　흙이 왼 地球中 가장 큰 것을 만들양

그목숨을 내여논 崔瑩은
高麗史의 저녁노을 이러니라 죽이긴
죽이고 죽기는 죽엇서도
오호! 이 淚腺이 넉넉치못한 사람은
피로 代身하야 우난곳이로구나
그가 일업시 도라다 보난 것이 무엇이뇨?

南蠻(安南 · 섬羅等)이 方物을 드리고
東夷(蝦夷 · 琉球等)가 臣되기를 願하니
한때 榮華가 너도 쏘한「로오마」로구나
그러나 槿花의 하루아참이 되고말미 웃지함이뇨
우리가 禮成江의 일홈을 생각하매
불상타함을 쯔리지아니하겟네
그의 얼업시 슯흔뜯을 가진듯함이 무엇이뇨.

담배煙氣는 무럭무럭 그의 얼골을 덥도다.
한 대가 다 타면 다시 담아부텨 썰고 담기를 쉬지아니하난 도다.
그는 支揭ㅅ軍이어늘
벌이할 생각은 털끚만치도 업난 듯 담배만 업시하난도다.

쌀업서 애쓰난 그의 안해
옷헐어 살드러난 그의 자식
그를 보니 보지안어도 생각하겟네
살님의 괴로운 싸홈에 疲困하얏나냐
쪄처 올라가난 煙氣ㅅ속에 쉼(安息)을求하나냐
그럴것도 갓지 아니하다.
「배곱하!」소리가 그의 귀를 싸릴터인데
그래도 담배만 쎅 쎅

城밋헤 웃둑웃둑선 石碑는
뉘집 烈女ㄴ고
知覺업난 새들은 함부로 쏭을 쌀녓도다.
씨룩씨룩 소리하난 저 기럭이
―때―알어차렷나냐! 하난 것 갓다.

그러나 또 한 대 담났고나

낫겨운 해는
눆은 빗흐로 게어르게 門樓와 밋 그를 비췬다.
허술한 집을 쏘일때에는 해도 허술한 듯
일업난 사람을 쏘일때에는 해도 일업난 듯

너의 支揭가 썩을 때 까지라도 그리만하고 잇거라
내가 타고 안진 汽車는 暫時도 그치지 안네
아마 다시는 못보겠다 잘잇거라
나는 올때가 잇서도 네가 웃덜지?! 47)

이 자유시는 「平壤行」이라는 紀行文(19페이지의 長文) 속에 들어있는 卽興詩이기 때문에 詩題가 없어서 이것을 筆者가 「支揭軍」이라고 이름하고 부르기 시작한 것이 1972년 5월이었으니까 꽤 오래전의 일이다.48)

「支揭軍」은 다양한 聯想法이라던지 調律의 自由로운 驅使, 그러면서도 內在律을 成功的으로 살려가고 있는 점에서 매우 優秀하다고 할 수 있고 이 時期에 流行하고 있던 警時·譏弄의 啓蒙的傾向에서 벗어나서 한 지게꾼의 모습을 實寫하면서 高麗王朝와 庶民生活을 無理없이 調和시키고 있는 것은 特異한 手法이라고 할 수 있다. 다시말하면 이 무렵에 盛行되고 있던 8·8調의 唱歌에 비하여 自由律이고 觀念的인 傾向에 비하여 寫實的이라는 점이 자유시로서의 要件을 충족시켜줄 뿐 아니라 題材도 時事的·政治的 性格에서 傳統과 世事라고하는 一般性을 다루므로서 近代文學의 軌道를 밟고있다는 印象을 주고 있다.

이 「支揭軍」과 雙璧이 되는 詩가 또하나 1909년에 나타났으니 그것은 「大韓每日申報」에 발표된 「한반도」였다. 이 詩는 不幸히도 作者未詳으로 되어있는 점이 큰 결함이긴 하지만, 詩로서는 조금도 不安한 점이 없는 秀作이다. 「支揭軍」보다도 完璧하며 形式의 自律性이나 詩想의 자연스런 運行이나 詩語

---

47) 少年. 第二年. 第十卷. 陸熙三年 十一月 一日. 平壤行中에 있는 詩. 1970년에
　　필자가 발굴하였음.
48) 이상비. 자유시의 형성과정에 관한 고찰. 1972년 5월 12일 한국언어문학회
　　학술발표에서 발표.

의 近代性이 「支揭軍」에서 보이는 稚氣와 덜 걸러진 것 같은 直說的인 맛을
完全히 補完하고 하나의 아름다운 自由詩로서 높은 美的水準에까지 도달하고
있다는 것을 알게한다.

한 반 도

동해에돌출한
나의한반도야
너는나의
조샹나라이니
나의ᄉ랑홈이
오직너뿐일세
한반도야

은딕이깁고나
한반도야
션조들과
모든 민족들이
너를의탁하야
싱장하엿고나
한반도야

력ᄉ가오러된
나의한반도야
션조들이
유적을볼때에
너롤ᄉ모홈이
더욱깁허진다
한반도야

일월ᄀ치빗눈
나의한반도야
둥군둘이
반공에 붉은째

　너를싱각홈이
　더욱곤졀ᄒ다
　한반도야

　산쳔이슈려훈
　나의한반도야
　물은맑고
　산이웅장한데
　너를향훈춤셩
　더욱높허진다.
　한반도야

　아름답고귀훈
　나의한반도야
　너는나의
　ᄉ랑하ᄂ바니
　나의피를ᄲ려
　너를빗내고져
　한반도야 49)

　「한반도」에서 보여주는 이러한 口語와 自由形式, 高度의 情調를 一段 1909년의 時期에 拘碍하여 突發的인 形式이라거나 아니면 詩史的 立場에서는 별다른 영향력이 없는 것처럼 생각하는 것은 잘못이다. 「支揭軍」이나 「한반도」가 出現할만한 必然的인 與件으로서 나는 胎動期의 試驗詩(變型詩)와 그 이전의 唱歌와 최초의 新體詩型을 例로 들었던 것이다.

　그런데 「創造」가 自由詩의 出發이라는 先入見이 굳혀진 우리 周邊사람들은 좀처럼 1910年代 以前의 과정에 대하여 關心을 가지려하지 않고 있는 것이다. "그렇게 일찍이 무슨 뾰족한 수가 있었겠는가?"하는 自蔑意識같은 것이 作用했던 것도 사실이다.

　韓國 近代詩歌研究로 크게 寄與한 바 있는 鄭漢模 교수도 「한반도」에 대하여서는 自身을 갖지 못한 것을 보게된다. 그는 말하고 있다.

---

49) 大韓每日申報 1909. 8. 18. 第 1175號.

　　"…歌辭도 時調도 아닌 새로운 형태이다. 물론 歌로서의 형식이긴 하지만
7·5조의 學校唱歌를 위주로한 唱歌의 형식도 아니다. 이것은 歌辭의 律調를
바탕으로한 變型이며 길이는 時調의 短形의 영향을 받은 것이라고 볼 수 있
다"50)

　　鄭漢模 교수의 「韓國現代詩文學史」에 引用되어있는 「한반도」는 全 四聯으
로 되고 漢字가 섞여있으나51) 이는 잘못 옮긴 것이다. 原文은 漢字가 없이
순 한글의 國語로 되어서 現代語와 조금도 다르지 않은, 當時로서는 아주 嶄
新한 表現法이며 形式도 代表的인 自由詩型이고 內在律이나 主題의 展開 등
技法이 뛰어난 佳作인 것이다.

　　이렇게해서 나는, 1910년 곧 식민지 시대 이전에 形成된 詩歌의 흐름을
더듬어 보았거니와, 이 가운데 傳統詩歌의 하나였던 時調에 대해서는 말할
기회가 없었다. 그래서 近代時調의 發展 과정을 살펴보므로서 詩歌史의 脈을
總整理할까 한다.

5. 近代時調의 試驗과 發展

　　近代時調의 嚆矢에 관해서는 벌써 세차례에 걸쳐 나의 發表가 있었으므
로,52) 여기서의 再論은 簡略하게 하고자 하거니와, 나는 前記 自由詩나 新體
詩型이나 唱歌에서처럼 여기서도 새로운 나의 立場을 이미 밝히었다.

　　그것은 이 方面의 整理를 애써하여준 李泰極 교수의 「時調槪論」에서 時調
史論의 定說에 대한 것인데, 거기에 쓰여있는 內容이 事實과 다르므로 그것
을 바로잡으라는 것이었다. 바로잡아야할 내용은 대체로, 最初의 近代時調가
실린 雜誌名, 그 雜誌가 創刊된 年代, 거기에 실린 作品名이고, 또 時調의 復

---

50) 鄭漢模. 韓國現代詩文學史. 一志社. 1974. 3. P. 151.

51) 上揭書. P. 151.

52) 李相斐. 韓國近代 文學의 再評價(一) 圓光大論文集. 1972.
　　李相斐. 韓國近代詩歌史研究. 韓國文學. 1974-75 연재.
　　李相斐. 近代時調史論의 批判. 國語國文學研究. 1977.

興時期에 관한 記錄이다. 이 내용은 여러번 나에 의하여 말해진 것이므로, 여기서는 바로잡은 것만을 정리하는 것이 좋을 것 같다.

近代時調는 1907년 東京에서 창간된 「東京留學生會學報」에 崔南善이 발표한 「病中」에서 비롯된다. 「病中」은 조금 變型된 時調이기는 하지만 그렇다고 唱歌나 다른 類型의 詩로 볼 것은 분명히 아니다.

病　中　　　　　　　　　　夢　夢

　　병이ㄴ셔 공부못히
　　일이잇셔 공부못히
　　이핑계 져핑게 다 쎄이고 나면 공부홀늘 전연 업네
　　아무쪄가도 네공부는 너홀것이니 네아라차려라.[53]

三章으로 區分된 것은 확실하나 終章初三句가 「아모쪄가도」로 5字로 된점이라던지가 지나친 變型이어서 時調로서는 과하다할 수 있으나 一應 이것을 三章六句體로 보아 준다면 近代時調로서는 다른 異意가 있을리 없다. 다만 이 기회에 바로 잡을 것은 지금까지 定說로 되어있는 몇가지 部分인데 그것을 비교하면 다음과 같다.

명　　　칭	李　泰　極　說	本　人　說
雜　　誌　　名	東京留學生會報	東京留學生會學報
創刊　年月日	1903年 推算	光武11年 3月 3日
時　　調　　名	國風으로 推斷	病　中
揭　載　誌　號	밝히지 않음	第3號 63面

그리고 時調가 이렇게 崔南善에 의하여 近代化되면서 新聞에 의하여 붐을 造成하게 되는 데 그 先驅役割을 한 것이 「大韓每日申報」였다. 「大韓每日申報」는 종래 漢詩만 싣던 「詞藻」欄을 한글로 「ㅅ조」라고 바꾸고 時調를 싣기 시작하였는 데, 이것이 紙齡442號(1908年 11月 29日)부터의 일이다. 첫 時

---

53) 大韓留學生會學報. 第3號. 光武11年. 5月 25日. P. 65.
　　1969년에 필자가 발굴함.

調는 다음과 같다.

조 강 력

삼쳔리 도라보니 텬부금탕 이 아닌가
편편옥토 우리강산 어이하고 늠줄손가
출하리 이쳔만즁 다죽어도 이강토롤

이러한 「ᄉ조」欄의 時調 揭載는 近代 時調의 試驗이 끝난지 1년뒤의 일이어서 하나의 흐름을 形成하는 時日로도 짧은 것은 아니다. 또한 대한매일신보는 가장 部數가 많았고 人氣가 있었던 新聞이었으니 時調復興에 큰 영향력을 발휘했으리라는 것은 의심할 여지가 없다.

「大韓每日申報」가 亡國과 함께 폐간이 되고 三一運動후에 「東亞日 報」에 의하여 時調 復興이 提唱되어 時調가 오늘날까지 健實하게 愛用되는 歷史的 契機가 造成되지만, 그러나 따지고보면 이것은 第二次 復興이었고 최초의 復興은 역시 「大韓每日申報」쪽에서 한 것으로 정리해야 옳을 것이다.

다만 兩新聞에서 치룬 近代時調運動을 性格上으로 區分한다면, 「大韓每日申報」가 作品을 통하여 警世·愛國의 精神을 고취하는 方向으로 나아갔다면 「東亞日報」는 警世·愛國의 傾向이 日帝에 의하여 閉塞당하엿기 때문에 傳統 時調의 復興에 注力하는 한편 理論的背景을 파고 들어가므로서 學究的關心을 불러일으켜서 民族精神의 一大覺醒을 암암리에 겨눴던 것이다.

6. 韓國近代詩歌의 整理

이리하여 1892년 이후 기독교계통의 讚頌歌에서 크게 영향되어 文學史上 特異한 形態를 創造해냈던 新體詩型은 뒤에 唱歌의 효시였던 「歌亦悲壯」에게 바튼을 넘기게되고, 여기서부터 歌辭나 民謠와 같은 8·8調가 流行하게 되는데, 이것은 당시 각급 학교의 唱歌集에 通用되던 調律과 同一한 것이어서 학교가 唱歌의 一般化를 위한 큰 몫을 담당하고 있었다하는 것을 우리에게 다시한번 回顧시켜주고 있다.

처음에 唱歌는 7·7調의 混用이 한두번 눈에 띨뿐 嚴格한 8·8調의 形態였는데 1907년 以後에는 차츰 變型이 나타나고 하면서 1907년에 崔南善에 의하여 試驗된 自由詩에의 接近을 보이므로서, 이 시대가 벌써 詩史上으로 여기까지 發展했구나하는 것을 알게 한다.

따라서 근대초기의 신시는 1909년에 「支揭軍」과 「한반도」 등 自由詩로서 손색이 없는 完成型의 시를 얻게 되면서 1910년 이전의 시가의 흐름을 우리는 확인한 셈이 되는 것이다.

Ⅳ. 管理文學의 形成過程

1. 「學之光」의 意義

1910년의 大韓帝國의 滅亡과 함께 이땅의 모든 것이 倭國에 의하여 支配되었던 것은 周知의 일이다. 倭國이 韓國을 强占한 뒤에 그들에게 있어서의 最大, 最高의 目標는 韓民族을 하루빨리 그들의 奴隷로 轉向시키는 일이었다. 따라서 奴隷化의 目標에 反하는 一切의 行動은 暴力에 의하여 强壓되었다.

이러한 奴隷化의 政策을 뒷받침한 價値觀은 말할 것도 없이 親日的 反韓國的인 論理였다.

그들은 光復을 試圖하는 모든 個人的, 集團的行動을 막았고 愛國精神을 根絶시키기 위하여 斷末魔의 몸부림으로 狂奔하였다.

愛國精神을 根絶하는 최선의 방법으로 그들이 채택한 政策이 곧 言論의 封鎖였다. 言論의 봉쇄는 우선 檢閱制度의 施行으로부터 强行되었으며 국내의 무릇 言論이 親日一色으로 突變하는 奇現象을 齎來시켰다.

雜誌에도 新聞에도 나라 찾자고 하는 文章은 찾을 길이 없고, 倭人들의 橫暴를 꾸짖는 一言半句의 文脈도 읽을 수가 없었다. 들끓는 反日感情과 冲天

하는 獨立意識을 表現할 길이 없는 민족의 서름은 얼마나 컸겠는가. 그러나
그것을 반영해줄 문학은 이미 이 땅에서는 許容되지 않았던 것이다.

이리하여 民族의 意識을 올바르게 反映하는 문학은 자연히 國外로 나가지
않을수가 없었고 國內의 문학은 대체로 세가지 類型으로 變質하여야 하였던
것이다. 하나의 類型은 暗暗裡에 민족의 불행을 반영하는 感傷派의 文學이요,
둘째의 類型은 아예 政治性이나 社會意識을 外面하고 개인의 哀歡이나 다루
는 것으로 專念하는 部類였고, 셋째의 類型은 親日文學을 했던 系列을 말한
다. 이 三類型의 문학에 공통점이 있다면 「個人意識」의 登場이라 할 것이다.
1910년 이전의 문학에서 찾아볼 수 없었던 「個人」이 1910년 이후의 「學之
光」에는 갑자기 나타나기 시작하는 것이다.

近代는 個人意識을 必須로 하는 것이기 때문에 1910년 以後의 이러한 「個
人」의 문학을 우리는 매우 반가와하여야할 것이다. 어느새 이렇게 近代意識
이 나타나리만큼 우리 社會가 발전했는가 하는 驚異와 함께 이 무렵의 詩歌
를 바라보게 된다. 近代란 個人主義(Individualism)과 技術(Technologie)
이며 이것들이 바탕이 되어 造成한 市民意識과 合理主義이다.

그러나 市民意識은 곧 批評精神을 말하고 合理主義는 科學的 思考를 의미
한다는 것을 생각한다면, 1910년 이후의 우리문학에 나타난 「個人」이 어떠
한 개인이냐 하는 것을 쉽게 判別할 수 있을 것이다.

1910년대의 韓國社會는 激動期였음에 틀림없으나 近代意識이 造成될만큼
發展한 것은 아니었다. 1910년까지 主權回復의 課題가 未決의 상태로 남아
있었고 1910년의 社稷의 倒壞와 함께 국민은 慘憺한 空虛와 絶望을 經驗한
채 方向을 잃고 있었던 것이 사실이었다.

近代的 國家觀이나 近代的 社會觀의 要請이 꾸준히 強調되는 一方, 個人意
識의 漸進的 高揚이 19世紀末에 顯著하게 눈에 띄었으나 1905년의 保護條約
이래 모든 意慾은 國權回復의 大前提밑에 從屬되는 印象을 주었던 것이다.
그러다가 얼마지 않아서 合倂의 不幸을 당하게 되자 國權回復의 大前提는 光
復의 抗爭으로 再整備되고 國內와 國外의 鬪爭은 散發的이긴 했으나 광복을
위한 長期戰의 상태로 突入하였었다.

　　이런 狀況에서 어떻게 근대적 개인이 成長할 수 있었을 것인가. 나라잃은 백성은 망국의 아픔속에서 울고있고 倭敵은 植民地化를 위하여 武斷政治를 强行하던 1910년 初期에 "急速度의 近代化作業이 推進되었고 個人意識이 造成되었다"고 말할 수는 없을 것이다.

　　그렇다면 「學之光」에 보이는 個人은 어떤 개인일까. 이것을 銳意 分析檢討할 필요가 있다. 于先 이 시대의 개인을 분석하려면 이 시대의 의식을 파악하여야 한다. 다 아는 바와 같이 이 時代는 亡國의 슬픔속에서 어렴풋이 나마 方向을 摸索하려하던 때였다. 祖國의 지난 날을 後悔하고 나라잃은 오늘을 痛嘆하면서 어떻게해야 自主獨立하여 다시 光復의 名譽回復을 할 수 있는가를 探索할 때였다. 나는 그래서 日帝 四十年을 「光復志向의 時代」라고 規定하고자 하는 것이다.

　　이러한 「光復志向의 時代」를 가장 敏感하게 반영하는 媒體役割을 할 수 있는 것이 文學일 것이므로, 倭帝는 무엇보다도 문학의 彈壓을 優先하였던 것이다. 그들은 이 민족의 思想·感情의 표현이어야할 문학으로 하여금, 이 민족의 생각과 느낌을 率直하게 表現할 수 없게 하였다. 韓民族이 渴求하는 光復思想을 表現할 수 없게 하였고, 倭帝의 蠻行을 批判할 수 없게하였다. 그들에게 許容된 것은 愛國·愛族·社會的關心과는 關聯이 없는 人生派的關心, 個人의 넋두리만을 허용하였고 唯美的인 藝術行爲는 오히려 韓國民族의 울분을 解消하는 한 方便으로서 推獎되었던 것이다. 이것이 다름아닌 「個人」의 등장이었다.

　　다시말하면 테크놀로지의 導入과 그로 인한 合理主義의 構築으로, 社會意識이 高揚되면서 자연발생적으로 이루어진 西歐의 「個人」이 아니라, 侵略者에 의하여 表現의 自由가 極度로 制限된 나머지 저들의 侵略行爲에 妨害되지 않고 또한 韓民族의 쌓이고 쌓인 울분의 解消策으로 考案된 方便的 個人이었던 것이다. 이러한, 侵略者에 의하여 짓밟힌 不具의 文學으로서 처음 등장하는 것이 바로 「學之光」이었다.

　　「學之光」은 1913년에 「親睦會」의 뒤를 이어서 7개 留學生團體가 會同하여 만든 「學友會」의 學術誌였다. 「學之光」 第三號에는 「學友會創立略史」라하여

創立經緯를 다음과 같이 밝히고 있다.

> 學友會創立略史
> 　波瀾, 曲折, 衝動, 解散, 分立, 聯合으로 裝飾된 事實은 我留學界의 歷史라 或은 自力의 薄弱, 或時勢의 不利, 原因이 되며 結果가 되니 이 複雜ᄒ 狀態를 一時에 論定키 難ᄒᆯ뿐 아니라 特히 本報의 不許ᄒᆷ을 因ᄒ야 玆에 簡略히 學友會創立된 由來及事實만 揭述ᄒ노니
> 　壬子春에 留學界 總團體되ᄂ 親睦會가 舊興學會의 覆轍을 復踏ᄒ야 末路를 遂ᄒ 以後, 敦誼講究가 그機關을 失ᄒ고 知識發表가 그報筆이 絶ᄒ야 學界에 孤寓時代가 演出되다. 그러나 우리 留學界의 充滿ᄒ 實力은 決코 時勢의 左右ᄒᆯ바 아니요 또ᄒ境遇의 支配될바 아니라 壬子 秋風을 更待ᄒ야 橫溢ᄒ 思潮가 片片今으로 學界에 波動되니 或茶話會가 되며 或親睦會가 되며 或 同志會가 되며 或俱樂部가 되어 分立時代가 復興되다.
> 　元來 我 留學生會ᄂ 時勢의 便利ᄒᆷ과 境遇의 必要ᄒᆷ을 因ᄒ야 孤寓時를 演出키도ᄒ고 分立活動을 復興케 ᄒ엿스나 到底히 比等 生活은 一般學界의 最高理想을 滿足키 難ᄒ지라 是以로 癸丑秋에 至ᄒ야 大同團結의 名義下에 鐵北親睦會, 湨西親睦會, 海西親睦會, 東西俱樂部, 三韓俱樂部, 洛東同志會, 湖南茶話會, 七團體가 會同ᄒ야 和氣靄靄ᄒ裏에 留學生總團體가 組織되니 此가 學友會 新紀元이 되다.
>
> 　※ 띄어쓰기는 筆者 54)

이상의 創立略史에 있는 바와같이, 「學友會」의 前身으로 「興學會」와 「親睦會」가 留學生을 代表하는 總團體로서 存立했었으나 오래 가지 못했고 잠시의 空白期間이 있었다가 1912년(壬子) 가을에 그룹활동이 시작되었고 이 때에 만들어진 7個 團體가 會同한 뒤 總聯合을 하여 「學友會」를 結成한 것이었다. 이 「學友會」는 「學之光」第5號에서는 會則을 制定하고 正式 名稱으로 「朝鮮留學生學友會細則」으로 18條文을 따로 規定하고 있다.55)

「學之光」은 이로부터 1930년까지 存續하고 있는 유일한 綜合誌였으므로

---

54) 學之光. 第二號. 1914. 12. 3. 1968년에 필자가 발굴하였음.
55) 上揭書. 第五號. 大正四年五月二日.

合倂의 不幸 以後에 東京 유학생들의 문학을 포함하여 무릇 學術의 搖籃이 되었던 것이다.

특히 「學之光」第三號에서 崔斗善은 「文學의 意義에 關하야」라는 異例的인 글을 싣고 문학의 價値를 다음과 같이 말하고 있다.

　　"…그럼으로 文學의 意義를 論함에 吾人에게 知識을 供給하는 書籍은 文學이라 論定하기 不能하고 或은 詩歌나 小說의 體裁를 具備한 것을 文學이라 斷論하기도 不能하며 쏘는 內容이 空想과 事實임을 싸라서 文學 非文學을 論하기도 不可하도다 이러면 이밧게 文學이 文學되는 理由가 有할지니 얼른 말하면 文學에는 文學의 生命이 잇슬지오 더욱 그生命은 그文學이 價値가 잇스면 잇슬수록 그生命이 더욱더욱 長久할지니 그 文學을 産出한 人은 有限한 壽命을 有하나 産出된 바의 文學 그것은 千百年間 그 文學을 鑑賞함은 곳 그 生命을 맛봄이라.

　　이 生命을 맛봄에는 우리의 心理的活動이 엇더한가 心理狀態는 心理學上 三種에 分하야 知情意로 論하고, 或 學者들 싸라서 이것을 二種에 分하야 知와 情意로 論하야 情과 意를 一種 連續作用이라 하나니 그러면 우리가 文學을 맛보아 그것이 生命이 有하다하면 우리의 心的狀態의 엇더한 部分이滿足함을 엇을가 다시말하면 快感을 엇을가 或 知的部分이 滿足을 엇을가 그러나 知識의 滿足으로는 生命을 判斷하기 不可하도다. ……만일 知的部分이 生命을 判斷하기 不能하면 情意의 部分은 웃더할가 情意가 滿足하면 비로소 生命을 經驗할 수 잇스니 生命은 知識의 認知할 바이 아니오 오직 情意를 노코는 不能하니 웃더한 글을 보고 生命이 잇슴을 感得함을 그것이 情意의 經驗에 感觸됨이라 ……要컨데 文學은 글 가운데 情意를 늣는 것이니라 이것이 勿論 完全한 定義는 아니라

　　　　　　　　　　　　　　　　　　　　一九一四年 十一月 八日"56)

　문학의 가치를 論究한 理論으로서는 아마 最初의 것이 되지 않을까 모르겠다. 문학을 情意를 刺戟하는 데 있다고 보고 情意를 통해서만 생명을 經驗할 수 있다고 주장하는 그의 論據에서는 相當한 美學的 識見을 發見할 수 있을 것 같다.

---

56) 學之光. 第三號. 大正三年十二月三日. PP. 26-28.
　　1968년에 필자가 발굴하였음.

崔斗善은 뒷날 문학에 從事하지는 않게되지만, 문학의 價值, 문학의 藝術性에 대하여 매우 진지하게 말하고있는 것을 보면 이 무렵의 學徒들의 學究的 風土를 짐작할만하다.

「學之光」은 사실상 韓國의 近代的學術時代를 여는 序幕이라할 수 있으며 또한 日本留學生들의 總聯合의 모임에서 運營되는 것이기 때문에 모든 분야의 학생들이 여기에 投稿하여 그들의 포부를 公開하고 初步的이긴하지만 各分野에서 나름대로의 專攻에 좇아 韓國의 諸問題를 다루고있는 熱誠을 目睹할 수가 있다.

가령 第三號부터 보면, 申翼熙가 편집겸 발행인이 되고 張德秀를 筆頭로 玄相允, 羅惠錫, 崔承九, 崔斗善, 閔圭植, 崔南善, 鄭魯湜, 安廓 등이고, 第四號에는 上記 人物外에 文義天, 金利埈, 金世光, 李景俊, 朱鐘建, 鄭忠源, 유錫祐, 金瓚永, 第五號에는 上記人外에 宋鎭禹, 李相天, 盧翼根, 尹顯振, 金鍱洙, 金億, 朴夏徽, 韓世復으로 시작하여 第十三號쯤 가면 李光洙, 崔八鏞, 金明植, 金永爕, 朴勝喆, 徐春, 田榮澤, 李仁, 金昌漢, 兪萬兼, 金良洙, 全翼之, 朴昇洙, 第十四號에는 金燁, 그리고 春園의 長詩「極態行」이 실린다. 이것이 1917년 11월 13일夜에 쓰고 잡지는 1917년 12월 20일 발행되니까 長詩로서는 처음의 것이다.57) 第十五號에는 李丙薰, 徐尙一, 崔鶴松이 새 筆陣으로 第十八號에는 金喆壽, 秋峯, 金俊淵, 負朝陽, 桂麟常, 金東仁, 徐翊禹, 高永煩, 주요한이 새로 登場하고 여기서 金東仁의 논문「小說에 對한 朝鮮사람의 思想을」이 발표된다. 이 글에서 東仁은 藝術로서의 소설을 主張하고 勸善懲惡을 批判하는데 이것이 1918년 12월 31일 印刷하여 1919년 1월 3일 發行된 第十八號에 실렸으니까 「創造」에 앞선 東仁의 글이다. 第二十號쯤에는 卞榮魯가 여기에 가담하고 洪永厚, 高永煥, 金佑枰, 崔?淳, 高志英, 金鍾弼, 金達浩 등이 새얼굴이 되고 第二十二號에 가서 閔泰瑗이 나오고 李丙雨, 申東起, 金敬注, 趙宇, 金恒福, 尹相徹, 卞熙瑢 등의 새얼굴이었다.

이렇게 보면 이들 가운데 많은 사람들을 우리가 記憶해내겠는 데, 그 가운데 政治人, 學者, 文人, 實業家등 多樣한 專攻을 가진 사람들이 들어있는 것이다. 專攻이 다른 만큼 志向하는 것도 조금씩을 달랐으나 「學之光」을 발판으로하여 이들이 무엇인가 새로운 理想을 품게 되고 그것의 現實을 위한 노

---

57) 이 「極態行」은 「靑春」誌에도 발표하였음. 1968년 필자가 발굴함.

력을 한 것만은 틀림이 없는 일이다. 다시말하면, 「學之光」은 初創期의 韓國
社會 곧 政治, 藝術, 言論 등의 諸分野의 主役을 길러낸 母誌일뿐 아니라 韓
國植民地 時代의 엘리뜨를 養成낸 輩出場이기도 해서 「學之光」의 意義는 단
순하지 않으며, 거의 韓國近代史와 특히 植民地史를 硏究함에 있어서 매우
중요한 자료가 된다할 것이다.

그 가운데 중요한 역할이 식민지적 모델로서, 「學之光」에 흐르는 은밀한
흐름 가운데 代表的인 것이 「朝鮮主義」이며 이 「朝鮮主義」가 敵의 强壓속에
서도 교묘하게 위장표현이 되어 貫流하지만, 일단 日本留學을 마치고 歸國한
「朝鮮主義者」들의 大部分은 敵의 公私業所에 高級傭人이 되어 使役되어야 하
고 그러다 보니 자연히 親日的으로 않될 수가 없는 가슴아픈 公式過程을 밟
아가야했던 것인데 이러한 변화과정을 아이러니 컬하게 表現한다면 그것이
바로 한국형 식민지적모델이라고 할 것인지 모르겠다.

「學之光」은 이렇게 韓國植民地 時代의 精神을, 그리고 近代的 韓國像을 産
出한 母體로서 그 意義가 큰 것이며, 近代化와 植民地治下의 不幸을 함께 짊
어지고 가야했던 사람들의 苦憫이 잘 나타나 있을 뿐 아니라 敵의 强壓속에
서 最小限度의 표현의 자유를 빌어 最大限度의 意思表示를 해야했던 植民地
文學의 한 개 典型으로서 우리는 「學之光」의 價値를 再評價해야 할 것이다.

2. 「學之光」에 보이는 散文詩와 長詩의 嚆矢

「學之光」이 나오기 전에 1910년 이후 韓國文學을 담당해온 雜誌는 「少年」
과 「靑春」이었다. 그러나 「少年」은 少年層을 대상으로 한다는 限界性 때문에
唱歌를 위주로 다루었고 「靑春」은 靑年의 意氣를 고취한다는 目的意識 때문
에, 文學은 하나의 傳達의 器具役割에서 벗어나지 못했다. 그래서 「靑春」에서
도 詩歌는 傳達의 方便으로서 安易했던 唱歌가 受容되었던 것은, 그 당시의
韓國社會가 그만큼 唱歌를 唯一한 歌唱의 手段으로 삼았다는 推測을 가능하
게 한다.

다시 말하면 「少年」과 「靑春」은, 「學之光」이 日本 東京에서 창간되기 전에
韓國文學을 담당한 雜誌이긴 했으나 1910년 이전의 전통적 흐름을 계승하고
있었다고 볼 수 있고 새로운 사상과 새로운 형식으로 출발한 문학의 始源은,

國內가 아닌 敵國 日本 東京에 留學갔던 韓人 靑少年들이 만든 「學之光」에서 부터이다.

「學之光」의 문학은 前章에서 말한바와 같이, 個人이 등장하는 私文學이지마는 그것은 近代的個人으로 인한 私文學이 아니라 光復에의 關心이나 倭敵의 政策이나 蠻行을 批判할 수 없게 嚴斷한 데서 어쩔 수 없이 받아들인 「私私로운 人生에의 關心」이었던 것이다.

「學之光」에는 詩가 많이 발표되고있는데 그 形式도 散文詩와 自由詩의 二種이고 내용도 個人的 關心을 主題로한 私文學이어서 우리가 흔히 말하는 非政治的, 非啓蒙的인 文學이며 藝術로서의 문학이라고 할 수 있겠다.

「學之光」의 시들은 自由詩의 槪念이 지금과같이 고정된 것이 아니라 매우 廣範했던 모양으로, 散文詩같이 되어있는 것도 특별히 散文詩라고 詩題目 밑에 表示를 하지 않으면 散文詩가 아니라 自由詩였던 것이다. 산문시라고 밝힌 것은 산문처럼 連書하여 행의 구분이 없는 것이고 자유시는 비록 산문같이 되어있는 連書 부분이 많아도 가끔 行이 구분되어 있어서 요즘의 산문시와 비슷한 형식으로 되어 있다. 예를 들면 「學之光」 四號의 「° 프리!」, 「내의 가슴」, 「新年의 노래」, 「생각나는 대로」 등이 모두 이러한 自由詩와 散文詩의 混合型인데 이것을 당시 사람들은 산문시라 하지 않았다.

그래서 산문시라고 밝힌 것은 崔南善이 「名詩三篇」(散文詩) (쑤르계―네°프)라하여 번역시를 「學之光」四號에 싣고있는 것이 처음이고 創作詩로는 金億이 역시 「學之光」 五號에 실은 「밤과 나」가 처음이다.

　　밤과 나(散文詩)

金　億

　　밤이왔다, 언제든지 갓튼 어둡는 밤이, 遠方으로 왔다. 멀니 끚업는 銀가루인 듯 흰눈은 넓은빈 들에 널리엿다. 아츰볏의 밝은 빗을 맞즈랴고 기다리는 듯한 나무며, 수풀은 恐怖와 暗黑에 싸이웠다. 사람들은 稀微하고 弱한불과 함끠, 밤의 寂寞과 싸호기 마지 아니한다. 그러나 차차, 오는 哀愁, 孤獨는 갓까워온다. 죽은 듯한 朦朧한 달은 薄暗의 빗을 稀하게도 남기엿스며 무겁고도 가비얍은 바람은 限업는 키쓰를 씨우며 모든 것에게, 한다. 空中으로 나아가는 날근 오랜님의 소리 「現實이냐? 現夢이냐? 意味잇는 生이냐? 업는 生이냐?」

　　四方은 다만 沈默하다. 그밧게 아모것도 업다. 이것이, 永久의 沈默! 밤의 悲哀와 밋밤의 運命! 죽음의 恐怖와 生의 恐怖! 아아이들은 어둡은 밤이란곳

으로 旅行온다. 「살기 워지는 대로 살가? 쏘는 더살가?」하는 오랜님의 소리,
빠르게 지내간다.
고요의소래, 무덤에서, 내가슴에, 沈默
一九一五. 一. 一五 58)

　지금까지 金億은 1918년의 「泰西文藝新報」에서의 번역시 활동을 두고 그
가 번역활동을 하여 韓國近代文學의 初期에 꽤 寄與했다고하는 評으로 滿足
해왔으나, 이러한 金億觀을 이제부터는 修正해야 하겠다.
　金億은 이무렵에 같이 創作活動을 한 崔承九 등과 함께 植民地時代文學의
開拓者이며 啓蒙文學에서 藝術文學으로 轉向하는 데 있어서 가장 큰 功績을
남긴 巨匠이었을 뿐 아니라 韓國文學史上 처음으로 散文詩를 쓴 시인으로 紀
念될 것이다.
　「學之光」에 발표한 시들은 匿名을 쓰는 이들이 많아서 다 알기가 힘드나
初期에 발표한 自由詩 가운데 비교적 빠른 것이 崔承九의 「쎌지엄의 勇士」이
다.

　　　쎌지엄의 勇士

素　月

　山嶽이라고 쌕에지는
　　大砲의 彈앞에
　너의 阿只는
　　발서 碎骨이 되엇고
　野獸보다도 暴惡헌
　　쎄르만의 戰士의게
　너의 愛妻는
　　恥辱으로 죽엇다.

　인제는 사랑허든
　　家族도 업서젓고
　너조차 逃亡헐

---

58) 學之光 第5號. 大正四年五月二日. 1968년에 필자가 발굴함.

　　길을 일허버렷다

배불너도 더 찾는
　　慾心쑤레기의게
너의 財産을
　　다밧처도 不足이다.

正義가 읍서젓거든
　　平和가 잇슬게냐
다만 저들의
　　꿈속에 弄談이다

너, 自我以外에는
　　野心만흔 敵뿐이요
敗北는 너의 政府
　　弱헌 까닭뿐이다.

쎌지엄의 勇士여!
　　最後까지 싸흘뿐이다!

너의 엽헤
　　부러진 槍이 그저잇다.

쎌지엄의 勇士여!
　　쎌지엄은 너의 것이다!
네 것이면
　　꽉 잡아라!

쎌지엄의 勇士여!
　　너의 쎠되는 너의 것이다!

너, 人生이면
　　權威를 드러내거라!

　　쩰지엄의 勇士여!
　　　瘡口를 부등키고 이러나거라!
　　너의 피, 괴이는 곳에
　　　쩰지엄의 子孫 부러나리라

　　쩰지엄의 히로여!
　　　너의 몸 쓰러지는 곳에
　　거누구가 月桂冠을
　　　밧들고 섯슬이라.

　　　　　　　　　　　　一九一四. 十一. 三.59)

　　이 시는 侵略軍에게 짓밟힌 베르기의 이야기를 다룬 것이지마는, 最後까지 싸우라고 勸告하는 作者의 마음속에는 나라 잃고 救國鬪爭에 나선 同胞에게 보내는 聲援이 곁들여 있다고 생각할 수 있을 것이다.

　　「學之光」의 文藝欄은 石泉, 夢夢, 悟然子, 小星, K·Y生, 素月(崔承九) 金瓚永, 五峯生, 金億, 流暗, 海難, ㅅㅁ, 松山, 春園, 주요한, 金佑枰 등이 初期를 이루었고 小說과 그 밖의 散文으로는 崔斗善을 비롯하여 安廓, 田榮澤, 金東仁, 春園 등이었다.

　　韓國의 自由詩는 1914년 「學之光」에 와서 비로소 定着한 셈이다. 물론 1909년에 完成型이 보여서 嚆矢를 이루지만 그것이 後續되어진 것은 아니었다. 그러한 잠시의 斷絶을 겪고난 뒤, 1914년의 「學之光」에서 小星, 石泉, 素月, 金億 등에 의한 화려한 開花가 이룩되었던 것이다.

　　이렇게 힘찬 發展을 보였던 「學之光」의 詩文學은 1917년 12월 20일 發行의 第十四號에 李光洙의 長詩가 꽃피게 되는 것을 보게된다. 이 長詩는 1917년 11월 13일夜라고 末尾에 記入된 것으로 315행에 이르는 방대한 시로서 韓國近代詩史上의 最初의 長詩인 것이다.

　　　　極 態 行

　　　　　　　　　　　　　春　園

　　우리 사는 곳에서

---

59) 上揭書. 第四號. PP. 49-50. 1968년 필자가 발굴함.

北편으로 北편으로 限定업시 가다가
큰 山脈을 지내서
큰 벌판을 지내서
三月이라 삼진날 봄가지고 날아오는
제비보다 더가서 훨씬 훨씬더가서

안해 함께 親舊함께 空中높히 쓰고쩌
녀름가는 곳까지 가보고야만다는
기럭이쩨보다도 훨씬 훨씬더가서
얼음世界 만나니 北極이란 世界라

— 下 略 —

一九一七年 十一月 十三日夜 60)

北極에서 사는 곰의 生活을 擬人化한 것인 데, 事實的手法으로 北極곰의 生態를 그리고 있다. 1917年이면 春園이 그의 長篇小說 「無情」을 발표하던 때인 데, 같은 해에 그는 두가지 紀念碑的 業績을 남긴 셈이다. 이 「極態行」은 「靑春」誌에도 발표되었던 것이다.

이렇게 「學之光」은 1914년에 水準級의 자유시를 발표하고 있고, 1915년에는 散文詩를 처음으로 公開하여 韓國詩의 近代的成長을 加速하여 주고 있을 뿐만 아니라 1917년에는 長詩를 발표하여 跳躍의 時期를 豫告하는 듯한 인상까지 풍겨주고 있는 것이다. 물론 1909년의 自由詩나 1914년의 自由詩, 1915년의 散文詩, 1917년의 長詩등이 韓國詩의 正常的 成長의 結果에 의한 必然性의 所致라고 생각되기 보다는 오히려 몇몇 사람의 天才的 才能에 起因한다고 보고있으나, 그러나 예술이라고 하는 것이 엄밀히 말하여 天才의 超人的인 能力에 依하여 成立되는 것이므로 「學之光」에서 보여준 그러한 한국 문학의 早熟性은 결코 理解하기에 어려운 것만은 아닌 것이다.

文壇도 文人도 아직 없었던 시기에 문학이 어떻게 존재하였을까 하는 反問은, 적어도 韓國文學에 있어서는 1930년대를 기다리기 까지는 保留하지 않

---

60) 上揭書. 第十四號. 1917. 12. 20. PP. 69-75. 1968년 필자가 발굴함.

으면 안된다. 그 이전에는 모든 문학이 靑少年들의 同人活動이나 留學會誌의 文藝欄에 依存할 수밖에 없었는데, 그것으로 文壇形成이나 文人이 存在하지 않았으므로 문학도 존재할 수 없다는 논리를 적용하여 이 무렵의 문학을 輕蔑할 수는 없는 것이며 이 時期를 거쳐서 1930년의 職業文人들이 登場하여 近代文學을 定立하게 되는 것을 勘案한다면 「學之光」의 文學은 草創期요, 準備期임은 물론이나 그래도 植民地時代의 國內文學 곧 管理文學의 産婆로서 不滅의 業績을 남겼다고 할 수 있다.

3. 「泰西文藝新報」의 貢獻과 新劇의 처음

「泰西文藝新報」는 1918년 9월 26일 第一號(創刊號)를 낸 뒤 通卷 十八號로 終刊한 週刊誌였다. 이 週刊誌의 창간호에 다음과 같은 但書가 보인다.

유힝 가곡부

본부에난 저 터서에 유명혼 노릭만 여러분끠 소기흘 쑨아니라, 근본 우리에게 잇든 것을 곳치인것이라든지, 시로지인 것으로, 유힝되난중에, 아름다온 것이 잇스면 선퇵ᄒ야 기지흘터이 올시다.

라고 있고 「신춘향가(新春香歌)기우의권」(奇遇의 卷)이라하고 「H M 生作」이라는 名儀로 新作詩를 소개하고 있다. 본래 「泰西文藝新報」의 發刊趣旨가 유럽의 新文藝를 번역소개 하려는 데 있었는 데, 그 西歐의 文藝紹介가 歐美一邊倒가 아니라 傳統文藝 가운데 情粹의 소개를 겸함은 물론 새로 지은 것(創作)가운데 아름다운 것이면 게재하겠다는 것을 밝히고 있다.

그래서 白大鎭의 「뉘우츰」이라는 散文詩61)가 創作詩로 실리고 岸曙(金億)의 散文詩가 또한 同誌 第5號에 보인다.

이 「泰西文藝新報」가 韓國近代文學에 끼친 功獻은 歐美의 詩를 소개한 것이라 할 수 있다. 그러나 이 週刊誌는 詩뿐 아니라 歐美의 많은 文物을 애써

---

61) 泰西文藝新報. 第四號. 1918年 10月 26日.

번역하였는데 그들이 그렇게 歐美文物에 탐익했던 것은 그들 나름의 信念이 있어서였는데 그것을 그들은 「泰西文藝新報」第二號의 社說에 밝히고 있다.

우리는 읽어야하고 읽을줄을 아러야한다.

우리는 읽어야한다. 저 구라파의 문명이 우리됴션에 슈입된지 二十여년에 우리난 상업에나, 공업에나, 무엇에나, 무엇에 무삼견실함, 진보는 아즉 됴금도 웃지못하였다. 혹 이말을 너무 과도하다고, 싱각하실이도, 잇겟지마는, 실상 멸밀(綿密)히 상고하고, 자세히 관찰하면, 우리의 사회는 그동안 저셔편으로서 급조히 밀리어 드러오는 됴슈와, 불리어 되리치는 바람에 쑤리만 흔들리어, 제본자국만 쩌러젓슬뿐이라. 발듸된곳이 엇더한곳인지 사난찌가 엇더한찌인지 일반우리의 주위의 형편은 아지도 못하고, 알랴고도 아니한다. 말하자면 각본(脚本)과 준비도 업시 더퍼노코 무디우에 올너슨 비우와 갓다. 남이 우수면 나도짜러우슬뿐이고 남이우르면 나도짜러우를뿐이다. 어제도 보니고, 오날도 보니다.(너일도 웃지나 할난지—)방향도 업고, 셩산(成算)도 업다.62)

결국 이들에게 있어서 切實했던 것은 主體性의 회복이었다. 그리하여 외국의 문물을 주체적으로 消化할 줄 아는 능력의 培養이 急先務였다. 그래서 그들은 歐美의 여러 가지 것을 直接 번역하였고, 의식적으로 近代化를 主導하려 하였던 것이다. 그러므로써 거센 外國思潮에도 뿌리채 뽑히지 않는 튼튼한 主體意識의 造成을 이룩하고 시대를 살아가는 知慧와 勇氣를 불러일으키므로써 韓民族의 歷史를 좀더 能動的인 것으로 만들려하였다.

植民地治下에 있어서의 이러한 시도는 매우 危險한 冒險일 수 밖에 없었으나 그들은 危險負擔을 안고 하나의 은밀한 救國의 鬪士로써의 자신을 再確認하였던 것이다.

「泰西文藝新報」의 목적은 韓民族의 知識水準을 높이는 것이었다. 유럽이나 미국의 先進科學文明을 널리 소개하여 민중을 깨우치므로서 민중이 스스로 내부로부터 울어나오는 自覺의 힘에 의하여 구국의 推進體를 結成한다는 막연하나마 偉大한 理想을 가지고 출발했다고 할 수 있다.

---

62) 泰西文藝新報. 第二號. 1918. 10. 13.

　　그래서 그들은 순 한글체를 사용하였고 띄어쓰기를 지켰고 우리 文章에 처음보는, 漢字를 括號안에 넣는 手法을 創案해냈던 것이다. 가령, 각본(脚本), 마법적(魔法的), 엽문(側門), 탈고(脫稿) 등의 漢字를 괄호안에 넣는 手法은 第一號에서 第十號까지 계속되는데, 이것은 讀者의 이해를 돕기위한 配慮라고 생각할 수 있는 것이지만 아마도 執筆陣의 一貫된 主體意識의 表徵이 아닌가 여겨지기도 한다.

　　「泰西文藝新報」에는 岸曙(金億)의 活躍이 두드러지게 보이는데, 이에 못지 않은 頻度로 얼굴을 보이는 사람이 海夢 또는 H·M(張斗徹)이다. 그리고 李一이 가끔 나타난다. 第十四號에는 모처럼 象牙塔(黃錫禹)이 創作詩「隱者의 歌」를 발표하고 당시의 有名한 唱歌 敎師였던 金仁湜의 번역시「北方物語」가 선을 보인다.

　　그러나 「泰西文藝新報」의 詩的水準은 「學之光」에 미치지 못한다. 3, 4년이나, 늦게 出刊된 것이면서 그에 미치지못하고 또 내내 「學之光」에서 활약한 金億의 손에 의하여 거의 全般의 紙面을 채워가던 「泰西文藝新報」이건만 文學의 水準이 「學之光」에 뒤떨어지는 이유는 무엇 때문일까? 나로서는 서뿔리 速斷하기 어려우나 「泰西文藝新報」가 「學之光」같이 全才者가 다모인 綜合誌가 아니라 金億을 中心으로 한 몇사람으로 筆陣이 限定되었기 때문에 才質의 限界点이 여러 側面에서 드러났기 때문이라고 추측해 본다.

　　「泰西文藝新報」가 해낸 일 가운데 손꼽을만한 것은 最初의 劇曲인 尹白南의 「國境」을 第十二號에 발표한 것을 들 수 있다. 이 「國境」은 喜劇을 一幕이라고 明示하고 있는데 該誌 2面을 채운 小品이긴하지만 面目이 一新된 近代劇이다.

　　　　　　喜劇 國境(一幕)

　　　　　　　　　　　　　　　尹 白 南

　　　　場所　　自宅
　　　　時日　　冬期某日午後五時頃
　　　登場人物

　　三一銀行支配人 安逸世　　三十二才
　　同夫人　英子　　　　　　二十三才
　　侍女　　얌전이　　　　　十八才
　　使童　　점돌　　　　　　十八才
　　醫學士　　　　　　　　　三十五才
　　洋服店員　孟五日　　　　二十才

　背景及 舞臺의 裝置, 舞臺左右에 各室이 有, 中間은 마루가 잇고 兩室門은 마루로 開하엿스며 出入人物은 마루後面으로함.
英子, 化粧을맛치고, 반지궤를 니어놋코 이것저것 골느면서
　(英子) 이이 얌전아 ― 이년이 무엇을ㅎ나(招人鐘을 울리고) 이년이 外套를 만드러 가지고 오려나 ― 얌전아 ―
　아―이것보아 얌전아― ·(懷中時計를 쯔니보며) 에그머니 時間이되어오는듸, 얌전아―

― 下 略 ― 63)

　시를 다루는 글에서 戱曲의 장황한 引用은 적합하지 않은 줄 알고있으나 近代劇의 嚆矢는 여간 중요한 것이 아니어서 여기 特記하는 것이니까 一應 文學史의 한 分野로서, 이미 戱曲이 이때부터 시작되고 있다는 것을 알리기 위한 한 資料로 이해할 필요가 있겠다.

　韓國의 新劇運動은 1920年代에 가서야 비로소 發足되는데, 1918년에 이러한 戱曲이 등장했다는 것은 반가운 일이고 時期的으로도 꽤 빠른 느낌이 있어서 尹白南의 力量을 짐작하게 한다. 「泰西文藝新報」는 量에 있어서나 質에 있어서나 「少年」, 「靑春」, 「學之光」을 당할 수 없는 貧弱한 것이긴 하지만, 國內에서 刊行된 定期的인 文藝誌로서는 처음이라는데 큰 意義가 있다고 보겠다. 또한 그 文藝誌가 外來思潮에 의한 우리 文化의 昏亂과 衰殘을 反省하고 「主體的 受容」이라고 하는 特記할 만한 名分을 가지고 外來文化 輸入의 先導에 당하고 있다는 것을 알 수가 있는 데, 이것은 한마디로 말하여 植民地文學의 하나의 典型으로서 觀察해볼 충분한 근거가 있다고 생각된다.

---

63) 上揭書. 十二號. 1918. 12. 25. PP. 6-7.

4.. 「創造」와 植民地의 藝術性

「創造」의 첫호가 나온 것은 1919년 2월 1일이었다. 편집겸 발행인은 朱
耀翰이었고 「創造」의 발행소는 日本國 橫濱市이었다.

이무렵 日本留學을 간 韓人學生들 사이에 경영되고 있는 雜誌는 꽤 많아서
「學之光」을 비롯하여 「農界」(東京), 「基督靑年」(東京), 「現 代」(東京), 「大韓
興學報」(東京), 「商學界」(東京), 「大衆時報」(東京) 등 多樣했으며 같은 무렵
의 國內 敎養誌에 비하여 월등한 優勢를 보였던 것이다. 이 가운데서 「創造」
는 文藝同人誌라는 特殊性을 가지고 출발한 最初의 月刊誌라는 点이 종래의
어떤 잡지보다도 文學史的意義를 더한다 할 수 있다.

이「創造」誌의 筆陣은 요한, 極熊, 白岳, 長春, 東仁, 벌꽃으로 되어있는데
요한은 朱耀翰, 極熊은 崔承萬, 白岳은 金煥, 長春은 田榮澤인데 가끔 秋湖라
고도 쓰고 있다. 東仁은 金東仁. 벌꽃은 朱耀翰으로 이 창간호에는 주요한이
두 번 얼굴을 보인다. 그러나 여기에 가담하는 春園 李光洙나 東園 李一 등
을 비롯하여 前記 「創造」의 同人들은 비록 學生의 身分이었기는 하지만, 「學
之光」을 위시한 日本留學生들이 主宰하는 모든 雜誌에 寄稿하고 있을 뿐 아
니라 國內의 「靑春」이나 「少年」, 「學友」, 「새서울」 등의 잡지에도 글을 쓰는
사람들로서, 말하자면 當代의 一流級 文士들이었다는 点을 잊어서는 안될 것
이다.

더우기 指摘하지 않을 수 없는 것은 「創造」의 同人들이 거의 「學之光」의
筆陣으로 旣往에 「學之光」에 많은 작품이나 文學關係의 논문을 발표해온 사
람들이라는 점이다. 그러므로 「創造」는 일본에서 발간된 때문에서도 그렇지
만, 「學之光」의 筆陣이 따로 모여서 文藝誌를 냈다는 점에서도 「學之光」의
雨傘속에 들어가는 私文學의 패턴으로 이해하는 것이 옳고, 국내의 「泰西文
藝新報」와 함께 「學之光」에서 發生한 管理文學的性格을 한층 藝術主義(이말
이 非政治的, 非啓蒙的이라는 말로 限定하고, 또 非政治的이라는 말을 광복이
나 愛族이라는 關心과는 反對되는 槪念으로 局限할 수 있다면 여기서의 藝術
主義는 이런 限界안에서만 한 번 使用하기로 하는 것이다.)에로 發展시킨 것

이라 할 수 있다.

「創造」에서 우리는 전혀 「學之光」이나 「少年」, 「靑春」, 그 밖의 諸雜誌에서 散見되는 朝鮮主義를 발견할 수가 없다. 「泰西文藝新報」가 비록 亡國의 狀況에서나마 主體性의 構築을 熱望하고 있음에 비추어 「創造」는 같은 일본 留學生의 잡지이면서도 어떤 잡지보다도 주체성이나 민족의 불운에 대한 관심을 意識的으로 排除하고 있음을 본다.

이런 態度는, 광복에의 관심이 일본 식민지정책상 가장 重罪의 科目에 속하고, 朝鮮主義나 民族愛的表現이 倭敵의 激甚한 忌諱에 부닥치므로 主體性 따위를 云謂하여 敗家亡身하느니 보다는 오히려 그러한 一聯의 愛國愛族的 關心에서 脫出하므로서 얻어지는 安全地帶를 그들은 영리하게도 發見하였던 것이니 이것이 이른바 「創造」誌에서 發端되는 藝術主義이며 뒷날 「外國文學」이나 「詩文學」이 계승한 純粹文學運動인 것이다.

「創造」는 異例的으로 發刊辭가 없다. 그들의 잡지출간이 무엇을 위하여 하는가의 目的意識이 分明치 않다. 다만 末尾의 편집후기에 「남은말」이라하여 주요한, 최승구, 김동인 등 세사람의 記錄이 보이는 데, 여기서 그들이 주장하는 내용을 간추려보면, 植民地라는 宿命을 一段은 受肯한 旣定化된 狀況에서의 改革이라는 名分을 찾고있음을 볼 수 있다. 다시말하면 나라를 찾는다던지, 民族의 主體的精神을 고취하는 性向의 表現은 回避해야한다는 植民政策의 禁忌를 固守하는 限界안에서의 藝術的行爲가 그들의 名分이요 突破口였던 것이다.

남 은 말

○ 우리의 속에서 니러나는 막을 수 없는 要求로 因하여 이 雜誌가 생겨낫습니다. 各가지 曲解와 誤解는 처음부터 올줄 밋고 잇습니다. 그러나 우리는 다만 참으로 우리쯔슬알아주시는 적은 部分의 손을 잡고나아가려 합니다. 우리의 가는길이 곳을동안은 우리는 아모런 暗礁도 두려워하지 안씀니다. 우리는 모두 逼迫과 侮辱의 길로라도 더욱 勇敢하게 나아가겟슴니다. 우리길을 막을 者가 누구임닛가! 우리는 우리가 참되다고 생각하는 바를, 우리가 올다고 밋는 종소래를, 여러분이 안드르실려고 꽉, 두손으로막으신 그 귀미테다가 더한층

노픈곡됴로 울리우게하겟슴니다. 그째에야말로! 마츰내 여러분끠서도 우리의 말에 귀를 기우리시게되리이다.

○ 또 처음부터 우리의의말을드르시려는여러분, 여러분은우리의게서 무어슬 어드시러 하시닛가. 한낫재미잇는니야기써림닛가? 저通俗小說의 平凡한道德임 닛가? 또或은 「바람에 움지기는갈대」 님닛가?

○ 여러분中에 엇던분이 생각하시는 것가치, 우리는決코 道德을破壞하고 멸 시하는거슨아니올시다. 마는, 우리는 貴한藝術의 쟝긔를가저고 저 언제던얼굴 을써푸리고 계신 道學先生의 代身者가될수는업슴니다. 그러나또우리의努力을 할리업슨者의消日써리라고보시는데도不服이라함니다. 우리는다만忠實히 우리의 생각하고, 苦心하고煩悶한記錄을 여러분끠보이는 쭌이 올시다. 그러면여러분 은, 이제무어슬, 求하시려함닛가?

○ 마음이적적하신이는 오십시오, 우리는그이와함끠 울어드리겟슴니다. 가 슴아프신이는오십시오, 우리는그이와가치속태우고, 가치애를쓰고겨함니다. 즐 거워하시는이는오십시오, 우리는그이와함끠 춤추고 노래하려함니다. 당신의人 生에對하야 속답답하신이는 오십시오, 우리는서로함끠 열리지안는靈魂의문을 두다립시다. (쯧)

— 中 略 —

○ 약한者의슬픔 쯕됴흔재쯕됴흔 「우리의 雜誌」의제가定한자리에실니우는 제 약한者의슬픔이 中媒者가되여 讀者인 여러분과 作者인 「저」를 「藝術」의 線 으로맛매엿슴니다. 저는 이연분에對하여禮를하옵니다. —다만한가지유감인거슨 雜誌의죠희數로말믜아마절반밧게는짓지못하게된거심니다.   그理由는첫번은짧게 하랴든거시뜻밧게길—게된故로, 두달에야쓰나게된거심니다. —下略 — (東仁)
64)

주요한에게 있어서「創造」의 發刊理由로서의 藝術性은 旣存道德에 대한 不 服宣言이었다. 그것은 종래와 같은 勸善懲惡의 方便인, 道學者의 代辯者가 될 수는 없다는 것이었다. 그렇다면 藝術이 무엇을 하는 것인가. 「우리는 다만 忠實히 생각하고, 苦心하고 煩悶한 記錄을 여러분에게 보이는 것 뿐이라」고 前提한다. 그리하여 「함께 울고, 같이 속태우고, 같이 애를 쓰며, 함께 춤추고 노래하며 서로함께 열리지 않는 영혼의 문을 두두리겠다」고 約束하고 있다.

---

64) 創造. 1919. 2. 1. P. 81.

그렇다면 이들의 「함께, 忠實한 表現」으로서의 「共生共死」의 精神은 대체 무엇인가. 그 時代의 不幸과 그 민족의 骨髓의 限을 함께 慰勞하며 함께 解冤하여가겠다는 것인가. 그것은 결코 아니었으리라. 왜냐하면 그 시대에 있어서 우리의 불행은 하나도 植民地요 둘도 植民地요 셋도 植民地였기 때문이며 民族의 한은 식민지로 轉落하게 한 스스로에의 斷腸의 悔恨이었던 것이다.

그런데 萬一에 이러한 時代的, 民族的 슬픔을 함께 울고 함께 영혼의 문을 두드리는 表現을 「創造」의 동인들이 할 수 있었다면, 그것은 活字化되기에 앞서 일본의 官憲에 의하여 押收되었음은 물론 그러한 表現을한 筆者의 思想이 不穩하다하여 鐵窓에 갇히는 바가 되거나 或은 地下組織이나 義兵이나 그 밖의 光復團體와의 連絡關係아래 使嗾되지 않았나 銳意 追窮되었을 것이 뻔한 일이다.

그러므로 주요한이 말한 「함께 울고 웃으며 영혼의 문을 두드리는」일은 그러한 時代意識이나 民族的宿願과는 전혀 관계없는, 다만 人生派的 哀歡이었던 것이다. 길에서 職場에서 또는 시장에서 심지어 家庭에서까지 倭人들의 苛酷한 虐待가 미치지 않는 곳이 없었으므로, 植民地治下의 사람들이 「왜태어났느냐」고 自嘆하면서 말과 글뿐 아니라 생각까지 뺏앗으려한 奸惡한 倭人들의 所行을 痛恨했던 것이니 범연한 日常生活의 人生도 植民地 때문에 不幸하지 않은 것이 없었던 것이다. 그러므로 人生派的이라하여도 植民地的 불행과 깊이 關聯한 것이 아닐 수 없으므로 결국은 抗日的으로 되어야할 것인 데, 抗日은 倭人들에 의하여 嚴斷되었을 것이니 「創造」誌의 同人들이 摸索한 탈출구는, 植民的 不幸과 關聯한 日常의 모든 것을 排除한 (事實 이러한 排除는 한갓 空想일 수 밖에 없는 것이지만) 나머지의 人生 ― 生老病死의 宿命 속에 살아가는 超時代的, 超國家的狀況에 있어서의 人生을 題材로하여 그들의 哀歡을 忠實하게 表現하겠다고 한 것이었다. 이러한 次元에 있어서의 藝術을 金東仁도 강조한 것이었다. 東仁이 "독자 여러분과 作者인 저를 藝術의 線으로 맞매었다"고 할 때의 藝術은 바로 이러한 次元에 있어서만 考慮되어야 하는 예술이어야지 萬一에 藝術의 一般的 槪念인 "그 民族의 思想, 感情의 表現이다"라는 通例的一般論은 可當치가 않다.

　놀랍고 기막힌 일이기는 하지만, 이것이 植民地治下에서 살아남을 唯一한 圖生策이었으며 그러기에 이러한 生의 方途는 「學之光」에서 하나의 形態를 갖추기 시작하였고 「創造」에 와서는 틀을 잡았으며 그뒤의 수많은 雜誌나 新聞에서 표현되고 있는 植民地文學의 한 典型으로 굳혀졌던 것이다. 政治性(抗日的·愛國愛族的)을 배제한 文學이기에 그들의 표현은 맥빠진 것이기는 하였으나 人生派的인 것들이 가지기 마련인 快感의 特長으로 하여금 사람들의 悲哀를 部分的으로나마 解消할 수 있었던 것이다.

> 　　거긔 너의愛人이 맨발로서서 기다리는 언덕으로 곳추 너의 뱃머리를돌니라. 물결끄테서니러나는 추운바람도 무어시리오. 怪異한우슴소리도 무어시리오, 사랑일흔靑年의 어두운 가슴속도 너의게야무어시리오, 거름자업시는 「발금」도이슬수업는거슬…. 오오다만 네 確實한오늘을 노치지말라. 오오사로라, 사로라! 오늘밤! 너의발간횃불을, 발간입셜을, 눈동자를, 쪼한너의발간눈물을…. 65)

　人生에는 明暗이 있는 법이다. 확실한 것은 현실이니 식민지 치하에서나마 둥글둥글 잘먹고 잘사는 것이 成功이니 그러한 現實的人間이되어라. 하는 것이 이 시의 내용일 것이다. 金億이 1914년에 「學之光」에 散文詩를 쓴지 5년만에 주요한은 김억보다는 매우 進展된 手法으로 散文詩를 쓰고 있었던 것이다.

　「創造」는 「學之光」에서 시작된 管理文學의 흐름을 한층 高揚하여준 点, 日本 留學生으로는 최초로 文藝誌를 낸 点등으로 큰 意義를 갖는다 할 것이다. 더욱이 큰 比重을 두어야할 것은 「學之光」에서 發生한 私文學— 곧 管理文學이 「創造」에 와서 確固한 地盤을 갖추게 되었을 뿐 아니라 1920년대 이후의 管理文學의 母體가 되었다는 것이다.

Ⅴ. 民族文學의 發展

---

65) 創造. 주요한. 불노리 1919. 2. 1 創刊號 P. 2.

1. 1910년 以後의 愛國文學

1890년대 讚頌歌類의 普及에서 시작된 韓國의 近代詩가 「독립신문」 (1896)의 新體詩型에서 傳統文學에 바탕을 둔 外來思潮에의 敏感한 反應을 잘 立證하여 주었고 1905년의 「大韓每日申報」의 創刊과 함께 새로운 體制의 唱歌 「歌亦悲壯」(1905)이 나오면서 保護條約以後의 悲憤慷慨를 담아내는데 있어서 가장 便利한 그릇(歌型)으로 選擇되었었다.

1896년의 「독립신문」에서 1905년의 乙巳條約까지의 時期가 近代化의 促求, 自主獨立에의 歡呼로 集約되는 「感激과 反省의 期間」이었다면, 그러한 激動期를 代辯하는 그릇으로서 採擇된 歌型이 新體詩型이었다고보는 것이 조금도 이상할 것이 없다.

그러나 乙巳條約으로 자주독립의 부푼 歡喜는 한낱 幻夢으로 화하고 끈질기게 推獎되었던 近代化는 「國權恢復을 위한 長期計劃의 하나로 取하여진 敎育의 振興과 國民的覺醒의 促求」로 方向을 바꿈에 따라서 1905년 이후의 시대의식은 비탄과 울분과 敵에게 빌붙는 一部 奸商輩와 無能한 政府의 權黨을 譏弄하는 揶揄의 時期로 突變하고 말았던 것이다.

譏弄과 警世, 悲嘆과 蹶起라는 兩立되는 命題를 激情으로 處理해가는 興奮의 시대를 반영하기에는, 「독립신문」에서 시작된 新體詩型의 技巧를 要하는 시형보다는 直說的이고 單純한 歌型이 當代人의 性格에 好感을 주었던 것이다. 이것이 이른바 唱歌體이다.

1907년에서 비롯된 自由詩型의 試驗이 崔南善 등에 의하여 비롯되고 1908, 1909년에 이미 完成型의 詩型이 등장 하기는 하나 세찬 時代的 激流를 담아내는 役割은 唱歌가 全擔할 수 밖에 없었다.

드디어 1910년 8월 16일 倭人 寺內正毅는 韓國 內閣總理大臣 李完用과 合意하고 合邦條約을 맺음에 있어 閣僚들에게 個別的인 承認을 받고 8월 22일 御前會議에서 조인을 마치고 8월 29일 李完用은 尹德榮을 시켜 皇帝의 御璽를 빼앗아 날인케하니 이로써 朝鮮 27代 519年의 社稷이 하루아침에 倭人의 먹이가 된 것이다. 서울은 5間 간격으로 倭軍警이 지키고 모든 社會團

體는 解産되었으며 猛威을 떨치던 「대한매일신보」와 「대한일보」는 판매금지, 또는 정간되었으니 亡國의 통한을 울래야 울 수조차 없게 한 것이었다.

여기서 큰 관심거리로 提起되는 것이 다름아닌 문학의 方向이었다. 1910년의 國恥以後에는 從來의 譏弄・警世的인 傾向의 詩歌들이 더욱 强化・激熱하여 졌을 것은 당연항 일이므로, 文學의 方向은 光復志向, 抗日的인 性格을 띄게될 것인데 그러한 문학이 어디로 흘러갔느냐하는 것이다.

1910년 10월 1일 朝鮮總督府 官制와 地方官制, 各種 官署의 職制 및 職務 規定이 公布되었는데, 高等警察課에는 機密係, 圖書係를 두고 機密係는 査察外에 集會・多數運動・結社・外國人・暗號・宗敎・團體 등을 담당하고 圖書係는 新聞・雜誌・出版物・著作物을 취급하여 抗日關係를 强壓하였다.[66] 이들이 얼마나 대단한 組織力으로 물샐틈 없는 경계망을 폈는가는 1914년의 官憲數가 16, 291人에 이른 것으로도 능히 짐작할 수 있는 것이다.[67]

1911년 現在의 당시 私立學校數는 종교관계 학교를 합하여 1,467校에 學生數(男女 包含)는 57,525명이었고 여기에 1911년 現在의 書堂 16,540 個所에 수용된 生徒 141,604명을 합친다면 全學生數는 199,129명에 이르니 여기에 東學敎徒와 예수교도, 儒敎徒 등을 포함한다면 知識層의 數는 100余萬名에 이른다고 아니할 수 없다.[68] 당시 倭帝가 倭警 1人에 한인 1,300名의 比率로 감시했다고는 하지만 國民의 분노를 막을 길은 없었을 것이다.

한 記錄에는 1917년의 光復會 告示文을 소개하고 있다.

> 嗚呼 痛哉라, 蒼天도 참을 수 없으리라. 참을 수 없으리라. 강토는 약탈되고 工業은 顚覆되고 文物은 陸沈되어 동포는 魚肉이되고 生靈은 도탄에 빠지니 白骨도 어찌 참을 수 있으랴. 大聲長呼, 恨을 머금고 長嘆하고 嘆하여 울고 울고, 哭하고哭하며 流涕하여 눈물이 血流되다…[69]

---

66) 朴殷植. 韓國獨立之血史. p. 36.
67) 上揭書. PP. 30-32.
68) 朝鮮總督府統計年報各年度分.
69) 慶北警察部秘史. PP. 183-184.

이것이 이무렵의 國民의 動向을 단적으로 表現한 말이라할 것이다. 한 史書는 다음과 같이 쓰고 있다.

　　1910년에서 1912년사이의 新民會의 安岳事件, 소위 105人事件을 위시하여 1913年에는 獨立義軍府事件. (소위 溫陽사건). 光復團 李觀求의 秘密結社(光復軍)등이 있었고, 1914年에는 大成學校 출신 학생의 비밀결사, 質城 볼(야구)團, 1915년에는 鮮命團, 朝鮮國權恢復團, 光復會의 친일파 사살, 1916년에는 韓英書院・唱歌集, 自立團, 榮州大同商店, 洪川學校 唱歌集관계의거, 1917년에는 李增淵 등의 비밀결사, 1918년에는 朝鮮國民會・民團組合・自進會・靑林敎 등과 그외에 각종 양상을 띤 독립의거가 계속해서 일어나 의연히 한민족의 기백과 의기를 대변해 주면서 生動하는 민족 얼의 건재성을 과시하였다. 70)

倭帝는 國內의 연이어 일어나는 각종의 救國運動의 資料를 고의적으로 抹殺하였던 것이며 오늘날 그 萬分之一이나마 건져내어 그때의 모습의 片鱗을 가까스로 헤아려보는 것인데 그것으로도 끊임없는 事件이 全國에 걸쳐 활발히 일어나고있음을 알 수 있다. 또한 이 救國運動의 激動期를 反映하던 詩型으로서는 唱歌가 愛用되었다는 것도 위의 記錄으로 알게 되었다.

唱歌가 自由詩보다는 光復運動을 하는 이들에게 유일한 歌型으로 쓰였던 이유는, 아마도 창가의 8・8調律이 集團意識을 고취하는 歌唱의 用途에 적절하였기 때문이 아닌가 생각하는 것이다. 대개 이 무렵의 救國운동은 父母妻子를 버림은 물론이요 一身을 내어던지는 것이었기 때문에, 身邊에 몰아닥치는 危機意識을 물리치고 救國의 鬪志를 高揚하는 方便으로 唱歌(主로 合唱)의 겨를을 되도록 많이 가짐으로서 鐵石같은 鬪志와 士氣의 앙양을 意圖했던 것이니 뭣보다도 唱歌가 愛用되었을 것은 너무나 당연한 일이었던 것이다.

또한, 이 時期에 자유시가 쓰이지 않았던 主要 理由의 하나는 自由詩의 作法이 歌唱에 적합하지 않은 것이 큰 문제점이었고 다른 하나는 作詩者들에게 매우 生疏할뿐 아니라 대개 旣存의 歌曲에 붙여 부르던 당시의 형편에는 自

____

70) 韓國史大系. 三珍社. 8권. P. 47.

由詩가 맞지 않았기 때문일 것이다.

이러한, 唱歌類의 盛行은, 국내의 救國隊列뿐 아니라 國外의 諸團體에서도 마찬가지였는데, 이것은 國內의 事情과 같은 條件下에서였던 때문이다.

唱歌型을 主流로한 愛國詩가 1920年代의 「獨立新聞」의 登場을 기다리기까지 自由詩를 멀리하고 있었던 또하나의 이유로는, 이제까지 新聞이나 雜誌에 文藝欄이 별도로 존재하지 않은 데에도 큰 원인이 있었던 것이다. 다시말하면 局外의 要所要所에서 벌였던 散發的인 救國운동은 抗日에 第一義的인 目的을 두었을뿐 閑暇로히 救國의 心懷를 文藝的想으로까지 昇華시킬 겨를이 주어져있지 않았다고 하는 것도 이 문제를 이해하는 補助資料로 참고 할 만한 것이다.

이 시대의 文藝 특히 救國文學의 文藝는 抗日鬪志를 고취하는 前提로서 만들어지고 또 불리워졌기 때문에, 鬪志를 解弛하게하는 모든 感傷들을 애써 除外시키므로서 管理文學에서 主眼으로 開拓해갔던 人生派的 傾向이 싹틀 余地가 허용되지 않았던 것은 너무나 당연한 일이다.

이것이 곧 國內의 日本留學生들 사이에서 發生한 人生派的文學, 곧 筆者가 말하는 私文學, 또는 管理文學과 國內外의 救國運動者들 사이에 盛行되었던 愛國文學의 異質的인 價値觀이나 形態를 雄辯하여주는 것이라 할 것이다.

2. 「獨立新聞」과 民族文學의 本質

「獨立新聞」은 1919년 8월 21일 上海에서 發行 겸 主筆에 李光洙, 編輯部長을 주요한이 맡아서 발행하던 신문인데, 처음에 「獨立」이라하다가 倭警의 방해로 「獨立新聞」으로 改題하였던 것인데 李光洙의 뒤를 이어 李丙禹가 主幹이 되고, 1921年에는 金承學이 그 자리를 계승하던 上海 臨時政府의 機關紙格이었던 신문이었다.

이 신문에는 第一面에 「詩世界」라하여 每號에 自由詩가 실리었고, 「피눈물」이라는 長篇小說도 연재되었다. 新聞의 內容을 主로 國內에서 倭敵에게 苦楚를 당하는 韓民族의 受難과 間島와 露領 우라지보스토크의 韓民會의 활동, 臨時政府의 官報, 하와이와 샌프란시스코의 僑民들이 벌이고 있는 救國活動에 대하여 쓰고 있었다. 이와 비슷한 國外에서의 活動으로는 1912년 西間島에서 扶民團이 조직되었고 다음해 로스앤젤레스에서는 興士團이 발족하였으며 1914년에는 하와이에서 기독교계의 「韓國太平洋」이 創刊된다. 1915년에 柳東說, 朴殷植 등의 新韓革命黨이 創黨되고 1916년에는 하와이 大韓民國會에서 「國民報」를 낸다. 이 「國民報」는 「國民新報」로 되었다가 다시 「한미보」로 改稱하여 續刊되나 어찌되었거나 하와이뿐 아니라 國外의 신문으로서는 가장 규모가 크고 歷史가 오래된 것으로 「독립신문」의 記事에 보면 우라지보스토크까지 配布되었던 것이다.

이 밖에 샌프란시스코에서 1918년 12월부터 「大道」가 韓人監理教會 발행으로 계속되고 훨씬 뒤에 韓國僑民들에 의하여 「우라키」가 발간되는데, 여기에 일본 동경에서 상해로 가서 활약하던 시인 金興濟가 加擔하여 활동게 된다.

상해에서 발행되던 「獨立新聞」은, 비록 事情에 의하여 間歇的으로 나오기는 했으나 臨時政府가 國內外 救國운동의 總司令塔이었음에 비추어 韓民族의 의식을 충실하게 반영하고 있었다.

국내의 諸 言論文化가 倭敵의 탄압으로, 曲筆, 삭제를 아니치 못하였으며 그러기 때문에 韓民族의 意識을 솔직히 나타낼 수 없었던 不幸한 事情과는 反對로 「獨立新聞」을 위시한 國外의 諸新聞, 雜誌는 資料가 許容하는 限, 솔직하게 民族이 느끼고 생각하는 바를 紙面에 담고자하였으며 民族의 뜻을 묶어서 하나의 方向으로 引導하려고 하였던 것이었다.

卑近한 例로서, 三·一運動 한돌을 맞아서 가슴터지는 感慨와 萬感이 交叉하는 울분을 경험하지 않는 이가 없었을 것이지만, 國內의 言論은 倭敵의 혹독한 비상경계와 강압적제지로 숨조차 쉴수 없는 형편이었으니 한줄의 回顧記, 한 수의 讚詩를 발표할 수 있었겠는가마는, 「獨立新聞」에는 그날의 불타던 民族魂을 기리고 오늘 다하지 못한 救國의 召命을 한 번 더 다짐하는 詩와 散文이 紙面에 連日 두고 넘치고 있었던 것이다.

三月 一日

金 興

黃海水 건너 부는 바람 피바람 한숨 바람
나라 이 날에 數萬의 참사 鐵칼에 拳銃에
맞고 죽단말가 오오 언제나 流血이 긋나리 언제나 긋나리
거룩한 뜻을 외로운 뜻을 어느덧 一年이로다.
地下의 외로운 英靈 鐵胄에 자는 勇士
그러나 安心하소서 安心하소서
東山의 해빗치 正義의 旗ㅅ발이 새
光彩를 할 날 머지 안나니

— 中 略 —

千萬番 다시 죽어도 獨立은 하고야 말리라 웬 天下 다라나도
三千里 피우에 쓰고 二千萬 한아도 안남아도
獨立은 하고야 말리라 하고야 말리라……71)

또 한가지 實例로 우리는, 倭敵의 땅에서 일어난 이른 바 關東大地震 때에 우리 同胞가 6,661명이나 虐殺되었다는 消息이 들리었던 것을 기억한다. 그 慘劇을 듣고 밥상머리에서 이를 갈며 피눈물을 흘리지 않은 同胞가 누가 있었으랴. 親日者이건 아니건 이 때에 뜨거운 피의 激動을 겪지 않았다면 아마 人間일 수 없었을 것이다. 그런데 國內의 新聞·雜誌에는 이에 관하여 쓴 한 편의 詩도 散文도 발견할 수가 없었으니 웬말인가? 우리들의 詩人, 우리들의 小說家는 그때에 어디서 무엇을 했단 말인가? 1923년이라면 三·一運動 以後에 雨後竹筍처럼 수많은 文藝誌가 나와서 가위 百花爛漫의 異境을 보여줄 때인데 어찌하여 同胞의 慘變에 이같이 無感覺하단 말인가? 우리는 의아해하여야 하고 마땅히 叱責하여야 할 것이다.

그러나 그 責任은 불쌍한 韓民族에게 있었다기 보다는 그러한 悲痛과 원한을 발표할 수 없게한 倭敵에게 돌리는 편이 옳을 것이다. 느낌과 생각은 같

---

71) 獨立新聞. 1920. 3. 1.

았으나 表現의 自由를 잃은 사람들에게는 그러한 뜨거운 가슴을 傳達할 方法
이 없었던 것이다.

「獨立新聞」을 보면 6,661同胞의 억울한 魂靈을 위한 大追悼會가 열리고
있고 추도사와 추도시가 발표되고 있다. 침략자에게 짓밟힌 英靈을 위로하며,
불쌍한 내 겨레의 悲慘한 운명을 개탄하는 글발에는 피눈물이 얼룩져있다.

> 十年의 苦楚 오오 祖國江山
> 얼마나 그디의 가슴우에 피눈물 자최가 남앗느뇨 아아 몇번이나
> 斷腸의 哭聲이 들니엇느뇨 可憐한 奴隸의
> 自由가 劫奪된 이 날 正義가 蹂躪된 이날
> 오오 이날을 韓倍의 子孫들아 哭하여 새우리 億萬代 뉘우치리.
>
> 오오 이날 韓倍의 子孫들아
> 血을 밧치라 肉을 밧치라 祖國을 爲하여 祖國을 爲하여
> 아직도 惡毒한 섬놈 칼을 품나니 毒藥을 붓나니.72)

文藝라고하는 것이 반드시 時代를 반영하는 것으로 能事를 삼는 것은 아닐
수도 있다. 藝術은 現實性을 度視外하는 것은 아니나 事物을 반드시 特定한
時期에 局限하여서만 보려고하는 것은 물론 아니다. 藝術家는 그때 그 事物
을 永遠者의 立場에서 보며 通時性을 통하여 이해하려하는 것이다. 물론 地
震으로 인한 慘死를 한 次元 다른 방법으로 消化할 수도 있고 얼마던지 다른
題材를 빌어 形象化할 수가 있을 것이다. 가령 그것이 洪露雀의 「나는 눈물
의 왕이로소이다」일수도 있고, 朴鍾和의 「大佛」일수도 있다고 强辯할지도 모
른다.

허지만, 식민지시대를 우리가 「光復志向의 時代」로 把握하는데 異議가 없
다면, 문학의 큰 機能 가운데 하나인 「時代의 反映」이 어떻게 이 難局에 있
어서 作動하고 있었는가 하는 것을 찾아보는 것은 그 시대의 意識, 그 民族
의 精神을 體系的으로 이해하려하는 사람들에게 있어서 당연한 態度라고 아

---

72) 獨立新聞. 1919. 8. 29. 아아庚戌八月二十九日.

니할 수가 없다.

이런 立場에서 우리는 國外文學과 國內文學의 差異를 識別하고 뭣이 民族文學의 본질이어야하며 무엇이 그시대를 再現하였고 그 시대를 함께 살아간 文學精神인가하는 것을 再評價하여야 할 것이다. 따라서 그러한 評價를 土台로 하여 民族의 文學史가 새롭게 整理되어야 할 것은 두말할 것이 없다.

VI. 結 論

내가 本研究의 課題로 提起한 問題는 1910년에서 1945년에 걸친 36년간의 植民地時代의 문학을 바르게 整理하자는 것이었다.

대체로 歷史란 오랜 뒷날에 기록하는 것이기 때문에 그 시대의 眞面目이 여러 가지 阻害에 의하여 가리워질 可能性이 많은 것이다. 더구나 우리의 過去처럼 侵略者에 의하여 남김없이 蹂躪당한 狀況아래에서는 그 時代의 바른 모습을 파악하기 위한 자료의 求得이 매우 困難하여 얼핏 역사의 眞髓가 眞實하지 아니한 것에 의하여 代替될 公算이 큰 것이다.

韓國의 近代文學은, 固意던 失手던간에 국내의 관리문학을 중심으로 정리되고있으며 국외에서 活動했던 찬란한 先烈의 精神이 이제껏 埋沒된채 아무런 관심도 가지려하지 않은 상태에서 放置되어 온 것이었다. 이것은 참으로 놀라운 일이며 우리네 歷史上 큰 잘못이라 아니할 수가 없는 것이다. 近來에 와서 傳統文化가 再論되고, 救國의 先烈들이 政府에 의하여 뒤늦게나마 褒賞되는 마당에 있어서는 더욱 역사앞에 罪悚스런 생각이 드는 것이다.

나는 이 일을 위하여 1960년 以來 꾸준히 資料蒐集에 몸을 바쳐왔으며 莫大한 시간과 經費를 여기에 바쳐 獻身해 왔다고 自負한다. 그러나 資料는 아직도 充分하지 못하고 執筆은 이제 出發에 불과한 貧弱한 상태에 있는 것이다.

더욱 充實히 民族文學史의 정리에 盡力하여 남은 시간을 이것을 위하여 살을 생각으로 있다. 그리하여 이 글을 民族文學史大系의 整理를 위한 하나의 計劃書로 생각하고 다음과 같이 結論할 것이다.

이제 정리되는 민족문학사는, 1890년대의 讚頌歌類로부터 출발하는 것으로 볼 것이며 1896년의 「독립신문」에 실린 新體詩型이 1906年의 「大韓每日申報」에 게재된 「歌亦悲壯」이라는 唱歌에 의하여 代替되고 이것에서 自由詩型이 시험되었다. 1909년의 自由詩의 完成型이 「少年」과 「大韓每日申報」에 各各 발표되어 名實共히 韓國의 近代文學은 1906년의 近代小說(血의 涙)과 함께 植民地가 되기 이전에 開花한 것이었다.

倭敵에게 나라를 빼앗긴 뒤에, 倭敵의 武斷政治가 빚어낸 民族抹殺政策에 의하여 國內의 문학은 엄중한 檢閱을 받아야했으며 조금이라도 愛國愛族的 性向을 띤 작품은 沒收되었으므로, 문학의 傾向은 자연히 私私로운 人生派的題材를 對象으로하여야 하였고 唯美主義的傾向을 追求하지 않을 수 없게 되었다. 이러한 私文學의 性向을 나는 管理文學이라 불러왔던 것이다.

또 1910년 이전의 愛國文學은 亡國後에 救國文學으로 바뀌어 국내의 地下組織과 國外의 諸光復團體의 문학으로 확산되어 光復時까지 꾸준히 盛行하였던 것이다. 나는 이 문학을 구국문학이라 부른다.

이제 나라를 찾은 오늘에 있어서, 우리는 우리의 문학을 救國文學 곧 民族文學을 主脈으로하여 國內의 管理文學과 함께 정리하여 나라 잃은 植民地時代에 우리의 先人들이 얼마나 不屈의 精神으로 不幸했던 시대를 이겨내며 살아왔는가를 立證하여 주어야할 것이다.

本研究가 民族精神史의 再定立에 조금이나마 도움이 되었으면 하는 생각을 가지면서 앞으로 民族文學史를 集大成할 計劃을 위한 하나의 試論으로서 이 論文이 執筆되었다는 것을 다시 한번 밝히면서 많은 새 資料를 提供하여준 延世大圖書館, 高麗大圖書館, 圓光大圖書館 등 여러 관계자에 감사드린다.

(1978. 원광대 논문집)

제 3 장 救國文學과 管理文學의 形成過程

Ⅰ. 머릿글

筆者는 1968년 民族文學史에 대한 硏究를 시작한 이래 세 차례에 걸쳐 文
敎部硏究支援을 받았었다. 1973년 發表의 「韓國近代文學의 再評價一」이 그
것이요, 1978년의 「民族文學史硏究一」(1890년-1920년의 詩歌를 中心으로)
가 다음이며, 여기 쓰고자하는 「民族文學史硏究二」(1910년-1920년의 詩歌
를 中心으로)가 그 세 번 째이다.

이 글은 1978년에 발표한 「民族文學史硏究一」[1]의 後篇이면서 十數年 동
안 외길을 걸어온 文學史硏究의 決算書에 해당하는 硏究報告書라 할 수 있다.

筆者는 여러 차례에 걸쳐 民族文學史硏究에 간여하게 된 이유를 해명하면
서 한국의 旣刊文學史書들이 民族史的誤謬를 범하고 있다는 것을 詳論하였으
므로[2] 여기서 다시 되풀이할 필요는 없겠으나 이 글이 民族文學史硏究의 決
算書格이기 때문에 처음 대하는 분을 위하여 民族文學史 硏究를 하게된 목적
에 대하여 간단한 설명을 해 둘까 한다.

1.

周知하는 바와같이 1910년-1945년의 36年間은 大韓帝國의 國統이 끊긴 時
期였다. 國土는 倭帝의 植民地로 轉落하였고 生民은 倭人의 奴隷가 되었었다.

---

1) 圓光大論文集, 第 12輯, 1978. 6.
2) 同上.

1919년의 3·1運動 이래 倭帝는 武斷政治를 止揚하는 듯 겉으로는 文化政策을 쓰면서 內心 檢閱制度를 强化하여 民族文化의 根源을 뿌리뽑고 朝鮮史編修會 등 갖은 方法으로 原色的인 民族抹殺을 劃策해온 것이 사실이다.

이러한 惡毒한 彈壓 아래에서 韓民族은 3·1運動, 6·10萬歲, 光州學生事件 등 全民族的 烽起로 倭賊의 凶計에 總力的 對抗을 하면서 한편으로는 上海의 大韓民國臨時政府를 中心으로 武力抗爭을 계속하였으며 비록 직접 獨立戰爭에 참여하지 않은 韓人이라 할지라도 各自의 入場에서 最後의 순간까지 祖國 光復의 그날을 確信하면서 家庭에서 職場에서 또는 거리에서 倭人에 反抗하는 日常을 살아온 것이 사실이었다. 이것이 敵治下의 植民地時代에 우리 民族이 걸어온 受難과 抗爭의 槪略이었고 또 民族的意志와 行動의 方向이요 흐름이었던 것이다.

이렇게 피로 얼룩진 民族史는 우리에게 있어서 未曾有의 通史이면서 다시 되풀이되어서는 안될 悲運의 傷痕이기도 한 것이었다.

文學을 일러, 그 民族의 思想·感情의 表現이라 한다면 또 그러한 定義가 틀리지 않는다는 信賴가 우리들 사이에 持續되는 限에서는 그것은 곧 그 民族의 生活史요 精神史라 할 수 있는 것이다.

그렇다면, 36년 동안 아니 事實上의 植民統治를 하여온 1905년부터 計上한다면 41년 동안에 이 民族이 살아온 그 痛恨의 血史속에서 눈물과 피로 쓰인 많은 文學作品을 發見할 수 있을 것이다.

그런데 어인 일인지 旣刊文學史書에는 한편의 愛國·抗日의 詩篇이 들어있지 않았다. 차라리 大衆音樂인 流行歌속에는 冤痛한 民衆情緖가 배어있고 歌謠史를 더듬는 사이에 植民地時代의 설움을 直感할 수 있을 만치 哀調의 情感이 貫流하는 것을 볼 수 있는 데 民族的인 思想·感情의 表現이라는 韓國文學에는 이러한 眞實이 意圖的인지는 모르나 排除되어있는 것처럼 되어 있다.

韓國史學은 1905-1910년을 倭鬼가 國權을 잠식하고 있음을 指摘하고 있고 이 時代意識을 近代化와 國權恢復으로 評價하고 있으며 1910-1945년을 「日帝侵略時代」로 규정하여 倭帝의 收奪·迫害·殺人 등의 만행과 韓民族의

줄기찬 獨立抗爭을 찬양하는 視角에서 統一的 正論을 펴고있는 것을 볼 수
있고, 同軌分野인 國語學史에서도 「한글학회사건」 등 한글수난과 함께 한글
에 대한 倭鬼들의 斷末魔的 迫害를 견뎌온 뼈에 사무친 苦行을 浮彫하여 韓
民族史에 提示하고 있는데, 唯獨 文學만은 이 激動期를 花鳥風月과 人生派的
哀歡으로 歲月하였던 것처럼 記述하고 있는 것이다.

   2.

   西歐와는 달리 韓國의 傳統的 觀念으로는 知識人이면 누구나 詩文을 다룰
줄 알아야 하고 누구나 詩人이어야 한다. 이러한 慣例는 1920년대의 新進文
人의 등장과 各 新聞·雜誌의 新人發掘이 시작되면서 若干의 變質을 보이기
시작했다고는 하나 從來의 흐름을 돌려놓을 만치 강력한 것은 아니었다. 그
러므로 이 時代의 表記手段인 한글과 漢文의 詩文은 山積했을 것으로 추측된
다.
   그럼에도 불구하고 旣刊文學史書들이 한결같이 36년 내지 41년 동안의 民
族의 受難에 대하여 外面하고 있고 이 時期에 성행하였던 藝術思潮의 운동과
人生派的 喜悲에만 관심을 보여주었던 것은 무슨 연고에서 일까. 흡사 倭帝
가 韓人에게 政策批判, 社會的關心, 人間的問題提起, 政治的干與 등 民族主義
나 祖國光復을 자극 할 만한 것은 半句도 發論하지 못하도록 엄격히 규제하
였고 그렇게 하므로써 韓民族을 愛國·愛族的 方向에서 疎外시키려던 그 엄
청난 暴虐의 圖案에 「잘 맞는 規格」이 바로 旣刊 文學史書의 性格과 體制라
할 수 있다.
   이러한 規格의 文學史觀은 두말할 것 없이 倭帝의 植民政策의 所産인 「管
理文學」의 한 개 模型에 불과한 것이지만, 놀라운 것은 이들 文學史書들의
著述·出刊 年代가 그러한 殺人的 統制를 받아야했던 植民地時代가 아니라
떳떳이 正論을 펼 수 있는 光復 이후라는 점에 있는 것이다.
   물론 文學史의 體制가 이렇게 되지 않을 수 없었던 不可抗力的 要因이 없
었던 것은 아니었다. 가령 解放後의 여러 가지 混亂으로 인한 學問的 空白이

라던지 資料求得의 難點이라던지 또는 1940년대의 이른바 「新體制運動」에 가담하지 않을 수 없었던 아픈 어제와 光復後의 現實이 造成한 違和와 貫性의 函數같은 것들이 作用했을 것이고, 또 藝術的이라거나 文學的 價値라거나 하는 文學의 水準問題들이 큰 比重으로 文學史의 體系에 영향하였으라 믿어진다.

다시 말하면 詩다운 詩, 小說다운 小說 등의 水準을 劃定하는 데 있어서 一定한 根據가 있는 것은 아니지만, 그래도 肉感的으로라도 이 정도는 되어야겠다 싶은 水準級을 찾다보니까 1930년대의 作品이 對象이 되고 그렇게 잡아보니까 1920년 쯤에서 그 準備期를 구하는 식의 論據로 1919년의 「創造」誌가 韓國近代文學의 濫觴이 된 것이리라. 또 여기쯤에서 잡아보는 것이 1919년의 3·1運動과 倭帝의 文化政策에 따른 言論, 出版 등의 盛況이라던가의 一連의 事端들과 관련시켜서 合理的解明의 條件을 充足시키는 데 수월했었는지도 모른다.

이렇게 文學史의 體系가 어정쩡한 解放後의 狀況속에서 形態를 갖추다보니까 倭帝의 文學史의 骨組인 「唱歌—新體詩—自由詩」의 詩歌 發展樣式이 韓國의 文學現場과는 관계 없이 日本에서 直輸入되어오고 하는 사이에 當初의 意圖와는 달리 우연하게도 結果的으로 植民地文學史의 樣式을 닮은 꼴이 되어버리지 않았나 생각된다.

그리하여 이들의 文學史論에 따르면 1919년이 韓國文學에 있어서의 文藝復興期라 特記하였고 1920년대의 民族主義와 프로文學의 對立, 여기에 折衷主義의 介入이 試圖되며, 1930년대의 政治文學과 純粹文學의 攻防, 그 밖의 로맨티시즘·리얼리즘·슈르리얼리즘·이미지즘 등의 歐美文藝思潮의 導入과 活潑한 文藝活動이 自律的으로 遂行된 것같이 評價하기에 이른 것이었다.

이러한 文學史論에 따른다면, 倭帝治下에서 植民文學이 아무런 規制나 强壓이 없이 表現의 自由를 滿喫한 것으로 利害되기 마련이며 이러한 印象이 더 擴大解釋되면, 倭帝가 41년을 統治하면서 「韓國을 後進性에서 脫皮시켜서 近代化하는데 至大한 貢獻」을 하였다고 豪言하는 어느 倭人 政治家의 妄言을 拒否할 根據를 잃게 되는 것이다.

어찌 倭人만의 妄言에 끝날 것인가. 世界 어느 나라 사람이 보더라도 倭帝가 韓人에게 近代文學을 가르치고 育成하였으며 韓人의 모든 分野를 保護·育成한 恩人이라고 自負할 수 있게 하였던 것이다. 이는 千秋에 씻을 바이 없는 恥辱이요 自殺行爲라고 아니할 수가 없다. 亡國의 슬픔이 어쩌지 못할 先人들의 妄動에 의한 悲劇이었다면, 이것은 後孫의 失策으로 인한 歷史的恥辱이라 할 것이다.

3.

歷史는 眞實을 말해야한다. 어떤 脅迫이나 同情에 의하여 歪曲되거나 隱蔽되어서는 안된다.

倭帝가 41년을 이 땅을 强占한 것은 사실이나 그 悲運의 時期에 韓國민족이 「무엇을 어떻게 하고자 했는가」하는 民族意識의 把握이 先行되어야 한다고 筆者는 생각한다. 義兵이 全國 坊坊曲曲에서 일어나고 도처에서 結社가 생기어 가위 全民族的蹶起가 잇달았던 그 빛나는 光復志向의 民族史가 一部 人士들에 의하여 主導되었을 뿐이라고 度外視하고 오히려 倭帝治下의 大多數의 韓民族은 그들의 同化政策에 順應했었다고 아직도 强辯할 것인가. 아니면 一部民族反逆者外에는 절대 다수의 민족이 정도의 차이는 있으나 倭敵에 抗拒하여 싸웠다고 볼 것인가.

歷史가 眞實을 말해야한다고 하는 그 眞實은 그 時代의 不義에 대항하여 正義를 實現하려는 意志를 가리키는 것이다.

同祖同根說에 附同하고 內鮮一體에 앞장 서며 大東亞共榮圈 建設의 妄想에 同調하는 것이 바른 길이라고 생각하는 사람에게는 抗日鬪爭의 歷史가 한낱 時代錯誤의 잠고대에 불과하겠지마는, 倭敵의 그러한 妄想이 侵略者의 奸狡한 僞裝宣傳에 불과하다는 것을 알고 宗社生民의 永生을 위하여는 祖國光復을 爭取하는 것만이 살길이라고 믿었던 사람들에게는 그 길로 가는 것만이 正義요 眞理이었던 것이다.

2次大戰은 끝났고 모든 正邪의 判斷은 歷史가 내려주었다. 地下로 파고 들

던 光復의 歡呼는 解放과 함께 活火山처럼 폭발하였다. 거리는 太極旗의 물결로 메웠고 海外에서 싸워왔고 監獄에 갇혔던 獨立鬪士들은 民族의 英雄이 되어 우리 앞에 돌아왔다. 이제 이 光明正大한 天地에서 우리의 지나온 歷史를 정리해 가자는 것이다. 虐殺과 迫害의 歷程에서 싸워온 우리 民族의 偉大한 勝利의 正氣를 形象化하여 後世에 전하자는 것이다. 그리하여 다시는 이런 不幸이 되풀이되지 않도록 자자손손에게 일깨워주자는 것이다. 이것이 다름아닌 主體的 民族史의 定立이요 民族의 正統性에 입각한 歷史의 정리가 아닐까 싶다.

여기에서 筆者는 植民地文學을 整理함에 앞서 몇 가지 기초 작업을 위한 條件設定이 先行되어야 한다고 보았다. 그것은 대체로 다음의 세 가지이다.

가. 民族의 正統性에 입각한 主體的 史觀으로 植民地時代를 엄밀히 省察하고 1905-1945년을 「國權恢復을 위한 抗爭의 時期」로 파악하여야 한다고 보았고.

나. 이 抗爭의 시기에 主導的 役割을 해온 臨時政府의 機關紙格이었던 「獨立新聞」을 위시하여 光復鬪爭을 하는 사이에 남겼을 詩文을 총망라하여 文學史를 정리하는 것이 時代精神에 바탕을 둔 正統文學史가 될 것이며

다. 國內의 管理文學도 이러한 時代精神에 바탕을 둔 史觀에서 再照明할 때에 倭帝에 의하여 歪曲·隱蔽되었던 表現의 諸樣相이 作者의 眞意에 훨씬 接近하는 기회를 얻을 수 있을 것이라고 보았다.

이러한 筆者의 視角에서 韓國文學을 再照明할 때에 지금까지와는 전혀 다른 價値의 轉倒現狀을 보이는 文人도 있을 것이고 無名人이 主要位置로 浮上하는 경우도 없지 않을 것이다.

그러나 어느 경우에 있어서나 結果的으로 나타나는 現狀은 筆者의 고의에서가 아니라 正統性을 追求하는 작업의 과정에서 派生된 작은 得失일뿐 개개인에 대한 私情의 탓이 아님을 미리 밝혀두는 바이다.

Ⅱ. 1910年 前後의 文學

1. 救國文學과 植民地文學

植民地 時代(1910-1945)의 文學에 대하여 말하려면 먼저 韓末의 文學을 살펴 보는 것이 순서일 것이다.

1910년에 크게 구분되는 1910년 以前과 以後의 두 時代는 단순한 時間上의 前後關係나 通常的인 時代的性格의 差異를 의미하는 정도의 구분이 아니라 한 나라의 國統이 끊어지고 歷史가 中斷되어버린 亡國의 해이며 그와 함께 侵略者의 虐政이 시작되는 悲運의 時代인 것이다.

1905년의 保護條約 이래 倭帝는 統監府政治를 하면서 주로 顧問警察을 통한 檢閱을 혹독하게 하므로써 抗日的要素의 除去에 血眼이 되었던 것인데, 유일하게 「大韓每日申報」만은 발행자가 英國人이기 때문에 治外法權 등의 이유로 倭警의 權限 밖에 있었으므로 그나마 民族精神의 殘脈을 그 신문에 의탁하여 保存해 갈 수가 있었던 것이다. 그러나 그것마저도 1910년에 나라가 망하자 倭敵의 統監府에 의하여 廢刊되고 「大韓每日申報」의 題號를 「每日申報」로 바꾸어 李完用이 인수하여 그의 走狗였던 李人稙을 社長으로 앉히니 이 땅위에는 나라 잃은 民族의 설음을 代辯해 줄 신문·잡지가 하나도 살아남을 수가 없게 된 것이었다.

1890년대 부터 요원의 불길처럼 일어났던 救國의 함성은 1910년 이후의 虐殺政策에 의하여 하루아침에 潛跡하고 倭人들의 植民政策이 그에 대신하여 三千里江山을 휩쓸었다.

皇室의 頌祝이나 反倭的 言動은 嚴斷되었으며 社會的·政策的 批判이나 人間的 關心까지도 가혹한 제지를 받아야 하였다. 모든 言論은 倭政에 同調하거나 아니면 光復에의 關聯性을 充分히 排除한 것이라야 容認되었다. 이 渦中에서 文學도 自然發生的으로 그 向方을 講究하지 않으면 안되었으니 그것이 바로 人生派的인 文學의 態度였던 것이다.

1914년의 「學之光」3)에서 나타나는 近代詩歌들이 느닷없이 人生을 내용으로 하는 것을 보고 벌써 西歐的 「個人」이 등장할만치 우리 文學이 成熟하였는가 싶어 韓國文學의 早達을 速斷하고 1910년 이전의 啓蒙文學에 비하여 얼마나 참신한 발전인가 하고 讚嘆을 아끼지 않았으나, 사실에 있어서는 서구에서 처럼 근대적 資本主義를 背景으로 이룩된 産業社會가 도래하였다거나 또 그러한 社會發展의 결과로서 나타난 個人主義의 발달이 몰고온 휴머니즘 文學의 등장이라던가 하는 등의 그러한 필수적인 중간과정이 전혀 없이 「個人」이 등장하였으며 그렇기 때문에 우리의 「個人」은 서구문학의 사회·理想的·主體的 個人이 아니라 侵略者의 虐政 때문에 어쩔 수 없이 취하여진 변태적 표현방법의 하나였으며 도피방법으로 선택된 유일한 脫現實의 수단이었다고 말해야 옳을 것이다. 다시 말하면 1910年代에 시급히 형성된 「人生派的哀歡」을 주제로 하는 그 많은 시들은 倭政의 신경질적 탄압에 對應하여 당시의 知識人들이 民族的 不幸을 表現하는 한 가지 方便으로서 선택되어진 것이 공교롭게도 서구문학의 傾向과 一致하는 꼴이 되었다고 分析되어진다. 비록 결과적으로는 같은 個人이라 하더라도 「個人」에 이르기까지의 동기나 과정이 전연 다르기 때문에 우리의 個人과 서구의 개인은 外形上 비슷하나 내용에 있어서 서로의 사이에 높은 斷崖가 가로놓여 있으며 그것은 1980년대에 와서도 解消되지 못하고 있었으니 1910年代야 더 말 할 것이 없다.

「學之光」에서 發源하는 植民地文學의 同參者들은 감수성이 뛰어난 20대의 청소년들로서 누구보다도 민족의 비운을 직감할 연령층이기 때문에 표현의 자유가 박탈된 현실에 대응하여 그러한 人生派的 경향의 표현의 便法에 의존할 가능성이 크며, 또 그들이 倭國에 留學生으로 있으면서도 「學之光」을 통하여 學術活動을 하면서 꾸준히 조국의 발전을 위하여 기여해온 朝鮮主義4)의 정신으로 미루어 보더라도 당시의 청년학생들의 의식을 짐작할 수 있을 것이다.

그러므로 당시의 젊은 층에게 있어서는 亡國의 한을 表出할 길이 없었으므

---

3) 學之光, 在日本東京朝鮮留學生學友會. 1914-1926.
4) 學之光. 第 1卷. 太學社. 影印本. 1978. 5. 5.

로 기술적으로 隱喩하거나 아니면 붓을 꺾는 방법 밖에 없었던 것인데, 그러나 그러한 기술적으로 처리된 隱喩의 표현도 그들에게 累積된 奧惱를 형상화하고 排泄하는데 큰 도움이 될 수 없었던 것은 너무나 당연한 일이다. 여기서 사람들은 滿腔의 痛忿을 표출하는 방법으로 상징적 수법을 채택하기 마련이고 또 그러한 表出形式에 의하여 自慰하고자 하였던 것이니, 말하자면 植民地文學이 人生派的咏嘆調를 유일한 方便으로 굳힌 것도 이러한 心理現象에서 그 근거를 찾아볼 수가 있는 것이다.

이렇게 자꾸 반복되는 과정에서 표현기법은 形式美와 高度의 比喩를 더해가고 내용은 流行歌的 아니면 繪畵的情景을 中心으로 單調化해가는 과정을 밟게된다.

이런 것이 歐美의 근대문학과 부분적으로 비슷할 것이니까 1920년대부터 歐美文學을 수입하고 있는 점에서 韓國의 식민지 문학이 歐美文學을 따른 것이 아니냐고 强辯할 수도 있다.

그러나 親日派거나 國際人이 아니라면 敵治下에서 文學하는 사람들이 광복이나 亡國의 한을 외면하고 純粹니 思潮이니 하여 거기에만 충실했다고 단언할 수 있을까? 묻고싶다. 敵의 탄압을 피하여 문학한다는 것이 얼마나 어려운가 하는 것은 말이나 글로 쉽게 표현할 수 없는 것을 아는 사람들은 순수거나 사조거나 모두 抗日이 숨어있다고 보아야 한다.

그들 초창기의 「學之光」의 멤버들은 앞서 지적한 대로 倭帝에 대응하여 다치지 않고 최대한도의 情恨을 表出하는 방법을 택하였을 것이고 그러한 방법이 우연히도 歐美文學과 部分的으로 一致하게 되자 그 그릇(樣式)속에 우리들의 「뜻」을 담고자 했던 것이다.

歐美文學을 追求한다는 것은 그러므로, 한편으로는 그들에게 있어서 檢閱의 毒針을 피하는 방패도 되었고 다른 한편으로는 韓文學을 世界的水準에 가깝게 고양시킨다는 二重의 役割을 뜻한다고 볼 수 있다.

이렇게 二重性을 띤 기형적인 軟文學이 바로 식민지 문학의 深層構造라고 할 수 있으며 이러한 식민지 문학의 生理를 이해 한 뒤에 비로소 식민지 문학의 평가를 시작해야 한다고 생각한다.

2. 自由詩의 嚆矢인 「한반도」와 「支揭軍」

앞서 言及한 바와같이 1905년 이후에 倭敵은 乙巳條約으로 한국의 국권을 擅斷하였고 특히 언론을 우심하게 탄압하여 「대한매일신보」외에는 民意를 제대로 반영하는 신문이 없었던 것이다.

時局이 흉흉하여 倭人들의 侵略은 날로 가중해가고 社稷은 風前燈火처럼 懦弱하였으니 시대의 흐름도 자연히 국민의 애국심과 각성을 호소하는 愛國歌類와 警世歌類 諷刺歌類가 流行하였으며 그것도 대한매일신보만이 순한글체였고 또 많은 詩歌가 국민으로부터 쇄도하였던 관계로 많이 실리게 되었던 것이다.

1905년의 「歌亦悲壯」[5]이 唱歌의 효시이니 1907~9년은 自由詩의 形成過程으로 보아야 하고 그렇게 잡아가야 1909년의 自由詩의 효시로써 두편의 시가 등장하는 데 있어서 무리가 없을 것이다. 1909년에 자유시가 있다는 것은 1973년 이래 여러번 발표하였고 그 형성과정도 몇 차례 學界에 소개하였으므로 여기서는 긴 설명을 하지 않겠다.[6] 다만 완벽한 水準級의 자유시가 1909년 8월과 11월에 「대한매일신보」와 「少年」誌에 각각 발표된다는 것을 밝히고 그 全文을 여기 소개할까 한다.

　　한 반 도.

　　동해에 돌출한
　　나의한반도야
　　너는나의
　　조샹나라이니
　　나의 스랑흠이
　　오직너뿐일세
　　한반도야

---

5) 大韓每日申報. 光武 9年(1906) 9. 30. 10. 4. 10. 5.
6) 圓光大論文集. 1978. 6.

은턱이깁고나
한반도야
션조들과
모든민족들이
너를의탁ᄒ야

심장ᄒ엿고나
한반도야

력ᄉ가오릭된
나의한반도야
션조들이
유적을볼째에
너롤ᄉ모흠이
더욱깁허진다
한반도야

일월ス치빗는
나의한반도야
둥군달이
반공에붉은째
너를싱각흠이
더욱근졀ᄒ다
한반도야

산쳔이슈러ᄒ
나의한반도야
물은맑고
산이웅장한데
너를 향ᄒ충셩
더욱높허진다
한반도야

아름답고귀한

나의한반도야
너는나의
ᄉ랑ᄒᄂᆞ바니
나의피를ᄲᅵ려
너를빗내고져
한반도야7)

支 揭 軍

허술한 門樓위에
허술한 支揭軍이 안졌네
두손을 무릎압헤 맛잡고
곰방대에 담배를 피우면서

松岳山連峰위엔 마음업난 구름이 오락가락하고
滿月臺아래엔 개똥 감춘 풀포기가 푸릇누릇하도다
그가 일업시 보난 것이 무엇인고?
半千年 王業이 길기도 하거니와
三國을 統一하야 처음으로 高麗한
半島에 帝國을 세우니
坯한 盛하도다.
그러나 지금은 거림자도 업구나
그가 일업시 생각하난 것이 무엇이뇨?

한世上을 고요하게 지낼새
너에게 자랑할 것 自負할 것 한아 업섯도다.
그러나 大皇祖의 宏遠한 規模를 現實할양으로
— 사랑과 울흠의 大帝國을 이 人間에 세울양으로
    — 그리하야 主의 뜻을 이루고 아울너 우리나라의 흙이 윈 地球中 가장 큰
것을 만들양 그 목숨을 내여논 崔瑩은
高麗史의 저녀노을 이러니라 죽이긴 죽이고 죽기는 죽엇서도
오호~ 이 淚腺이 넉넉치못한 사람은 피로 代身하야 우난곳이로구나

---

7) 대한매일신보. 1909. 8. 18. 第1175號.

그가 일업시 도라다 보난 것이 무엇이뇨?
南蠻(安南, 섬羅等)이 方物을 드리고 東夷(蝦夷·琉球等)가 臣되기를 願하니
한때 榮華가 너도 쏘한 「로오마」로구나
그러나 槿花의 하루아참이 되고말미 웃지함이뇨
우리가 禮成江의 일홈을 생각하매 불상타함을 끄리지아니하겟네
그의 일업시 슯흔뜯을 가진듯함이 무엇이뇨

담배煙氣는 무럭무럭 그의 얼골을 덥도다.
한 대가 다 타면 다시 담아부쳐 쩔고 다지기를 쉬지아니하난도다.
그는 支揭ㅅ軍이어늘
벌이할 생각은 털끗만치도 업난 듯 담배만 업시하단도다.

쌀업서 애쓰난 그의 안해
웃헐어 살드러난 그의 자식
그를 보니 보지안어도 생각하겟네
살님의 괴로운 싸홈에 疲困하얏나냐
쩌쳐 올라가난 煙氣ㅅ속에 쉼(安息)을 求 하나냐
그럴것도 갓지 아니하다.
「배곱하!」소리가 그의 귀를 짜릴터인데
그래도 담배만 뻑뻑

城밋헤 웃둑웃둑선 石碑는
뉘집 烈女인고,
知覺업난 새들은 함부로 똥을 쌀녓도다.

찌륵찌륵 소리하난 저 기럭이
— 때 — 알어차렷나냐! 하난것 갓다.
그러나 쏘 한 대 담난고나.

낫겨운 해는 눅은 빛흐로 게어르게 門樓와 밋 그를 비췬다
허술한 집을 쏘일때에는 해도 허술한 듯.
얼업난 사람을 쏘일때에는 해도 얼업난 듯

너의 支揭가 썩을 때까지라도 그리만하고 잇거라.

내가 타고 안진 汽車는 暫時도 그치지 안네
아마 다시는 못보겠다 잘잇거라
나는 올때가 잇서도 네가 웃덜지?!8)

「한반도」는 아깝게도 作者未詳이다. 당시에 이 新聞의 主要 筆陣들이 梁起鐸, 朴殷植, 申采浩, 南宮檍등임에 비추어 筆陣中의 어느 한 사람이 作者였을 가능성이 많다고 보아진다.

특히 이들 筆陣中에 南宮檍의 作品이었을 公算이 크다고 말한 적이 있는데, 筆者가 그렇게 推定한 이유는 1907년의 詩歌中에 「무궁화가」9)가 있는데 이 작품도 作家名이 밝혀지지 않았으나 후렴에 「무궁화 삼철리 화려강산 대한사람 대한으로 기리보전하세」라는 구절이 있어서 이 詩가 1910년 이전에 불리우던 愛國歌가 아닌가 하는 의견을 제시하였고 南宮檍이 亡國後에 무궁화를 數萬株나 재배하여 全國에 郵送하였다는 일이라던가 또 「무궁화가」를 지어 불렀다는 이유로 獄苦를 치렀다는 것등으로 미루어 보아서 당시의 대한매일신보 필진중에는 詩的才能이 가장 많은 사람이 아니었던가 싶고 또 「한반도」를 지었다면 언론인이며 獨立鬪士라는 것 외에 최초의 자유시를 썼다는 것으로 문학사에 길이 남을 것이겠다.

「한반도」는 매우 격조 높은 자유시이다. 1892년의 찬송가류에서 시작된 한국의 근대시가 18년만에 이 같은 성과를 거둔 것은 그만큼의 댓가가 소요되었다고 할 수 있으나 그렇다고 18년의 세월이 문학사에 있어서 결코 짧은 시간이라고 하기도 어렵다.

19세기의 격랑을 헤쳐오던 한국이 이제 瀕死狀態의 손을 쓸 수 없는 상황에서 흐느적이게 되었을 때 마음있는 자는 무엇을 어떻게 해야했을까. 1905년 이래 대한매일신보의 필진들을 救國의 방법을 「조국에의 信賴恢復」에서 찾고자 하였다. 무엇보다도 근원적인 힘은 국민 각자의 마음속에 「위대한 조국상」을 심어주는데서 나온다고 보았고 그렇게 함으로써 국민 하나하나가 긍

---

8) 少年. 第二年. 第十卷. 陸熙三年十月一日. 平壤行中의 詩.
9) 대한매일신보. 1907.

지와 자신을 가지고 國權守護에 떨쳐나오리라고 본 것이다. 그래서 그들은 이순신, 을지문덕 등의 傳記를 연재하여 일반에게 읽혔던 것이다.

이러한 애국심의 고취라는 시대적 命題를 가장 잘 응축한 것이 바로 이 「한반도」라는 시라 할 수 있다. 「한반도」는 1910년 이전의 韓末을 대표하는 사상이며 문학이라는 점에서도 이 뒤의 식민지 문학과 매우 대조적 작품이라 할 수 있으며 또 식민지 문학을 평가하는 바로메터로써 더욱 귀중한 가치를 갖는다고 할 수 있다.

「支擔軍」은 「한반도」보다 4개월 뒤에 「少年」誌에 실린 「平壤行」

이라는 기행문 속에 삽입한 시로서 최남선 作이다. 본래 시의 제목이 있었던 것은 아니었는데 筆者가 이 시를 소개하면서 「支擔軍」이라고 詩題를 붙인 것이다. 내용상으로도 松都를 지나면서 車窓으로 보이는 지겟군을 대상으로 이러저러한 想念을 굴리면서 즉흥적으로 읊은 것이기 때문에 이른바 自由聯想法에 의한 최초의 자유시로도 不朽의 것이 되겠고 하여 「支擔軍」이라고 불러서 괜찮을 것이라 여긴 것이다.

「支擔軍」은 「한반도」와는 性格을 달리하는 시로서 개인의 心懷를 다루고 있고 想의 展開 방법도 환상적인데다가 송도와 고려왕조, 崔瑩과 大帝國의 긍지등으로 확산되던 앵글이 다시 지겟군에 와서 끝나는 입체적 수법도 특이하고 시어도 前年에 발표한 「海에게서 少年에게」에서 보이는 生硬性이 없고 일상어를 무리 없이 구사하고 있는 면면이 매우 능숙한 수법이라 하겠다.

이 두편의 자유시는 이 시들이 지닌 문학적 水準에서도 그렇지만, 이것이 최초의 자유시라는 데에 더 큰 의의가 있는 것이다.

첫째의 의의는 식민지 시대가 아닌 韓末에 한국의 근대문학이 이미 존재했었다는 사실을 입증한 것이요 둘째는 그러므로써 倭人들의 식민지치하에서 우리 문학이 保護 育成되지 않았다는 입증으로서도 불멸의 값을 가지는 것이다.

이런 類의 水準作은 1914년의 「學之光」이 출현하기까지는 더는 보이지 않게되지만, 그렇다고 해서 두 作品의 文學史的 價値가 달라지는 것은 아니다.

3. 「學之光」과 管理文學의 發生

筆者는 오래 전부터 管理文學이라하여 식민지 문학과 同義語로 써왔는데, 管理란 말을 특별히 붙인 것은 倭帝가 民族抹殺을 劃策하고 모든 정책을 그러한 방향으로 몰아가는 그 큰 흐름위에서 어쩔 수 없이 남겨진 문학이 바로 식민지 문학일 것이니까, 그렇게 부른 것이고 또 倭敵의 干涉, 規制, 報復을 받으면서 그들이 미리 제시한 길로 가야했던 것이니 「倭敵의 管理 아래 이룩된 文學」쯤의 뜻으로 그렇게 부른 것이다. 그러므로 管理란 말은 檢閱을 통과하여야만 발표되었던 식민지 문학의 형성 과정에 특별한 의의를 부여한 命名이며 식민지 문학이라는 말보다는 덜 비참하지만 그 뜻에 있어서는 더 含蓄性이 있는 이름이라 할 수 있다.

「學之光」에 대하여는 1978年度에 발표한 「民族文學史研究一」에서 소상히 밝혔으므로 여기서는 省略하겠으나, 아무튼 「學之光」이 管理文學의 濫觴이 되었던 것만은 사실이다.

그래서 여기서는 간략히 「學之光」이 나오기까지의 과정과 문예작품을 소개하고 이 작품들이 1909년의 「한반도」나 「支撌軍」과 어떻게 다른가를 비교검토하는데서 管理文學과 救國文學의 相異點을 파악하는 실마리를 찾을까 한다.

「學之光」은 1914년 4월 2일 창간되어 1930년 4월 5일까지 通卷 29號로 終刊된 倭國에 留學한 조선학생들의 會誌이다. 「學之光」 3號에 실린 「學友會 創立略史」10)에 따르면, 學友會의 前身으로 「興學會」나 「親睦會」가 유학생을 대표하는 단체로 存立했었으나 오래 가지 못했고 잠시의 空白狀態가 있은 뒤, 1912년 가을에 그룹활동이 시작되었는데 이때 出現한 團體가 鐵北親睦會, 浿西親睦會, 海西親睦會, 東亞俱樂部, 三韓俱樂部, 洛東同志會, 湖南茶話會 등 7개 단체였다. 이 7개 단체가 會同하여 1913년 가을에 留學生總團體가 조직되었는데 이것이 朝鮮留學生學友會이고 「學之光」은 그 會誌이다. 「學之

---

10) 學之光, 3號. 1914. 12. 3.

光」은 1910~1930년 동안에 留學生을 총망라한 단체의 회지였기 때문에 여기에 가담한 사람들이 뒷날의 한국 정치, 경제, 문학, 학계, 교육계의 指導者가 되었을 것은 말 할 것도 없다.

「學之光」의 1, 2號는 현재 구할 수가 없고 太學社 발행의 影印本은 圓光大學校의 朴吉眞 總長이 私藏하던 것을 필자가 제공하였고 거기에 몇 권을 보충하여 刊行한 것이다.

「學之光」이 倭國에서 나올 때에 유학생들이 主宰하던 잡지가 많이 있었던 것이 사실이나 특이 이 잡지가 注目되어지는 것은, 全留學生을 會員으로 하고 있다는 점과 學術의 전분야를 包括하고 있다는 점이라 할 것이다. 다시 말하면 倭國이나 國內에서도 같은 무렵에 여러 종류의 잡지가 성행하였으나 그 筆陣은 모두 「學之光」出身이거나 「學之光」의 會員이라는 점으로 볼 때 「學之光」은 全朝鮮의 文學, 學術을 代表하는 母體가 되었다고 할 수 있는 것이다. 이런 이유에서 管理文學이 「學之光」으로부터 비롯되고 「學之光」의 性格을 분석 검토하는 것이 管理文學의 구조를 규명하는 열쇠라고 말하는 것이다.

「學之光」 3호의 「犧牲」(K·Y生)이 눈에 띈다. 1914년 8월 29일자로 된 이 시는 自己의 一生을 한낱 허무한 勇士로 비유하고 世界內 存在로서의 그 자신이 眞實을 찾으려고 발버둥치며 살아야하는 인생을 희생으로 파악하려 한다.

犧　牲　　　　　　　　　　　　　　　　K · Y 生

— 前　略 —

二十五年넘은生涯에어린가슴에울으던피는　　實로엇더한表象이엿더냐!?　　向하여
두주먹 불끈쥐고, 대우쓰고달음질함은 그무슨째문이더냐!?
머리에쏙이그려오든무엇한아는늘永遠한疑問을 품기려드는가?
그는 實로 全空想안엿더냐? 그는 實로 全空想이엿더냐?
空想이라면, 엇더한虛窮을 그려잡으려허엿더냐!?
理想이라면, 엇더한고흔꽂을 未來에피우려허엿더냐!? 아! 무엇이 그의 全生涯

더냐!?
들 풀숩 이슬에 고기한덩어리!
그남아 아무感覺업는 썩을러드는!
億萬古에 씻친恨!
爲하여 哭할이 그누구인가?
불한번 번쩍, 흰烟氣 풀석!
왼未來 왼現在 왼過去
한曖間에다슬어가는 勇士의 末路!

1914. 8. 29.

횔델린에 있어서처럼 常住의 마을을 찾아 헤메는 探究的 態度는 모든 人間에게 있는 법이다. 이 시의 作者도 25세의 청년기에 가지기 마련인 허무와의 對決에서 인생을 매우 부정적인 쪽에서 보려한다. 청년이 찾고자하는 것이라던가 자신의 육신을 고깃덩이에 불과하다고 自蔑해버리는 따위의 傾向은 1919년 이전의 韓國文學에는 찾기 어렵던 일이었다. 國家나 社會와는 閑却된 인간의 내면세계에의 관심이 이 시의 주제가 되어있다. 나라 잃은지 불과 5년에 이렇게 달라질 수 있을까 놀랄 것이다. 그러나 이러한 人生派的 관심은 어느 작품에서나 공통적인 과제로 등장한다. 가령 돌샘의 「離別」을 예로 들어본다.

離 別　　　　　　　(謹히 小星내님의게뭇허오) 돌샘

― 前 略 ―

느진가을의 찬 밝은달은
그光明의빗을大地의一面에 던지여서
모든 것이寂寞헌中에서 休息허는듯허다.
째는쉬지안이허고運轉을繼續허는데
써나기를슯허허는두사람, 그리워허는두사람.
울며불며, 悲哀의흐름이짜를적신다.
맘을압흐게하는 無形無臭의 설음의 칼날은 가슴에쑤리굿은生命줄을 끄는것갓치
그들은嗚咽허며, 생각하야, 鐵權갓치섯슴뿐이다.

아모말읍시 아모뜻읍시 서로 바라볼뿐, 그들의 더운가슴에는 바로이現地를쩌나 썩멀니
지나간 다시못올記憶의 過去를 늣기는 듯.
아아, 가이업슨過去로다.

　— 中 略 —

眞珠갓흔눈물은끈이지 안이허고 숨여나오며
徵笑를들니우든그의이마에는 慈哀의주름을씌우고
그가슴에는이름모를 허물이생기나니
아아, 이것이 즐기든사람의離別인가!

　— 下 略 —　　　　　　　　　1914. 11.

　물론 고려가요나 조선시대의 가사와 시조에도 이런 類의 愛情物은 많이 있다. 그러나 1910년으로 終幕을 告하는 19세기적 救國의 氣脈이 1910년 이후에는 이렇게도 씻은 듯이 退潮할 수가 있느냐는데 문제가 있는 것이다. 다시 말하면 1905~1910년은 비록 倭人들이 統監府統治를 했다하나 名目上으로나마 大韓帝國은 存立했었다.

　그런데 1910년 이후에는 그나마 帝國은 滅亡하고 우리 모두가 하루 아침에 노예가 되었다. 노예가 된지 5년만에 혈기방장한 우리의 청소년들이 倭國에 留學을 가서 우리도 무엇인가 사람노릇해보자고 낸 事業이 이 「學之光」이었고 여기에 실린 글들이다. 그런데 그 글 속에는 救國의 얼이 들어있지 않다. 산문에도 시에도 나라잃은 백성의 서름이 없고 나라잃은 생각을랑 진즉이 잊어버린, 오래전 倭人이 다 되어버린 靑年들의 人生이야기가 있을 뿐이다.

　여기서 우리는 冷情해야 한다. 이 대목을 쉽게 지나칠 때의 두 가지 오류에 빠질 우려가 있다, 하나는 나라잃은 시대를 잊고 문학사를 엮는 일이고 다른 하나는 식민지 시대의 문학이 親日文學이다 하는 思考方式이다. 이는 둘다 경계하여야 할 二大誤謬이다.

중요한 것은 우리가 倭敵의 虐政下에서 노예생활을 했다는 사실과 受難의 상황속에서 어렵사리 자라나고 있었던 管理文學을 시인하는 일이고 그 무렵의 모든 작품이 外形上으로는 흔해빠진 事象에 假托한 流行歌的인 表現속에서서나마 韓民族의 한을 최대한도로 호소하려했다는 당시의 입장을 승인하는 일이다.

그래야만 「한반도」나 「支掘軍」의 救國文學時代보다도 더 悲慘한 時期에 「犧牲」이나 「離別」이 허무의 넉두리나 사랑장난에 빠진 이유를 알 것이고 그 넉두리와 장난이 무엇인가 깊은 내용을 함축하고 저 가슴 뒤안쪽에 쌓아두었던 원한을 호소한다는 것을 이해하게 될 것이다.

그러므로 「犧牲」과 「離別」은 비록 인생의 허무감이나 友情의 슬픔을 題材로 했다하나 이 작품속에는 제재나 시어의 한정적 의미를 초월하여 저 쪽의 더 크고 깊은 공통의 정서를 지향하고 있다는 것으로 해석할 일이다. 이렇게 볼 때 「犧牲」은 나라 잃은 젊은 대학생의 奧惱를 말하고, 학업은 끝났으나 갈곳을 모르고 고민하는 植民地 知識人의 葛藤을 象徵한다고 볼 것이다.

진실과 정의를 배웠으나 그것이 韓人에게는 虛僞와 惡行보다 不利하다. 제 나라를 사랑하고 제 민족을 아끼는 일은 反逆이 되고 제 민족을 背反하는 자라야만 愛國臣民이 될 수 있다는 가치관이 轉倒된 상황에서 지식인이 어떻게 무엇을 해야할 것인가, 그는 망설였고 한인으로 태어났기에 한인의 불행을 함께 울었으리라.

「離別」도 이런 次元에서 해석한다면 小星을 보내며 설워하는 돌샘의 사연에 불과하나 그 悲嘆의 外延은 祖國과 民族에게까지 확산할 수도 있는 것이라고 볼 것이며, 또는 小星을 생각하는 돌샘의 友情과 救國의 情이 동시에 작용했다고도 해석할 수 있는 것이다.

이러한 管理文學의 傾向은 그 뒤의 많은 작품에서 쉽게 찾아볼 수 있는 것이다.

가령 「學之光」 3호에 보이는 押鼻室主人의 「제야말로」는 이러한 내용을 조금 具象化하는 데 성공했다고 볼 것이다.

　　　제야말로

兄弟야記憶하난가梅花꼿香氣나는나라
二八少女의 아리째운쌤갓흔紅桃花피는나라
저곳에는四時가 分明한中上帝의 厚愛로
恒常따듯하고바람이가벼운디
金剛山一萬二千峰과大洞江맑은물은
왼自然의美를다바다集中하야
永久의봄은빗나며巫微笑하도다
運命이우리를逐出한此樂士
어느쯰나다시한번도라감을어들가!
可憐타제야말로제야말로
살며사랑ᄒ며죽을곳인디
아─제야말노우리의살곳인디
슬프도다저긔야말노
姉妹야記憶하나기다리난우리故鄕을
어두운속에서도팔을드러손짓하네
主人업는山속에는외긱이즐기난디
물맑은江上에난小商船이새와갓치흘러간다.
運命이우리를逐出한此樂士
어느쯰나다시한번도라감을어들가!
可憐타제야말로제야말로
살며사랑ᄒ며죽을곳인디
아─제야말노우리의살곳인디
슬프도다저긔야말노

　「主人 없는 山속에는 外客이 즐긴다」는 말이라던가 「運命이 우리를 逐出한 此樂士」로 表象되는 식민지의 한을 「살며 사랑하며 죽을 곳」인 조국을 「어느 때에 다시 한 번 돌아갈까」하는 막연한 指向性에서 解消하려 하고 있다. 돌아간다는 말은 光復일 것이고 運命이란 나라를 잃음이며 外客이란 바로 倭敵을 象徵한다는 것은 두 말할 것이 없다.

　이 시에서 새로운 발견을 하게되는 것은 무릇 救國的 情感이 隱喩를 통하여 日常性으로 표출되고 있다는 사실이다. 그 隱喩가 人生派的인 事象들을

내용으로 하고있으므로 얼핏보기에 지나치기 쉬운 閭巷의 哀歡인 것같이 造
作되어 檢閱의 毒針을 면하였던 것이다.

다시말하면 혹독한 검열을 통과하여 살아남으려면 反抗的이거나 愛國的인
性向을 띄어서는 안된다는 禁忌와 그러한 반항적 애국적 痛恨을 표현해야 하
는 意慾의 相衝이 齊來하기 마련인 치명적인 갈등 속에서 결국 管理文學의
樣式이 틀잡힌 것이 아닌가 싶어진다.

素月(崔承九)의 「쎌지엄의 勇士」라는 자유시를 제외하고는 대개가 산문시
인데 그들의 詩世界는 생과 우주의 相關性, 生의 目的에 대한 懷疑, 絶望 등
을 내용으로 한 것이 많았다.

가령 「° 프리」(C. K生, 1914년 12월 17일 作) 나 「내의 가슴」(돌샘,
1914년 11월 23일)「밤과 나」(金億, 1915. 1. 15). 「나의 적은 새야」(金
億, 1941. 11. 9) 등이 모두 그렇다.

그러나 素月의 「쎌지엄의 勇士」는 벨지엄의 勇士를 빌어서 잠든 朝鮮人의
魂을 일깨우고 衰微해가는 勇氣를 북돋게 하는데 充分한 것이었다.

            쎌지엄의 勇士

                                    素 月

    山獄이라도 쎅에지는
    大砲의 彈앞에
    너의 阿只는
    발서 碎骨이 되엿고

    野獸보다도 暴惡한
    쩨르만의 戰士의게
    너의 愛妻는
    恥辱으로 죽엇다.
    인제는 사랑허는
    家族도 업서젓고
    너조차 逃亡칠
    길을 일허버렸다.

배불러도 더찾는
慾心쑤레기의게
너의 財産을
다밧처도 不足이다.

正義가 읍서 젓거든
平和가 잇슬게냐
다만 저들의
꿈 속의 弄談이다.

너 自我以外에는
野心만흔 敵쑨이요
敗北는 너의 政府
弱헌 짜닭이다.

쎌지엄의 勇士여!
最後짜지 싸흘쑨이다!
너의 엽헤/
부러진 槍이 그저잇다.

쎌지엄의 勇士여!
쎌지엄은 너의 것이다!
네 것이면
꽉 잡어라!

쎌지엄의 勇士여!
너의 쪄듸는 너의 것이다.
너, 人生이면
權威를 드러내거라!

쎌지엄의 勇士여!
瘡口를 부둥키고 이러나거라!
너의 피 이는 곳에
쎌지엄의 子孫 부러나리라

쩰지엄의 히로여!
너의 몸 쓰러지는 곳에
거누구가 月桂冠을
밧들고 섯슬이라

1914. 11. 3

독일군에게 짓밟힌 벨지엄인은 바로 朝鮮人이며 벨지엄의 勇士에게 외치는 목소리는 곧 조선인에게 부르짖는 절규이리라. 자식도 처도 저들에게 죽고 자신조차 도망할 수 없이 된 절박한 상황에서 이제 최후의 自救策은 對決하고 승리하는 것뿐이라고 그는 설득하고자 한다. 상처난 몸으로 부러진 槍을 쥐고 싸울 때, 그대의 위대한 피 흘리는 곳에 자손이 번영한다고 외친다. 이 무렵의 管理文學의 樣式속에서는 꽤 危險水位를 넘은 表現이었는 데 용케도 검열을 통과했다 싶을 만치 直說的이고 激烈하다. 그러나 「學之光」 4호에는 「쩰지엄의 勇士」외에도 이런 類의 작품이 몇 편 더있다.

新年의 노래

五 峯 生　　　　

닐어라, 서라. 「뉴코리안」아!
네골두즌年갈은칼은匣中에울고
배달님금켜신해(烽火)는萬古에겟치도다.
여칼, 이해를 들고
닐어라, 서라, 「뉴, 코리안」아!
하늘가(天涯)물바닥까지
宇宙의맛造化翁의大秘密에싸지…
正義의「뉴, 코리안」으로
愛의「뉴, 코리안」으로
理想의「뉴, 코리안」으로

— 後 略 —

1914. 11. 22

朝鮮民族의 一代蹶起를 호소하는 이 시는 이것이 1914년에 쓰여졌다는 것과 1915년의 倭의 東京에서 발행되는 朝鮮人留學生誌「學之光」4호에 실렸다는 점에서 더욱 충격적인 것이다.

칼을 들고 배달임금이 켜신 홰불을 들고 민족이어 일어나라고 외치는 五峯生의 절규는 이 시대의 청년뿐 아니라 敵治下의 모든 민족의 뜻을 대변한 것이라고 볼 수 있다.

이러한 救國의 숨결은 시조와 雜歌에도 나타나고 있다.

舊 曲 新 調

兩 球 生

바람아부지마라 丈夫肝臟건다릴라
이 時運저러하니 心思도愴然하다
아마도이마음寬懷키난 所願成就

六 字 歌

저 건너 不咸山에 無窮花한雙을심엇더니
모진狂風에 다쩌러지난貌樣
五臟이터저 내가못볼게나
二十五絃彈夜月에 不勝哀寃저기럭이
　雲宵에놉히쩌서 邑邑한긴소래로 짝을불너슯히우니 네아모리 微物이나 못찻난私情은 우리와 갓흘게나.

興 打 令

江山風景은正좃타만은 임자가업서서못논다드라 아이고데고興, 星火로구나
英雄豪傑이 種子잇나냐 奮發만하면우리도되리라, 아이고데고興, 慶事로구나.

이는 시조, 六字백이, 홍타령으로 엮어본 救國警時歌라 할 것이다. 時調에서는 亡國의 時運을 한탄하고 六字백이 에서는 짓밟히는 조국의 참상의 애환을 짝잃은 기러기에 寓托하고, 興打令에서는 임자없는 조국을 구하는 길은 全民族이 분발하는데 있다고 쓰고 있다.

결국 「學之光」의 詩壇은 두 가지 경향으로 구분된다는 것을 알 수 있게한다. 하나는 人生派的哀歡에 情緒를 담은 類型이고 다른 하나는 時代精神을 대변하는 救國警時歌類이다.

1930년까지 계속되는 「學之光」은 春園의 「極態行」(1917년 11월 13일)[11] 무렵부터는 1910年代에 간혹 보였던 救國警時歌類가 차츰 자취를 감추고 人生派的 內容을 주로하는 民衆情緒性向의 詩歌가 統一的인 樣式으로 固定되어가는 인상을 주었다.

石松의 「작은 돌의 노래」(1921. 1. 21)[12]가 나온 때 식민지 문학은 꽤 많은 문인을 보유할 수가 있었고 詩歌도 民衆情緒的性向으로 적잖은 성장을 하고 있었던 것이다.

작은 돌의 노래

石 松

나는 돌이다.
그러나 山에잇는 바우도 안이고
물에잇는 暗礁도안이다.
우리집은모래강변이고
나의일흠은작은돌이라한다.

나는 돌이다.
그러나彫刻家의大理石도안이고
貴婦人의寶石도안이다.
우리집은모래강변이고
나의일흠은작은돌이라한다.

나의몸은적다.
그러나야무진天質이
사나운물결을밧어내고
차진天性이

---

11) 學之光, 14호. 1917. 12. 20.
12) 學之光. 21호. 1921. 6. 21.

미친바람을끔적안노라.

　－ 下 略 －

　우리는 이 시를 읽으면서 한국의 시가 벌써 여기까지 왔구나 하는 것을 느끼게 되고 그 느낌이란 다름 아닌 어법이나 描寫가 매우 감각적이고 사실적이며 詩語들이 現代化되어 있다는 것을 直感하게 된다는 것이다.

　1926년경에 金東鳴(황혼의 노래, 흰모래 우에, 달빛이, 除夜, 1926年), 李孝石(夜市, 午後, 저녁 때, 1926) 등이 등장할 무렵에는「學之光」13)은 이미 그 先驅的 機能을 적어도 문학분야에서는 많은 다른 文藝誌나 綜合敎養誌의 文藝欄에 讓步하지 않으면 안되었으며 따라서 1910年代같이 문학적 역할을 수행해 낼 만한 처지에 있지 못했다.

　그러나「學之光」이 韓國의 留學生會가 主管한 잡지이며 植民地 時代나 그 뒤의 시대에도 한국의 모든 분야에서 활동하게 되는 엘리뜨 集團이 참여한 발표기관이고 文學에 있어서는 管理文學이 여기서 형성되어 1920년대의 한국문학으로 계승된다는 그런 일을 해 낸 잡지라는 것을 주목하여야 할 것이다.

　따라서 1914-1915년 무렵의 救國警時的 성향이 차츰 자취를 감추었고 그와 反面에 人生派的 왜환의 성향이 강조되고 미화되어 문학의 양식으로 정착하기에 이르는 것이다.

　「學之光」가운데 문학의 두 유형중의 하나인 救國的 性向의 詩脈은 상당한 잠복기를 거친 뒤에 1920년 이후에 두 방향으로 발전하였으니 하나는「東亞日報」나「新東亞」등에서 제기하였던 시조의 復興運動이라던가 傳統文化 硏究의 방향이 그것이요 다른 하나는 國外로 나가서 上海 臨時政府의 기관지였던「獨立新聞」에서 보여주는 救國鬪爭의 詩歌들의 방향이었던 것이다. 또 하나의 人生派的 藝術的(?) 성향의 문학은「創造」,「白潮」,「朝鮮文壇」,「詩文學」등에 계승되어 管理文學의 大脈을 形成하였던 것이다.

---

13) 學之光, 27호. 1926. 5. 54.

Ⅲ. 泰西文藝新報와 創造의 役割

1. 泰西文藝新報와 文學의 方向

「泰西文藝新報」가 발행되던 1918년 9월과 「創造」의 創刊年月인 1919년 2월은 불과 5개월 사이므로 「創造」에 앞서서 「泰西文藝新報」가 큰 업적을 남겼다고 하는 평가는 조금 심한 느낌이 없지 않으나, 文學史的 시각에서는 年代나 日時가 多少라도 앞선다는 것이 매우 중요시되는 법이니까 그 功過를 말한다 해서 나무랄 것은 못된다.

그러므로 「泰西文藝新報」가 「創造」보다 5개월 앞섰다는데서도 그렇고 또 純文藝紙라는데도 특별한 의의가 있다고 보겠으나 더욱 큰 의미를 가지는 것은 국내에서 발행된 최초의 문예지라는 점과 한민족의 자각을 促求하여 주체성을 回復하려 한 것에서일 것이다. 「泰西文藝新報」는 다음과 같이 주장하고 있다.

우리는 읽어야 하고 잃을 줄을 아러야 한다.

우리는 읽어야 한다. 저 구라파의 문명이 우리 됴션에 슈입된지 二十여년에 우리난 상업에나, 공업에나, 무엇에나, 무엇에 무삼견실함, 진보는 아주 됴금도 웃지 못하였다. 혹 이 말도 너무 과도하다고, 싱각하실이도, 잇겟지마는, 실상 면밀(綿密)히 상고하고, 자세히 관찰하면, 우리의 사회는 그동안 저셔편으로서 급조히 밀리어 드러오는 됴슈와 불리어 듸리치는 바람에 뿌리만 흔들리어, 제본자국만 쩌러젓슬 뿐이라, 발듸된 곳이 엇더한 곳인지 사난쩌가 엇더한 쩌인지 일반 우리의 주위의 형편은 아지도 못하고, 알랴고도 아니한다. 말하자면 각본(脚本)과 준비도 업시 더퍼노코 무더 우에 올너슨 비우와 갓다. 남이 우스면 나도 쌰러 우슬쭌이다. 어제도 보닉고, 오날도 보닉다. (닉일도 웃지나 할난지—) 방향도 업고 셩산(成算)도 업다.14)

---

14) 泰西文藝新報, 第二號. 1918. 10. 13.

이 社說은 痛烈한 자아비판에서 출발한다. 歐美文物이 들어온지 20여년에 별다른 소득도 없이 오히려 "쑤리만 흔들리어 제 본자국만 쩌러젓슬 쑨이라"고 慨嘆하고 있다. 여기서 뿌리가 흔들렸다고 비유한 것은 民族의 전통문화에 대한 부정적 태도와 그로 인한 주체성의 상실을 두고 한 말일 것이다. "제 본자국만 쩌러젓슬 쑨이라"고 하는 開化 20有餘年의 비극적인 결론은 개화를 빙자하여 皇室을 능멸하고 황후를 살해하였으며 마침내는 한국을 倂合해버린 倭鬼에 대한 깊은 含怨이 깃든 말이다.

결국 倭鬼의 식민지가 되면서 道路는 擴張되고 근대적 도시가 형성되고 공장이 세워지고 학교가 열리는 등 갑자기 부산한 근대화 작업이 추진되었던 것이 사실이었다.

倭帝는 이렇게 식민지 정책을 펴가는 사이에 한민족으로 하여금 그들의 살길이 근대화에 있으며 그 근대화는 倭帝만의 專有物인 것처럼 현혹시켜서 한민족을 迷信과 封建制度, 貧困과 落後에서 구해준 은인으로 믿게 하고자 하였다. 이러한 위장선전의 虛構는 결국에 있어서 망국을 自招한 조국에의 嫌惡를 가중시키었고 그러한 혐오의 累積은 자기 부정을 조장하여 마침내 정신의 空虛化를 빚어내게 된 것이다. 倭帝가 노린 치밀한 계략이 매우 빠른 時間에 효과를 거둔 셈이다.

「泰西文藝新報」는 이러한 心理的 변화를 개탄하고 이미 주체성을 상실하고 우리가 살고 잇는 곳이 어딘지 사는 시대가 어떤 시대인지 조차 알려고하지 않는 無氣力을 일깨우고 이것에서의 脫出口로서 우리의 傳統文化의 再生을 추장했던 것이다.

그리하여 「신춘향가(新春香歌) 기우의 권(奇遇의 卷)」을 H·M 生作으로 소개하고 "근본 우리에게 잇든 것을 곳치인 것"을 받아 들인다는 社是를 뒷받침하기도 하였다.

그러나 여기에서 활약하였던 筆陣은 金億·張斗徹·李一 등이며 第14號에 黃錫禹의 創作詩 「隱者의 歌」가 선보이나 당초의 意慾만큼의 성과를 거두지 못한 채, 다만 망국 以後 처음으로 民族精氣의 滅裂을 경고하였다는 思想史的 意義를 남기는 것으로 終刊한 셈이었다.

2. 創造와 藝術主義文學

「創造」는 1919년 1월 28일에 印刷 納本되어 1919년 2월 1일 발행되었고 발행된 곳은 倭國의 橫濱市 太田町 五丁目 八十七番地 村岡平吉이 印刷人이 된 福音印刷合資會社에서였다.

朱耀翰이 편집 겸 발행인이 된 이 文藝誌는 창간호에 요한, 極態, 白岳, 長春, 東仁의 5인이 참여한 同人誌였으나 3호부터는 당시의 「學之光」이나 「泰西文藝新報」 등의 救國意識을 同伴한 방황이나 식민지라는 특수 상황에 대한 갈등과 고뇌라고 하는 知識人의 當爲性이 보이지 않는 데서 注目을 끈다. 이 잡지의 主宰者인 朱耀翰은 편집 후기에서 다음과 같이 주장하고 있다.

남 은 말

우리의 속에서니러나는막을수없는要求로因하여 이雜誌가생겨낫습니다. 各가지曲解와誤解는 처음부터올줄밋고잇습니다. 그러나우리는다만참으로우리쓰슬알아주시는 적은部分의손을 잡고나아가려합니다. 우리의가는길이 곳을동안은우리는아모런 暗礁도 두려워하지안씀니다. 우리는모든逼迫과侮辱의길로라도 더욱勇敢하게나아가겟습니다. 우리길을막을者가누구임닛가!우리는우리가참되다고생각하는바를, 우리가 올타고밋는쯍소래를, 여러분이 안드르실려고 꽉, 두손으로막으신 그 귓미테다가 더한층노픈 곡됴로울리우게하겠습니다. 그쌔에야말로! 마츰내여러분끠서도 우리의말에 귀를기우리시게되리이다.

○ 쏘 처음부터 우리의말을드르시려는여러분, 여러분은우리의게서 무어슬어드시러 하시심닛가. 한낫재미잇는니야기쩌림닛가? 저通俗小說의 平凡한道德임닛가? 쏘或은 「바람에움지기는갈대」임닛가?

○ 여러분中에 엇던분이 생각하시는것가치, 우리는決코 道德을破壞하고 멸시하는거슨아니올시다. 마는 貴한藝術의 쟝긔를가지고 저 언제던얼굴을쩌프리고계실道學先生의代言者가될수는업습니다. 그러나 쏘우리의努力을할일업슨者의 消日쩌리라고보는데도不服이라합니다. 우리는다만忠實히 우리의생각하고, 苦心하고煩悶한記錄을 여러분끠보이는뿐이올시다. 그러면여러분은 이제무어슬, 求하시러함닛가?

○ 마음이 적적하신이는 오십시오. 우리는그이와함끠 울어드리겟습니다. 가슴아프신이는오십시오. 우리는그이와가치속태우고, 가치애를쓰고겨합니다. 즐

거워하시는이는오십시오. 우리는이와함끠 춤추고노래하려합니다. 당신의 人生에 對하야 속답답하신이는오십시오, 우리는서로함끠 열리지안는靈魂의문을 두두립시다.

　○ 아모턴지 모든障害를헤치고 이雜誌가난거슨 우리의깃봄이올시다. 우리는 다만우리의가는길을 보아달라할뿐이올시다. (꼿)

朱耀翰이 표명하고 있는 "우리의 속에 일어나는 막을 수 없는 要求"란 무엇일까, 그는 같은 글에서 "우리가 참되다고 생각하는 바, 우리가 옳다고 믿는 종소리"가 바로 그들의 內部에 솟구치는 要求라고 해명하고 있는 것을 보게 되는데, 그 참되고 옳은 것이란 구체적으로 무엇을 지시하는 實辭일까. 그는 또 같은 글에서 모든 壓迫과 侮辱도 아랑곳 하지 않고 그 참되고 옳다고 생각하는 길로 가겠다는 決意를 보이고 있는 데, 그것은 결국 「藝術의 長技」로서 "우리의 생각하고 煩悶한 記錄을 여러분께 보이는 것"이라고 할 때에 그의 내부적 요구나 정의와 진실 따위가 일제 통치자가 허용한 범위 내에서의 思想·感情의 赤裸裸한 표현쯤의 意味를 넘어서지 않는다고 할 수 있다.

다시 말하면 勸善懲惡의 前近代的 小說樣式을 打破하고 「平凡한 道德」이라던가 "興味本位의 이야깃거리"에서 벗어나서 "서로 함께 열리지 않는 靈魂의 문을 두드리는 文學"을 하자는 것이었다.

靈魂의 문을 두드리는 文學이라고 표현했을 때 朱耀翰에서 있어서의 문학의 개념은 당시의 다른 또래의 同人들도 그랬을 것이지만, 歐美文學과 또 그에 感染되어진 倭國文學의 모델을 상상하는 수준에서 벗어나지 못하였던 것이다.

따라서 그가 "옳다"거나 "참되다"고 하는 論理의 指向性도 시대적 이라거나 민족적인 관련에서가 아니라 日本文學的인 것이거나 歐美文學的 次元에서 말해지는 모랄 이상을 넘지 못한 것이었다.

이러한 傾向은 식민지 문학의 성격이 이 시점에서부터 전혀 다른 방향으로 흘러가지 않을 수 없는 前兆로서 매우 중대한 의미를 암시하고 있다고 해야 한다. 다시 말하면 이들의 주장이 藝術이라던가 인생이라는, 문학으로서는 꽤 本質的인 문제를 들고 나왔다는 점에서 韓國文學의 現代와 관련하여 再檢討

하고 또 植民地文學, 다시 말하면 管理文學의 構造를 말하고자 할 때에 반드시 딛고 넘어가야 할 關門이 바로 「創造」의 脈일 것이므로 創刊號에 보이는 이념적 표현을 진지하게 분석할 필요를 느끼는 것이다.

勿論 「創造」가 國內에서 발행된 것도 아니고 國民的 文藝誌라는 조건을 충족시킬만한 근거도 없으며 바로 뒤에 나오는 「開闢」처럼 민족적 興望 속에서 운영된 것도 아니고 그 뒤의 「朝鮮文壇」같이 中軸役割을 해낸 文藝誌도 아니었다. 倭國에 留學한 청소년들의 조그만 개인 활동을 그 조금 先輩級인 金億, 李光洙, 崔南善 등이 찬조 기고하는 형태로 잠시 유지되던 잡지였다. 그러나 이 잡지가 東京에서 國內 販賣를 노리고 편집되었고 또 3·4號부터 全國에 販賣網을 갖는 月刊誌가 되었는 데 그러한 것들이 이 文學誌를 永續시킬만한 財源일 수는 없었겠지만, 어쨌거나 전국적 독자층을 망라할 수 있었던 잡지라는 印象은 충분히 가지게 하는 것이다.

이렇게 비록 청소년들의 문학동인지라고는 하지만 전국적인 文學行爲라면, 식민지 시대의 管理文學으로서 方向設定이라던가 文學의 性格形成에 있어서 規定的 影響力을 行使하였으리라고 보아서 몇 가지의 深層解明을 해 두는 것이 좋으리라 여겨진다.

앞서의 引例에서같이 "마음이 적적한 이는 오십시오. 우리는 그이와 함께 울어 드리겠습니다. 가슴아프신 이는 오십시오 우리는 그이와 같이 속태우고 가치 애를 쓰고져 합니다"라고 말하는 이들의 文學態度에서 우리가 看破할 수 있는 것은, 무엇인가의 代辯者로서의 表現, 무엇인가 人間的 애환을 구상화해야 하겠다는 目的意識이 작용하고 있다고 보아야 할 것이다.

그러나 대변자로서의 태도나 人間的 哀歡의 具現이라는 목적의식이 과연 한국의 현실성과 부합하느냐 하는 것이다. 다시 말하면 倭國이나 歐美의 문학양식을 에누리 없이 도입하였을 때 그것이 우리의 식민지 문학으로서의 要請에 걸맞을 수 있는 것인가 하는 것이다.

여기에 管理文學의 二律背反的 文學路線이 배태하기 시작한다. 하나는 文學의 永遠性의 追求라고 보여지는 人生의 哀歡에 관한 究明이고 다른 하나는 現時的 反映이라고 하는 시대성의 구현인 것이다.

「少年」, 「靑春」에 이은 「學之光」이나 「泰西文藝新報」의 生理는 이러한 상반되는 二大路線의 葛藤을 솔직하게 시인하는 입장에 있었던 것이다. 그러나 「創造」는 이 양면 가운데에서 擇一의 방법을 취하므로 오히려 우리 문학을 超時代的, 永遠的인 것으로 굳히여 이율배반적 고뇌에서 벗어나려 하였으며 그러한 意圖的인 세계문학적 高揚이 침략자의 强壓에서 벗어나는 方便이면서 한민족의 불행을 다른 側面에서 대변하는 方法이라고 믿었던 것이다.

그리하여 그들이 이러한 첫 試圖로서 選擇한 것이 藝術主義였으며 이것의 實踐的 方法으로서 文藝思潮의 옷을 입었던 것이다. 같은 創刊號의 後期에서 金東仁은 다음과 같이 쓰고 있다.

> ○ 약한者의슬픈 꼭됴흔「우리의雜誌」의 제가定한자리에실니우는 제 약한者의 슬픔이 中媒者가 되어 讀者인여러분과作者인「저」를 「藝術」의 線으로맛대였습니다. 저는 이연분에對하여禮하옵니다. —— 다만한가지유감인거슨雜誌의죠희數로 말믜아마절반밧게는싯지못하게된거십니다. 그理由는 첫 번은짭게하랴든거시뜻밧 개길——게된故로, 두달에야끗나게된거십니다.
> ○ 姜엘니자벳트 自己로써살지를못하고누리에 비최인自己거름자로써살고, 강하여보이고도약한姜엘니자벳트, 그의슬픔, 그거시….
> ○ 여러분은 이약한者의슬픔이 아직짜지世界上에이슨모든투니야기(作品) —— ‘리알리즘’로—만티씨즘, 씸볼니픔, 들으니야기—와는描寫法과作法이다른點이잇 는거슬알니이다. 여러분이이點만바로만發見하여주시면 作者는滿足의 우슴을웃겠 습니다.

결국 朱耀翰의 前述한 後記에서 "藝術의 長技"라고 말한 것처럼 金東仁도 "藝術"이라는 말을 특별하게 강조하고 있는 것이다. 金東仁은 일찍이 「學之 光」 18호 特別號에서 「小說에 對한 朝鮮사람의 思想을…」이란 題下에 그의 藝術論을 피력한 적이 있는 데 거기에서 다음과 같이 쓰고 있다.

> …小說家卽藝術家요 藝術은 人生의 精神이요 思想이요 自己를 對象으로 한 참 사랑이요 社會改良 神人合一을 遂行한 者이오.
> 쉽게 말하자면 藝術은 個人 全體이오.
> 참 藝術家는 人靈이오

참 文學的 作品은 新의 囑이오 聖書이오,.

人靈—小說家—를 붓드러서 「人生誘拐者」라 하는 거슨—큰(크기도 限定업시큰 誤解이오.

現今西洋에 流行하는 모든 思想—超人生主義, 人道主義, 虛無主義, 自然主義, 로—만쓰主義, 데가단主義, 享樂主義, 個人主義, 社會主義, 樂觀主義, 厭世主義, 其他 헤일수 업시만혼 모든思潮—들을 支配하는 者는 누구냐하면 文學者—널븐意味의—들이오, 創造한 者 亦是文學者들이오, 이제 撲滅하고改正하고改造할者도 다 文學者드리오, 文學者들의使用한武器는 論文과小說이오! 小說의 힘이 엇더하오? 小說을可히 不必要品이라稱하겟소! 西洋의文名의思潮를 支配하고 創造한이小說을!
　(中略)

이러한 貴하고, 重하고 要하고 緊한 小說을 浮浪者나 볼거시라는 사람들이 불상하오, 그러치만 이것도 그들의 罪가아니라할수가있소. 몃百年間 專制政治下에 눌니워 生活하든 朝鮮사람들은 藝術을나치를못하엿소. 그뿐아니라 其前 先祖들의 가젓든 藝術까지 다닛고마럿소! 일허버럿고! 藝術의 種子가 실허젓소. 이러케 藝術을모르고 世上에나셔 藝術을모르고 生長하여 成人하고, 或은中老, 或은 眞老에까지드른그들은 小說에對하여 그와가튼 意想을가질수밧게는 업게되였소. 그들도 萬若, 藝術의 眞理, 小說의 珍味를알고보면, 至今과는 正反對로 自己들도 小說을 愛讀하고 他人에게 勸까지할거슨 定한일이오. (中略) 나는 「論文보다 小說을닐거라」하겟소. 그거슨 小說이 論文 — 哲學的이나 社會的—보다貴하다는거시아니고 다만 아래와가튼 理由가이슬뿐이오. —論文에—行이면 다쓸理由를 小說에서는 몃 頁或은 全卷에 쓴다 그러니 따라서, 論文에서는 아라보기어렵든—아직發達되지못한 單純한 머리에는—句라도, 小說에셔는 自然히 머리속에드러와 배긴다 함이오. 小說作家의 表現하랴든 哲學思想, 社會學思想이 不知不覺中에 讀者에게 알게된다 함이오. 차차 이러케되여 小說을온전히 理解할째에는 우리는 小說—이왕의 極히 賤하게보든—의 얼마나偉大하고 얼마나 崇嚴한거신지를 알—게되겟소. 通俗小說에서는 우리는 卑코 劣코 汚코 추한 것밧게는 아모것도 發見치를 못하오. 거기는 獨創의 閃이업소 思想의 烽이업소 사랑의 엄이업소. 아모것도 업소. 讀者를 쓰르랴는 卑劣한 아텸의思想이 이슬뿐이오…… 이러한 低級小說을 보아서 有益이 업소. 우리는 小說에對한 誤解의思想을곳치고—卽 極幼稚한 通俗小說에 健全한文學的小說로代하고小說과 墮落을 聯想하는 思想에 小說과文學을 聯想하는 思想으로 우리社會를 純粹藝術化한 社會로 만드릅시다. (下略)15)

金東仁은 文學의 效用性을, 모든 思想, 學術을 綜合한 것이 문학이므로 예

---

15) 學之光. 13호. 특별호. 1919. 1. PP. 45~47. 1968년에 필자가 발굴함.

술로서의 문학을 정립하는 길만이 社會改革과 文明世界를 이룩하는 지름길이
라는 데에 두었던 것같다.

3. 體制背定路線과 藝術主義의 虛構

「創造」가 出發서부터 文學同人誌임에 틀림이 없으나 3호 이후부터는 당시
의 文人이 많이 참여하게 되어 벌써 同人誌의 성격을 벗어나고 있었다.

　　　여태까지 늘 同人의 글에 限하다 십히 하였지만 이제부터는 좀 範圍를 넓히
　　겠습니다. 널니 우리 조선가운데, 우리 마음줄의 울님에 共鳴하는이들, 우리의
　　부르지짐에 應하는 男子친구들은 사양치말고 대~구投稿해주십쇼.16)

그러나 같은 6號에서 田榮澤은 「創造」에 同人 以外의 여러 사람이 가담
하고 있음을 自認하고 그들 寄稿家(전영택의 말)가 당시의 著名文士였음에
비추어 「創造」誌가 이미 月刊 綜合誌의 性格을 띠고 있었음을 말하여 준다.

　　　우리는 벌서 同人 以外 天園, 金素月, 松堂生 여러 친구와, 본국계신 우리
　　新詩壇의 明星이신 象牙塔, 岸曙 兩君과 京都게시든 碧波方仁根君이 새로 우리
　　創造의 寄稿家로 되신거슬 저는 몹시 깁버합니다.

5月號(6號)의 「特別附錄」에는 李光洙와 朱耀翰의 作品이 실리고 편집자는
다음과 같이 특집을 내는 이유를 쓰고 있다.

　　　朝鮮新學界의 巨星인 春園 李君이 오랫동안 우리 文壇에서 자최를 끈어 우리
　　가 몹시 寂寞을 늣기든 바이오. 더구나 우리 創造同人으로서 一週年記念號를 發
　　行한 今日까지에 아직 한 번도 그 作品을 실어서 우리와밋 讀者여러븐이 가치 同
　　君의 驚異的 傑作을 닑는 즐거움을 가지지 못한 것은 크게 遺憾으로 생각하엿더
　　니, 이번에 멀니서 多幸한 中에서도 우리 創造에 玉稿를 보내주셨기, 우리는 깃
　　쑴을 이기지못하야 비록 印刷가 거의 마치게되엿지만은 보는일에 밧붐으로 이번

---

16) 창조. 6호 1920. 9.

號에는 原稿가 밋지못할줄 아랏든 요한君의 詩와 合하야 特別附錄을 만드러 여러
분의게 提供하는 바올시다.17)

생각컨데 李光洙와 朱耀翰은 이 무렵에 上海에 가있었을 것이었다. 「獨立
新聞」의 발간 준비에 바쁠 무렵이라서 創作의 짬이 나지 않았을 것이나 특별
히 作詩하여 처음으로 寄稿하게 되었다는 것이다.

이 눈물의 노래를 외는
二千萬 흰 옷 닙은 무리에게
모든 苦痛도 나리소서.
悲慘도 무엇도 다 나리소서, 마는
다만 그네의 입설에서 거즛의 뿌리를 뽑아 주소서
아아 믿고 싶다.
너는 나를 믿고
나는 너를 믿고
서로 믿고 싶다.
그러케 믿는 세상이 언제나 올가나18)

臨時政府가 발족한 上海의 表情을 말하여 주는 것인 듯, 萬里 他國에 光復
運動하러간 사람들이 謀略中傷이나 하고 派黨이나 지어 싸우는 모습을 보면
서 熱血靑年이었던 春園의 개탄이 나올 법한 것이다. 詩的 技巧에 있어서는
朱耀翰에 미치지 못하나 精神次元은 훨씬 상위권에 있음을 이 시는 잘 보여
준다고 할 수 있다.

人間의 精神的 成長過程을 個別者에서 全體者로 關心의 對象이 옮겨지는
것으로 보는 것이 常識이요, 그런 뜻에서 個性的 詩에서 沒個性의 詩로 가는
것이 正當한 軌라는 T·S 엘리어트式 발상에서라면 이런 과정은 소위 儒家
들의 修學의 지침이었던 「修己治人」이나 佛敎의 「自利利他」와 크게 다를 것
이 없다. 나의 닦음이 먼저 할 일이되 그것이 앞선 뒤에는 반듯이 남을 다스

---

17) 創造. 5月號 第6號. 特別附錄. 1920. 5.
18) 믿듬, 창조. 5월. 제 6호, 특별부록.

리고 救하는 일에 나서지 않으면 안된다. 지금 여기에 실은 李光洙의 「믿음」
과 朱耀翰의 「외로움」은 그러한 차이점을 잘 나타내고 있다 하겠다.

　　물소리가 멀니 들린다. 외로히.
　　여긔 밤과 어둠이 없다.
　　그러나 그 빛이 차기 어름같고
　　그 발금은 殘酷히 쭈러보는 눈동자 가트매
　　스스로 헤가리고 思慕하는 마음은
　　이 외름의 쓴 빛 아래 더욱 懇切하니
　　나는 니를 악물고 感謝의 눈물로, 여긔서
　　神에게 나의 발가버슨 祈禱를 드리리라.[19]

　"그 빛이 차기 어름같고" "외롬의 쓴빛" "발가버슨 祈禱" 등등의 비유는 이
무렵의 시에서 찾아보기 어려운 수준이며 朱耀翰의 詩才가 拔群의 것임을 말
하여 준다고 볼 수 있다.
　그뒤에도 春園은 詩와 감상문을 「創造」에 싣고 있고 이밖에 많은 사람들이
同人에 가입한다. 가령 金明淳, 吳天錫 등이 그 사람들이다. 이들 「創造」同人
들은 단순한 文藝同人誌의 수준을 넘어서 당시의 언론출판계에서도 상당한
비중을 차지했던 것으로 보이는데, 가령 天園 吳天錫이 學生雜誌 「學生界」의
主幹職에 있으면서 同人에 가입하였고, 金東仁은 平壤靑年會 雜誌 「靑年」 편
집을 맡았으며 李一은 月刊誌 「曙光」의 主幹이 되기로 하였다는 消息이 「創
造」 7월호에 실려있다.
　「創造」는 財政難으로 漢城圖書株式會社와 交涉하여 그쪽의 後援을 받기로
合意한다. 漢城圖書(株)는 資本金 30萬원으로 서울 光化門通 132番地에 세
운 大規模의 出版社로서 「서울」誌를 내고있었는데 白岳(金煥)이 交涉하여
「創造」를 후원하도록하고 白岳이 漢城圖書(株)쪽에 가서 出版責任을 맡도록
한 모양인데 그것이 그만 決裂이 되어 「創造」 7월호에는 卷首에 「急告」라하여
漢城圖書(株)를 非難하고 旣往에 編輯員이니 囑託이니 하던 職任도 辭退한다

---

19) 上同.

고 宣言하고 이를 계기로 「創造」社를 設立하기에 이른다.

이러한 결별은 白岳이 漢城圖書(株)의 相談役과 出版部編輯員의 자리에서 두어달 근무하는 사이에 出版部長과의 異見이 문제가 되어 갈라서게된 것인데 白岳의 自辯에 의하면 「아직 十七八世紀式인 該會社出版部長과, 적어도 二十世紀現代式으로 무엇이든 하려고하는 저와의 사이에는 意見이 根本부터 다른 고로」[20] 그리하였다는 것이었다.

이리하여 드디어 創刊號 이후 보지 못하던 發起趣旨書를 1920년 7월호에서 보게 된다.

株式會社 創造社發起趣旨書

東方에 赫赫하는 우리半萬年의文化가 오늘날 當하야 이럿틋 衰殘하고 暗澹함이 이어이 한일이냐 退溪, 栗谷, 率居, 李寧等 先輩들이 幽遠한 哲學과 不朽의 藝術을 깃쳐스나 後人이 이를 알지못하고 쑈배호지안이하야 그들의 名著는 헛도이 틔끌에 무쳐 좀이먹고 그들의 傑作은 짱속에 썩어져 그자최를차즐수없도다. 도라보건대 近代의文人才士들이 한갓 戲弄과 猜忌하야 마츰내 말나죽어버렷도다. 그리하야 마츰내 世界文明史에 한줄의 記錄을볼수없게되엿도다.

이제 世界는 一轉하야 과거의 物質的科學時代를쩌나서 아름다운 文化의瑞光이 바야으로 비취는 新天地로 드러가려하는도다, 이에 世界人類가 다토아 理想鄕을 文化的新生活을 憧憬하는도다,

뎌들의 燦然한文化의 쏫이 피는것을바라보는 吾人은 內部生命에서 니러나는 衝動과 要求를 참지못하야 힘없는주먹을 브르쥐고 소래를노펴 부르짓노니 몬져 半島의衰殘한藝術을 復興케하야 우흐로先人의面目을빗내고 압으로 우리도理想的 新文化를創造하야 그리하야 世界의大運動에 步調를마초아, 多少의貢獻이 잇게하고 우리人類本然의참生活을 맛보며 아울너 人生天禀의幸福을 누리쟈하노라.

이에 우리는 文藝의發達을爲하야 雜誌, 書籍의 出版과 印刷其他附帶事業을 目的으로하는 株式會社創造社를 發起하노니 우리와 갓튼뜻, 갓튼熱을가지고 共鳴하는 諸氏는 贊同하여주심을 希望하노라.

發 起 人 [21]

---

20) 創造, 7월호. 1920. 7. 末尾.
21) 創造, 7月號. 1920. 7. 末尾.

결국 이들의 論旨에 따르면,

1. 世界는 物質的科學時代에서 文化의 瑞光이 비치는 新天地로 들어간다.
2. 世界人類는 다투어 理想鄕을 찾고 文化生活을 동경하니 우리도 따라 가자.
3. 半島의 衰殘한 藝術을 復興케하여 人類本然의 참生活을 맛보며 人生 天稟의 幸福을 누리자

이 말에는 그들 나름의 世界觀과 民族觀이 깃들어있고 또 나름대로의 對策도 갖고있어서 그동안 이렇다할 主張이 없이 6호를 내고있는 「創造」誌의 面目을 뚜렷하게 한 셈이었다

그들은 半萬年의 文化가 쇠퇴한 것은 예술을 貶視한 때문이라하고 藝術의 부흥만이 인생에 행복을 누리는 길이라고 力說하고 있다.

그런데 여기서 놓쳐서는 안될 중대한 문제가 있으니 이들의 世界觀과 民族觀의 偏見이다. 世界가 物質的 科學에서 一轉하여 「文化의 瑞光이 비치는 新天地」로 바뀌었다는 것이 무엇인가. 世界大戰이 끝나고 平和가 찾아왔음을 가리키는 말인가, 아니면 3·1運動 이후의 倭政의 문화정책을 두고 한말인가. 그들은 스스로 말하기를 "吾人은 內部生命에서 니러나는衝動과 要求를 참지 못하야" 韓半島의 藝術을 復興하고자 부르짖는다 하였다. 그렇다면 內部生命의 要求가 무엇인가. 變遷하는 世界에 附應하는 精神的 要請을 일러 "뎌들의 燦然한 文化꽃이 피는것을바라보는 吾人은 內部生命에서 니러나는 衝動과 要求를 참지 못하야"라 했다면 그러한 要求는 더욱 근원적인 문제의식을 가진 것으로 보아야 하고 그것은 그 時代의 精神을 反省하는데서 철저히 밝혀져야 할 것이다.

이들이 취지서에서 말하고있는 것처럼 "世界人類는 다토아 理想鄕을 찾고 文化的新生活"을 동경한다고 했을 때에 그 人類의 理想과 新生活이 무엇인가가 밝혀져야 한다. 그래야만 그들의 "吾人의 內部生命"에서 일어나는 요구의 의미를 看取해낼 것이다.

周知하는 바와같이 世界大戰은 독일을 중심으로 한 오스토리, 항가리의 the Central Powers와 프랑스를 대표로하는 영국, 미국 등의 the Allies가

1914년부터 1918년까지 5년동안이나 싸웠던 대규모의 전쟁이었다. 브리타
니카는 다음과 같이 쓰고 있다.

> 동맹국인 러시아,. 프랑스, 브리티쉬, 이탤리, 유·에스, 재팬, 루마니아,
> 세르비아, 벨지움, 그리스, 포르튜갈, 몬트네그로 등의 총 사상자 및 부상, 실
> 종자 수는 22,089, 709명이었고 동원병력 총수는 42,188,810명, 사망자는
> 5,152,115명, 실종자는 4,121,000명이었다. 중앙세력인 도이취, 오스트리아
> 및 항가리, 터키, 불가리아 등의 총 사상자 및 부상, 실종자수는 15,404,477
> 명이었고 동원병력 총수는 22,850,000명이었으며 사망자는 3,386,200명 실
> 종자는 3,629,829명으로서 이 戰爭을 彼我間에 65,038,810명이 動員된 셈
> 이었고 8,538,315명을 죽이고 21,219,452명을 부상시키고 7,750,919명을
> 실종케 한 엄청난 참사였던 것이다.[22]

一次世界大戰이 끝난뒤에 파리평화회의는 世界平和를 대전제로하고 침략행
위의 원천적근절을 위하여 民族自決權을 부여하고자 하였다. 이것이 말하자
면 「創造」社의 發起人들이 말하는 物質的科學時代인 戰亂期가 지나고 문화의
曙光이 비치는 新天地였을 것이다.

그런데 그 戰爭後의 世界史的召命에 따라서 自決權을 인정해달라고 일어선
2,000萬同胞의 피를 토하는 부르짖음을 列强은 外面하였고 倭鬼는 三千里坊
坊曲曲을 누비면서 이잡듯이 萬歲運動에 참여한 동포를, 虐殺로 報復하고있
던 그 痛恨의 1920년에 이들 倭京에 유학하는 우리들의 젊은 자식들이 "內部
生命의 要求"라고 吐해내는 말이 고작 藝術의 復興이었으니 어찌 기막히지 않
은가.

조국은 亂刺당하고 民族은 瀕死狀態에 있는데 우리들의 아들들은 여유만만
하게도 「半島의 衰殘한 藝術을 復興케」하고 「理想的文化를 創造하야」「人生天
稟의 幸福을 누리자」고 말한다. 한심한 사람들이다.

결국 「創造」 同人들은 從前의 藝術貶薄思想을 打破하여 歐美諸國처럼 훌륭
한 문화를 창조하겠다는 매우 원대한 이상을 가지고 雜誌를 시작한 셈이다.

---

22) Encyclopedia Britannica, 1969. p.716.

그러나 倭鬼의 民族抹殺政策이 嚴存하는 한에서는 어떠한 民族文化藝術의 創造도 그들의 弄奸에서 놀아날 밖에 없다는 것을 創造同人들은 알았던가 몰랐던가 알수는 없으나 아무턴 이렇게 시작한 「創造」스타일의 文學路線— 다시 말하면 藝術主義라고 해야하는가 "植民地體制肯定의 文學"이라고 해야하는가 알 수 없으나 이 植民地文學(管理文學)의 路線이 이 뒤의 管理文學路線의 典型이 된것만은 사실이었다.

「創造」同人은 8호에서 12명으로 늘어나서 金觀鎬, 金東仁, 金億, 金瓚永, 金煥, 田榮澤, 李光洙, 李一, 朴錫胤, 吳天錫, 朱耀翰, 崔承萬 등 당시의 文士를 총망라하고 있음에서 이들의 文學姿勢가 곧 뒷 시대의 管理文學路線의 前轍이 되었다는 것은 더 말할 것이 없다.

> 애닲지안은가 새빨간, 새빨간
> 저녁볓은 넘으려ㅎ여라
> 沙漠우를 걸어가는 駱駝의 서름
> 무거운짐을 지고가는 人生의 몸
>
> 　　　　　　　　　　　　　　金 億 23)

　나는, 잠시도멎지안코 푸른물을 황해로부어나리는 대동강을 향ㅎ 모란봉기슭새파라케도다나는 플우에 딩굴고 이섯다.
　이날은 三月, 대동강에 첫배노리ㅎ는 날이다. 감—아케 나려다보이는 플우에는, 결결히 반작이는 물결을, 푸른 료리배들이 타고넘으며, 거긔서는 봄향긔에취ㅎ 형형색색의션물이 유단보다도 보드러운봄공긔를 흔들면서 나라온다. 그리고 거긔서 기생들의 노래와 함께나라오는 됴선아악(雅樂)은, 느리게, 길—게, 류탕ㅎ게, 부드럽게, 그러고 쏘애츠럽게, —모든 봄의졍다움과 끚까지 됴화치안코는 안두겟다는 듯이, 대동강에 흐르는 식컴은 봄믈, 청류벽에도다나는, 푸르른플어음, 심지어 사람으가슴속에 봄에쮜노는 불부슨 핏줄기까지라도 습긔만흔 봄공긔를 다리노코, 떨리지않코는 두지안는다.24)

「創造」는 9호에서 김동인의 「배짜락이」라는 近代文學의 越尺을 낚고, 새로

---

23) 創造, 8호 1921. 6 p. 32.
24) 김동인. 배따락이. 창조 9호. 1921. 6. p. 2.

創立되는 創造社의 豫告와 함께 문을 닫지만은, 小說에서 김동인, 전영택, 김환 등의 눈부신 활동으로 散文文章의 水準을 현저하게 高揚시킨 것은 사실이며 시에 있어서도 주요한, 이광수, 김억 등의 활약이 컸으나 주요한의 詩的才能의 天賦性이 韓國詩에 많은 可能性을 提示하였다고 해서 조금도 지나친 評은 아닐 것이다.

다시말해서「創造」는「學之光」「泰西文藝新報」에서 보이는 朝鮮主義나 主體性을 배제하고 體制肯定의 性格을 바탕으로 藝術主義를 부르짖고 나왔던 것이다. 그러므로 그들에게 있어서는 祖國이 倭鬼의 식민지였다느니 민족문화가 抹殺되고 있다느니하는 것이 문제가 되는 것이 아니라 아직도 봉건사상속에서 예술을 업수히여기고 깔보는 태도가 못마땅하였고 하루빨리 문학을 이해하여 좋은 예술작품이 많이 生産되어서 노예생활을 하면서라도 幸福을 누리면서 살았으면 좋겠다는 것이다.

藝術立國하겠다는데 나쁠 것이야 있을까마는 나라가 지금 망하였고 남의 종사리를 하고있는데 그 중요한 現實을 저버리고 예술을 말하니 그것이 어찌 撞着이 아니겠는가. 나라가 망했는데 민족이 어디에 있고 민족이 없는 데 문화는 무엇하나, 하물며 이런 狀況의 創作行爲가 망한 민족을 위함이 아니라 노예가 된 同族의 抗日 鬪志를 흐리게 하는 役割에 효과적이었다고 생각해서 倭帝가 容認, 觀望했는지도 모른다. 아무튼 1940년대에 와서 倭鬼가 朝鮮語와 한글을 抹殺함에 이르러서야 그 오랜 馬脚이 百日下에 드러난 셈이었으니「創造」의 體制肯定的 路線이 뒷날의 歷史的評價에서 민족반역으로 어떻게 論斷될 것이라는 것은 自明한 일이라 할 것이다.

Ⅳ. 救國文學의 脈과「獨立新聞」

1. 머릿글

「獨立新聞」은 3·1運動 후 1919년 8월 21일, 中國 上海에서 主筆에 이광

수, 출판부장에 주요한, 영업부장에 이영렬 등이 중심이 되어 처음에 「독립」이라는 제목으로 발행되다가 1919년 10월에 倭帝의 방해공작으로 「獨立新聞」으로 改題하여 속간되었다. 뒤에 이광수가 上海를 떠나자 李丙禹가 主幹으로 취임하고 그 뒤에는 1921년에 金承學이 主幹으로 朴殷植, 車利錫 등이 가담하여 1926년경까지 間歇的으로 발행되던 大韓民國臨時政府의 事實上의 기관지였다.

이 신문은 임시정부가 독립운동의 司令塔이었던 만큼 思想・感情을 率直히 代辯하는 民族紙였으며 讀者의 범위도 非公開로 되긴 하였으나 中國, 滿洲와 우라디보스토크, 國內의 비밀루트를 통하여 各階層에 두루 配布되었던 新聞이었다. 또 이 신문은 倭帝의 殺人政治의 罪狀을 낱낱이 暴露하였고 國內・國外에서 光復抗爭에 참여한 諸 動向을 詳報하는 名實共히 식민지 시대의 기록문학이며 한민족의 정신사라 할 수 있는 것이다.

이 신문에는 「詩世界」라 하여 一面에 詩欄을 두어서 매일 같이 시를 싣고 연재소설로는 「피눈물」이 실려 있음을 본다. 그 밖의 詩篇들은 投稿形式으로 寄託한 것을 편집진용이 그때그때 게재하는 방법에 따랐던 것으로 보이는 作品들이 多數 있다. 대체로 「獨立新聞」에 실린 자유시나 唱歌體의 8・8調의 詩歌들은 國內의 그 무렵의 詩風과는 전혀 내용을 달리하고 있는 것이 특징이라 할 것이다. 앞서 말한대로 「學之光」(1914년)부터 등장한 「個人意識」이 「泰西文藝新報」나 「創造」에 와서 더욱 한 개 장르로 固定되는 印象을 주면서 人生派的・藝術的(?) 傾向을 강조하고 歐美의 文藝思潮를 導入하는 것을 계기로 脫民族的, 脫救國的 方向으로 定着되어가는 것에 비하여 「獨立新聞」의 시는 철저히 救國戰爭의 狀況을 代辯하고 있고 國內의 짓밟히는 겨레의 참상을 충실히 反映하는 것을 使命으로 하는 救國文學의 脈이었다고 볼 것이고 이것은 또 1910년까지의 「大韓每日申報」의 흐름을 계승하면서 1910년 이후의 救國戰爭의 脈을 組織化한 文學이라 할 것이다.

「獨立新聞」에 실린 시는 판독이 완전한 것으로는 자유시, 唱歌調, 時調, 軍歌 등 판독될 수 있는 것만 26篇餘인데 國內의 것들에 비하여 形式美의 整齊를 볼 수가 없으나 오히려 들끓는 愛國・抗倭의 함성을 들을 수가 있고 광복을 期必하겠다는 결의의 表情을 어디에서나 읽을 수가 있는 것이다.

국내의 모든 문학이 倭帝의 虐殺的 干涉으로 흡사 식민지 정책을 肯定的으로 받아들이는 듯한 樣式으로 一貫했던 것과 관련하여 생각한다면, 만일에 이 「獨立新聞」의 詩篇마져 없었다면 우리가 植民地 時代를 光復志向性으로 살아왔다는 것을 무엇으로 立證할 수 있었을까에 미칠 때 참으로 몸서리 쳐지는 일이다.

이 「독립신문」의 시가들은 1960년대초에 필자가 발굴하였으나 이번에 처음 발표하기로 하였다.

2. 海日과 詩三篇

「獨立新聞」에 실린 최초의 詩는 「獨立日」이다.

獨 立 日

海 日

노래하라 노래하라 聲帶가 디지도록
춤추어라 춤추어라 四肢가 다하도록
오늘에 自由가 왔나니
오늘에 ××이 햇빗나나니 倍達의 子孫들아
倍達의 子孫들아

울니어라 울니어라 天地가 震動토록
날니어라 날니어라 日月이 가리도록
오늘이 첫 깃쁜날이니
오늘이 億萬代傳할 날이니
倍達의 子孫들아
倍達의 子孫들아

넉히어라 넉히어라 하늘의 주신 彊土
펴치어라 펴치어라 造物의 擇한 百姓
永遠히 生命 새움남이니

永遠히 새 光榮 비치움이니
倍達의 子孫들아
倍達의 子孫들아 25)

「海日」이 누구를 가리키는 가는 확실치 않으나 記名을 필요로 하는 文學作品에서 까지 익명으로 하고 있는 것은 신변의 위험을 안고 살아가야 하는 救國鬪士들의 입장을 말하여 주는 것이 아닌가 싶다. 그러나 초창기의 몇 편이 「海日」로 되어 있는 것을 보면 아마 임시정부의 주요 간부인 것 같다. 그는 庚戌國恥日에 다시 咆哮하듯 民族의 분노를 노래하고 있다.

　　　　　　아아 庚戌八月 二十九日
　　　　　　　　　　　　　　　　　海 日
　　　　아아 이날
　　　　半萬年의 神聖한 歷史가
　　　　아아 이날
　　　　二千萬의 귀여운 生靈이
　　　　暗黑의 첫덤을 쓰단말가
　　　　千古에 陋臭를 남기단말가

　　　　十年의 苦惱
　　　　오오 祖國江山
　　　　얼마나 그디의 가슴우에
　　　　피눈물 자최가 남앗느뇨

　　　　아아 몃 번이나
　　　　斷腸의 哭聲이 울니엇느뇨
　　　　可憐한 奴隷의 可憐한 奴隷의
　　　　自由가 勒奪된 이 날
　　　　正義가 蹂躪된 이 날

　　　　오오 이 날을

---

25) 獨立新聞. 大韓民國元年 8月 26日.

> 韓倍의 子孫들아
> 哭하여 새우리
> 億萬代 뉘우치리
>
> 오오 이 날
> 韓倍의 子孫들아
> 血을 밧치라 肉을 밧치라
> 祖國을 爲하여 祖國을 爲하여
> 아직도 惡毒한 서음놈은
> 칼을 품나니 毒藥을 붓나니26)

1919년이면 庚戌國恥가 있은지 10년이 되는 해이다. 나라 잃고 歷史가 斷絶된지 10년만에 처음으로 민족의 積恨을 소리쳐 울은 偉大한 慟哭이라 할 만 하다. "半萬年의 神聖한 歷史와 二千萬의 귀여운 生靈"이 암흑의 덤을 쓰고 千古에 陋臭을 남겼다고 痛嘆하고 있다.

조국의 가슴 위에 흘린 피 눈물자국… 저 山川에 메아리치는 斷腸의 哭聲, 自由와 正義가 짓밟힌 奴隸의 江山… 배달민족이어 밝겨레여 億萬代를 哭하여 뉘우치라고 그는 외친다. 우리가 어쩌다가 하루 아침에 이렇게 滅亡하였고 三千里 江山과 二千萬 生靈을 奸惡한 倭敵의 아가리에 몰아 넣었단 말인가. 뉘우쳐야 한다. 하루 이틀이 아닌 億萬代를 두고두고 통곡하며 뉘우쳐야 한다고 그는 말하고 있다.

「學之光」의 초기작품(1915년)에 감간 보이던 救國 文學性의 詩歌들은 憂愁와 空虛에 假托한 것이었다. 아름답던 옛날에 對比한 비참한 情感은 같으나 이 절망을 어떻게 극복해갈 것인가의 進路指示가 전혀 보이지 않았었다. 그러나 「獨立新聞」의 이 詩에서는 「조국을 위하여 血을 바치라 肉을 밧치라」고 하고 있다.

대체로 「獨立新聞」에 오면 「祖國」과 「倭敵」의 槪念이 분명해지고 지금의 「植民地的 悲劇」이 절절히 묘사되고 이 모든 不幸을 이기는 길은 「光復」에

---

26) 獨立新聞, 大韓民國元年 8月 29日.

있다는 確信을 示顯하고 있는 것이 특징이다. 또 때로는 光復鬪士들이 父母妻子를 떠나 萬里他國에 전전하면서 뼈저리게 느끼는 鄕愁와 孤哀도 아름답게 읊고 있다.

秋 夕(俗歌)

海 日

오날이 八月 十五夜
녯일을 生각하니 눈물겨웁다
千萬里 他鄕에 이 타는 가슴
한 잔의 五茄皮로나 슬어 바릴가

저 달아 네야 아리니 말 물어보자
우리의 아우와 뉘는 얼마나 울드냐
黃河水 구불구불 네 무슨 쓰수로
그리운 江山을 가로막느니

漂迫東西 可燐한 이름
이 날에 우른 적이 멧 번이던고
나라 잃고 집 일코 … ×××天이
아아 奴隷의 이

〈以下不明〉27)

여기서 「秋夕」이라는 標題 옆에 괄호하고 「俗歌」라 한 것이 무엇일까. 거룩한 獨立鬪爭의 겨를에 이러한 私私로운 푸념을 늘어 놓는 것이 俗氣라고 겸사한 것일까 아니면 「秋夕」의 民俗을 노래하였기에 風俗을 노래하였다는 뜻으로 쓴 것일까. 詩의 내용으로 보아 秋夕을 祖國에서 쇠고 있을 조국의 兄弟 姉妹들이 作者의 눈에는 결코 아름답게 보이지 않는다. 「우리의 아우와 뉘는 얼마나 울드냐」고 달에게 묻고 있다. 黃河水 건너서 그리운 祖國을 보는 그의 視界에 幻想하는 祖國 속의 兄弟 姉妹는 짓밟이고 찢기인 노예로서의 "悲慘한 모습"이지 秋夕을 즐기는 "꿈같은 幸福의 얼굴들"은 아닌 것이었

---

27) 前揭. 10月 28日.

다. 이 시에선 특히 "한잔의 五茄皮"로 향수를 달랜다던지의 낭만과, "黃河水 구불구불" 조국으로 달리는 내 마음을 막는다던지의 擬人喩, "漂迫東西"에서 보이는 獨立軍 게릴라들의 아픔을 리얼하게 묘사한 手法 등 逸品이다. 뒷 부분이 印刷의 조악으로 判讀되지 못하는 것이 유감이다.

3. 太極旗讚

「獨立新聞」은 11월 27일에 「太極旗」를 노래하면서 민족의 矜持向上을 宣揚하고 있다.

「대한매일신보」 필진들이 기울어 가는 韓末의 國運을 恢復할 最後處方으로 선택한 것이 다름아닌 民族의 矜持樹立이었다. 1905년 이후 風前燈火 같던 조국의 命脈을 앞에 놓고 內憂外患을 收拾하고 이겨 나갈 方途는 밖에 있는 것이 아니라 우리들 內部에 있다고 判斷하였다. 그리고 그 內部에 있는 것은 歐美的 近代化도 親淸派에 기대는 것도 아닌 민족적 긍지수립이었다. 그리하여 그들 대한매일신보의 필진들은 李舜臣傳을 신문에 연재하고 乙支文德傳을 읽게 하였다. 그들이 노린 것은 국민들이 스스로 "우리도 偉大한 國民이다"는 自信을 갖게 하려는 것이었다. 自信이 있은 다음에야 어떤 어려움이던지 이겨 낼 수 있는 힘이 솟아날 것이기 때문이다.

「獨立新聞」은 「대한매일신보」의 廢刊 때문에 어쩔 수 없이 中斷해 버린 긍지수립운동을 다시 벌인 셈이 되었다. 그리하여 그 한 방법으로 「太極旗」를 찬미하는 것이다.

　　　　太 極 旗
一. 三角山 마루에
　　새벽빗 비칠제
　　네 보앗냐 보아
　　그리던 太極旗를
　　네가 보앗나냐

　　죽은 줄 알앗던
　　우리 太極旗를
　　오늘 다시 보앗네
　　自由의 바람에
　　太極旗 날니네
　　二千萬 同胞야
　　萬歲를 불러라
　　다시산 太極旗를 爲해
　　萬歲 萬歲
　　다시 산 大 韓國

二. 불근 빗 푸른 빗
　　둥글게 엉키어
　　太極을 일윗네
　　피와 힘 自由 平等
　　엉키어 일윗네
　　우리 太極일세
　　乾三連 坎中連
　　坤三絶 離中絶
　　東西南北 上下
　　天에 썰치라
　　太極旗 榮光이
　　世界에 빗나게
　　國民아 소리끝 모도다
　　萬歲 萬歲

三. 大韓國 萬萬歲
　　갑옷을 입어라
　　방패를 들어라
　　늙은이 젊은이
　　머시마나 가시나
　　하나이 되어라
　　太極旗 지켜라
　　貴하고 貴한 國旗

왼 世界 百姓이
다 모여들어도
우리의 太極旗
건드리지 못하리
大韓 사람들아 닐어나
나아나가
太極旗를 지켜
大韓나라지켜[28]

결국 救國의 原力은 민족적 신념에 淵源할 것이므로 그 신념의 構築이 맨
먼저 할 일일 것이다. 그러나 그 信念을 일어 세우기 위하여서는 倭敵을 물
리칠 수 있다는 자신감이 선행하여야 할 것이고 自信은 우리 民族이 倭族보
다 偉大했었다는 史的 立證이 뒷받침되는데서 가능할 것이므로 결국에 있어
서 민족적 긍지수립이 나라를 찾는 정신적 기반이 된다는 논리로 되돌아가기
마련이다.

무엇으로 민족의 긍지를 일어 세우는가. 무엇이 祖國과 民族을 상징적으로
대표하며 또한 긍지수립을 위한 자료로서 가장 강력한 관심의 집중체로 되는
가. 그들은 이러한 일련의 헤매임 끝에 太極旗를 선택한 것일 것이다.

全篇의 詩는 三部로 나뉜다. 一部에서는 再生의 歡呼를, 二部에서는 太極
旗의 哲理를, 그리고 三部에서는 太極旗를 지키자고 외치고 있다.

作者가 밝혀져 있지 않은 것은, 이 노래가 「獨立新聞」의 意志的 表明임을
암시하고 있는 것이라고 斷定할 수도 있다. 어느 개인의 名儀로서가 아니라
전체의 뜻으로 말하고자 할 때에 간혹 無記名의 것이 되는 것이니까 이 경우
에 있어서도 이 문제는 이미 개인의 한계를 넘고 있었음을 말해주고 있다.

三角산마루에
새벽빗 비칠제
네 보앗냐보아
그리던 太極旗를

---

28) 前揭紙 11月 27日.

왜 하필 「三角山」이 떠오르는 것일까. 이는 말 할 것이 없이 朝鮮王朝를 표상하는 이미지 이리라. 三角山은 곧 北漢山이다. 이는 五百年 李氏王朝의 主山이며 首都의 鎭山이다.

仁壽, 白雲, 國望 등 세 秀峰을 合名하여 三角山이라 한 것이니 三角山은 곧 조선이요 대한제국이요 한민족이 찾아야 할 조국 그것인 것이다.

그러므로 「三角山 마루에 새벽빗이 비칠 때」는 어둠이 사라진 光復의 아침을 가리켜야 한다. 그러나 이 시의 작자가 지시하는 「새벽」의 시간은 日常的인 새벽이 아니라 幻想的인 志向性을 具象化한 것이라고 보아야 한다. 아직도 三角山에는 倭鬼의 깃발이 하늘을 더럽히는데, 作者의 눈에는 蒼天에 펄럭이는 太極旗가 있는 것이다.

태극기의 환상은 곧 광복에의 신념을 상징한다. 「새벽」이 「밤」의 對稱이 되고 「밤」이 식민지의 암흑시대를 말한다면 「새벽」은 광복의 黎明일 수 밖에 없는 것이다. 그리하여 作者는 「밤」속에서 「새벽」을 抽想하고 「敵의 깃발」 아래서 「太極旗」를 보는 것이다. 이는 어쩌면 미래적인 상황을 현재성에서 可視的으로 處理하려는 技法으로서 특히 「새벽 빛이 비칠 때」라는 假定 속에서 「보았느냐」라는 過去時制를 導入하므로써 將來에 이루어질 상황과 과거에 이미 형성되어 잇는 旣定的 사실이 동시성으로 문장속에 공존하게 되어 妙한 信望의 極大化를 意圖하고 있음을 看取하게 된다. 그리하여 作者는 자신이 幻視하는 太極旗를 "내가 보앗나냐"하고 讀者에게 注入하고 讀者로 하여금 태극기를 幻視하는 必然性의 영역에 끌어 들이려 한다. 그렇게 하는 사이에 하나 하나의 독자가 태극기의 幻視→正視→信念으로 銘心되는 心理過程속에서 蘇生되는 조국을 마음속에 심고자 한 것이다. 그는 마침내 외치고 있다.

"네가 보앗나냐 / 죽은 줄 알았던 / 우리 太極旗를 / 오늘 다시 보앗네 / 自由의 바람에 / 太極旗 날니네/ 二千萬 同胞야 / 萬歲를 불러라 / 다시 산 太極旗를 爲해" 桎梏에서 벗어나서 「自由의 바람」에 날리는 태극기를 찬양하라고 말하는 作家의 時間은 이미 자유해방의 환호속에 있기 마련이다. 이러한 해답으로서 그는 "萬歲 萬歲 / 다시 산 大韓國"이라고 核心을 露出시키고 새벽과 太極旗의 이미지가 결국 해방과 대한민국의 독립을 은유하고 있음에 미치게 한다.

二節에서는 太極旗의 四卦를 노래하고 있다. 中央의 붉은 빛 푸른 빛이 둥글게 엉키어 太極을 이루어서 붉은 빛은 피를, 푸른 빛은 힘을 상징하며 자유와 평등을 表象하고 있음이라 하고 靑紅의 圓相의 四隅에 乾三連 곧 ☰ 하늘과 坎中連 곧 ☵ 물과 坤三絶 곧 ☷ 땅, 離中絶 곧 ☲ 불이 천지와 만물의 근원임을 記號하고 離가 南쪽, 坤은 南西쪽 乾이 西北쪽, 坎은 北쪽을 가리키는 것이니 우리의 權威가 四維에 떨치라는 뜻으로 풀어 “太極旗 榮光이 / 世界에 빗나게” 국민들이어 목청껏 만세를 부르자고 권면하고 있다.

어느 나라의 旗가 이같이 哲理에 깊고 宇宙와 인간에 卽하였으랴. 兩儀(陰陽)와 日月을 함께 中央에 圓劃하고 天地火水로 우주와 만물을 簡炙하여 마침내 우주의 萬機를 한 폭에 美麗히 담았으니 이것은 하늘 사람들의 旗가 아니고는 이럴 수가 없는 것이다. 作者는 간단히 旗의 의미를 새기려 하였으나 그 심오한 뜻을 조금도 상하지 않게 잘 드러내 주었다.

三節에서는 “다시 살아 난 太極旗”를 지키자고 외친다. 맨주먹으로서가 아니라 “갑옷을 입어라 / 방패를 들어라” 그리하여 武力鬪爭의 방법에 의해서만 태극기를 지킬 수 있다는 作者의 확신을 분명히 하고 있다.

“늙은이 젊은이 / 머시마나 가시나”가 총 동원되어 救國戰列에 서자고 외치고 있다.

其實 이 「太極旗」의 시는 「獨立新聞」이 「大韓民國 臨時政府」의 기관지라는 점에서 특별한 의의를 가진, 이 무렵의 政府의 결단을 은밀히 공표하고 있는 선언이라고 보아야 한다.

3·1 萬歲때의 독립선언이 33인의 민족대표로 구성된 전민족의 總意라는 口實을 法的 根據로 하여 성립된 대한민국의 독립은 국제법상 받아 들여 지지 않았던 것이 사실이나 이 때에 全民族이 비록 33인의 대표뿐만 아니라 함께 일어서서 독립을 선포하였던 것이 사실이니 우리의 독립이 이를 계기로 완성되지는 않았다 하더라도 着手된 것만은 분명한 일이다.

이 詩에서 “다시 산 太極旗”라고 말하는 이른바 蘇生한 祖國의 의미는 바로 이러한 名譽上의 獨立, 精神的 獨立을 着手한 1919년의 영광에 연원하고 있다는 것을 상기할 필요가 있다.

4. 金興濟와 光復詩

三月一日

金　興　濟

黃河水 건너 부는 바람
피바람 한숨 바람
나라 이 날에 數萬의 慘事 총 칼에 銃에
맞고 죽단 말가
오오 언제나 流血이 긏나리

거룩한 싸움 외로운 싸움
어느덧 一年이로다.
地下의 외로운 英靈
鐵胄에 자는 勇士
그러나 安心하소서
自由의 해빗치 正義의 旗빨이
새 光彩를 할날 머지 안나니
머지 안나니

奴隷의 쓸아림
壓迫 惡刑 虐待
아아 생각만 하여도 소름이 끼친다
내 아우 채우든 모양
내 누이 쓸리어 가든 모양
내 父母의 여인 魂
아아 아직도 이 눈에 암암하다.
죽어도 이 羈絆은 免하고 말리라

千萬番 다시 죽어도
獨立은 하고야 말리라
왼 天下 다 막아도

獨立은 하고야 말리라
三千里 피우에 쓰고
二千萬 한아도 안 남아또
獨立은 하고야 말리라
하고야 말리라

이 가슴 쒸는 피 正義의 피
이 팔쑥 흘으는 피 自由의 피
이 피를 쑤릴 째
오오 이 피를 쑤릴 째·
榮光의 無窮花
다시 피리라
그리운 錦繡江山
歡喜에 차리라
歡喜에 차리라29)

金興濟는 「萬萬波波息笛」을 「學之光」에 1917년경에 썼다는 金興濟라 생각
된다. 金興濟는, 金根洙 교수의 말에 따르면

> 朱耀翰이 1917년 무렵의 「學之光」에 실린 流暗 金興濟가 지은 「萬萬波波息
> 笛」은 그 情操, 思想, 感情이 새롭고 형식에 이르러도 古代의 格을 打破한 自
> 由詩였다」30)

고 한 바로 그 사람으로 뒤에 上海로 가서 臨政에 참여하고 1920년대 後
半期에는 美國으로 건너가서 「샌프란시스코」에서 발행하는 「우락키」誌에 얼
굴을 보이게 되는 經路를 통하여 潛跡해간 詩人이었다.

1920년의 3월 1일. 3·1 運動 있은지 1週年을 당하여 流暗이 입이 되어
이 시를 썼던 것이다. 아직도 국내는 大量虐殺의 피바람이 일고 비린내음이
黃河水 건너까지 불어오는데, 가슴을 쥐어 뜯으면서 우는 烈士의 눈물젖은
눈엔 분노의 불꽃이 인다. "三千里 피우에 쓰고 / 三千萬 한아도 안 남아도 /
獨立은 하고야 말리라 / 하고야 말리라"는 悲願이 그 불타는 敵愾心의 바닥을

---

29) 同上. 2年 3月 1日.
30) 學之光 影印本. 太學社. 第1卷. p. 7.

貫流하고 있는 것은 얼마나 자랑스러운 일인가. 자칫 感傷에 빠지기 쉬었던 光復鬪爭의 과정에서 "이 가슴 쒸는 피 正義의 피 / 이 팔쑥 흘으는 피 自由의 피 / 이 피를 쑤릴 쌔 / 오오 이 피를 쑤릴 쌔 / 榮光의 無窮花 / 다시 피리라"고 民族의 비싼 代價를 요구하는 流暗의 자세가 얼마나 現實的이고 決然한가 알 수 있다.

金興濟는 1920年 5月 11日字 新聞에 「鄕愁」를 내고 있다.

                鄕 愁
                                        金 興 濟

        故鄕에 피던 꼿 여긔도 핀다
        故鄕에 울던 새 여긔도 운다
        다갓치 사람이 生活하는 쌍
        어대나 瞬間의 快樂 업스련만은
        故鄕의 새소리 귀에 울릴 째
        이 가슴 그리워 터지려 한다
        아아 언제나 도라가리

        山 넘고 물 넘어 저긔 저 멀니
        아츰해빗 빗나는 저긔
        나 그리는 無窮花 피는 저긔
        비록 貧困의 설음이 잇다 하여도
        째로 不幸의 災殃온다 하여도
        쓰던 달던 내 살림살이
        아아 언제나 도라가리

        가는 비 窓外에 쓸쓸히 올 째
        밝은 달 북녁에 소사 오를 째
        故鄕의 녯 記憶 더욱 새로워

        오고가는 바람비에 나의 草家집
        얼마나 더문허젓으며
        半百이 더 넘은 나의 父母는
        얼마나 白髮이 더하엿스랴

아아 언제나 도라가리

먼 길에 피곤한 몸 풀우에 누어
無心히 바라보는 北녁 하늘우
흰구름 두어덩이 불니어간다
아아 저 밋헤 나의 님 게시언만은
저밋헤 나의 동산 푸르언만은
저밋헤 나의 샘 흐르련만은
아아 언제나 도라가리

(以下 不明)31)

「三月一日」이라는 시가 민족의 決意를 대변한 것이라면, 「鄕愁」는 獨立鬪士의 心懷를 읊은 것이다. 異國萬里에서 내 살던 마을에 흔하게 피어 있는 눈에 익은 꽃, 귀에 익은 새소리를 들을 때마다 문득 여기가 내 故鄕이 아님에 소스라치고 다시 아픈 鄕愁에 기우는 일들이 끊임없이 반복될 것이었다.

"가는 비 窓」外에 쓸쓸히 올 때 / 밝은 달 북녁에 소사 오를 때 / 故鄕의 녯 記憶 더욱 새로워"라는 대목은 1920년의 국내시에서도 쉽게 찾을 수 없는 絶唱이다. "아아 언제나 돌아가리"라는 후렴 구를 반복하면서 애끓는 고향 생각을 토로한 이 시는 調律이나 이미지의 鮮明度 보다는 솔직한 客愁를 표현하고 있다는 점에서 매우 注目되고 더욱이 獨立鬪士들의 같은 무렵의 쓰라림을 具現하고 있다는 점에서도 높이 評價해야 할 作品인데, 後尾部分이 인쇄의 조악으로 判讀되지 못하는 것이 유감이다.

서울에 잇는 벗에게

송아지

벗이어
哀痛의 눈물을 거두기 前에 먼저
그대눈물의뜻을깨다르라
벗이어그대가아느냐
그대 한 사람의 慟哭하는 우름이

---

31) 同上. 2年5月11日.

온 大韓사람의 목을 메는 우름임을
그대 가슴을 쓰리게 하는 서름이
그대와갓흔모든무리의사모친서름임을
아아 벗이어
哀痛의 눈물을 지우기 前에 먼저
그대의 참물눈쯧을 째다르라

(以下 不明) 2年 5月11日[32)]

새해노래

송아지

새해에 이 새해는
봄비부어 푸른입돗고
봄바람에 꼿이피듯
이천만의 가슴마다
짜뜻한 사랑을 피게 하쇼서

새해여 이 새해에
첨새는날은 더 붉으며
첨돗는 해 더빗나서
삼천리 골골마다
광명으로 채우게 하쇼셔

새해여 이 새해를
맞는 졍셩 더 쓰겁고
쓰겁고도 긔운차서
쏘오는 새해 마즐제는
더 깃븐 노래 부르게하쇼셔[33)]

11月 23日

송아지 朱耀翰은 1919년 2월에 「創造」를 창간하고 2輯을 내고서 李光洙

---

32) 同上. 2年5月11日.
33) 同上. 11月 23日.

를 따라서 上海로 건너간다. 거기서 「獨立新聞」 창간 작업을 착수하여 8월에 창간호를 낸다.

朱耀翰은 이 신문에 5·6편의 시를 남기고 있으나 여기서는 두 편만 뽑아본다. 그는 "哀痛의 눈물을 거두기 前"에 먼저 / 그대 눈물의 뜻을 깨다르라」고 촉구하고 "그대 한 사람의 慟哭하는 우름이 / 온 大韓사람의 목을 메는 우름임을" 알아야 한다고 하고 "그대 가슴을 쓰리게 하는 서름이 / 그대와 갓흔 모든 무리의 사모친 서름"이라고 解明하면서 결국 식민지 치하에 있어서의 개인의 불행은 망국의 백성이 지니기 마련인 민족적 불행의 一部分임을 力說하고 있다. 따라서 한 사람 한 사람이 민족사적 비극의 共同運命體임을 깨우치고자 하였다.

또 「새해노래」에서는 새해에 대한 기도의 형식으로 민족의 광복을 간절히 소망하고 있다. 二千萬 가슴마다 따뜻한 사랑을 피우게 하고 三千里 坊坊曲曲에 광명이 가득차게 하며 다음해에는 더 기쁜 노래를 부르게 되는 날이 오도록 해달라고 懇請하고 있다.

朱耀翰은 그 뒤 還國하여 여러 가지로 오염이 되지만, 그 많은 일들이 이 두 편의 시로써 代償된다고 생각되지는 않으나 그를 위해서도 이러한 두 편의 시가 남아 있다는 것이 얼마나 다행한 일인가 알 수가 있다.

三千萬의 怨魂

春 園

二年 十月 之變에
無慘한 倭兵의 손에
타죽고 마자죽은 三千의 怨魂아
너의 屍體를 무더줄이도 업고나
너희게 무슨 罪 잇스랴
亡國百姓으로 태어난 罪
못난 祖上네의 끼친 罰을바다
寃痛코 慘酷한 이꼴이로고나
무엇으로 너희를 위로하나
아아 가엽는 三千의 怨魂아

눈물인들 무엇하며슬푼노랜들
너희의 寃恨을 어이할것인가
怨魂아 怨魂아
소리가되어웨치고피비가되어
꿈꾸는同胞네의가슴에쑤려라
너희피로적신쌍에
太極旗를 세우라고

2年12月8日[34)]

間島同胞의 慘狀

春　園

불상한 間島同胞들
三千名이나 죽고
數十年 피쌈흘려지은집
벌어들인糧食도 다 일허버렷다
尺雪이 싸힌 이 치운겨울에
엇더케나 살아들가나
먼히 보고도 도아줄 힘이 업는 몸
속절업시 가슴만 아프다
아아 힘
웨 네게 힘이 업섯던고
내게도 없섯던고
아아 웨 너와 내가 힘이 업섯던고
나라도 업고
기름진 故園의 福地를써나
朔北에 살길을 찾던
그둥지조차 일허버렷고나
오늘밤은 江南도 치운데
長白山 모진 바람이야
오즉이나 치우랴
아아 생각히는 間島의 同胞들

2年11月19日[35)]

---

34) 同上. 2年 12月 8日.
35) 同上. 2年 11月 19日.

이것은 이른바 「琿春事件」으로서 「獨立新聞」은 다음과 같이 쓰고 있다.

> 敵은 所謂 琿春事件이 發生된 후 言稱 生命財産保護이니 胡匪의 剝滅이니
> 하고 出兵하였다. 그 內容은 먼저 우리 獨立軍을 滅絶하고 後에는 東三省에 입
> 을 대어 보려고 數日前에 四萬의 多數軍兵을 끌고 鳳梧洞으로 달려 들었다. 그
> 러나 天然的 良好한 地帶와 神妙한 戰術을 가진 우리 獨立軍을 抵當할 수 없
> 어 도리어 10餘次의 戰財와 3,000名에 近한 死亡者를 내었다. 동시에 왜병은
> 그 毒을 우리 農民同胞와 居住하는 村落에다 發한다. 그래서 10월 9일부터
> 11월 5일 合 27일간에 到處에 良民을 虐殺하고 婦女를 强姦하고 家屋과 露積
> 과 敎堂과 學校를 燒燼하는 中 더욱 白髮의 老親과 襁褓의 幼兒들이 倭力를
> 받고 혹은 飢寒으로 白雪上에 쓸어지는 慘狀, 누가 피눈물을 흘리지 아니하리
> 오[36]

이리하여 1920년 10월 6일 朝鮮軍司令部 揮下軍兵이 出動하고 同年 10
월 23일에는 關東軍이 合勢하여 1920년 10월 8일에서 12월 21일 사이에
敵軍에게 쓸어진 韓人數는 朝鮮軍司令部의 發表로는 687名이고 「獨立新聞」
은 3,469名이 被殺되고 170名이 拉致되었으며 71명의 부녀자가 强姦당하고
3,209棟의 民家, 36個所의 敎堂이 破壞되었다는 間島通信員의 報道를 싣고
있다.[37]

이 「琿春事件」은 큰 충격을 준 事件으로 국내가 뒤숭숭 하였으나 국내의
잡지나 신문에는 한줄의 事實報道나 이에 관한 詩·小說·隨筆이 남아 있지
않다. 이는 倭政의 迫害가 어떠했던가를 잘 말해주는 좋은 예가 될 것이겠다.
우리는 여기서도 管理文學의 病理를 확인할 수 있는 한 事例를 찾아 볼 수
있다고 생각하고, 이 무렵의 國內 文學이 이러한 학살과 함께 全民族이 겪고
있었을 慘憺한 情況과는 극히 먼 世界를 表象하려 하고 있는 그 意圖的 作爲
에 대하여 새삼스럽게 嫌惡를 경험하게 된다. 따라서 우리는 이 경우와 관련
하여 몇가지 問題에 대하여 自問할 필요를 느낀다. 文學의 所任이 무엇인가?
3,000餘名이나 同族이 죽어가는 피비린 狀況을 모른 척하고 晏橪히 花鳥風

---

36) 獨立新聞. 2年 12月 18日.
37) 同上. 2年 12月 18日.

月이나 읊조리던 文學을 藝術主義라고 말하던 一部의 평가에 대하여 어떻게 생각해야 하는가를 물어야 하겠다. 이 엄청난 琿春事件도 春園의 두 편의 시가 전해지지 않았다면 한국문학사에서 영원히 지워졌을 것임이 확실하다.

春園은 「三千萬의 怨魂」에서 倭兵에게 죽어간 怨魂을 위로하고 "소리가 되어 웨치고 피비가 되어 / 꿈꾸는 同胞네의 가슴에 쑤려라 / 너희피로 적신 짱에 /太極旗을 세우라고" 하여 그 피의 代價가 民族의 總蹶起를 불러 일으켜서 祖國의 광복을 結果하도록 도와 달라고 하므로써 三千의 죽음을 殉國으로 昇華시키고 있음을 본다.

「間島同胞의 慘狀」에서는 間島同胞들의 慘景을 리얼하게 描寫하여 "속절업시 가슴만 아픈" 자신의 心情을 토로하여 "힘없는 百姓의 불운"을 개탄하고 있다. 春園은 많은 業績을 남긴 이지만 그의 功過를 評함에 있어서 「獨立新聞」의 창간과 이 두 편의 시를 큰 비중으로 다루어 주었으면 싶은 생각이다.

5. 璟載와 客愁

져 비(雨) 보아라

璟　載

저 비 보아라
南北滿洲들에는 오지를 마라
山과 수풀속에 모혀잇난
우리 大韓獨立軍은
어이 한단 말이냐

저 비 보아라
黑龍江 골짜기에는 오지를 마라
집 일코 헐버슨 勇士에는
어이한단 말이냐

저 비 보아라
인왕산 밑에는 오지를 마라
怨讐의 鐵窓에서 呻吟하는

> 우리 義士의 心情은
> 어니한단 말이냐
>
> 저 비 보아라
> 北滿의 외로운 客의 잠을 깨니
> 눈물에 싸인 요내 가슴은
> 어이한단 말이냐
>
> 4年 6月 24日[38]

璟載가 누군지는 자세하지 않다. 그러나 이 시는 「獨立新聞」 所載의 시 가운데 단연 逸品이요 秀作이다. 비에 假托하여 獨立軍→勇士→義士 그리고 자신의 客愁로 이어지는 想의 屈折은 매우 幻想的이면서도 事實的인 擴充을 겸하고 "저 비 보아라…에는 오지를 마라…은 어이한단 말이냐"의 反復되는 틀 속에 담아 내는 情景이 그렇게 淡白하고 眞率할 수가 없다.

璟載는 다시 한편의 시를 남기고 있다.

이처러워라

璟 載

애처러워라
우리獨立軍
茂盛한 풀밧에서
괴로운 잠자고
쓰린비를 얼마나 쥐어뜯더니

애처러워라
山발고 물 말근 네 祖上나라
잇지못할니라
달이 고요한 그때나
비소리 요란한 그때나

애처러워라

---

38) 同上. 4年 6月 24日.

저 靑山과 白雲밧게서
울고울고 혜매이는
二千萬同胞가 잇난줄을
잇지못하리라 잇지못하리라

                    (以下不明) 4年 7月10日 39)

　두 편의 시를 남긴 璟載는「獨立新聞」의 執筆陣容 중에서 春園이나 耀翰에
게 뒤지지 않는 기량을 가진 시인임을 입증하고 있으나 불행히도 그가 누군
지 그밖의 시가 얼마나 더 있는지 전혀 알려져 있지 않은 것이 여간 안타깝
지 않다.

6. 그밖의 自由詩들

그밖의 詩歌로는 無記名의 自由詩를 소개하면 다음과 같다.

웬일이냐
웬일이냐
저 兒孩는 왜우러
監獄에 잇난 아버지 생각
懇切해서 운다해요

웬일이냐
저집의 騷動이
獨立運動에 關係잇다고
왜놈이와서 家宅수색
그래서 騷動이래요

웬일이냐
저婦人은 어듸를 急작이
鐵窓속에 잇난 男便에게

---

39) 同上. 4年 7月 10日.

衣服差入하랴고
그래 急작이래요

웬일이냐
開化몽뎅이든者가 내집에
拷問致死된 사람爲해
말한마듸 못하는 辯護士놈
着手金이나 내라고 왔대요

4年 8月 12日40)

해학과 풍자가 날카롭게 번뜩이는 작품이다. 특히 末尾의 "拷問致死된 사람爲해 / 말한마듸 못하는 辯護士놈 / 着手金이나 내라고 왔대요"에 이르러서는 亂世의 世態人情을 斷的으로 實寫하고 더불어 倭鬼들의 治下에서 外形上의 諸制度나 名目이 韓人을 위하여 無力하다는 것을 잘 諷諭하고 있다.

그리운 님

올듯올듯 우리님은
어이오지 아니하고
싱각안은 집안싸흠
날노졈졈 느러가니
요내신세 이것쑨가
蒼天이어 살피소서
님못본지 十餘年에
죽은가심 태인일이
피눈물을 흘린일이
한번두번 아니어든
無情하신 우리님은
요만일도 모르는지
님의대답 이러하다
집안싸흠 자자하니

---

40) 同上. 4年 8月 12日.

속키간들 무삼樂코
나오기를 바라거든
하로밧비 그치어라
勇敢하게 버티어라
猜忌嫉妬 詐欺挾雜
嘲笑毀謗 陰謀利己
이러한것 賤한感情
그대신에 取할 것은
平和사랑 協同共謀
이런뒤에 곳오리라

4年 8月 12日[41]

　여기서의 「님」은 조국의 광복이다. 애타게 그리는 님은 "집안싸흠 자자하니" 오기를 꺼려하고 있다고 비유하고 나오기를 바라거든 "猜忌嫉妬 詐欺挾雜 嘲笑毀謗 陰謀利己"를 하루바삐 버리고 協同共謀한 뒤에라야 可能하다고 하고 있다. 이것은 國內國外의 모든 指導層을 自戒한 말이다. 당시의 獨立軍이나 臨政이나 명색 救國의 集團이라는 무리들이 三三五五 派黨을 만들어 中傷謀略을 일삼았으므로 中國人들이 恒常 불러 和解를 시키고 「光復하자고 온 사람들이 본디 目的은 잊어버리고 다른 일로 싸움질하면 되나 나라찾는 것이 急하니 이해하고 뭉치라」고 권유했다는 이야길 들은적이 있다.[42] 국내에서는 또 倭警의 앞잡이가 되어 韓人에게 훨씬 苛酷하게 굴은 자들이 一部 韓人들이었다. 이들 走狗들은 吸血鬼처럼 民族抹殺의 선봉이 되어 날뛰었으니 이를 바라볼 때에 어찌 나라찾아 獨立해갈 種族으로야 볼 수 있었겠는가. 이 시는 「不二門」이라고 別名한 것처럼 이 民族이 반드시 지나가야 할 유일한 門이 大同團結이라는 것을 말해주고 있다. 8·8調의 傳統的 調律이긴 하나 당시의 우리 사람들을 自警하는 좋은 作品이라고 할만하다.

---

41) 同上. 4年 8月 12日.
42) 獨立軍에 관계하였던 圓空 池一華 스님의 自述.

어머니 가시던 날

곱 단 이

아 고요한 첫새벽
萬物이 沈默에서잠자는
寂寞을깨치고
우러나오는
저 鐘소래—

暗黑한 空中에
셔름의 波動을그리면서
正義의 비단門帳에탁처
주름을 잡도다

그鐘소래!! 그鐘소래!!
우리어머님 쩌나시던
이날새벽 그鐘소래
아 그鐘소래!!

쯧업는 거름을
끌려가시던 그날새벽
그 鐘소래는
不公平한强力의방맹이로
울어첫던 것이다.
철업는 우리兄弟들
참아 어이하기어려워
사나운 世上風波에
참아 외로히버려두고
가시기 애처로워
울고울고 쏘울고울어
눈물이 傍傍하시던
그얼굴

우리兄弟들 목에
奴隷의굴네걸니고

　　　우리들手足에
　　　壓迫의착고가
　　　채여짐을보시고
　　　가삼을쥐어뜯다가
　　　凶漢에게　辱을보시던
　　　그形狀

　　　아 어머니! 어머니!
　　　잡혀 끌려가는 어머니를
　　　바라보고 발버둥고 울던
　　　우리―우리兄弟가!
　　　敵의칼에맞고
　　　銃槍에 업허짐을보시고
　　　니를갈며. 하시는말삼
　　　「참고 힘쓰고 長成하야
　　•싸호아 이기도록애쓰라
　　　내 다시 도라 오…」

　　　목매여 터지며
　　　우시던 어머니!
　　　우리 어머니!
　　　어머니 인제는 우리도
　　　어머님 가신 理由도
　　　도라올수 잇는 째도
　　　우리가 어머님 오시게할
　　　道理도 方策도 암니다.
　　　힘쓰겟습니다 어머님!

　　　아 쏘한번 울니는고나
　　　그날 새벽 그鐘소래!

4年 8月 29日 43)

　　萬海에게 있어서의 「님」이 祖國이요 부처요 때로는 衆生임에 비하여 「곱단

---

43) 同上. 4年 8月 29日.

이」의 「어머님」은 祖國이요 光復이요 民族의 生命인 것이었다.

　　　우리 어머님 쩌나시던
　　　이날 새벽 그鐘소래
　　　아 그鐘소래!　　·

　　鐘소리의 이미지는 「어머님」이 떠나시던 날—곧 亡國의 아침과 연결되어

　　　뜻없는 거름을
　　　끌려가시던 그날 새벽
　　　그鐘소리는
　　　不公平한 强力의 방맹이로
　　　울어첫던 것이다.

라는 불행의 표상으로 浮彫되어온다. 그러므로 이 종소리는 祥瑞의 것이 아
니라 不吉의 象徵으로서 "暗黑한 空中 / 셔름의 波動을 그리면서" 울려퍼지는
소리일 수 밖에 없다. 종소리의 파문속에 떠오르는 것은 끄을려가던 어머님
의 모습이다. 그러므로 「어머님」이 끄을려가던날을 새벽부터 종소리가 天地
를 진동하던 날이었다. 兄弟들은 노예의 굴레가 씌워지고 어머님은 凶漢에게
辱을 당하던 날, 그 종 소리가 울니듯이 지금도 어머님을 생각할 때면은 종
소리가 울려오고 종소리가 울려오면 반드시 어머님의 영상이 나타나는 어머
님과 종소리는 共通의 理念으로 構造되어 光復을 향한 窮極의 目標를 志向하
는 하나의 序調的 媒體로 동원되고 있는 것이 이 시의 特質이랄 수가 있다.
　　그리하여 어머님은 그냥 가버리고 마는 敗亡者가 아니라 반드시 돌아오는
信念의 實像으로 現存한다.

　　　잡혀 끌려가는 어머니를
　　　바라보고 발버둥고 울던
　　　우리—우리兄弟가!
　　　敵의 칼에 맞고
　　　銃槍에 업허짐을 보시고

니를 갈며 하시는말삼
「참고 힘쓰고 長成하야
싸호아 이기도록 애쓰라
내 다시 도라 오…」

　다시 도라온다는 約束과 確信속에 實在하는 어머님은 우리들의 日常과 함께 살아있는 어머니일 수 밖에 없다. 그래서 作者는 信念의 어머님을 現實하려고 그 方案을 강구하고

어머니 인제는 우리도
어머님 가신 理由도
도라올 수 잇는 째도
우리가 어머님 오시게할
道理도 方案도 압니다.
힘쓰겟습니다. 어머님!

이라고 決意를 밝히고 그 決意의 實現이 가능하게 될 때에 어머님은 돌아오고 그 前兆로서의 종소리는 다시 새벽하늘에 진동할 것이었다.
　이 시에서의 종소리는 끄울려가던 不幸의 조짐으로서, 광복의 豫示로서의 두가지 의미를 갖고있으며 그런 構造에서 본다면 團圓性을 가진 시라고 볼 수 있겠다.
　사실성에 충실했다고는 하나 상징적 수법이 매우 印象的이고 劇詩的 一面을 방불케하는 構想은 이 무렵의 것으로서는 놀라운 水準이라 할만하다.

　　　　때는 왔다

　　　　　　　　　　　　在天津 R生
　一, 째가 왔다
　　　우리의 이마에 쌈흘리고
　　　우리의 주먹에 피를모홀
　　　째는 왔다

自由의 血路에 나서서
××長靴를신고
十年이나 간 白刃
白光을 번득일
四千二百五十六年
大韓民國 五年

二. 동무들아
陰鬱의 구덩이를 눈물의 골쟁이를
버서나오라 그리하고
쒸자 쒸자 우리 祖上의 遺傳한 피덩이가 쒸는 그대로
보라너회의 압헤 얄미운원수를
그리고 잠자는 亞細亞
世界의大修羅場을
엇쩌냐
힘것開發하고 힘것서더러야할
動力! 피쌈! 싸홈!
다만 이가운데
우리의 神聖한靈이 祖國이
삶이 잇을뿐이다.

三. 째는왓다 동무들아
우리가 저야만할 안저서는 안될
十字架는限이 업다.
우리가 소리처야할 안질러서는 안될
부르지짐은 꿋이업다.
압흐로갓 이十字架를向하야
驅步一엇?
倭敵의非人道를痛攻하랴고
그리고우리의主張을貫徹하랴고.

四. 째는왓다
우리는 神聖祖國을再建할
그리고 藝術의나라 文化의옛터

    人道의나라 君子의東方을 다시차즐
    그러타 우리는
    天柱가 썩기거나 地軸이부러지거나
    피쒸는그대로 힘썻! 숨썻! 最後쓰지
    서드는 가운데
    韓國은 잇다.

  五, 아 째는왓다
    四千二百五十六年
    大韓民國五年

                        5年 1月 17日[44)]

  祖國光復까지에는 여러 가지 길이 가능할 것이었다. 武力鬪爭도 그하나요
列强에 대한 外交攻略도 하나요 민족교육으로 自强의 時期를 기다리는 것도
그 하나였을 것이다. 그러나 小數集團의 게릴라戰으로 倭軍을 이길 수는 없
었고 나라없는 百姓의 外交를 알아줄 나라가 없었으며 날로 民族抹殺政策을
강화해가는 倭帝의 治下에서 民族敎育이 不可能했던 것은 말할 것이 없다.
이러한 絶望的 狀況에서 10년이 가고 20년이 간다. 死力을 다하여 외쳤던
三·一 萬歲언만 列强은 外面해 버리고 倭鬼의 報復만 恣行되니 이제 期待할
것이 더 무엇이란 말인가. 滅裂해가는 抵抗精神을, 슬어져가는 救國의 鬪志를
일깨우는 것만이 이 무렵의 志士들에게 있어서 가장 焦眉의 大事였다.
  이 시는 이 시기의 그러한 責務를 잘 遂行하고 있는 한 지도자의 심경을
그린 것이다.

    그리고 藝術의나라 文化의옛터
    人道의나라 君子의東方을다시차즐
    그러타 우리는
    天柱가 썩기거나 地軸이부러지거나
    피쒸는그대로 힘썻! 숨썻! 最後쓰지
    서드는 가운데

---

44) 同上. 5年 1月 17日.

韓國은 잇다

라고 강조하고 天柱가 꺾이고 地軸이 부러질 때까지라도 最後까지 싸울 것을
호소하고 있다. 詩的才能에 있어서는 떨어 진다하더라도 그 意氣만은 어느
作品에게도 양보할 수 없는 뜨거운 것이 깃들어있다.

치잡은 사공

돌 벗

해는지고 茫茫한 大洋에서
돗을 놉히 달앗건만
가얄길을 아직도 忙然커늘
날은 발서 점우러 方向이 아득해라

가분젝이 빛이는 東天에번개
어느듯 南便에 黑雲을모라와라
바람은 强할사록 波濤는 洶洶
치잡은 사공아 너의方向어대이뇨

茫茫한 大洋에
洶洶한 波濤니
니러날줄 몰낫던가?
두려워 쩌지말고치만튼튼히붓잡으라

4月 6日 저녁 日後에서[45]

漂 浪

바람은 분다 비는 온다
오든비 부든바람 꿋나기前에
또이러난다 쏘이러난다
내가슴속에 타는 불이!

---

45) 同上. 4月 6日.

이곳이 어듸라요
亞伯利亞 찬벌판인가요?
南北滿洲 풀밧속인가요?
그것도 아니면 江南의 것친들인가요

괴롭다마러라 우지마러라
먹을것업고 입을것업다고
나라亡하고 主人업난百姓
의례이 그럴줄 몰낫더냐?
그러나 우러라 쏘우러라
放浪의 報酬로 自由의 月桂冠…

4年 9月 11日[46)

秋 吟

하늘은 높고 바람은 산 듯
우수수 나리난 나무입은
가을철이 완연하다고
自然은 나에게 속삭이엇서라

잇사요 마라요 썩지난마라요
고 고흔 丹楓시드러지면
白雪이 펄펄 날닐 뿐이라고
自然은 나에게 속삭이엇서라
— 以下不明 —

4年 10月 12日[47)

「치잡은 사공」을 쓴 「돌벗」이 누구인지는 알지 못하나 이것과 「標浪」은 아
마도 李光洙와 朱耀翰 등이 上海를 떠난 뒤에 그 무렵에 함께 活躍했었을 金
興濟도 美洲로 떠나게 되어 「獨立新聞」의 詩壇은 枯渴이 되고 더러 발표되는

---

46) 同上. 4年 9月 11日.
47) 同上. 4年 10月 12日.

시들도 粗野한 것뿐인 그러한 때의 작품이었다. 서툰대로 救國의 鬪志는 조금도 식지 않았음을 알게 한다.

7. 時 調

「獨立新聞」에는 이밖에도 몇편의 時調가 있다. 소개하면 다음과 같다.

꼿다운 죽엄

먹기 爲해 사느냐 죽기 爲해 사너냐
잘 죽으러 살다가 잘 살녀고 죽너냐
우리의 오늘날 處世目的은 死守獨立

4年 5月 27日[48]

참사람

倭王벌서 十年이오 假政임이 三年이라
海島中에 숨은眞人 아니날믄무삼일가
아마도 沿海間島獨立軍人이 愛國眞人

6月 3日 [49]

志士차져

漢江上細雨中에 삿갓쓴 저漁夫야
적은비홀로져어 네어대로 向하는다
至今에 國事를 議論코져 志士차져

6月 14日 [50]

이 세편의 時調를 보면서 이분들이 얼마나 現實的인 思想과 救國鬪志에 차

---

48) 同上. 4年 5月 27日.
49) 同上. 4年 6月 3日.
50) 同上. 4年 6月 14日.

있는가 하는 것을 새삼스럽게 발견하게 되면서 놀라지 않을 수 없는데, 세
편의 「死守獨立」, 「獨立軍이 愛國眞人」, 「志士차져」 등의 終章句가 그것을 다
시 확인하여준다. 특히 한민족이 옛부터 숭상하던 眞人의 표현이 다름아닌
獨立軍이라고 못박은 偏執은 아무래도 미워할 수 없는 熱血性의 것이겠다.

　　　秋夜江遊

　　秋夜長江 달 발근대
　　배를저어 가노매라
　　天地에 放浪커늘
　　슬픈들어이하리
　　千愁萬恨을
　　오직저滾滾한長流에

　　江水는 바다로
　　月色은 山너머 도라간다
　　江邊에 자는 白鷗
　　秋草間에 우는 虫들
　　船子야 뉘라서
　　自古로 興亡이 有數라 하더냐

　　悠悠한 이心思
　　滾滾한 저 流水
　　月光에 醉한魂이
　　淸風에 춤추고
　　벗님아 이렷케 晝夜東流로
　　흘러흘러 우리 洛陽勝地로

　　　　　　　　　　　　　4年 9月 20 日[51]

　救國運動家의 哀歡을 다룬 逸品으로서 이 무렵의 근대시조와 견주어서도
단연 뛰어나다고 할 수 있다.

____

51) 同上. 4年 9月 20日.

悠悠한 이心思
滾滾한 저 流水
月光에 醉한 魂이
淸風에 춤추도다

에 이르러서야 과시 絶唱이라 할만하다. 三聯의 終章에서 「벗님아 이렇케 晝夜東流로 / 흘러흘러 우리 洛陽勝地로」라고 本色을 드러내어 萬里他國에서의 흠씩을 告白하고 있다. 作者 未詳인 것이 여간 안타깝지 않다.

8. 獨立軍歌와 光復의 信念

「獨立新聞」에는 두편의 「獨立軍歌」가 있다. 소개하면 다음과 같다.

獨立軍歌

나가세獨立軍아 어서나가세
기다리던 獨立戰爭 도라왓다네
이째를 기다리고 十年동안에
갈앗던날센칼을 試驗할날이
나아가세大韓民國獨立軍士야
自由獨立太極旗빨 날리는곳에
敵의軍勢落葉갓히 슬어지도다
보나냐半萬年 피로지킨쌍
오랑케말발굽에 밟히는모양
듯나니二千萬年 檀祖의血孫
怨讐의칼아래서 우짖는소리
楊萬春乙支文德 피를받앗고
李舜臣林慶業의 後孫아니냐
나라爲해목숨을 터럭과갓히
싸호던네祖上의 後孫아니냐

彈丸이 비쌀가치 퍼붓더라도
槍과칼이네압길을 가로막아도
大韓의勇壯한 獨立鬪士야
나아가고 ∧ 다시나가라
最後의네피방울 쩌러지는날
最後의네살점이 쩌러지는날
네그리던祖上나라 다시살리라
네그리던 自由꼿이 다시피리라
獨立軍隊百萬勇士 달리는곳에
鴨綠江魚族들이 다리를노코
獨立軍의불근피가 내 쌤는때에
白頭山구든바위 길이열리라
獨立軍의날랜칼이 빗기는날에
玄海灘푸른물이 핏빗이되고
獨立軍의 벽력갓흔 勝戰소리에
富土山소슨峰이 문허지도다

나아가세獨立軍아 한號令밋헤
疾風갓히물결갓히 달려나가세
하나님의도우심이 우리에잇고
祖上의神靈오셔 引導하나니
怨讐軍勢山과갓고 구름갓하도
우리발에티끌갓히 훗허지리니
榮光의最後勝利 우리것이니
獨立軍아疾風갓히 달려나가세

하늘은맑앗도다 쌍은열었네
榮光의獨立軍旗 노피날리네
수플갓흔槍과칼에 淋漓한 것은
十年怨讐씨서내던 핏줄기로세
빗은날고헤어진 우리軍服은
長白山狼林山을 長驅한標요
우레갓히울려오는 萬歲소리는
漢陽城大勝利의 凱旋歌로다.

2年 3月 1日 52)

獨 立 軍

一. 西伯里와 滿洲쯤險山難水에
　　決心품고다니는 우리獨立軍
　　千辛萬苦모도다 달게역이어
　　눈물쌈쌀임이 그얼마인가

二. 蒙古沙漠내부는 차다찬바람
　　私情업시살점을 쩨갈듯한데
　　森林속에눈쌀고 누워잘째에
　　쓸는피가더욱히 쓰거워진다

三. 지친다리쓰을며 步步前進코
　　쥬린배를쎄졸나 힘을도웁네
　　無情하다歲月은 흘너가건만
　　目的하는큰事業 언제일우랴

四. 父母兄弟妻子를 離別하고서
　　十餘年을이갓히 生活하다가
　　無窮花가봄맛나 다시필째에
　　우리즐검쌀아서 無窮하리라

4年 10月 21日 53)

　이 두 편의 獨立軍歌 가운데 「獨立軍歌」는 임시정부에서 제작하여 獨立軍에게 歌唱케한 指定歌曲으로 생각되고, 뒤에 나오는 「獨立軍」은 독립군 가운데 한 사람이 作詞를 하여 부르게 된 것이거나 아니면 歌唱한 것이 아니라 그냥 시로 지어 발표한 작품일 가능성이 많은 唱歌體의 詩歌이다.

　「獨立軍歌」한 편속에 植民地治下에 있어서의 구국의 精神史가 역력히 살아 있다고 해도 조금도 지나치지 않는다. 6聯으로 된 이 詩歌는 光復을 위한 正義軍으로서의 大韓民國獨立軍의 精氣와 名分을 밝히고 半萬年을 外侵에서 지

---

52) 同上. 2年 3月 1日.
53) 同上. 4年 10月 21日.

켜온 위대한 조상의 後孫임을 되묻고 勇士여 너의 피가 흐르고 살이 찢기는
곳에서 祖國의 自由花가 피리라고 촉구한다.
　4聯부터서는 天祐神助하는 獨立軍의 乘勝長驅에 倭敵이 敗亡하리라하고 榮
光의 최후승리가 꼭 있다고 하였다. 특히 이채로운 것은 6聯末尾에

　　　빗은날고헤어진 우리軍服은
　　　長白山狼林山을 長驅한標요
　　　우레갓히울려오는 萬歲소리는
　　　漢陽城大勝利의 凱旋歌로다.

하는 대목이 있다. 헐벗고 굶주렸을 獨立軍의 現實的忍苦를 잘 詩化하여 勇
氣를 불러일으키는 觸媒로서의 轉換의 技巧에 우선 감탄하지 않을 수가 없
다. 그러나 이보다 2年 뒤에 나온 「獨立軍」은, 그것이 獨立軍의 軍歌가 아
니라 獨立軍에 소속된 한 병사의 作詞거나 어느 詩的 才能이 뛰어난 이가
獨立軍을 고무하기 위하여 歌詞를 지어주었다고 하더라도 獨立軍의 軍歌로
불렀을 것임에 틀림이 없다고 한다면, 앞서의 「獨立軍歌」와 비교되고 그 내
용에 있어 多少 意氣消沈한 점이 엿보인다는 것도 지적하지 않을 수 없다.
그것은 3聯에서 두드러지게 나타나는데

　　　無情하다歲月은 흘너가건만
　　　目的하는큰事業 언제일우랴

라는 것이 그것이다. 3·1의 感激的인 民族示威가 끝나고 倭敵은 잔인한 보
복을 해대고 獨立鬪爭에의 熱氣는 차츰 싀어가는 그 지루한 時間에 滿蒙의
거친 들을 헐벗고 굶주리며 헤매였을 志士들의 心境은 과연 어떠했을 것인가.
이 시는 1920년과 1922년의 짧은 시간을 사이에 두고 따로따로 불리운 것
이지만 그 동안의 周邊情勢의 변화와 觀念化하는 獨立軍의 救國意識을 솔직
하게 浮彫하여 식민지 치하에 있어서 救國鬪爭의 現場이 어떠했던가를 우리

에게 소상히 알게 한다.

V. 結 論

필자는 이 글을 맺음에 있어서 民族史的 大事件과 관련하여 「獨立新 聞」의 文學과 國內의 管理文學의 本質을 糾明하는 일을 다신하고자 한다.

앞서 言及한 「琿春事件」보다 더 큰 慘事로서 1923年 9月 倭의 關東地方에서 일어난 大震災를 들 수 있다. 이 때에 倭徒들이 우리 同胞를 6,661人이나 虐殺했다고 「獨立新聞」은 쓰고 있다. 같은해 11月 17日에 仁成學校 學生들의 애끓는 追悼歌속에서 慰靈祭가 열리고 趙琬九 씨의 追悼文과 追悼歌가 있었는데 다음과 같다.

追 悼 文

나라가 망함은 뉘 서러하지 안으리오 만은 날이 갈사록 압흠이 더욱 새롭도다. 사람이 죽음에 뉘 불상히 넉이지 안으리어만은 사라남은 우리의 압흠이 더욱 깃이 업도다. 하날이 미워하심인가 허물이 아직도 남음인가 저무도하고 사람의 챵자가 업는 악독하고도 포악한 원수 왜놈이어 엇지하면 이째도록 참옥하고 다시 말하고져 할 째에 가슴이 메이고 살이 썰닌다. 지난 구월 원수의 나라 지동될 째에 져들의 폭살밧아 무참한 여러동포의 죽음이어 그 얼과 넉이 얼키여 잇으리라 하마한들 삭을거나 하날이 무너지고 쌍이 처지어 눈ㅅ감작일 새에 바다가 뭇이 그 자리를 밧꾸엇스니 궁둥이를 듸리밀데가 잇나 쌜간 고깃덩이 딍굴을 쑨이니 사람의 챵자로는 서로 붓들고 서로 가엽겟거늘 내것을 다 쌔앗고 내목숨을 가져가면서도 무엇이 차지 못하여 아죠 싹까지 업새려는가 그 창자가 지다위를 내어가지고 모죠리 몰살푸리를 삼으니 쇠뭉치는 머리를 짜리고 참대창은 가슴을 찌른다 묵거놋코 짓발브며 몰아놋코 총을쏘니 피는 쏫아 내가 되고 살은 모혀 뫼되엿네 하날이 놉히 보지 못하는가 귀신이 어두어들임이잇는가 흐미한 안개갓치 가비여운 먼지처럼 업서지고 나라가는 이 목숨은 파리보다 구덕이보다 — 不明 — 도라가는 갈마귀는 쩨를 지어 죠상할뿐 — 不明 —짜뜻한 옷과 기름진 밥에 아비어미 봉양하고 아들쌀을 길으면서 잘

살고 즐겁든 동산 내버리고 만리바다 한데를 무엇하러 갓엇든가 아니갈 수 업
섯고나 등을 미러내쫏츠며 집을 싸고모라내니 못숨 붓허 잇는 동안 아니가고
엇지하나 불면 날싸 쥐면 꺼질싸 만지고 어르든 아가자리 절문이들 애쓰면서
비주리고 속태우고 참으면서 무어하러 가섯는가 아니갈 수 업섯구나 아니가면
어지하나 밤은 깁허 고요하고 별은 홀노 반짝이는데 담아싸인 이 원통이 넉이
어니 업고 잇고 눈물지어 피가 된다. 언제나 이 원수를 갑허볼고 멀지 안으리
로다. 물이되어 쏫치리다 불이 되어 타일세라 슬프다 아프다 목숨남아 붓허잇
는 우리들은 설음위에 붓그럼 약하나마 힘쓸지니 얼이 얼킨 모든 분네 도움있
고 가라치리 압만보고 나서리니 글거주오 뒤터진걸 굿힌 비는 구슬구슬 우리
정성 그려나고 빗난 국긔 펄렁펄렁 무슨 언약 굿던 듯이 후유… 설은지고 아
픔이 이어 오직 눈문쌘이로다.

　　追 悼 歌

一. 독사이호 겸한원수
　　　제죄로써 닙은천벌
　　　지다위를 밧은우리
　　　참혹할사 이웬일가

後念 아프고도 분하도다
　　　원수에게 죽은동포
　　　하느님이 무심하랴
　　　갑플날이 멀지안소

二. 산도셜고 물도션대
　　　누로해서 건너갓나
　　　쌈흘리는 구진목숨
　　　요것까지 쌔앗는가

三. 나그네집 찬자리에
　　　물쥐어먹고 맘다하여
　　　애쓸히던 청년학도
　　　될셩부른 싹을쩌어

四. 온갖소리 들씨우어
　　니를갈고 막죽엿네
　　저피방울 쏘친곳에
　　바람맵고 셔리차아　　　　　　　　　　　　　5年 12月 5日 54)

　6,661명의 귀중한 生靈이 倭鬼의 竹槍, 몽둥이에 찔리고 撲殺되었던 그 慘酷한 民族的橫厄을 文學이 記憶하지 않고있다면 수치스러운 일이다. 그러나 불행이도 管理文學은 이 事件에 대하여 한 줄의 글도 남기지 못하였다. 어찌 이것뿐이겠는가. 3·1운동이나 光州學生事件에 대한 기록도 남기지 않았다.

　文學이 "그 民族의 哀歡을 表現"한다는 大原則이 否定되지 않는 한 이렇게 民族的大事件을 외면하고서도 存立할 수 있는가가 문제이다. 그러나 管理文學이 그러한 民族的 慘事를 表現하지 못한 것이 自意에 있었던게 아니라 倭警의 脅迫때문이요 他意로 말미암은 것이라고 할 때, 우리는 식민지 치하에 있어서의 문학의 限界點을 이해하지 않을 수 없고, 制限된 表現을 아니치 못했던 植民地文學의 不具를 共認하여야 하는 그 아픈 基軸에서 우리 民族文學을 詳考할 때 과연 어떤 文學이 民族의 思想·感情의 表出에 忠實했는가를 다시 물어야하고 民族의 悲願과 恨을 形象化한 文學이 어느 것인가를 冷徹하게 反省해야할 것이다.

　필자는 이러한 分明한 基準에서 「獨立新聞」의 立場을 기대하고 「獨立新聞」의 정신이 바로 倭政治下에 있어서의 韓民族의 指標였고 「獨立新聞」의 표현이 당시 한민족의 意識을 성실히 反映하였다는 確信을 바탕으로 「獨立新聞」의 文學에 民族史的正統性을 부여하고자 하는 것이다.

　筆者가 여기서 말하는 「文學의 民族史的 正統性」이란 그 시대를 살아간 民族全體의 뜻을 대변하고 민족의 悲願을 促求·窮行해간 文學을 이름인 것이니, 그렇다고 해서 管理문학(植民地文學)이 倭政이 許與한 限界안에서 民族의 精神을 드러낼려고 노력하지 않았다는 것은 아니며 다만 植民地的 刻薄이

---

54) 同上. 5年 12月 5日.

管理文學으로 하여금 그 이상의 寫實的 露呈을 금했을 것이므로 문학의 경향은 개인의 넋두리라거나 자연현상에 假託한 諷諭的 表現이 不可避하여 내용은 觀念化되고 難澁해지면서 形式이나 技巧의 비약을 아니치 못하게 하였다는 現場性을 是認하는, 그러한 史觀에서 우리의 민족문학 40년사를 評價하자는 것이다.

　위의 關東慘殺에서도 記事·慰靈祭·追悼文·追悼歌 등 일련의 行事와 表現들이 國內에서 모두 如意치 않았으나 上海 臨時政府에서는 가능했으며「獨立新聞」에서는 그 표현에 거리낌이 없었다. 그러므로 表現技巧가 달리 필요치 않으며 寫實的 內容을 담아내는 簡明한 形式이 所要되었던 것이다. 그 때문에 管理文學은 表現形式이나 技巧의 발전을 보았고「獨立新聞」의 文學은 赤裸裸한 光復意思를 숨김없이 담았던 것이었다.

　이러한 視角에서 管理文學을 分析·評價한다면 지금까지의 樣相과는 매우 다른 價値設定이 可能하며 또 그러한 韓國近代文學의 指標가 時代에 따라서 어떻게 變容되었는가 하는 데에도 매우 소중한 基準提示가 될 것으로 여겨진다.

(1979. 원광대 논문집)

제 4 장 救國文學 研究

— 獨立新聞을 중심으로 —

Ⅰ. 문제의 제기

필자가 현행 한국문학의 체계를 비판하고 1910년에서 1945년 사이의 식민지시대를 「日帝侵略時代」로 시대구분하여야 한다고 주장한 것은 1972년의 일이었다.

우리가 36년 동안 나라를 빼앗겼던 것이 사실이었으므로 이 시대를 일제침략시대로 구분하는 것은 너무도 당연한 일이겠지마는 불행하게도 한국문학사에서는 당연한 역사적 진실이 외면 당하고 있는 것이다.

필자는 1972년 이래 10여차의 논문을 통하여 그 왜곡된 내용을 폭로하고 하루 바삐 역사 바로 세우기에 나서야 한다는 당위성을 밝혔던 것인데 아직도 현실의 벽은 두껍고 뿌리가 깊어서 조금도 시정하려는 기미를 보이지 않고 있는 것이다.

나라를 잃었던 시대를 기억하고 그 시대에 생산된 문학을 특별한 시대의 문학으로 구분한다는 그 간단한 작업이 어찌하여 실천에 옮겨지지 않는 것일까. 누구나 의아하게 생각할 것이다. 만일에 1910년에서 1945년 사이의 시대를 한국문학사에서 「일제침략시대」로 시대구분을 한다면 다음과 같은 일들이 일어나게 되어 있기 때문이다.

첫째 : 1909년까지의 正統文學의 흐름이 두 갈래의 길로 나뉘어지는 현상을 알게 된다. 한 흐름은 국내로 들어와서 일본관헌들의 엄중한 檢閱制度를 통과하여 발표된 管理文學이 되고 또 하나의 흐름은 만주와 노령, 중국, 미국

으로 분산하여 독립투쟁을 하면서 발표한 救國文學이 된다. 검열제도란 일본제국주의자들이 한민족을 말살하여 저들의 노예를 만들기 위하여 시행한 장치였다. 한민족의 글 가운데서 그들의 식민정책 곧 한민족을 말살하여 일본의 노예를 •만들기 위한 원대한 음모에 유익하다고 판단되면 발표를 허락했던 것이니 검열을 통해서 발표된 문학은 "일제가 저들의 야망을 충족시키기 위하여 보호·육성·관리한 문학"이라고 해서 조금도 지나친 표현이 아닌 것이다. 불행하게도 이 시기(1910-45년)에 발표된 문학은 어김없이 관리문학의 한계를 벗어나지 못한다고 보아야 한다. 구국문학이란 어떤 것인가. 나라를 빼앗기게 되니까 자연히 뜻 있는 사람들은 부모형제와 처자식을 버리고 나라 찾는 싸움(구국투쟁)에 나서게 되면서 창작한 문학이다. 1905년 전후의 義兵들이 한일합방 후에는 만주지역으로 활동무대를 옮기면서 구국문학의 영역도 만주에서 중국, 로서아령, 미국 등지로 확산되어갔다.

둘째 : 1910-45년은 나라를 잃었던 시대이었으므로 망국의 백성이 겪어야했던 고초를 어찌 말로 표현할 수가 있었겠는가. 하늘에 사무친 원한을 표현한 문학이 있어야 했을 것이다. 그래야만 이 문학이 이 민족의 사상과 감정을 형상화한 올바른 문학일 것이다. 비근한 예를 들어보기로 하자. 1919년 8월에 중국 상해의 대한민국임시정부에서 발행했던 「獨立新聞」에 게재된 시가들을 예를 들어보기로 하면, 이 신문에는 1919년 이후의 3-4년 사이에 일어난 대사건들인 三·一 萬歲事件, 1920년 10-12월의 琿春慘殺事件 그리고 1923년 9월의 이른바 關東大震災 때의 韓人虐殺事件 등에 관한 기사와 그 무렵에 한민족의 뼈에 맺힌 통분을 읊고 있는 것을 볼 수가 있다. 그러나 이시기의 국내 어느 문헌에도 이들 잔혹 사건에 관한 표현은 찾아볼 수가 없다. 일본 통치자들이 철저히 막았기 때문이었다. 문학이 그 민족의 느낌(감정)과 생각(사상)을 그 민족의 말로 일정한 형식을 빌어서 표현한 것이라는 정의가 지켜지는 한에서는 국내의 관리문학이 이 시기의 한민족의 사상과 감정을 대변한 문학이라고 할 수는 없을 것이다. 따라서 일제치략시대에 한민족의 정신을 대변했다고 할 수 있는 문학은 부족하나마 구국문학이라고 할 수밖에 없을 것이다. 그러나 구국문학은 아직도 자료발굴이 되어 있지 않은 미비한 상태이기 때문에 상당한 기간을 자료수집에 소비한 뒤에 비로소 문학사 편찬이 가능하다는 전제하에서 논의되어야 할 것이다.

셋째 : 이상의 이유로 일제침략시대에 한민족을 대변했다고 할만한 문학은 오직 구국문학뿐이라는 것을 알게 되면서 나라를 찾은 이후의 문학사 편찬에 있어서 구국문학이 正統文學史의 正脈을•이어야 한다는 판단을 갖게 되는데에는 이론을 제기할 여지가 없는 일이다. 말하자면 광복 이후에 한국문학

사를 정리함에 있어서 어떤 문학을 원맥으로 하고 어떤 문학을 지맥으로 하
느냐 하는 계통논의에 있어서 단연 구국문학이 정통문학으로 꼽힌 것인데
어찌된 일인지 구국문학은 매장되어버리고 기형적인 관리문학이 정통문학의
자리를 차지하고 있다는 말이다.1)

필자가 이 글에서 다시 구국문학에 대하여 논의하고자 하는 것은 한국문학
의 정통성에 관한 문제를 다시 제기하고 정통문학의 정립을 위한 시론으로
삼고자 함에서이다.

그리하여 우선 구국문학을 정통문학으로 세우는 일이 선행되어야 한다는
것이고 다음에는 구국문학의 원류라 할 수 있는 「독립신문」의 시가를 분석·
평가하여 구국문학의 기초를 틀잡자는 것이다.

「독립신문」의 시가는 이미 「민족문학사」(1) (2)에서 그 가운데 26편을 소개
한 바 있으나 이 글에서는 인쇄의 조악으로 판독하기 어려운 부분까지 가능
한 대로 82편을 밝혀서 구국문학의 표본을 삼고자 한다.

Ⅱ. 독립신문의 시가들

1. 독립신문

3·1 독립만세사건이 일어난 뒤에 1919년 4월에 중국의 上海 佛蘭西 租
界 1號에서 대한독립 임시정부 閣員을 선정하고 대한민국 議政院法과 대한민
국 臨時憲章을 의결하고 大統領에 李承晩, 총리에 李東輝, 내무에 李東寧, 군
무부에 盧伯麟, 재무부에 李始榮, 법무부에 申奎植, 학무부에 金奎植, 議政院
長에 孫貞道 등이 취임하였다.

---

1) 이상비. 국문학에 있어서의 시대구분의 고찰. 원광대논문집. 1972.
　　이상비. 관리문학사와 그 극복문제.
　　광복30년문학전집. 정음사. 1976.

그리고 이와 함께 1919년 8월 21일 「獨立新聞」이 임시정부의 기관지로서 창간되었다. 당초에는 「獨立」이라고 제호하였으나 그 해 10월에 일본의 총영사가 프랑스 관리를 통하여 「독립신문」의 발행금지를 종용하므로 협의하여 「獨立新聞」이라고 제목을 바꾸어 발행하게 되었다.

주필에 李光洙, 집필진용에 玉觀彬, 朴賢煥, 崔謹愚, 高辰昊, 車觀鎬, 白性郁, 金得亨, 金次龍, 羅在玟, 柳炳基, 張萬鎬, 李英熱, 朱耀翰, 趙東祐 등이 활동하였고 이광수와 주요한이 떠난 뒤에는 李丙禹와 李英烈이 운영하였다.

「獨立新聞」은 명실공히 독립운동의 상징으로 한민족의 얼의 역할을 했는데 세계 각국에 있는 교포들에게 우송되었으나 국내로 보내는 우송물은 일본관헌에 의하여 압수되었다. 그래서 비밀리에 인편으로 가지고 돌아와 배포하였으며 동시에 국내와 세계 각국의 교포들에게 한민족의 근황과 헌금이 「독립신문」에 전달되었다.

「독립신문」은 1919년 8월 21일에 창간되어 제185호(1924년 5월 5일)로 끝났으나 임시정부가 중국 重慶으로 옮긴 뒤(1940)에도 계속되었고 金承學이 주간이 되어 주간지로 발행하였다. 그러나 불행하게도 1924년 이후의 것은 지금 손 가까이에 없다.

2. 독립신문에 실린 시가

   1. 獨立日

海 日

노래하라 노래하라 聲帶가 터지도록
춤추어라 춤추어라 四肢가 다하도록
오늘에 自由가 왔나니
오늘에 生命이 햇빗나나니
倍達의 子孫들아
倍達의 子孫들아
넉히어라 넉히어라 하늘의 주신 疆土
퍼치어라 퍼치어라 造物의 擇한 百姓

永遠히 生命 새움남이어
永遠히 生命 비치움이니
倍達의 子孫들아
倍達의 子孫들아 2)

　　2. 아아 庚戌 八月 二十九日

　　　　　　　　　海 日

아아 이날
半萬年의 神聖한 歷史가
아아 이날
二千萬의 귀여운 生靈이
暗黑의 첫덤을 쓰단말가
千古의 陋臭를 남기단말가

千年의 苦楚
오오 祖國江山
얼마나 그듸의 가슴우에
피눈물 자최가 남앗느뇨
아아 몃번이나
斷腸의 哭聲이 들리엇느뇨
可憐한 奴隷의 可憐한 奴隷의
自由가 勒奪된 이날
正義가 蹂躪된 이날
오오 이날을
韓倍의 子孫들아
血을 밧치라
祖國을 爲하여 祖國 爲하야
아직도 惡毒한 서움놈은
칼을 품나니 毒藥을 붓나니 3)

---

2) 독립신문. 1919. 8. 26. 영인본. 28면.
3) 독립신문. 1919. 8. 29. 영인본 30면.

3. 오오 나라의 한아바지들

鐘 소리가 … 어둠속에 悲痛한 鐘 소리가…
榮光잇는 歷史의 殞命을 弔喪하도다.
오오 나라의 한아버지들, 우리가 차고
빗업는 싸우에 傷하야 업드린 째…
모단 것이 沈默하도다. 물이 그 흐름
을 그치니 모단 江과 海洋이 죽음 갓
치 잠잠하도다. 오오 나라의 한아버지
들… 우리가 어둠 밋헤 밤보다도 더
어두운 하날 밋헤 가슴 끓인 祈禱를
되리는 째…

우리는 싸에 업디어 부르노라 되인
눈물은 心臟을 무금새하며… 우리는
하늘을 사시나무 갓치 몸불임하며… 오
오 나라의 한아버지들의 祖國이 업서
지는 그날부터, 우리들을 벌거벗기는
그날부터…

그러나 지금, 우리는 눈물을 가리고 울
엇노라, 니러섯노라. 오직 잇대에 기
두리는 새박이 그대와 함께 오나니,
그러하다. 地下의 英靈이어 당신의 남
긴 榮光이 九年後에 아픔과 눈물의
九年後에 이 싸우에
이 子孫우에, 오오
이 날에 怨수 갑는 싸움우에 내리나이다
보소서, 나라의 한아버지들
보소서, 地下의 英靈들 4)

---

4) 독립신문. 1919. 8. 29. 영인본 30면.

4. 秋夕 (俗歌)

오날이 八月 十五夜
녯 일을 生각하니 눈물겨웁다
千萬里 他鄕에 이 타는 가슴
한잔의 五茄皮로나 슬어 바릴가
저 달아 네야 아리니 말 물어보자
우리의 아우와 뉘는 얼마나 울드냐
黃河水 구불구불 네 무슨 쓰수로
그리운 江山을 가로막느니
漂泊東西 可憐한 이름
이 날에 우른 적이 멧 번이던고
나라 잃고 집 일고…
아마 奴隸의 이 서름을 어찌나 살으리
亡命의 悲劇을
同胞여 슬퍼한들 무엇하랴
달밝고 光明하니
노래나 부르세
노래나 부르세 5)

5. 大韓民國 臨時政府 祝賀歌

自由民아 소래처서 萬歲를 불러라

一.
大韓民國臨時政府 萬歲를 불러라
大統領國務總理 各部總長과
國際聯盟여러特使 萬歲불러라

후렴 大韓民國 臨時政府 萬歲

二.

____

5) 독립신문. 1919. 10. 20. 영인본 112면.

우리이미 異民族의 奴隷
아니오
坯한專制 政治下의 百姓아니라
獨立國民主政治下의 自由民이니
同胞여소래쳐서 萬歲불러라

　　　　三.
自由民아 닐어나라 마즈막싸지
三千里빗난國土 光復하도록
자유민주독립의 날이 갓갑다
同胞여 모두갓치 니러나거라 6)

　　6. 太極旗

　　　一.
三角山 마루에
새벽빗 비칠제
네 보앗냐 보아
그리던 太極旗를
네가 보앗냐
죽은 줄 알앗던
우리 太極旗를 오늘 다시 보앗네
自由의 바람에
太極旗 날니네
三千萬 同胞야
萬歲를 불러라
다시산 太極旗를 爲해
萬歲 萬歲
다시 산 大韓國

　　　二.
블근 빗 푸른 빗

---

6) 독립신문. 1919. 11. 15. 영인본 132면.

둥글게 엉키어
太極을 일윗네
우리 太極일세
乾三連 坎中連
坤三絶 離中絶
東西南北 上下
天에 떨쳐라
하나이 되어라
太極旗 지켜라
貴하고 貴한 國旗
왼 世界 百姓이
다 모여들어도
우리의 太極旗
건드리지 못하리
大韓사람들아 닐어나
나아나가
太極旗를 지켜
太極旗 榮光이
世界에 빗나게
國民아 소래끝 모도다
萬歲 萬歲

　　　三.
大韓國 萬萬歲
갑옷을 입어라
방패를 들어라
늙은이 젊은이
머시마나 가시나
大韓나라지켜 7)

7) 독립신문. 1919. 11. 27. 영인본 137면.

7. (제목 판독 불능)

(작자 기록 없음)

―――――――――

아아 내나라
그대 밧게 안잇스리
아아 내나라

―――――――――

오오 비록 죽음이 잇다한들
아아 내나라
그대만 잇스면

나의 나고
자라난 곳
億萬代 後孫의 살터
아아 내나라
天下를 준다한들
아아 내나라
님에게 比하리

죽어도 님 爲해
살아도 님 爲해
아아 내나라
나의 生命
永遠히 내 사랑
아아 내나라
아아 내나라 8)

---

8) 독립신문. 1921. 1. 1. 영인본 153면.

8. 가는 해 오는 해

송아지

하늘 우헤 푸른 ××가
또하나 너머진다
그 때에 꿈갓흔 나의 한 해가
또다시 過去의 幕 속에 업서지난
나를 울린 해
나를 깃브개 한 해
네 안에서 새로난 나라를
네 안에서 다시산 민족을
너는 人類에게 새 希望을
온 世界에 새싸흠을
歷史우에 새 ×道를 주엇다.

거기서 復活한 나의 祖國
거기서 칼을 쌘 나의 民族
____

____

그 째에 뜻 깁흔 나의 한해
쏘 다시 새벽 빗흘 비칠 제

반갑도다 새해
눈물겨운 새해
운명이 가저온 너
압길이 漠漠한 너의 길
네게는 모단 바람이
네게는 모단 惡運이
한 업시 꽉차잇다

네게서 무엇을 求할꼬
깃븜을 求하랴 슬픔을 求하랴
萬一 네가 아니오면
나에게 깃븜이 업스리라
그러나 쏘 네가 아니오면

나에게 슬픔도 아니 올거슬

아아 只今 나의 祖國을
危機中에 썰고 잇다
새롭고 밝다는 ××도
눈물도 깃븜도 다써나가라
다만 榮光의 ××이 네 아페
나의 ×××××될 날을 기다린다 9)

9. 새 해

(작자 판독불능)

祝大韓 新年歌

竹林××

新大韓二千萬이 獨立萬歲聲에
白頭山이 춤을 추고 鴨綠江이 노래한다
그 노래 그 妙한 香 뉘아니 繼承하리
於×라 우리나라 億萬年 無窮한 후
××民位繼繼承承 其壽 永遠하리로다 10)

10. 新生命

仙×一民

새해가 도라오니
온물(百物)이 새로워지도다
말낫던 것이 축축하야지며
죽었던 것이 사라나도다
아 온누리(全世界)의 풀나무 버러지
또 靑邱을 씌신 검으로부터
난호아 주신 우리의 眞生命
지난한해의 몹슬 겨울 동안에
마르고 또 죽엇섯는대

---

9) 독립신문. 1920. 1. 1. 영인본. 153면.
10) 독립신문. 1920. 1. 8. 영인본. 160면.

잔해의 틈에 어엽분 싹이 쏢족나왓고
올해의 봄에 입, 꼿, 열매가 뒤바쳐
열리라라
그러나 그 고만「惡草」갓흔 사나운 풀이
논과 밧헤 서키어잇으면
새입을 부어줄 새봄이 곧잘번 온다해도
새입 새꼿 새열매를 뱃기 어려우리라
그런즉 호미를 가지고
사납은 풀을 뽑아버림가치
×××에 ×××귀도의 날 져지날로
우리의 眞生命의 고란이들을
하룹밧비 헤혀바리고
새해와 새봄을 새목숨을 바드리로다 11)
(11행 판독불능) 12)

　　　11. 愛讀 獨立新聞
　　　　　　　　　　　　　　　朴××

新大韓의 國民들아
獨立新聞 愛讀하소
慷慨한 우리맘에
獨立心이 기러지네

그의 ×× ××하여
亂臣賊子 討罪하여
그의 ×× ××하여
愛國志士 ××하여

우리들의 獨立新聞 우리 同胞 血脈이오
우리들의 獨立新聞
大韓獨立 基礎일세

---

11) 독립신문. 1921. 1. 8. 영인본. 160면.
12) 독립신문. 1920. 1. 1. 여인본. 153면.

愛讀하소 愛讀하소
獨立新聞 愛讀하소
깃브고도 고마워라
우리들의 獨立이어 13)

12. ×××님을 울음

××　×××

1절 6행 (판독불능)
2절 6행 (판독불능)
한겨×고 그윽하니
그 마음 그 구셜이
내 겨레의 덕이러니
우리게 복업슴인가
절문 나에 쉬다니

四.
한× 저문 날에
찬바람 꺼젓거늘
뭦에 드문 ×이
천고 한을 못이져
눈 못감아 하여라

五.
몸이 가시다 한들
일조차 딸엇스리
넉시 맘에 살엇나니
우리 잇서 긔업스리
벗네냐 다만 슬어말고
××심을 모셔와 14)

---

13) 독립신문. 1920. 1. 13. 영인본. 166면.
14) 독립신문. 1920. 2. 5. 영인본. 186면.

13. 獨立軍歌 (其一)

나가세獨立軍아　어서나가세
기다리던獨立戰爭　도라왓다네
이째를기다리고　十年동안에
갈앗던날센칼을　試驗할날이

나아가세大韓民國　獨立軍士야
自由獨立太極旗쌜　날리는곳에
敵의軍勢落葉갓히　슬어지더라
보나냐半萬年　피로지킨땅
오랑케말발굽에　밟히는 모양
듯나냐二千萬　檀祖의　血孫
怨讐의칼아래서　우짖는소리
楊萬春乙支文德　피를받앗고
李舜臣林慶業의　後孫아니냐
나라위해목숨을　터럭과갓히
싸호던네祖上의　後孫아니냐

彈丸이빗쌜가치　퍼붓더라도
槍과칼이네압길을　가로막아도
大韓의勇壯한　獨立鬪士야
나아가고나아가고다시나가라
最後의네살점이　쩌러지는날
네그리던祖上나라다시피리라
獨立軍隊百萬勇士　달리는곳에
鴨綠江魚族들이　다리를노코
獨立軍의불근피가　내쑴는째에
白頭山구든바위　길이열리라
獨立軍의날랜칼이　빗기는날에
玄海灘푸른물이　핏빗이되고
獨立軍의霹靂갓흔　鼓吹소리에
富士山소슨峰이　문허지도다

나아가세獨立軍아 한號令밋헤
疾風갓히물결갓히 달려나가세
하나님이도우심이 우리에잇고
祖上의神靈오서 引導하리니
怨讐軍勢山과같고 구름갓하도
우리발에티끌가치 훗허지리니
榮光의最後勝利 우리것이니
獨立軍아疾風갓히 달려나가세

하늘은맑앗도다 쌍은열녓네
榮光의獨立軍旗 노피날리네
수풀갓흔槍과칼에 淋漓한것은
빗은날고헤어진 우리軍服은
長白山狼林山을 長驅한標요
우레갓히울려오는 萬歲소리는
漢陽城大勝利의 凱旋歌로다.15)

14. 三一節

(작자 기록 없음)

三月 初하룻날 우리 나라 다시 산 날
漢陽城 萬歲소리 三千里에 울리던 날
江山아 입을 열어라 獨立萬歲

三月 初하룻 날 韓人의 피 흐르던 날
이피가 흘러 흘러 金파×이 되옵거든
三千里 自由의 江山을 꾸미고저 16)

15. 즐검 노래

송아지

동무들아

---

15) 독립신문. 1921. 2. 17. 영인본. 209면.
16) 독립신문. 1920. 3. 1. 영인본. 290면.

이날을 記憶하느냐
피와 꽃과 눈물로서
너의 祖國이 다시 산 날
이날에
三千萬 소리가

이날에 三千里 山과 벌이
깃븜으로 쩌섯다
오오 이날에
이 크고 거룩한 날에
너의 가슴은 쯔러오르고
불근 두 뺨은 눈물로 빗낫다

동무들아
이날을 記憶하느냐
빗거믄 죽음의 옷을 버리고
受難者의 불세례를 밧던날
이날에
너의 父母, 동생, 어린 것
피쑤려 거룩한 싸흠의 先驅를 지엇다
이날에
너의 불붓는 情熱의 心臟이
惡한 敵의 칼 아페 白熱되었다.
오오 이날에
이 莊嚴과 아픔의 날에
내쑴인 高潔한 感激의 피가
黑暗한 東西에 횃불을 드럿다

동무들아
記憶하느냐 이날을
漠漠한 曠野 어둠의 골작에서
悲痛한 苦難의 榮光으로 튀어나갈 날
즐기세 이날을
불붓는 自由의 祭壇우에

尊貴한 憤怒의 祭物을 드려서
오오 이날을
祖國과 함끠 즐기세
生命의, 自由의, 깃븜의 노래를 불러서
가시의 길을 나아갈 째에도
苦難의 못가에 너머질 째도
祖國과 함께 즐기세
自由의 偉大한 노래 불러서
이날을 17)

16. 三月一日

金 興

黃河水 건너 부는 바람
피바람 한숨 바람
나라 이날에 數萬의 慘事
맛고 죽단말가
오오 언제나 流血이 긋나리

거룩한 싸움 외로운 싸움
어느 덧 一年이로다
地下의 외로운 英靈
鐵胃에 자는 勇士
그러나 安心하소서
自由의 햇빗치 正義의 旗쌀이
새 光彩를 할날 머지 안나니
머지 안나니

奴隷의 쓸아림
壓迫 惡刑 虐待
아아 생각만 하여도 소름이 끼친다
내 아우 채우든 모양
내 父母의 여인 魂

---

17) 독립신문. 1921. 3. 1. 영인본. 209면.

아아 아직도 이 눈에 암암하다
죽어도 이 羈絆은 免하고 말리라
千萬番 다시 죽어도
獨立은 하고야 말리라
왼 天下 다 막아도
獨立은 하고야 말리라
하고야 말리라
三千里 피우에 쓰고
二千萬 한아도 안 남아도
獨立은 하고야 말리라
하고야 말리라

이 가슴 뛰는 피 正義의 피
이 피를 쑉릴 때
오오 이 피를 쑉릴 때
榮光의 無窮花
다시 피리라
그리운 錦繡江山
歡喜에 차리라
歡喜에 차리라 18)

17. 三月初

작자 (판독 불능)

(8행 판독 불능) 19)

18. 獨立軍歌
   1921, 2, 5,일자 독립군가와 같음. 20)

---

18) 독립신문. 1921, 3, 1, 209면.
19) 독립신문. 1921, 3, 1, 211면.
20) 위와 같음.

19. 새 빗

柳 生

어두운 밤의 ××××
피빗을 씐 해가 東山에서 떠오른다
아아 이날에 韓族이
熱狂의 깃븜으로 새빗을 맛는도다
三千里 山과 들에 地氣가 차고
二千萬 살과 뼈에 鮮血이 쉬도다
永遠히 이짜에 光明을 비최일
永遠히 이들에 生命을 대어줄
三月 一日의 새빗
　　이하 27행(판독 불능) 21)

20. 大韓의 누이야 아우야

耀

大韓의 누이야 아우야
漢陽城 날발근 날 獨立萬歲의 소리가 물결가치 우레가치 우려나갈 째
暴虐 殘忍한 倭警의 비린내나는 칼이 슬적 빗길적에
놉히든 太極旗에 피를 쑤리어 쩌러지는 너의 可憐한 두 팔을 내가 지금 본다
水原 花樹里 우거진 풀밧히 無道의 불에 재만 낳을 째
罪 업슨 너의 두 다리가 野蠻한 倭兵의 거츠른 손미테 쩌어짐을 지금 내가 본다
세 마듸 銃소리에 스러진 어린 세 兄弟의 魂이어.
너의 부르짖는 소리가 또 너의 사랑하던 늙으신 祖父의 痛哭하는 소리가지금 내 귀를 울린다.
오직 너를 生命가치 삼던 너의 어머님 前에서 녹쓰른 槍 긋헤 찔려 죽은 어린 同生아,
지금 最後의 「어머니」× 찻 날 너의 絶叫가 너의 어머님의 마즈막 祈禱와 함끠 나의 가슴을 쓰린다.
아아…
아아 大韓의 누이야 아우야
復活의 새소리가 우렁차게 大韓 나라 坊坊曲曲이 퍼져 나갈 째,
그 偉大한 鳴動속에 가장 힘잇게 가장 막게 울니던 너의 목소리가 只今 나의

---

21) 독립신문. 1921. 3. 1. 212면.

가슴을 흔든다.
自由를 爲하야 뿌린 너의 피, 말근 中에도 말근 피,
어리고 어린 피, 生각하면 가슴이 아프고 쓰리고 애츠러운 純潔의 피.

自由를 爲하야 부르짓는 소리 말근 피에 ××한 소리, 어린 피에 ×× × 한
그 소리,
들을수록 가슴이 아파 오고 눈물이 소사나는 너의 ××한 목소리 自由를 위하
야 우는 우름 말근 中에도 말근 우름, 어리고 어린 우름.
自由를 위하야 버린 生命 말근 中에도 말근 生命, 어리고 어린 생명, 생각할수
록, 할수록 앗갑고도 에츠러운 純全한 그 生命.
아아 大韓의 어린 누이야 아우야!
너의 피는 應當 멋는 곳마다 쏫이 피어나리라.
自由의 祭壇에 드리는 불고 불근 쏫이, 너의 소리는 應當 모혀 하늘의 별이 되
어 빗나리라.
自由 새쌍을 비최는 발금의 별이 너의 눈물은 흐르고 흘러 아름다운 眞珠를
이루리라.
勝利의 花冠을 光輝잇게 하는 光明의 眞珠를
그리하고 最後에 自由를 爲하야 주근 肉身을 써난 너의 靈魂은
(이하 18자 판독 불능)
나라 위해 싸호는 모든 勇士의 몸을 직히는 ××天使가
원컨대 自由의 天使로 化한 大韓의 어린 우이야 아우야. 正義를 위하야
싸호는 거룩하고 의로운 싸흠에 거느리는 者나 쏫는 者나 모든 國民의
모든 戰士의 마음에 나려오라.
그中에 邪惡과 奸巧함을 다 버리게 하고 어린 누이와 아우가 흘리든 피와 다
름 없슨, 맑고 쓰거운 忠義로써 귀한 피를 흘리게 할지어라.
大韓의 純潔하고 어린 누이들아 아우들아!
너이들이 부르는 凜凜한 그 소리가 곱으로 大韓의 榮光이 된다.
大韓의 生命이 된다. 그리하고 그 아릿다운 목소리가 長生하고 굴거짐에 짜라
너의 나라는 다시 살리라 너의 나라는 다시 너머지지 아느니라. 22)

---

22) 독립신문. 1922. 3. 1. 215면

21. 오오 自由!

金 興

人×의 어떤 ×가
大地에 이러한 ××
時代에서 時代에
이 들에서 저 山에
아아 얼마나 만흔 눈물이 흘럿던가
自由를 爲하야
自由를 爲하야
오오 自由
具玉이 ××× 가득차고
웬 世上 ×× 채워노하도
自由업슨 生活은 ××의 一生

自由업슨 목숨은 죽은 목숨
天下를 주고도 못바꿀
貴하고 쪼 貴한 生命을
하×× ×××갓치 犧牲하는 者들아
오오 거룩한 犧牲者
이 쓰거운 눈물을 밧으라
그럿다 죽어도 自由
오오 自由

죽어도 自由의 죽엄
살아도 自由의 生活
오오 ××도 ××도
自由 밋는 者의게 잇나니
오오 自由
어제 밤 꿈에도
그리운 님의 얼굴
異域의 숫한 잠을 놀내지만
異域의 곤한 잠을
××언제나 樂園을 차즈리
언제나 ×紙를 차즈리

나의 生地
오오 自由 23)

22. 鄕 愁

金 興

故鄕에 피던 곳 여긔도 핀다
故鄕에 울던 새 여긔도 운다
다갓치 사람이 生活하는 쌍
어대나 瞬間의 快樂 업스련마는
故鄕의 곳 눈에 씌올 째
故鄕의 새소리 귀에 울릴 째
이 가슴 그리워 터지려 한다
아아 언제나 도라가리

山넘어 물건너 저 긔 저 멀리
아침 해빗 빗나는 저긔
비록 貧困의 설음이 잇다 하여도
째로 不意의 災殃 온다 하여도
쓰던 달던 내 살님사리
아아 언제나 도라가리

가는비 窓外에 쓸쓸히 올 째
밝은 달 북녁에 소사 오를 째
故鄕의 녯 記憶 더욱 새로워
오고 가는 바람 비에 나의 草家집
얼마나 더 문허젓으며
半白이 더 넘은 나의 父母는
얼마나 白髮이 더하엿스랴
아아 언제나 도라가리
먼 길에 피곤한 몸 풀우에 누어
無心히 바라보는 北녁 하늘 우
흰구름 두어 덩이 불니어간다

---

23) 독립신문. 1922. 3. 1. 235면.

아아 저 밋헤 나의 님 게시언만은
저 밋헤 동산 푸르언만은
저 밋헤 나의 샘 흐르련만은
아아 언제나 도라가리

사람이 살면은 萬年을 살랴
하늘게 바든 쌀은 동안을
本×잇게 有用하게 쓴다하여도
오히려 最後의 눈 안 감기거든
하물며 山갓치 싸인 이 짐을
불다하고 감다 하여 애쓰던 이 몸
속절없이 海外에 漂泊의 生活
××××눈물이 더욱 흐른다.
아아 언제나 도라가리 24)

23. 서울에 잇는 벗의게

송아지

벗이어
哀痛의 눈물을 거두기 前에 먼저
그대 눈물의 뜻을 쌔다르라
벗이어 그대가 아느냐
그대 한 사람의 慟哭하는 울음이
온 大韓사람의 목을 메는 우름임을
그대 가슴을 쓰리게 하는 서름이
그대와 갓흔 모든 무리의 사모친 서르임을
아아 벗이어
哀痛의 눈물을 지우기 前에 먼저
그대의 눈물의 참 뜻을 쌔다르라
사랑하는 벗이어 그쌔야 말로
4행 (판독불능) 25)

---

24) 독립신문. 1920. 5. 11. 영인본. 317면.
25) 독립신문. 1920. 5. 11. 영인본. 317면.

24. 祖　國

송아지

偉大할사 나의 祖國아 나의 어×××
의 ××이 지금 나의 단꿈을 네게로 이끌어간다.
마음을 녹이는 溫帶의 봄바람에 안기어 복숭아나무 그늘에서
그 偉大한 歷史를 읽고 눈물지던 그때———— 그 눈물의 즐거움…… 그 작흔
樂이 지금은 다시 맛볼수 업게 되엇다.
너는 나와 너머 갓가히 잇서서
×常하여껏다.
그러나 偉大할사 나의 祖國아
失望과 喪心의 날에 네 이름이 나의 慰勞가 되며 勇氣가 되엇다.

네가 나흔 모든 英雄, 大×, 鴨綠의 물가에 내의 武勇을 빗내던 將수들
鷄林 수플에 金海물가에 建國의 神話 를 비저낸 너의 그림자 또 네가 길
러낸 邦國,
民衆— 어느 째 나는 배달 扶余의 光彩 가득한 史記를 보고 가슴이 興奮으로
쌀님을 째다럿다.
모든 날근 ××이 祖國이란 일름 아래서 生命 ××××내 피를 끌케하엿다.
××××× 나의 祖國아 나의 祖國아
××××다운 鮮血에 化粧된 祖國아

祖國아 옛날에 너의 짱에서 사람을 나핫섯다
지금 그 人物은 다 어듸 갓느냐. 녜前에 네 우에 文化의 꼿이 피엇섯다. 富와
美를 가젓던 녯 都邑들아,
지금은 묵을 무덤우에 追憶의 꼿조차 시드럿다.
그러나 偉大할사 나의 祖國아
世界를 놀라던 너의 生活力 ××치는 鼓動이 지금 너의 廢墟에 ××나의
가슴에도 느끼려한다.
偉大할사 나의 祖國아,
苦痛과 ××××××× ×××너의 ×× ×××× 길고 긴 ×××고 나머낫다.
소와 갓흔 나의 祖國아,
나의 자랑이오 平安한 몸이 되는 너는, 또 나의 唯
一의 希望이오 깃붐이 된다.
드르라 그의 凄凉한 부르지짐이

붉아오는 새벽 하늘에 氣運차게 물리어감을 26)

25. 노힌 同胞를 마즘

尹宗植

엄한겨울 찬바람에
江山草木 빗업더니
×××× ×하고
××이 도라왓네
×中에 ×근×花
봄람에 즐거잇고
문아페 ×한버들
××속에 풀으럿네
범나비 버레꼿도
봄을마자 춤을추고
외꼬리 메새들도
벗을불너 노래하니
사람된 이내몸은
微物만 못하고나
그러나 丈夫의 맘
엇지그리 구구하리
창을가려 집고서니
원수무리 蟻陣갓다
國家事業 成就後에
다시맛나 喜樂하리 27)

26. 三千의 怨恨

春 園

二年 十月之變에
無慘한 倭兵의 손에
타죽고 마자죽은 三千의 怨魂아

---

26) 독립신문. 1920. 6. 1. 영인본. 341면.
27) 독립신문. 1920. 6. 1. 영인본. 341면.

너의 屍體를 무더줄이도 없구나
너희게 무슨 罪 잇스랴
亡國百姓으로 태어난 罪

못난 祖上네의 끼친 罪를 바다
寃痛코 慘酷한 이꼴이로고나
무엇으로 너희를 위로하나
아아 가엽슨 三千의 怨魂아
눈물인들 무엇하며 슬픈 노랜들
너희의 怨恨을 어이할 것인가
怨魂아 怨魂아
소리가 되어 웨치고 피비가 되어
꿈꾸는 同胞네의 가슴에 뿌려라
너희 피로 적신 쌍에
太極旗를 세우라고 28)

27. 저 바람소리

春園

저 바람소리!
長白山 밋헤는 불지를 말어라
집일코 헐벗은 五十萬 동포는
어찌하란 말이냐
저 바람소리!
인왕산 밋헤는 불지를 말어라
鐵窓에 잠못이룬 鬪士네의 눈물은
어이하라 말이야
저 바람소리!
만주의 벌에는 불지를 말어라
눈속으로 쫏기는 가련한 용사들은
어이하란 말이야
저 바람소리!
江南의 짤닌 버들을 흔드느니

---

28) 독립신문. 1920. 12. 18. 영인본. 365면.

피눈물에 늣기는 나의 가슴은
어이하란 말이냐 29)

28. 間島同胞의 慘狀

春 園

불상한 間島同胞들
三千名이나 죽고
數十年 피쌈 흘려 지은 집
벌어들인 糧食도 다 일허버렷다
尺雪이 싸힌 이 치운 겨울에
엇더케나 살아들가나
먼히 보고도 도아줄 힘이 업는 몸
속절업시 가슴만 아프다
아아 힘
웨 네게 힘이 업섯던고
네게도 없섯던고
아아 웨 너와 내가 힘이 없섯던고
나라도 업고
기름진 故國의 福祉를 써나
朔北에 살길을 찾던
그 둥지조차 일허버렷고나
오늘밤은 江南도 치운데
長白山 모진 바람이야
오죽이나 치우랴
아아 생각나는 間島의 同胞들 30)

29. 倭敵에게 虐殺된 間島同胞의 弔詞

一.

느즌가을 맑은달은
공창에다 물드리고

---

29) 독립신문. 1920. 12. 16. 영인본. 366면.
30) 독립신문. 1920. 11. 19. 영인본. 367면.

나는기럭 울어잇고
부난바람 쓸쓸한대
북편으로 오는쇼식
원슈의게 학살밧어
죽고샹한 나의동포
호소하는 소래로다

二.
늙은부모 자녀일코
통곡하는 그×××
어린아해 부모잃고
울며찻는 그의부모
생각사록 끗이업고
뜻할사록 아득하다
흉악한 적물리치고
구원할자 그뉘런가

三.
치운하늘 싸힌눈속
집을일코 써는아해
주린창자 움켜쥐고
원슈칼을 막는부모
피와눈물 뿌린속서
구원할자 그뉘런가
오날모힌 내동포야
자지말고 니러나라 31)

30. 자유시 내용 24행 판독불능

外國軍人이 韓國에 傳한 詩(제목) 32)

---

31) 독립신문. 1920. 12. 18. 영인본. 368면.
32) 독립신문. 1920. 12. 25. 영인본. 369면.

31. 신년 축하시

작자 판독불능

一.
8행 판독불능

二.
축하하세 독립신문
하로라도 쉼업시
신년사업 더욱발전
년해선전하세

三.
축하하세 독립군인
하나갓치나가
신긔하게 왜적칠때
년전년승하세

四.
축하하세 각단체여
하나가 되어서
신실하게 활동하며
년합전진하게

五.
축하하세 이천만인
하나쌔짐업시
신성하게 통일하야
년락진충하세

六.
축하하세 해외동포
하로밧비힘써
신복디로 도라갈해
년금민국삼년 33)

32. 元旦 三曲

春 園

大統領 오시도다 우리의 元首시니
國民아 맘을 묵거 禮物로 드리옵고
잔들어 새해의 願을 비옵고저하노라

새해 새해라니 무슨 해만 녀기는다
合하면 興할 해요 分하면 亡할해니
國民아 새해 인사를 「合합시다」하여라

나라일 나라일하니 무슨일만 녀기는다
저마다 돈을내고 재조내어 힘을모아
國民아 새해 事業은 「모흡시다」하여라 34)

33. 새해 노래

송아지

새해에 이 새해에는
봄비부어 푸른입돋고
봄바람에 꽂이피듯
이천만의 가슴마다
따뜻한 사랑을 피게 하쇼서

새해에 이 새해에
첨새는 날은 더 붉으며
첨 돋는 해 더 빗나셔
삼천리 골골마다
광명으로 채우게 하쇼셔

새해에 이 새해를
맞는 졍셩 더 쓰겁고
쓰겁고도 긔운차서

---

33) 독립신문. 1921. 1. 1. 영인본. 373면.
34) 독립신문. 1921. 1. 1. 영인본. 272면.

쏘오는 새해 마즐제는
더 깃븐 노래 부르게 하쇼셔 35)

34. 哀悼歌 洪植 外 六義士를 爲하야

竹林

7절 21행 판독불능36)

35. 半島歌

容庵 金泰淵

一.

금슈강산 三千里에 고흔 경개는
텬연으로 비져내인 공원이로다
산은 놉고 물은빗난 고흔 모양이
한폭 그림일세

만셰 만셰 우리나라
만셰 만셰 우리강산
만셰 만셰 우리반도
거룩한 이동산

二.

호호탕탕 태펴양에 넓은 이반도
동서남을 보기됴케 물러잇으며
북켠으로 면한 대륙 끗이 업스니
슈륙견진하세

三.

백두산이 북에소사 남에 쏫치며
남해속셔 소사나니 한라산일세
그가온대 금강산악 一만二천이

---

35) 독립신문. 1921. 1. 27. 영인본. 388.
36) 독립신문. 1921. 1. 27. 영인본. 388면.

병풍갓치섯네
四.
거룩하다 반도×× 화×속에서
쮜고노는 二千萬의 ×××××
아름답고 건장함이 녯날예면에
아담에와갓다

　五.
반만년의 긴력사를 등에 업은후
二千萬의 귀한자녀 품에 안고서
용밍잇게 쮜며가는 반도형세가
맹호귀상일세·37)

36. 光復祈禱會에서

春 園

하나님이시어
불샹한 이의 祈願을 들어주신다는
하나님이시어

임히 바린 나라
그 안에 우짖는 가엽는 同胞를
건져주소서

늦도록 밧븐 일에 피곤한 몸을
겨울 새벽 닭의 소리에 닐으켜
人跡 업는 길로 당신의 집을 차져 갑니다

亡命의 異域 길치인 오막사리 깊숙한 움막에
말업시 모여안즌 男女의 얼굴을 봅시오
思鄕과 憂國의 눈물에 붉은 눈들을 봅시오

푹수그린 고개

---

37) 독립신문. 1921. 2. 17. 영인본. 373면.

멀리 쌍 밋헤서 오는 듯한 썰리는 祈禱의 소래
검은 바람갓치 왼 방안으로 휘도는 구슯흔 늣김

「지아비를 일흔 안해」아들 쌀을 일흔 어머니
주여 그네의 피눈물을 씨서주시고
소원을 일워주소서— 아아 이 진졍의 발원
무덤의 한발을 노흔 八旬이 넘은 할머니
철도 나지아니한 어린아해, 閨中에 깊히 자란 處女들까지

「하나님이시어」부르는 소리를 들읍시오

가장 나즌 쌍의 한 모통이에서 불으짓는
이 불상한 무리의 긔도가 燔祭의내와 갓치
구름을 지나 별을 지나 당신의 寶座로 오르게합시오. 38)

37. 三月 하루

容庵 金泰淵

三月 하루
새해 전해 힘든 三月 하루
十年間 싸흔 압흠에서
맺힌 원한 오늘 三月 하루
종에 멍에 아래로서
울고 한하던 속에서
벗어나온 三月 하루

三月하루
罪없는 피와 살고기를
흘녀벌이고 헷처서
千古에 싸은 혼을 쌜고서
거룩한 우리 歷史를
길게 빗내려고 애닯게
차즌 오날 三月 하루

---

38) 독립신문. 1921. 2. 17. 영인본. 375면.

三月 하루
젓먹는 어린이 목으로
自由萬歲소래에서
고사리갓흔 손을 흔들어
원수의 창을 막움에서
하누님 마음이 늣김으로
엇은 오날 三月 하루
韓村에 새악시와 내물
흙우에 쏠인 붉은 피
창 긋에서 처진 유방속
연약한 입설이 헤지고 타서
(9행 판독불능)

三月 하루
이날 鷄林××××××의 울음
이날 韓村에서 울리운 새벽은
이날 우리의 ×을 세치고
이날 우리의 고국을 ×기고
이날 배달의 아달과 쌀을
새로나은 이날! 三月 하루

三月 하루
三千萬 가슴속서 결정되어
찍힘 베임 죽임 간힘속에서
내 生命 네 生命 代價로서
쓸이고 압흐고 깃부고 쾌활한 이날
긔억하며 쏘다시 결심하자
三月 하루에 나흔 子女여

三月 하루
이날이 나의 生日 네의 生日
이날이 엄마와 압바의 生日
이날이 언이와 누이의 다시산 生日

한 번 잇섯지만 다시 못볼 이 날
이날에 生産된 새 대한의 새 아들과 딸
이날을 아느냐? 三月 하루?

　　　　　　　　　　　　　三. 二. 二八. 밤에 39)

38. 時局에 際하여

　　　　　　　　　　　　竹 林

一.

뭇노라 ○○잇는 여러同志들
最高×部當局諸氏 平安하시며
光復의 平素道行 엇더하던가
南天을 바라보고 밤낫祝願이로다

二.

東西로 亡國十年 苦楚當타가
國家를 重建코저 모여든 同志
반갑기는오죽하며 慰勞는얼마
死生을갓치할줄 깁히밋엇다

三.

모이기 시작한지 얼마안되어
무슨意見不同하야 쏘떠나는가
오며가며하는동안 歲月다가고
其中에죽는 것은 國民이로다

四.

누구는反對하며 누구는辭免하며
무슨會發起하고 무슨×××하야
네意思내主張을 서로닷토니
이밧게더할일이 쏘업던가

---

39) 독립신문. 1921. 3. 1. 영인본 Ⅰ. 403면.

五,
制度變更根本解決 하는동안에
內外地의 獨立軍은 다죽는다
닷토아改正할 그時間으로
한가지準備하면 成功하리라

六.
猛烈한 銃소래가 酷毒한 그惡刑을
안當하고못드러서 平安하던가
이러케時日을 보내다가는
冊床우에決議案은 空文되리라

七.
多少의 遺憾됨이 잇슬지라도
한일두일矯正하야 實行하면서
和樂中에團結하야 創造만하면
萬事의어느것을 못일우을가

八.
貴하게흘닌피를 虛되게말고
銃劍中에 잇는同胞 도라보소서
歲月을虛送하고 實力붓치면
大敵을물니칠날 멀어지리라 40)

39. 獨立新聞의 百號를 마즈면서
큰 못

아아 네가 발서 百號가 되엇느냐
呱呱히 울던 째가 어젯날 갓흔대
꼿다운 江山이 너를 기다릴 그째는
億萬蒼生이 너를 바랄 그째는
아―가쟝 의미가 잇난 네 百號
네의 애처러운 울음을 이 空間에

---

40) 독립신문. 1921. 1. 12. 영인본. 412면.

네의 애닲은 소래를 우리싸에
싸인 空氣를 울니신지가
아—— 벌써 百번이 되엇더냐
아아 네 일흠이 독립신문이다
네 어엽분 ××자랑스런 태도
××××에 ××××갓치
×××××× 東山에 五色갓치
×情하고 ××스럽고 榮光스럽게
×내 萬福을 ×이×기고 우리×에

그 연한 몸이 다스한 자리도 업시
살살한 바람, 숨긴 긔운속에
비와 눈보라 ××××는 날에도
病업시 衰함업시 늘 健康해서
××목이 ××듯 누구를 차즈면서
울던 네가 오늘 百號가 되엇고나

나는 네 長壽와 健康을 하날께 빈다
저 하날에 日月갓치 長壽하게
저 南山에 푸른 바웨 갓치 健康키를
아가—— 어서 커서 네 使命을 다해라
한님이 준 ××××××의 指針
(14자 판독불능)

三. 三. 二六 41)

40. 故東吾 安泰福先生의 무덤을 차즈면서

큰 못

夕陽에 남은 빗흔 ×××××××
×××××××××××××하고
××××××××××××
××하게 짓치면서 ××을 날니도다
아득아득한 黃昏 빗은 四面을 들으고

---

41) 독립신문. 1922. 3. 26. 영인본. 417면.

구름속서 햇슥히 人事하는 月色이 有情하다
靜寂한 江山을 잔잔히 ××려 하는대
××××××××하는 人은 나뿐이로다

저 푸른 하날에 반작이는 뭇별들
비로소 저 놀의 품엇던 빗츨 反射하며
하염업는 저 空間에 널어나는 구름은
스사로 가며 스사로 긋쳐잇을 뿐이로다
우둑우둑 서있는 彫刻과 石像들
人生이 왓다가는 ××× ×가로지도다

先生은 鐵窓속에서도 그것을 맞나보시랴고
先生은 암흑과 쓸임에서도 그것을 만지랴고
맨나중에 白骨끼지 이짜에 버리고 간
先生 當身의 靈은 半島에서 아직 그것을 찾고저 하리다
아아 先生 先生의 靈骨을 캐 억개에 들메고서
꽂다운 우리 東山에 갈날이 언제일가요? 先生님 42)

41. 讚頌詞

(三月十五日 御天節記念式에서 朗誦한 李承晩 大統領의 讚頌詞이다)

李承晩

온 세상이 캄캄할 째에 우리에게 낫하내시사 빗과 터와 글을 주시니 알음과
직힘과 행함이 넉넉하엿도다
그 힘을 보이시고 도로 가시샤 넷자최를 머무시니 정신과 살음과 즐김이 영광
과 평안과 행복을 엇어 문채롭게 건견하게 넘아 사랑하며 꿋꿋하게 이어 왓도
다 우리
황조는 거룩하시샤 크시며 지혜로우시며 힘지시샤 이를 좃차 베푸시니 인류의
한배이시며 임검시시며 스승이삿다
하물며 그 피ㅅ줄을 이으며 그 가라침을 바라온 우리 배달민족이리오
오날을 맛나깃겁고 고마운중에 두텁고 죄만홈을 더욱 늦기도다 나아가
라신 본뜻이며 모도어라신 기픈 사랑을 엇디 니즐손가 불초한 승만은 이
를 본밧아 큰 짐을 메이고 연약하나마 모으며 나아가 한배의 씨치샴을
빗내고 질기과져 하나이다. 43)

42. 祝 詞(御天節記念式에서)

法務總長 申奎植

오날은
한배의 어림하옵신 사천일백륙십일리 되는 날이라
져의 무리들이 공경하고 사모하며 한갈갓흔 마음을 모아 한

---

42) 독립신문. 1921. 4. 2. 영인본 Ⅱ. 6면.
43) 독립신문. 1921. 4. 30. 영인본Ⅱ. 15면.

배검의 녯 갈으치심을 생각하며 노래함으로 오날을 지내옵나이다
모든 은총을 한량업시 쥬시옵셔 령의 지경과 세상 일에 짜짐업시 갈으쳐쥬시
고 인도하시며 그길과 자루를 맛기시고 큰 도리의 영광을 낫하내시며 근원으
로 도로가시니
아스달 맑은 바람과 밝은 달은 져의 가슴을 느리 빗최이며 거려내어 깁고 놉
흔 은총과 영광에서 살엇나이다.
져의는 불초하와 주신 길을 일사옵고 잇는 것을 업시하와 압흔 마음 쓸는 피
가 약한 몸을 더욱 상케 되나이다.
비옵나니 용서하며 쌔우치어 녯터전을 닥거내며 모든 영광을 빗내여서
한배검 사랑하시는 은택 가온데서 일음 잇고 가감만어 크고 놉은 먼 실머리를
더욱 빗나게 하여주옵소서 44)

43. 神 歌

어아 어아 우리 한비님 가라고이
비달나라 우리들이 골잘해로 닛지말세

어아 어아 차맘은 활이 되고
거맘은 설대로다 우리 잡사람
활끝갓치 바른 맘 곳은 살 갓치
한 맘에

어아 어아 우리 골잘사람 한할비에
무리실데 마버의야 한김갓흔 차맘에
눈바×이 거맘이라

어아 어아 우리 골잘사람 활갓치 굿센 맘 비달나라 빗치로다
골잡해로 가마고이 우리 한비님
우리 한비님 45)

---

44) 독립신문. 1921. 11. 11. 영인본 Ⅱ. 15면.
45) 독립신문. 1921. 11. 11. 영인본Ⅱ. 59면.

44. 獨立宣言紀念

一 齊

單獨의 偏見을 가져 大事業을 消極的으로 固執하지 말고
立志를 굿건히 하야 民族의 統一的 精神을 期成하라
宣傳을 하랴거든 二千萬同胞의 自覺을 激發하여라
言忠孝行篤敬은 ××君子의 偉功을 成하난 要法이니라
紀綱이 紊亂하면 更張하기 前에는 萬事不成하니라
念玆在玆할 것은 오직 今日을 銘心刻骨 할지어다 46)

45. 물이 흐르고 바람이 불어서

牧 神

첫봄 세ㅅ재달 첫날이라
이날은, 즐겨한, 者들이어, 복바드라
이날에, 피흘린, 아가씨들이어, 平安하거라
숨은 찌여 숨은 믿봄이어 숨은 希望이어
지금이야 쌍이 얼엇건 말앗건
지금이야 世上이 잠자건 말건
지금이야 어둡고 칩건말건
「眞理의 勝利」는 自然에 法則이다
멀지안아 月桂冠 가진 봄날이 오리니
그날에, 그날에 새 生命에 짜스한 해쌀이
네 몸을 푸르게싸는 그날에
방그시 우스며 닙내고 쏫피울 거슬
나는 안다
원한 깁허서 쌍에 자자들이지 안는
불근 피여
마그막을 보리라구 눈 못감는 늘근이에 죽엄이어
아서라 참어라 그대로 잇거라
세ㅅ재 달 첫 날이 오는 째마다
네 불근 입설에 입마춤한다
붉은 달이 누리을 비추는 그날에
맛아들의 보들러운 손으로 네 눈을 감길난다

---

46) 독립신문. 1922. 3. 3. 영인본. 86면.

사랑하는 사람이어, 傷한 魂을 비오는
밤에 방황시키지 말라
이내 거츠른 가슴속에 방, 예비해스니
날쎈 검을 허리에 차고 와서 게시라
그대의 魂, 내 가슴속, 등불이 되리니
나는 그대의 칼, 내 몸에 引導棒되리니
나는 그대에 魂을 위해
그대의, 사랑하는 이의 魂을 위해
이내 몸을 바치리다. 47)

46. 내가 죽어서 龍華에 꽃 구경하고

牧 神

一.
「봄이 왔다」
龍華寺 近處 복송아 꽃이 웃기에
사람들이 「봄」을 보러 모여들드라
달전꼬지도 「죽엇다」 비웃든 外人들도
다시 산 복송아꽃 웃는 쓸을 보겟다고
얼굴 살 두텁게도 모여들드라
十里 한 골 분홍 씌가
「내가 죽엇서」할 적에는
적적도 하드라. 차자오는 이 업서
「홍, 산 것 갓흐냐? 불상한 것들. 미련한 것들!」하더니라
봄이 왔다. 봄이 왔다.
十里 한 골 분홍씌가
오늘 역시 그곳에서
「내가 죽엇서?」
대답이 업서라. 묵묵,
그러나 自動車는 웨?
말 단림은 무슨 일
그래도 「죽엇나?」
「屍體 구경나오나?」

---

47) 독립신문. 1922. 3. 1. 영인본 Ⅱ. 87면.

「죽엇든 네가 살앗단다. 봄날에」
아즈방이가 귀속으로 속삭이하드라
「숨은 틔어!」
어린이의 쩌는 靈이 부르짓다
「사람이 죽엇다하지? 바람인지!」
그러나 十里 한 줄 龍華 桃花가
「내가 죽엇서?」하드라. 아.

二.
분홍 장옷 두른 통통한 處女들
가만히 품에 안고
「비밀을 가르쳐다고」
어린이의 靈이 애원하엿다
「그져는 안된다. 빨간 입셜에 입 맛초아다고」
「그럼 그러지」하고 단숨에 쓰거운 입맛춤을.
그랫던니 빨갓케 낫붉히면서 쟝옷을 벗드라
그러니 그건 處女가 아니고 다슷닙 분홍비치
답삭부리 녕감
답삭부리가 우스면서
「숨을 씨를 보호하여라 업새지 말라 그거시 누리의 제일 큰
비밀이다!」 (꼿)

四月·一日 ××學生會 피닉크 때, 48)

47. 꼿다운 죽엄

먹기 爲해 사느냐 죽기 爲해 사녀냐
잘 죽으려 살다가 잘 살녀고 죽어라
우리의 오늘날 處世目的은 死守獨立 49)

---

48) 독립신문. 1922. 4. 15. 영인본Ⅱ. 98면.
49) 독립신문. 1923. 5. 27. 영인본Ⅱ. 103면.

48. 오 구일 아츰

만경(만년필)

고요한 아참 침침한 아참
사람만의 숨통키는 소리
답답한 가슴에만 흔들엇세라
불의에 악마가 음흉하난줄도
「히스테리」에 우슴…사년전 오날
공명에 저해빗쵀이랴는
공포에 저즌 애힐자들아
동산에 쏘 이나 인도에 넷에
넷으로부터 지금까지에
안개비 오난 아참, 바람 부난 아참
시름 업시 안전 바우에만 부디치엇세라
한양으로 밀려오는 정하게 올 것도
가마안에 쑤난 꿈 저혼자 ──
공명에 저 해 빗쵀이리라는
낫 잠자는 청년 학생아
온화해 ××이 지나갈 째에
넷으로부터 지금 끈지에
쓸는 피 내난 아침 쩔니는 아츰
녹의청상에 쏘리느린 「호기」야
삼판성, 동삼성, 난리난 오색긔반
이십일조에 서른 눈물 저진줄
화평에 충동에 날리기만……평피
공명에 저 해 빗쵀이랴는
유약 낙망에 청인녀자야!
강보에 누인 아히들 보고서
넷으로부터 지금 까지에
슬픈 아참 피눈물나는 아참
손톱 긴 너, 머리 긴 너, 어데다?
나막신 끄는 상판에, 목가지에
맛고망처럼 개목테처럼
「바가」소리에 놀난분들이 ── 오날
공명에 저 해 비쵀이랴는

×에서 사막에서 노는 아이들아?
갈닢피리 부는 소리 듯거든
넷으로부터 지금 짜지에

一九二二. 五]. 九. 밤. 꼿. 50)

49. 참 사랑

倭王 벌셔 十年이오 假政 임이 三年이라
海島中에 숨은 眞人 아니 남은 무삼일가
아마도 沿海 間島 獨立軍이 愛國眞人 51)

50. 志士 차저

漢江上 細雨中에
삿갓쓴 저 漁夫야
적은 비 홀로 저어
네 어대로 向하는다
至今에 國事를 論議코저
志士 차저 52)

51. 저 비(雨) 보아라

璟 載

저 비 보아라
南北滿洲들에는 오지를 마라
山과 수풀속에 모혀잇난
우리 大韓獨立軍은
어이하란 말이냐

---

50) 독립신문. 1922. 5. 21. 영인본Ⅱ. 106면.
51) 독립신문. 1922. 6. 3. 영인본Ⅱ. 107면.
52) 독립신문. 1923. 6. 14. 영인본Ⅱ. 111면.

저 비 보아라
黑龍江 골작(谷)에는 오지를 마라
집 일코 헐버슨 勇士에는
어이하란 말이냐

저 비 보아라
인왕산 밋헤는 오지를 마라
怨讐의 鐵窓에서 呻吟하는
우리 義士의 心情은
어이하란 말이냐

저 비 보아라
北滿洲의 외로운 客의 잠을 깨니
눈물에 싸인 요내 가슴은
어이하란 말이냐 53)

52. 익쳐러워라

璟 載

애쳐러워라
우리 獨立軍
茂盛한 풀밧에서
괴로운 잠자고
쓰린 비(腹)를 얼마나 쥐어뜯더니

애쳐러워라
山 발고 물말근 네 祖上나라
잇지 못할니라 잇지 못할니라
달이 고요한 그 째나
비소리 요란한 그 째나

애쳐러워라
저 靑山과 白雲 밧게서

---

53) 독립신문. 1923. 6. 24. 영인본Ⅱ. 115면.

울고 울고 헤매이는
二千萬의 同胞 兄弟가 잇난줄을
잇지 못하리라
잇지 못하리라

애쳐러워라
怨讐의 暴虐은 남달리 더한데
우리의 先覺인 頭領者에 묻노니
엇지려나 엇지려나
가슴답답 속터지련다 54)

53. 치 잡은 사공

돌벗

배는 임우 茫茫한 大洋에서
돗을 높이 달앗건만
가얄 길을 아직도 茫然커늘
날은 발서 점우러 方向이 아득해라

×××이 빛이는 東天에 번개
어느 듯 南便에 黑雲을 모라와라
바람은 强할사록 波도는 洶洶—
치 잡은 사공아 너의 方向 어대인고

茫茫한 大洋에
洶洶한 波濤—
니러날 줄 몰랏던가?
두려워 떨지말고 치만든든히 붓잡으라
四. 六. 55)

---

54) 독립신문. 1923. 7. 1. 영인본Ⅱ. 119면.
55) 독립신문. 1923. 7. 10. 영인본Ⅱ. 123면.

54. 가고보자

RG생

가고 가고 다시가고
쏘 한 번 다시 가도
山 넘어 쏘 山이오
물건너 쏘 물이라

山이야 잇던 말던
물이야 만턴 적던
쉬 잔고 가는 나를
뉘 능히 막을손가

사람의 살림살이
녜로부터 이러하니
苦이건 樂이건
가곱자 하노라 56)

55. 웬일이냐

웬일이냐
저 兒孩는 왜 우러
監獄에 잇난 아버지 생각
간切해서 운다해요

웬일이냐
저놈의 搔動이
獨立運動에 關係잇다고
왜놈이 와서 家宅수색!
그래서 搔動이래요

웬일이냐
저 婦人은 어듸를 急작이

---

56) 독립신문. 1923. 5. 22. 영인본Ⅱ. 131면.

鐵窓속에 잇난 男便에게
衣服 差入하랴고
그래 急작이 간대요

웬일이냐
開化 몽뎅이 든 者가 내집에
拷問致死된 사람 爲해
말 한 마듸 못하는 辯護士놈
着手金이나 내라고 왔대요. 57)

56. 그리운 님

不二門

올듯올듯 우리님은
어이오지 아니하고
싱각안흔 집안싸흠
날로점점 늘어가니
요내신세 이것뿐가
蒼天이어 살피소셔
님못본지 十餘年에
죽은가심 태인일이
피눈물을 흘인일이
한번두번 아니어든
無情하신 우리님은
요만일도 모르는지
님의대답 이러하다
집안싸흠 자자하니
속키간들 무삼樂코
나오기를 바라거든
하로밧비 그치여라
勇敢하게 버리거라
猜忌嫉妬 詐欺挾雜
嘲笑毁謗 陰謀利己

---

57) 독립신문. 1923. 8. 1. 영인본Ⅱ. 135면.

이러한것　賤한感情
그대신에　取할것은
平和사랑　協同共謀
이런뒤에　곳오리라 58)

57. 시조 3수

樂民樓 저문 날에 푸리치는 나의 눈물
撫劍樓上 夕鳥들아 네 아느냐 이 가슴을
저 건너 松林×庵에 쇠북 소래만 隱隱

淸風아 건뜻 블어 白帆에 가득차라
千里江山 먼먼 길을 북치며 어서 가자
無窮花 시든 柯枝가 살아 도라올 그 雨露만

寂寂한 이 旅路에 구즌비 휘뿌린다
이 맘에 싸힌 生覺 누라서 알어 줄고
찰하리 有也無也에 나홀로만 품고 가리 59)

58. 國恥歌

桓 山

一.
빗나고 榮光스런 半萬年歷史
文明을 사랑허던 先進國으로
슬프다 千萬夢外 오늘이地境
아―이 부끄럼을 못내참으리

二.
神聖한 한빗子孫 二千萬同胞
하늘이 쎄아내신 民族이러니

---

58) 독립신문. 1923. 8. 12. 영인본Ⅱ. 139면.
59) 독립신문. 1923. 8. 22. 영인본Ⅱ. 143면.

원수의 칼날밋헤 魚肉됨이어
아―이 부끄럼을 못내참으리
三.
華麗한 錦繡江山 三千里쌍은
先祖의 피와쌈이 적신흙덩이
원수의 말발굽에 발펴단말가
아―이 부끄럼을 못내참으리

四.
崔瑩과 武烈王의 날랜軍士와
鄭地와 忠武公의 쓰던武器로
언제나 快히한번 사용해볼가
아―이 부끄럼을 못내참으리

주름을 잡도다

그 鐘소래 그 鐘소래
우리 어머님 써나시던
이날 새벽 그 鐘소래
아 그 鐘소래

쯧업는 거름을
쓸려가시던 그날 그 새벽
그 鐘소래는
不公平한 强力의 방맹이로
울어첫던 것이다

집 업는 우리 兄弟들
참아 어이시기 어려워
사나운 世上風波에
참아 외로히 버려두고
가시기 애처러워
울고 울고 쏘 울고 울어
눈물이 傍傍하시던
그 얼굴

우리 兄弟들 목에
奴隷의 굴네 걸니고
우리들 手足에
壓迫의 착고가
채어짐을 보시고
가삼을 쥐어뜻다가
兇漢에게 욕을 보시던
그 形狀

아 어머니 어머니
잡혀 쓸녀가는 어머니를
바라보고 발버둥고 울던

우리 우리 兄弟
敵의 칼에 맛고
銃槍에 업허짐을 보시고
니를 갈며 하시는 말삼
「참고 힘쓰고 長成하야 싸호아 죽도록 애쓰라 내 다시도라 오……」
목 메여 터지며
우시던 어머니
우리 어머니

어머님 인제는 우리도
어머님 가신 理由도
도라올 수 잇는 째도
우리가 어머님 오시게 할
道理도 方策도 압니다
힘쓰겟습니다 어머님

아 또 한 번 울니는고나
그날 새벽 그 鐘소래 61)

60. 漂浪

(작자 없음)

바람은 분다 비는 온다
오든 비 부든 바람 끗나기 前에
또 이러난다 또 이러난다
내 가슴속에 타는 불이

이곳이 어듸라요
西伯利亞 찬 벌판인가요?
南北 滿洲 풀밧속인가요?
그것도 아니면 江南의 것친 골인가요
괴롭다 마러라 우지마러라
먹을 것 업고 입을 것 업다고

---

61) 독립신문. 1923. 8. 29. 영인본Ⅱ. 148면.

나라 亡하고 主人 업난   百姓
의레이 그 얼굴 몰낫더냐?
그러나 우러라 쏘 울어라
放浪에 放浪을 계속하는 너이들
目的이 무어야? 잇지말어라
漂浪의 報酬로 自由의 月桂冠…62)

61. 秋夜江遊

(작가 기록 없음)

秋夜長江 달 발근대
배를 저어 가노매라
天地에 放浪커늘
슬픈들 어이하리
千愁萬恨을
오직 저 滾滾한 長流에

江水는 바다로
月色은 山너머 도라간다
江邊에 자는 白鷗
秋草間에 우는 虫聲
船子야 뉘라서
自古로 興亡이 有數라 하더냐

悠悠한 저 流水
月光에 醉한 魂이
淸風에 춤추도다
벗님아 이렇게 晝夜東流로
흘러흘러 우리 洛陽勝地로 63)

---

62) 독립신문. 1923. 9. 1. 영인본Ⅱ. 151면.
63) 독립신문. 1923. 9. 20. 영인본Ⅱ. 155면.

62. 가 을

(작자 기록 없음)

하날은 놉핫고
구름은 흰데
바람은 산들산들
암아도 가을이 分明해

水畓에 누른벼
맛나에 生命 實로―
아참부터 저녁까지
主人의 거둠을 바람이어
그 中에 勸農夫
明年에 새맛나를
더만히 거두려고
거름을 활호라 쓰리도다

1924. 9. 16. (間濟에서) 64)

63. 秋 吟

(작자 기록 없음)

하날은 높고 바람은 산 듯
우수수 나리난 나무입(葉)은
가을철이 완연하다고
自然은 나에게 속삭이엇서라

아서요 마라요 썩지난마라요
고 고흔 丹楓 시드러지면
白雪이 펄펄 날릴쑨이라고
自然은 나에게 속삭이엇서라

서골푼 草綠은 죽거나 말거나
바람이 솔솔 부러오니
依支 업시 쩌도난 포틔

---

64) 독립신문. 1922. 9. 30. 영인본Ⅱ. 160면.

心思의 不安은 더욱 甚하엿서라 65)

64. 獨立軍

(작자 기록 없음)

一.
西伯里와 滿洲들 險山難水에
決心품고 다니는 우리獨立軍
天幸萬苦 모두다 달게펴이며
눈물쌈을 쏼임이 그얼마던가

二.
蒙古沙漠 내부는 차듸찬바람
私情업시 살점을 쩨갈듯한데
森林속에 눈쌀고 누워잘쩨에
끌는피가 덕욱히 쓰거워진다

三.
지친다리 쓰을며 步步前進코
쥬린배를 쯰졸라 힘을도웁네
無情하다 歲月은 흘러가건만
目的하는 큰事業 언제일우랴

四.
父母兄弟 妻子를 離別하고서
十餘年을 이갓히 生活하다가
無窮花가 봄맛나 다시필쩨에
우리즐검 짤아서 無窮하리라 66)

65. 우리의 身勢

(작가 지록 없음)

짜(地)업슨 者여

---

65) 독립신문. 1923. 10. 12. 영인본Ⅱ. 163면.
66) 독립신문. 1923. 10. 21. 영인본Ⅱ. 167면.

참바람속에 부디칠적에
좁쌀알갓혼 소름 全身에 쥐어뿌리어라
그리고 봄볏에 따듯한
錦繡江山을 생각하여라

집업는 者여
찬 눈(雪) 휘날닐적에
썰리난 몸을 움지기어라
그리고 봄빗에 따듯한
故國 살림을 생각하여라
옷(衣) 입은 者여
눈서리(霜) 억깨우에 내려올적에
손짜락 잇마다 어러째저어라
그리고 봄빗에 따듯한
祖國山川을 생각하여라

먹을거 업슨 者여
찬 아츰 空氣에 ××될적에
쓰리고 주린배(腹) 웅키어잡아라
그리고 봄빗에 따듯한
無窮花동산을 생각하여라 67)

1922. 10. 12 放野.

66. 兄의게

(작자 기록 없음)

아 사랑하는 K兄아
네의 마음을 내가
내의 마음을 네가
서로서로 알아 理解함이
管仲, 鮑叔이 잇슨후
너와 내가 오날에 처음인가 한노라

아 사랑하는 K兄아

---

67) 독립신문. 1923. 10. 30. 영인본Ⅱ. 171면.

네의 살을 내의게
(15자 판독불능)
桃園에 三人이 잇슨후
너와 내가 오늘에 처음인가 하노라

아 사랑하는 K兄아
우리 오날 서로 난호심이어
造物이 미워함이던가
鬼神이 싀기함이던가
牽牛織女 잇슨후
너와 내가 오늘에 처음인가 하노라

1923. 9. 25. 間濟에서 68)

67. 三一獨立宣言 (五年元旦祝賀)

一 雨

一.
三人神人 ×××하신
한나라의 半萬年史
檀祖乾坤 永遠이오
種花日月 無窮이라

二.
三一運動 큰 ××에
한나라이 다시일너
全世界의 獨創으로
新建設에 奮鬪하네

三.
삼일×× ××이라
한나라의 새榮譽로
五年元旦 만낫스니
前路無窮 祝賀이라 69)

---

68) 독립신문. 1923. 12. 13. 영인본Ⅱ. 187면.

68. 새해 아츰

牧 神

날이라 날이라 녯이가고 새것이 오는
네즘두온쉬인여섯해 첫날이라
세월의 女神이 ×笛을 소리 놉히 부
르는 날에
火印 가즌 수다한 同族의 ××이
自由의 검님압헤 쏘치피다
시드러저가는 회불 붙이고
가는해 오는해에 대인심을 맨들고져
가느른 회불들을 가진
敗北者의 靈들이
한숨 쉬어울며 부르짓기를
「主여 얼마나 더 참으시리나잇가?」
한 대
×××× 靈들이 呻吟하야
「빅셩나라 녯재해 세운 어슌낫새가
발서 다 갓사오며
매운 칼과 독한 살아래서
이것들 우리가 삼앗나이다
主여 아직도 더 기다리라 하시나니ㅅ가?」
순間은 지나고 自由의 검의 목소리는
은근하게
은근하게
「自由를 찻는 弱한 靈들아
잠을 쌔일지어다.
自由는 갑진 거시다」
「外怖하는 靈들에게 眞理가 이슬거시냐?
正午에 꿈쑤고잇는 靈들에게 상급이
이슬거시냐?
꼿새이 춤추는 나뷔와 꿈쑤는 魂에게
秋夕 저녁 녯쩍이 이슬거시냐?
서로 잡는 吸血××에게 칭찬이 이슬

---

69) 독립신문. 1923. 11. 15. 영인본 Ⅱ. 177면.

거시냐?
갈라 헤어진 靈들 압헤 天惠가 이슬
거시냐?
「너희는 본시 그 義」를 求하라
가서 그뜻을 예비하고 (10자 판독 불능)
거룩한 시를 도야지에게 주지 안나니
사람은 動物보다 나흐며
自由는 신세짐보다 貴하니라」
아— 내의 靈은 잠깨엇도다
우리 온갖 것에 새삶을 주는 첫날 해가 쓸때
나의 靈은 임이 울기와 안이하기를
긋치고
화려한 希望을 바로보아
쌍을 집고 이러서다 70)

69. 째는 왓다

在 天津 K生

一.
째는 왓다
우리의 이마에 쌈흘리고
우리의 주먹에 피를 모흘
째는 왓다
自由의 血路에 나서서
발에 長靴를 신고
十年이나 간 白刃
白光을 번득일
四千二百五十六年
大韓民國 五年

二.
동무들아
陰鬱의 구덩이를 눈물의 골잭이를

---

70) 독립신문. 1923. 1. 1. 영인본 Ⅱ. 198면.

버서나오라 그리하고
쒸자 쒸자 우리 祖上의 遺傳한 피덩이가 쒸는 그대로
보라 너희의 압혜 얄미운 원수를
그리고 잠자는 亞細亞
世界의 大修羅場을
엇쩌냐
힘껏 開發하고 힘껏 서더러야할
動力! 피쌈! 싸홈!
다만 이 가운데
우리의 神聖한 靈이 祖國이
삶이 잇을 쑌이다

三.
째는 왓다 동무들아
우리가 저야만할 안질려서는 안될
째는 왓다 동무들아
우리가 저야만할 안질려서는 안될
부르지짐은 끗이 업다
압흐로 갓 이 十字架를 向하야
驅步—엇?
倭敵의 非人道를 痛攻하랴고
그리고 우리의 主張을 貫徹하고

四.
째는 왓다
우리는 神聖 祖國을 再建할
그리고 藝術의 나라 文化의 옛터
人道의 나라 君子의 東方을 다시 차즐
그러나 우리는
天柱가 썩기거나 地軸이 부러지거나
피쒸는 그대로 힘 썻! 숨 썻! 最後끄지
서두는 가운데
韓國은 잇다

五.
아 째는 왓다
四千二百五十六年
大韓民國 五年 71)

70. 평안히 주무소서

牧 神

갈데 업슨 새들이어
「삶」은 「죽엄」보다 한업시 앗가운거시엇마는
쓸는 피 쏘드시고 멀니 몱니 나라가신
설업는 새님들이어
바람은 차고 눈은 내리는데
헐벗겨 버림받은 님들의 肉體가
써다니다. 써다니다
그러나 다시 그 살덤이를 짜스하게
녹여보지 못한 새들이어
다시 오지 못한 魂님들이어
밤이 임이 깁헛는데
울며 불며 어데로 가시나잇가?
「쿠오바듸스 도미네」
「두 번째 十字架애 못박히러―」
가시나잇가?
오 尊敬을 바들 희생된 靈들이어
몬저 쏘 개여주소서 불살러주소서
우리 썩은 가슴을
님들이 가지신 날센 칼과 쓰거운 불방으로
그러고 가서 평안히 주무실 자리를 차즈소서
저희는 다시 설움의 문턱에 발길 드러노핫사오니
저희가 여러분 魂님 압헤
成功의 산 祭物을 밧치는 날까지
다시 이 神聖한 중심에서 써나지는
안켓나이다

---

71) 독립신문. 1923. 12. 1. 영인본 Ⅱ. 206면.

오 거룩하신 새들이어
平安히 주무소서

1924. 1. 24 (꽃) 72)

71. 追悼歌

追悼祭 席上에서 唱한 追悼歌가 左와
如하더라

一.
定處업시 다니는 나라일흔우리가
萬里異域에앉어 ×××××××
殉國하신諸賢을 生覺하는서름은
하날땅이암담코 가슴속이터진다

二.
멀리뵈는故國은 구름속에잠겻고
無主孤魂외롭게 써다니는저忠魂
쯧과갓치못하고 도라가신 그怨恨
간곳마다이哀痛 怨恨哀痛스럽다

三.
칼과총과창끗헤 한숨쉬며가신째
××××분속에 ××××當한째
아득하신精神에 애쓰시던그모습
가삼속에흐르는 더움피가끌는다
먼저가신여러분 殉國하신자최를
우리쏘한짜라서 함께밟아가리니
忠魂×魄그精神 우리짜에빗나리 73)

---

72) 독립신문. 1924. 1. 31. 영인본 Ⅱ. 211면.
73) 독립신문. 1924. 1. 31. 영인본 Ⅱ. 212면.

72. 國民代表會 祝賀歌

(작가는 기록에 없음)

一.

이천만의가호로 열린이운동
반만년역사상에 처음일이라
싸윗든감정과 묵은허물을
동정의손을잡자 다업시하라

二.

오날부터나가는 우리압길은
튼튼한신궤도에 화목스럽게
일헛든조국과 너의자유를
어서급히차즘도 이에잇도다

1923. 12. 25. 峯生 [74]

73. 내 너를 위하여

붉 참

「붉은 해가 쓰는 곳에
어둔 살이 못하여라
붉은 피가 쒸는
××××에 못헤어라」

산놉고물곱은 한반섬이
玄海灘독한 물에 ×쌔질째
아 도라가신 의로운혼이어
해도욕도 가리지안코
오즉그만건지고져
살을헷치고 피쑤리며
오즉그만 건지고져
「東海물과 白頭山이 말으고 달토록
祖上의 귀한터전 길이保全하리라」

---

74) 독립신문. 1922. 2. 7. 영인본 Ⅱ. 215면.

아츰빗붉고곱은 한반섬이
세섬일회째발에 쳇찍칠째
아 도라가신 거룩한혼이어
총도칼도 두려안코
오즉그만 救하고져
살을헷치고 피뿌리며
오즉그만救하고져
「이몸이죽고죽어 魂이야 잇건 업건
나라를 위한 마음 가실길이잇으랴!」

二千萬의 生存위해
半萬年의 榮譽위해
아 도라가신 偉壯한 혼이어
뼈에 삭이노이다
당신의 붉은 뜻을
피에 심노이다
당신의 自由精神!
「살어 남의 종됨보다
차랄히 죽어 自由혼을!」

「붉은 쓰는 곳에
어둔 살이 못하여라
붉은 피가 쮜는 남어
종의 얼에 못해어라!」

二月 五日. 湘江 언덕에서 75)

74. 新 調(國內 水災의 消息)

(작가 기록 없음)

上帝가 비를 주어
비가 씌어 洪水되야
三千里 江山을
말가케 가시도다

---

75) 독립신문. 1923. 3. 17. 영인본 Ⅱ. 238면.

그러나 ××은 依×히
全國에 덥히단말가 76)

75. 꿈에 金剛山을 보고(新調)

(작가 기록 없음)

金剛山 조타마라
丹楓만 덥혓더라
丹楓의 입새입새
秋故만 그리더라
차라리 蒙古의 大沙漠에
大風이 죠흘가하노라 77)

76. 追悼歌

이른바 關東大震災로 6,661명의 동포가 학살되었으므로 1924년 11월 17일 밤에 「悽悵痛切追悼會」가 열리고 추도사와 추도가가 불리었다.

一.
독사이호 겸한원수
제죄로써 닙은천벌
지다위를 밧은우리
참혹할사 이웬일가

　後念
아프고도 분하도다
원수에게 죽은동포
하느님이 무심하랴
갑풀날이 멀지안소

---

76) 독립신문. 1924. 9. 19. 영인본 Ⅱ. 253면.
77) 독립신문. 1924. 11. 10. 영인본 Ⅱ. 261면.

二.
산도설고 물도선대
누로해서 건너갓나
쌈흘리는 구진목숨
요것까지 빼앗는가

三.
나그네집 찬자리에
물쥐어먹고 맘다하여
애달히던 청년학도
될성부른 싹을썩어

四.
온갖소리 들씨우어
니를갈고 막죽였네
저피방울 소친곳에
바람맵고 서리차아 78)

Ⅲ. 구국문학의 작품분석(一)

1. 시가의 형태 분석

위에서 본 바와 같이 본 고에서 수집한 작품은 모두 75편이나 시조를 합산하면 82편이 된다. 「민족문학사 연구(2)」에서 공개한 구국시가 26편보다는 56편이 많으나 「독립신문」에는 2편 정도의 짧은 시가 더 있고 漢詩도 6~7편이 있으나 생략하였다.

본고에서 자료를 채록한 원전은 「景仁文化社」발행의 「大韓民國 臨時政府 獨立新聞」全2卷 이었는데 원본 자체가 인쇄의 조악으로 판독할 수 없는 상태

---

78) 독립신문. 1924. 12. 5. 영인본 Ⅱ. 265면.

였는데 이것을 다시 수천부나 복사하게 되니까 글자가 갈수록 벌어서 읽기 어렵게 된 상태에서 판독해야 했기 때문에 아깝게도 읽어내지 못한 부분이 너무 많게 된 것이다.

기회가 주어진다면 원본을 구해서 미진한 부분을 다시 보완하는 기회를 갖도록 노력할 생각이다.

「독립신문」에 실린 한글시가의 형태를 구분하여 보면 다음과 같다.

　1. 자유시
　　가. 무명작품 12편
　　나. 기명작품 41편

　2. 정형시(시조)
　　가. 무명작품 14편
　　나. 기명작품 2편

　3. 정형시(8·8 8·5 7·5 8·6 7·7)
　　가. 8·8조
　　　　무명작품 2편
　　　　기명작품 4편
　　나. 7·5조
　　　　기명작품 2편
　　다. 8·5 7·5조 2편
　　라. 8·6조 무명작품 1편
　　마. 7·7조 무명작품 1편
　　　　　　　기명작품 1편

　　합계　자유시 53편
　　　　　정형시(시조) 16편
　　　　　정형시(8·8, 7·5등) 13편
　　총합계 82편

자료 번호에는 75편이었는데 합계가 82편으로 7편이 늘어난 것은 시조를 자료에서는 연작인 경우 1편으로 다루었으나 형태별 분류에서는 각기 1편으로 계산했기 때문이다.

자유시나 8·8, 7·5 등의 시가는 연작으로 되어있고 분량도 많아서 별개의 시가로 나눌수 없는 것도 아니나 시조 말고는 아무리 긴 시가라도 완성된 작품으로 나눌 수 있는 근거가 없기 때문에 그냥 놓아 두었다.

자유시와 정형시의 구성비율은 53대 28로서 거의 자유시가 배나 많은 것을 알 수 있다.

2. 시가의 내용 분석(一)

작가별로 보면 무기명 작품(판독불능포함)은 제외하고 작품수별로 분류하기 전에 몇 가지 해결해야 할 문제가 있다. 그것은 별명을 쓰고 있는 사람을 가려내는 일이다. 가령 「송아지」는 주요한의 별명인데 「독립신문」의 시가 가운데는 「耀」로 기명된 것이 한편 있다. 「耀」는 朱耀翰의 이름 가운데 가운데 글자이니 이 작품을 「송아지」와 합산하는 것이 좋겠다는 것이고, 「金泰淵」이라는 작가가 있는데 「큰 못」으로 기명된 작품이 있으니까 이것도 「泰淵」을 뜻으로 읽은 것으로 이해해서 그쪽으로 분류하도록 하는 등이다.

그리고 「송아지」를 쥬요한, 「春園」을 李光洙, 「金興」를 金興濟, 「큰 못」은 金泰淵으로 보기로 하고 작가별 작품수를 정리해 보면 다음과 같다.

    1. 자유시
    가. 무명작품 12편
    나. 기명작품
        1) 송아지(주요한) 6편
        2) 春 園(이광수) 5편
        3) 海 日(해) 4편
        4) 牧 神(꽃) 4편
        5) 金泰淵(큰못) 4편
        6) 金 興(金興濟) 3편
        7) 璟 載 2편

8) 神　歌(고대 聖歌)　1편
9) 李承晩　1편
10) 申奎植　1편
11) 柳　生　1편
12) 돌　벗　1편
13) 一　民　1편
14) 一　齊　1편
15) 竹　林　1편
16) 붉참　1편
17) 天津 R生　1편
18) 남　경　1편
19) 竹　壇　1편
20) 곱단이　1편

2. 정형시
가. 시조
1) 무명작품　14편
2) 新　調　2편
나. 8·8조
1) 무명작품　2편
2) 朴　1편
3) 尹宗植　1편
4) 不二門　1편
5) 一雨　1편
다. 7·7조
1) 무명작품　1편
2) R. G生　1편
라. 7·5조
1) 무명작품(7·5조—8·5조)　2편
2) 무명작품 (7·5조)　2편
3) 桓山　1편
4) 竹林　1편
마. 8·6조
1) 무명작품　1편

  시조는 이광수, 주요한, 김여제, 김태연 등이 많이 썼을 것이나 기명하지 않았을 것으로 보고자하며 특히 軍歌는 그 내용이 다양하면서도 정제된 것으로서 이광수, 주요한 등의 손을 거쳤을 것으로 생각된다.

  작자별 분류로는 주요한과 이광수가 두드러지나 海日, 牧神, 金泰淵, 金興濟, 璟載 등에 대해서도 주목하지 않을 수 없다. 이 가운데 김여제는 이미 「學之光」에서 1915년대에 활동한 시인이고 같은 시기에 일본유학을 했던 분들의 설명으로는 그 당시에 「萬萬波波息笛」이라는 시로 유학생간에 유명했었다 하나 아직 확인하지 못하였다.

  1920년경 「독립신문」에는 내다니엘 페퍼가 지은 「韓國獨立運動의 眞相」을 번역하여 광고하고 있는데 번역자로 김여제가 나와있다. 그 뒤의 자료에는 미국 센프랜시스코의 「大道」라는 잡지에 이름이 보이게 되니 아마도 1920년경에 잠시 상해에 있다가 미국으로 건너간 것이 아닌가 생각된다.

  그 밖의 인물들에 대해서는 아는 바가 없어서 유감이나 일응 구국문학을 한 시인들이고 독립투쟁에 참여한 애국지사로는 대접받아야할 분들이라고 생각한다.

3. 시가의 내용 분석(2)

  「독립신문」의 구국시가들은 「독립신문」이 망국시절에 구국투쟁의 대변지였다는 점에서도 그렇겠지만, 내용별로 분류해보면 역시 독립투쟁을 고취하는 내용과 망국의 한을 달래는 시가가 주류를 이루었다.

     1. 독립투쟁의 고취 43편
     2. 망명의 한 24편
     3. 추도가 6편
     4. 축하가 4편
     5. 풍류가 4편
     6. 파쟁·음해에 대한 경고 1편

추도가의 내용은 구국투쟁을 하다가 순국한 본을 추도하거나 왜군경에게 학살 당한 한민족을 추도하는 내용이었다.

축하가는 대한민국을 건립한 것과 독립신문을 창간한 기쁨을 자축하는 노래들이다.

이 82편의 시가들…… 이 시가만으로서도 36년의 침략시대에 대한 한민족의 체면은 어느정도 세운 셈이라고 보여진다.

4. 작가별 고찰

가. 李光洙와 琿春事件

이광수(1892~?)가 중국에 처음 건너간 것은 1918년 10월의 일이다. 그가 장편소설 「無情」을 「每日申報」에 연재하고 (1917. 1. ~1917. 6. 14. 모두 126회)과로로 우시고메여의전(牛込女醫專) 부속병원에 입원한 뒤 그를 간호하던 許英肅과 사랑에 빠져서 마침내 그의 조강지처인 白惠順과 이혼하고 사랑의 도피행각을 벌인 것이 북경행이었다.

그러나 춘원은 허영숙을 북경에 남겨두고 다시 국내로 들어와서 玄相允, 崔麟 등을 독립운동에 가담케 하였고 일본으로 되짚어 들어가서 白寬洙, 金度演, 崔八鏞 등과 함께 「在日朝鮮靑年獨立團」을 조직하고 이듬해인 1919년 2월에 「朝鮮獨立宣言書」를 작성하였다. 이것이 유명한 「2·8 獨立宣言書」이다.

이 선언서를 작성하고 「재일 조선청년독립단」이 중심이 되어 일본 유학생들을 소집하고 독립선언 대회를 열었던 것인데, 최남선의 「獨立宣言文」보다 20일이나 앞선 것이다.

이광수는 이 2·8독립선언 이후에 주요한을 데리고 上海에 잠입하였고 임시정부에 참여하여 「獨立新聞」을 창간하고 편집국장 겸 사장으로 취임하는 한편 「臨政史料編纂委員會」의 주임을 맡는 등 의욕적이었으나 「독립신문」의 운영난과 임정요인들의 내분에 뜻을 잃고 허영숙의 귀국을 따라 1921년 4월79)에 귀국하다가 宣川에서 일경에게 체포된다.

춘원이 상해에서 「독립신문」을 운영하던 시기는 1919년 8월부터 따진다면 그가 귀국하던 1921년 4월까지 20개월이었다고 볼 수 있다.

귀국후에 그는 여러 가지 계기로 親日의 道程을 밟으면서 光復後에는 民族反逆者로 몰리어 심판대에 오르게 되지만 그가 上海에서의 1년 8개월 동안에 남긴 救國文學은 韓民族史에 영원히 빛날 업적으로 평가되어야 한다고 생각된다. 「독립신문」(1920. 12. 18)에 춘원은 일본군에게 학살당한 만주의 원통한 영혼을 위하여 진혼곡을 부른다.

　　　　三千의 怨

二年 十月之變에
無慘한 倭兵의 손에
타죽고 마자죽은 三千의 怨魂아
너의 屍體를 무더줄이도 없구나
너희게 무슨 罪 잇스랴
亡國百姓으로 태어난 罪
못난 祖上네의 끼친 罰을 바다
怨痛코 慘酷한 이 꼴이로고나
무엇으로 너희를 위로하나
아아 가엽슨 三千의 怨魂아
눈물인들 무엇하며 슬픈 노랜들
너희의 怨恨을 어이할 것인가
怨魂아 怨魂아
소리가 되어 웨치고 피비가 되어
꿈꾸는 同胞네의 가슴에 뿌려라
너희 피로 적신 땅에
太極旗를 세우라고…80)

三千名이나 되는 동족이 학살당한 북간도 일대의 참사사건을 우리는 「琿春

---

79) 독립신문의 1921년 4월 26일의 社告에는 수월전에 이광수가 독립신문을 떠났다고있다.
80) 독립신문. 1920. 12. 18.

事件」이라고 부르고 있다.

「훈춘사건」의 발단은 3·1독립만세 이후에 독립지사들이 대거 만주로 이주하여 독립운동을 전개하게 된데서 시작된다. 왜인들은 한인 독립투쟁의 새력이 강화될 것을 우려하여 습격하기로 계획하고 그 준비단계로서 1920년 6월에 중국인 馬賊團을 돈으로 매수하고 그 두목이었던 長江好에게 한국인 집단촌인 間島의 琿春縣을 기습공격케 하였다.

장강호는 400여명의 마적떼를 이끌고 9월 25일 훈춘 북쪽의 藩子구에 침입하였다가 다시 10월 2일 새벽에 훈춘성을 쳤다. 훈춘성의 수비병인 중국인 70명, 한국 독립군 2명이 전사하였는데 이 때에 장강호의 부하가 아닌 다른 마적들이 (장강호는 이 때의 습격에 여러 마적들을 매수하여 합동작전을 벌였다)일본 영사관을 쳐부수고 그곳의 咸北 경찰부 소속 경부이던 시부야(澁谷)의 가족 9명을 살해하였던 것이다.

일본은 이 일이 분명히 장강호 일당의 소행인데도 한국독립군이 한 것으로 억지를 부리고 미리 대기하고 있던 羅南師團과 함북 경찰부 파견대를 출동시켜 10월 5일에 훈춘에 도착한 뒤에 자기들에게 피해를 입힌 마적들은 손대지도 않고 한국독립지사와 그 가족을 색출하여 살인, 방화를 자행하기 시작하였다.

〈훈춘현〉 학살 242명, 방화 주택 457채, 학교 1교, 〈연길현〉 학살 1,124명; 방화주택 1,094, 학교 19, 〈화룡형〉 학살 575명, 방화 주택 314, 학교 6, 〈왕청현〉 학살 347, 방화 주택 642, 학교 5, 〈영안현〉 학살 17명, 〈홍경현〉 학살 305, 〈유하현〉 학살 13, 〈관전현〉 학살 486 합계 학살 3,106명 방화 주택 2,557채, 방화 학교 31교로 집계되었다. [81]

당시의 「독립신문」에는 다음과 같은 기사가 보인다.

> "…敵은 所謂 琿春事件이 발생된 후 言稱 생명재산 보호니 胡匪의 박멸이니 하고 出兵하였다. 그 내용은 먼저 우리 독립군을 절멸하고 후에는 東三省에 입을 대어 보려고 수일전에 四方의 다수 軍兵을 끌고 鳳梧洞으로 달려들엇다. 그

---

81) 국사대사전. p. 1807.

러나 천연적 양호한 지대와 신묘한 전술을 가진 우리 독립군을 저당할 수 업
서 도리어 10수차의 戰財와 3,000명에 근한 사망자를 내엇다. 동시에 왜병은
그 독을 우리 농민동포와 거주하는 부락에다 발한다. 그래서 10월 9일부터
11월 5일 합 27일간에 도처에 양민을 학살하고 부녀를 강간하고 가옥과 노적
과 교당과 학교를 소신하는 중 더욱 백발의 노친과 강보의 유아들이 倭刀를
밧고 혹은 기한으로 백설상에 쓰러지는 참상, 누가 피눈물을 흘리지 아니하리
오"82)

계속하여 「독립신문」은, 1920년 10월 6일 조선군사령부 휘하 군병이 출
동하였을 뿐 아니라 같은 해 10월 23일에는 관동군이 합세하여 1920년 10
월 8일에서 12월 21일 사이에 적에게 학살 당한 조선인은 조선군사령부의
발표로는 687명이고 「독립신문」에는 3,469명이 피살되고 170명이 납치되었
으며 71명의 부녀자가 더렵혀졌으며 3,209동의 민가가 방화 파괴되었고 36
개 교당이 소실되었다고 간도통신원은 보고하고 있다.83)

국내는 물론 국외의 동포가 비분강개한 사건이었다. 그러나 국내의 언론기
관에서는 일언반귀도 이 사건에 대하여 보도하지 못하였고 한 편의 시나 수
필도 발표하지 못하게 하였다.

이 때문에 관리문학에는 이 사건에 관한 언급이 없기마련이고 구국문학에
는 이광수의 시를 비롯하여 여러 편의 작품이 남아 있다.

춘원은 「三千의 怨魂」이라는 위의 시를 발표하기 전 11월 19일자 「독립신
문」에 「間島同胞의 慘狀」이라는 작품을 내고 있다.

間島同胞의 慘狀

불샹한 間島同胞들
三千名이나 죽고
數十年 피쌈 흘려 지은 집
벌어들인 糧食도 다 일허버렷다

---

82) 독립신문. 1920. 12. 8.
83) 독립신문. 1920. 12. 28.

尺雪이 싸힌 이 치운 겨울에
엇더케나 살아들 가나
먼히 보고도 도아줄 힘이 업는 몸
속절 업시 가슴만 아프다
아아 힘
웨 네게 힘이 업섯던고
네게도 없섯던고
아아 웨 너와 내가 힘이 없섯던고
나라도 업고
기름진 故園의 福地를 쩌나
朔北에 살길을 찾던
그 둥지조차 일허버렷고나
長白山 모진 바람이야
오죽이나 치우랴
아아 생각나는 間島의 同胞들 84)

이 때의 이광수의 나이 23세였다. 혈기왕성한 젊은이의 작품이라고 생각하기에는 너무 차분하고 어른 스럽다. 그는 「間島同胞의 慘狀」에서 일본군에게 참살 당하여 가족을 잃고 집을 잃있으며 양식까지 불에 타서 당장 혹한속에서 집도 절도 없이 굶주리고 헐벗는 동족을 도와줄 수 없는 자신의 아픔을 실토하고 있다.

그러나 한달 뒤에 다시 간도의 참사에 대하여 쓴 「三千의 怨魂」에 보이는 개인적인 연민에서는

"너희게 무슨 罪가 잇스랴"고 묻고 이렇게 될 수 밖에 없었던 진원을 "亡國의 百姓으로 태어난 罪 / 못난 祖上네의 끼친 罰을 바다 / 冤痛코 慘酷한 이 꼴이로고나"로 매듭하고 이제 이왕 이렇게 된 일을 한탄만하고 있을 것이 아니라 이렇게 만든 왜적을 쳐부수는 투쟁의 밑거름을 삼자고 유도하고 있다.

怨魂아 怨魂아
소리가 되어 웨치고 피비가 되어

---

84) 독립신문. 1920. 11. 19.

꿈꾼는 同胞네의 가슴에 뿌려라
너의 피로 적신 쌍에
太極旗를 세우라고

적의 총과 칼에 무참하게 살해된 원통한 영혼들에게 "피비"가 되어서 "꿈꾸는 同胞네의 가슴"에 뿌리라고 권유하고 있다. 춘원이 말하는 여기서의 "꿈꾸는 同胞네"는 어떤 사람들일까.

조국의 광복을 몽상하고 있는 사람들일까 아니면 식민지 체제에 영합하여 자손만대의 영화를 망상하는 부류를 가리키는 것일까.

그들 광복의 투쟁에 나서지 않고 단꿈에 젖어있는 동포들의 가슴에 피의 비를 뿌려서 그들을 격동케하여 광복투쟁에 나서게 해달라는 주문이다. 그리하여 그대들의 죽음이 헛되지 않고 그 "피로 적신 쌍"에 "조국이 살아나는 부활의 믿음"으로 결구하고자 하였다.

그는 보름쯤 뒤에 다시 혹한속에 시달리는 구국투사와 만주의 동포, 국내의 철창속에서 고생하는 독립투사들의 신변을 생각하면서 눈물짓고 있다.

　　　　저 바람소리

저 바람소리!
長白山 밋헤는 불지를 마러라
집 일코 헐벗은 五十萬 동포는
어찌하란 말이냐

저 바람소리!
인왕산 맷헤는 불지를 말어라
鐵窓에 잠 못이룬 鬪士네의 눈물은
어이하란 말이냐

저 바람소리!
만주의 벌에는 불지를 말어라
눈속으로 쏫기는 가련한 용사들은

어이하란 말이냐

저 바람 소리!
江南의 닙쌀닌 버들을 흐드느니
피눈물에 늣기는 나의 가슴은
어이하란 말이야 85)

　구국문학 가운데 대표적인 가작의 하나이다. 이 시는 璟載에 의하여 1923년 6월 14일자의 「독립신문」에 「저 비 보아라」라는 模作을 낳게 할 정도로 당시의 독자층에게 많이 읽히었던 것 같다.

　북간도 언저리의 50만 동포의 비참한 삶을 돌아보고 서울의 철창에서 신음하는 독립투사들의 신변을 걱정하고 다시 만주 벌에서 적에게 쫓기는 구국 전사들의 안위를 아파한다 그리고서 바람에 흔들리는 버드나무 가지를 바라보면서 「피눈물에 늣기는 나의 가슴」으로 돌아오는 詩想의 연결은 이 무렵의 수준을 훨씬 넘는 우수작이라고 아니할 수가 없다.

　그가 상해에서 운영난에 봉착한 「독립신문」을 건져보려고 백방으로 분투한 자취는 「독립신문」에 7~8차례나 실린 「社告」로서도 짐작이 되는 일이다.

　「독립신문」의 1921년 4월 21일자 社告에는 "이광수씨가 본사를 떠난 지 수월이 지났다"고 있음을 보면 춘원이 1921년 8월에 상해를 떠나 귀국했다는 기록들은 신빙성이 적다. 아마도 1921년 1-2월에 떠났을 것으로 보는 것이 옳을 것이다.

　그가 상해를 떠날 무렵에 마지막 남긴 작품이 바로 「光復祈禱會에서」이다.

　이 시속에는 그의 變節 이전의 진실하고 열정어린 애국 애족의 衷情이 담겨져 있다. 따라서 춘원으로서도, 구국문학으로서도 단연 백미의 걸작으로 추천할만한 시라고 할 수가 있다.

　　光復祈禱會에서
　　하나님이시어

---

85) 독립신문. 1920. 12. 16.

불상한 이의 所願을 들어주신다는
하나님이시어

임히 바린 나라
그 안에 우짖는 가엽는 同胞를
건져주소서

늦도록 밧븐 일에 피곤한 몸을
겨울 새벽 닭의 소리에 닐으켜
人跡 업는 길로 당신의 집을 차져
갑니다.

亡命의 異域 길치인 오막사리 깊숙한 움막에
말 없이 모여 안즌 男女의 얼굴을 봅시오
思鄕과 憂國의 눈물에 붉은 눈들을 봅시오

푹 숙으린 고개
멀리 쌍 밋헤서 오는 듯한 쩔리는
祈禱의 소래
검은 바람갓치 왼 방안으로 휘도는 구슯은 늣김

「지아비를 일혼 안해, 아들 쌀을 일혼 어머니
주여 그네의 피눈물을 씨서주시고
소원을 일워주소서」
아아 이 진정의 발원
무덤에 한 발을 노흔 八旬이 넘은
할머니

쳘도 나지 아니한 어린 아해
閨中에 깊히 자란 處女들 까지
   「하나님이시어」부르는 그네의 부르는 소리를 들으십시오

   가장 낮은 쌍의 한 모퉁이에서 불으짖는
   이 불상한 무리의 긔도가

燔祭의 내와 갓치
구름을 지나 별을 지나 당신의 寶座로 오르게 합시오. 86)

그가 말하는 하나님은 한배검(단군)일 수도 있고 그냥 하날님일 수도 있고 옥황상제나 야훼일 수도 있을 것이다. 이름이야 어떻게 불리어지던지 오직 우주에 군림하시고 만유를 창조하시고 다스리는 분에게 바치는 정성이리라.

이미 버린 나라이지만, 버렸으므로하여 그 망국의 국토에서 침략자에게 온 갖 고초를 겪고 있는 동족을 구하여 달라고 애원한다.

그리고 그의 기도는 망명생활을 하고 있는 이역의 움막속에서 고향 생각과 나라를 찾는 일로 잠 못 이룬 붉은 눈들에 미치더니 적의 학살로 인하여 부모형제를 잃은 가련한 유족의 「피눈물을 씻어주시기」를 빌고 있음에 연결되고 가장 불행하고 천한 땅이 된 조선반도와 그 백성이 드리는 부르짖음이 묘 앞에서 죽은 이에게 지내는 제사의 향연같이 구름과 별을 지나 하늘임금이 계신 궁전의 편전께로 피어올라 하나님께서 들으시게 하시어 우리의 소망인 자유독립을 이루게 하여 달라는 것이었다.

이것은 이광수 개인의 심상을 표출한 기원이라기 보다는 한민족의 저 깊은 곳의 갈망을 가장 진솔하고 가장 간절하게 대변한 땅의 목소리라고 해도 좋을 것이다.

귀국 후에 끊임없는 찬사와 비난의 줄타기로 10수년을 지내다가 2차대전 중에는 국민총동원계획에 참여하여 그 일환으로 문인보국회를 주도하고 황도문화를 선양하는데 앞장선다거나 야마또동맹(大和同盟)의 이사에 앉는다던지 일본유학생들의 학병지원 권고강연에 나선다던지, 가야마미쓰로(香山光郎)로 창씨개명한다던지의 온갖 변절과 친일로 얼룩지지마는, 그가 1년 남짓 머물다간 상해시절은 그의 일생 가운데 가장 값지고 가장 진실했던 시간으로 그와 그의 가족, 그리고 한국의 역사에 기록될 것으로 믿는다.

나. 朱耀翰과 구국문학의 기조

---

86) 독립신문. 1921. 2. 17.

주요한(1900-1979)은 호를 頌兒, 필명은 벌꽃, 낙양이라 썼으나 上海시절에는 주로 「송아지」, 「耀」, 「꽃」으로 사용하였다.

주요한이 상해로 건나간 해가 1919년 여름이 아닌가 싶은 것은, 이광수가 1919년 8월에 「독립신문」을 창간하면서 李英烈을 영업부장, 주요한을 출판부장으로 임명하였는데 이 때에 주요한은 메이지학원(明治學院)을 갓 나와서 동경 제1고등학교에 재학중이었으므로 겨우 우리 나이로 20세였던 것이다.

1921년 4월 이전에 「독립신문」을 떠나고 4월 이후에는 신문의 경영권이 경리부장 金希山에게 넘어간 것으로 보인다.

그렇다면 1921년 4월 이후의 주요한의 행적은 묘연하나, 그가 상해의 扈江大學을 졸업(1925)한 것으로 되어있으니까 「독립신문」에서 떠난 뒤에도 주요한은 내내 상해에 체류했다는 것으로 된다. 더욱이 그의 친제인 주요섭이 호강대학 부속중학교를 졸업(1921)하였고 이어서 호강대학을 마치게 (1927)되니까 주요한 일가가 당시에 상해로 진출했음을 알게 한다.

주요한은 이광수와는 달리 귀국후에 동아일보사와 조선일보사의 편집국장, 논설위원을 역임하였고 광복후에는 대한무역협회 회장, 국제문제연구소장, 민주당민의원 초·재선의원, 부흥부장관, 상공부장관 등 문학, 정치, 재계, 관계 등 화려한 일생을 살았고 이광수가 민족반역자로 단죄되는 것과는 대조적으로 국민훈장 무궁화장이 추서(1979)되는 광영을 입는다. 그런 점에서 그는 이광수 보다는 훨씬 많이 타고난 사람임에 틀림이 없다.

「독립신문」에는 「송아지」라는 필명으로 발표된 시가 5편이 있다.

    1. 가는 해 오는 해(1920. 1. 1)
    2. 서울에 있는 벗에게(1920. 5. 11)
    3. 祖國 (1920. 6. 1)
    4. 새해 노래(1921. 1·. 1)
    5. 즐검 노래(1921. 3. 1)

그런데 이 밖에 주요한의 것인지 아닌지 의심스럽게 하는 6편의 시가 있다.

1. 물이 흐르고 바람이 불어서(牧神. 1921. 3. 1.)
2. 내가 죽어서 龍華에 꽃 구경하고(牧神. 1922. 5. 15 꽃)
3. 새해 아츰(牧神. 1923. 1. 1)
4. 평안히 주무소서(牧神. 1924. 1. 31. 꽃)
5. 大韓의 누이야 아우야 (耀. 1922. 3. 1)
6. 오 구일 아츰(남경. 1922. 5. 21. 꽃)

위의 「牧神」을 작자로 한 4편의 가운데 2편의 말미에 作詩年月日을 쓰고 반드시 「꽃」이라고 기입하였다. 이 「꽃」은 「벌꽃」이라는 필명을 줄여 쓴 것으로 볼 수도 있을 것 같다. 어떤 것은 「耀」라고만 한 것도 있는 데 이것은 제목 바른편의 作者名 자리에 써 넣은 것이므로 「耀翰」의 줄임으로 간주할 수 있으나 「牧神」이나 「남경」이라고 하여 말미에 「꽃」이라 하여 암시한 뜻은 잘 알지 못하겠다.

아무튼 「송아지」라는 작자명으로 발표된 시는 모두 5편이고 「牧神」은 4편, 「耀」가 1편, 「남경」이 1편인데, 「牧神」 4편 가운데 「꽃」이 말미에 있는 것만 주요한의 작품이라 할 수 없으므로 「牧神」을 주요한의 또하나의 필명으로 보고 4편을 모두 주요한의 것으로 계산하고 여기에 「耀」와 「남경」까지 합산하기로 한다면 주요한의 작품은 모두 11편으로서 이광수보다 6편이 많게된다.

일본 동경에서 「창조」 동인으로 참여하여 2호까지 간행하고서 이광수를 따라서 상해로 온 주요한은 마음 껏 거침 없는 노래를 부를 수가 있었다. 가슴에 맺힌 민족의 울분과 한을, 피멍진 목소리로 토했던 것이다. 11편의 시 가운데 몇 편만 소개하기로 하겠다.

즐검 노래

동무들아
이 날을 記憶하느냐
피와 꽃과 눈물로서
너의 祖國이 다시 산 날
이날에

二千萬 소리가

이날에
三千里 山과 벌이
깃븜으로 쩌섯다
오오 이날에
이 크고 거룩한 날에
너의 가슴은 쓰러오르고
붉은 두 뺨은 눈물로 빗낫다

동무들아
이날을 記憶하느냐
빗거믄 죽음의 옷을 버리고
受難者의 불세례를 밧던날
이날에
너의 父母, 동생, 어린 것
피쑤려 거룩한 싸흠의 先驅를 지엇다
이날에
너의 불붓는 情熱의 心臟이
惡한 敵의 칼 아페 白熱되었다.
오오 이날에
이 莊嚴과 아픔의 날에
내쑴인 高潔한 感激의 피가
黑暗한 東西에 횃불을 드럿다

동무들아
記憶하느냐 이날을
漠漠한 曠野 어둠의 골작에서
悲痛한 苦難의 榮光으로 뛰어나갈 날
즐기세 이날을
불붓는 自由의 祭壇우에
尊貴한 憤怒의 祭物을 드려서
오오 이날을
祖國과 함씌 즐기세

　　　生命의, 自由의, 깃븜의 노래를 불러서
　　　가시의 길을 나아갈 째에도
　　　苦難의 못가에 너머질 째도
　　　祖國과 함께 즐기세
　　　自由의 偉大한 노래 불으세
　　　이날을 87)

　스무살의 젊은 나이, 주요한의 눈에 비친 3·1만세는 "피와 쏫과 눈물로서 너의 祖國이 다시 산 날"이었다. 그리하여 "三千里 山과 벌이 깃븜으로 써섯고" 우리들 한민족의 가슴은 끓어오르고 "불근 두 쌤은 눈물로 빗낫다"고 회상되는 감격의 부활로 인식되고 있다.

　온 국민이 만세를 부르던 이날은 어둠의 골짜기에서 "悲痛한 苦難의 榮光으로 튀어나간 날"이었다고 말한다. 그가 말하는 "비통한 고난의 영광"은 무엇을 가리킴일까? 그것은 아마도 고난을 통하여서만 광복의 광영이 결과되어진다는 항전의 암시가 잠재한 말로 받아 들여진다. 고난이란 곧 무력항쟁에서 사사로운 불복종에 이르기까지의 전반적인 반일적 행동을 포괄하는 것이리라.

　전 민족적인 비폭력무저항의 항쟁이 성공적으로 마무리되고 이 독립선언을 법적 근거로 해서 만들어진 대한민국 임시정부가 중화민국의 승인을 받게 되자 국내외는 조국을 되찾은 것과 같은 환호속에 들떠 있었다.

　침략자의 멸망이 눈에 보이는 듯 했고 한 두 해 사이에 나라를 되찾을 것 같은 희망이 보이던 감격의 시대에 주요한은 격정의 심장부인 임시정부의 입이었던 「독립신문」에 관여하고 있었으니 그의 심상이 특별했었을 것은 더 말할 것이 없다.

　그래서 이해의 벽두에도 이렇게 노래한다.

　　　새해 노래

　　　새해에 이 새해에는

---

87) 독립신문. 1921. 3. 1. 영인본. 209면.

봄비부어 푸른입돗고
봄바람에 꼿이피듯
이천만의 가슴마다
따뜻한 사랑을 피게 하쇼서

새해에 이 새해에
첨새는 날은 더 붉으며
첨 돋는 해 더 빗나셔
삼천리 골골마다
광명으로 채우게 하쇼셔

새해에 이 새해를
맞는 정셩 더 쓰겁고
쓰겁고도 긔운차서
쏘오는 새해 마즐제는
더 깃븐 노래 부르게 하쇼셔 88)

봄바람에 꽃이 피듯 이천만의 가슴에 사랑이 피게하고 서광이 더욱 밝아서
삼천리 방방곡곡을 광명으로 채워주며 더 뜨거운 정성, 더 기운찬 정성으로
새해를 맞게 해달라고 기원한다. 이 시를 어찌 수믈두살의 젊은 이가 썼다고
만 보아 넘기겠는가. 정제된 율격이나 상의 발전, 언어선택의 탁월성 등 절묘
한 기교가 배면에 깔린 격조 높은 작품이다.

주요한이 「독립신문」을 떠났다고 여겨지는 때부터 「牧神」 「耀」 「남 경」 등의
필명이 등장하고 시의 끝에다가 반드시 그의 상표처럼 「꽃」을 기입하는 시가
4편이나 등장하게 되는데, 이것은 아마도 그가 「독립신문」을 떠난 뒤에도 호
강대학에 다니고 있었기 때문에 내내 상해에 있었고 꾸준히 시를 쓰면서 「독
립신문」과 임시정부의 주변에서 떠나지 않았다는 증거가 된다. 그 한 가지
예로 1922년 3월 1일에 「耀」의 명으로 발표된 시의 일부를 보기로 한다.

---

88) 독립신문. 1921 1 27영인본. 388.

大韓의 누이야 아우야

大韓의 누이야 아우야
漢陽城 날발근 날 獨立萬歲의 소리가
물결가치 우레가치 우려나갈 째 暴虐 殘忍한 倭警의 비린내나는 칼이 슬적빗
길적에
놉히든 太極旗에 피를 뿌리어 쩌러지는 너의 可憐한 두 팔을
내가 지금 본다
水原 花樹里 우거진 풀밧히 無道의 불에 재만 낳을 째 罪 업슨 너의 두 다리
가 野蠻한 倭兵의 거츠른 손 미테 쩌어짐을 지금 내가 본다
세 마듸 銃소리에 스러진 어린 세 兄弟의 魂이어.
너의 부르짖는 소리가쏘 너의 사랑하던 늙으신 祖父의 痛哭하는 소리가 지금
내 귀를 울린다.
오직 너를 生命가치 삼던 너의 어머님 前에서 녹쓰른 槍 끗헤 찔려 죽은 어린
同生아,
지금 最後의 「어머니」가 찻던 날 너의 絶叫가 너의 어머님의 마즈막 祈禱와
함끠 나의 가슴을 쯔린다.
아아…
아아 大韓의 누이야 아우야
復活의 새소리가 우렁차게 大韓 나라 坊坊曲曲이 퍼져 나갈 째, 그 偉大한 鳴
動속에 가장 힘잇게 가장 맑게 울니던 너의 목소리가 只今 나의 가슴을 흔든
다.
自由를 爲하야 뿌린 너의 피, 말근 中에도 말근 피, 어리고 어린 피, 生각하면
가슴이 아프고 쓰리고 애츠러운 純潔의 피.

　― 中略 ―

아아 大韓의 어린 누이야 아우야!
너의 피는 應當 멋는 곳마다 꼿이 피어나리라.
自由의 祭壇에 드리는 불고 불근 꼿이, 너의 소리는 應當 모혀 하늘의 별이 되
어 빗나리라.
自由 새쌍을 비쵸는 발금의 별이 너의 눈물은 흐르고 흘러 아름다운 眞珠를
이루리라.
勝利의 花冠을 光輝잇게 하는 光明의 眞珠를 그리하고 最後에 自由를 爲하야

주근 肉身을 쩌난 너의 靈魂은
(이하 18자 판독 불능)
나라 위해 싸호는 모든 勇士의 몸을 직히는 하늘天使가
원컨대 自由의 天使로 化한 大韓의 어린 누이야 아우야. 正義를 위하야 싸호는
거룩하고 의로운 싸흠에 거느리는 者나 쫏는 者나 모든 國民의 모든 戰士의
마음에 나려오라.
그中에 邪惡과 奸巧함을 다 버리게 하고 어린 누이와 우우가 흘리든 피와 다
름 없슨, 맑고 쓰거운 忠義로써 귀한 피를 흘리게 할지어라. 大韓의 純潔하고
어린 누이들아 아우들아! 89)

— 下 略 —

마침 3월 1일인데다가, 지난 기미만세 때에 水原 花樹里에서 어린 세 형제
가 왜경의 칼에 목숨을 잃었다는 소식을 회상하고 지은 조사의 일종이다.

흘린 피는 붉은 꽃이 되어 자유의 제단에 바치고 울부짖던 소리는 별이 되
어 "자유의 새쌍"을 비추는 밝은 별이 되며 너의 눈물은 아름다운 진주가 되
어 승리의 화관을 장식하게 되리라는 이미지의 승화는 이 무렵의 시에서는
찾기 힘든 숙련이 아닐 수 없다.

만일에 송아지로 발표된 작품말고도 목신, 요, 남경까지 포함한다면 주요
한은 11편의 구국시를 남긴 시인이 되며 일제시대에 있어서 가장 훌륭한 구
국문학의 대표문인으로 꼽히게 되는 것이다.

다. 金輿濟와 구국의 더운 피.

김여제가 누구인지는 자료가 없어서 확인할 수가 없다. 다만 30년전에 金
根洙교수(원광대·중앙대교수 역임·서지가)의 말에 의하면 「學之光」에 "萬萬
波波息笛"을 발표하여 일본유학생 사이에 이름이 있었고 1915년대에 촉망되
던 시인이었다는 정도였다.

「독립신문」에는 「金輿」라고만 되고 3편의 시가 발표되었고 광고란에는 그

---

89) 독립신문. 1922. 3. 1.

가 번역한 「韓國獨立運動의 眞相」이 몇 차례 거듭 선보인다. 50여면, 정가는
은 3각인데 목차를 보면 다음과 같다.

韓國獨立 運動의 眞相
내다니엘 페퍼 著
金 興 濟 譯

內容要目
1. 總論
2. 韓國은 東洋의 白耳義
3. 國史撲滅策
4. 物質上壓迫
5. 精神上壓迫
6. 三月一日
7. 所謂 總督政治改善
8. 齊藤總督의 談
9. 韓國은 中國의 殷鑑

　　김여제는 1920년대 후반에는 미국 샌프란시스코의 「大道」라는 잡지에 감
간 이름이 보이는 것으로 보면 1920년 전후에 상해에 있다가 20년대 후반에
미국으로 건너간 것으로 생각된다.
　　이광수, 주요한 등과는 이미 일본유학시절에 알고지낸 사이였던 것 같고
특히 「學之光」에 참여했다는 것으로 보아 친숙한 관계가 아닌가 싶다.
　　그가 발표한 시는 다음과 같다.

1. 鄕愁 (金興. 독립신문. 1920. 5. 11)
2. 三月一日(金興. 독립신문. 1921. 3. 1)
3. 오오自由(金興. 독립신문. 1922. 3. 16)

　　「三月 一日」은 이날이 특별한 날이기 때문에서도 그렇지만 그의 시에서는
매우 상기된 목소리의 무력투쟁이 연호되고 있다.

黃河水 건너 부는 바람
피바람 한 숨 바람
나라 이날에 數萬의 慘事
총 칼에 銃에
맛고 죽단 말가
오오 언제나 流血이 긋나리

— 中 略 —

奴隷의 쓸아림
壓迫 惡刑 虐待
아아 생각만 하여도 소름이 끽친다
내 아우 채우든 모양
내 父母의 여인 魂
아아 아직도 이 눈에 암암하다
죽어도 이 羈絆은 免하고 말리라
千萬番 다시 죽어도
獨立은 하고야 말리라
왼 天下 다 막아도
獨立은 하고야 말리라
하고야 말리라
三千里 피우에 쓰고
二千萬 한아도 안 남아도
獨立은 하고야 말리라
하고야 말리라

이 가슴 쮜는 피 正義의 피
이 피를 쑤릴 째
오오 이 피를 쑤릴 째
榮光의 無窮花
다시 피리라
그리운 錦繡江山
歡喜에 차리라
歡喜에 차리라 90)

　　김여제의 구국의 투지는 상해에 와서 투사들과 어울리면서 심화되었는지 본래적인 것인지는 알 수가 없으나 위의 시에 三千里 피위에 뜨고 二千萬 하나도 안남아도 독립은 하고야 만다는 결의는 그의 불퇴전의 의지를 표상하는 것이지마는, 이 가슴에 뛰는 정의 피를 뿌릴때에 무궁화가 피어나고 금수강산이 환희에 가득찰 것이라고 말할 때에 그의 목숨은 이미 나라를 위해 바쳐진 미래의 어느 시간 가운데 있는 것이다.

　　이러한 무력투쟁 일변도로 기울게 된 당시의 정황은 3·1운동 이후의 상해뿐 아니라 만주와 미국 그리고 국내의 민심도 마찬가지였을 것인데, 만세 사건의 보복이 너무 잔인했고 또 대규모였기 때문에 전민족이 죽느냐 사느냐 하는 극한의 상황에 직면해 있음을 감지케 한다. 김여제의 시는 이러한 시대적 정서를 직설적으로 표출했다고 해야할 것이다.

　　그가 처음에 상해에 왔던 1920년 5월에는 객수에 젖은 20대의 청년이었다.

　　　　　　鄕　愁

　　　故鄕에 피던 꽃 여긔도 핀다
　　　故鄕에 울던 새 여긔도 운다
　　　다갓치 사람이 生活하는 짱
　　　언제나 瞬間의 快樂 업스련마는
　　　故鄕의 꼿 눈에 씌올 때
　　　故鄕의 새소리 귀에 울닐 때
　　　이 가슴 그리워 터지려 한다
　　　아아 언제나 도라가리

　　　　— 中 略 —
　　　가는 비 窓外에 쓸쓸히 올 때
　　　밝은 달 북녁에 소사 오를 때
　　　故鄕의 녯 記憶 더욱 새로워

---

90) 독립신문. 1921. 3. 1. 209면.

> 오고 가는 바람 비에 나의 草家집
> 얼마나 더 문허젓으며
> 半百이 더 넘은 나의 父母는
> 얼마나 白髮이 더하엿스랴
> 아아 언제나 돌아가리
>
> ― 下 略 ―91)

이국만리에서 동가식서가숙하는 망명생활, 구국투쟁의 역정에서 일어오는 회한과 그리움 그것이 나라 잃은 백성이기에 더욱 절실하고 더욱 아프게 다가왔는지도 모른다. 김여제의 「鄕愁」는 나라 밖에서 살아가야 했던 모든 한국인의 향수를 소박한 필치로 그려본 것으로 보인다.

라. 金泰淵과 救國文學

김태연(?-1921)은 황해도 長淵 출신으로 1919년의 3·1 만세 때에 서울에서 가담했고 그해 여름에 상해로 건너가서 金聲根, 李英烈등 24인의 동지를 모아서 「救國冒險團」을 조직하고 참모로 일했고 뒤에 仁成學校가 설립되자 교장으로 취임했다가 1921년에 작고했다.

「독립신문」에는 그가 1919년 5월에 상해에 와서 동지들과 독립운동을 모의한지 얼마 되지 않아서 仁成學校의 교장 자리가 비므로 그 직을 맡았고, 임시정부의 의정원 의원이 되었으며 교회의 집사를 맡았을뿐 아니라 그 교회 내의 면강회 회장으로 일했다고 있다.

김태연의 고향인 五里洞에는 부모가 계시고 4자녀가 있는데 부친은 독립운동을 한 혐의로 평양감옥에서 옥고를 겪고 있다고 쓰고 있다.

기록으로 보면 김태연이 상해에서 활동한 기간은 이광수와 비슷한 1919~1921년의 2년 동안이며 마침 대한민국 임시정부가 수립되고 독립신문이 창간되었으며 국내외로는 3·1만세로 격동하던 시기였다.

김태연이 지은 시는 「김태연」 명으로 된 것이 2편, 「큰 못」으로 된 것이 2

---

91) 독립신문. 1920. 5. 11.

편이 있다. 「큰 못」을 김태연의 필명으로 보기로 한다면 모두 4편이 된다.

> 1. 半島歌 (金泰淵. 1921. 2. 17)
> 2. 三月 하루(金泰演. 1921. 3. 1)
> 3. 故 東吾 安泰福先生의 무덤을 차즈면서 (큰 못. 1921. 4. 2)
> 4. 獨立新聞 百號를 마즈면서(큰 못. 1922. 3. 26)

위 4편 가운데 「半島歌」는 8·5 8·5 8·5 6의 특이한 형태로서 우리 시가 가운데 처음 선보이는 것이고 나머지 3편은 한결같이 자유시이다.

이광수, 주요한, 김여제 등은 일본유학생인데다가 이미 기성문인의 대접을 받는 인사들인데 반해서 김연태는 거의 문학적 경력이 있다는 자료를 아직까지는 발견할 수 없는 문학 밖의 사람인데도 「독립신문」에 발표한 그의 시는 수준급에 가깝다.

故 東吾 安泰福 先生의 무덤을 차즈면서

— 前 略 —
방울 방울 쩌러지는 눈물이 무덤을 적셔도
늣김이 만턴 先生! 한 번도 알이 업고나
地球의 무릅을 벼개하고 安眠하시는 先生
흑흑 늣겨우는 나의 울음 못드르시네
先生의 餘恨을 아직 들어보지 못하고
아득한 압길을 밟고 방황하면서
慰勞를 얻고져 先生을 차즌 이몸이
아울너 갓치 뫼서 쉼을 바랄 쑌이로다

아아 先生 先生이 살어계실 째에는
귀여운 것 自由, 사랑하시던 것 半島쑌이엇소
先生은 鐵窓속에서도 그것을 만나보시랴고
先生은 암흑과 쓸임에서도 그것을 만지랴고
맨나중에 白骨선지 이 짜에 버리고 간 先生
當身의 靈은 半島에서 아직 그것을 찾고저 하리다

> 아아 先生 先生의 靈骨을 캐 억개에 들메고서
> 꽃다운 우리 東山에 갈날이 언제일까요? 先生님 92)

평소에 그가 뫼시었던 독립투사였던 것 같다. 그분의 묘소에 성묘하고 오면서 느낀 감회를 자연스럽게 피력한 것인데 이와 같이 나무랄데 없는 수작이다.

문학의 창작에 조예가 있는 이라 할지라도 묘지에 가서 참배하고 오는 그 단순한 과정에서 마주한 일들을 40행의 시로 엮기란 어려운 일이다. 그런데 위의 시를 보면 무리 없이 전개되면서 "당신의 靈骨을 東山에 묻으러 갈 날이 언제일가요"의 파국을 향하여 잘 고조시켜 가고 있다.

한 평생에서 나라 위해 죽기도 어려운 일인데 한 가족이 모두 순국하였고 또 임정과 인성학교의 일을 맡아 진력하는 틈틈에 시를 지어 동참하는 동지들을 위로하였던 큰 못… 그는 분명 전문적인 문인이 아니면서도 「독립신문」에서는 어엿한 구국문인으로서 한 자리를 차지한 사람이 되었다.

마. 海日의 憼情

그 밖의 사람으로는 海日이 4편, 璟載가 2편, 이승만 1편, 申奎植 1편, 尹宗植 1편, 곱단이, R生, 붉참, 竹林, 竹壇, 一民, 柳生, 一齊, 돌벗, R. G生, 不二門, 桓山, 一雨 등이 각각 1편씩 있으나 이승만과 신규식을 제외하고는 그 신상에 대하여 알길이 없다.

다만 이들 가운데서 海日과 璟載는 그 신상에 대해서는 아는 바가 없으나 「독립신문」에 발표된 필명대로를 인정하여 하나의 구국시인으로 대접하면 될 것으로 생각한다. 물론 「독립신문」에 시를 발표한 사람이면 1편이 되었건 2편이나 4편이 되었건 모두 구국문인으로 보는 것이 상식일 것이지만, 그 가운데서 2편 또는 4편을 실은 분에 대해서 특별히 작품평을 하겠다는 것은, 어짜피 김태연(4편)까지 간략하게나마 작자와 작품에 대하여 논평해온 터였으므로 사리에 어긋나는 일은 아니다.

---

92) 독립신문. 1921. 4. 2.

海日이 누구인지 알 길이 없다. 그의 작품은 「독립신문」 제2호(1919. 6. 16)에 처음 실리고 이어서 8월 29일에 두 편이 실리어서 3편이 된 것인데, 10월 20일에 다시 「秋夕」을 실었으므로 모두 4편이 된 것이다. 그런데 「오오 나라의 한아바지들」이라는 시는 작자명을 단자로 「해」라고만 했기 때문에 일응 「海日」에서 「海」만 따서 「해」로 한 것으로 간주하여 「海」를 「海日」의 작품으로 계상한 것임을 밝혀둔다. 「海日」의 작품은 다음과 같다.

1. 獨立日(海日. 1919. 8. 26)
2. 아아 庚戌 八月 二十九日9海日. 1919. 8. 26)
3. 오오 나라의 한 아바지들(해. 1919. 8. 29)
4. 秋夕(海日. 1919. 10. 20)

아아 庚戌 八月 二十九日

아아 이날
半萬年의 神聖한 歷史가
아아 이날
二千萬의 귀여운 生靈이
暗黑의 첫덤을 쓰단말가
千古의 陋臭을 남기단말가

十年의 苦楚
오오 祖國江山
얼마나 그듸의 가슴우에
피눈물 자최가 남앗느뇨
아아 몇벗이나
斷腸의 哭聲이 들니엇느뇨
可憐한 奴隸의 可憐한 奴隸의
自由가 勒奪된 이 날
正義가 蹂躪된 이 날
오오 이 날을
韓倍의 子孫들아
哭하여 새우리

億萬代 뉘우치리

오오 이 날
韓倍의 子孫들아
血을 밧치라 肉을 밧치라
祖國을 爲하야 祖國을 爲하여
아직도 惡毒한 서움 놈은
칼을 품나니 毒藥을 붓나니93)

나라를 빼앗긴 설음를 억만대나 뉘우치라고 하면서 피와 살을 바쳐서 명예
를 회복하자고 외치고 있다. 뉘우침이 있고서 비로소 잘못을 돌이켜 바로잡
는 일이 따를 것이다.

시어의 선택이나 시줄의 배열등이 무리 없이 되어있고 잘 다듬어진 생울타
리같이 말끔한 맛을 주는 시다. 그는 같은 날 아래 줄에 발표한 시 「오오 나
라의 한아바지들」에서는 높은 수준의 산문시를 시험하고 있다.

오오 나라의 한아바지들

鐘 소리가 … 어둠속에 悲痛한 鐘 소리가…
榮光잇는 歷史의 殞命을 弔喪하도다.
오오 나라의 한아버지들, 우리가 차고
빗업는 짜우에 傷하야 업드린 째…
모단 것이 沈默하도다. 물이 그 흐름
을 그치니 모단 江과 海洋이 죽음 갓
치 잠잠하도다. 오오 나라의 한아버지
들… 우리가 어둠 밋헤 밤보다도 더
어두운 하날 밋헤 가슴 끓인 祈禱를
듸리는 째…

— 中 略 —

---

93) 독립신문. 1919. 8. 29.

그러나 지금, 우리는 눈물을 가리고
울엇노라, 니러섯노라. 오직 잇대에
기두리는 새박이 그대와 함께 오나니,
그러하다. 地下의 英靈이어 당신의
남긴 榮光이 九年後에 아픔과 눈물의
九年後에 이 짜우에
이 子孫우에, 오오
이 날에 怨수 갑는 싸움우에 내리나이다
보소서, 나라의 한아버지들
보소서, 地下의 英靈들 94)

　　나라 잃은 부끄러움, 그리고 그것에 대한 아픈 참회를 1919년의 민족의
총궐기와 연계하여 그 뉘우침이 9년 뒤의 새벽으로 부활하고 있다고 노래하
고 있다. 어쩌면 「해일」의 시들은 「독립신문」의 허두에 실린 때문에서도 그
렇지만 이후의 시가들의 방향을 제시하고 있는 것 같은 인상을 주고 있다.
다시 말하면 경술년의 국치를 잊지말고 깊이 뉘우치되 뉘우침으로 끝나지 말
고 3월 1일의 독립만세 곧 거족적인 독립운동의 시작으로 돌리자는 것이다.
따라서 온 민족이 나라의 광복을 위하여 목숨을 흔쾌히 바치자는 내용이다.
　　해일은 「秋夕」이라는 시에서 그의 솜씨를 유감없이 발휘하고 있다.

　　　　秋夕 (俗歌)

오날이 八月 十五夜
녯 일을 生각하니 눈물겨웁다
千萬里 他鄕에 이 타는 가슴
한잔의 五茄皮로나 슬어 바릴가
저 달아 네야 아리니 말 물어보자
우리의 아우와 뉘는 얼마나 울드냐
黃河水 구불구불 네 무슨 쓰수로
그리운 江山을 가로막느니

---

94) 독립신문. 1919. 8. 29. 영인본 30면.

> 漂泊東西 可憐한 이름
> 이 날에 우른 적이 멧 번이던고
>
> ― 下 略 ―

이 시를 찬찬히 읽어보면 제재의 동원이 다양하면서도 그 運行과 點描가 절묘하게 느껴진다. 가령 추석의 밤에 생각나는 일도 많을 것인데 머나먼 중국에서 들끓는 심정을 오가피주로 달랜다는 해결이 우선 재미있고, 이야기는 다시 공중에 뜬 보름달에게 묻는 기발한 착상으로 이어지는 것이 특별하다. 그리고선 고국으로의 갈 길을 막고 흐르는 황하수를 탓하고 망명의 서름을 터뜨리는 대목은 한 마리 용의 꿈틀그림에 결줄만 한 것이다. 그러나 그 뒤의 결귀가 흐트러져지면서 갑자기 격조를 잃어서 추악해지고 말아서 모처럼의 잘 짜여진 전반부에 붙은 혹이 되었다. 그래서 위의 예문까지로 끊었으면 싶은 생각이다.

바. 環載의 詩歌

해일과 마찬가지로 「環載」의 신상에 대해서도 알 길이 없다. 현재까지의 자료로는 모호한 상태다.

「독립신문」에는 「環載」의 명의로 2편의 시가 실려 있다.

> 1. 저 비 보아라(環載. 1923. 6. 24)
> 2. 이처러워라 (環載. 1923. 7. 1)

이 가운데 「저 비 보아라」는 이광수의 「저 바람소리」의 모방인데 내용은 많이 다른 상황으로 바꾸었다. 여기서는 「이처러워라」를 예로 들고 그의 시적 처리능력을 살피기로 하겠다.

> 이쳐러워라
>
> 애쳐러워라

우리 獨立軍
茂盛한 풀밧에서
괴로운 잠자고
쓰린 비(腹)를 얼마나 쥐어뜯더니

애쳐러워라
山 발고 물말근 네 祖上나라
잇지 못할니라 잇지 못할니라
달이 고요한 그 째나
비소리 요란한 그 째나

애쳐러워라
저 靑山과 白雲 밧게서
울고 울고 헤매이는
三千萬의 同胞 兄弟가 잇난줄을
잇지 못하리라
잇지 못하리라[95]

— 下 略 —

위의 시도 앞서 「海日」의 「秋夕」에서처럼 말미의 결구가 갑자기 산만해지면서 격이 떨어지고 있어 끝부분은 생략하였다. 그러나 위 대로의 길이로 끊는다면 나무랄데 없는 가작이다.

해일과 경재의 시가 이 뒤에 다시 보이지 않는 것은 매우 유감스러운 일이다. 그들이 상해를 떠났더라도 「독립신문」이 속간되는 한에서는 얼마던지 작품을 발표할 수 있었을 것인데 말이다.

사. 李承晩과 찬송사

이승만(1875~1965)에 대해서는 구구한 설명이 필요하지 않을 것이다. 이 「讚頌詞」는 이승만이 대통령으로 재임중에 상해에서 거행된 「御天節」식장

---

95) 독립신문. 1923. 7. 1.

에서 낭송한 것이다. 내용이 신성하고 장중함은 말할것도 없으나 이 문장이
향후 개천절의 송사를 대표하는 하나의 상징적인 글이 될것이라고 여겨져서
여기에 공개하기로 한 것이다.

　우리가 알기에 이승만은 기독교 신자인데도 자신의 개인적 신앙과는 상관
없이 정부의 대표로서 스스로 어천절 행사에 참석하여 「찬송사」를 지어 나라
의 제사에 제주가 되어서 봉송한 것이다.

　이 일은 비록 77년전의 일이고 식민지시대에 있었던 일이며 임시정부시절
의 한 행사에서 일어난 사례라고 과소평가하거나 웃어넘길 수도 있는 일이다.
지금 국제화시대니 개방시대니 하는 판에 구태의연하게 단군신앙을 가지고
왈가왈부하느냐고 핀찬할지 모르나 다른 시각에서 본다면 작은 문제로 묻어
둘 일만은 아닌 것 같다.

　한 나라에는 종교가 있기마련이고 그 종교의 제사를 나라에서 봉행하는 것
은 너무도 당연한 상식일 것이다. 개인적으로는 어떤 종교를 선호하던지 일
단 한 국가의 수반이 되었다면 그 나라의 종교에 귀의하여 나라제사를 받들
어야 할 것이다. 우리는 이러한 한 역사적 사례를 1921년 3월 15일의 「어천
절」 행사에서의 이승만과 신규식의 예에서 만나보게 된다.

　　　讚頌詞
　　(三月十五日 御天節記念式에서 朗誦한 李承晩 大統領의 讚頌詞이다)
　　　　　　　　　　　　　　　　　　　　　　　　　　大統領 李承晩

온 세상이 캄캄할 째에 우리에게 낫하내시사 빗과 터와 글을 주시니 알음과
직힘과 행함이 넉넉하엿도다
그 힘을 보이시고 도로 가시샤 녯자최를 머무시니 정신과 살음과 즐김이 영광
과 평안과 행복을 엇어 문채롭게 건전하게 넘아 사랑하며 씃씃하게 이어 왓도
다 우리 황조는 거룩하시샤 크시며 지혜로우시며 힘지시샤 이를 좃차 베푸시
니 인류의 한배이시며 임검이시며 스승이삿다
하물며 그 피ㅅ줄을 이으며 그 가라침을 바라온 우리 배달민족이리오
오날을 맛나깃겁고 고마운중에 두텁고 죄만흠을 더욱 늣기도다 나아가
라신 본뜻이며 모도어라신 기픈 사랑을 엇디 니즐손가 불초한 승만은 이

를 본밧아 큰 짐을 메이고 연약하나마 모으며 나아가 한배의 씨치샴을 빗내고
질기과져 하나이다 .96)

아. 申奎植과 축사

신규식(1880~1922)은 충북 청주 출신으로 임시정부의 법무총장이 되고
이듬해 10월에는 국무총리 대리겸 외무총장의 자격으로 중화민국 廣東政府에
특파되어 손문과 협의하여 대한민국 임시정부의 승인을 받아내고 모든 원조
를 약속하는 큰 성화를 거두었다.

1922년에 임시정부 내부에 분쟁이 발생하고 광동정부에도 정변이 생겨서
손문이 피신하게 되니 민족의 앞날을 걱정하며 단식을 시작하고 25일만에 숨
을 거두었다.

이 축사는 그가 법무총장과 국무총리 대리를 겸하였던 때에 1921년 3월
15일의 어천절 의식에 대통령과 함께 나아가서 축사를 한 내용이다.

祝　詞

法務總長　申奎植

오날은
한배검의 어림하옵신 사천일백륙십일회되는 날이라 져의무리들이 공경하고 사
모하며 한갈갓흔 마음을 모아 한배검의 녯 갈으치심을 생각하며 노래함으로
오날을 지내옵나이다 모든 은총을 한량업시 쥬시옵셔 령의 지경과 셰상 일에
째짐 업시 갈으쳐 쥬시고 인도하시며 그 길과 자루를 맛기시고 큰 도리의 영
광을 낫하내시며 근원으로 도로가시니 아스달 맑은 바람과 밝은 달은 져의 가
슴을 느리 빗최이며 거려내어 깁고 놉흔 은총과 영광에서 살엇나이다.
져의는 불초하와 주신 길을 일사옵고 잇는 것을 업시하와 압흔 마음 쓸는 피
가 약한 몸을 더욱 상케 되나이다 비옵나니 용서하며 째우치어 녯터전을 닥거
내며 모든 영광을 빗내여서
한배검 사랑하시는 은택 가온데에서 일움 잇고 나감 만어 크고 놉흔 먼 실머
리를 더욱 빗나게 하여주옵소서97)

---

96) 독립신문. 1921. 4. 30. 영인본Ⅱ. 15면.
97) 독립신문. 1921. 4. 30.

Ⅳ. 한국문학사상의 위상

구국문학이 국문학사에서 어떤 대접을 받아야하겠는가는 문제제기 부분에서 이미 언급했거니와, 이 문제를 설득력있게 설명하려면 1910년 이전에서부터 1945년 이후까지를 통시적으로 관찰하는 안목이 필요할 것 같다.

우선 필자는 시가문학만을 중심으로 근대 시가의 발생을 1896년의 「독립신문」소재의 신시로 보고 여기에서 발원해서 1909년 까지를 준비기로 획정하여 이 시기의 시가를 「신시」로 규정하여 보았고[98] 신시가 약 12년정도 지속된 뒤에 1909년에 2편의 자유시를 결구하는 것으로 보았다. 모두 1909년인데 하나는 「대한매일신보」의 「한반도」이고 다른 하나는 「소년」지의 「지게꾼」(「평양행」이라는 기행문 가운데 들어있는 제목이 없는 시)이었다.

이 흐름은 1910년 이후에 두 갈래로 나누어지게 된다. 한 흐름은 의병들의 문학과 합류하면서 만주, 노령, 중국, 미국 등지의 독립투사들 사이로 번져 나갔고 다른 한 흐름은 국내에 잔류하면서 「학지광」→「태서문에신보」→「창조」 등을 거치는 동안에 검열제도하에서 식민지 체제에 알맞은 문학으로 길들여지게 된다.

일본은 1910년에 대한제국을 삼킨 뒤에 검열제도를 만들어서 모든 문화활동 특히 집회, 방송, 논설, 기사, 문예작품의 발표, 서적의 발간, 광고(벽보) 등에 이르기까지 사전에 검열을 하여 자기들의 통치노선에 합당할 때에만 허락하였던 것이니 누구던지 한 편의 시라도 발표하려면 스스로 침략자의 통치노선에 맞추어야했고 또 발표기관인 신문이나 잡지 쪽에서도 통치노선에 반하는 글을 실었다가는 당장에 보복조치가 뒤따를 것이므로 알아서 미리 조절하는 형식으로 체제긍정노선에로의 영합분위기가 조성되어갔던 것이다. 이렇게 조성된 체제긍정의 문학이 바로 관리문학인 것이다.

그러므로 관리문학은 작자 쪽에서 미리 검열을 통과할 수 있도록 조절하여 맞춘 체제긍정의 문학이라고 해서 조금도 지나친 말이 아닌 것이다.

---

98) 이상비. 한국근대초기시가의 장르체계 연구. 구인환 박사 회갑 논총. 1989년.

체제긍정의 문학이란 대체로 어떤 내용의 문학일까 하고 궁금해할 것이다. 그것은 오늘날 우리가 손쉽게 접할 수 있는 일제침략시대의 문학인 것이다. 다시말하면 1910-1945년 사이에 국내에서 생산되어 신문이나 잡지, 또는 단행본으로 발표된 작품은 모두 체제긍정 문학인 것이고 필자가 말하는 관리 문학인 것이다.

도대체 관리문학의 어디가 잘 못되었는다는 것인가 라고 의구심을 갖는 분이 있을 것이다. 어디가 어떻게 잘 못 되었다는 것이 아니고 일제침략자들이 그들의 통치를 용이하게 하고 종당에 가서는 민족을 말살하기 위하여 꾸민 음모가 바로 검열제도였던 것이므로 검열을 통과하기 위하여 자진해서 저들이 요구하는 내용에 맞게 조절하였던 것이니 "관리문학은 어쩌면 한인들이 스스로 알아서 체제에 맞게 작성한 문학"이라고 해야할 것이다. 어떤 분이 필자에게 말하였다. "검열제도가 있었으나 실제로 검열에 걸려서 발표되지 못한 작품은 극히 소수에 불과하고 거의 전부가 일본 사람들의 비위에 맞게 만든 것들 뿐이었다는 것이야. 그러니까 검열제도는 형식적인 것이었다고 볼 수도 있어…".

필자는 그렇게 생각하지 않는다. 검열에서 한 번 발표중지가 되거나 지적을 받으면 이른바 저들의 블랙리스트에 불녕선인으로 지목되어서 모든 불이익이 한꺼번에 쏟아지게 되어있으므로 누가 검열에 정면으로 감히 맞설 수 있었겠는가.

검열에서는 도대체 무엇을 하라하고 무엇을 하지 말라고 한 것일까. 구체적으로 매거하기는 어려우나 대체로 다음의 몇 가지로 추려볼 수 있을 것이다.

1. 일본 총독부의 정책을 비판해서는 안된다. 동조하거나 찬양, 묵인까지는 괜찮다.
2. 일본 왕에 대해서는 무조건 충성을 표시하여야 한다.
3. 일본인이나 일본의 역사, 문화, 종교 등에 대하여 폄훼하거나 비판해서는 안된다.
4. 조선이 멸망한 사실을 후회하거나 한탄하고 조선인이 반일감정을 갖도록

선동하는 언행은 엄단한다.
  5. 조선의 역사, 문화에 대하여 찬양하거나 우수성을 자랑하는 언동은 엄단한
     다.
  6. 특히 예술은 음풍농월의 탈속적, 현실도피적 경향, 인생파적, 유미주의적
     성향으로 유도하여야 하고 저항적이거나 반일적, 구국적인 성향을 다루어서
     는 절대로 안된다

그러므로 관리문학에서는 의도적으로 나라 빼앗긴 일이나 노예생활의 설움, 독립운동의 고취, 일인들의 잔혹행위에 대한 항의 등이 배제되었고 통속적, 인생파적, 화조풍월, 순수예술 등이 추장된 비뚤어진 예술주의 노선이 유일한 탈출구로 제시된 것이었다.

그들 관리문학에서는 나라 빼앗긴 설음이 없고, 대규모의 동족살해에 대한 분노가 없으며 이천만이 피를 토하며 외친 독립만세의 감격이 없고 6,661명이나 학살 당한 관동대진재에 대한 아픔이 없으며 3,000명이 넘게 무참하게 죽은 간도 훈춘사건에 대한 일언반구의 느낌도 찾을 수가 없는 것이다.

이런 문학이 어찌 우리 문학일 수가 있는가. 나라를 잃었던 그 비참한 시대에 문학이 "그 민족의 사상·감정"에 대하여 무엇을 표현했단 말인가. 민족이 적에게 나라를 잃고 노예로 전락하여 끊임없이 짓밟히고 죽어가는데 그 수난을 표현해주지 못한다면 어찌 그 민족의 사상·감정을 표현한 문학이겠는가.

지나친 말이 될지 모르나 관리문학은 진실의 측면에서 본다면 위장된 문학이요, 통치자의 측면에서 본다면 적에게 동조한 체제긍정문학이며 한 민족의 입장에서 냉철하게 판단한다면 민족반역의 문학이다.

그렇다면 구국문학은 어떠한가. 구국문학은 우선 검열이라던가의 표현을 가로막는 장애물이 없지 않은가. 우리의 아픔, 우리의 소망을 진솔하게 호소할 수가 있지 않은가. 그렇기 때문에 구구절절 망국의 한, 망명생활의 쓰라림, 구국의 결의로 맺어지는 감정의 흐름이 한 개의 틀로 굳혀진 작품을 어디에서든지 접할 수가 있는 것이다.

필자가 이번에 공개하는 82편의 구국문학 작품 가운데 26편은 이미 1970

년대에 발표하였으나 나머지 56편은 처음으로 국문학계에 보고하는 것임을 알아야 한다.

이 뒤에도 우라디보스토크, 만주, 하와이, 필라델피아, 샌프란시스코 등지에서 활약하던 애국투사들의 구국문학 작품이 계속하여 발굴될 것으로 기대하지마는, 1919-1945년의 식민지시대에 82편의 구국문학을 생산할 수 있었던 민족이라면, 그것도 1920 - 23년의 3년동안에 이만큼의 시가를 가질 수 있었다면 전체적으로는 더 많은 작품을 발굴할 수 있을 것이므로, 세계 어디에 내놓아도 부끄럽지 않은 입장이 될 것이라고 생각한다.

망국의 질곡시대, 36년의 암흑시대, 구국투쟁의 시대 등등 눈물과 피, 증오와 복수에 범벅이 되었던 그 격동의 시대를 철저히 외면하려하였고 또 외면하는데 성공하였던 관리문학의 위장의 덮개를 차제에 벗겨버리고, 이제 문학을 올바르게 자리매김하여 제자리에 놓는 "문학사 바로 세우기"의 큰 작업을 시작할 때가 온 것이다.

한국문학사에 있어서 구국문학의 위상을 말하라고 한다면, 적어도 1910-45년의 36년 동안의 문학사를 정리하는데 있어서 구국문학을 골조로 하여야 한다고 생각하며 관리문학은 국내에서 침략자들의 검열로 인하여 표현의 자유가 제한된 상황에서 왜곡·변형되지 않을 수 없었던 불가항력을 이해시키면서 재정리하여야 할 것이다.

Ⅴ. 결 론

말을 많이 줄였는데도 원고지 400면이 넘게 길어졌다.

당초에는 「독립신문」에 실린 시가를 하나 하나 평가하려고 생각하였으나 중언 부언하는 느낌이 없지 않고 또 인쇄의 조악으로 어떤 작품은 검은 자취만을 알 뿐 판독할 수가 없고 더러 판독할 수 있다해도 간간히 알아볼 수 없는 글자들이 많아서 어떤 것은 7-8차례나 다시 보고해서 맞추었던 때문에 문장의 사이 사이에 가위표가 들어가게 되니 상이 끊기곤해서 작품마다의 평설을 불가능하게 하였다.

이 뒤에 기회가 있다면 원본을 구해서 판독되지 않은 부분을 좀더 줄이고 아직 버려둔 2-3편의 시와 한시까지 발굴해서 구국문학의 전모를 보이도록 해볼까 한다.

국민들이 관리문학만이 한국문학의 진수요 참모습이라고 하고 있다. 초등학교에서 대학, 대학원에 이르기까지 모든 교과서가 그렇게 만들어져 있다. 또 한국의 근현대문학이 1918년 이후에 발생한 것으로 되어있기 때문에 1920년대에서 발원하여 1938년대까지 일단 매듭짓는 것으로 가르치고 있으므로 이 관리문학이 우리 문학의 전부인 것으로 알 수 밖에 없었던 것이다.

이런 마당에 「구국문학」이라는 것이 있다고 소리치고 이것만이 망국시대의 한민족을 대변한 문학이라고 외쳐보았자 별수있겠느냐고 하실지 모르겠지만, 필자는 이 논문이 발표되면 반드시 좋은 반응이 일기 시작할 것이고 그와 함께 세계 곳곳에 산재한 자료를 모으는 길도 열리고 해서 "구국문학을 골조로 한 정통문학사를 정립하자"는 운동이 일어나리라고 믿는다.

역사란 언제나 부정적인 세력에 의하여 먼저 위장·왜곡되었다가 다시 제 모습을 찾게 되기 마련이다. 그 시기가 작게는 몇 십년에서 크게는 몇 백 몇 천년에 이르는 경우도 있는 것이니 한국문학사가 광복 50년만에 바로 세워지게된다고 해서 그리 늦은 것도 아니다.

필자가 한국문학사를 구국문학 중심의 정통문학사로 다시 써야한다고 주장한 것이 1972년의 일이니까 벌써 25년이나 지난 뒤에 다시 이 일을 들춘 셈이 되었다. 그러나 이 일이 본 궤도에 오를 때까지 필자는 기회있을 때마다 이 일을 세상에 내놓고 큰 소리로 공론에 부칠 것이다. 한국문학이 한민족의 문학으로 떳떳이 설 수 있는 길이 이 길 뿐이기 때문이다.

한국문학사가 구국문학 중심으로 바로 잡히는 때에 한 민족의 긍지도 되살아날 것이고 바로잡힌 정통문학사로 국민 교육을 시킬 때에 세계를 향하여 웅비하는 민족정신도 길러질 것이 아닌가 싶다.

(1997. 1. 5.)

제 2 부 管理文學史의 誤謬와 是正

제 1 장 管理文學史와 그 克服의 問題

Ⅰ. 文學史의 點檢

일부 주장에 따른다면 한국의 근대문학사론이 착수된 것이 1930년으로 되어 있다.1) 그 뒤 여러 사람의 손을 거쳐서 1948년에 白鐵 교수의『朝鮮新文學思潮史』가 출간되었고 뒤이어 1957년에 趙演鉉 교수의『韓國現代文學史』가 나오게 된다. 이렇게 따져 간다면 한국의 문학사 연구의 역사도 거의 반세기에 접어 든다고 하겠다.

반세기에 접어드는 길다면 긴 세월을 두고 문학사 연구가 지속되어 오는 동안에 여러 가지 실험이 여기에 뒤따랐던 것이다. 가령 1948년 白鐵 교수의 문예사조적 입장에서의 관찰이라든지2) 趙演鉉 교수의 문단사적 또는 書誌學的 방법3) 등이 문학사의 방법으로 원용되면서 해방전의 단조롭던 연구태도에서 차차 벗어나기 시작했다고 할 것이다. 그런 의미에서 두 분이 내놓은『朝鮮新文學思潮史』와『韓國現代文學史』는 이 방면의 것을 총 결산한 듯한 인상을 주는 대표적인 저술이었다고 볼 것이다. 따라서 이 두 저서의 문학 이론과 평가에 따라서 오늘날 각급 중등교육과 고등교육에서의 국어, 특히 문학 교육이 실시되고 있다는 것은 우리가 잘 아는 일이다.

내가 문제시 하고자 하는 것은 바로 이 점이다. 문학 교육에서 움직일 수 없는 이론으로 되어 있는 이 두 결산서적인 문학사가 반세기의 연구서로도,

---

1) 金台俊. 朝鮮小說史 序文. 學藝社. 1939.
2) 白 鐵..朝鮮新文學思潮史.1948.
3) 趙演鉉. 韓國現代文學史. 1968.

신문학 80년의 비평사로서도 절대적 비중을 갖는 것임은 물론 그 때문에 더욱 더 후진들에게 영향하고 있을 교육적 효과의 측면에서도 이 문학사론을 주시해야겠다는 것이다.

그런데 이 절대적 비평사로서의 문학사론에 여러 가지 오류가 드러나고 있다는 것이다. 물론 반세기의 연구사이니 반성할 여지도 많고 새로운 방법의 시험도 가능할 것이므로 연구사적 발전의 當爲에서도 문학사론의 미흡이나 오류가 허다하게 발견되는 일은 항용 있는 일인 것이다.

그동안 신진들의 활발한 연구도 있었고 또 새로운 사료가 많이 공개도 되고 종래의 문학사관과는 다른 입장에서 한국문학을 보고자 하는 태도도 일어나고 해서 어차피 기왕의 문학사론이 크게 재점검되어야겠다는 말은 종종 들리는 주장들이지만, 특히 내가 이 재점검을 서두르는 이유는 문학교육에 끼치는 영향이 상상보다는 훨씬 큰 것이므로 국민의 정신적 향방이라든지 우리 문학의 오늘과 내일에도 깊이 관련하는 것이니까 시급히 바로잡지 않으면 안되겠다 하는 것이다.

대체로 기존 문학사론에서 지적되는 것들을 세 가지로 나눌 수 있겠는데 첫째가 시대 구분의 문제이고, 둘째는 문학작품의 평가의 문제며, 셋째는 문학사기록의 오류 등이 될 것같다.

시대 구분과 평가의 문제는 논자에 따라서 적의히 주장되어질 수도 있는 가능성이 전혀 없는 것은 아니다. 가령 평가에 있어서 항상 문제가 되는 문예사조적 관련에서 사람에 따라서는 한 작가나 작품을 다른 사람과 다른 견해에서 관찰하고자 하는 경우가 왕왕 있을 수 있는 것이다. 따라서 그렇게 이견을 가지고 접근하는 경우에 있어서 당연히 수반되는 문제가 문학사의 시대구분이 될 것이겠다. 말하자면 일단 문학사적 의의를 가지는 비중의 것일 때 문학사의 지금까지의 체계가 흔들리지 않을 수 없는 것은 너무도 당연한 일일 것이다.

그러나 나는 이러한 견해 차이에서 이의를 제기한 것은 아니었다. 내가 주장해 온 것은 관리 문학에 관련하여서인데, 주로 시대구분 문제와 그와 직결되는 문학 작품의 재평가 문제를 중심으로 한 것이었다.

　　나의 논지의 주요 내용은 1910년~1945년의 문학을 식민지 시대 문학으로 구분해야 한다고 하는 것이었고4) 한국의 바른 문학사는 망국시절에 마땅히 해외로 나갔어야 할 정부나5) 그와 관련한 단체와 기관의 항일투쟁 문학을 중심으로 이 시대의 문학을 정리하고 국내에서 적의 가혹한 탄압 아래에서 발표된 관리 문학은 따로 다루되 종래의 평가와는 달리 하자는 것이었다. 일찌기 독일의 헤르더(Herder, Johann. Gottfried von, 1744~1803)가 문학을 대별하여 그 중의 하나를 技巧詩(Kunst poesie)로 정리한 것처럼6) 식민지 시대의 일종의 軟文學을 특별히 정리하여야 한다는 제언을 여러번 하였었다.

　　또 평가의 문제에 있어서도, 지나친 서구화주의는 삼가는 것이 좋겠다는 것이 나의 의견이다. 우리가 우리 문학을 너무 서구화주의의 공식에 기준을 두고 보고자 할 때, 엄밀히 따진다면 1910~1945년의 시대에서는 근대의 근거를 발견할 수가 없으며, 아무래도 1950년대 이후로 내려와야 할 것이고 더 정확한 근대성은 4·19혁명 이후에야 찾아 볼 수 있으므로, 근대=개인이니 문단형성의 조건이니 문예사조적 입장의 고수만으로 우리 문학을 평가하다가는 아름답고 진실한 민중의 정신을 외면할 우려가 있다는 것이 나의 주장이었던 것이다.7)

　　그렇다고 해서 서구적 방법을 전혀 무시하자는 것은 아니며 종래 白鐵 교수와 趙演鉉 교수가 취하여 오던 방법도 크게 참작하여 문제를 다루어 가되 서구일변도의 경향을 지양하고 좀더 문학이 한민족의 시대적 정신의 表象이라는 극히 원칙적인 데서부터 재출발하여 시대의식이 그 시대의 문학을 통하여 얼마나 진실하게 반영되고 있는가의 소박하고 순수한 가치의 인식이 있어야 겠다는 것이다. 8) 다시 말하면 가치의 인식 방법이 서구화주의의 圖式主

---

4) 李相斐. 國文學에 있어서의 時代區分의 考察. 圓光大 論文輯 第六輯.
5) 여기에서는 1919年 己未獨立宣言을 근거로 樹立된 上海의 大韓民國 臨時政府를 말한다.
6) 李靑原. 韓國近代文學史는 다시 써야 한다. 朝鮮日報 1973. 5. 30.
7) 李靑原. 韓國近代詩歌史硏究(二). 韓國文學. 1974. 11月 號 참조.
8) 註 6. 참조.

義라든지 한국의 현실성을 도외시한 별개 공식의 강요가 제래한 형식주의를 떠나서 보다 민중의 정서라든지 또는 시대 정신의 표현이라는 측면에서 문학을 파악하여 아무리 그것이 세계적 수준에서 뒤떨어지고 치졸하고 전근대적이라 하더라도, 그 시대를 살아가는 민중의 소리가 얼마나 성실한 것이었던가에 관심을 갖는, 주관적 가치관의 정립이 필요하다는 말이다.9)

이러한 나의 입장에 대해서는 여러분의 이해가 있었으며 특히 白鐵 교수 같은 분은 직접 자신이 정리한 사론과 관련되고 있음에도 불구하고 격려를 아끼지 않았던 것은 잊을 수 없는 일 가운데 하나라 할 것이다. 나는 조금도 기왕의 사론에 대하여 부정적이라든지 대립적인 자세가 아니라 우리 문학의 집계를 보다 포괄적으로 해야겠다는 것이 당초의 뜻이었으며 기존 문학사론을 일단 극복하고 문학사의 외연을 해외로 확대하고 또 국내에서도 미발표 작품에까지 손을 써서 전민족의 정신의 표상으로서의 문학사를 마련해야 겠다는 것이었다. 지난 여름 (1974년 6월)에도 白鐵 교수와의 담론 가운데 관리 문학에 대한 나의 견해를 밝힌 일이 있었다.

시대가 표현의 자유를 억압하게 되면 문학은 반드시 표현에 신경을 쓰게 되어 난해해지거나 내용의 공허화로 변질되어 종당에는 사상의 부재를 나타내고 형식만을 추구하는 방향으로 가게 된다는 생각을 가져왔습니다. 그와 반대로 시대가 여러 가지로 자유스러워지면 표현이 아주 쉬어지고 작품의 경향은 사상이나 사회적 관심을 띠는 것 같이 보였습니다.

그래서 이런 생각을 바탕으로 식민지 시대의 문학을 보면, 여러모로 흥미 있는 일들이 나타나게 됩니다. 곧 1910년 한·일 합방 후에 국내는 감옥으로 변하였고 국외의 동포는 광복전쟁으로 접어 들었습니다. 그러니 예술의 표현 방법도 국내와 국외가 다를 수밖에 없어서, 조국 광복 전쟁으로 바뀐 국외의 문학은, 주로 운문 중심이었으며 운문 가운데도 창가조의 8·8조를 애창하였습니다. 거의 1930년대까지 창가 형식이 유행하게 되는 것을 볼 수 있는데, 이것은 아마도 항일 사상의 고취라는 정치적 현실이 압도적이었으므로 뭣보다

---

9) 註 7. 참조.

　平岡敏夫. 日本近代文學史研究. 1973. PP. 408~409. 柳田泉外座談會, 明治
　文學史 . 1971. PP. 477~533.

도 사상의 전달이 중요하였던 것입니다. 이 경우에 있어서는 전달을 위한 방편으로 형식이 선택되기 때문에 일반 민중이 널리 알고있는 8·8조의 형식을 채택하게 된 것이라 생각됩니다.

그러나 국내에서는 표현이 제한되었기 때문에 일반 민중이 널리 알고 있는 정치나 사상에 대한 관심이 전혀 차단되었고 또 그런 관심은 죽음과 바꿀만한 위험 속에 있었기 때문에 예술은 형식의 미화에 경도될 수밖에 없었던 것입니다. 해방 후의 문학은 대부분 이러한 관리 문학의 형식미에 영향된 바가 크다고 할 수 있습니다.[10]

내가 여기 새삼스럽게 이런 이야기를 곁들이는 것은 다름이 아니라 문학사의 재평가 문제가 제기된 이래 국문학계는 물론이요, 사학계나 철학계에서도 깊은 관심을 표명하였으며 누군가의 손을 거쳐서 단행되었어야 할 일이었다는 긍정적인 반응을 보였던 것은 사실이다. 그런데 일부 문학계 인사들 사이에는 이 문제를 다만 학구적인 태도로서가 아니라 감정적으로 오해하여 버리는가 싶어서 몇 마디 사족을 붙여 두는 것이니 이해 있으시기 바란다.

시대 구분이나 평가 문제는 그렇다 치고, 지금 쓰이고 있는 문학사의 기록이 잘못된 부분을 지적하면 다음의 몇가지로 구분할 수 있겠다. 첫째, 창가의 명칭 문제와 자유시의 嚆矢 문제로서, 오늘날 이미 공개된 다른 분의 연구 자료나 내가 발굴한 자료에 따라 조사하여 본 결과 해외에 있어서의 창가는 1930년대 까지 유행되었으며[11] 1906·7년대에 오면 창가는 이미 洋曲 플러스 우리말 가사의 형식이 아니라 순전히 음곡에서 탈피한 것으로서의 역할을 훌륭하게 해내고 있음을 본다. 그러므로 마구잡이로 창가라는 명칭으로 부를 수 없으며 창가 - 애국가 - 警世歌 - 자유시의 순서로 이행하고 있으니까 그에 알맞은 명칭을 찾아서 불러야 할 것이다. 대체로「독립신문」시대, 그러니까 1896년의 연호 사용이라든지 황제 즉위가 있을 무렵에서 1905년까지가 창가와 애국가(가창 하지 않은 읽기 위해서만 쓴 시)가 공존하였고,

---

10) 1973년 6월 12일 白鐵 교수가 圓光大學校 大學院 講義次 오셔서 만나게 되어 文學史論에 대하여 長時間 談論하였다.
11) 李相斐. 近代初期詩歌의 名稱研究. 圓光大論文集. 1972.

1905년의 을사조약 뒤에는 시가 戱畵, 풍자적인 경향을 나타내며 대체로 경세적인 시로 변화하여감으로 이 무렵의 것은 특별한 가사를 빼놓고는 대개 경세적인 시로서 주권 회복을 내용으로 한 것이다. 이것이 1910년까지 지속되고 그 뒤에는 해외로 나간다든지 국내에서 의병이나 민중의 비밀한 생활 속으로 모습을 감추게 되었던 것이다. 이와 같은 경위로 창가의 획일적 호칭이 부당하다는 것이 나의 의견이다.

그리고 창가·경세가의 主潮가 8·8조였으나 1908년 「少年」지의 창간으로 「新詩」가 잠깐 보이나, 이것은 최남선의 시도로 잠깐 보일 뿐 그 뒤의 과정에서는 「少年」「靑春」 등에서 보이는 바와 같이 다시 8.8형식으로 되돌아간다.

이런 가운데서도 1908·9년에 경세가류의 8·8조가 부서지고 10·13이라든지, 12·14 등 다양한 混調를 이루면서 자유시의 출현을 예고하게 되고 드디어 1909년에 두 편의 자유시가 나타나게 되는데 이것은 우리 문학 사상의 일대 사건으로 볼만하다.12)

나는 몇 군데서도 1914년서부터 「學之光」에서 발견되는 자유시가 1909년대의 전통을 계승한 것이 아니라 일본 유학생들에게서 새로 시험된 것이라는 생각은 말해 왔다. 그러나 1919년 「創造」의 출현에서 권두시로 등장하는 주요한씨의 「불놀이」가 자유시의 효시라는 평가는 일단 유보할 필요가 있다는 것이다. 본래 효시라는 말은 「처음」이라는 뜻이어서 여기서는 자유시의 처음을 말하는데, 「불놀이」를 살피면서 그 산문시체나 상징적인 수법이 보여주는 현대감각은 자유시의 처음이라고 하기에는 곤란한 점이 많다. 자유시의 처음이라면 조금은 미흡하고 불안한 취약점이 시 자체에서 풍겨 와야 하는 것이다. 그래서 나는 자유시의 처음을 1909년대로 소급할 필요가 있다고 보는 새로운 견해를 발표한 것이었다.13)

또 소설에 있어서도 우리가 흔히 말하는 口語體라는 기준이 매우 큰 관심

---

12) 上揭論文 참조. 李承晩 〈枯木歌는 이미 發表된 것.〉 朝鮮日報. 1973. 11. 18.
13) 李相斐. 自由詩의 形成過程에 관한 考察. 韓國言語文學會學術發表會.1973. 5. 12
　　李靑原 〈韓國近代文學史는 다시 써야 한다〉 (全北日報) 1973. 5. 18.

거리이다. 구어체의 실현이 1919년 「創造」 이후라는 정론에 대하여 내가 반대해 온 것은, 한국 근대어에 있어서 구어체의 본질적인 반성이 앞서야겠다는 데에서였다. 우리의 국어에서 문장어라고 하는 것이 존재했었는가도 생각해 볼 일이며 흔히 말하는 「노라」, 「더라」, 「이라」, 「더이다」 등을 문장어로 규정한다면 그 규정이 옳은 것인가도 살펴 보아야 한다. 다시 말하면 신소설이나 이광수의 어투가 곧 文語일 수는 없으며 또 「이라」, 「더라」 등은 지금도 일상어에 널리 쓰이므로 신소설 시대에는 그것이 완전한 구어였을지도 모르는 것이다. 일본에서도 문어체가 공문서 같은데서 자취를 감춘 것은 1945년 이후라는 것을 생각할 때14) 이 문제는 단순한 것은 아닌 줄 안다.

그래서 나는 문장 혁명을 일으킨 것은 「創造」가 아니라 1896년의 「독립신문」이라는 데에 확신을 갖는다. 그 이유로는 「독립신문」 이전의 「漢城旬報」나 「漢城週報」의 문장과는 달리 「독립신문」의 문장은 구어체 그대로였으며 이 전통이 뒤의 「협성회회보」나 「뎨국신문」, 「대한매일신보」 등에 계승되고 한편으로는 신소설에서 소설문체로 받아들이기에 이르는 것이다. 어떤 경우를 보면 「독립신문」의 문체는 1920년의 문장에 비하여 훨씬 구어체의 성격이 강하게 나타나고 있는 것을 볼 수 있다.15) 이렇게 보아 간다면 신소설, 이광수의 산문, 김동인의 산문에 이어지는 과정에서, 언문일치는 이미 「독립신문」때에 단행된 것이므로 구어체 문장의 정착을 1896년으로 거슬러 올린다면 1919년에 와서 언문 일치 운운은 무의미한 것이 된다. 다만 「創造」지의 문장에 기여한 것에 대하여는 별도의 공적으로 다져야 할 것으로 믿으며 1896년의 문장 혁명 이래 상거 33년의 세월이 흘렀으니 다시 그 시대의 구어에 알맞게 문어를 개척한 것은 인정할 만한 일이다. 가령 「그」라는 인칭의 창설이라든지 過去 時制의 사용 같은 것으로 현대 국어에의 접근을 대담하게 시험한 공로는 높이 평가되는 것이나 언문 일치의 문장 혁명의 영광은 벌서 「創造」 이전의 시대 사람들의 것일 수밖에 없었다.16)

---

14) 龜井孝 外. 日本語의 歷史(六). 1970. P. 212.
15) 李青原. 韓國近代詩歌史研究(三). 韓國文學. 1974. 12月號.
16) 여기서는 〈독립신문〉 발행연도인 1896년에서 〈創造〉 발간연도인 1919년 까

또 「創造」지의 소설에 대하여 종래 논증되었던 바와 같은 리얼리즘이나 자연주의가 있었느냐도 생각해 볼 문제이다. 김동인은 리얼리즘이나 로만티시즘에 대하여 조금은 알고 있었던 것 같으며 이런 추측은 「創造」지 편집후기에 보이는 김동인의 고백에 의하여 충분히 입증되지만, 김동인의 문예사조적 이론의 수준이 어떠한 것이었는가도 문제이며, 또 그 이론이 창작의 과정에서 어떻게 구현되었던가 하는 것도 문제거리일 것이다. 생각건대 그의 이론의 수준은 단지 소설을 종래의 조선 소설의 입장-곧 무가치하게 여기거나 천시했던 소설과 소설가에 대하여 이의를 제기하고 예술로서의 문학, 다시 말하면 독자적 생명을 가진 소설 문학의 정립을 위하여 노력한 정도에 머물고 있는 것으로서, 그것은 봉건적 소설관에서의 탈피를 모색하고자 하는 수준에 있음을 말하는 것이다. 이러한 것을 방증하는 자료로는 일본 도오꾜에서 「創造」지를 창간하던 전해 1918년 「學之光」에 발표한 김동인의 글 〈소설에 대한 朝鮮사람의 思想을〉을 들 수 있는 것이다.17)

한편, 다른 부분의 오류를 몇 가지 살펴보면 이 오류들이 모두 문학사 기술의 성실성과 관계되는 것으로서, 대개 書誌의 고증이 전혀 등한시 되었다는 점이며, 그 때문에 추정적 기술의 방법을 쓰고 있는 곳이 몇 군데 눈에 띈다.

가령 이태극 교수의 「시조개론」에 보면, 근대 시조가 「동경유학생회보」(이 명칭도 나의 조사에 따르면 옳지 않은 것으로, 바른 이름은 「동경유학생회학보」이었다.)에 실린 「國風」이라는 시조가 처음인데 1903년으로 추산된다18) 는 기록이 보이는데 이 대목은 근대 시조의 처음을 말하는 것으로 매우 중요한 부분이다. 그런데 내가 조사해 보니까 1903년에 「동경유학생회학보」는 나온 일이 없고 이 會誌의 창간호는 1907년에야 나왔다는 것을 알게 되었고, 또 「국풍」이라는 시조가 실렸다고 하였는데 그것은 「國風」이 아니라 「病中」이었다는 것이 드러났다.19) 또 시조의 부흥도 「百八煩惱」의 출간에서 부

지를 말함.

17) 金東仁. 小說에 對한 朝鮮사람의 思想을. 學之光. 第18號. 1918.

18) 李泰極. 時調槪論. 1969. PP. 364~365.

터라고 하였는데 사실은 이보다 17년이나 앞선 1909년에 「대한매일신보」에 「스조」란을 두어 「즈강력」이라는 시조를 처음으로 하루에 한 편씩의 근대시조를 연재하고 있음20)으로 이것 만으로도 근대시조의 일반화가 한·일합방 이전에 있었다고 할 수 있을 것이다.

또 『韓國現代文學史』는 한용운에 대한 소개 부분에서 「惟心」에 시를 연재하고 그것을 한 권의 시집으로 냈다고 하고 있으나,21) 한용운이 주재한 「惟心」은 3권으로 끝난 불교지였으며 여기에는 한용운이 낸 시집 「님의 沈默」에 수록된 시는 한 편도 실린 일이 없는 것이다.22) 이것은 여러번 발표한 것이기 때문에 여기서는 줄이기로 한다.

「創造」지의 발행에 대해서도 『韓國現代文學史』는, 2권까지 도오꾜에서 발간되었고, 3~9권은 서울에서 냈다고 하였으나 나의 조사에 의하면 8~9권만 서울에서 발간되었다는 것이 밝혀졌으며 이것도 여러번 발표하였으므로 여기서는 그 구체적 인증을 삼가기로 한다.

또 창가의 작자에 대하여서도 『韓國現代文學史』는, 「李용우作, 李중원作」이라고 표기하고 이렇게 성은 한문으로 이름은 한글로 썼다는 것은 언문일치 정신이 투철한 것을 볼 수 있는 증거라고 상찬하고 있으나 기실 원전인 「독립신문」에는 「李중원作, 李용우作」 따위의 성을 한문으로 한 기록은 없으며 모두 「리용우, 이중원」으로 되어 있는 것이다.23)

적어도 문학사의 기술이 이렇게 허술하여 원전을 상고하지 않고 기록 되어서야 반가운 일은 아니다. 이런 일은 작다면 작고, 크다면 큰 문제들이겠으나 어쨌든 시급히 시정해야 할 오류들임에는 틀림이 없다.

---

19) 李青原. 韓國近代文學史는 다시 써야 한다. 朝鮮日報. 1973. 5. 30.
20) 上揭書 참조.
21) 趙演鉉. 韓國現代文學史. 1968. P. 596.
22) 그가 主宰한 雜誌 〈惟心〉 은 三卷으로 마감했으며 創刊號에 〈心〉이라는 詩가 있으나 이것은 漢文투의 것으로 〈님의 沈默〉에 收錄된 것과는 전혀 다른 詩임.
23) 趙演鉉. 韓國現代文學史. 1968. P. 279.

Ⅱ. 管理文學과 그 克服問題

한국사의 시대구분을 보면 1910~1945년을 분명히 「日帝侵略時代」로 규정하고 있다. 그런데 문학사에는 그런 구분이 전혀 보이지 않는다. 몇 분의 사론을 예로 들어 보면 다음과 같다.

1. 趙潤濟「국문학사개설」(1967)
  第4章 근세문학 (英祖 ~ 3·1)
    1   (省略)
    2   後期(甲更 ~ 3·1)
      第 1 節 시대의 개관
      第 2 節 신소설의 등장
      第 3 節 근대소설의 출현
      第 4 節 창가의 유행
      第 5 節 신시의 胎動
      第 6 節 한문학의 쇠멸
  第5章 최근세문학 (3·1~8·15해방)
      第 1 節 시대의 개관
      第 2 節 문단의 형성
      第 3 節 신문예 운동의 발흥
      第 4 節 문학의 사조적 전개
      第 5 節 문학의 난맥
      第 6 節 국문학의 위기
      第 7 節 현대문학(8·15해방 이후)

2. 金思燁「국문학사」(1945)
  第6編 현대문학
    第 1 章 신문예의 발아
      第 1 節 개관
      第 2 節 발아기의 문단
        第 1 項 신소설의 대두와 신시
        第 2 項 舊劇과 新劇
    第 2 章 3·1운동과 신문예의 발전

第 3 章　문단춘추 시대
第 4 章　불안사조와 주지문학
第 5 章　문학사조의 유실과 기교의 발달
第 6 章　암흑시대의 문학

3. 白鐵 「조선신문학사조사」 (1952)
第 1 章　개화사조와 신소설
第 2 章　민족주의와 신문학의 초창기
第 3 章　문예사조의 혼류와 순문학 운동
第 4 章　퇴폐적으로 문학이 병든 시대
第 5 章　노만주의 「華麗한 時節」
第 6 章　신문학의 수준과 자연주의의 위치
第 7 章　主潮 밖에선 제경향의 문학
第 8 章　신경향파 뒤 10년간
第 9 章　정세의 변천과 예술파의 신흥
第 10章　암흑기와 문학지상의 시대

4. 趙演鉉 「한국현대문학사」 (1968)
第 1 章　근대문학의 胎動
第 2 章　근대문학의 탄생
第 3 章　최 남선과 이 광수의 문학
第 4 章　근대문학의 전개
第 5 章　1920년대의 중요 작가들
第 6 章　1930년대의 개관

　이상에서 네 분의 문학사론을 훑어보는 가운데 누구나 첩경 느끼는 것이 있다면 아마도 식민지 시대가 그분들의 시대구분 속에서는 무시되고 있다는 사실일 것이다. 다시 말하면 네 분의 문학사론에서는 일제 침략 시대에 대한 특별한 의식이 없다는 것이다. 놀라운 일이다. 그러나 다른 각도에서 보게 되면 그렇게 된 상당한 이유가 있음을 알게 된다. 한국 근대문학사 연구의 오류를 유발케 한 요인이라는 것이 바로 서구주의의 공식이다. 서구주의의 기준으로라면, 아직도 미숙의 상태에 있는 한국의 문학을 서구적 공식에 어거지로 맞추다 보니까 더러의 무리가 생기고 평가의 오류가 드러나게 된 것이다. 가령 근대=개인이라는 공식도 그렇고, 문단 형성의 공식, 그리고 근대 문예사조의 공식 등등 서구의 방법에 의하여 한국을 평가하려는 그 서구적 도식주의가 한국의 문학사론을 좁고 특이한 성격의 문학으로 유도한 것이다.

이 도식주의의 병폐는 한국의 문학적 현실을 지나치게 피상적으로 다루어서 창가나 신소설의 시대는 근대의 준비기로서의 값어치밖에 없다고 간주하게 되고 육당·춘원은 근대문학에로의 과도적 시대를 장식한 사람들이며 1919년대의 문화정책에 의하여 현란한 문학의 꽃이 피어 가위 문예부흥의 시기가 왔으며 여기서부터 개인의 발견, 문단 형성, 문예사조의 공식을 적용하고자 한 것이다.

그러나 1919년대의 한국의 문학적 현실이 근대문학의 요건에 걸맞는 시대라고는 볼 수 없는 것이며 그런 요건을 충족하기에는 아직도 많은 미흡과 낙후와 전근대적 유습이 지배하고 있었다. 이러한 상황 위에 근대문학의 사관을 불시착 시켰으니 이것 부터가 한국 근대문학사 연구 40유여 년의 일대 착오였던 것이다. 왜냐하면 근대적 공식을 가지고 한국문학을 분류해 가는 가운데 많은 무리와 부회가 있었을 것은 뻔한 일이며 그러는 사이에 자신도 모르게 중대한 과실 속에 묻히게 된 것이다. 그것이 바로 항일문학을 매몰해 버린 일이다. 항일문학의 매몰은 어쩌면 서구주의적 공식의 실현에서 야기된 것으로 이것은 일제 식민지 치하에서 저항한 위대한 민족의 피의 역사를 문학 밖으로 몰아낸 결과가 되어 버렸다.

해방 전의 문학사론은 그런대로 이해할 만한 이유가 있다. 일제의 검열이라든지 여러가지 간섭이라든지 때문에 저항 분야는 후일을 약속하는 수밖에 없었다고 하자. 그러나 해방 후에 출판된 문학사론이야 변명할 여지가 없을 것이다. 누가 이것을 방해 했는가. 아무도 없었다. 그런데 왜 반세기에 걸친 민족의 정신사를 외면해 버렸을까. 그것은 앞서 말한 바와 같이 근대문학의 공식이 빚어낸 어쩔 수 없는 과실이었다.

나는 이 과실이, 반드시 친일적인 것이라고는 하지 않으려 한다. 식민지치하에서 한국 근대문학사론을 엮어낼 때, 그 저변에는 민족의 긍지 문제 같은 것도 작용했던 것으로 볼 수도 있으며 그런 의미에서라면 반일적 표현의 한 형태로서도 이해할 만한 것이다.

그러나 백보 양보한다 하더라도 과실은 과실일 밖에 없으며 그 과실이 짊어져야 할 책임이 여간 무겁지가 않다. 기존문학사의 논지에 따른다면, 이 문학사론들이 말하는 것은 모두 1919년 이후의 눈부신 문학활동을 말하게 되므로, 일본 식민지 치하의 잔혹이 엄폐되어 버렸으며 또 국내에서 검열을 통하여서만 발표된 문학작품을 중심으로 문학사라하여 엮어 놓았으니 국내, 국외에서 반세기 동안이나 항쟁한 임시정부를 중심으로 한 거족적 구국투쟁이 완연히 무시된 것이다.

나는 기왕의 문학사론에 대하여 두 가지 사실을 공인하라고 말하고 싶다.24) 첫째는 일제 36년 동안의 식민지 생활이고, 둘째는 상해 임시정부의 활동과 국내외의 항일 투쟁을 시인하라는 것이다. 시인한다면 서슴치 말고 1910~1945년의 문학을 「日帝侵略時代의 文學」이라든가 「植民地時代의 文學」으로 구분해야 할 것이 아닌가 하는 것이다.

내가 식민지 시대에 검열을 통하여 발표된 문학을 일러 관리문학이라고 하는 것은 친일문학이라고 하는 개념과는 전혀 다른 뜻으로 쓰는 말이다. 내가 이 말을 쓰게 되기는 1971년의 논문에서부터 인데 25) 내뜻은 일제 식민지의 관헌들에 대한 관련성을 강조하는 뜻으로 한 것이었다. 일제가 기미 독립 선언 이후 문화정책을 시행했다고는 하지만, 조선사편수회를 만들어 민족 말살을 획책하려 했다든지, 조선어학회 사건이라든지, 종당의 창씨 개명에서처럼 그들의 표방한 동화정책의 일환으로 짜여진 의지적 정책이며 흉악한 음모로 꾸며진 문화정책이었다는 것은 천하가 다 아는 일이다. 이 민족 말살의 음모가 정책적으로 표현된 것은 다름아닌 검열제도였다. 검열은 한국문화의 방향을 그들의 뜻에 따라 유도할 수 있는 충분한 힘을 가진 제도였다.

검열의 마력은 한국의 문학을 이색적인 것으로 전환시키는 데 성공하였던 것이니, 연문학(軟文學)의 특성을 바탕으로 출발한 국내문학을 유미적, 신변적, 통속적 방향으로 굳힘으로써 자연히 기교라든가 형식미의 추구에 열중하

---

24) 李相斐. 國文學에 있어서 時代區分의 考察. 圓光大 論文集. 1971.
25) 上揭書 참조.

게 하였다. 그것은 결국 국내문학의 성격을 반국가적, 반민족적·반인간적인 일련의 현실 도피 사상이라든지, 기롱·희화적인 태도라든지 또는 비자주적 가치관의 전수라든지의 타기할 습성으로 성장하게 하였다.

식민지 시대의 이러한 문학정책에 의하여 성장한 문학은 정상적인 시대의 문학과는 매우 다른 것으로서 적어도 1910년 까지의 문학과도 현저한 이질성을 보여주는 것이다. 한일합방 이전까지의 시대에는 문학의 성격이 반일·애국·근대화로 집약되는 것으로서 시대정신을 성실하게 대변하고 있는 느낌을 준다. 그러나 1910년 이후의 국내문학에서는 이러한 성실성이 자취를 감추고 만다. 아마 총독부의 금기조항인 애국·민족과 관련된 사상은 엄단 했을 것이기 때문에 그럴 것이다. 이렇게 문학이 가지게 마련인 시대정신의 구상화라고 하는 상식적인 진실조차 거부당해야 했던 상황에서 문학이 찾아가야 할 길이 어디일까는 뻔한 일일 것이다. 이 때의 문학은 시대정신의 관심을 배제하여야 했기 때문에 싫던 좋던 고독한 개인으로 돌아가지 않으면 안 되었다. 이러한 제약된 개인은 또 일제가 허여한 유미·희화·기롱의 문학을 할밖에 없었던 것이다. 그러므로 이 무렵의 문학을 했던 사람들은 이러한 좁고 어려운 길에서 자신들의 진실을 소중히 지키느라 정상적인 시대의 문학이 치렀던 몇 갑절의 부담을 무릅써야 하였던 것이다.

나는 이러한 문학을 가리켜서 관리문학이라고 한 것이다. 일제 식민지의 관리들이 그들의 정책적 의지에 따라 통제한 데서 시작하여 그런 풍토에서 성장한 특수 체질의 문학을 가리켜서, 일제가 관리했다는 뜻으로 그렇게 부른 것이다.

이 관리문학을 중심으로 엮어 놓은 문학사론을 극복해야 겠다는 말은 곧 식민지의 정책 속에서 성장한 문학의 극복이란 말과 같은 것이다. 앞서도 말한 바와 같이 한일 합방 이전까지의 애국·항일의 운동은 1910년 이후에는 국외로 빠져나가고 국내에서는 지하로 숨게 된다. 식민지 시대 36년의 공백을 건너 뛰어서 1945년부터 다시 자주·자립의 1910년대까지 지속되었던 전통이 계승된다. 이렇게 말하면 1910~1945년에는 애국·반일의 전통이 단절되었다는 말은 아니고 이것은 국내에서는 지하에서, 국외에서는 상해 임시정부를 중심으로 한 광복 투쟁을 통하여 더욱 고양되어 오다가 해방과 함께 국내에서 통합·계승되는 과정을 밟게 되었다는 말이다.

그렇다면 지금까지의 문학사는 관리문학을 다루고 있을 뿐, 다른 많은 분야의 문학을 빼놓고 있음을 알게 된다. 이래서 나는 지금까지의 문학사론의 방법을 지양하자고 주장하는 것이며 「뭣이 더 서구적 방법에 가까운가?」를 따지지 말고 「뭣이 더 민족의 정신사에 성실한가?」를 밝히는 문학사론으로 바꾸어야 할 것이라고 주장하는 것이다.

문학은 정신의 표상이다. 정신은 생활을 형성한 인간의 모든 내부활동을 말하는 것이라야 할 것이다. 인간이 생활을 꾸려 나가는 가운데 일어나는 모든 외형화를 가리켜 우리는 문화라는 일반적 개념에 포함시키며 그 가운데 가장 고조된 정신의 발성을 문학이라는 양식에 담아서 구상화 한다. 그렇다면 문학은 그 시대의 의식을 대변하는 목소리일 것이며 문학이 시대의 목소리라면 보다 대중적이고 보다 민족적 관심에로 접근한 문학일수록 진실한 것일 것이다. 우리가 민요를 사랑하고 소박하고 직절적(直截的)인 표현을 사랑하는 것은 이러한 진실 문제 때문인 것이다.

이런 이유로 삼국시대에는 그 나름의 문학이 있었고 고려와 조선에는 거기에 알맞은 문학이 있었다. 따라서 구한국 시대에는 그 시대의 목소리로서의 문학이 없을 수 없다. 나라 잃은 식민지 시대에는 국내·국외에서의 목소리들이 있었을 것이다. 그러한 시대의 목소리가 우리들의 정신의 목소리이며 동시의 시대 의식의 표징이라면 그 문학을 통하여 그 시대 정신의 진실을 이해하는 것이 문학사론의 바른 태도일 것이다.

그렇다면 시대정신의 참모습을 밝히는 방법에 있어서 하필이면 서구적 공식에 맡길 것은 아닌 것이며 우리의 눈과 판단으로 정리해 가는 주체적 가치관의 수립이 요구된다고 할 것이다. 앞서 말한 서구적 공식의 적용에서는, 미숙한 문학이라 할지라도 그것이 얼마나 그 시대를 살아간 사람들에게는 뜨거운 사상이었으며 애용된 문학이었던가에 따라서 우리는 그 문학을 평가할 수 있는 것이다.

그런데 여기서 빼놓지 못할 문제가 있다. 그것은 문학 작품의 예술성이다.

다시 말하면 아무리 그 시나 소설이 시대정신을 성실하게 반영했다 하더라도
그 작품이 문학적 가치가 없다고 할 때에는 문제가 되지 않는다26)는 의견에
대하여서이다. 이 문제는 어차피 해명하고 넘어가야 할 중요한 부분이라고
할 수 있다.

도대체 문학적 가치나 예술적 가치라고 말할 때 그것은 무엇을 뜻하는 것
일까. 우리가 흔히 시에 있어서 시적 미학이라고 말한다든지 소설의 미학이
라고 할 때, 이 미학이나 가치의 애매성은 반드시 구명할 필요가 있는 것으
로서 이것이 밝혀지지 않고는 문학사론에 대한 제의는 무의미한 것이다.

일반적으로 우리가 문학적이라거나 예술적 또는 시적이라고 말할 때 그 어의
의 지시는 형식미 쪽에 치중된 것으로 이해된다. 이것은 헤르더의 분류에 따른
다면 자연시(Natur poesie)보다는 예술시(Kunst poesie)에 가까운 것 같으
며27) 콘(Jonas Cohn, 1869~1947)에 있어서의 형성(Gestaltung) 가운데
형식화(Formung)에 해당되는 것이며, 또 그 내적인 완전성(Vollständigkeit)
일지는 모른다.28)

그러나 예술은 단지 Formung(形式化)에 그치는 것은 아니며 이미 헤르더
에 있어서도 자연시를 예술시 보다 우위에 놓고 있음을 볼 수 있고 이러한
경향은 뒤에 쉴러(Johann Christoph Friedrich von Schiller, 1759~
1805)에 있어서의 유희미(Schönheit des spiels)의 이론에서 뒷받침 되는
것으로, 그에 의하면 유희미의 성립을 융화된 상태, 곧 이성과 감성, 의무와
경향성의 융화를 말하는 마음의 상태를 인간성의 최고의 이상적 경지로 하고
그것을 「아름다운 魂」(Schöne Seele)이라고 하였으며 이 표현을 「優美」
(Anmut)라 하였다.29) 이러한 태도는 현대의 하르트만(Nicolai Hartmann,

---

26) 註 10 참조.

27) 이 部分의 理論에 대해서는 Herder의 다음 두 가지의 論文을 참조 하기 바람.
   〈Fragmente über die neuere doutche Literatur.〉 1767.
   〈Abhandlung über dem Ursprung der Sprache.〉 1772.

28) 이 部分의 理論은 Cohn의 論文 〈Allgemeine Asthetik〉 1901을 참조하기
   바람

29) Schiller의 이 理論은 특히 〈über Anmutund Würde〉 1793에서 明白하여진

1882~1950)에 와서는 「客觀化된 精神」(der objektivierte Geist)에서 종합되는 인상을 주는 것으로30) 보편적 이념적인 것이 차차 가시화(可視化)의 과정을 밟으면서 직접적이고 구체적으로 간취됨으로써 영속성을 가지는 것이라고 하고 있다.

근래의 그린 (Theoder M. Greene, 1887)에 와서는 예술 작품을 개성적 존재임과 동시에 역사적 현상으로서의 특수한 소산으로 보고 있으며 그는 예술 작품에 접근하는 방법으로서,

> 1. 예술의 역사적 성격을 규정하는 역사적 비평 (historical criticism)
> 2. 예술가의 개성을 이해하는 재창조적 비평 (recreative criticism)
> 3. 예술적 가치를 평가하는 재단식 비평 (judicial criticism)

의 세 종류를 든다. 그리고 이 방법의 비평적 기준으로서 양식이나 완전성뿐 아니라 미적 영역을 초월하는 진리나 위대함을 포함하여 다루고 있는 것이다.

아무튼 예술적 가치를 평가하는 기준은 하나로 요약할 수는 없는 것이지만, 대체로 작품 자체의 고유성에 따라서 작품의 독자적 가치를 해명하려는 경향과 작품을 작품 외적인 사회적·역사적·시대적 조건과의 관련성에서 평가의 요인을 찾는 것으로 나타나 있으며 오늘날의 예술 비평의 유형은 대개 다음의 몇 개 계열로 나눌 수 있는 것이다.

> 1. 예술작품의 평가를 작가가 살았던 시대나 환경의 사회적·경제적 조건에 의하여 설명하려는 마르크시즘이나 테느류의 사회학적 비평 (sociological criticism).
> 2. 심리학을 비롯하여 생리학이나 병리학 또는 프로이트류의 정신분석의 조작을 통하여 예술가의 창작과정이나 감상자의 향수(享受)과정을 해명하고 이것으로 예술작품을 이해하려고 하는 심리학적 비평(psychological criticism)

다고 할 수 있다.

30) Hartmann의 〈美學理論〉은 이미 우리나라에 輸入 된 것으로, 여기서 말하는 理論의 根據는 〈Das Problem des geistigen Seins〉(1932)에서이다

　　3. 예술작품의 다양한 양식이나 형식을 각 시대의 정신구조나 경제구조에 관
　　　 하여 이들 역사적 조건과 개개의 예술가의 창조적 상상과의 변증법으로서의
　　　 예술을 설명하려고 하는 벤튜리 (Lionello Venturi, 1885)나 끄로체파의
　　　 역사적 비평(historical criticism) 등이다.

　　그러나 비록(2)의 경우같이 심리학적 요인에 바탕을 두고 작품을 설명해
간다 하더라도 심리적 현상이 심리외적 조건과 깊이 관련되어 있다는 것을
생각할 때 예술의 독자적 가치란 해명하기 어려운 문제라 할 밖에 없다. 그
러므로 예술은 역사적·시대적인 시점에서 고찰해 가는 태도도 필요한 것이
며 하르트만의 말에서처럼 예술이 객관화된 정신이라고 할 때 그 정신을 이
해하기 위해서는 반드시 그 주변의 환경 속에서 살았던 시대 정신의 소리라
든지 그 정신을 형성케 했던 외부 상황에 대하여 이해하지 않을 수 없는 것
이다. 이 경우에 있어서의 예술적·문학적 가치라는 것은 우리가 흔히 말하
는 「예술적」이라는 말이 의미하는 예술의 독자적 가치와는 매우 다른 것임을
알아야 한다. 예술의 형식화·양식화라든지 작가의 독자성의 세계라고 표현
되는 관념적 어의가 내포하고 있는 사회성·시대성과의 단절적 세계라고 하
는 것이 현실적으로 가능한 것인지는 매우 의심스럽다. 또 현실적으로 가능
하다고 할지라도 그것은 예술의 보편적 가치라든가 시대와 세계의 총화적 구
현이라고 하는 차원에서 논의의 대상조차 될 수 없는 것이다.
　　예술에 독자성이 인정될 수 없다는 것은 아니다. 일찍이 칸트는 예술활동
은 독자성의 소산이며 그 활동에 도덕적 이념을 관련시킴으로써 가시적으로
표현화되는 미의 이상(das Ideal der Schönheit)에 관한 취미판단을 미적
형식의 주관적인 합목적성이 있다고 하였다. 이것은 좋은 말이다. 그러나 미
의 궁극적 지향성이 도덕적 가치와 무관하다고는 볼 수 없으며 이런 상황을
일러 칸트도 미의 도덕성의 상징(Symbol der Sittlichkeit)이라고 부르는
것을 볼 수 있다.
　　우리가 예술을 궁극적으로 밀고 갈 때 항상 부닥치는 것이 진실의 문제이
며 이 진실의 해명 때문에 시대와 표현(예술)의 협화 관계가 논의의 초점이
되고 있는 것이다. 얼마나 예술적이냐, 얼마나 문학적이냐하는 가치 규정은

언제나 시대와 사회와의 관련성에서 파악되어져야 하며 그것은 최종적으로 도덕성의 상징으로까지는 몰라도 적어도 시대에의 진실성의 상징으로서 평가되어져야 할 것이다. 결국 얼마나 문학적 가치가 있느냐고 물을 때, 이 말은 한 작품이 얼마나 그 시대 정신에 성실했는가라는 말로 대치될 수 있는 것이며, 이러한 태도에서만이 예술이 스스로 향유하고 있는 최고의 이상에 접근할 수 있는 길일 것이다.

　오늘 우리가 한국 근대문학의 평가에 대하여 말하고 또 한국 근대문학사론의 오류를 밝혀 그 시정을 요구하며 뭣이 바른 예술이냐 하는 것을 바탕으로 문학사를 다시 시작하자 하는 것이 모두 이러한 진실에 접근하려는 성실성을 말하는 것이다.

　그러므로 문학을 "시대에의 진실성의 상징"으로 파악하고 한국적 주체성과 한국적 가치관에 의하여 한국문학을 평가하는 것만이 관리문학 중심의 오류를 극복하고 진정한 그리고 건실한 정통 문학을 향하여 가는 영광의 길이 될 것이다.

(1976. 광복 30년문학전집. 정음사. 평론부문)

제2장 1890-1909年代의 詩歌史의 整理

I. 머릿글

한국근대초기시가란 대체로 1890년대에서 1910년경까지의 시기에 성행한 시가를 가리키는 말이다. 좀더 구체적으로 말한다면, 〈독닙신문〉의 「최돈성의 글」(1896)에서 시작하여 〈협성회회보〉의 「시위대병정이 탄식하는 노래」(1898), 〈大韓每日申報〉의 「歌亦悲壯」(1906)으로 이어지는 定型詩歌가 1907년에 와서 解體되면서 口語自由詩의 試驗期로 들어서고 마침내 自由詩가 틀을 잡게 되는 시기 곧 〈少年〉의 「支揭軍」(1909)과 〈대한매일신보〉의 「한반도」(1909)의 출현기까지를 가리킨다고 할 수 있다.

이 무렵의 詩歌에 과한 연구는 1970년대 이래 많은 이들에 의하여 다루어졌고 또 그 열의에 값할만한 성과도 거두었지 않았던가 생각한다.

그러나 왕성한 연구열에 따르기 마련인 여러 연구가의 다양한 목소리 때문에 이 분야를 공부하고자 하는 後學들에게 오히려 혼란을 주고 있다는 비난도 적잖이 일고 있다.

필자도 1972년부터 이 분야에 대한 논문을 발표하기 시작하여[1] 10여편의 글을 썼고 그것을 모아서 1981년말에 「韓國民族文學史論」[2]이라는 책자를 미흡한 대로 학계에 선보인 적이 있으나, 대개 연구한다고 하는 것이 충분한 시일을 두고 자료를 수집하고 또 수집된 자료를 차분히 검토하고 정리한다고 하여도 아쉬움이 남는 것인데 日常의 이일 저일에 밀리면서 바쁜 가

---

1) 李青原. 國文學에 있어서의 時代區分의 考察. 圓光大論文集. 1972.
2) 李青原. 韓國民族文學史論. 圓光大出版局. 1982. 1.

운데 해가는 연구이고 보니 발표를 할 때도 이만하면 됐다는 느낌이 들을 리가 없고 발표한 뒤에도 몇 해가 지나고나면 스스로 적잖은 문제점을 발견하게 되기 마련이다.

필자가 지금 이 글을 쓰는 것도 이미 발표된 필자 자신의 견해를 포함해서 기왕의 견해들이 어딘지 조금은 아쉬운 점이 있다는 생각이 들고 그것을 보완하여야겠다는 뜻에서 준비된 것이라는 점을 미리 밝힐 필요가 있겠다.

필자가 아쉽게 생각한 것은 한국의 근대 초기시가의 장르체계에 대한 인식에 대해서이다. 대체로 1890년대에서 1910년대에 걸치는 시기에 우리의 시가가 시가사상 특유한 장르를 형성했었다는 사실과 그 장르는 고정된 틀에서 머물지 않고 일정한 시기를 지나서 다시 다른 모습으로 변모되면서 다른 나라들의 시가들이 그랬던 것처럼 반드시 가야할 길을 갔던 장르 체계인만큼 이것을 시인하고 좀더 유기적 시각에서 이 분야에 접근했어야 하지 않았을까 하는 것이었다.

그래서 이 글에서는 한국시가사에서 慣行되여온 方法이 어디에서 온 것인가 하는 그 연원을 따져보고 그쪽에서는 그들의 시가의 장르를 어떻게 정리하고 있는가를 좀더 소상하게 알아보고 난 뒤에 우리쪽의 시가의 현장을 보다 정밀하게 살펴보자는 수순을 밟고자 하는 것이다. 그래야만 한국시가 속에서 사실상 살아 움직이고 있는 장르를 포착해서 체계적으로 정리할 수가 있고 그런 연후에야 그쪽의 장르체계와 비교 검토하면서 각각의 장르에 알맞는 명칭을 찾아볼 수가 있을 것이다.

그래서 본 논문에서는 우선 명칭의 시비를 잠시 미루어두고 한국시가의 장르체계를 살펴보는 작업을 우선하고 나서 일본쪽의 시가를 소상하게 밝힌 다음 두나라 시가의 장르체계를 철저하게 비교·검토하여 보는 새로운 방법으로 진행하고자 하는 것이다.

그렇게 하여야만 우리 주변에서 항용 그랬던 것처럼 본격적인 문체에 들어가기도 전에 시비나 음수율 시비의 늪에 빠져서 헤어나지 못하는 종래의 이 분야의 연구의 타성을 멀리 비껴갈 수가 있을 것이고 보다 본격적인 문제를 다룰 수가 있지 않겠는가 하는 생각을 하여본 것이다.

Ⅱ. 韓國近代初期詩歌의 장르體系

1.

詩史를 정리하는데 있어서 맨먼저 注目해야 할 것은 그 時代의 詩의 實相에 관한 올바른 把握일 것이다. 가령 한국의 근대초기시가를 일반적으로 1890년대에서 1920년대까지로 본다면, 그 시기에 발표된 시가들이 대체로 어떤 樣式에 의하여 顯現되었는던가, 또 그 主導的인 樣式이 상당한 期間 固定되었었던가? 固定되었던 樣式이 그 다음 시기에는 어떻게 變貌하고 있으며 그 뒤의 樣式으로 繼承 定着되기까지는 어떠한 過程을 밟고 있는가?

이러한 文學의 實況을 총체적으로 살피고 그 文學의 現場에서 살아움직이는 흐름을 的確히 드러내는 것이 文學史 硏究의 課題랄 수가 있을 것이다.

필자가 여기서 韓國近代初期詩歌의 장르 體系라고 말하고 있는 것은 바로 위에서 말한 '詩의 양식 곧 그 시기의 살아움직이는 詩의 흐름'을 가리키는 말인 것이다.

어느 시대이거나 그 시대는 그 시대에 알맞는 歌型을 요구했고 그 요구에 부응해서 새로운 歌型이 創出되었던 것이 사실이다.

새로운 시대가 열리면 낡은 시대의 그릇(歌型)으로 새로운 시대의 民衆情緒를 담아낼 수가 없다. 전혀 담아낼 수 없는 것은 아니지만 어딘지 모르게 옛날의 그릇으로 담아내다 보면 찌꺼기가 남고 未洽하여 후련하지가 않은 것이다. 좀더 후련하게 思想·感情을 담아낼 수 있는 그릇이 필요한 것이다. 그래서 새시대는 새그릇을 요구하게 되고 그 요청에 따라서 새로운 歌型이 등장하게 되기 마련인 것이다.

韓國詩歌史의 變遷過程도 古詩歌에서 鄕歌로 거기서 高麗歌謠로 고려가요에서 시조와 歌詞로 옮겨온 것은 모두 새시대의 요청에 의한 새그릇의 출현이라는 논리로 설명될 수가 있을 것이다.

韓末인 1890年代에서 1910年代의 시기는 韓民族에게 있어서 결코 잊을 수 없는 激動期였다. 밀물하는 西歐文物로 인하여 그 오랜 잠에서 깬 민족이 미처 정신을 수습하기도 전에 나라는 列强의 角逐場으로 표변하고 高調되어 가는 民衆의 改革意志는 드디어 拜外依附의 派爭으로 꺾이더니 마침내 斥洋 斥倭의 救國大戰이 폭발하여 疆土는 하루아침에 魚肉이 되어가다가 淸日戰과 露日戰을 차례로 이긴 日本帝國의 손아귀로 陷沒되는 亡國의 悲劇으로 끝을 맺게 된다.

좀더 구체적으로 이 시기의 흐름을 詩歌史를 통하여 관찰한다면 기독교의 찬송가류→〈독립신문〉의 애국가류→〈대하매일신보〉의 憂國警時歌 및 譏弄的 詩歌로 大別할 수가 있을 것이다. 물론 이 사이에는 애국가와 경시가, 기롱적인 시가에 속하지 않는 시가들도 많이 있으나 이 시기의 '시가의 흐름'을 본다면 固定된 樣式 곧 하나의 '뚜렷한 장르로 浮彫된 歌 型' 곧 〈독립신문〉의 시가류에서 고정된 양식을 이 시기의 최초의 것으로 꼽을 수가 있고 이 양식이 〈협성회회보〉에서 약간의 變形을 暗示하고 나서 그뒤의 상당한 기간을 하나의 典型的 樣式이 愛用되는 것을 볼 수가 있다.

그 뒤에 이 〈독립신문〉의 樣式은 〈대한매일신보〉의 새로운 樣式의 出現으로 무너지게되고 이 때부터 이 새로 출현한 양식이 1910년대 이후까지 유행하게 되는 것이다.

본 논문은 이러한 시가의 양식 곧 詩歌 장르의 變遷을 史實로써 먼저 認知한 다음에 그 장르구분이나 呼稱을 생각하여보자는 입장이므로 종래의 접근방법과 다를 것이어서 혹시 혼란을 경험할 분이 계실까 두려우나 이와같이 文學의 實態를 正確히 파악하는 일이 가능하다고하면 이렇게 문학의 현황을 먼저 파악한 뒤에 詩史를 정리하여 가는 것이 훨씬 효과적이라고 생각한다.

문학사의 정의라는 것이 자료발굴을 통한 그 시기의 총체적인 파악, 그리고 분류, 검토, 평가의 과정을 거치는 것이 상식이지 實態를 파악한다는 것이 무슨 새삼스러운 방법이겠느냐고 의아해하실지 모르나 필자가 여기서 강조하는 장르 體系論은 종래의 方法처럼 呼稱을 먼저 붙이고 그 呼稱을 가지고 論難하는 方法이 아니라 呼稱이나 名稱은 잠시 論外로 하고 우선 그 시기의 詩歌의 實態만을 銳意 注視하자는 것이다. 말하자면 「新體詩」가 어떻게 되고

「唱歌」가 어떻며 「開化歌詞」가 어떻다느니 하는 명칭의 是非에 들어가기 전에 시가의 실질적 상황을 잘 알아보고 이것이 과연 무엇인가하는 본질적인 檢討의 過程을 거치고나서 名稱도 붙이고 정리도 한다는 절차를 가리키는 것이다.

그러므로 이론이 앞서가는 것이 아니라 사실이 선행하는 것이고 호칭의 適否를 따지기에 앞서 그 내용의 장르구분을 우선한다는 것이므로 어찌 보면 끝에서 시작하여 처음으로 오는 逆攻法이랄 수가 있는 것이다.

2.

아시는 바와같이 근대초기 시가의 先行歌型은 時調와 歌詞(歌辭) 그리고 民謠였다. 그리고 1890년대 ·초기에 固定樣式으로 굳혀지지는 않았으나 기독교계의 찬송가류가 있었다는 것도 사실이었다.

그런데 先行歌型 곧 기존장르의 形式을 보면 모두 8·8調(4·4調)3)로 되어 있다는 것을 알 수 있다. 다시말하면 時調라던가 歌詞라던가 民謠로 區分되어 있는 詩歌들이 그 基底가 되고 있는 調律을 보면 8·8調로 되어 있다는 말이다.

바탕이 8·8調로 되어 있는데 무엇을 基準으로 장르 區分을 하고 있는가 그것은 말할 것도 없이 行이나 節의 構造를 가지고 분류하고 있는 것이다.

時調는 三章六句의 구조이고 歌詞는 無聯의 連續體인 것이 특징이며 民謠는 完成型일 경우 8·8조의 4行 1聯의 반복체가 일반적이었다.

이렇게 보면 1890년대의 詩歌도 마땅히 8·8調라는 基調에서 시작되고 있으므로 調律은 문제가 될 수가 없고 行과 聯의 構造에 어떤 특징이 있는가를 살피는 것이 장르 구분의 기준이 되었어야 할 것이다.

---

3) 여기서 8·8調란 종래의 4·4調를 가리키는 말이다. 가령 7·5조도 세분하면 3·4·2·3調가 될 것이다. 결국 調律이란 '하나의 뜻을 형성하는 길이'를 단위로 하기 때문에 8·8調가 옳다고 보아서 종래의 4·4調를 8·8調라고 부르기 시작한 것이 1972년 부터이다.

  그렇다면 우선 1890년대의 시가 가운데 〈독립신문〉의 시가부터 살펴보기
로 한다.

서울 순쳥골 최돈셩의 글

대죠션국건양원년	텬디간에사름되야
즈주독닙깃비ᄒ세	진츙보국홀일이니
님군쎄츙셩ᄒ고	인미들을ᄉ랑ᄒ고
졍부를보호ᄒ세	냐라긔를놉히달세
나라도을싱각으로	부녀경뎌ᄌ식교육
시죵여일동심ᄒ세	사름마다홀거시라
집을각기흥ᄒ기면	우리나라보젼ᄒ기
나라몬져보젼ᄒ셰	자나ᄭㅐ나싱각ᄒ세
나라위ᄒ히죽ᄂ는죽엄	국태평가안락은
영광이제원한업네	ᄉ롱공샹힘을쓰세
우리나라흥ᄒ기를	문명지화열닌세샹
비ᄂ이다하ᄂ님ᄭㅢ	말과일과ᄀ치ᄒ세
아모것도몰은사름	
감히일언ᄒ옵내다4)	

  위의 시가는 독립신문에서 처음으로 보이는 構造인데, 基調는 8·8조이지
만 행은 8·8조의 행이 옆으로 한 번 반복한 다음에 밑에서 다시 반복하고
있다. 다시 말하면 2행2중연속으로 해서 6回半을 하고서 끝맺는데 맨나중의
반은 2행으로 했으나 다른 시가들은 이 구조를 따르지 않고 그냥 2행 2중연
속체로 固定하고 있음을 본다.

  됩립신문의 시가는 모두 32편인데 그 가운데 軍歌가 3편, 校歌가 1편 무
궁화가 1편이어서 이들 5편이 위의 「이돈셩의 글」의 구조와 다를뿐 27편
의 시가가 모두 「이돈셩의 글」의 구조로 되어 있는 것이다.

---

4) 독립신문, 뎨일권 뎨삼호, 건양 원년(1896) 4월 11일.


```
2 ________________        4 ________________
5 ________________        7 ________________
6 ________________        8 ________________
9 ________________       11 ________________
10 ________________       12 ________________
13 ________________       15 ________________
14 ________________       16 ________________
17 ________________       19 ________________
18 ________________       20 ________________
21 ________________       23 ________________
22 ________________       24 ________________
```

　　※ 1234… 번호는 필자가 읽는 순서를 표시하기 위하여 일부러 매긴 것이고 원문에는 없다.

　그러나 이 구조는 더 좁혀서 도식하여 보면

```
1 ________________        3 ________________
2 ________________        4 ________________
```

　　※ 1234의 번호는 편의상 필자가 붙인 것임.

의 2行 2重體의 반복이라는 것을 알게 된다.

　이러한 2행 2중체는 時調에도 歌詞에도 없는 新型임에 틀림없다. 말하자면 최돈성이라는 사람에 의하여 창출된 장르인데 이것이 독립신문의 詩歌型으로 固定되었다는 것이 이 歌型의 重要性을 看過할 수 없게 하는 특징이랄 수 있는 것이다.

　독립신문 이전의 기독교계 찬송가류에서는 여러 가지 歌型, 여러 가지 基調가 시험되고 있을 뿐이지 통일된 구조로 고정된 자취가 보이지 않았는데 독립신문 제3호에서 우리는 전혀 새로운 樣式의 詩歌를 만나게 되는 것이다.

　이 종류의 시가를 지은 작가들을 보면 순검, 학생, 교원, 교인등 신진세력들이라 할 수 있는 계층이었는데도 歐美의 樣式을 수용하지 않고 韓國 固有의 調律인 8·8調를 바탕으로 하고 있다는 점이 특이하게 보인다.

洋曲에 맞추어 부르는 唱歌는 이미 1886년 11월부터 중학교 과정에서 가르치고 있었던 것이니5) 독립신문이 나올 무렵까지에는 많이 유행하였을 것으로 짐작된다.

그런데도 이 독립신문의 2행 2중체는 꾸준히 流行을 하여 다음 시대인 〈협성회회보〉에서도 같은 類型의 樣式이 나타나게 되는 것이다.

시위대 병뎡이 탄식훈 노뤼

一. 불샹ㅎ다불샹ㅎ다   二. 외국인의절제밧어
   시위대병뎡불샹ㅎ다   풍한셔습불피ㅎ고

三. 각근봉공ㅎ것만은   四. 만코만은져부운이
   긔한이막심ㅎ도다   청쳔빅일가럿스니

五. 어ㄴ날에구름거더   六. 잠씨여라잠씨여라
   붉은빗을다시볼고   대한인민잠씨여라

七. 아모쪼록일심ㅎ야   八. 십만방리대한국을
   외국인쎄견모말고   즈쥬독립굿게ㅎ세6)

이 〈협성회회보〉는 〈독립신문〉이 1898년 12월 4일에 자취를 감추고난 뒤에 培材學堂의 학생들에 의하여 1898년 1월 1일 週刊으로 발행되었다.7) 이 신문은 徐載弼의 영향을 받은 학생들로서 柳永錫, 梁弘默, 李承晚 등이 주축을 이루었던 것이다.

〈협성회회보〉의 구조는 〈독립신문〉의 歌型과 같으나 다만 一, 二, 三 등 分節式으로 番號를 붙이어 2행 2중체를 명확하게 구분하고 있는 것이 특이하고 〈독립신문〉의 形式보다는 2행 2중 양식이 선명하다는 인상을 주고 있다.

이 〈협성회회보〉의 양식을 도식하면 다음과 같다.

---

5) 李宥善. 韓國洋樂八十年史. P. 90 再引.

6) 협성회회보. 6호. 1898.

7) 崔埈. 韓國新聞史. 一潮閣. 1987. 重版. PP. 76~7.

一. ________________   二. ________________
    ________________   ________________
三. ________________   四. ________________
    ________________   ________________
五. ________________   六. ________________
    ________________   ________________
七. ________________   八. ________________
    ________________   ________________

※ 一二三四…의 分節과 번호의 원문 그대로임.

　이 양식도 基調는 역시 8·8조이고 〈독립신문〉의 2행 2중체임에 틀림이 없으나 다른 점은 分節式으로 2행 2중식으로 分離하였다는 것과 節마다 번호를 붙이고 있다는 것이라 하겠다.

　이러한 변화는 〈독립신문〉 歌型의 變化를 示唆하는 것이며 다시 다른 樣式으로의 發展을 모색하는 과도적인 형태로 이해될 수가 있겠다.

　그 해답으로서 두어 가지 資料를 例示할 수가 있다.

　하나는 1909년에 美國 샌프란시스코에서 출간한 〈大道〉誌에 실린 기독교계의 詩歌이고 다른 하나는 國內에서 발행한 1916년의 〈경향잡지〉에 보이는 기독교계 시가이다.

자비ᄒ신하ᄂ님이　　　　과거사롤싱각ᄒ고
너희들을경계ᄒᄉ　　　　목뎍더욱굿게ᄒ야

만셰반셕됴흔터에　　　　자유힝복누리도록
고딕광실시로짓고　　　　마련ᄒ야두셧스니

락심말고힘만써라　　　　할렐루야할렐루야
나의혼말실업다　　　　　쳐분디로ᄒ오리다8)

---

8) 大道. 뎨1권. 뎨 8호. 1909 August.

자유슈죡ᄉ못뜰어　　　　　　우리범ᄒᆞᆫ무수죄악
십ᄌᆞ가샹못박으니　　　　　　앓ᄒᆞ고도셜업도다

십ᄌᆞ가샹셩령혼을　　　　　　죽으시던대은쥬의
셩부손에붓치시고　　　　　　우리령혼붓칩시다

슯ᄒᆞ도다우리셩모　　　　　　예수셩혈셩모눈물
죽은아돌품에안네　　　　　　내죄씻고날살니네

신셔샹에셩시렴쟝　　　　　　죄를씻고공을닷가
셩모셜움엇더ᄒᆞᆯ고　　　　　예수셩톄령ᄒᆞᆯ지라

슯ᄒᆞ도다예수고난　　　　　　예수셩혈우리눈물
앓ᄒᆞ도다우리죄악　　　　　　합ᄒᆞ여셔위로삼세9)

위의 〈大道〉에 실린 詩歌는 1909년의 것이고 〈경향잡지〉의 詩歌는 1916년의 것이니 〈협성회회보〉의 1989년에서 11년 또는 18년이 지난 뒤의 詩歌들인데도 아직도 2행 2중체의 틀에서 벗어나지 않고 있음을 알게 하고 있다.

이들의 詩歌에서 달라진 것이 있다면 〈협성회회보〉의 시가에서 보이는 節마다 붙인 一, 二, 三, 四 등의 번호가 탈락되었고 다만 分節式만 保存된채 2행 2중체가 固定된 形式으로 쓰이고 있다는 것을 알 수 있다.

이상의 〈독립신문〉→〈협성회회보〉→〈大道·경향잡지〉의 시가형식을 圖式化하면 아래와 같은 移行過程으로 나타난다.

독립신문의 2行 2重體

____________________　　　____________________
____________________　　　____________________
____________________　　　____________________
____________________　　　____________________

---

9) 경향잡지. 뎨10권. 357호. 1916년 9월. P. 426.

※ 基本調律은 8·8調임

↓

협성회회보의 2行 2重體

一.

二.

三.

四.

五.

六.

※ 基本調律은 8·8調임

↓

大道·경향잡지의 2行 2重體

※ 基本調律은 8·8調임

　최돈성에서부터 發源하는 이 2行 2重體의 樣式은 1916년까지도 遵用되고 있음을 알게 된다. 그렇다면 이 歌型은 우리의 詩歌史의 한 時期에 엄연히 實存했던 것이고 또 그 시기의 主潮的인 樣式으로 公認하지 않을 수가 없게 된다.

　그런데 이 2行 2重體는 〈대한매일신보〉에 오면 다시 變形의 과정을 겪게 되면서 二重構造가 解體된채 2行構造만이 남게 된다.

　　　歌亦悲壯

　　嗚呼우리同胞드라
　　長夜昏衢濛濛中에

　　醉夢을 줍싼씨여
　　我歌一曲드러보소

　　---- 中 略 ----

　　어와우리同胞들아
　　어셔밧비꿈을씨여

　　同心合力極盡ᄒ여
　　아모조록 開明ᄒ세

　　三千疆土復舊ᄒ고
　　億兆蒼生건져니여

　　社稷을安保ᄒ고
　　皇室을扶護ᄒ여

　　大韓乾坤盤石갓치
　　光武日月堯舜갓치

　　文明之國다시되여
　　同樂泰平ᄒ여보세

　　美洞 仁義禮智家
　　成樂允 李敦和 禹範振10)

---

10) 大韓每日申報. 光武 9年(1906) 9月30日. 第41號. 10月4日. 第44號. 10月5
　　日. 第45號. 연재.

〈大韓每日申報〉는 1905년 9월 30일 위의 詩歌를 게재하면서 다음과 같은 編輯者註를 달고 있다. "近日에 幾個有志들이 時事를 憤歎ㅎ야 歌謠 一篇을 作ㅎ야 本社에 寄來ㅎ얏눈딕 調雖俚俗이나 其志則可悲키로 記載如左ㅎ노라."

이 편집자의 주는 이 詩歌가 俚俗의 調로 되어 있다고 쓰고 있다. 여기서 편집자가 俚俗이라고 한 것은 漢詩가 아닌 8·8調의 우리 노래라는 뜻일것임이 확실하다.

그렇다면 이 詩歌는 종전의 2行2重體와 같은 軌로 보아야 할 것이고 2행2중에서 二重의 構造만이 解體된 2行分節式의 새로운 樣式이 創案되 것이라고 해서 틀리지 않을 것이다.

이 詩歌를 圖式하면 다음과 같다.

이 2行分節의 詩形은 1907년부터 비롯되는 變造에도 불구하고 계속 承繼되고 있으며 1907, 1908년의 「舊作三篇」, 「海에게서 少年에게」가 새로운 自律化를 試圖한 뒤에도 固定樣式으로 굳혀지고 있음을 본다.

1907년 이후에 8·8조의 基調가 무너지면서 여러 가지 調律이 시험되고 있는데도 이 2행체의 양식은 그대로 준용되고 있는 것이다.

농부가   己童의 童謠

… 세계에 유명한 농산국이라
얼널널샹스지

문명훈나라의농리대로
죵즈와농긔를기량ᄒ여

심으는법대로심은후에
거두는법대로거뒷스면

십비와이십비가될지라
얼널널샹스지……11)

위의 詩歌는 旣存의 8·8調에서 變化를 모색하고 있는 몇 편의 混調가운
데 하나인데, 가령 첫줄의 11-6을 제외하고는 10-10이 主調를 이루고 있음
을 본다. 그렇지만 基調의 변화에도 불구하고 2行體의 構造는 固守하고 있는
것에 注目하지 않을 수가 없는 것이다.

이러한 詩歌는 많지마는 한 편만 더 例擧하여 보겠다.

슈심가   트리童의 童謠

쟈고야우지말아
울나거든너혼쟈울지

국가ᄉ샹에 잠못든날ᄭᅵ지
웨ᄭᅵ우느냐
녕변의약산동디야
네부듸평안이잘잇거라

내명년츈삼월에오거든

---

11) 大韓每日申報. 1907. 8. 20.

쏘다시맛나쟈

남산을 ᄇ라보니
번화ᄒ기가한량이업고나

언제나뎌사롬이긔고
잘산단말이냐

영웅이녜로부터
업ᄂ째가업셧것마난

대한강산삼쳔리우에
ᄒ나도업ᄂ냐…12)

　위의 詩歌는 7-9 11-5 8-10 10-6 7-11 9-6 7-9 9-6으로 되어 있어서 거의 自由律에 가까우나 2行體는 그대로 밟고 있는 것이다. 〈대한매일신보〉에 실린 시가들은 위와 같은 混調는 몇 편에 불과하고 거의 전부의 시가가 8-8의 基調에서 2行體의 構造를 지키고 있는 것이다.

　이상의 〈독립신문〉→〈협셩회회보〉→〈大道〉·〈경향잡지〉→〈대한매일신보〉에 이르는 定型의 장르移行을 追跡하여 圖式하면 아래와 같다.

近代初期詩歌의 장르體系

(독립신문의 정형)

---

12) 大韓每日申報. 1907. 8. 20.

_______________________________   _______________________________
_______________________________   _______________________________
_______________________________   _______________________________
_______________________________   _______________________________
_______________________________   _______________________________
_______________________________   _______________________________

※ 2行 2重連續體의 樣式으로 詩歌史上 初有의 形式

（협성회회보의 定型）

一. _______________________   二. _______________________
    _______________________   _______________________

三. _______________________   四. _______________________
    _______________________   _______________________

五. _______________________   六. _______________________
    _______________________   _______________________

七. _______________________   八. _______________________
    _______________________   _______________________

※ 分節式으로 번호를 붙여서 上記 2행 2중체를 계승하였으나 변형을 꾀
하였음. 곧 連續體가 分節로 바뀜

（大道·경향잡지의 定型）

_______________________________   _______________________________
_______________________________   _______________________________
_______________________________   _______________________________
_______________________________   _______________________________
_______________________________   _______________________________
_______________________________   _______________________________

_______________________   _______________________

_______________________   _______________________

_______________________   _______________________

_______________________   _______________________

_______________________   _______________________

※ 위의 2행 2중분절을 계승하였으나 번호를 붙이지 아니함. 이 2행 2중분절
체가 오래 遵用되었음.

↓

(대한매일신보의 定型)

____

____

____

____

____

____

____

※ 2行 2重體에서 2행만을 계승하고 2重은 解體하였음. 새로운 構造의 創
出이라 할만함.

　물론 위의 장르移行의 圖式 가운데서 〈협셩회회보〉의 2행 2중 番號附分節
體는 그 신문이 高宗의 內命에 의하여 14號로서 끝을 맺는 短命이었으므
로13) 다른 곳에서 더는 발견할 수가 없게 되었으나 分節體로 移行하는 中間

____

13) 許埈. 韓國新聞社史. 一潮閣. 1987. 重版. PP. 76~77.

者的 形式으로 매우 肝要한 자료라고 여겨서 장르 移行의 한 過程으로 編入한 것이니 이해있으시기 바란다.

이상의 2행 2중체에서 2행체로 移行하는 장르 體系를 보면서 우리가 느낄 수 있는 것은 複雜한 詩型에서 單純한 詩型으로 변화하고 있다는 것이다. 2行 2重의 連續體에서 連續體가 番號附分節體로 바뀌고 여기서 다시 番號가 脫落되어 2行 2重體로 固定되더니 한편으로는 이 2행 2중체가 遵用되면서도 다른 한편으로는 2중체가 무너지고 2행체로 簡易化하는 經路를 밟게 되는 것이다.

3.

이와같이 정형시의 장르가 變遷을 거듭하면서 드디어 2행체로 고정되는 시기에 다시 8·8基調가 解體되고 동시에 2행체를 무너뜨리는 自由律이 試驗되는 것이었으니 그것이 바로 崔南善에 의하여 시도된 1907년의 「舊作三篇」이었다.

한말하난일조곰틀님없도록
夢寐에라도마음두고힘쓰게
말이조흐면함박꼿과갓흐나
일은흉해도흰쌀알과갓더라
눈비움도조흐나
배불은것더조회14)

위의 시는 12-12 12-12 7-7의 調律로 되었다고 할 수도 있으나 오히려 定型이라기보다는 散文에 가까운 것임을 알 수 있다.

그는 1907년에 붓을 들어 十餘編의 新詩를 얻었음을 述懷하고 있다.

나는 天稟이 시인이 아니러라. 그러나 時勢와 밋 나 自身의 境遇는 連에 連

---

14) 少年. 第2年 第4卷. 1909. 4. 1. P. 3.

方 素願 아닌 시인을 만들녀하니 처음에는 매우 頑固하게 또 强猛하게 抵抗도 하고 拒絶도 하얏스니 畢竟 그에게 摧折한 바 되어 丁未의 條約이 締結되기 前 三朔에 붓을 들어 偶然히 생각한대로 記錄한 것을 始初로 하야 三四朔동안에 十餘篇을 엇으니 이곳 내가 붓을 詩에 쓰던 始初요, 아울러 우리 國語로 新詩의 形式을 試驗하던 始初라, 이에 揭載하난 바 그 時 自己의 想華를 追懷하니 또한 深大한 感興이 업지 못하도다.15)(밑줄은 筆者)

여기서 우리가 보아넘겨서는 안될 구절이 바로 '우리 國語로 新詩의 形式을 試驗하던 始初'라고 한 부분이다.

崔南善이 意圖한 新詩의 形式은 무엇인가. 그는 國語로 新詩의 形式을 시험한다고 하였으니 漢詩는 意中에 없었을 것이고 당시에 유행하던 2행체 또는 아직도 쓰이고 있는 2행 2중분절체에 대한 反撥로 要約할 수가 있을 것이다. 아울러 그들 旣成의 장르가 基調로 하고 있는 8·8조로부터의 탈피도 고려에 넣었을 것은 더 말할 것이 없다.

自由詩 Verse libre, Free verse라는 장르는 정형시 rhymed verse에서 自由로와진 詩라 할 수 있다. 말하자면 定型의 詩에서 벗어나서 어떤 틀(型)에 구속되지 않는 시라는 뜻이다. 그렇다면 무엇이 시를 구속하는가. 그것은 音步 foot와 行 line인 것이다. 어떤 고정된 音步의 기본조율을 바탕으로 이루어진 고정된 행의 구조가 바로 정형시이므로 音步에서 벗어나고 행에서 따나서 다만 聯 stanza을 이루기도 하고 聯이 없이 쓰여지기도 하지만 어찌되었거나 音步와 행의 틀에서 벗어난 시가 자유시임에는 틀림이 없다.

그렇다면 최남선이 시험하고자 한 '新詩의 形式'은 무엇이었을까. 鄭漢模교수는 崔南善의 방황을 잘 지적하고 있다.

1910년을 전후한 시기에 詩壇에서도 一人者였던 六堂은 그렇게 왕성한 많은 창작을 했음에도 불구하고 自由詩로의 확실한 바통을 넘겨주지 못하고 제한된 한계 안에서 昏迷와 停滯의 동그라미만을 돌게 되었던 것이다.16)

---

15) 少年. 第二年 第四卷. 陸熙三年四月一日. P. 3.
16) 鄭漢模. 韓國現代詩文學史. 一志社. 1974. P. 172.

六堂의 이러한 昏迷와 정체의 원인을 '확고하게 자각되지 못한 詩意 識' 또는 '장르意識의 결여'에서 찾고자 하였다.

鄭교수의 지적은 매우 적절한 것이지만, 우리는 여러 가지로 熱病을 앓고 있던 그 時期에 分明한 장르의식을 가지고 所望스런 자유시를 창출해 내지 못한 六堂의 文學的 성과를 나무랄 수만은 없다고 본다.

다만 우리가 注視하여야 할 것은 전통적 律調인 8·8조나 2행 2重體 또는 2行體의 정형에서 탈출을 시도하고자 하는 六堂의 몸부림인 것이다. 六堂의 새로운 形式에의 시험은 그의 多作과 함께 광범위하게 이루어졌다. 「海에게서 少年에게」보다 조금 앞서서 발표한 「모르네 나는」이나 그 밖의 많은 시가들을 貫流하는 것은 대체로 7·5조가 中心이었다. 7·5조의 形式을 骨組로 하면서 7^{+1} 7^{+2} 7^{+3}에 5를 겸하는 8-5 9-5 10-5의 形式을 시험하고 있음을 알 수 있고 오히려 「海에게서 少年에게」에서도 군데군데의 삽입구에서 이런 점이 看取되고 있다. 가령

    짜린다 부슨다 문허바린다 6-5
    요것이 무어야 요게무어야 6-5
    텨ㄹ썩 텨르썩 텩 류르릉 꽉 6-5

등의 음수는 7-5의 틀이기는 하지만 이 틀이 6연에 모두 반복되고 있는 것이다. 또한 「少年大韓」이나 「新大韓少年」 등 거의 모든 시가가 7-5조임은 주지의 사실이다. 그러나 그의 시험은 多樣한 形式에 미쳤던 것이므로 自由詩와 散文詩에 접근하고 있는 작품들도 많이 散見되고 있는 것이 사실이다.

결국 六堂의 '新詩의 形式을 시험'하는 役事는 두가지 방향으로 압축된다. 한 방향은 日本의 俗曲의 律調인 7·5調를 導入하여 韓國詩에 그 적응성을 실험했던 것이요, 다른 하나의 방향은 자유시에의 점진적인 접근이었다.

六堂이 스스로 吐露하고 있는 것처럼 그는 타고난 詩人이 아니었다. 그는 이 작업을 통해서 日本의 福澤諭吉같이 國民을 啓蒙하고 覺醒하는데 있어서 보다 효율적인 방법으로써의 歌型을 원했던 것이다. 말하자면 그에게 있어서

의 詩는 思想의 表現手段 이상의 것이 아니었다.

　그럼에도 불구하고 그의 '新詩의 形式'을 추구하려는 집념은 정력적이어서 당대의 발표작품의 總量에 맞설만한 詩歌를 발표하고 있었고 그렇게 量産을 하다보니 자연히 그의 形式上의 試驗을 거치지 않은 形式이 없게 되었다.

　六堂 이전까지의 詩歌가 여러 계층의 여러 사람에 의하여 발생되고 여러 갈래로 흘러온 것이 사실이었으나 六堂의 시대에 와서 모든 詩의 흐름은 六堂이라는 하나의 關門을 지나야 하였고 또 여기를 지나면서 모든 詩歌는 새로운 시험의 시대로 접어들게 되었다고 할 수가 있다.

　이리하여 그의 집념의 댓가라고 할 수 있는 것이 바로 7·5調의 정착과 1908년의 「支揭軍」이라는 自由詩의 完成이었다.

　여기에 한 가지를 더 첨가한다면 近代時調의 嚆矢도 그에 의하여 시도되었다[17]는 사실이다.

　자유시의 효시라고 할 수 있는 시가를 소개하면 아래와 같다. 이 시는 본래 詩題가 없었고 「平壤行」이라는 紀行文에 즉흥시로 삽입된 것인데 1973년의 논문[18]에서 필자가 「支揭軍」이라고 부르기 시작한 것이다. 이 시는 虛頭에 '將次 松京을 등지고 써날새 西門을 바라보며 한 詩가 잇스니'[19]라는 작시 메모가 곁들여 있다.

　　허술한 門樓위에
　　허술한 支揭軍이 안졌네
　　두손을 무릅압혜 맛잡고
　　곰방대에 담배를 피우면서
　　松岳山連峰위에 마음업난 구름이
　　오락가락하고
　　滿月臺地臺아래엔 개똥 감춘 풀포기가
　　푸릇누릇하도다

---

17) 李相斐. 韓國近代初期詩歌의 名稱硏究. 圓光大論文集. 第7輯. 1973.
18) 앞 글.
19) 少年. 第二年 第十卷. 陸熙三年十一月一日. 平壤行中.

그가 일업시 보난 것이 무엇인고?

半千年 王業이 길기도 하거니와
三國을 統一하야 처음으로 高麗한
半島에 帝國을 세우니
쏘한 盛하도다
그러나 지금은 거림자도 업구나
그가 일업시 생각하난 것이 무엇이뇨?

한世上을 고요하게 지낼새
너에게 자랑할 것 自負할 것 한아업섯도다
그러나 大皇祖의 宏遠한 規模를 現實할양으로
----사랑과 울흠의 大帝國을 이 人間에 세울양으로
----그리하야 主의 뜻을 이루고 아울러 우리나라의 흙이 왼 地球中 가장 큰
것을 만들양
그 목숨을 내어논 崔瑩은
高麗史의 저녀노을 이러니라 죽이긴
죽이고 죽기는 죽엇서도
오호! 이 淚腺이 넉넉치 못한 사람은
피로 代身하야 우난곳이로구나
그가 일업시 도라다 보난 것이 무엇이뇨?

南蠻(安南·섬羅等)이 方物을 드리고
東夷(蝦夷·琉球等)가 臣되기를 願하니
한때 榮華가 너도 쏘한 「로오마」로구나
그러나 槿花의 하루아침이 되고말미 웃지함이뇨
우리가 禮成江의 일흠을 생각하매
불상타함을 쯰리지 아니하겟네
그의 일업시 슯흔뜻을 가진듯함이 무엇이뇨

담배煙氣는 무럭무럭 그의 얼골을 덥도다
한 대가 다 타면 다시 담아부쳐 썰고 담기를 쉬지아니하난도다
그는 支揭ㅅ軍이어늘
벌이할 생각은 털끗만치도 업난 듯 담배만 업시하난도다

쌀업서 애쓰난 그의 안해
옷헐어 살드러난 그의 자식
그를 보니 보지안어도 생각하겟네
살님의 괴로운 싸흠에 疲困하얏나냐
쩌쳐 쳐올라가 난 煙氣ㅅ속에 쉼(安息)을 求하나냐
그럴것도 갓지 아니하다
「배곱하!」소리가 그의 귀를 짜릴터인데
그래도 담배만 쩍쩍

城밋해 웃독웃둑선 石碑는
뉘집 烈女신고
知覺업난 새들은 함부로 쏭을 쌀녔도다
쩌룩쩌룩 소리하난 저 기럭이
---때---- 알어차렷나냐! 하난 것 갓다.
그러나 쏘 한 대 담난고나

낫겨운 해는 눅은 빗흐로 게어르게 門樓와 밋 그를 비췬다
허술한 집을 쏘일때에는 해도 허술한 듯
일업난 사람을 쏘일때에는 해도 일 없난 듯

너의 支揭가 썩을때짜지라도 그리만하고 잇거라
내가 타고 안진 汽車는 暫時도 그치지 안네
아마 다시는 못보겟다 잘잇거라
나는 올때가 잇서도 네가 웃덜지!!20)

平壤으로 가는 汽車가 開城驛에 잠시섰고 六堂은 車窓에서 밖을 쳐다보는
데 그의 視野에 낡은 門樓에 앉아 담배를 피우는 支揭軍이 들어온 것이다.
한 대 두 대 거듭 담배를 피어무는 지게꾼을 바라보는 짤막한 시간이니까 아
마도 3,40分쯤 되는 동안에 일어나는 그의 感懷를 즉흥적으로 그런 것일 것
이다.

　開京은 그의 先代 崔瑩의 慘酷한 최후와 함께 최씨일문에게는 痛恨의 故地

---

20) 소년. 第二年. 第十卷. 陸熙三年十一月一日. 平壤行.

이다. 최영의 後孫이라 하여 朝鮮五百年을 中人階級으로 살아가야 하였으니 그 한이 얼마였겠는가. 六堂은 바로 최영의 二十二代孫이기 때문이다[21]

잠시 멎은 車窓에 기대어 무료하게 담배를 피우고 있는 지게꾼을 바라보며 문득 五百年 前의 先祖와 高麗의 王業, 그 燦然한 興亡을 回憶하고 다시 지게꾼으로 돌아와서 맺는 手法은 이 무렵에 유행하고 있던 諧謔的 警時的 경향에서 엉뚱하리만치 벗어나 있으며 그뿐 아니라 근대시의 본질이랄 수 있는 '個人'에서 發想하여 '口語'로 표현하고 있다는 점이 특별히 이 시를 돋보이게 하고 있는 것 같다.

전체는 60행으로 되어 있으나 4-5-6-12-7-4-8-6-4-4聯으로 자유롭다. 詩語도 六堂의 이 무렵의 다른 7·5體의 시가에서 보여왔던 古調나 生硬性이 없고 스사로운 日常語로 되어 있다.

이 정도의 시라면 1896년에서부터 發源한 근대시가가 정형율의 긴 터널을 지나 스스로의 변신을 거듭하면서 자유시에 도달했다는 詩史上의 必然性을 설명하는데 未洽하지 않다고 생각된다.

1909년에 自由詩가 結實할만치 한국시가 成熟해 있었느냐는 의문을 씻을 수 없으면서도, 1896년에서 비롯되는 장르 이행과정을 돌아보고 1907년 이후에 六堂이 혼자서 감당해냈던 「新詩의 形式」 발굴에 소모했던 정렬을 감안한다면 그리고 거기에 外來思潮의 激流가 가세했던 1900년대의 뜨거운 시대를 계산에 넣는다면 이만한 자유시의 출현이 결코 不自然스런 것만은 아니라고 여겨진다.

이 부분에서 한 가지 짚고넘어가야 할 것이 있다. 그것은 「한반도」[22]에 대해서이다. 이 詩는 여러차례 언급한 일이 있어었으나[23] 같은 〈大韓每日申報〉에 같은 날 같은 號에 발표된 것이었으나 筆者가 발굴한 작품과 다른 분들이 평가대상으로 하고 있는 작품이 내용은 같으나 구조가 달리 되어 있는 것

---

21) 趙容萬. 六堂崔南善. 三中堂. 1964. P. 42.

22) 大韓每日申報, 1909. 8. 18, 제1175호.

23) 李相斐. 韓國近代文學의 再評價(一). 圓光大 論文集. 1972.
    李靑原. 韓國近代詩歌史研究. 韓國文學. 1974~75 연재.

이다. 차제에 그 내용을 소상히 밝히고 그 동안의 의혹을 풀 필요가 있겠다 싶어 그 내용을 밝힌다.

鄭漢模교수가 대상으로 삼아온 시는 다음과 같다.

韓半島

東海에 突出한나의韓半島야 너는 나의 祖上나라이니 나의 사랑함이 오직 너뿐일세
韓半島야
恩澤이 깊구나나의 韓半島야 先祖들의 遺跡을볼때에 너를 依托하여 生長하였구나
韓半島야
山川이 秀麗한나의韓半島야 물은맑고 山이雄壯한테 너를향한忠誠더욱 높아진다
韓半島야
아름답고貴한나의韓半島야 너는나의 사랑하는바니 나의 피를뿌려너를빛내고져24)

鄭漢模교수는 그의 〈韓國現代詩文學史〉에서 "여기 인용한 것은 歌辭도 時調도 아닌 새로운 형태이다. 물론 歌로서의 형식이긴 하지만 7·5조의 學校唱歌를 위주로한 唱歌의 형식도 아니다. 이것은 歌辭의 율조를 바탕으로한 변형이며 길이는 시조의 短形의 영향을 받은 것이라고 볼 수 있다. 또한 혀저히 口語體에 가까워지고 있다."25)고 쓰고 있다.

물론 위의 「한반도」가 위와같은 形態라면 시조도 같고 詩歌의 變形같기도 한 구어체의 시라고 밖에 할 수가 없을 것이다.

그러나 문제는 같은 〈大韓每日申報〉의 한글판에는 전혀 다른 형태의 「한반도」가 실려있는 것이다. 이것은 나무랄데 없는 자유시의 형태이다.

---

24) 鄭漢模. 韓國現代詩文學史. 一志社. 1974, P. 151.
25) 鄭漢模. 앞 책.

　　한반도

동해에 돌출한
나의 한반도야
너는나의
조샹나라이니
나의스랑홈이
오직너쑨일세
한반도야

은퇴이깁고나
한반도야
션조들과
모든민족들이
너를의탁ᄒ야
싱장ᄒ엿고나
한반도야

일월갓치빗는
나의한반도야
둥군둘이
반공에붉은때
너를싱각홈이
더욱근졀ᄒ다
한반도야

산쳔이슈려ᄒ
나의한반도야
물은맑고
산이웅장ᄒᆫ데
너를향ᄒᆫ츙셩
더욱높허진다
한반도야

아름답고귀호
나의한반도야
너는나의
호랑호눈바니
나의피를쑤려
너를빗내고겨
한반도야26)

위의 시는 7행 1연으로 된 모두 5연의 시인데 每聯의 末尾에 「한반도야」
가 반복되어 정형율의 인상을 풍기는 듯하지만, 이 후렴은 서정시에서는 훨
씬 뒷시대까지 쓰여지고 있는 수법이다. 더욱이 우리의 전통 가운데 「아으」
나 「다롱기리」 등의 후렴이 鄕歌이래 계승되어왔다는 것은 잘 아는 사실이지
만, 옛시가까지 枚擧하지 않더라도 1930년대 이후의 한국시에서도 이런 예
는 얼마든지 발견할 수가 있다.

  1923년에 쓴 金炯元의 시 「그대가 물으면」이 세 번 반복되고 있고27)
1930년대의 詩人 朴龍喆의 시 「하염없는 바람의 노래」는 「나는 세상에 즐거
움 모르는 바람이로다」가 전체 4聯에 네 번 반복되고 있음을 볼 수 있는 것
이다28) 이러한 예는 서정시인들의 작품에서 지금도 간혹 발견되는 것으로서,
古調라기보다는 서정적인 情調 sentiment를 높이려는 技巧上의 문제로 이해
하여야 할 것이다.

  여기 두 편의 시를 옮겨 본다.

    鄕 愁
                                    鄭芝鎔

넓은 벌 동쪽 끝으로
옛이애기 지즐대는 실개천이 휘돌아나가고,
얼룩백이 황소가
해설피 금빛 게으른 울음을 우는 곳

---

26) 대한매일신보. 1908. 8. 18. 제1175호.
27) 韓國文學全集. 詩集 上. 民衆書館. 4292. 8, P. 82.
28) 앞 책. P. 169.

—그 곳이 참하 꿈엔들 잊힐리야.

질화로에 재가 식어지면
뷔인 밭에 밤바람 소리 말을 달리고,
엷은 조름에 겨운 늙으신 아버지가
짚벼개를 돋아 고이시는 곳,

—그 곳이 참하 꿈엔들 잊힐리야.

흙에서 자란 내 마음
파아란 하늘 빛이 그립어
함부로 쏜 화살을 찾으려
풀섭 이슬에 함추름 휘적시든 곳,

—그 곳이 참하 꿈엔들 잊힐리야. (이하 생략)29)

　　　　小　曲
　　　　　　　　　　　　　　金允植(永郎)

「오—매 단풍 들것네」
장광애 골붉은 감닢 날러오아
누이는 놀란 듯이 치어다보며
「오—매 단풍 들것네」

추석이 내일모레 기둘리리
바람이 사지어서 걱정이리
누이의 마음아 나를 보아라
「오—매 단풍 들것네」30)

　　이상에서 보면 鄭芝鎔이나 金永郎이 다 같이 우수한 시인임에 틀림없지만,
이러한 반복귀를 삽입함으로써 현실적인 事實을 한 차원 높은 환상적 이미지

---

29) 徐廷柱. 現代朝鮮名詩選. 溫文舍. 4283. PP. 332~333.
30) 앞 책. P. 343.

로 승화시키고 있음을 보게 되는 것이다.

「한반도」를 쓴 시인이 이러한 이론에 근거하여 의도적으로 후렴을 붙였겠는가는 의심스러우나 어차피 이 후렴은 멀리는 古歌謠의 유습이고 가까이는 唱歌의 殘影이기는 하지만 서정시 쪽에서는 詩的雰圍氣를 고조하기 위한 수법으로 내내 즐겨쓰고 있는 것이 현실이라는 것은 아무도 부인할 수 없을 것이다.

그렇다면 「한반도」의 후렴귀랄 수 있는 「한반도야」는 자유시의 조건을 저해하는 요소로 지적될 수 없다는 결론에 도달하게 된다. 따라서 「한반도」가 오히려 같은 해에 나왔던 「支掲軍」에 비하여 보다 整齊된 시이며 보다 현대적인 분위기를 자아내는 시라는 것을 인정하지 않을 수가 없다.

그런데 어찌하여 「한반도」가 國漢文混用體로 해서 한 줄로 쓰고 반복귀만 따로 붙이는 말하자면 2행 1연의 것이 있고, 또 7행 1연으로 순한글체의 것으로 된 두 가지의 시가 같은 날 같은 신문에 발표될 수 있느냐는 의문이 남는다.

〈大韓每日申報〉는 1903년부터 李章薰 名儀로 나오던 隔日制新聞 〈每日申報〉를 改題하여 1904년 7월에 〈大韓每日申報〉라고 하였고 이날 第1號를 냈다. 그러다가 1903년부터 런던 데일리 뉴스紙의 임시특파원으로 한국에 와 있던 英國人 어네스트·베델 Ernest T. Bethell(한국명은 裵說, 1872~1909)을 社長으로 하여 韓英合辦會社로 발족한다. 英日同盟을 계기로 治外法權을 十分 이용해보려는 것이었으므로 皇室을 비롯한 親俄派 李容翊 등 각계의 志士들이 出捐하여 이 신문은 韓末에 있어 太陽과 같은 存在가 되었다.

그리하여 이 신문은 '日人不可入'이라고 하여 日本人의 出入을 금하는 榜을 신문사 정문에 붙이고 민족지답게 1905년 5월 23일부터 漢文을 모르는 독자를 위하여 한글판 〈대한매일신보〉와, 영문판 〈The Korea Daily News〉를 1905년 8월 11일부터 발행하였던 것이다.

「한반도」가 두 가지 전혀 다른 形態로 발표된 것은 위와같은 경위로 그렇게 된 것인데, 그렇다면 國漢文混用의 2행 1연체와 순한글의 7행 1연체는 어떤 경로를 통하여 전혀 다른 형태의 시로 나타났을까, 우리는 이 문제에 대하여 다음과 같은 추측을 할 수가 있다.

    (1) 原稿 그대로 실었다.
    (2) 편집자가 원문을 자의로 고쳐서 실었다.

만일 (1)의 경우로 생각한다면 國漢文版쪽은 논란의 여지가 없으나 한글쪽은 國漢文版과 전혀 다른 형태로 발표되었기 때문에 한글판쪽 編輯陣容에서 原稿를 한글로 번역하여 실었다는 결론이 도출될 수밖에 없는 것인데 그렇다고 하더라도 國漢文版과 한글판의 詩의 形態上의 差異에 대한 의문점은 그대로 남을 수 밖에 없는 것이다.

물론 原稿가 본래 2행 1연체이던 것을 한글로 번역하면서 형태도 함께 고쳤을 것이라는 추측도 가능하겠으나 과연 그만한 文學的素養이 당시의 편집진용에게 있었다고 할 것인가는 자못 의문이 간다.

그러나 거꾸로 이 시의 원고가 한글로 되어 있었고 형태도 7행 1연이었는데 國漢文版쪽 진용에서 國漢文으로 옮기면서 원문의 형태대로하면 지면을 너무 차지하게 되니까 7행 1연을 2행 1연으로 고쳐서 실었다고 본다면 어떨까. 이렇게 (2)의 경우로 추측하는 것이 훨씬 자연스럽지 않을까.

한글판쪽에서는 이와 반대로 作者의 立場을 존중하여 원문 그대로 7행 1연으로 실었다고 본다면 國漢文版쪽의 입장이나 한글판쪽의 입장이 함께 이해되고 또 일간지의 마감시간까지의 긴박한 상황이나 지면 문제라던가를 고려에 넣는다면, 이렇게 보는 것이 훨씬 합리적인 추측이라고 볼 수 있지 않을까.

이러한 연유로 필자는 「한반도」의 원문은 한글판 〈대한매일신보〉에 실린 작품과 동일하다고 보고자 하는 것이며 따라서 이 작품을 완성형의 자유시로 추천하는 것이다.

Ⅲ. 韓日兩國 詩歌의 장르體系의 比較를 통한 名稱 問題

우리는 한국근대초기시가의 장르 移行過程을 자세하게 살펴보았다. 그리고 장르 移行이 2행 2중연속체에서 2행 2중분절체로, 거기에서 2행체로 정착하였다가 六堂의 「新詩의 形式」이라는 실험을 만나면서 마지막 定型이던 2행체가 깨어지고 外來樣式인 7·5조의 수용과 자유시의 장르가 자리잡게 된다는 것을 설명하였다.

그러나 이 장르체계가 詩史인만큼 장르마다 그에 相應하는 명칭을 붙여야 할 것은 더 말할 것이 없다.

그래서 여기서는 기존 명칭들의 타당성을 놓고 분석·검토할 필요가 있다고 여겨서 諸家에 의해서 명명된 呼稱들이 합리적인 근거를 갖고 있는 것인지 어떤지 살펴보기로 하겠다.

종래의 한국근대시가에 대한 장르체계는 우선 形態上의 構造가 어떻게 형성되고 어떻게 變化·移行되어 왔는가 하는 有機的인 移行過程에 관해서 分明한 해명이 없었기 때문에 이 무렵의 詩歌를 보는 시각도 各人各色이고 名稱도 자기나름대로 붙이어 왔던게 사실이다.

어떤 분은 日本詩歌의 장르 體系를 그대로 옮겨다가 맞추려 하였고 어떤 분은 歌辭의 延脈으로 보고자 하였다. 이러한 결과를 초래한 궁극적인 원인은 이 시기의 시가를 有機的인 關聯性을 가진 詩歌, 또는 장르 體系를 하나의 生命現象과 같이 생장·소멸의 관점에서 보려 하지 않고 斷片的 詩篇의 集積으로 파악한 데서 야기된 결과였다고 할 수 있다.

어차피 앞에서 이러한 잘못을 시정하기 위하여 장르체계부터 정리하여 보았으니까 이제는 名稱問題를 검토하기로 하겠다.

지금까지의 한국근대초기시가의 장르에 대한 의견은 다음과 같이 세 갈래로 요약할 수 있을 것이다.

1. 白鐵
   唱歌(이돈성의 글) 1896～1908→新體詩(海에게서 少年에게) 1908→自由

　　詩(불노리) 1919.[31]
　2. 宋敏鎬
　　開化詩　1896~1906→開化歌辭　1906~1908→新詩(海에게서　少年에게)
　　1908→唱歌(京釜鐵道歌 등) 1908→散文詩[32]
　3. 李靑原
　　新體詩型(최돈성의　글) 1896→唱歌(歌亦悲壯) 1906→自由詩型(舊作三篇)
　　1907→自由詩(支揭軍·한반도) 1909.[33]

　唱歌나 新體詩라는 장르 體系는 日本文學史에서 輸入한 것이었음은 周知의 사실이지만 日本 詩歌의 장르 체계를 좀더 소상하게 밝히는 문제에 대해서는 별로 관심을 갖지 않았던 것이 종래의 한국문학사연구의 경향이었던 것같다.

　무엇을 唱歌라고 하는가. 어떤 構造를 가진 장르를 新體詩라고 하는가에 대한 분명한 지식이 없이 단순히 명칭상의 개념만 가지고 한국시를 규정하였다면 自由詩가 新體詩로 誤認될 수도 있고 新體詩라고 해야할 장르가 唱歌로 불리우는 해프닝이 없을 수 없을 것이다.

　그래서 日本詩歌의 장르 體系를 잠시 더듬어 보고나서 한국시가의 장르와 맞추어 보는 것이 그 동안의 誤差를 최소화하는 방법이라고 생각하였다.

　日本의 唱歌의 濫觴은 福澤諭吉의 「世界國盡」(1869)이었다. 이것은 7·5調의 基調로 되어 縱書로 연속한 長詩인데 모두 8,000餘字인 바 世界의 風土·風物·歷史를 소개한 것이다.

　그는 이 唱歌의 基調를 江戶時代의 中期부터 유행하여온 俗曲으로 만들어진 寺子屋의 교과서였던 「江戶方角」이나 「都路」에서 본떴다고 말하여진다.

　일본에 學制가 1872年에 公布되고 1875년에는 전국의 小學校數가 24,225 이었고 中學校는 116, 大學은 東京大學 1校였다. 그런데 이렇게 많은 小學校를 만들었으나 敎科書가 없었기 때문에 어쩔 수 없이 福澤의 「世界國盡」을 借用하였는데 이것이 빌미가 되어 「世界國盡」이 대유행을 보게된 것

---

31) 李秉岐.·白鐵. 國文學全史. 新丘文化社. 1957. P. 232.
32) 宋敏鎬. 韓國詩歌文學史 下, 韓國文化史大系. 言語·文學史. 高大民族文化硏究
　　所. 1967. PP. 909~910.
33) 李靑原. 韓國民族文學史論. 앞 책.

이다.

世界ハ廣シ萬國ハ 多シトイヘド大汎ソ, 五二分ケシ名目ハ, 亞細亞, 阿非利
加, 歐羅巴, 北卜南ノ亞米利加二, 堺カギリテ五大洲, 大洋洲ハ別二又, 南ノ島
ノ名稱ナリ, 土地ノ風俗人情モ, 處變ハレバ品變ハル, 其樣樣ヲ知ラザルハ, 人
ノヒトタル甲斐モナシ, 下畧[34]

福澤의 위의 唱歌는 본격적인 창가는 아니지만 창가의 도화선이 되었던 것
만은 분명하다.

본격적인 唱歌는 伊澤修二의 主宰아래 1881년에 「小學唱歌集」으로 선을
보이고 뒤이어 1883년에 제2편, 1884년에 제3편이 나와 완결된다.

伊澤은 24세에 愛知師範學校長이 된 秀才로, 뒤에 美國에 留學하여 하바드
大學에서 理學을 공부하면서 보스톤의 音樂敎育家 매슨 Luther Whiting
Mason(1828~96)을 만나서 음악지도를 받고 日本의 音樂敎育을 꿈꾸게 된
다. 4년 뒤에 돌아온 그는 文部省에 音樂取調掛를 설치하여 약 30명의 傳習
生을 모집하고 聲樂과 奏樂을 가르쳤다.

그는 音樂取調掛의 設立目標로 세가지를 들고 있는데,

'東西二洋의 音樂을 折衷하여 新曲을 만드는 일. 장래 國家를 일으킬만한 人
物을 養成하는 일, 諸學校에 音樂을 實施하는 일'[35]

이었다. 그는 이 목표를 달성하기 위하여 1880년에 美國의 매슨을 초청하여
매슨의 지휘아래서 열심히 일을 한다. 그는 「上申書」에서 밝히고 있는 것처럼

'…國樂이란 我國 古今 固有의 詞歌曲詞의 善良한 것을 오히려 硏究하고 모
자라는 것은 西洋에서 取하여 마침내 貴賤에 관계없이 또 雅俗의 구별 없이
누구에게나 어떤 節調로도 日本의 國民으로서 노래할 수 있는 國歌, 演奏할 수
있는 國調를 말한다. 이것이 國樂이라는 이름이 있는 由綠이다.'[36]

---

34) 現代詩鑑賞講座 12. 明治・大正・昭和詩史. 角川書店. 1972. 再版.P.25 再引.
35) 앞 책.

말하자면 그의 國樂은 傳統的인 音樂을 骨組로 하고 西歐쪽 음악을 도입하여 近代的으로 再構成함으로써 국민이 모두 노래할 수 있는 국민음악을 構築한다는 理想이었다.

매슨은 2년의 계약기간을 마치고 돌아가고 그 후임으로 伊澤이 초청한 사람은 海軍軍樂隊 엑케르트 Franz Eckert(1852~1916)이었다. 엑케르트는 獨逸海軍軍樂隊의 한 개 樂長으었으나 1879년에 日本海軍에 초청되어 軍樂隊의 지도를 맡고 있다가 1883년부터 1886년까지 매슨의 뒤를 이어 音樂取調掛에 근무하였던 것이다.[37]

唱歌集에는 모두 91편의 창가가 들어 있었는데 그 가운데 伊澤이 作曲한 「皇御國」을 제외하면 모두 外國曲이었다. 대체로 외국곡은 스페인민요, 스코트랜드민요, 독일민요, 크리스마스 聖歌 등이었다.

제3편에 있는 「庭の千草」의 제목으로 알려진「菊」을 예로 들어보자. 이 노래는 原曲이 아일랜드 民謠로서 原詩는 아일랜드 詩人 토마스 무어의 The Last Rost of Summer이다.

> 一庭の千草も，むしのねも，
> かれてさびしく，なりにけり．
> ああしらぎく，嗚呼白菊．
> ひとりおくれて，さきにけり．
>
> 靈にたわむや，菊の花．
> しもにぢごるや，きくの花．
> あああはれ，ああ白菊
> 人のみちをも，かくてこそ．

이 「菊」은 「여름의 마지막 장미」라는 原詩로서 그 내용은 別離의 無常을

---

36) 앞 책.

37) 이 엑케르트는 계약임기를 마치고 한국으로 파견되어 1901년 2월 19일에 도착, 이듬해 4월 15일에 계약을 체결하고 군악대를 지휘하여 1904년 11월 19일 한국에서는 처음으로 그의 지휘하에 연주가 시작된다.

노래한 것인데 여기서는 孤高한 국화의 貞節을 찬양하는 내용으로 번안한 것이다. 이 「菊」은 「小學唱歌集」을 대표하는 歌曲의 하나라 할 수가 있는데 이 詩歌의 형식이 「今樣體」라는 데에 특별한 의미가 있다.

鈴木亨은 다음과 같이 쓰고 있다.

> 今樣은 平安末期에 流行하여 爾來 日本人에 의하여 가장 愛好된 歌謠形式의 하나로서, 七五調로 四番 겹쳐서 한 體로 하는 것이다. 이 「菊」의 歌詞는 三行째가 原曲에 맞추기 위하여 약간 破調로 되어 있으나 全體로서는 今樣形式을 두 개 겹친 體裁로 보아도 좋다.38)

여기서 놀라운 것은 今樣形式이 平安時代末期에 유행한 장르라는 사실이다. 平安時代란 A. D 800年初에서 A. D. 1180年代末에 걸친 398年間의 京都時代를 가리키는 것인데, 이 때부터 유행한 장르를 바탕으로 唱歌의 基本形式을 삼았다는 것은, 당초의 伊澤의 意志가 國歌의 定立에 있었다고 하더라도 우리로서는 여간 충격적으로 받아들여지는 사건이 아닐 수 없다. 平安時代末期라면 이 시대로부터 벌써 700년전의 일이기 때문이다.

따라서 唱歌의 濫觴이랄 수 있는 福澤의 「世界國盡」은 口誦을 위한 地理·歷史書로 꾸며진 것이라서 韓國詩史로 보면 歌詞(歌辭) 形式같이 連續體로 되어있는 것이고 伊澤의 唱歌는 하나의 定型을 만든 셈인데 그것이 平安時代末期 이래의 傳統體裁를 약간 改造한 것이기는 하지만 今樣體를 두 번 겹친 形式이라는 것이다.

이것을 圖式하면 다음과 같다,

平安朝의 今樣體

7	5
7	5
7	5

---

38) 現代詩鑑賞講座. P. 33.

7	5
	※ 1100年代 以來의 今樣體

唱歌의 形式

7	5
7	5
7	5
7	5
7	5
7	5
7	5
7	5

※ 今樣體를 두 번 겹친 形式

伊澤은 1889년에 「中學唱歌集」을 東京音樂學校編 으로 出刊한다. 唱歌와 軍歌는 한 목소리로 流行하였기 때문에 이것은 軍國主義를 指向하는 體制에 힘을 주고 또 그 힘을 발판으로 民間에 傳布 되어서 淸日・露日戰爭을 전후한 시기까지 거의 百種의 唱歌集이 나왔던 것이다.

唱歌가 이렇게 대단한 바람을 일으키며 유행을 하던 시기에 「新體詩抄」는 1882년 8월에 출판되었는데 그에 앞서서 6월에 「東洋學藝雜誌」에 刊行豫告가 되었다. 또 이 「東洋學藝雜誌」에는 矢田部尙今의 「シエクスヒル氏, ハムレツト中の一段」이 실리면서(1882년 3월호) 7월까지 매월 5편의 작품이 수록된다. 그 밖의 작품은 다음과 같다.

四月 外山譯 キングスレー「悲歌」
五月 外山「拔刀隊の 詩」(創作詩)
六月 矢田部「鎌倉の大イム詣にでて感ぬり」(創作詩)
七月 矢田部譯 カムブベル「英國海軍の 詩」

  이상의 5편의 시가 8월 출간 전에 이미 발표되었던 것인데, 外山의 「拔力隊의 詩」를 제외하면 모두 福澤의 「世界國盡」과 같이 7·5조의 연속체였고 오직 外山의 「拔力隊의 詩」만 7·5조를 二重으로 하여 7행 2중 1연으로 하여 6연으로 되어 있었던 것이다.

  이러한 形式의 移行은 그들이 正當한 詩歌改良運動을 의식적으로 전개한 데서 비롯된 것으로서, 그들은 新時代에는 거기에 알맞는 form과 style이 필요하다고 믿었고 그것은 在來의 和歌나 俳句, 漢詩에서는 期待할 수가 없으므로 先進國인 영국이나 미국에서 행하여지고 있는 포에트리를 敎本으로 해서 日本詩歌를 改良하여 보자는 것이었다.

  「新體詩抄」에 실린 작품은 譯詩가 14편, 創作詩가 5편으로 도합 19편이고, 譯詩는 프랑스의 샤르르 드레앙과 미국의 롱펠로를 제외하면 모두 영국의 시들이었다.

  外山 山은 本名이 正一로 미국 미시건대학에서 哲學과 理學을, 矢田部尙今은 本名이 良吉로서 코넬대학에서 植物學을 공부하고 1876년에 東京大學에 돌아와서 교단에 섰고, 井上巽軒은 本名이 哲次郎으로 東京大學의 文學部 第1回卒業生으로서 助敎授로 근무하지만 교단에 서지는 않고 「東洋哲學史」의 편찬사업에 종사하였다. 그들의 그때 나이는 外山이 35, 矢田部가 31, 井上이 27이었다.

  「新體詩抄」가운데 矢田部의 「墳上感懷의 詩」에서 보면 비로소 이들의 新形式에 대한 苦心의 結實을 볼 수 있게 된다.

山山かすみいりあいの　　　鍾はなりつつ野の牛は
徐に歩み歸り行く　　　　　耕へす人もうちつかれ
やらやく去りて余ひとり　　たそがれ時に殘りけり

四方を望めば夕暮の　　　　景色もいとど物寂し
唯この時に聞ゆるは　　　　飛び來る虫の羽の音
遠き牧場のねやにつく　　　羊の鈴の鳴る響

猶其外に常春藤しげき　　　塔にやどれるふくろふの

近よる人をすかし見て   我巢に寇をなすものと
訴へんとや月に鳴く   いとあはれにも聲すなり

　이상에서 보면 7·5조를 基本律로 한 이른바 今樣體를 계승하면서도 二重으로 하여 3행이 1연이 되는 體裁로 하였다. 이렇게 하여 32연에 이르는 長詩였으니 당시로서는 획기적인 新장르로 받아들일 수 밖에 없었다.

　그러나 「新體詩抄」가 나오기 전의 1881년에도 今樣形式의 7·5조 4行一聯의 詩가 여러 편 공표되었고 더욱이 대단한 평판을 받은 작품은, 1884에 「報知新聞」에 발표한 井上巽軒의 長篇漢詩 「孝女白菊詩」를 落合直文이 新體詩로 번안한 시였다.

　이 시는 1888년 「東洋學會雜誌」에 2月號부터 다음 해 5月까지 4회에 걸쳐서 연재된 총 552行의 장시인데 모두 7·5조로 1行連續體였다. 이 시는 얼마나 큰 반향을 일으켰던지 17種의 잡지에 계속하여 轉載되었던 것이다.

　　孝女白菊の歌

　　阿蘇の山里秋ふけて
　　ながめのさびしき夕まぐれ
　　いびこの寺の鍾ならむ
　　諸行無常とつげわたる
　　をりしもひとり門に出で
　　父を待つなる少女あり
　　袖に涙をおさへつつ
　　憂にしづむそのさきは
　　色まだあさき海棠の
　　雨にたやむにことならず
　　父は先つ日遊獵に出で
　　今猶おとづれなしとかや
　　軒瑞に落る木葉にも
　　かひひの水のひびきにも
　　父やかへるとうたがはれ
　　夜なへれぶるをりもなし　　下畧39)

이러한 7·5조의 單行連續의 形式은 뒤에 「靑年唱歌集」에서 보면 5·5, 5·7, 8·6, 8·7調 등으로 변화하면서 새로운 형식을 모색하고 있는데 그런 시만 80여편이 수록되어 있다.

또 「新撰讚美歌」에는 8·6調가 시험되고 있고 內村鑑三이 1888년에 창작한 찬송가는 6·6, 6·5調에 5·5, 6·5調를 후렴으로 하는 신형식이 시험되고 있는 것이다.

이 사이에 湯淺半月의 「十二의 石塚」(1885)의 長篇敍事詩에서는 自由律이 시험되기도 하고 「新體詩抄」의 同人中의 한 사람에 의해서도 1887年에 스스로 시도되었으나 新體詩의 散文化運動은 일반의 호응을 얻지 못하고 그가 주장하는 이른바 「文語自由形式」은 도중하차하고 만다.

이 무렵은 이미 小說에 있어서는 言文一致運動이 本軌道에 올라 있었음에도 불구하고 시는 自由化에서 후퇴하여 島村抱月, 島崎藤村 등에 의한 今樣體의 文語定型詩인 新體詩가 완성되기에 이르니 이것이 1897年代의 일이다.

藤村의 處女詩集(1897) 〈若菜集〉가운데 「草枕」이 이것을 잘 대표하고 있다.

されば落葉と身をなして
風に吹かれて飄り
朝の黄雲にともなはれ
夜白河を越えてけり

道なき今の身なればか
やれは道なき野を慕ひ
思ひ亂れてみちのくの
宮城野にまで迷ひきぬ

心の宿ね宮城野よ
亂れて熱き吾身は
日影も薄く草枯れて
荒れたる野こそうれしけれ

ひとりさびしき吾耳は

吹く北風を琴と聽き
悲しみ深き吾目には
色彩なき石も花と見き

　藤村의 詩는「想」이라고 하는 內容을 중요시한 것이며 形式은 擬古的인 今樣體였던 것이다. 그러나 古詩와 전혀 다른 새시대의 시로써 독자를 격동시킨 것은 새로운 視角으로 보는「自然」과 약동하는 「靑春」이었다고 評價되고 있음을 본다.
　이리하여 完成型의 新體詩는 다음과 같이 그 移行過程으로 종합할 수가 있을 것이다.

日本의 近代初期詩歌 장르移行

7	5
7	5
7	5
7	5

　　※ 小學唱歌集의 定型으로서 今樣體를 두 개 겹친 形式임.

↓

7·5	7·5
7·5	7·5
7·5	7·5

　　※ 新體詩抄의 定型. 今樣體의 2重 3行1聯 體임.

↓

7·5

※ 7 · 5조의 單行連續體, 今樣體로의 形式上의 復歸임.

↓

7 · 5

※ 7 · 5조의 4行 1聯體로 新體詩의 完成型임.
   따라서 今樣體로의 形式上의 復歸임.

결국 唱歌는 伊澤에 의하여 7 · 5調 4行 1聯으로 정하여지는데 新體詩도 여러 가지 실험을 겪으면서 7 · 5調 4行 1聯體로 固定되는 것을 보게된다.

그렇다면 唱歌와 後期新體詩는 同一한 體裁로 되어 있고 둘 다 平安朝부터의 傳統調律인 7 · 5調의 2行 1聯을 한 번 겹친 形式인 今樣體를 밟고 있음을 알겠다.

그렇다면 唱歌와 新體詩는 어떻게 區分하는가. 그것은 唱歌集에 실려있는 度曲된 歌詞냐 아니냐에 따라 구별할 수밖에 없을 것이다. 詩歌의 形態로서는 구별할 수가 없기 때문이다.

日本의 경우도 文語自由形式에서 口語自由詩로 옮기는 시기가 新體詩의 形式解體에서 비롯되고 있으므로, 대체로 그 初期는 蒲原有名이「有明集」(1906)을 낸 시기였고 高村光太郎이「道程」(1914)을 간행하면서 궤도에 진입하게 된다.

그러므로 口語自由詩가 본격화되는 1906年代 이전의 文語自由詩의 시기(1895)까지는 新體詩가 성행하였다고 볼 수 있는 것이다.

따라서 唱歌는 부르는 노래이므로 읽는 노래(詩)의 장르를 살피는 것이 近

代詩歌研究의 취지일 것이므로 日本의 경우를 教訓삼아서 韓國近代詩의 名稱을 어떻게 정하는 것이 옳을까를 신중하게 연구하여야 할 것이다.

IV. 맺는글

그렇다면 韓國近代初期詩歌의 장르 移行과 日本近代初期詩歌의 장르 移行을 같은 자리에 놓고 비교를 하면서 장르에 적합한 名稱을 생각하여 보기로 하자.

이상에서 보면 한국근대초기시가의 장르 移行은 2行 2重連續體→2行 2重分節體→2行分節體로 옮겼고, 일본의 근대초기시가는 7·5조의 連續體→4行 1聯體로(唱歌) 그리고 3行 2重 1聯體→4行 1聯體로 옮겼음을 알 수가 있다.

명칭상으로는, 일본에서는 7·5조의 連續體(世界國盡)에서 完成型의 唱歌(小學唱歌集)까지를 「唱歌」라고 通稱하고, 3行 2重 1聯體(新體詩抄)에서 完成型의 4行 1聯體(草枕)까지를 新體詩라고 하고 있다. 다만 한국과 일본의 공통점이 있다면 한국시가의 基本調律은 傳統的調律인 8·8조이고 일본시가의 기본조율은 今樣體인 7·5조이었다는 점이다.

여기서 우선 지적해야 할 것은, 한국근대초기시가의 基調가 8·8調라해서 開化歌辭라고 呼稱하는 것은 매우 적절하지 못하다는 점일 것이다. 더구나 기독교가사니 천주교가사 또는 천주가사 따위의 명칭이 얼마나 詩史上의 理論的 根據가 없는 마구잡이식인 명명인가를 알만하다.

그렇다면 창가와 신체시 또는 신시의 호칭에 대해서 살펴보기로 한다.

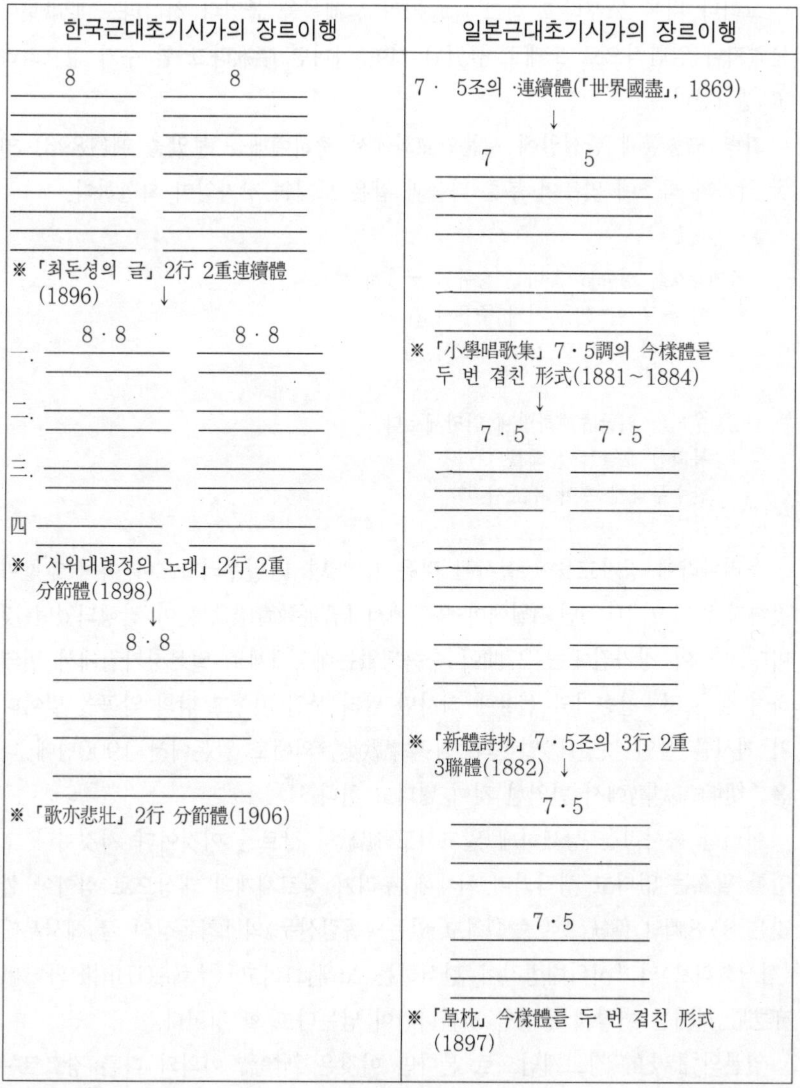

한국근대초기시가의 장르이행	일본근대초기시가의 장르이행
8 8	7 · 5조의 ·連續體(「世界國盡」, 1869) ↓
※ 「최돈성의 글」 2行 2重連續體 (1896) ↓	7 5
8 · 8 8 · 8	※ 「小學唱歌集」 7·5調의 今樣體를 두 번 겹친 形式(1881~1884) ↓
一. / 二. / 三. / 四	7·5 7·5
※ 「시위대병정의 노래」 2行 2重 分節體(1898) ↓	※ 「新體詩抄」 7·5조의 3行 2重 3聯體(1882) ↓
8 · 8	7·5
※ 「歌亦悲壯」 2行 分節體(1906)	7·5
	※ 「草枕」 今樣體를 두 번 겹친 形式 (1897)

    여기서 먼저 전제해야 할 것은 唱歌에 대한 概念定立이다. 唱歌란 부르는 노래이다. 樂譜에 맞추어 부르는 노래의 歌詞를 唱歌라고 할 수가 있다. 가령 校歌나 찬송가, 연주용 애국가는 모두 唱歌라고 할만하다.

그러나 비록 노래라고 하고 ○○가라고 제목을 붙였다 하더라도 唱歌集에 들었거나 일반적으로 노래로 불렀던 것이 아니면 唱歌라고 할 수가 없으리라고 생각한다.

가령 고종황제 탄신일에 새문안교회에서 축하예배를 보았을 때(1896) 영국 국가의 곡조에 맞추어 부른 다음과 같은 노래는 창가임이 확실하다.

    1. 놉흐신 샹쥬님 즈비론 승쥬님 궁휼히 보쇼셔.
      이 느르 이 짱을 지켜 주옵시고,
      오 쥬여 이 느르 보우 ᄒ쇼셔.

    2. 우리의 디군쥬폐하만세 만만세로다.
      복되신 오늘놀 은혜를 니리스,
      만수무강케 ᄒ야 주쇼셔.39)

우리나라에 창가교육이 실시된 것은 1886년 11월부터였으나 아직 定型이 잡히지 않았고 1910년 5월에야 學部에서 「普通敎育唱歌集」이 간행되었던 것이다.40) 이 창가집에는 27曲이 수록되었는데, 대체로 일본창가집에서 번역하여 실은 것, 찬송가의 선율에 가사만 달리 붙인 것, 그 밖의 악곡을 빌어다가 가사를 붙인 것인데 일본의 「小學唱歌集」 외에도 일본에서 1900년에 나온 「幼年唱歌集」에서 번역한 것이 많다고 한다.41)

이러한 속사정을 상세하게 알고서도 唱歌의 장르를 이것이다 저것이다 고집할 필요는 없다고 생각되며 차제에 우리가 장르체계의 대상으로 삼아야 할 것은 8·8調의 傳統律로 變型하고 있는 〈독립신문〉의 「최돈성의 글」에서부터 〈협셩회회보〉의 「시위대병정이 탄식하는 노래」그리고 〈大韓每日申報〉의 「歌亦悲壯」까지를 어떻게 명명할 것이냐만이 남는다고 할 것이다.

일본의 詩史的 장르개념으로 본다면 이것은 新體詩 이외의 다른 장르로는

---

39) 李宥善. 앞 책. P. 98. 재인.
40) 李相萬. 音樂槪觀. 文藝總鑑. 1982. P. 33.
    宋芳松. 韓國音樂通史. 一潮閣. 1981. P. 569. 재인용.
41) 宋芳松. 앞 책.

볼 수가 없다. 「최돈성의 글」은 그나름으로 完成된 定型이라고 하는 것이 옳다고 보아야 하는 것은 그러한 2行 2重連續體는 종전의 詩歌史에 없었던 新形式임에 틀림이 없기 때문이다.

이 詩型이 2행 2중분절체로 변형되고 나서 1906년까지 쓰이고 있는 것으로 보아서 이것이 분명한 정형으로서의 신빙성을 더욱 높여준다고 할 수가 있다.

그런데 이 2행 2중분절체가 1906년대에 무너지고 2행분절체로 고정되는데 이 장르를 과연 2행 2중체의 연장선상에 두어야 할 것인가 아니면 새로운 歌型의 탄생으로 볼 것인가는 좀 더 깊은 성찰이 필요하다. 다시 말하면 〈大韓每日申報〉(1906)에 처음 등장하는 新形式의 詩歌인 「歌亦悲壯」이 先行歌型인 2행 2중분절체의 發展으로 볼 것인가 아니면 전혀 새로운 歌型의 出現으로 볼 것인가를 신중하게 생각하자는 말이다.

2行體는 1906년부터 갑자기 성행하여 〈大韓每日申報〉를 중심으로 當代의 詩歌를 모두 2行體로 統一天下하였던 것인데 이렇게 된 이면에는 〈대한매일신보〉가 지니고 있는 인기와 권위의 영향도 컸으리라고 생각된다.

그러나 한편으로는 일반잡지와 기독교계통의 신문이나 잡지에서는 여전히 2行 2重分節體가 適用되었으므로 이 시기에는 詩歌型에 있어서 두 脈이 共存했다고 보는 것이 옳을 것이다.

그러나 두 歌型의 공통점은 그 基調가 傳來的 調律인 8·8調인 것과 2行2重體이건 2行體이건 둘 다 定型이라는 점에서는 같은 계열에 속한다고 할 수가 있기 때문에 「최돈성의 글」의 흐름 곧 2행 2중체의 정형의 장르 가운데서 「歌亦悲壯」의 2行體는 簡易하게 改良한 體裁쯤으로 평가하는 것이 옳지 않을까 생각한다.

이렇게 분류한다면 이 2행체도 新形式의 시에 속한다고 할 수 있으며 결국 1896년부터 創出된 新形式의 詩歌는 1906년의 2행체를 마지막 完成型으로 선택했다고 할 수 밖에 없고 이 뒤에는 形式解體의 시험이 계속되면서 口語體自由詩의 시대로 들어간다고 보아야 할 것이다.

그렇다면 한국근대초기시가 가운데 定型의 形式을 가진 시는 통털어서 '新

形式의 詩'라고 불러야 옳겠다. 이 이름이 너무 길기 때문에 줄여서 '新詩'로 하는 것이 가장 합당한 호칭이라는 결론이 된다.

따라서 開化歌辭니 開化詩니 하는 용어는 버려야 하고 日本詩史를 모방하여 新體詩라고 하는 것도 문제가 있는 것이니 '新詩'로 단일화하는 것이 좋겠다.

그리고 종래 '新體詩'로 불리웠던 六堂의 「海에게서 少年에게」가 文語自由詩와 口語自由詩의 中間者쯤 되는 詩型에 속할 뿐 결코 新體詩가 될 수 없다는 것은 앞서 日本新體詩를 고찰하면서 이미 밝혀진 것이니 여기서 재론할 것이 없으나 이해를 돕기 위하여 한 번 더 강조한다면, 적어도 '新體詩'라고 하면 日本 固有의 장르이고 이 장르의 특징은 去今 700年前부터 傳來한 7·5조의 今樣體를 두 번 겹친 4行體의 定型詩를 가리키는 것이지 文語自由詩나 口語自由詩를 指稱하는 것은 아니라는 말이다.

그래서 근대초기 시가의 장르를 다시 정리한다면 「최돈성의 글」(1896)에서 「시위대병정이 탄식하는 노래」(1898)로, 거기서 「歌亦悲壯」(1906)까지의 定型詩歌를 「新詩」라고 하고, 따로 唱歌는 「황제탄신 경축가」(1896)와 「익국가」(1898) 등을 효시로 하고 六堂의 「京釜鐵道歌」(1908) 등 7·5조의 受容期부터 定着期에 들어가게 된다고 해야 할 것이다.

따라서 六堂의 「舊作三篇」(1907)과 「海에게서 少年에게」(1907)는 口語體自由詩의 실험기의 작품으로 볼수 밖에 없고 「支揭軍」(1908)과 「한반도」(1909)는 定型詩가 무너진 뒤에 구어체 자유시의 실험기에서 얻어낸 훌륭한 收穫이라고 할만하다.

일본과 우리가 다른 점은 文壇 形成의 문제이다. 일본은 唱歌 때부터도 그렇지만 新體詩時代에 들어서면 전문적인 詩人의 활동이 두드러지는데, 한국시는 아직도 憂國志士에 의하여 지배되고 있는 점이 크게 다르다. 그것은 그만큼 두 나라의 立地的 條件이 달랐기 때문일 것이다. 저쪽은 근대화가 興隆의 表象이었고 우리쪽은 開化가 위기의식을 동반한 혼란으로 받아들여졌기 때문에 個人이 등장하는 일본과 아직도 個人이나 個人意識의 露出보다는 國家的 危機를 건지려는 民族單位의 集團意識의 啓導가 焦眉의 大事인 한국에서는 詩壇의 형성이 뒷전에 밀릴 수밖에 없었을 것이라고 보아야 할 것이다.
　그렇다면 '韓國近代初期詩歌의 장르 體系'는 다음과 같이 整理되어야만 할
것이다.

新詩運動

「최돈성의 글」(독립신문, 1886)
↓
「시위대 병정이 탄식하는 노래」(협성회회보, 1898)
↓
「歌亦悲壯」(大韓每日申報, 1906)

口語自由詩運動

「舊作三篇」(少年, 1907)
「海에게서 少年에게」(少年, 1908)
↓
「支掲軍」(少年, 1909)
「한반도」(대한매일신보(국문판), 1909)

(1989. 운당 구인환박사 화갑논문집)

제 3 장 時調史論의 再整理

I. 近代時調와 古時調의 槪念

1.

우리가 國文學을 專攻하는 이나 않는 이나 아무런 批判없이 쓰고 있는 用語들이 몇가지 있다. 그것이 文學史的으로 倒錯된 것이건 또는 誤用이건 상관하지 않고 文學史論을 다루는 이나 國文學徒가 함께 犯하고 있는 잘못이 있으니 가령 「古代小說」이나 「古時調」 등의 말이 그것이다.

「古代小說」의 「古代」라는 말이 특별한 뜻이 있어서 그런 것이 아니라 近代 初期에 出版業者들이 李人稙이나 李海潮 등의 새 형식의 소설과 구분하기 위해서 소설책의 표지에 「古代小說·沈淸傳」하는 식으로 표시한데서 비롯되었다는 말은 이미 文學史學界의 通說이 되어서 白鐵, 朴晟義 교수 등이 著書에서 밝히고 있는 것이거니와[1] 이러한 巷間의 呼稱을 文學史學界에서 아무런 批判없이 받아들여서 文學上의 用語로 固定한다는 것이 과연 옳은 態度일까 하는 것은 어느 땐가는 크게 論議해 볼만한 일이다. 筆者는 「古代小說」은 대개 17世紀 以後의 所産이니 時代區分에도 맞지 않고 世界文學史에 견주더래도 터무니 없는 일이니 「近代小說」로 해서 「近代小說」 「現代小說」과 함께 合理的으로 整理해야 한다고 主張했던 일이 있다.[2]

---

1) 白鐵. 朝鮮新文學思潮史. 民衆書館. 1952.
　　朴晟義. 古代小說史. 日新社. 1958.
2) 李靑原. 民族文學史의 方法研究③. 詩文學誌. 1977. 2月號.

「古時調」도 똑같은 경우의 하나라 하겠는데, 우리가 恒用「近代時調」니 「現代時調」니 하는 말을 많이 쓰고 있는데, 그 말은 「近代에 生産된 時調」 「現代에 生産된 時調」라는 뜻을 갖는 것이어서 時代區分과 密接한 關係를 가지고 있는 것이다.

그렇다면 「古時調」란 무슨 뜻일까. 「古代에 生産된 時調」란 말인가, 아니면 단순히 「옛날에 쓰인 時調」라는 말인가, 만일에 後者의 경우를 더 强調한 뜻으로 「古代時調」라고 하지 않고 「古時調」라고 했다면, 이것은 또 다른 論難거리를 誘發케 한다.

물론 「옛」이라는 말의 槪念이 매우 모호애매한 것은 사실이어서 어디서 어디까지가 옛이라는 斷定은 어렵다. 話者의 위치에 따라서 주관적으로 指示되는 것이어서 몇 시간 전도 옛이요, 몇 년 전도 옛이고 數百年 數千年前도 옛임에 틀림없다.

그러나 「옛」이라는 槪念이 비록 그렇게 流動的이라 할지라도, 그것이 일단 文學用語로 쓰인다던지, 더욱이 시나 소설처럼 수백년의 흐름을 갖고 있는 時間藝術을 區分하는 名稱으로 採用될 때는 반드시 「時間的으로 限定된 意味」를 가질 수 밖에 없는 것이다.

그렇기 때문에 「古時調」가 아무리 「옛시조」의 뜻이여서 당초에는 明確한 時代區分에의 意識이 없이 쓰인 것이라 할지라도 일단 文學用語가 된 이상에는 制限을 받지 않을 수가 없어서 꼼짝없이 「古代小說」과 같이 「古代時調」로 규정되어질 가능성이 많을 수 밖에 없는 것이다.

文學史에서 古代·中世·近代·現代라는 區分은 世界史的 通念이 되었으므로 「古時調」의 「古」라는 말은 위의 時代 가운데서 어느 하나를 選擇하지 않으면 안된다. 論者에 따라서는 「古는 옛」과 같은 뜻이니까 위의 時代區分에서라면, 中世·近世를 지칭한다고 변명할지도 모른다. 그러나 中世·近世를 「古」나 「옛」이라는 槪念이라 부를 수 있는 것인지 모르겠다. 中世·近世로는 未洽하니까 여기에다 古代를 집어 넣어서 古代·中世·近世까지를 통털어 「古」라고 했다면, 이 말도 듣기에는 그럴 듯 하나 其實 重大한 妄發이 아닐 수 없으니, 그것은 古時調로 通稱되는 作品들이 中世末期에 發生한 것이지 古代 때의 것은 아니기 때문이다.

이렇게 보면 「古時調」라는 말이 「現代時調」와 구별하기 위해서 쓰인 말이고 또 「現代時調」라는 名稱이 생긴 뒤에 누군가가 「요즈음의 時調」와 「옛날 분들의 時調」쯤의 가벼운 텃취로 쓰기 시작한 것이 이제는 움직일 수 없는 것으로 고정되었는지 모른다. 그렇다 하더라도 論理的으로 矛盾될 뿐 아니라 時代區分上 분명히 잘못 쓰고 있는 말을 그냥 襲用한다는 것은 안될 말이다. 더 깊어지기 전에 이쯤에서 고쳐버려서 中世時調·近世時調·近代時調·現代時調로 區分하는 것이 좋을 것이다.

   2.

그런데 梁柱東 교수는 「古歌」의 개념에 新羅는 물론 麗謠까지 포함시켰으며 "…古歌(羅·濟·高麗歌謠)"3)라고 明記한 바가 있고, 또 金享奎 교수는

   "…古典文學은 우리의 古語로 表現되어 있어서, 古語의 基礎的 知識을 土台로 하지 않은 註譯은 危險한 結果를 가져오기 쉽다"4)

고 前提하고 古歌謠中에 「龍飛御天歌」를 古歌에 포함시키고 있음을 본다. 비단 이것 뿐이 아니라 言語學分野에서 내고 있는 「古語辭典」類도 一應古語이지, 中世語의 區分이 없고 보면 다른 분야에서야 時代區分이 微細하지 않더래도 큰 지장이 없으니 얼버므려 넘어갈 밖에 없다.

   梁교수나 金교수가 古歌의 領域 속에 麗謠를 넣는다던지 심지어는 龍飛御天歌를 넣는 破格은 아마도 語學的 便宜 때문일 것으로 이해되며 그렇게 해야 聯關도 되고 讀者에게 이해시키기도 쉬우려니와 龍飛御天歌 하나만의 註釋을 單行本으로 내기도 뭣해서 古歌 쪽에 合本한 것일것이라는 推測도 가지지 않는 것은 아니나 前記 著書에서 龍飛御天歌를 포함하여 이것들이 古語의 類

---

3) 梁柱東. 國文學精華. 民衆書館. 1958. P. 2.
4) 金享奎. 古歌謠註譯. 序言. 一潮閣. 1968.

에 包含시켰다는 것을 알 수 있다. 言語라는 것은 生活의 血脈일 것인데 近世나 近代가 있어서 現代가 있다면 반드시 近世에서 現代까지를 물려준 中世와 古代가 있어야만 한다. 그런데 우리의 言語史는 그 中間過程이 없다. 古語와 現代語일 뿐이며 時調도 中間過程이 없이 古時調에서 곧장 現代時調로 옮겨온 것이다.

古語에서의 「古」라는 槪念이 반드시 「古代」와 같다고 생각한다면 이 말의 濫發이 훨씬 줄을 것이다. 따라서 古語라고 불러 넘긴 近代以前의 言語도 時代別로 區分되고 그렇게 되면 힘은 들지만 종전 보다는 훨씬 每事가 明瞭해질 것이다.

3.

그런데 古時調가 古代時調의 뜻이라 할지라도 時調가 古代의 것이냐 아니냐가 밝혀지기 전에는 아무리 時代區分의 槪念을 適用해서 古時調를 달리 부를 수 있다 해도 어딘가 未洽한 呼稱이 되지 않을 수 없다.

時調發生을 밝히는데 있어서 分明한 것은 時調의 完成年代가 確實하다는 점이다. 그러므로 時調의 발생은 그 발생시대에서 적당히 遡及시키면 되겠다는 말이다.

完成年代가 確實한 時調는 말할 것도 없이 「丹心歌」와 「何如歌」이다. 이 두 노래는 新生王朝의 創業과 관련된 善竹橋擊殺事件 무렵에 歌唱된 것이므로 거의 15世紀에 가까운 時代라는 것은 否認할 수가 없다.5) 물론 한글 創製 前이니까 表記 言語는 漢文이었다. 漢文으로 記錄된 두 노래는 다음과 같다.

　丹心歌
此身死了死了 一百番更死了
白骨爲塵土 魂魄有也無
向主一片丹心 寧有改理也歟6)

---

5) 鄭夢周의 擊殺은 1392年 4月이었다.

何如歌
此亦何如　彼亦何如
城隍堂後垣　頹落亦何如
我輩若此爲　不死亦何如[7]

　이 두 노래가 비록 漢字로 表記되었으나 漢詩가 아니라 우리 노래를 한자로 표기한 것임이 확실하다. 따라서 그 形式이 後代의 時調에 비하여 조금도 어설프지 않으므로, 이미 이 時期에는 時調가 완성되었다는 것을 말해 주는 것이 된다.

　그러니 時調의 발생은 적어도 圃隱이 죽기 전(1392年)으로 올라갈 수 밖에 없이 된 것이다. 時調의 發生에 대하여 鄭炳昱 교수는 다음과 같이 쓰고 있다.

　　"보통 말하기를 時調는 高麗朝 末期에 그 形態가 完成되었다고 한다. 만약에 이런 推定을 可能한 事實로 認定하는 것을 前提로 한다면, 우리는 다음과 같은 흥미로운 事實을 想起하게 된다. 즉 新羅 이후로 우리 民族生活과 民族文化의 뒷받침이 되어 온 佛敎가 高麗末期에 들어서서는 累積된 弊端으로 말미암아 脚光을 받게 된 朱子學의 ·登場과 時調形態의 完成이 때를 같이 한다는 事實이다.

　　바꾸어 말하면 時調는 새로운 指導理念으로서의 朱子學의 熱熱한 信奉者였던 儒學者들에 의하여 發見된 時形이라 할 수 있다."[8]

　鄭교수의 意見으로는, 時調가 麗末의 所産인데 朱子學을 익힌 유학자들이 만들어 냈다는 것이다. 그는 일반적으로 高麗中期 쯤에서 時調가 발생했을

---

6) 鄭夢周. 圃隱集續集 三卷.
7) 上揭書.
　海東樂府에는 「何如歌」가 다음과 같이 되어 있음
　此亦何如如　彼亦何如
　城隍堂後垣　頹圯亦何如
　傍点친 부분이 다름.
8) 鄭炳昱. 時調文學의 槪觀. 時調文學事典. 新丘文化社. 1972. P. 3.

것이라고 推測하는 사람들과는 다른 입장에 선 것 같다.

高麗中期로 보는 입장에 의하면, 하나의 歌形이 完成되기 까지는 꽤 오랜 時間이 필요하고 또 어떤 歌形 — 다시 말하면 하나의 노래란 民衆이 그들의 애환을 寓托해 온 노래가 무너진 다음에야 비로소 생기는 것이므로 高麗中期에 鄕歌가 衰滅한 다음에 時調라는 새로운 歌形이 발생한 것으로 보는 入場이고9) 鄭교수의 경우는 그것 보다는 新興勢力인 유학자들이 창출해 낸 것이 시조라고 斷定하고 있는 것이다.

유학자들이 만들어낸 歌形은 이 무렵에 이미 形成되어 그들 사이에 大流行을 본 것으로, 漢文別曲10)이 있다. 이 노래는 그 당시 盛行했던 민요를 別曲이라고 부른데 근거하여 자기들도 「翰林別曲」이라고 호칭한 것이다. 民謠別曲으로는 「西京別曲」 「靑山別曲」 등이 그것이고 漢文別曲으로는 「翰林別曲」을 효시로 하여 「關東別曲」 「竹溪別曲」類가 그것이다.

漢文別曲은 종래에 없었던 歌形이고 漢文으로 쓰인 것이라 朱子學을 信奉하던 사람들에게는 지극히 愛用되던 노래였을 것인데, 이 노래를 두고도, 따로 우리말의 노래를 창안했을 가능성이 있다고 할 수 있겠는가 의심스럽다.

時調는 高麗中期 이후 民間에 流行하던 것으로서 비록 文字가 없어서 記錄하는 이는 없었으나 심히 愛用되었던 것은 사실인데, 儒學者類들은 이 民謠 말고도 그들의 情緖를 담아낼 그릇인 漢詩가 있고 또 漢文別曲이 있으니 민중의 歌形인 時調를 생각할 여지가 없었다.

그런데 麗末에 志士 鄭夢周를 만나서 李芳遠이 漢詩나 漢文別曲이 아닌, 俗歌의 하나였던 時調로 창업에 가담할 것을 종용해 보는 것이었다. 상대가 시조로 물어오는데, 어찌 漢詩나 漢文別曲으로 응답할 수야 있겠는가. 그래서 鄭夢周도 俗歌인 時調로 화답한 것이다. 그래서 뒷날 鄭夢周의 文集에 그 노래가 收錄되었는데 漢字로 表記되었던 것이다. 이런 이유로 麗末에 두 수의 시조가 그 모습을 남기게 된 것이다. 만일에 이런 기회가 없었다면 시조의 기록은 아무래도 朝鮮의 世宗期 以後까지 기다리지 않으면 안되었을지도 모

---

9) 현재의 통설임.
10) 李靑原. 民族文學史의 方法硏究 ②. 詩文學誌. 1977. 1.

른다.

　이런 까닭으로, 시조를 朱子學의 發興과 관련시킨 것은 오히려 의아스러운 관점이 아니겠는가 싶기도 하고, 시조를 儒學者의 專有物로 보는 태도도 매우 의심스럽다고 할 것이어서 여러 가지 首肯되지 않은 점이 많다고 할 것이다. 그래서 筆者는 종래 多數 學者가 말하고 있는 論旨에 따라서, 鄕歌가 消滅하고 그것과 交遞된 노래이며, 高麗中期 以後의 것이며, 民謠였다는 것으로 정리하는 편이 무리가 없는 추측이 아닌가 하는 생각도 가져보나 그것도 반드시 옳다고 할 수가 없을 것 같다. 왜냐하면 鄕歌가 衰殘해지자 고려 중기에 와서 새로 나타난 시가가 몇가지 있었던 것으로 보이는데, 그 가운데 지금 전하는 것은 別曲類와 高麗歌謠(俗謠) 등이 그것이다.

　현재 전해오는 것으로는 鄭瓜亭曲을 포함하여 十二曲인데, 당시에 유행하던 것은 이 보다야 많았을 것이다. 어찌 되었던 간에 鄕歌 이후에 民衆歌曲의 續脈이 되었던 노래들임에는 틀림이 없는데, 이 엄연한 史實을 無視하고 鄕歌의 脈을 이은 것이 고려의 歌謠가 아니라 時調라고 주장하는 것은 엉뚱한 論理라 아니할 수가 없다. 어찌하여 史實로서 확실한 것을 부인하고 추측에 불과한 것을 그에 代置시켜야 하는 것인지 이해할 수 없는 일이다. 그러므로 筆者는 鄕歌의 脈이 高麗俗謠(別曲, 鄕歌의 殘影이라는 가요도 포함)에 이어지고 俗謠가 쇠퇴할 즈음에 가서 時調가 발생했다고 보는 것이 자연스럽다고 생각한다. 그렇게 보아 간다면 時調의 始創期는 忠烈王朝 이후로 보아야 하고 恭愍王代인 1350 年代[11] 쯤에 새로운 歌形이 나올법한 것이 아닌가 하는 것이다.

　그렇게 보면, 鄭夢周가 殺害되던 1392년 까지 3·40年의 여유가 있고 俗謠가 全盛하던 忠烈王朝와는 5·60년 쯤의 거리도 있어서 큰 무리가 없는 것 같고 恭愍王 10년 쯤에서 鄭夢周가 죽던 太祖 元年까지는 30년 정도의 差가 있어서 그동안에 한가지 노래가 形成되어 유행할 만한 길이가 될 것 같다.

---

11) 공민왕은 1352년 3월에 登極함.

이렇게 壓縮할 수 밖에 없다면 시조는 고려 말기에 발생된 것으로 보여지며, 時代區分上으로 보면, 中世의 所産이라고 할 것이다. 다시 말하면 중세에 발생하여 현대까지 지속되는 노래라고 말해야 한다.

따라서 古時調라는 말은 時調의 발생, 時代區分에도 맞지 않는 말이니 쓰지 말아야 한다는 결론이 나오게 된다. 시조는 바르게 구분한다면 中世時調, 近世時調, 近代時調, 現代時調로 나누어져야 하고 과거에 그냥 「古時調」라고 부르던 호칭도 바로 잡아서 高麗末에서 壬亂 前까지는 中世時調로 하고, 壬亂 後에서 1907년 以前까지는 近世時調 1907년에서 1950년 以前까지는 近代時調, 1950년의 6·25 動亂 以後에서 현재까지는 現代時調라고 부르는 것이 좋을 것 같다.

Ⅱ. 近代時調의 嚆矢와 復興에 關한 批判

1.

近代時調의 嚆矢問題나 부흥에 관한 문제는, 시조에 관한 문제이면서 동시에 한국의 近代文學史에서도 매우 중대한 문제로 다루지 않을 수 없다.

筆者가 여기서 이 문제를 중대하다고 말하는 것은, 從來 韓國文學史에 관계하는 이들이 近代時調던지, 자유시던지 모조리 日帝植民地 治下에서 保護·育成한 듯한 印象을 주기 때문에 이 오해를 풀지 않고는 다른 일을 백번 잘해 보았자 소용이 없다는 생각에서이다.

가령 36년간 수만의 先烈이 反日鬪爭中에 殉國을 했다던지, 日帝의 惡辣한 民族抹殺政策이나 收奪作戰의 實證이 엄연한 데도 불구하고, 韓國文學史가 倭敵의 植民地 治下에서 育成되었다고 말하므로써 이 모든 受難史가 충분히 면죄될· 가능성이 있다고 볼 수 있기 때문이다.

그러므로 지금 우리는, 없는 일을 조작해서 한국의 근대문학운동을 合倂

이전으로 끌어 올리거나 解放 以後로 끌어 내리자는 것이 아니라, 있는그대로 정확히 우리의 현실을 파악해서 우리가 근대문학 운동을 해온 실적을 밝혀 내므로서 우리에게도 주체적 근대운동의 맥이 일제에 의해서가 아니라 우리들 자신에 의해서 조성되었다는 것을 천하에 공개하지 않으면 안된다는 것이다.

  필자는 이 길만이 식민지 시대를 旣定事實化하고, 나라 잃은 슬픔이 무엇이었던가를 후세 국민에게 가르쳐서 다시는 이런 불행을 되풀이하지 않을 민족적 一代覺醒의 계기를 마련할 수 있다고 보는 것이며 따라서 광복을 갈망하며 분사한 선열에 대한 보답이라고 생각하는 것이다.

  여기서 근대시조의 嚆矢나 復興에 대한 문제를 들추어 내서 바로 잡고자 하는 것도 그러한 韓國文學史의 재정립을 위한 뜻에서 감행되는 것이므로, 이 글 가운데 특정인에 대한 多少의 體面損傷이 있다 하더래도 널리 이해 있으시기 바라는 바이다.

  2.

  時調에 관한 종합적 整理는 이미 李泰極氏의 「時調槪論」12)이라는 力著에 의하여 一段落이 된 것이었다.

  그런데 그 「時調槪論」에서 李泰極氏는 다음과 같이 쓰고 있는 것이다.

  "기울어진 韓末의 國勢는 若干의 新文化의 싹이 트려다가 亡國이라는 된서리를 맞아 버렸다. 나라를 잃은 10년만에 갈고 간 形象없는 精神의 武器를 가지고 일어선 것이 三·一 獨立運動이었다.
    六堂 崔南善님이 처음으로 時調作品을 大韓留學生會報 等에 「國風」이란 題目으로 發表 揭載한 것이 西紀 1903年으로 推算되어 이것을 現代時調의 싹이라고도 일컬을 수 있으나 이것은 다 우리 固有의 短型詩인 時調를 復興시키려는 한 契機가 된 것과 같이 時調文學의 참 契機도 여기에 있었던 것이다"13)

---

12) 李泰極, 時調槪論. 새글社. 1956.
13) 上揭書. P. 365.

李泰極氏의 論調는 3·1운동의 報答으로 일제의 문화정책이 시작되었고
그 대가로 문예의 振興이 이룩되었다는 것인 것 같다. 이 말은 表皮上으로는
맞는 말이다. 그러나 一段 後退한 듯한 일제의 무단 정치가 문화정책의 탈을
쓰고 본격적으로 민족혼의 파멸을 위한 정책을 쓰기 시작한 것이 1920年代
였다는 것을 우리는 잘 알고 있다.

日帝는 民族抹殺의 계획 실천을 위해서 朝鮮史編修會를 만들고 檢閱制度을
강화하였으며 土地測量을 完結짓는 등 一連의 점진적 浸透를 밀고 가는 사이
에 한국은 不知不識間에 同化의 회오리바람 속에서 벌써 의식의 昏迷를 느끼
게 되었던 것이다.

그러므로 3·1運動은 종래의 문학사가들이 말해 온 것처럼, 민족문화의 소
생이라던가. 부흥으로 理解할 것이 아니라 민족말살의 계기조성이라거나 고
도의 동화정책을 施行하게 된 起點 쯤으로 把握하는 것이 옳을 것이며 하나
의 得이 있다면 이 해에 치룬 獨立宣言을 바탕으로 中國 上海에 大韓民國 政
府가 樹立되었다는 事實일 것이다.

아무렇거나 이러해서 李泰極氏는 崔南善님이 「大韓留學生會報」 等에 「國
風」이라는 제목으로 시조를 발표한 것이 1903년으로 추산되어 이것이 현대
시조의 처음이라고 밝히고 있다. 필자는 현대시조의 嚆矢問題 때문에 여러해
전에 近代初期의 新聞, 雜誌, 單行本을 조사하는 사이 우연히도 延世大學校
圖書館에서 문제의 「韓國留學生會學報」를 발견하고 면밀히 조사할 기회를 가
진 일이 있었다. 그 때 조사한 내용은 다음과 같다.

大韓留學生會學報 第 1號
光武 11년 明治 40年 3月3日發行
在日本 東京 大韓留學生學會 發行

目次
史傳 華盛頓傳 崔生 35面 - 61面
이솝스 寓語抄譯蒼蒼生 63 - 67

續 美國實業家 로-지傳 文乃郁 46 - 50

이상은 創刊號에서 보이는 文藝關係 文章만을 拔記한 것이다. 金根洙 교수의 말에는, 第 2號에는 六堂의 新體詩가 있다고 했으나 確認할 수 없었고, 第 3號에 다음과 같은 시가 있었던 것이니 이것이 時調인지 自由詩인지 분간하기 어려웠던 것이나 이를 時調로 보고 여기 옮겨본다.

　　　病中
　　　　　　　　　夢 夢

병이느셔공부못히
일이잇셔공부못히

이핑계져핑계다쎄이고나면공부홀놀젼연업네

아모쎄가도네공부는너홀것이니네아라차려라[14)]

이 시가 旀時調와 같은 것으로 받아 들인다면 무리는 없을 것이나 平時調로는 빗나가는 작품이다. 필자는 이 시를 이미 세 차례에 걸쳐 발표했었고[15)] 成文閣 發行의 世界文藝大辭典에는 全文을 소개하였었으므로[16)] 자유로운 형태를 시험해 본 근대시조의 첫 작품 쯤으로 이해하려고 했던 것이다.

그런데 李泰極 氏의 前記 글 가운데는 다섯가지 誤謬가 발견되었던 것이니 다음의 것들이 그것이다.

　　1. 大韓留學生會報
　　2. 大韓留學生會報等
　　3. 國風

---

14) 大韓留學生會學報, 第三號. 光武十一年五月二十五日 發行.
15) 李青原. 韓國近代文學史는 다시 써야 한다. 朝鮮日報. 1973. 11. 1.
　　上揭書. 1973. 11. 30
　　李相斐. 韓國近代文學의 再評價. 圓光大論文集. 1973. 11. 1.
16) 文德守編. 世界文藝大辭典. 成文閣. 1973.

    4. 1903年으로
    5. 推算된다.

　1)의 「大韓留學生會報」라는 誌名이다. 이것은 우리 주변에서 恒用 이렇게 쓰고 있는 것이어서 가령 趙容萬氏의 「六堂 崔南善」17)에서도 「大韓留學生會報」로 되어 있다.

　그런데 이 명칭은 틀린 것은 아니나 「學」字가 빠져 있다. 이 잡지는 원래 「大韓留學生會學會」에서 발생한 학회지와 같은 것이었다. 그러므로 이 잡지는 「會報」가 아니라 「學報」였음을 강조한 면이 두드러지게 나타나 보인다. 留學生會가 學會라는 것으로, 여러 개의 留學生會가 統合하여 大韓留學生會學會를 만든 것으로 알고 있는데, 그 모임이 各 地方別로 된 것으로, 가령 湖南會, 嶺南會, 關西會, 關北會니 하여 여러 가지 名稱이던 것을 하나로 만들어서 「大韓留學生學會」로 하자고 하여 정식 發足된 것이 1907년이었다.

　학회라 한 것도, 各 留學生會의 모임이니까 그런 것이다. 또 각 유학생회는 통합은 되었으나 해산한 것은 아니고 대한유학생회학회를 이루고 있는 구성원으로서 각 지방별로 활동을 하고 있기 때문에 留學生會로 하면 지방별의 명칭과 혼동하기 쉬울 것이다. 그러니까 留學生會가 모여서 만든 學會라는 뜻이 분명해야 할 것이었다. 그래서 「大韓留學生會學會」이고 거기서 나오는 잡지도 會報가 아니라 學報라야 할 것이다. 會議體 構成의 經緯로 따지면 그렇다는 이야기이고, 原名도 「學報」가 끝에 붙어야 맞는 것이니까 군더더기 말이 필요없지만, 李泰極씨나 다른 이의 경우도 「大韓留學生會報」로 쓰고 있으니까 그 잘못임을 지적하였고 잘못이 밝혀진 다음에는 「大韓留學生會學報」로 改稱하여야 한다는 것을 말하고자 하는 것이다.

　2)의 「大韓留學生會學報等」이라는 말에 대해서인데, 여기 「等」이란 말이 붙어 있는 것이 誤植인지 아닌지 잘 모르겠으나 誤植이라면 별문제이지만, 誤植이 아니라면 문제가 다르다.

---

17) 조용만. 六堂 崔南善. 三中堂. 1964.

誤植이 아니라고 하여 原文대로 풀어 쓴다면 「大韓留學生會報 等에 國風이라는 제목으로 발표했는데 1903년으로 推算된다」가 된다. 여기 大韓留學生會報에 等이 붙으므로 이 말은 「大韓留學生會報」를 비롯한 여러 雜誌에 國風이라는 제목으로 발표했는데 이것이 1903년으로 推算된다」는 뜻이 되겠다.

그런데 나의 조사에 의하면 1906년이, 六堂으로는 二次 渡日이며 1904년에 遊覽團의 一員으로 갔다 온 뒤에 早稻田大 高等師範學部에 유학을 간 해이므로 이 무렵 이전에 일본에서 韓人留學生이 잡지를 낸 일은 없었던 것이다. 다시 말하면 韓人留學生雜誌로는 大韓留學生會學報가 처음이며 그 당시 최남선이 여러 잡지에 기고했다는 말은 전혀 근거가 없다. 그리고 文脈으로 보아 國風이라는 제목으로 여기 저기 잡지에 발표했다 했는데 이것은 六堂이 少年誌의 발간 뒤에 時調를 「國風」이라 하여 발표하고 있음을 확대해석한 것일 것이다. 六堂이 時調를 國風이라 한 것은 詩經의 國風을 본딴 것으로 正風・變風을 합하여 국민의 敎化와 집권자나 관료의 覺醒을 促求한다는 뜻이 들어 있는 말이었다. 少年誌나 靑年誌를 보아도 육당은, 내내 國風二首,, 國風三首하는 식으로 시조를 발표하고 있는 것을 보게 된다.

李泰極씨의 「大學留學生會報 等에 國風이라는 제목으로 발표」했다는 말은, 1908년말 이후의 육당의 행적을 1908년 이전까지 소급하여 推想한 것이 아닌가 생각된다.

3) 國風이라는 말은 앞서도 설명했지만, 詩經의 分類에서 正風・變風을 합하여 말하는 것으로 육당으로서는 두 가지 뜻으로 썼는지 모른다. 하나는 본래 시조의 定名이 없어서 「別曲・新詞・新調・時調라는 말이 전부 종래의 漢文歌詞樂章에 反하여 조선 말로 쓴 별다른 曲調, 새로운 曲調, 詩套와 같은 調子라는 意味」18)로 쓰였으니 中國의 詩經에서 分流한 것이지만, 國風이라고 하여 부르게 되면 敎化와 風揀을 겸하는 건전한 노래가 될게 아니냐 하는 뜻이 있고 다른 하나는 시조의 새 이름으로 삼고자 한 점이다. 시조의 명칭이 있으나 시조라는 말은 時節歌調의 줄인 말이니 이것이 어찌 正式 이름이 될

---

18) 金台俊. 時調論. 朝鮮日報. 特報.

수 있으랴 싶어 새 이름을 낸게 아니냐는 생각이다. 그것은 그렇다 치더래도, 李泰極씨가 말하고 있는 바와 같은 國風의 題目으로 발표한 시가가 大韓留學生會學報에는 없다. 그렇다면 李泰極 씨는 어디서 1903년경에 國風으로 발표된 崔南善의 시조를 보았단 말인가. 나는 아까 1906년 이전에 한인 留學生의 잡지가 없었다고 말했거니와 유학생의 잡지가 없는데 발표했다고 했으니 이런 失言이 또 있을 수 있겠는가. 李泰極씨가 말한 國風은 적어도 1907년 이후의 시조발표에서 육당이 쓰던 명칭이었다. 少年誌나 靑春誌 그밖의 잡지에도 꼭 國風으로 제목을 삼아 발표한 것이었다.

그러나 大韓留學生會學報 第3號(1907년 5월)에는 「病中」이라고 되어 있는 것이다. 그러므로 李泰極씨의 記錄은 잘못된 것이며 1903년이란 말도 誤植이 아니라면 터무니 없는 기록이 된다.

4) 1903년으로 추산된다 했는데, 1903년에는 우리 留學生이 없었고 있었다면 孫秉熙가 門徒 64인을 데려다가 일본 동경고등중학교 및 기타 학교에 취학시킨 일은 있었다.[19) 孫秉熙가 귀국한 뒤에도 유학이 계속되었는가는 확실치 않으나 警察小誌에는 記錄이 없다.

李泰極씨가 時調槪論에서 「大韓留學生會報」에 실린 國風으로 1903년이라고 한 記錄은 별다른 根據가 없는 것이다. 더구나 1903년이라는 말은 아무런 證憑이 될만한 것이 없으며 어림짐작으로 그러리라고 생각한다는 정도의 想像이 아닌가 싶다.

5) 「推算된다」는 말에 대해서 생각해 보자. 國風이라는 題目으로 大韓留學生會學報에 실린 것이 1903년으로 추산된다고 했는데 이 글이 그가 특별히 설정한 「時調史論」에서 현대시조의 발생에 관한 것을 쓰는 가운데 이렇게 한 것이다.

도대체 역사를 기록하는 사람이 「推算」된다고 했으니 더 말해 뭣할 것인

---

19) 顧問警察小誌. 韓國內部警察局. 발행. P. 100.

가. 역사의 기록은 반드시 證據資料에 바탕을 두어야 하고 그것을 본인이 확인하지 않고서는 감히 한 글자도 기입하지 못할 것이다. 이러한 태도는 랑케 以後의 近代史學의 不文律일 뿐 아니라 멀리 司馬遷 때부터 비롯된 史述의 상식인 것이다. 그런데 李泰極씨는 다른 것도 아닌 現代時調의 처음 作品을 말하는 가운데 그 作品의 이름도 틀리고, 그 작품이 실린 잡지도 잘 못쓰고, 그 잡지와 작품의 발표연대도 엉터리로 기록하고도 아무런 반성이 없이 그 「時調槪論」이 1956년 10월에 初版을 낸 이래 무려 20년이 지나도록 고치려 하지도 않고 그 誤謬를 신랄하게 指摘・批判하는 이도 없다. 심히 안타까운 일이라 아니할 수가 없다.

3.

다음에 李泰極 씨는 역시 그이 「時調槪論」에서 다음과 같이 쓰고 있다.

"時調復興의 直接 動機는 六堂의 創作時調集인 「百八煩惱」의 出刊이라고 볼 수 있다. 이 물밀 듯이 일어난 新文化運動과 民族運動者 같은 先覺者들은 모두 내 것에 對한 誠實과 鄕愁의 一種으로 時調愛護와 創作의 熱이 일어나 누구나가 한 두 首씩의 古時調의 誦咏은 물론이요, 새 作品을 創作하기에도 汲汲하였다. 이렇게 새 時調의 創作의 契機는 이루어진 것이다"[20]

앞서 현대시조의 嚆矢問題에 이어서 이번에는 시조의   부흥에 대하여 말하고 있다. 그런데 시조의 부흥이 최남선의 「百八煩惱」의 출간부터라고 못박고 있다. 물론 「百八煩惱」가 나오던 1926년 무렵에 이병기의 시조에 대한 활동이 창작과 이론의 양면에서 매우 활발하게 나타나기 시작했고 그에 앞선 六堂과 春園의 활약도 겹쳐서 매우 好況을 이루는데, 新進의 진출과 함께 이병기를 중심으로 이론과 창작분야에서 맹활동을 한분 가운데 鷺山, 自山, 爲堂 등이 특히 두드러진다.

---

20) 李泰極. 앞 책. 새글社. P. 375.

그러나 이들의 활동을 일러 近代時調의 부흥이라고 단정하기에는 너무 늦은 느낌이 없지 않다. 1907년에 근대시조가 발생한 뒤에 1908년 1909년에 이르면 新聞社에서 의욕적인 시조활동이 시작되고 있다. 그렇다면 우리는 잠시 두 번의 시조 부흥을 놓고 면밀히 검토해야 할 것이다.

어느 것이 부흥인가. 둘 다 부흥이라면 먼저 것은 第一次 부흥이고 뒤엣것은 第二次 부흥이라 해야 할 것이 아닌가. 부흥이란 어떤 일이 그전과 같이 다시 일어나는 것을 말 할 것이다. 그렇다면 시조는 아주 단절되었다가 다시 소생한 것인가. 그렇지는 않을 것이다. 아직 전반적인 조사가 없었으니 이렇다할 결론은 내기 어려우나 아마도 다수의 개인들이 어떤 宴會나 詩作의 交驩같은 것을 하는 가운데, 또는 개인의 文匣 속에 그들의 心懷를 몇 줄의 시조로 읊어오던 그러한 맥은 韓末에도 흘러왔을 것이다. 그것이 근대에 와서 新聞·雜誌가 發刊된 이래에는 1907년의 「大韓留學生會學報」의 「病中」이 처음이라는 것이고 이것을 筆頭로 하여 많은 시조가 매스컴을 타고 공개되었던 것이다.

필자는 시조의 부흥에 대해서도 몇번인가 언급한 것이 있어서[21] 여기서는 간단히 줄이어 時調復興에 갑할만한 것인지 아닌지를 알아 보겠다.

> 즈강력
> 삼쳔리 도라보니 텬부금탕 이 아닌가
> 편편옥토 우리강산 어이하고 눔줄손가
> 출하리 이쳔만즁 다 죽어도, 이강토롤[22]

> 의국심
> 이몸이국민되야, 국민의무웨모르니
> 부탕도화홀지라도, 의국심은일치마소
> 아마도독립긔초, 의국이즈[23]

---

21) 李青原. 이승만 枯木가는 이미 발표된 것. 조선일보. 1973. 11. 30.
22) 大韓每日申報. 1908. 11. 29. 슷조.
23) 上揭紙. 1908. 12. 1. 슷조.

　　한반도
한반도 금슈강산, 례의지방 분명ᄒ다
신셩ᄒ신 단군끠셔 세웠셔라 이나라를
뉘라셔, 감히 침범ᄒ리 당당례국.24)

　　쟝부음
쟝검을 놉히들고, 우쥬간에 비회ᄒ니
만고흥망은, 흉즁에 력력ᄒ고 류대부쥬
는, 안하에 평평ᄒ다
아마도 대쟝부대ᄉ업은, 이시디가.25)

　　화쳐비결
론게는 우리조샹, 계월향은 우리션싱
살신보국 뎌충졀은, 쳔만년에 빗나도다
우리도 뎌를 모범ᄒ여, 시ᄉ여귀26)

　　이국됴
제몸은 ᄉ랑컨만, 나라ᄉ랑 왜못ᄒ노
국가강토 업셔지면, 몸둘곳이 어디민뇨
찰아리, 이몸은 죽더라도 이나라는27)

　　만인덕
ᄌ룡아, 물굽히노아라, 십만대병을 못지르쟈
쟝창은 어디두고, 쳥강검만두르는고
도쳐에, 뎍병의 머리 추풍락엽28)

　　학싱지남
학도야 학도들아 학도칙임무엇인고
일어산슌안다ᄒ고 졸업싱을ᄌ쳐마소
진실노, 학도의 뎌칙임은 위국ᄉ샹29)

---

24) 上揭書. 1908. 12. 2. ᄉ조.
25) 上揭紙. 1908. 12. 3. ᄉ조.
26) 上揭紙. 1908. 12. 4. ᄉ조.
27) 上揭紙. 1908. 12. 5. ᄉ조.
28) 上揭紙. 1908. 12. 6. ᄉ조.

이상과 같이 대한매일신보는 1908년 11월 29일 紙齡 442號로 부터 종래 漢詩만 실어오던 「스조」欄을 時調를 싣는 것으로 바꾼다. 그리하여 매일 한 편의 시조가 실리게 되었다. 그 전해인 1907년에 근대시조가 엉성하게 첫 모습을 보이기 시작한 뒤에 불과 1년만에, 시조가 당대의 大新聞紙上에 실리게 되는 幸運을 맞는다는 것은 우연한 일이 아니다.

이렇게 붐이 일자 여기 저기에 근대시조가 실리고 하여 作者도 少數 人士에서 民間 사이로 넓혀지는 판국에 그만 合倂의 비극을 당하게 되고 대한매일신보를 비롯한 有力紙가 폐간됨에 따라 시조는 일단 소강상태를 지속하지 않을 수가 없게 된다.

그러다가 3·1 運動을 계기로 다시 原狀을 회복하기에 이르렀고 1926년에 들어와서는 최남선, 이광수, 손진태, 이병기, 박종화, 염상섭, 김태준, 안자산 등을 비롯하여 新聞社로는 동아일보가 시조부흥 운동에 앞장을 서게 된다. 이리하여 시조의 창작이 아니라 時調全史의 回顧와 함께 전통의 계승이 진지하게 논의되면서 여러 사람의 學究的인 論文이 발표되기 시작하는 것이다.

이렇게 보아 가면, 우리는 近代時調의 復興期를 1908-1910년 까지로 하여 第一期로 보고 1926-1940년 까지를 第二期로 보는 것이 옳을 줄 안다. 따라서 1940년 이후의 5년은 따질 것이 없고 光復 後의 過渡期를 거쳐서 6.25 動亂 이후에는 현대시조의 시대가 열린다는 것을 직감하게 된다.

Ⅲ. 近代時調史論의 再整理

이상으로 필자는 古時調라는 명칭의 부당성을 지적하여 時代區分에 立脚한 분명한 호칭을 사용해야 한다는 것을 말했다.

그리고 現代時調의 嚆矢로서는 「大韓留學生會學報」의 「病中」(1907)을 들

---

29) 上揭紙. 1908. 12. 7. 스조.

수 있으며 1908년 1월 이후에 당대의 大新聞이었던 「대한매일신보」에서 1910년 까지 數百篇의 時調를 발표했던 것을 想起시키고 이것이 近代時調의 부흥이었으며 1910년 이후의 15년간은 小康狀態를 유지하다가 1926년에 접어들어 「동아일보」를 비롯한 新聞, 雜誌에서 時調의 부흥을 다시 擧論하기 시작하여 劃期的인 붐을 일으켰다는 것을 말하였다. 또한 1910년까지로 近代時調의 期間이 끝나고 光復 後의 몇 년간을 過渡期로 보고 6.25 動亂 이후부터 現代時調로 구분하는 것이 좋겠다는 것을 添記해 두었다.

이상의 區分을 整理해 보면 다음과 같이 될 것이다.

時調의 時代區分表
中世時調 高麗末 ── 壬辰亂 以前
近世時調 壬辰亂 以後 ── 韓末
近代時調 1907년 ── 1950年
現代時調 1950年 ── 현재

近代時調와 現代時調의 구분은 좀 더 엄밀한 究明이 所要될 것은 물론이다. 그러나 여러 가지 사정으로 이 부분은 다음 기회로 미루기로 하고 이번 論述은 여기에서 맺고자 한다.

(1978. 국어국문학연구)

제4장 言文一致 文章의 再評價

Ⅰ. 口語의 槪念과 口語體文章運動의 用語

1.

〈韓國現代文學史〉에서는 다음과 같이 쓰고 있다.

"口語體 문장의 확립은 「創造」 동인들의 가장 중요한 문학적 과제의 하나였다.

春園까지에 있어서는 글투에 「이러라」 「이더라」 「하도다」 「이로다」 등의 그냥 구어체를 사용하였다. 「創造」同人들은 의논하고 이런정도의 글까지도 모두 일축하고 「이다」 「이었다」 「한다」 등으로 고쳐버렸다. 조선말에는 존재하지 않는 He와 She등 대명사를 몰아서 「그」라하여 지금 한글로써 소설을 쓰는 사람에게 편리하게 한 것도 「創造」의 功이다.

이것은 前項에서도 인용한 金東仁의 〈春園硏究〉 속의 〈創造〉의 공적에 언급된 일부로서 創造의 구어체 문장운동의 편모를 보여주는 것이된다. 즉 李光洙 1人 독무대시대의 불철저한 구어체 문장을 철저한 구어체 문장으로 발전 확립시킨 것이 그것이다. 金東仁의 前揭한 〈近代小說考〉에 상세히 언급 논증되어 있는 그 구체적인 내용을 요약해 보면, 그것은 첫째로 「이더라」 「하도다」 「이로다」 등의 구투의 구어체를 「이다」 「하였다」 「하다」 등으로 근대화시킨 것이며, 둘째는 「한다」 「모른다」 「진다」 등의 종래의 현재법을 「하였다」 「몰랐다」 「졌다」 등의 과거법으로 바꾼 점이다. 이에 대해서 金東仁은 同論考 속에서 「現在法 敍事體는 근대인의 날카로운 심리와 정서를 표현할 수 없을 뿐아니라, 주체와 객체의 구별이 명료치 못함으로 감연히 이를 배척하였다」고 말하고 있다. 셋째는 위에서도 지적되어 있는 것과 같이 He와 She의 人稱代名詞를 「그」로 통일 사용한 점이며, 넷째는 종래까지는 의식적으로 배척되어 온 사투리를 필요에 따라 의식적으로 사용한 점이다.」1)

여기서 문제가 되는 것이 「구어체 문장」이란 말이다. 고등학교나 대학입시
에서도 자유시는 〈불노리〉, 新體詩는 〈海에게서 少年에게〉, 口語體의 완성은
〈創造〉…이런 식으로 暗記시키고 있는 실정이다.

구어체 문장이란 말이 무엇일까, 구어로 된 문장이란 말뜻은 모르는 바가
아니나 다른데서 볼 수 없는 생소한 용어임에는 틀림없다.

趙氏는 「口語體 文章」이란 말을 대담하게 사용했음은 물론, 「口語體文章運
動」또는 不徹底한 구어체 문장과 철저한 구어체 문장이라는 말까지 서슴치
않고 사용하고 있음을 본다.

나는 이 기회에 구어가 무엇이고 文語가 무엇이며 「창조」誌가 한 일이 어
떤 것이며, 또 우리 國語史上 언문일치운동의 起點은 언제이며, 그것이 어떤
형태로 흘러 왔는가를 고찰하여 이 방면의 것이 매우 중대함에도 불구하고
우리 모두가 이제까지 방치해 왔던 것을 아프게 뉘우치면서, 그것을 들추어
볼까 생각한다,

口語라는 말은 文語에 상대한 용어이다. 우리 모두가 일상적으로 쓰는 말
이다. 그것이 音聲의 형태이든 문장의 형태이든 그들 일반 대중의 일상어의
형태 그대로 표현된 언어를 가르켜 우리는 구어라 하는 것이다. 우리가 흔히
쓰는 말에「土着語」라해서 사투리를 보다 전통적 측면에서 파악한 호칭도 있
듯이 구어는 非文語라는 단순한 구분 뿐아니라, 문장형식으로서는 아무래도
미급한 문장 이전의 표현형태를 가리키는 것이 통념이다.

그러므로, 구어는 文語에 비하여 비문법적이고 비논리적이고 비수사적이며
낱말과 접미사의 변화가 독특하고 대개 사투리와 직결되어 있다는 것이 특징
인 것이다.

구체적으로 열거해 본다면, 우리의 입장에서는 대표적인 文語는 漢文이고
口語는 종래 한글로 쓰여진 소설, 수필, 시 가운데서 추출되는 일상어이다.
한국의 口語가 기록문학으로 정착한 것은 엄밀히 따진다면 〈용비어천가〉가

---

1) 趙演鉉 : 韓國 現代文學史 P. 315. 口語體文章의 確立

그 처음의 類型이다. 뒷시대에 내려와서 〈春香傳〉쯤에 오면은 구어문장은 다양화 한다는 것을 알 수 있다. 가령 「춘향……하는 디」같은 것은 묘사에 등장하는 語套인데 전라도 사투리가 그대로 쓰여져 멋을 자아내고 있는 것이다.

구어에는 古語, 廢語, 方言등 여러 가지 말이 뒤섞인 것이 특징이며, 이것이 談話體, 說話體, 譯語體등으로 분화하여 문장에 접근하는 과정을 밟게 되는 것이 순서였다.

구어의 설화체로서는 전기체 소설들이 이에 속한다. 〈洪吉童傳〉을 비롯한 수백종의 소설 및 설화문학들이 우리 先人들이 남긴 구어의 大河속에서 살아온 어족들이다. 국어학적인 표현으로 본다면 구어는 언어의 샘물이며, 基層이며, 産母라고 할 수 있다. 모든 언어의 발달이나 변화가 구어의 流動的 생태에서 결과되어지는 것이기 때문에 구어의 역할이 얼마나 큰 것인가는 더 말할 것이 없다.

구어가 표현되어져서 소설이 된다든지 野談集이 되어나온 뒤에는 그것이 문장으로 정착화된 구어가 되는 것이어서 순수성을 잃은 口語로 보아야 한다. 따라서 뒷시대의 것들은 차츰 表現에 있어서나 發音에서나 語法에 있어서 전 시대의 것과 다른 변천을 보이게 되는 것이 상식이다.

2.

얼마 전에 일본의 대표적인 語學者들이 펴낸 〈日本語の 歷史〉에서 구어에 대하여 다음과 같이 말하고 있음을 본다.

"口語는 항상 유동하고 있다. 이것을 실제의 조작에 관하여 말한다면, 우리는 먼저 文語를---실은 이것도 비교적인 이야기인데---안정한 것으로 생각하고, 거기서부터 底流의 구어를 찾아보는 접근방법을 보고자 할 뿐이다. 그리하여 어느 정도 과거의 구어에 접할 수 있을 것이라는 희망을 갖게되는 것이다. 文語와 口語는 서로 상대적인 개념이기는 하지만, 그리고 또 兩者의 존재방법의 관계는 口語가 있고서 그 위에 구축된 文語이긴 하지만, 구어의 흐름을 연구함에 있어서의 구어는 文語의 저류로서 다루는 데서부터 시작하는 것이 文

語의 개념을 전제로하여 우선 시키는 것이 연구의 입장에 있어서의 兩者의 관계인 것이다.

더 엄밀히 말한다면 이 관계 그 자체가 연구를 위한 가설이긴 하지만, 이 가설을 승인하고 나가는 곳에 우리의 입장이 있는 것이다. 이점은 자료를 직접 文獻으로 집중시키지 않고, 방언의 비교에서부터 과거의 구어의 재건을 시험해 보는 경우에도, 적어도 그것이 일본어의 역사에의 기여라고 할 때에 한해서 역시 근본은 같다고 할 것이다. 가령 문헌을 이용하지 않는다 할지라도 과거에 문헌이 존재한다는 것까지 故意로 무시하는 것은 여기서도 有利하지 않기 때문이다.

아니, 방언과 구어는 본래 별개의 것이 아니다. 그리고 이와 같이 구어를 文語의 저류로서---이 저류로 보는 방법 자체가 하나의 비유적 표현이긴 하지만, 아뭏든 저류로서---생각하는 한에서는, 우리는 口語를 유동하는 것으로 보는 것이다.

구어라고 하지만, 우리가 다루고자 하는 것은 실제로는 과거의 구어이다. 그렇기 때문에 잘못하면 어떤 시대의 문헌과 다음 시대의 문헌과의 사이에 있는 표현방법에 보이는 엇갈림이나 차이를 교묘하게 잇거나 메우거나 하는 것이 구어의 역사의 할 일이라고 생각하는 것같은 그런 인상을 풍길지도 모른다.

구어의 역사의 연구는, 구어의 현상의 유동 그것을 그대로 잡아내는 것이 아니라, 그러니까 「口語가 流動한다」하는 것은, 구어의 실체---그것이 잡힌다 할지라도---그 實體를 잡아내는 研究를 넘어서, 이에 先行하는 본질의 인식에 불과하다고도 말해진다."2)

이들이 말하고 있는 것은, 구어가 문어의 기반으로서 파악되어야 한다는 것이고 아무리 색다른 방법으로 구어를 찾아내려해도 결국은 문헌에 따를 수 밖에 없는데, 문헌이라고 하는 것이 書記言語이기 때문에 文語라고 하지 않을수 없으니 文語를 통하여 口語를 알아내는 방법 밖에 없다는 것이다.

文語가 구어로써 형성된 것인데 거꾸로 文語를 자료로하지 않고는 구어의 형태를 알아낼 수가 없다는 것은 어찌보면 서로 불합리한 논리 같기도 하지만, 구어라는 것은 기록되지 않고서는 남아있지 않으니까 기록된 문헌을 바탕으로 구어를 추출할 밖에 다른 길이 없는 것이다.

그러므로, 書記言語 가운데서 대화로 된 부분이나 또는 俗談, 韻文 가운데

---

2) 日本語の歷史. 平凡社. PP. 2-4.

서는 民謠, 그밖의 傳承歌謠 같은 것에서 구어의 변천을 살피면서 시대적으로 어떠한 音韻上의 변화가 있었는가를 語學的으로 고찰할 수가 있을 것이다.

같은 〈日本の 歷史〉에서 口頭言語와 書記言語에 대하여 그들은 또 다음과 같이 쓰고 있다.

"日本語와 한자와의 해후는, 이것을 문자론의 입장에서 말한다면, 異國語의 문자로 自國語를 표기하는 곤란한 작업에 불과했으나, 한편 이것을 언어의 面에 卽해서 말한다면, 그때 까지의 口頭言語---쉽게 말하면 이야기 언어---뿐의 세계에 국척하고 있던 일본어에 새롭게 書記言語---평이하게 말하면 쓰는 언어---를 열은 것을 의미한다.

물론, 日本語에 있어서의 書記言語의 등장은, 현전하는 金石文을 자료로 하는 것인데, 이것을 멀리 推古朝까지 거슬러 올릴 수가 있다. 지금 平府京에서 平安京으로, 역사의 무대가 크게 돌아갔다고해서 새삼스럽게 書記言語의 정착에 눈을 돌리는 것은, 어쩌면 시대역행의 느낌이 없는 것도 아니나 평안시대에 피어나는 문자예술의 꽃들은 참으로 口頭言語가 書記言語로 정착한 그 토양에 뿌리를 내린 까닭에 다름아니다.

그런 의미에서는, 잠시 우리는 붓을 거두고, 古代語의 세계에서 口頭言語가 어떻게 書記言語로 정착하고 있었던가를 살피는 것도 괜찮을 것이다.

여기서 한 마디로 漢字와의 만남에서 생겨난 것이 서기언어이고, 고유의 생경한 말이 구두언어라고해도, 우리가 古代人의 언어를 찾는 것은 아무래도 문헌에 의지하는 외에는 실마리가 될 만한 것이 없는 실정이다.

쓰여진 文獻---곧 書記言語의 세계에 속하는---을 가려내는 것만이 기실 언어의 양면성을 추측할 수가 있는 것이 된다.

그러나, 이와 같은 방법을 가지고 하는 한, 서기언어는 별 문제로 하더라도, 口頭言語의 상태를 추측하는 것은 극히 곤란한 일이다.

언어가 문헌으로 기록되었다는 것 자체가, 언어로서는 정말 본의아닌 해후라고 할 수 있는 것이어서, 記錄되었을 때, 언어는 대부분은 그 순수한 구두성을 잃어버리는 것이다. 이런 뜻에서는, 구두언어도 우선 서기언어와 같은 입장에서 고구하지 않으면 안된다는 이유가 제기 된다." 3)

이렇게 말하면서 그들은 몇 가지 문제를 들추고 있다.

---

3) 前揭書 卷3. PP.18-20.

　　가. 傳承의 언어에 구두어가 있는가.
　　나. 구두어의 무늬로서의 枕詞
　　다. 口頭語의 보존으로서의 諺

　이러한 몇 가지의 문제를 내놓고 있으나 우리가 근심하는 것은 아무래도 구두어가 기록되었을 때에 구두어로서의 가지는 특수성을 보존하느냐 하는 문제와 書記語가 音聲의 효과를 떠나서 시각화(記錄化)되었을 때 과연 구두어의 단순한 書寫로 끝났다면 그것이 읽는 이에게 아무런 감동도 주지 못했을 것이므로 書記語는 기록되어지면서 벌써 書記語가 가지는 독특한 마술에 의하여 전혀 다른 특성을 가진 언어로 탈바꿈하게 된다는 사실이다.

　그러므로, 어떤 측면에서는 문헌속에서의 대화도 순수한 구두어라고는 볼 수 없고 생략되어지고 이미 視覺的·意味論的으로 함축된 文語로서 변모되어 있음이 확실하다는 의견이 이들의 결론이다.

　이렇게 되면 口語 곧 구두언어가 무엇이며 文語곧 文章語 또는 書記言語라는 것이 어떤 것인가 하는 것은 이해하게 되었을 줄 안다. 따라서 구두언어가 서기언어로 될 때 다시 말하면, 문자로 기록이 될 때에는 이미 구두언어의 특성을 상실하고 만다는 것도 알게 되었을 것이다.

　동시에 한국의 구어와 문어를 구분한다면 크게는 한문과 한글로 나눌 수 있으며, 엄밀히 따진다면 크게는 한문과 한글로 나눌수 있으며, 엄밀히 따진다면 한글로 기록된 문헌도 기록된 이상 이미 구두언어는 아니고 서기언어화되어 있으며, 그 가운데서 구두언어의 특성을 색출해 내기란 그리 용이한 것은 아니라는 것을 알게 된 것이다.

　여기서 새삼스럽게 구어의 개념을 말할 필요가 있을까 모르겠으나 구태여 敷衍한다면, 구어란 口頭言語로서 생활상 話者가 聽者에게 구두의 음성을 통하여 수작하는 언어를 말한다고 할 수 있다. 따라서 이 口頭言語는 음성의 영역을 떠나서 기록되어지면 이미 그 특성을 잃기 마련이며, 서기 언어에 영향을 준다면 구어가 가지는 특성이 문어가 가지는 보수적 타성을 자극하여 새로운 활력소를 넣는 역할을 한다고 할 수 있겠다.

3.

　　그러면 이쯤에서 다시 序頭에 제시한 趙演鉉氏의 글로 돌아가 보자. 우선 趙氏가 말하는 「구어체 문장」을 분석해 볼 필요가 있지 않을까 싶다. 여기서 말하는 「구어체 문장」은 「구어체로 된 문장」을 말한 것임이 분명하다. 그러면 구어체는 무엇인가. 어떤 문장이 구어체로 된 것일까. 우리는 앞에서 구어가 이미 기록 되었다면 구어의 특성을 상실하게 되고 구어의 특성을 상실하게 된 문장은 書記言語의 유형에 산입되어진다고 말했거니와, 그와 관련하여 구어체 문장을 생각한다면 이 말의 뜻을 헤아리기가 쉽지 않은 것이다.

　　만일에 언문일치라는 의미로 이 말을 썼다면 또 문제는 다르다. 언문일치라는 말이 文語를 구어에 접근시킨다는 것을 뜻하는 것이니까 괜찮겠지만, 그러나 언문일치 운동과 구어체 문장운동과는 근본적으로 뜻이 다른 말이다.

　　구어체 문장운동은 구어가 그대로는 결코 書記言語일 수가 없으므로 文章化되지 못한다는 한계성 때문에 처음부터 구어체 문장이란 용어로서의 성립이 불가능한 것이다. 그러나 언문일치운동은 이와 다르다. 文章을 日常語法에 일치시킨다는 것이니 완전일치야 있을 수 없지만, 일치에의 접근속에서 문장이 가지는 종래의 결함이 개혁되는 과정을 밟게 될 것이다.

　　그런데 趙氏는 그의 〈韓國現代文學史〉에서 「구어체 문장운동」「철저한 구어체 문장」「덜 철저한 구어체 문장」이라는 여러 가지 용어를 쓰고 있음을 본다. 그 용어를 사용한 동기가 언문일치를 전제로 한 것이었다 할지라도 언문일치라는 말을 口語體文章으로 바꿔썼다고 해서 어떻단 말이냐 하는 생각으로 그랬다면 거기에는 근본적인 언문일치의 오해가 깃들여 있는 것이라고 해서 틀리지 않을 것이다.

　　近代에 와서 뿐아니라 近朝에도, 우리문학 가운데 소설, 수필 등은 물론이지만 여성들의 內簡文들은 글자 그대로 구어체 였다. 내간문의 특징은 존대법이 일정하고 특정한 대상을 향하여 말하고, 대개 신변잡담으로서 독백체라는 것이었으므로 문어와는 크게 다른 점이 많다. 문어는 尊待法을 쓰지 않고 常語體로 되어 있고 不特定의 독자를 대상으로 하고 있으며, 독백체가 아니라 서술이나 묘사체로 되어있는 것이 특징이다.

그러므로, 내간체 문장을 살펴보면 대개는 일용사나 신세자탄 등 시집살이의 苦楚를 독백한 것이어서 동원된 용어도 개념적이거나 思索, 象徵 등의 관념어가 적고 대개는 방언이나 단순한 구어로 되어 있는 것이다. 그러므로 이것을 일러 口語體 文章이라 부르는 것이고 이 문장은 일본 같은데서도 〈圓朝〉의 〈怪談牡丹登籠〉이나 〈累ケ淵〉 등이 구두어로 된 대표적인 문장으로 일찍이 언문일치의 완성자로 손꼽히는 「二葉亭四迷」가 「逍遙」에게 「어떤 문장으로 창작하는 것이 좋습니까」하니까 「그대는 圓朝의 落語를 알고 있겠지. 그 圓朝의 落語처럼 써 보면 어떨까?」했다는 그 문체가 바로 일본 구두어로 된 문장의 표본인 것이다. 그러나 따지고 보면 〈圓朝〉의 이 문장은 구어의 한계를 훨씬 벗어난 것으로서 소설의 서술체에 해당되는 것이다.

순수한 구어라면, 대화의 스타일이어야 하고 그렇기 때문에 특정인의 聽者가 필요하고 존대법이든지 상어법이든지 文章이 단조하게 되어 사상이나 의식이 깃들을 여지가 없는 것이다. 또 구어는 시간적 언어이기 때문에 상대를 놓고 계속하는 발언이, 충분한 용어 선택의 여유를 주지 않으므로 자연히 문장이 담백해지고 깊이를 잃는 형식으로 흐를 수밖에 없는 것이다.

그러므로, 나는 金東仁이 그의 〈春園硏究〉에서 「…그냥 口語體를」이라고 表現한 「이더라」「하도다」「이로다」를 어떤 구어체 인가 생각해 볼 필요가 있지 않을까 생각한다. 이 口語들은 朝鮮代에서부터 수필, 소설에서 형성되어 內簡文에도 쓰이던 것으로 일상어 가운데의 常語도 아니고 어중간한 待遇語이다. 이것을 金東仁 등은 「이더라→이었다, 하도다→한다, 이로다→이다」로 고쳤다고 했는데 이들 「이었다·한다·이다」 등이 口語에서는 常語이었다. 다시 말하면, 일상어의 대화에서 公衆에게 말하는 가운데 「…것이 었다·한다·이다」라는 등의 常語는 쓸 리없고 만일에 썼다가는 큰 봉변을 당할 것이었다.

그러므로 「이더라·하도다·이로다」 등의 말을 「한다·이다·이었다」 등으로 고쳤다는 것은 두가지 意義를 말해주는 것이라고 생각한다. 하나는 金東仁에 와서 客觀的 敍述文章의 終結語尾가 확정된 것이고(이것은 매우 重大한 일이다) 다른 하나는 「…이다·한다·이었다」 등에서 처럼 「原形, 現在法, 過去法」 등 문법의식을 언문일치에 적용했다고 볼 것이다.

따라서, 어설프던 언문일치 문장을 처음으로 근대적 문장(言文一致의 文章)으로 끝손질을 한 셈이 된다고 말할 수 있을 것이다.

이렇게 본다면, 趙演鉉氏의 〈韓國現代文學史〉에 쓰인 「口語體文章運動」이니 「덜 철저한 구어체 문장」이라던가 「철저한 구어체 문장」이라는 말이 재검토되어야 할 뿐 아니라 언문일치로 대치되어야 하고, 또 金東仁의 문학사상의 공적은 근대적 문장을 완성한 것으로 평가되어야 할 것이다.

Ⅱ. 言文一致文章과 그 形成過程

문학사를 다루는 데 있어서 용어의 선택은 엄밀하여야 할 것임을 말할 것도 없다. 앞에서도 언급한 바와 같이 항간의 호칭이었던 「新體詩」나 「古代小說」같은 語彙도 「그것이 그것인 줄 알면 그만이라」는 생각으로 밀어가면 그뿐이지만, 100년후나 200년 후에 보아도 부끄럽지 않게 체계화 한다는 입장에서라든지 세계문학에 견주는 입장에서, 다시 말하면 세계문학 속의 한국문학으로 그 지위를 向上시켜야 한다는 사명감에서 다룬다면 문학사는 가장 합리적이고 보편적인 방법으로 정리되지 않으면 안된다. 여기서도 구어체 문장이라는 말이 반드시 언문일치의 문장이라는 의미를 뜻하는 한에서는 크게 잘못된 것은 없으나 구어라는 실체가 갖고 있는 언어문학적 기능과 문장이 지니기 마련인 이질적 기능의 한계성 때문에 구어체 문장이라는 말은, 당초의 의미를 떠나서 전혀 상반된 誤解를 유발할 가능성을 가진 것이기 때문에 차라리 본래의 의미대로 언문일치 문장으로 해두자는 提議를 하고자 하는 것이다.

따라서, 나는 이왕에 言文一致에 대한 말이 나온김에 이 문제를 言語學者 페르디낭·소슈르(Ferdinand Saussure)의 말로라면 통시적으로도 살펴서 세계의 사정도 살펴보고 우리 겨레의 구어나 언문일치 문장이 어떤 경로를 밟아서 오늘에 이르렀는가를 알아 봄으로써 언문일치 과정 뿐 아니라 現代文章의 연원 까지도 소상히 해두는 것이 좋을 것으로 여겨 몇 자 더 쓰고자 한다.

1.

언문일치 운동이란 용어는 대체로 동양에서는 19세기 말에 들어서서 論議되기 시작했고 歐洲에서는 14-15세기 경에 이미 구체화된 동향이었다. 그들에게 있어서는 라틴어로부터의 탈피가 목전의 과제였다. 그리하여 자국어의 보급을 위한 言語統一, 언어의 체계화, 그리고 문법적 정리작업이 계속되었으니 이런 노력은 19세기까지 지속되었다.

모르튼 W·블룸필드(Morton W. Bloomfild)와 레오나르드 뉴마르크(Leonard Newmark)의 共著인 〈英語史-言語分析에 의한---(Lin guistic introduction to the History of English〉에는 다음과 같이 쓰여 있다.

> 1125년이 되면서 처음으로 英國人이 自國語로 글을 쓰는 문제를 내걸은 사람이 나타났다. 그해에 英國의 역사家william of Malmesbury가 그의 〈法王史(History of the popes)〉에서 英語에 관하여 우리에게 남아 있는 최초의 논평을 하였다. 이 논평에서는 영어의 타락에 관하여 불만을 말하고, 그 원인을 덴마크語와 노르만語의 영향이라고 결론짓고 다시 프랑스語의 뛰어난 威信에 대하여 言及하고 있다. -中略-
> 1300년 경에 쓰인 長篇歷史書 〈世界를 달리는 것(Cursor Mundi)〉의 著者는 그 서문에서 〈프랑스어는 프랑스인을 위하여 있고 영어는 영국인을 위해서 있다〉고 강조했다.
> 15세기를 통하여 보면 그 때까지는 英語를 일상의 용어로 쓰려는 싸움은 이기고 있었고 영어의 명예와 영광에의 관심이 점점 증가해 가고 있었다. 1422년에 런던의 釀造業者들이 그들의 회의록에 영어를 사용할 것을 지지하는 決議文을 내고 있다. 또 영국 최초의 印刷業者 William Caxton은 그의 序文에 영어를 말하고 外國圖書의 번역이 어렵다는 말을 하고 있다. -中略-
> 16-17세기는 영어에 관한 논평을 많이 볼 수 있으며, 그 것들은 급속히 성

장한 英語의 情況이나 그것을 싸고 있는 諸問題 특히 語彙를 송두리 째 내놓고 따지고 있었다.

英語로 쓰는데 대한 방어적 태도가 사라진 것은 아니다. 오히려 Elizabeth I과 James I 아래의 영국 國家主義는 열광의 절정에 달하고 이 모든 것들이 이들 國語에 관한 論評에 반영되고 있다.

Chaucer, Gower, Lydgate 英語로 쓴 중세 후기의 작가들은 위대한 작가가 國語의 바른 용법의 모범이라고 할 수는 없으나, 국어를 쓸 줄 안다는 그것만으로 「우리들의 말의 빛나는 장식(ornaments of our tongue)」라고 받들어졌다.

17-18세기 사이에 믿을 수 있는 英文法이나 사전을 쓴다는 실제문제가 많은 사려깊은 著者의 마음을 점유했다. -中略-

1660년 이전에 쓰인 영문법은 있으나 바른 것이 일반의 관심사가 되어 言語上의 권위가 충족된 것은 王政復古(Restoration) 후의 시기에서 부터이다. -中略- 어떤 시기이든지 어떤 언어의 형태가 다른 것보다도 模倣할 값어치가 있고 보다 위신이 있고, 보다 바르다고 생각되는 일이 있다. 그러나 文法·辭典이 부여한 組織化된, 그리고 바른 定說(doctrine of correctness)은 19세기가 되어서야 나왔다. 이 정설에서 전통적인 규범 문법이 유래하게 되는 것이다. -中略-

英文法에 대한 이상으로 英語辭典의 역사를 本章에서 말하고 싶지는 않다. 이 知識은 다른 방법으로 얻을 수가 있을 것이다. 그러나 몇 권의 기본사서는 우리의 언어에의 자신의 발전을 보인 결정적인 역할 때문에 한마디 할 만한 가치가 있다고 하겠다. -中略-

1755년의 Samuel Johnson의 大辭典은 다수의 예문을 포함하였고, 단어의 액센트의 위치를 표시한다든지 해서 그 당시 존재하고 있던 傳統을 개선했다. -中略-

현대의 辭書는 서문 속에 그 언어의 簡單한 역사를 싣는 경우가 가끔 있으나 文法은 생략한다. Johnson은 그의 辭典을 만드는 데, 그와 같이 철저하고 권위를 지켰기 때문에 그의 辭書는 18세기 후기와 19세기에 거의 모세와 같은 영향을 끼쳤다. 1918년에, 言語學會 (The philological Society)가 A New English Dictionary(NED), 또는 The Oxford English Dictionary(OED)를 完成하기까지 Johnson의 辭書에 바꿀만한 것은 없었다. Johnson과 NED 사이에는 아메리카인 Noah Webster가 낸 大辭書 2部가 있다. 이것은 1828년에 나왔다.4)

---

4) A Linguistic Introduction to the History of English. 櫻井益雄外譯.

이상에서 본 것처럼 英語는 16세기에 들어서서 비로소 언어 구실을 하기
에 이르는 것이다. 그 이전 까지의 英語는 여러 가지 말과 뒤섞여 있으며, 오
히려 라틴어의 권위에 압도되어 있었던 것이다.

18세기에 들어와서야 文法이 정설을 가지고 나오고 辭書가 종합정리를 해
주는 學究的 종합과정을 겪어서 19세기에 완성을 본다는 것이 내용일 것 같
다. 이러한 成長經緯는 도이취어에서도 대동소이하다. 도이취에서 低地도이취
語나 高地도이취語를 막론하고 초지역적인 通用語가 발생하기 시작한 것은
13-4세기 이래의 일이었다. 도이취語의 統一이 급작히 추진된 것은 루터
(Luther)의 信仰宣布와 함께 비롯된 것이었다. 여기서 도이취語의 통일을
위하여 특별한 계기조정에 도움이 된 것이 있다면, 대체로 政治的 중추로서
의 皇帝廳의 출발과 아우구스브르크의 인쇄업자에 의한 출판물, 그리고 루터
의 聖書飜譯이었다.

〈도이취語의 歷史 Deutshe Sprachgeschichte)〉의 著者 유고 모저
(Hugo Moser)는 그의 논문에서 다음과 같이 쓰고 있다.

> …도이취語에 있어서의 루터의 功績은, 新高 도이취 文章語를 창조한 것이
> 아니라 그것을 확립한 것이다. (A. Bach도 기본적으로는 이와같은결론에 到
> 達하고 있다.) 17세기 및 18세기 사람들은 루터를 굉장한 번역가라든가 도이
> 취語를 구사하는데 있어 비범한 재능을 가진 인물이라고는 보았으나 도이취語
> 에 오늘날과 같은 형태를 부여한 인물이라고는 생각하지 않았다.
>
> 사실 루터는 자기의 도이취語의 기초를 東中部 도이취의 옛스런 언어적 전
> 통속에서 발견하고 있는 것이다. 그는 音聲의 形態, 配語法, 語彙의 選擇, 어
> 구성 및 構文의 점에서는 전통에 충실했으나 그 뿐 아니라 이러한 전통에 새
> 로운 생명을 불어넣고 전승되어진 것을 다시 앞으로 밀고가는 일을 해냈던 것
> 이다.
>
> 루터 자신은, 도이취어에 대한 자기의 貢獻에 대하여 대수롭지 않게 생각하
> 고 있었다. 그가 작센地方의 官廳用語를 선택한 것은, 언어학자로서 도이치語
> 의 개혁을 목표로 했기 때문이 아니라 神學者로서 宗教上의 개혁자로서 자기
> 의 著作이 도이취의 어느 지방에서도 읽히고 이해되도록 한데서였는지 모른다.

1969. 英寶社. PP.335-352.

　　그리하여 별다른 계획없이 만들어낸 도이취語의 형태가, 뒷날 통일적 도이
취語의 출발점이며 기초가 되었던 것이다. 이런 의미에서는 Erasmus
Alberus, Johann Waltner가 루터를 도이취語의 아버지라고 부른 것은 正當
한 것이라 할 것이다.5)

　　이렇게 루터의 縱橫無盡의 활동에 이어 17세기에 접어들면 正書法의 統一
이 서서히 進行되는 것이다. 기록에 따르면 斜線은 콤마에 의하여 逐出되고,
1600년경 감탄부의 사용이 보급되었다. 콜론이 오늘날과 같이 쓰이게 된 것
은 18세기의 일이다. 括號와 인용부는 16세기에 생겼다. 중세騎士文學에서도
도이취語의 이름은 大文字로 쓰였으나 16세기의 初頭에는 루터의 테스트의
발전이 보여주는 바와 같이, 먼저 프로테스탄트 사이에서 名詞를 대문자로
쓰는 습관이 뿌리내렸다. 그리하여 대문자의 書法은 1650년에는 도이취 전
역에 퍼지게 되었다.

　　이렇게 되니 出版業者들은 어디서나, 그리고 누구에게나 통용되는 正書法
을 만들어 내려고 노력하였다. 그리고 17세기 이후에는 17세기의 Schottel,
18세기의 Gottsched와 Adelung, 18세기에서 19세기에 걸쳐서 Campe등
이 나와서 통일적인 正書法을 구하는 문법을 연구하고 또 주장하게 된다.

　　그리하여 1876年에 베를린에서 열린 「도이취語 正書法의 보다 두드러진
統一을 達成한다」는 會議에서 表記法에 관한 대폭적인 진전이 보였다. 1901
년에 겨우 도이취 帝國 전역에 걸친 통일적 正書法이 만들어져 오스트리아와
스위스가 이에 동조하였다. 따라서 현행 정서법은 1901년의 규제에 바탕을
둔 것으로 Duden 正書法 辭典에 明記되어 있다.

　　이상으로 영어와 독어의 발전과정을 주마간산으로 훑어 보았다. 이들 두나
라에서 느껴지는 공통점은 이들이 모두 라틴어에서의 독립과 애국적 욕구에
바탕을 둔 自國語愛用의 運動, 16세기에 들어서서 통일국어가 형성된다는
점, 그리고 18세기에 와서 文章語의 성장이 비롯되어 19-20세기의 文法學의

---

5) Hugo Moser. *Deutshe Sprachgechichte.* Max Niemeyer Verlag Tübingen.
　　1965, 國松孝二外譯. 白水社. PP. 147-148.

뒷받침 속에서 방언이 民衆語로 흡수되고 민중어나 일상어가 그 구상적이고
卽物的인데서 차츰 개념어, 관념어에로 발전하여 문장어나 문학어를 형성하
게 되었다는 점등이라 할 것이다.

　다시 말하면 方言, 民衆語, 日常語 文章語 및 文學語의 상관성이 從的 이
라는 점이다. 방언이 여러군데의 것이 합하여 民衆의 언어를 형성하고 民衆
語가 일상어를 규율한다. 그러나, 일상어는 항상 生成·流動하는 것이기 때문
에 民衆語 가운데서 어느 것은 폐기하고 어느 것은 存續시키는 재량권이 있
는 것이다. 言語는 전통적인 것이지만 그 언어의 생명은 현실성을 떠나서 생
각할 수 없는 것이기 때문에 우리는 방언과 民衆語와 일상어의 함수관계에
대하여 관심을 갖게 되는 것이다.

　위의 두나라 言語史를 살피면서 확실히 말할 수 있는 것은, 文章語 또는
文學語가 언어통일 이후에도 오랜 시간을 기다리지 않고는 이루어지지 않는
다는 점이다. 그들의 國語史를 살펴보면 먼저 외래어와 방언의 混合期가 있
었고 그 뒤에 주축방언의 보급, 언어의 통일 등의 순서를 밟았다.

　.이 사이에 방언은 부분적 일상어에서 몇 개 지방의 聯合, 그리고 통일적
일상어로 발전하고 이것이 가지기 마련인 具象的, 卽物的, 外形的 언어들이
차츰 개념화되고 하면서 정신적 또는 사상적으로 승화되어 가는 가운데 文章
語나 文學語의 영역이 擴大되어 가는 그런 과정을 거쳤다는 것을 알 수 있다.

　그러나, 文章言語와 일상어의 관계는 그렇게 일방적인 변함이 없는 것이지
만, 때로는 文章語가 스스로 文人이나 學者에 의하여 造語를 한다든지 어떤
규칙을 설정하여 언어를 일상어 속에 보급시키거나 文法을 規範化하여 일상
어를 구속한다든지 하는 상호관계 속에 있는 것이다.

　특히 영국이나 불란서나 독일의 경우는 國語의 형성기가 비슷하기 때문에
16세기 이후에야 통일언어를 구축했고, 17세기에 들어와서 文章語의 성립을
보게 되었으니까 大文豪에 의한 造語가 많았고 文法學者들에의한 규범화의
과정이 여러 세기에 걸쳐 있었던 것을 알 수 있다.

2.

　그렇다면 유럽의 사정은 그렇다 하더라도 東洋의 형편은 어떠했을까 살펴볼 필요가 있을 것 같다. 어차피 이 글은 언문일치에 대한 규명 때문에 쓰는 것이니까 이 기회에 이 부분에 대한 의문점을 분명히 파헤치는 것이 여러모로 도움되리라 싶어서 장황한 인용이지만 일본쪽의 것을 소개할까 한다. 이 글도 앞서 소개한 〈日本語の 歴史〉 卷6 〈新しい國語への步み〉에서 「第五 言文一致の開化」를 일부만 옮긴다.

1) 言文一致의 背景에 있는 것

　이른바 언문일치의 운동은 日本의 口頭言語(이야기로 하는 말)와 書記言語(쓰는 말)가 너무 떨어져 있기 때문에 간편한 口頭言語 쪽으로 통일하여 언어생활을 합리화하자고 하는 전혀 실리적인 주장에서 출발했다. 이 주장이 문학측에서의 반성과 결합하여 결실이 되는 과정을 말하기 전에, 꼭 여기서 지적하지 않으면 안될 일은, 言(口頭言語)과 文(書記言語)과는 사실은 본질적으로 이질의 것이라는 것이다. 곧 口頭言語는 목전의 상대에 대하여 담화의 당사자적 관계에 있어서 하는 전달의 언어이다. 이에 대하여 書記言語 쪽은, 생각해 보고 느껴 보고 한 내용을 자기의 내면에 있어서 객관화하는 인식의 언어이다. 다시 말하면, 口頭言語는 그 時間的 制約 때문에 피할 수 없는 표현의 불비와 육성 등을 지니기 마련이며, 더욱 듣는 이를 향하여 열린 外向性을 특징으로 하지만, 여기에 대하여 書記言語는 객관을 지향하여 자기 내부에 도사리려는 求心性을 특징으로 한다.

　이러한 言文의 근본적인 不一致는 반드시 日本語 뿐 아니라 전달과 인식의 차로서, 모든 언어에 공통하는 本來的인 것이라 할 것이다.

　다만 당시의 일본어의 경우에는, 言文不一致가 너무나 지나쳤다는 데에 문제가 있었다. 〈浮世風呂〉나 〈東海道中膝要毛〉따위에 그려져 있는 것 같은 口頭語를 말하고 있는 사람도 어떤 의미에서는 가장 일상적인 편지를 쓸 때에는 候文을 쓰지 않으면 안 되었고, 생활에 직접결부된 告示文類를 읽을때에는 역시 候文으로 쓰여진 것을 읽지 않으면 안 되었다.

明治에 들어와서도 오히려 사정은 그렇게 변한 것 같지가 않았고, 특히 권위 있는 문장일수록 구두언어와는 거리가 먼 문체로 쓰여진 것이 보통이었다.

그런데 일본어에 보이는 言文不一致의 심한 차이를 깨닫게한 것은 다름아닌 유럽의 언어였다. 유럽의 言과 文의 가까움을 재빨리 지적한 것은 英國에서는 「常語나 書籍도 同辭」라고 말한 例의 〈諳厄利亞興學小筌〉인데, 이는 아마도 당시의 蘭學者들도 공통의 발견이었다고 생각된다.

그리고, 이 발견이 「國家の 大本은 國民の敎育にして, 其敎育は士民을 論せず國民に普からしめ,　之を普からしめんには成る可く簡易なる文字文章を用ひさる可らす」로 시작되는 前鳥密의 유명한 建白書 〈漢子御廢止之儀 (慶應三年)〉을 계기로 언문일치에의 주장이라는 모양으로 발전한 것도, 開港에 의하여 접한 유럽문명의 고도를 배경으로 재래의 일본에의 반성·부정이 가능하게 되었기 때문이다.

2) 말하는 것 그대로 쓰는 것이 言文一致인가

여기에서 내걸은 움직임은, 역시 그 목적에 실리를 두고 있었다. 그런 입장에서는 글자 그대로의 言文一致, 곧 참말로 말하는 그대로 쓴다,의 극히 단순한 실행을 밀고 갈 뿐이다. 가령 明治의 국문학자 物集高見의 〈言文一致 (明治十九年)〉는 "特命全權公使正四位勳三等子爵"이라는 엄숙한 직함이 붙은 品川彌次郎의 "…時を減じ, 勢を省くは, ひとり, 蒸氣と, 電氣とのみには, 止まらず, 云云"이라고 하는 옛스러운 문장을 가지고, 실리적인 생각에서 언문일치를 추진하는 서문을 써준 것으로 有名하지만, 그 가운데 物集이 실제로 써보인 문장은, "何とかして, 此手ばかり, ふるくする, 癖をやめて, 手も口と, ひとつに, 自身のものに, したいものだが, 世間では 是れはとても, 出來ぬことだと, いふ人も, 無益の事だと, いふ人も 澤山あらうが, さきに, 出來る事で, 決して 無益では, ??いといふ道理だけは, 明白に知水てを水ど?き, 困り?ことには, 別に仕方が??いから, 唯ここに, 書いておかう"라고 하는 정도의 것이었다. 物集은 그냥 말하는 대로 써서는 文章이 되지 않는다는 것을 자각

한 사람이기는 한데, 그가 시험한 문장은 결국 전달의 문장에 불과했다고 말해야 할 것이다.

口頭言語와의 다른 점이라면, 그것이 특정의 相對를 향하여 좁게 펼쳐진 데 대하여 이것은 독자라고 하는 不特定多數를 향하여 漫然히 열린 것 뿐이다라고 극단적으로 말할 수도 있을 것이다. 그렇다 하더라도 적어도 자기의 내면에 깊히 도사림으로써 인식의 문장에 달했다고 말하기는 어렵다.

확실히 物集 자신이 여기서 말하고 있는 것처럼 언문일치는 「손도 입과 함께 자신의 것으로 한다」고 하는 것으로 가능하지만, 그것을 다만 틀에 짜여진 從前의 書記言語의 모양에서 벗어나서 자유로운 전달의 언어에 부착하는 낮은 의미가 아니라 口頭言語의 속에서 인식의 언어를 건설하여 표현의 자유를 획득하는, 그러한 높은 의미에 있어서의 文學的 創作活動, 곧 결코 일상적이 아닌, 실리와는 오히려 거리가 먼 작가들의 활동을 기다리지 않으면 안 되었던 것이다.

3) 二葉亭四迷의 登場에 의한 言文一致의 開花

여기서 우리는 처음으로 언문일치의 개화라고 할 수 있는 二葉亭四迷의 〈密會(투르게네프의 「獵人日記」의 抄譯)〉가 등장하는 明治 이십일년을 맞이하여 거기서부터 시작되는 번역 문학의 제 4기의 시대에 대하여 이야기를 해 갈까 한다. 자세히 말한다면, 〈密會〉가 〈繫思談〉이 개척한 周密文體와 言文一致體를 융합 통일한 명역으로서 사람들의 상찬을 받고 드디어 언문일치를 완성하기 위한 강고한 바탕이 되는 그 과정에 초점을 돌려야 되겠다.

四迷의 〈密會〉는 量的으로 아주 작은 존재지만, 純文藝 作品의 번역이라는 의미에서도 새로운 시대를 劃하는 것이었다고 말해진다. 곧 유럽 文學의 수용은 처음 明治의 정치의식과 결합된 형태로서 성황했기 때문에 정치 소설을 유행을 낳고 한편으로는 유럽의 사회 풍속을 알기 위한 번역소설을 탐독하는 풍조가 생겼으나, 이러한 태도는 明治 20년경부터 차츰 시들어 졌다. 첫째는, 明治政府의 체제가 겨우 정치상·경제상의 불안을 극복하고 착착 모습을 갖추어 갔기 때문이고, 둘째는, 유럽 그 자체도 이제는 반드시 신기한 존재는 아니었기 때문이다.

이것을 번역문학에 견주어 말한다면 유럽 文學을 진정 문예로서 맞이하는 본래있어야 할 機運이 성숙하기에는 개항후 아무래도 삼십년의 세월이 필요했던 것이다. 그런 의미의 純文藝의 번역으로서 〈密會〉는 당시의 독자에게는 아직도 진지했는지 모르지만, 결코 당돌한 출현은 아니었다고 할 것이다.

4) 四迷가 採用한 丹朝落語의 스타일

여기서 〈密會〉의 성공의 그늘의 힘이 되었던 유럽류 文藝理論에 관하여 간단히 살피는 것이 순서일 것이다.

유럽의 文藝理論의 소개도 결코 갑자기 시작된 것이 아니고, 作品쪽으로 보면 〈花柳春話〉나 〈繫思談〉 같은 것도 정치 소설류에 휩쓸려 읽히던 때라, 미약하기는 하지만 겨우 나오기 시작한 잡지류를 무대로 활동했던 것이다. 英語學者 豊田實에 의하면 〈明文雜誌〉 明治 7년 12월호에 게재된 西周의 〈知說〉을 가장 빠른 것으로 보고, 이후 〈女學雜誌〉나 〈國民文友〉 등에 詩나 散文에 관한 이론의 소개와 섭취가 차츰 많아진다.

단행본으로서는 明治 12년에는 英國에서 발행된 百科全書의 관계항목을 발췌해서 菊池大麓이 抄譯한 〈修辭及華文〉이 있고, 드디어 明治 19년에는 坪內逍遙의 〈小說神髓〉도 刊行되고, 아직 어리기는 하지만 유럽적 寫實主義를 읽고 西洋流의 文藝理論은 실제 작품의 뒷바침을 받고서야 비로소 무게를 갖는 것이다. 영국이나 프랑스의 작품뿐 아니라 독일·러시아 등의 작품도 번역의 손이 미침과 동시에 정치의식이나 서양에의 단순한 흥미가 飜譯文學에서 후퇴하기 시작하는 이 무렵, 사실 이론이 일본의 작가에게 영향했다는 것은 우연이 아닌 줄 안다.

다만 소요가 새로운 文學精神을 일으키기 위한 구체적 文章으로서 생각했던 것이 실은 실리의 측에서의 言文一致와 꽤 가까운 것이었다는 것은 주의해야 할 것이다. 물론 소요가 생각하는 언문일치는 문자 그대로 말하는 대로 쓴다고 하는 그러한 낮은 立場에 머물지는 않았으나 인간의 감정을 있는 그대로 그리는데 적합한 문장으로는, 「英語에 이른바 Elocution 讀書法을 응용

할 수 있는 문장」이라 하고, 그 실례로서 「泰西文章」과 「三馬·一九·春水輩의 著述」, 곧 江戶의 戱作者流會話文을 대등하게 비교하는 정도에 불과했다.

四迷가 어떠한 文章으로 창작하면 되겠느냐고 相議하러 오니까 소요가 「君은 丹朝의 落語를 알고 있겠지, 그 丹朝의 落語처럼 쓴다면 어떨까」라고 대답한 것은 四迷의 〈나의 言文一致의 由來〉에 쓰인 것이라 周知의 일이지만, 소요로서는 극이 아무리 교묘한 話術이라 할지라도 필경 청중을 향하여 베푼 일종의 전달의 언어에 지나지 않는다는 것을 느낄리도 없었다.

그리하여 四迷는 소요의 「말씀대로」 丹朝의 落語의 스타일로 創作 〈浮雲〉을 쓰고, 소요에게 칭찬을 받았다고 하나 칭찬 받은 것을 「조금 기분이 나쁘다」고 말하고 있다. 丹朝로만 쓰니까 물론 언문일치로 되기는 했으나, 여기에 또 문제가 있다. 그것은 「私は…であります」調로 할 것인가, 아니면 「俺はいやだ」調로 해 버릴 것인가 하는 것때문에 내심의 불만을 금할 수 없었던 것이다. 四迷가 여기서 직면한 문제는 본질적으로는 전달의 언어의 한계에 불과하지만, 그것을 갈라 놓고 「あります」調냐 「だ調」냐고 하는 구체적인 용어에 매달리고 있는 것은, 이 역시 일본어의 그 두 언어가 가지는 서기 언어로서의 부적격성을 정확히 파악한 문제 제기라고 말해야 할 것이다.

결국 日本語의 口頭言語는 다른 어느 나라의 언어 보다도 待遇 표현에 민감하다. 自己와 듣는 이, 또는 자기와 話題의 人物과의 당사자적 관계에 의하여 「私·あなた」나 「俺·お前·あいつ」를 달리 쓰고, 「だ」와 「です」, 「 ございます」를 달리 쓰지 않으면 안된다. 따라서 일본어의 경우에, 말하는 것처럼 쓴다는 것은 書記言語로서의 더욱 부적절한 당사자적 待遇를 노골적인 형태로 들이미는 것이 되어 버렸다.

경어를 쓰면 정중한 대우를 나타내고 敬語를 빼내면 난폭한 대우가 되는, 要는 대우를 제로로 하고 당사자적 관계를 없애는 연구를 하지않는 한 객관적 문장은 나타날 수 없다. 여기에 四迷가 소요를 젖히고 나아가지 않으면 안되는 과제가 있었다.

5) 言文一致의 문제점은 待遇 表現의 처리

四迷와 꼭같은 때, 이른바 언문일치의 한계를 창작에서 실감하고 있던 山田美妙는 四迷와 같이 일본어의 대우 표현의 처리 때문에 골머리를 앓고 있는 것은 이런 의미에서 당연한 것이었다. 다만 美妙의 경우는 처음 「だ」調를 꾀해 보았는데, 마음에 안내켜서 「です」調로 轉向했다고 하는 點인데, 四迷가 「です」調에서 「だ」調로 轉向한 것과 逆코스를 걸은 것이 되지만 골머리를 앓은 質은 같은 것이다.

美妙의 〈風琴調一節〉이나 四迷의 〈浮雲(다같이 明治20년)〉에서 長文이나 名詞로 끝나거나 말을 끝맺지 않은 표현이 많은 것은 四迷에게 말하라고 한다면 丹朝의 落語의 스타일의 移植이기는 하나, 아무래도 대우 표현에 관한 태도를 결정하지 않으면 안되는 文末을 가능한 한 길게 늘여서, 할 수 있으면 回避하려고 하는 窮餘의 技術이라고 볼 것이다.

언문일치가 「である」라는 演說의 語套에서 文末의 해결을 구한다든지, 「彼女」와 같은 당시의 口頭言語에는 없는 말을 만들어 낸다든지, 말하자면 반드시 通常의 담화와 같이 쓰지 않음으로써 성과를 올리는 것은 언문일치라고 하는 슬로우건에는 나타나지 않은, 숨은 言文一致의 측면을 말해주는 것이다. 그리고 슬로우건 그대로의 언문일치에서는 한계를 체험한 四迷에 의하여 〈密會〉가 번역된 것이다. 그 유명한 끝 일절을 여기 실어 본다.

> 小心な牙が重さろに羽ばたきをして, 烈しく風を切りながら, 頭上を高く飛び過ぎたが, ふと首を回らして, 橫目で自分をにらめて, 急に飛び上つて, 聲をちぎるやうに啼きわたりながら林の向ふへかくれてしまった, 鳩が幾羽ともなく群をなして, 勢込んで穀倉の方から飛んで來たが, ふと柱を建てたやうに舞ひ昇って, さて一齊に野面に, 散った……あ, 秋だ! 誰だか禿山の向ふを通ると見えて, から車の音が虛空に響きわたつた。

여기서 보이는 것은 日本語의 待遇 표현의 교묘한 中和 뿐이 아니라 오히려 四迷의 譯文의 참 뜻은, 口頭言語를 높이어 전달의 차원으로부터 脫却에 성공한 점에 있는 것이어서 대우 표현의 中和는 전달의 언어로부터 脫却하게 된 가장 구체적 徵證이라고 평가되어 질 것이다.

그리고 四迷自身이, 〈余의 飜譯의 標準〉 속에서 自己는 처음 原文의 문장에 충실하려는 태도를 취하려 했는데, 그렇게하면 도리어 筆力이 틀에 박힐것이라고하여 생각을 고쳐서 原文尊重 보다는 原作의 「詩想」을 살리는 태도를 취하기로 하였다라고 말하는 것을 〈密會〉에 적용하는 것을 허용한다면 우리는 언문일치의 성공의 前兆로서 그어진 두 개의 線이 〈密會〉에서 멋지게 混淆되 있는 것을 발견하게 될 것이다. 곧 〈繫思談〉에 보이는 原文을 존중하여 일본어의 재래의 문장에 속박되지 않는다는 가능성을 그것을 克服하여 발전시키는 곤란과, 〈漢字御廢止之儀〉에서 高潮되어 온, 말하는 것처럼 쓰려고 하는 주장을 극복하면서 발전시키려는 困難을, 다시 말하면 이 두 곤란을 융화시키는 것에 의하여 두 가지를 실현한 것이었다. 〈繫思談〉이 개척한 周密性은, 이미 지적된 것과 같이 원문을 존중하는 태도로서 〈密會〉에 충분히 살리고 있으며 原作의 詩想을 옮기는 수단으로서 高揚되었다. 이와 함께 〈漢字御廢止之儀〉가 불을 붙인 언문일치는 平易한 문장을 지향하는 정신으로서 〈密會〉에 충분히 살리면서 사실의 문학적 표현으로서 높이어졌던 것이다.

-中略-

언문일치는 먼저 일본의 言과 文의 심한 隔絶에의 반성으로서 출발했다. 그 반성을 재촉한 것은 유럽의 言文兩者의 間隙의 가까움이었다. 그리고 文學側에서 나온 일본어의 문장을 변화시키는 가능성의 자각에 의하여 言文一致는 지지되어 육성되었다. 더욱이 그 자각의 계기는 유럽 文學의 번역이었다. 그리고 언문일치는 四迷에 있어서 성공하여 자연주의의 作家들에 의하여 완성되었다.

이렇게 생각하면, 그 성공은 유럽의 原作의 높은 수준에 의하여 가능하게 된 것이며, 그 完成은 유럽의 문학 정신에 의하여 가능하게 된 것이었다.

이러한 의미에서 재미있는 일은 처음으로 發火點이 된 실리적 필요의 분야에서는, 예를 들면 신문의 논설이나 교과서의 일부가 明治를 지나도 아직도 언문일치의 문장으로 쓰여지지 않았다는 것이 보여 주는 것처럼, 오늘날 또한 標準的 書法으로서 누구든지 항상 익히 알고 있는 문장은 이중 삼중으로 유럽의 영향을 받음으로써 日本의 口頭言語에서 한층 높은 차원으로 高揚되어 생겨난 文章인 것이다.

유럽 文明에서 일본어가 입은 최대의 은혜가 言文一致이다라고 앞에서 말한 것은 이러한 의미에서이다.6)

여기서 살펴 보면 日本의 言文一致 運動이 얼마나 어려운 것이었던가를 새삼스럽게 깨닫게 한다. 따라서 歐洲에서의 사정과는 꽤 성질이 다른 言·文의 隔絶을 느끼게 되고, 그것이 일본의 경우이면서 어쩌면 韓國의 입장과 흡사한 것임을 발견하게 될 것이다.

뒤에 詳論하겠지만, 가령 한국이 日本과 같이 중국의 문화권에 속했다는 점, 그 때문에 漢文을 공식상의 표현문자로 삼아 왔으며 自國文字를 명백히 보유하고 있음에도 불구하고 이를 억압하고 폄훼했다던가, 公的文章은 漢文이었지만 그것은 일부 특수 계급의 占有物이었고 平民層은 오히려 自國語를 자국의 문자로 하는 표현을 빌려서 도도한 문학의 大河를 이루었다는 것 등이 그렇게 비슷할 수가 없다.

近代에 들어와서도 漢字廢止의 주장에 밀려서 언문이 국문으로 불리운다거나 최초로 國漢文化된 문장인 〈漢城週報〉를 보면 漢文에 한글 토만 단 것으로, 만일에 토를 뺀다면 그대로 漢文이 되는 그런 식의 文章으로 言文一致의 기선을 잡게 된다. 이것도 일본의 公示文이나 候文의 문체에 견주어 별다른 차이가 없는 것들이다.

또한 언문일치의 과정에서도 보면 처음에는 실리적 욕구에서 언문일치가 제기되다가 뒤에는 문학분야에서만 독자적으로 추진해 가는 느낌이고 당초에 문제를 제기했던 측에서는 오히려 옛스런 문체를 고수하는 경향으로 흐르는 것도 비슷하다고 할 것이다.

Ⅲ. 言文一致運動의 背景

그러면, 이쯤에서 韓國의 실정에 눈을 돌려서 언문일치의 과정을 살펴볼 필요가 있을 것 같다.

일찍이 金允經 교수는 그의 〈새로 지은 국어학사〉에서 삼국시대에 文字가

---

6) 日本語の歷史. 卷6. 新しい國語への步み. 第五. 平凡社.

있었다고 주장한 일이 있었다.7) 물론 이 말은 金允經 교수의 私見이 아니라
모두 〈三國史記〉의 記錄을 두고 하는 말이었다. 가령 〈三國史記〉의 「國初始
用文字時有人記事一百卷名曰留記」라던가 「新唐書」의 「百濟有文字籍記」라는
것들이 그 證據이다.

그러나 漢字의 傳來를 漢四郡 때라 한다면, 종래의 三國文字들이 우수한
漢字에 의하여 逐出되었다고 보는 것이 옳을지도 모른다. 어설픈 在來文字보
다도 이미 완성된 漢字가 當時代들에게는 훨씬 간편하고 쓰기에 容易했는지
모른다.

아무튼 이렇게 해서 表記言語가 傳來되는데, 그것이 처음부터 우리겨레의
국어와는 거리가 먼 것이었다. 이른 바 文·言의 격심한 斷崖를 사이에 두고
1200~1300년 동안이나 말과 글은 隔離되어 오다가 15세기에 들어와서 한
글창제에 의하여 비로소 구어의 표기가 가능하게 된 것이었다.

〈龍飛御天歌〉는 비록 漢語이기는 했지만, 당시의 日常語를 바탕으로 한 口
頭言語의 資源이 없이는 그 문장의 구축이 결코 불가능한 것이었다. 그 뒤에
〈月印釋譜〉를 위시한 많은 國譯事業은 言·文絶離의 우리 언어사에 일대 공
헌을 한 것이었으니 한글 번역은 消滅하여 가는 방언이나 일상언어 등 많은
口頭言語를 기록해 둠으로써 한국어를 전통화하고 다양화하여 文化語로 승화
시키는 한편, 文章語인 한문과도 자연히 문장과 일상어의 관계 속에서 꾸준
한 접촉을 갖게하여 교류가 이루어지므로써 口頭言語 가운데 개념적·추상적
인 경향의 어휘를 개발하여 언어의 발전에 기하게 되어 일상어의 영역이 확
대되었을 뿐 아니라 質的으로도 高揚되었다는 것은 숨길 수 없는 사실이다.
이렇게 꾸준히 발전되어 온 민간의 표현 수단인 한글이 창제 이후 특권 계급
의 補助役割에 국한되었던 예속적 기능에서, 사상을 대변하는 주동적 기능으
로 부상하게 된 것은 다름아닌 〈洪吉童傳〉이었다.

물론 〈洪吉童傳〉이 나오게 된 배경에 대하여 우리는 여러 가지 합리적인
필연성을 제기하고 있다. 壬辰亂 이후에 平民意識의 형성이라든가, 實學의 대

---

7) 김윤경. 국어학사. 을유문화사. 1963. PP. 24-27.

두 등 일련의 근대적 동향을 지적하여 許筠의 사상이 개인적·우발적인 것이 아니라는 방증을 삼고는 있으나, 〈洪吉童傳〉의 출현은 그 散文, 일상어의 대담한 채용, 평민의식의 응집 등 경탄을 금할 수 없는 신 경지를 연 작품으로서 言文一致의 國語史上 획기적인 사건이라 할 만한 것이다.

〈洪吉童傳〉뒤에 〈沈淸傳〉, 〈興夫傳〉, 〈春香傳〉 등 近世 小說의 붐이 일고, 한편으로는 여인들의 閨中內簡이 유행하여 뒷날 〈意幽堂日記〉〈恨中錄〉 등 유려한 문체를 이루게 되었던 것이니, 한글은 18·9세기에 와서 散文은 漢文·口語 혼용의 소설과 순수한 일상어의 이기로 된 獨白體의 隨筆(日記)로 대별되었다고 볼 수 있을 것 같다.

내간문체는 시집살이의 괴로움이나 그밖의 人事가 내용이었으므로 특정한 독자를 대상으로 쓰여졌던 것이다. 그 때문에 文章의 終結語가 존대법으로 통일되었던 것으로 「이외다」 「나이다」 「더이다」 「사옵니다」 등의 것이 그것이다. 또 수필이나 일기문장에서도 客觀描寫의 語法이 固定되어서 18세기 이후에는 대체로 통일되는 인상을 주었던 것으로 「하도다」 「였노라」 「더라」 같은 종결어미가 그것이었다.

그러나 이러한 종결어미는 두 문제를 갖고 있는 것으로, 하나는 이때쯤에 와서는 文章語가 형성될 만한 시기가 되었다는 것으로 이해되어야 하고, 다른 하나는 이러한 終結語尾는 당시의 일상어였다는 점이었다. 문장의 발달이 문인들의 창작활동에 의해서가 아니라 가정주부들의 손에서 이루어졌기 때문에 거의 淡白·眞率한 맛은 있어도 사상적 깊이는 찾아볼 수가 없었던 것이니, 이러한 것은 이들 閨中文章이 日用事를 내용으로하는 실용적 서간이거나 신세자탄의 독백으로서 즉흥적 표현이었기 때문에 사색을 요한다든지 하는 어휘나 상황 묘사를 위한 상징적 기능이 끼어들 여지가 없었던 때문이다.

그래서 이들의 문장은 그것이 隨筆이었거나 日記文이었거나 書簡文이 었거나 간에 內簡文體의 간명한 일상 언어의 스타일에서 벗어나지 못하는 것이었다.

오늘날 많이 발견되는 전주지방이나 대구지방의 內簡에는 漢文章의 인용도 곁들인 것이 있기는 하나, 대개는 평이한 일상어로 되어 있고 방언이 主脈으로 되어 있음을 보게 된다. 방언이 등장하지 않으면 안된는 이유가 統一的 언어를 다루는 기관이나 특정규범이 없었던 朝鮮時代에는 너무도 당연한 것이며, 한편으로는 方言이 主脈을 이룬 일상어의 문장이기 때문에 그 문장은 문장 특유의 발전을 한다든지, 文章語의 성장을 이룩한다든지하는 계기를 造成시킬 만한 시간적 여유를 줄 수 없었던 것이다. 그러나 文章語의 발달이 없이 일상어의 기록에 불과한 文學 以前의 문장을 뒷시대에 물려줄 내간체나 수필·일기 등의 散文文章은 근대의 언문일치 운동에 큰 기여를 했던 것이니, 그것은 文言의 밀접, 아니 同體性 관계 때문에 19세기와 20세기 초의 文人·識者들에 의하여 言文一致 文章으로 별다른 論難 없이 계승되었으리 만큼 그 문장의 수준이 일상어적이었고 문자 그대로 언문일치였던 것이다.

가령 〈洪吉童傳〉에서 보면 다음과 같다.

> "나도 힘을 자랑홀만 ᄒ더니 오늘 져 쇼년의 힘을 보니 엇지 놀랍지 아나리오. 그러나 이곳 거지 와시니 혈마 져 쇼년 혼ᄌ라도 길동줍기를 근심ᄒ리오ᄒ고 ᄯ라가더니 그 쇼년이 믄득 돌쳐서며 왈 이곳이 길동의 굴혈이라 니 몬져 드러가 탐지 홀거시니 그ᄃᆞᆫ 여긔이셔 기ᄃᆞ리라"8)

17세기 구어는 18세기에 와서도 크게 변하지 않는다. 〈春香傳〉과 비교해 보면서 終結語尾의 변화에 대해서 생각해 보자.

> "통인아 예, 저 건너 화류즁의 오락 가락 힛쓱힛쓱 얼는얼는 ᄒ는게 무어신지 자셔이 보아라. 통인이 살펴보고 엿자오되 다른 무엇이 안이오라 이골 기싱월밋쌀 춘향이란 계집아이로 소이다. 도련임이 엉겹졀의 하는 말이 장이 좃타. 훌륭하다. 퇴인이 알외되 제어미는 기성이요ᄂ 춘향이는 도ᄃᆞ하야 기생구실마 다하고 빅회초엽의 글ᄌ 성각하고 여공지질이며 문장을 겸견하야 여렴처자와 다름이 업ᄂᆞ이다"9)

두 小說에서 발견되는 것은 이들의 文章이 모두 口語로 되었다는 사실이

---

8) 京版本. 螢雪出版社影印本. P. 1.
9) 열여춘향슈절가라. 前揭書. 完版本. P. 200.

다. 주로 對話로 엮어지면서 간혹 서술하는 부분이 끼어 있으나 그것은 「…
하되, …하야, …하고」 등으로 처리되고 「…하더라」로 되어 있는 곳은 드물게
보이는 것을 알 수 있다. 그러나, 非小說類에 오면 文章語로서의 면모가 뚜렷
해 지는 것을 알게 된다. 가령 英朝 51년(1775년)에 朴盛源의 손자 朴昌壽
가 쓴 「南征日記」를 보면 語尾의 구분이 뚜렸하다.

> "…십 이일 청명하다. 거월의 가친 다녀가신 후 서울 소문을 약간 드른디라.
> 셰로의 혹 샤전이 이실가하여 매일 포구를 바라보고 소식을 기다리되 종적이
> 묘연터라."10)

　여기서는 「…하다, …디라, …터라」가 보여서 小說類에서는 별로 눈에 안
띄는 용어들이 두루 쓰이고 있음을 알게 된다. 朴斗世作으로 전해지는 〈要路
院夜話記〉에서 보면 다양한 언어구사가 나타나는데, 이것은 물론 숙종 이후
의 저술인 것이 분명하긴 하나 近朝의 것이라 하여도 文體硏究에는 큰 도움
이 되는 것이다.

> 우왈-그대 형상을 보니 반드시 활을 쏘지 못한 것이니 능히 글을 하느냐?
> 대답왈---문자는 배호지 못하고 글을 잠간 배홧이되 다만 열 다섯 줄중의 둘
> 　째 줄 같은 줄이 외오기 어렵더이다.
> 객왈---이는 諺文이라 眞書의 이 같은 글줄이 있으오리오.
> 　-중략-
> 객이왈---그대 그러면 戶首를 하고저 하느냐.
> 　-중략-
> 내대답하되---나도 글을 못해도 남이 사람이라 하니 반다시 글을 한 후에야
> 　사람이라 하리오.
> 객왈---사람인들 한두 가지 아니라, 예 사람이 孔夫子라 하신이 있나니 그대
> 　들었는다?11)

---

10) 金俊榮. 韓國古典文學史. 再引用. P. 413.
11) 上揭書 p.418

여기서도 「…하느냐, …하리오, …는다」 등 색다른 語法이 나오는데, 이것은 對話體가 갖는 묘미를 다양하게 사용한 一例가 되겠거니와 문체의 시험으로는 소홀히 보아 넘길 문장은 아니라고 생각한다.

또 여류 수필로 이름이 있던 意幽堂 金氏의 〈意幽堂日記〉는 純祖29년(1829년)에 기록한 것인데, 그 가운데 〈東溟日記〉는 純祖 39년 9월(1839년)의 것으로 알려져 있다. 여류 문장으로는 19세기의 대표적인 것이라 여겨지는데, 같은 여성의 문장인 惠慶宮 洪氏의 〈恨中錄〉과 견주어 보면서 相距 50년의 전후 문장 사이에서 어떤 변화가 있는가 알아 보자.

> …옹주 다리오시고 통명전에서 잔채하시니 잔채 처소는 후원 아니면 통명전이오. 머무오시는 환취정에도 하오시더라. 삼월은 망조중 지내고 또 사월이 된지라. 거처 범백이 어찌 산사람의 거처하는 데와 같으리오. 도라간 사람의 빈소한 모양도 같고 다홍으로 명정 모양 같은 것을 하야 세우고 녕침하는 평상쳐로 하야 밤이 깊으면 상하가 다 지쳐 자 상우해 음식은 만반하고 그 경색은 다 귀신의 일이니 하날이 시키는 바라 할 일이 없도다.12)

> …붉은 빛이 더욱 붉으니 마죠 선 사람의 낯과 옷이 다 붉더라. 물이 구배 텨 치치니 밤의 믈 티난 구배난 옥같이 희더니 즉금 믈구배난 붉기 홍옥같하야 하날의 다하시니 장관을 니랄 것이 없더라.
> 　　-중략-
> 이랑이 박댱왈, 그것들은 바히 모라고 한 말이니 곧이 듣지 말라 하거날, 도라샤 공다려 무르라하니, 샤공셔 오날 일출이 유명하리란다 하거날 내 도로 나서니 차셤이 보배난 내 가마의 드산샹 보고 몬져가고 계집죵 셰히 몬져 갔더라.
> 　　-중략-
> 긔운이 진홍 같한 것이 차차 나 손바닥 너배 같한 것이 그믐밤의 보난 숯불 빛 같더라. 차차 나오더니 그 우흐로 적은 회오리밤 같은 것이 붉기 호박구살 같고 맑고 통낭하기난 호박도곤 곱더라

여기서 명백해지는 것은 고백체와 묘사체의 구분이다. 고백체는 惠慶宮 洪

---

12) 上揭書. P. 416.

氏에게서 처럼 "…이오, …지라, …리오, …도다"가 많고 描寫體인 意幽堂 金
氏의 글은 "…하니, …도라"로 통일되어 있다.

생각건대 이 두 女流文章 뿐아니라 소설이나 다른 산문에서도 이들 문체가
口頭領域을 벗어나지 못했으며 그렇기 때문에 고도의 사상을 담을 수 있는
구성이 아직은 준비되지 않았다는 것을 입증해 주고 있다. 문장을 형성한 말
들이 모두 일상어로 되어 있고 그나마 개별적으로 話者의 뜻을 전달하고 있
기 때문에 문장이 어떤 정경의 단순 전달의 기능 이상은 미치지 못하게 되어
있다.

상징적인 표현을 가장 많이 쓰는 〈춘향전〉과 〈東溟日記〉에서도, 〈춘향전〉
은 漢文의 이식이고 〈東溟日記〉는 일상의 것들에게서 비유의 소재를 끌어내
나, 그것이 어쩌다 있는 표현이고 또 소박하게 다루어져 있다. 다시 말하면
우리 國語 속에 숨어 있는 象徵的 實用句인 속담·익살·비유 등 무진장한
자원을 활용하지 못하고 있는 것이다.

이러한 언어의 자원을 발굴해서 文學語化 하는 작업은 아무래도 20세기
이후의 작가들에게 넘기지 않으면 안되게 되었는데, 20세기 문인들의 손에
언문일치 문장이 넘어가기 전에 우리가 망각해 왔던 중요한 한시기가 있으니,
그것은 다름아닌 〈漢城旬報〉에서 시작하여 〈독립신문〉에 이르는 近代的 文章
運動이었다.

IV. 言文一致運動의 起點 ― 姜瑋와 徐載弼

1883年 陰 10月 1日(陽 10月 31日) 閔泳穆(總裁), 金允植(副總裁), 井
上角五郎(主宰) 등의 運營陣과 博文局의 姜瑋, 張博 등이 中心이 되어 출발
한 「漢城旬報」는 漢文體의 新聞을 낸지 1年만인 1884年 12月 6日, 開化黨
의 革新內閣이 三日天下로 끝난 그날에 苧洞의 博文局舍가 습격을 받아 모조
리 불에 타 잿더미가 되므로써 끝나게 된 것이다.

그 뒤 金允植의 노력으로 高宗의 允許를 받아「漢城週報」가 다시 設立되니 井上角五郎이 日本에 가서 새 활자를 사오고하여 1885年 12月에 陳容을 새로 짜고 金允植이 博文局의 總裁로 앉고 鄭憲時가 副總裁로, 張博이 主筆로 앉았다. 그리하여 1886年 12月 21日(1月 25日) 역사적인 創刊號를 내게 되었다.

세로 22.5cm 가로 16.5cm의 크기로 16~18面을 내게된 이 新聞은 종전의「漢城旬報」와는 달리 國漢文混用体를 창안하여 신문문장에 활용하였다는 점에서 언문일치 운동의 근대적 기점으로서 커다란 역사적 가치를 갖게 된다.「韓國新聞史」를 쓴 許埈은 다음과 같이 쓰고 있다.

　…우리나라 민족 고유의 글자로 世宗大王이 한글을 制定 頒布한 것은 1446년(丙寅)의 일이었으나 이것이 中華崇拜 思想에 사로잡힌 朝廷을 비롯하여 識者階級으로부터 거의 사용 거부를 당하여 겨우 婦女子들의 부엌 글로서 그 명맥을 유지해 왔던 것이다. 이처럼 4世紀間 漢字에 억눌려서 햇빛을 보지 못하고 諺文이라는 이름으로 薄待를 받아 오던 한글을 新聞이 채용하였다는 것은 놀라울만한 일대 영단 이었다.

　漢字가 우리나라에 들어온지 3천여년의 오랜 세월을 두고 온갖 文物은 모두 漢文字로 엮어 왔다. 따라서 學問을 한다는 것은 곧 漢字를 알고 漢文으로 된 책을 읽는 것이었다. 漢字란 그 수효가 5만여자란 방대한 것으로서 이를 배운다는 것은 과연 어려운 일이었다. 더구나 學問을 한다는 것이 사회제도상으로 일부 특수계급에 局限되어 버려 일반 대중과는 아무 관계가 없다시피 동떨어지고 말았으므로 일반 庶民들이 漢學을 한다는 것은 매우 힘드는 것으로 되어 있다. 그러므로 漢學을 위주로 한 상층계급 이외의 일반 대중들은 자연 政治와는 아무 관계도 없는 것이 되었다.

　이것은 우리 겨레에게 있어서는 다시없이 불행한 일이었다. 이러한 오랜 세월동안에 거의 痼疾化한 화근을 뿌리로부터 뽑아내려고 꾀한 것이 바로「漢城週報」의 國漢文 섞어쓰기 文體였다. 이로써 이후 온갖 신문과 文書가 國漢文을 섞어 쓰도록 그 길을 열어 놓았다.13)

「漢城週報」는 國漢文混用體를 過半程度로 하고 나머지는 순 한글의 文體를

---

13) 崔埈, 韓國新聞史, 一潮閣, 1960. 2, pp. 26~27.

썼으나 대체의 新聞文章은 國漢文混用의 文體였다.

> 10月初 8日 朝報云傳敎에 글ㅇ스디 去年事를 웃지참아말ᄒ랴 星霜이 已ᄒ
> 니 心에 傷悼홈이 이를것업도다. 戰亡軍卒과 閑散人에 慘禍를 橫被흔者ᄂ 壇을
> 設ᄒ야酹을 ×ᄂ고 爵秩을 馳贈치못흔者ᄂ 쏘흔 帥堂으로 ᄒ야금 詳探稟處ᄒ
> 야뼈朝家에 優恤ᄒᄂ意를 示ᄒ라ᄒ시다.[14]

母論 "星霜이 已ᄒ니 心에……" 등의 漢字에 吐를 다는 투의 文章이 많으
나, "去年事를 웃지참아말ᄒ랴…"에 이르러서는 口頭言語를 그대로 文章化한
것으로 볼만하다. 終結語尾도 "…ᄒ랴,…도다,…하시다" 등으로 多樣하나 아직
常語體의 "이다, 하다" 등에 이르기 까지는 꽤 오랜 時日이 필요한 것이다.

아무튼 「漢城週報」는 文章言語인 漢文과 口頭言語인 우리말의 한글 表記體
를 混合하여 士類層과 庶民層의 中間的 文章을 設定한다는 目標에서는 큰 성
공을 거둔 것으로서, 이것도 뒷날의 言文一致運動의 重大한 起點으로까지 되
리라는 期待는 생각지도 않았을 것이나 뜻밖의 역사적 業績을 남기게 된 것
만은 확실하다.

당초의 「漢城旬報」도 識字層과 一般人을 함께 읽히는 方案으로 國漢文混用
體를 構想하고 創刊號의 創刊辭도 준비해 두었던 것이나 閔氏政權에서 官報
를 諺文으로 써서는 안된다는 反對 때문에 그만 漢文體로 劃一化한 것이었다.

본래 「漢城旬報」가 하고자 했던 國漢文混用體 文章이 결국 「漢城週報」에와
서 現實化된 셈이다. 「漢城週報」의 國漢文混用體는 姜瑋를 비롯한 博文局員
들의 創作品이었다. 姜瑋는 「漢城旬報」 창간 때에 博文局主事의 자격으로 참
여할 뿐, 「漢城週報」때에는 참여한 흔적이 보이지 않으나 國漢文混用의 文章
은 이미 「漢城旬報」가 창간되던 1883年에 完成되었던 것이니 그 좋은 증거
로서 未發表의 「漢城旬報」의 창간사를 들수 있다.

> …國內朝野事情을 聞知ᄒ야其祥細顚末을 報道홈이 新聞의 當然本分이나 그

---

14) 上揭書. P. 27. 再引用.

> 러ᄒ나 嗟乎라 時運이 文明ᄒ 境域에 達치 못ᄒ고 人心이 活潑ᄒ 地位에 至치
> 못ᄒ야 內國事情을 聞知ᄒᄂ 事가 最難且難ᄒ고 其記載條件이 甚少ᄒ야 紙中
> 에 充滿ᄒ 者ᄂ 外國事情뿐이니 大體 文明이 未國ᄒ 國에 記載ᄒ 條件이 自然
> 寡少ᄒ뿐 아니라 文通ᄒᄂ 道와 運輸ᄒᄂ 力이 不利不便ᄒ으로써 內國事情을
> 探知ᄒ기가 甚難ᄒ며15)

결국 姜瑋는 「漢城旬報」에 쓰일 國漢文混用體를 創案해 놓고 그 文章의 實現을 보지 못하고 만 셈이었으나 그의 뜻은 3年 뒤의 「漢城週報」를 기다려서 비로소 꽃피게 된 것이었다. 姜瑋가 노린 것은, 漢文體로 내면 士類階級에게는 좋을지 모르나 民衆을 覺醒시킨다는 新聞의 本來 目的과는 거리가 멀므로 庶民과 士類가 함께 읽을만한 中間者的 文體가 없을까에 미쳤던 것이며 그 한 實驗으로써 漢文과 한글의 混成文을 創案한 것이었다. 그는 「漢城旬報」가 나오기 전인 1869년에 「東文字母分解」혹은 「擬定國文字母分解」라는 著述을 내고 初聲字의 起源說로, 初聲 17字가 發音器官의 運動과 形狀을 象型하였고, ᄁ·ᄊ·ᄄ·ᄈ 등의 並書를 주장하고 된 ㅅ은 잘못이라 하였으며 初聲 並書 4音을 넣어 初聲은 18音이라고 주장하고 있다.16) 놀라운 한글학자이다. 그는 또 江華島條約(1876年 2月)에 참석한 이후 일본·청국을 드나들며 낙후된 국운을 바로잡으려고 애쓴 사람이었으므로 국한문혼용체를 만들만한 水準의 人物이었음을 알만하다.

姜瑋가 創案한 國漢文混用體는 종래의 漢文體에 宮中小說의 口頭言語的 文章을 섞은 것으로 이른바 有識層도 읽겠고, 庶民層도, 더듬더듬 文脈을 짚어 갈만하여 매우 人氣가 있었을 뿐 아니라 民衆들에게 歐美文明소식과 韓國의 政治的 어려움을 소개하게 되어 갑자기 이 時代를 大衆의 것으로 만드는 길을 열어 준 것이었으니 이는 近代化運動의 봇물을 튼 것으로서 막히고 억눌린 民衆이 이 文章을 통하여 하루 아침에 新天地를 열고 새로운 歷史時代로 들어갔던 것이다. 姜瑋의 이 業績은, 이 무렵의 어떤 사람의 어떠한 일보다도 뛰어난 공훈이라고 할만하다.

---

15) 上揭書, P. 16. 再引用.
16) 金敏洙. 新國語學史. 一朝閣. 1964. 12. PP. 81~82.

이 國漢文混用體는 뒤에 兪吉濬의 「西遊見聞」에 이어지고 뒷날의 「皇城新聞」과 各種 雜誌의 모든 文章의 源泉이 되었던 것이니 지금(1981)도 國漢文混用體圈에서 우리가 살아가고 있음을 想起할 때 姜瑋의 功獻에 새삼스럽게 머리가 숙여진다.

이렇게 「漢城週報」의 國漢文混用體가 盛行하던 무렵, 徐載弼이 美國에서 還國하고 「독립신문」을 창간하여 순 한글 專用의 文章을 쓰게 되므로써 言文一致運動은 바야흐로 絶頂에 이르게 된다.

「독립신문」의 창간 논설은 한글 전용의 이유를 다음과 같이 밝히고 있다.

> …우리신문이 한문은 아니쓰고 다만 국문으로만 쓰는거슨 상하귀쳔이 다보게 흠이라 쏘 국문을 이러케 귀절을 쎄여 쓴즉 아모라도 이 신문 보기가 쉽고 신문속에 잇는 말을 자세히 알어 보게 흠이라 각국에서는 사룸들이 남녀 노소 죠션 국문은 아니비오드리도 한문만 공부 ᄒ는 까둙에 국문과 한문을 비교ᄒ여 보면 죠션국문이 한문 보다 얼마나 나혼거시 무어신고ᄒ니 첫지는 비호기가 쉬혼이 됴혼 글이요 둘지는 이글이 죠션글이니 죠션 인민 들이 알어셔 빅ᄉ을 한문디신 국문으로 써야 샹하 귀쳔이 모도보고 알어보기가 쉬흘 터이라…17)

서재필이 한글전용을 시험하면서 가장 어려웠던 것이 역시 語尾問題였을 것이었다. 「독립신문」의 語尾는 모두 "이라·더라"로 統一되어 있다. 이것은 或者의 말대로 文言體의 語尾가 아니라 당시의 口頭言語임을 再確認할 필요가 있다.

終止法에는 1) 아주 낮춤(極卑稱, 해라) 2) 예사 낮춤(普通卑稱, 하게) 3) 예사 높임(普通尊稱, 하오) 4) 아주 높임(極尊稱, 합쇼) 이외에 等外로 5) 반말(半語)이 있는데, 여기서의 「이라」, 「더라」는 다섯구분 가운데 「아주낮춤」(極卑稱, 해라)에 해당된다. 또 終止法의 話者와 聽者의 關係區分에서 分類하게 될 때의 1) 베품꼴(敍述形), 2) 물음꼴(疑問形), 3) 시킴꼴(命令形), 4) 꾀임꼴(請誘形) 가운데 敍述形에 속하므로, 「이라·더라」는 곧 敍述形極

---

17) 독립신문, 뎨일권, 조션, 건양, 원년 ᄉ월 초칠일 1면

卑稱으로, 우리말로라면 「베풂꼴 아주 낮춤」이라고 불러야 할 것이다.

　　최현배 교수의 「우리말본」에는 敍述形極卑稱인

　　　1)＿다, 2)＿(으)니라, 3)＿라(도움줄기 "더"나"리" 아래에만 쓰임), 4)＿
　　　마(홀소리 아래), 5)＿으마(닿소리 아래), 6)＿느니라, 7)＿나리라, 8)＿
　　　노라, 9)＿도다, 10)＿구나, 11)＿거든

　　가운데서 3)＿라가 여기에 해당된다. 이 ＿라는 더·나·리의 도움즐기
아래에만 쓰인다는 조건이어서 예를 들면,

　　　萬人이 때를 만나, 늙을 뉘를 모르더라 (宗)
　　　마귀는 예수를 떠나고, 천사는 이르러 수종들더라 (성경)
　　　인생 한 번 늙어가면, 다시 갱소년 못하리라 (雜歌)
　　　우리도 萬民 다리고 同樂太平하리라 (宗)18)

　　그렇다면 「＿리라」와 「＿이라」는 엄연히 다른 말인데, 「이라」에 대해서
言及한 文法書가 없고 보니 무어라 말할 處地가 못되나 「독립신문」의 文章은,
대체로 記事에는 「＿더라」가 많고, 論說에는 「…리요」, 「…이라」, 「…지라」,
「…노라」, 「…더라」 등이 두루 쓰이는데 그 가운데 「…더라」와 「…이라」가 주
로 쓰이고 있는 것이다. 이러한 終止法은 그 뒤의 「조선 그리스도인 신문」
(1897. 2. 2 아펜셀러, 순국문), 「그리스도신문」(1897. 4. 1 언더우드, 순
국문), 「협성회회보」(1898. 1. 1 梁弘默, 순국문), 「매일신문」(1898. 1.
26 梁弘默, 최초 일간지로서 순국문 사용), 「대한매일신보」(1905. 8. 1 裵
說, 국한문혼용) 등 각종 신문의 문장에도 그대로 계승되고 있고, 1930年代
의 新聞 社說에도 보이고 解放後의 論說에도 「…도다, 노라, 이라」가 쓰이고
있음을 알겠다.

　　그렇다면 이러한 終止法은 「독립신문」이나 「漢城週報」이전에도 있었던가를
알아 보아야 할 것이고 그것이 어느 때부터의 것까지 文獻에 남아 있는가도

─────────────────

18) 최현배. 우리말본. 정음사. 1965. 4.4판. PP. 252~257.

알아 보아야 할 것이다. 그래야만 「독립신문」과 「漢城週報」의 文章에서 創
作한 것이 무엇인가를 소상히 알게 될 것이다.

　…부형이 스시되 호부호형을 못ᄒ니 심쟝이 <u>터질지라</u> 엇지 통한치아니<u>리오</u>
ᄒ고 말을맛츠며 뜰을 나려 검술을 <u>공부ᄒ더니</u> 19) (傍線筆者)
　…화친을 쳥ᄒ니 젹이 허락ᄒ다 상이 노스슌 더브러 피마셔 텬디긔밍셰ᄒ실
시 대신 윤방오윤겸병조판셔니셩구참판최명길이 ᄒ가지로밍셰에 참예<u>ᄒ니라</u>20)
(방선필자)
　…지국총지국총어ᄉ와ᄀ업슨묽결이깁편둧ᄒ<u>어잇다</u>
　…지국총지국총어ᄉ와이때예어됴ᄒ기이만ᄒ<u>더업도다</u>
　…지국총지국총어ᄉ와밋기곤다오면굴근고기믄다<u>ᄒ다</u> (傍線筆者)21)

「홍길동전」에서의 「…ㄹ지라·리오·ᄒ더니」라던가 「山城日記」의 「ᄒ다·
ᄒ니라」, 「어부ᄉ시ᄉ」에서 「잇다·도라·ᄒ다」 등은 오늘날도 우리 口頭言
語에서 많이 찾아볼 수 있는 終結語이고 이 가운데 「…ㄹ지라, 리오, 하더
니, 하다, 하니라, 있다, 한다」 등은 모두 現代文章이나 口語에 常用하는 終
結語이고 다만 「도다」만이 詩語에 쓰일 뿐인 것이다.
　그렇다면 「독립신문」에서 이렇게 많은 終止法 가운데서 「이라·더라」로
統一한 緣由가 무엇일까. 孤山의 「어부ᄉ시ᄉ」 가운데는 있다·한다 등의 現
在法이 쓰이고 있고 「春香傳」에서도 이러한 現在法이 여러군데서 보인다.

　자고로 사람이 외탁을 만이 하난고로 춘향 갓탄 딸을 <u>나어쑤나</u> 춘향모 나오
난듸 거둥을 살펴보니 반빅이 넘어는듸 소탈한 모양이며 단정한 거동이 정정
하고 기부가 풍영하야 복이 만한지라 숫시럽고 점잔하계 발막을 끌어 나오난
듸 가만가만 방지 뒤를 <u>짜라온다</u>. (방선필자) 22)

여기서도 「나어쑤나」는 「나었구나」이니 過去時制이고 「짜라온다」의 「온다」

---

19) 홍길동전, 古代國文小說選, 大揭閣, 1975. 5, p.1.
20) 산성일기, 古代女流文學選, 大揭閣, 1975. 5, p. 58.
21) 어부ᄉ시ᄉ, 冬, 孤山外 五人集, 大揭閣, 1975.
22) 春香傳, 李家原註釋, 正音社, 1968. 4, pp. 88~89.

가 現在法임은 더 말할 것이 없다.

　이렇게 여러 가지 終結語가 있었는데, 徐載弼이 「이라·더라」로 「독립신문」의 文章을 確定한 것은, 아무래도 終結語의 尊卑關係 때문에 苦心한 나머지 極卑稱도 아니요, 그렇다고 반말도 아니요 어정쩡한 待遇語로 해두는 것이 讀者의 反應에도 좋을 것이라 여긴 것이리라.

　사실에 있어서, 「이라」는 「이다」가 待遇上의 極卑稱임에 對하여 若于中間者라 할 수 있고 日常語로도 「4年 受益이 1百萬원이라. 그거 적지는 않군」할 때에도 쓰이고 있고, 위와 같이 連結語의 역할이 아닌 경우로도 「알구보면 짐승중에 가장 사나운게 사람이라」, 따위가 그 좋은 예이다. 이런 表現法은 「이다」와 비슷한 用法이긴 하나 語法에 있어 전혀 다른 맛을 주는 것으로서, 위의 例話에서도 「…사람이다」라고 했을 때에는 決定論的 表現法이 되어서 相對의 同意를 구할 여지를 주지 않고 또 조금은 抵抗感도 일게하는 말인데 비하여, 「…사람이라」는 周邊 사람들에게 同意를 구하고 그들의 衆意를 總合한 듯 하면서 確實히, 당돌하게 結論하는 그런 것이 아니라 조금은 未洽을 남기면서도 저 깊숙한 곳에 自信을 사린 듯한 印象을 남긴다.

　또 「더라」의 경우도 우리 상용어로서의 지금도 쓰이고 있는 말이다. 가령 「지난번 야구경기에는 4만명이 넘게 모였다더라」던가 「기한이 지났다더라」그리고 「아무개는 이번 성적이 모두 A학점이라더라」 등 얼마든지 쓰는 말이다. 이 말은 「들은 바에 의하면」, 또는 「어떤 見聞에 따른다면」의 前提 아래서, 아니면 그런 전제의 暗示아래서 쓰이는 말이기 때문에 恒用 신문 기사에서 즐겨 다루는, 「AP통신에 의하면……하였다 한다」라는 표현과 相通하는 말이고 言語의 專門性에 비추어 말한다면, 「…하였다고 한다」보다는 「하더라」가 훨씬 덜 造作的이고 억지가 없는 語法이라 할 수 있다.

　이렇게 본다면 「독립신문」의 終止法은 新聞記事體의 敍述文章에 適合한 終止法을 정하는 데 苦心한 나머지 그 代表的인 極卑稱 가운데 民主的 語感을 가진 「이라」와 消息通에 따른 내용임을 강조하는 客觀的 語法인 「하더라」를 採用하기에 이른 것 같다.

　이 「이라·더라」의 語法은 대한매일신보와 新小說에도 계승되어 이로부터 새로운 文章言語로 定着하게 되었다. 특히 論文이나 論說調의 글에서는 1920年代 뒤에도 「이라・더라・도다・노라」의 終止法이 꾸준히 通用되었던 것만은 틀림없는 사실이다.

Ⅴ. 崔承九의 「南朝鮮의 新婦」와 現代的 文章의 完成

「漢城週報」(1886)에서 시작된 國漢文混用體의 歷史的인 言文一致運動이 10年만에 「독립신문」의 순 한글, 띄어쓰기 文章을 등장케 한 것은 文章史上의 커다란 二大事件에 다름 아니었다. 그리하여 순 한글체가 다시 10年 뒤 1906年에 新小說 「血의 淚」라는 作品을 내게 되는데, 이것도 순 한글체가 나온지 10年이므로 그리 무리가 없는 時間이었다. 그러나 생각해 보면, 한글 문장의 역사는 이미 「龍飛御天歌」나 「月印釋譜」부터로 보면 400年이오 「洪吉童傳」부터로 보면 200年의 傳統을 갖는 것이었으니까 새삼스러울 것도 없을 것이다.

어쩻거나 이렇게 시작된 1886年의 姜瑋의 國漢文混用體가 徐載弼의 순 한글체의 文章에 와서 「이라・더라」로 終止法을 바꾸고 極卑稱 곧 해라체로 結實하므로써 近代文章의 表現法을 매우 簡便하고 現實的인 것으로 길을 열고 있는 것을 볼 수 있다.

「學之光」(1914. 9)에 실린 崔承九의 글에서 그 起點을 삼고자 하는데 내용은 다음과 같다.

(前略)

　…내리기前汽船에서붓허, 이러한漁村이나鄕谷에서는 자주보기어려운盛裝의 年少헌 婦人을보앗다. 盛裝이라고허면過言인듯허나, 바눌갓씁은綠衣紅裳을입엇고, 머리는 南韓式으로, 漢陽附近에서는얼마큼稀少허다고헐만헌 濟州梳賣女의 머리貌樣으로 트러서머리위에언젓는데, 油紛으로化粧은하얏으나, 길이드지못하야보기에不體裁 헌것이나, 귀기지도안이헌紫純仁唐綺가것흐로조금느러진것이나, 머리만지기에힘은쓴듯허나 手段이益熟치못하야 트레가씰그러지고非便해허

는것을보면成冠헌지가오래되지못헌것도分明허거니와, 新婦인것도斷言헐수잇다.
밤버레갓치쏘얏케보이는純朴헌銀指環이왼便손까락에끼여잇슴으로.

　헌데, 이新婦는나와갓지탓든船客이안이요, 老婆두사람과갓치後船으로 붓허
오른사람이다. 왈가닥—허는 푸르둥둥헌玉色옷을입고, 半白이나된머리를기스렉
이갓이트러언진 액구눈이주걱턱에 아모리 쯧어보아도便便치못헌性質을 가젓을
것갓흔五十이휠씬넘은老婆와, 二等室엽甲板한구젓에서 從容—히한참동안 주酌
허더니, 그老婆와는本船에서作別허고, 純白色의安州亢羅겹옷에제법模樣조케治
粧헌四十이채못되여보이는 人品조코숭굴—헌老婆와는 우리들과갓치從船으로내
렷다. 必然누구를餞送허러온模樣이요, 액구눈이老婆는親族이되는사람인듯허다.
(下略) (1914. 10. 6) (방선필자)23)

　以上의 本文에서 보면 句讀點과 終止法을 적절히 구사한 점이라던지, 漢文
에 懸吐하는 투의 文章이 전혀 없고, 表現技法이 現代文과 비교하여 조금도
異質感이 나지 않으며, 오늘을 사는 우리에게도 共感帶를 느끼게 하는 이러
한 一連의 이유로 筆者는 이제까지의 文章 가운데 이 글을 言文一致文章으로
서 完璧한「完成形의 文章」으로 推薦하고자 한다.

　「南朝鮮의 新婦」를 쓴 崔承九는 素月이라 自號하고「學之光」에 여러 篇의
詩文을 발표하는, 草創期 韓國文學의 별이었다.「學之光」4號에도「南朝鮮의
新婦」보다 조금 앞선 1914년 9월 29일자의「情感的 生活의 要求」를 내고
있는데 이 글도 書簡體로 쓰고 있긴 하나 완연한 現代文이다.

　(前略)
　兄이야말노나를誤解헌것이요. 兄은나더러或아틔스토라고부르는일도잇소. 내
가現在에藝術方面으로얼큼努力허지안이허는바도안이요, 쏘兄은나의알녀고허
는藝術이生活에根底되고確實히肯定허는것까지는아는줄을밋소. 나는아즉讀書도
만히허지못허엿소. 쏘讀書力도不足허오. 허나, 오늘날내가가진생각, 밋兄의게
表白허는것은, 野外에서散步헐째에偉大헌自然의힘이준, 밋半夜에 靜臥하야생각
험으로엇은바웃둑헌理想이조금잇는것도나는밋는바요. (下略)
　　　　　　　　　　(1914. 9. 29. 於東京三田圖書館)24)

23) 崔承九, 南朝鮮의 新婦, 學之光 3호, 1914. 12. 3, pp. 37~40.
24) 前揭書. PP. 18~20.

이 뒤에도 「學之光」 第5號에 「너를 혁명하라」는 論文을 싣고 있으며 여기서는 過去, 大過去 時制를 쓰고 있음을 발견하게 된다.

(前略)
—깨여라.
　　時間은발서만히經過되얏다.—잘째가안이다.　　日高三丈에窓살이환—하고, 後園竹裡에서는鳥雀이亂喧한다. 東隣에서는 家役을始作하얏고, 西隣에서는 治田이半이넘었으며, 웬天地가照耀하고, 웬洞里가搔搖하다. 잘만큼잣스면째일 것이다. 昨夜에初更붓허就寢하얏섯고, 夜半에數次災難이잇섯든것도, 全然히不知하얏섯다. (下略) (방선필자) 25)

위 글의 밑줄친 부분의 「하얏섯고」, 「하얏섯다」의 時制는 분명히 大過去이다. 이로 보면 崔承九는 「이라·노라·도다」 등의 初期 言文一致文章을 現代化하는 最初의 사람이 되었고, 또한 終止法의 改革으로 文章을 「이다」, 「아니다」로 統一하였을 뿐만 아니라 「한다·하였다·하였었다」의 現在·過去·大過去의 時制를 導入함으로써 우리의 文章을 文法的으로 再構成하여 훨씬 生命力있는 것으로 만들었다.

崔承九의 이러한 時制導入은, 같은 「學之光」 5號에 愚夢의 「못생긴 所見」에도 보이긴 한다.

(前略)
　　나는엇더한機會로 公六氏의主幹하는 「靑春」 第4號를 보게 되엿엇다. 처음브터 次次 나려볼제 趣味가津津하야 손의짬을옷에다 쓱쓱문대며 숨도 크게아니쉬고 내리보앗섯다. (下略) (방선필자)26)

愚夢이 누구인지는 확실치 않으나 여기서 보는 바와 같이 「되엿엇다」, 「보앗섯다」는 大過去의 時制를 導入한 것임이 분명하다. 「學之光」 6號에도 愚夢이 번역한 안프레드의 「外國人」에 大過去時制가 보인다.

---

25) 上揭書. 第5號. 1915. 5. 2. P. 135.
26) 上揭書. 5號. 1915. 5. P. 183.

(前略)

　　或 엇던째는 이 六十四號室에 「싸루예프」라 하는 學生이 뵈이는 일이잇섯다. 그는 恒常 沈着하고 恒常 晴快함으로 얼마간 尊崇햇섯다. (下略) (방선필자) 27)

　金東仁이 「春園研究」에서 주장한 「春園까지에 있어서의 글투에 「이러라」, 「이더라」, 「하도다」等의 그냥 口語體를 使用하였다. 「創造」同人들은 의논하고 이런 程度의 글까지도 모두 일축하고 「이다」, 「이었다」, 「한다」等으로 고쳐 버렸다」고 한 말에 과연 어느 정도의 신빙성을 부여해야 할 것인가 의심스럽다. 趙演鉉 교수는 그의 「韓國現代文學史」에서 金東仁의 이와 같은 주장을 받아 들여서 「…李光洙 1人 獨舞臺時代의 不徹底한 口語體文章을 徹底한 口語體文章으로 發展確立시킨 것이 그것이다」라고 못박고 있다. 口語體文章이 金東仁 등의 「創造」에서 비롯되었다고 말하는 金東仁의 주장이 결코 옳지 않았음이 위의 「學之光」의 例文에서 똑똑하게 立證된 셈이고 또 그런 것을 文學史에 定論으로 정리한 趙演鉉 교수의 記述도 고쳐져야 할 것이다.

　위의 例文에서 보면, 金東仁이 말하는 「이다·이었다·한다」)는 이미 1914年 12月의 「學之光」3號에 실린 崔承九의 隨想文 「南朝鮮의 新 婦」에서 「보앗다·입엇다·할수잇다·내렷다·사람이다」 등의 終止法을 썼던 것으로 해서 1919年 2月의 「創造」가 나오기 6年前에 실현되고 있음을 알 수 있고, 한단계 더 깊숙히 들어가서 崔承九의 文章은 「創造」가 꿈꾸지도 못한 文法意識을 導入하여 現在·過去·大過去의 時制를 文章에 적용하는 뛰어난 업적을 남겼던 것이다.

　1915年 5月 「學之光」 6號에 보이는 愚夢의 「못생긴 所見」에서의 「되엿었다, 보앗엇다」와, 같은 6號의 愚夢譯 안드레프의 「外國人」에 쓰인 「잇섯다, 햇엇다」 등이 「창조」의 文章을 멀리 앞지르고 있음을 웅변해 주고 있다 할 것이다. 다시 말하면 1914~1915年의 現代的 終止法의 時制의 채용은 「學之光」의 全文章이 同調한 것은 아니고 그밖의 다른 新聞이나 雜誌가 이 新文

---

27) 上揭書. 6號, 1915. 6, P. 298.

章에 영향을 입어서 時急히 文章改革을 시도한 것도 아니었으나 이때로부터 現代文章의 샘물이 솟구치기 시작하여 온 韓民族의 文章을 적시게 되었다고 말할 수 있을 것이다.

 그러므로, 金東仁의 주장이 매우 당돌하며 또 「創造」에 대한 지나친 功績 誇張의 탓으로도 그렇고, 그 모든 잘못들이 先輩들의 文章을 읽지 않았거나 모르는데서 發生한 錯覺이었다는 것으로 돌리고, 새로운 現代文의 創始者로서 崔承九를 認定하지 않을 수가 없다.

 우리의 言文一致文章이 姜瑋의 初期(1883~1886) 신문 문장에 起點을 삼는다면 1883~1914年의 新聞·雜誌時代를 거치는 30有餘年의 成長期를 필요로 한다는 것은 너무나 당연한 일이다. 이 뼈아픈 國難의 時期에 文章은 近代化로의 계몽과 憂國警時 등 必死의 힘을 다하는 사이에 비록 30有餘年의 짧은 歲月이었지만 西歐의 100年에 해당하는 苦行을 치렀다고 할 수 있다. 그러므로 1914~1915年에 崔承九에 의한 「現代文章의 完成」이라는 놀라운 革命이 왔다고 그래서 조금도 非合理的이라거나 意外의 早達이 아니라고 생각된다.

 결국 韓國語의 言文一致運動은 近代에 들어서서는 1883~1896年의 姜瑋, 徐載弼에 시작되어 1914~1915年의 崔承九에 의하여 完成되었다고 結論할 수 있을 것이다.

(1979. 원광대 논문집)

제5장 1938-1948年 韓國文學의 實相

Ⅰ. 머릿글

光復 前後의 범위를 어디서 어디까지로 확정하느냐 하는 문제는 그리 용이한 것이 아니다. 흔히들 1945년의 광복을 기준으로 하여 5년전, 그러니까 태평양전쟁이 나던 시기(1945년)부터 6·25 動亂이 발발하던 1950년까지를 구획하는 이들이 있으나 日帝가 태평양전쟁을 일으킨 때부터는 한글 출판물은 물론이고 말까지 쓰지 못하도록 막았기 때문에 문학활동은 불가능했으며, 다만 일본 말로 쓰인 글이 전쟁을 선동하는 방향으로 추장·발표될 뿐이었다.

그래서 本稿에서는 1938년에서 1948년까지를 구획하고 그 동안의 정세와 문학활동에 대하여 살펴보기로 하겠다.

Ⅱ. 전쟁 준비와 문학

日帝가 전쟁 준비를 노골적으로 시작한 것은 1938년이었다. 그들은 이미 이해의 2월에 '朝鮮陸軍特別志願兵' 제도를 창설하여 2차대전 준비에 들어가는 것이다.

동시에 4월에 中等學校의 朝鮮語 과목의 敎習을 강제로 폐지하고 國家總動員法을 공포하며 防空訓練을 실시하는 등 전시체제로 전환하고 있음을 본다.

이러한 급변하는 전쟁 분위기 속에서 1939년 4월에 〈文章〉이 창간되지만

2년 뒤에 폐간되고 만다.

日帝는 天人共怒할 '創氏制度'를 1940년 2월에 실시하여 朝鮮人의 뿌리를 자른 뒤에 이해의 8월에 동아일보와 조선일보를 폐간하는 것이다. 그리고서 手順대로 이해의 10월에 皇國臣民化를 위한 國民總力化聯盟의 조직을 시작하였던 것이다.

이렇게 주변 정리를 마무리하고서 그들은 1941년 12월 8일에 太平洋戰爭을 일으키세 된다. 3월에 朝鮮思想犯 豫防拘禁令을 공포하고 4월에는 〈文章〉. 〈人文評論〉, 〈時兆〉를 폐간하며 朝鮮語學會의 〈한글〉誌도 이듬해(1942) 5월에 폐간하고 드디어 10월에 저 유명한 '朝鮮語學會事件'을 조작하였던 것이다.

일본은 1943년에 들어서면서 3월에 徵兵制를 공포하여 한국의 젊은 이를 戰場으로 내몰았고, 農産物 供出制度를 강행(1941)하고 國民徵用令을 시행(1943)하여 食糧과 壯丁을 바닥부터 쓸어 갔던 것이다.

전쟁의 막바지였던 1944년에는 學兵制를 실시하고 全面徵用을 하며 일요일도 평일과 같이 근무하는 등 비상수단을 동원하게 된다.

드디어 1945년 8월 15일 정오에 日王의 降服放送이 되고 우리는 36년의 强占에서 벗어났으나 38度線을 分界로 남북으로 갈리게 되고 南은 美軍이, 北은 蘇軍이 占據하기에 이르는 또다른 悲劇이 시작되었던 것이다.

Ⅲ. 光復 直前의 詩 · 1

대체로 1938년부터 解放까지의 시기에 창간된 文藝誌나 詩誌는 26種에 이르지만 그 가운데 詩誌는 金正琦의 「萩」〉(1938), 李泳植의 〈芽〉(1938), 楊明文의 〈虹〉(1938), 高敬相의 〈詩林〉(1939), 大陸公論의 〈詩學〉(1939), 李宗敏의 〈草原〉(1939), 金益富의 〈詩建設〉 등이었다.

같은 시기에 출판된 詩集들은 대개 1938년에 19종, 1939년에 30종,

1940년에 19종, 1941년에 10종, 1942년에 4종, 1943년에 10종, 1944년에 12종이었으나 이 가운데 우리가 기억할 만한 것으로는 金東鳴의 〈芭蕉〉(1938. 1. 30) 林和의 〈玄海灘〉(1938. 2. 29), 金珖燮의 〈憧憬〉(1938. 7. 15), 林和의 〈朝鮮民謠集〉(1939. 3. 31), 詩文學社의 〈朴龍喆全集 1 詩集〉(1939. 5. 5), 吳章煥의 〈獻詞〉(1939. 7. 20), 金光均의 〈瓦斯燈〉(1939. 8. 1), 李秉岐의 〈嘉藍時調集〉(1939. 8. 15), 金起林의 〈太陽의 風俗〉(1939. 9. 6), 辛夕汀의 〈촛불〉(1939. 11. 28), 張萬榮의 〈祝祭〉(1939. 11. 30), 柳致環의 〈靑馬詩抄〉(1939. 12. 3), 金億의 〈素月詩抄〉(1939. 12. 30), 李光洙의 〈春園詩歌集〉(1940. 2. 5), 朴八陽의 〈麗水詩抄〉(1940. 3. 30), 徐廷柱의 〈花蛇集〉(1941. 2. 7), 金容浩의 〈饗宴〉(1941. 6. 20), 金億의 〈岸曙詩抄〉(1941. 9. 15), 鄭芝鎔의 〈白鹿潭〉(1941. 9. 15), 盧天明의 〈窓邊〉(1945. 2. 25), 金億의 〈금모래〉(1945. 5) 등이다.

위에서 '기억할 만한 詩集'으로 필자가 21種을 들었는데 이 詩集들이 대체로 광복 이후에도 읽히어서 광복 전후의 詩脈을 이어 주는 중요한 몫을 해냈던 것이다.

어떤 기록에 보면 1946년에 〈靑鹿集〉을 출간한 朴木月 등이 自評하기를 '해방 전과 후의 한국시를 이어주는 橋梁役割을 했다'고 한 것이 있으나 이는 지나친 自慢이다.

아무리 탄압을 받았다 하나 1946년에 출판된 詩集 한 권이 단절된 한 민족의 문학을 이어주는 역할을 해냈다고는 볼 수 없는 것이다.

위에서도 지적한 것처럼 1938년에서 1944년의 7년 동안에 104종의 시집이 햇빛을 보았고 그 가운데서도 광복 이후의 한국 시단에 큰 인기를 누렸던 시집으로 21종을 추려 본 것인데, 이들 시집들이야말로 광복 전후의 문학을 이어 주는 교량 역할을 한 것이라고 보아야 한다.

문학은 일단 출판이 되면 꾸준히 읽히게 마련이고 읽히는 가운데서 그 생명이 유지되는 것이므로 자연히 그 시대까지의 문학의 전통을 스스로 뒷시대에 전하여 주는 일을 하게되기 마련이다.

다시 말하면, 앞시대의 문학을 뒷시대에 전하는 것은 어느 누가 인위적으로 해서 되거나 어떤 시집 한 두 권의 힘으로 가능한 것이 아니라, 앞시대의 작품들이 독자에게 간수되고 읽히는 사이에 자연스럽게 전수된다는 말이다.

우리는 그런 예를 西歐의 르네상스에서 역력히 볼 수가 있었던 것인데, 14~15세기에 유행했던 문예부흥이 16세기에는 단절된 듯했으나 17세기 이후에 계승된 것은 단테, 복카치오, 페트랄카를 비롯한 문예부흥기의 문인들의 작품이 그들의 사후에도 꾸준히 읽히었으므로 이것이 르네상스의 살아있는 힘으로 작용하게 된 때문이었다.

그러므로 막연히 1940년 이후에 한글이 사용 금지되고 국어 사용이 엄단되었으므로 문학의 공동화를 예상하는 것이 상식이고 또 각 종의 국문학사에도 1940~1945를 '암흑기'로 구획하고 있으므로 이 시기에는 아무런 문학활동이 없었을 것으로 생각하기 쉬우나 이 무렵에도 비중있는 사집들이 출간되었다는 사실에 주목해야 할 것이다.

Ⅳ. 광복직전의 시·2

앞서 1938년부터 1944년까지 창간된 문예지가 26종이었다고 말했거니와 이 가운데 詩誌는 대개 1939년까지의 것으로 되어 있다. 다시 말하면, 1939년 이후에는 제몫을 다한 문예지는 거의 창간되지 않았다는 뜻이 된다.

한글 사용이 엄단되면서 1941년에는 모든 한글 출판물이 나올 수 없게 되어 문예지는 거의 자진 폐간하게 되고 〈人文評論〉 등 몇 개의 문예지만 日帝의 戰時體制에 呼應하여 改名·續刊되고 나머지는 중단되었던 것이다. 그 가운데 가장 기억에 남는 문예지가 〈文章〉이었다.

〈文章〉은 앞에서 언급한 것처럼 1939년에 창간되어 1941년에 폐간되는데 폐간 연도에 〈文章〉의 표지에 '廢刊號'라는 표시를 붙여서 특집을 내고 있는 것이 특별하다. 폐간호는 통권 26호로 제3권 제4호이고 1941년 4월호였다.

창작란에는 韓野(한설야)의 〈流轉〉, 崔明翊의 〈張三李四〉, 石仁海의 〈文身〉, 朴魯甲의 〈墓地〉, 朴遠(박태원)의 〈債家〉. 金天(김남천)의 〈오듸〉 등이 있고, 詩欄에는 李相和의 〈서러운 諧調〉, 申石艸의 〈바라춤〉, 〈弓矢〉, 白石의 〈국수〉, 〈흰 바람벽이 있어〉, 〈촌에서 온 아이〉, 李陸史의 〈子夜曲〉, 〈서울〉, 徐廷柱의 〈살구꽃 필 때〉, 吳煥(오장환)의 〈旅程〉, 朴斗鎭의 〈꽃구름 속에〉, 趙芝薰의 〈靜夜〉, 柳致環의 〈歸故〉, 金種漢의 〈航空哀歌〉, 金尙鎔의 〈손 없는 饗宴〉, 卞榮魯의 〈昆蟲九頭〉, 李秉岐의 〈그방〉 등이 있다.

폐간호는 특별한 편집일 것으로 여겨지는데 그것은 전체의 분량이 320面에 달하는데서도 짐작할 수 있는 것이다. 〈文章〉의 다른 때의 부피는 보통 200면을 약간 넘었기 때문이다.

이 폐간호의 편집을 찬찬히 살펴보면 몇 가지 흥미를 끄는 단서들이 드리나고 있음을 알게 된다. 우선 그 하나가 표지의 아랫부분의 왼쪽 밑에 한자로 '廢刊號'라고 쓰고 있어서 日帝의 강제조치에 대한 항의로 보이기는 하지만 잡지의 끝에 설정한 後記 곧 〈餘墨〉이 '폐간호'에는 생략되어 있고 다만 〈여묵〉이 있어야 할 자리에는 다음과 같은 간략한 社告를 내고 있을 뿐이다.

　　謹 告

　本誌 〈文章〉은 今般, 國策에 順應하야 이 第三卷 第 4號로 廢刊합니다.
　다만, 單行本 出版만은 從前대로 繼續하오니 다름없이 愛護하시기 바라오며 〈文章〉의 先金이 남는 분께는 五月 十日 內로 返送해 드리겠습니다.
　　　　　　　　　　　　　　昭和 十六年 四月 十五日　文章社

이 밖의 어디에도 다른 抗議性의 표현은 없었다. 奸惡한 日帝의 魔手에 걸리지 않도록 조심했던 흔적이 역력히 엿보인다.

폐간호에 수록한 詩에서도 폐간조치에 대한 반응을 전혀 읽을 수가 없는 것도 또한 특이한 현상이긴 하지만, 이것이 日帝侵略期의 韓國文學의 현주소였다는 것을 想起할 필요가 있을 것이다.

폐간호에 실린 시 가운데 몇 편을 소개하기로 한다.

바라춤

申 石 艸

묻히리랏다 靑山에 묻히리랏다
靑山이야 變하리 없어라
내 몸 언제나 꺾이지 않을
無垢한 꽃이언마른
깊은 절 속에 덧없이 시드러지느니
생각하면 갈갈히 찌어지는
내 마음 설허 어찌하리라

묻히리랏다 靑山에 묻히리랏다
靑山이야 變하리 없어라
나는 혼자이로라 — 찔레얽어진
숲 사이로 豹범이 부러에우고
재올리 바라소래 빈 山을 울녀
쩡쩡 우는 山울림과 밤이면 달피해
우는 杜鵑이 없으면 — 나는 혼자이로라

숨어라 장긴 뜰안에 숨어리랏다
숨으러 菩薩이 아마니 식이련만
空山 蘿月은 알았으리라
필레도 필데도 없이
나는 우노라 혼자서 우노라
밤들어 푸른 장막 뒤의
偶像은 아으 멋없는 장승일러라

감으면 꿈결 같은 마―야는 떠올라라
아득한 蓮花台에 꿈꾸는
丈夫의 두리미목을 난 그리노라
홀목도 흰 百合으로 어리어
날 안어라 난 앙겨라 끄니어
뷔인 殿閣 안에 헛되히
서늘한 金像을 안어라

아으 寂寞한 누리 속에
내 홀로 가는 맘을 어찌하리라
밤으란 달 빠진 시냇물에
벗어 흰 내 몸을 싯쳐라
桃花 떠 눈부신 거울 속에
神도 와서 어릴 거꾸러진
誘惑의 眞珠를 남은 보리라

아으 과일 같은 내 몸의
넘치는 이 慾求를 어찌하리라
익어 두렸한 꽃닢의
深淵 속에 다디단 이슬은 떠돌아서
환장할 누릴 꿈을 나는 꾸노나
袈裟 벗어메고 袈裟벗어메고
맨몸에 바라를 치며 춤을 추리라

몸하 맨몸하 풀흔 내 몸하
빛나라 魔의 숲풀을 가노라
젊음은 덧없는 즐김을 좇아서
暴虐한 기싯길을 가노라
탐하는 薔薇의 넌출 우에
뻿는 강줄을 뉘라 근이리오
어느 뉘라 근이리오

불타는 바다 우에 불타는 바다 우에
난 더저진 쪽달일러라
黃金으로 멘 시위를 당겨
쏘으면 날어도 옐 화살일러라
풀러 배암의 꿈트리는
짓으로 비밀의 굴레를 벗고
뷘들에 뛴 꽃가지 꺾어라

아스리 나는 밋쳤어라
나는 김승이 되었어라

나는 마―라의 짐승이 되었어라
내 魂과 몸의 시앗을 쪼개일
빛날 長劍을 난 잃었는가
宿命의 우리 안에 날 진힐

오로한 자랑을 나는 잃었는가
묻히리랏다 靑山에 묻히리랏다
靑山이야 變하리 없어라
나는 절로 질 꽃이여라
지새어 듣는 먼 북소래
이제하 난 굳세게 살리라
날 잇끄을 흰 百合의 손도 바람도
아모것도 내 몸을 껄을이 없어라.

신석초의 〈바라춤〉을 대하면서 우리는 몇 가지 감회에 젖게 된다. 우선 이
시가 마지막 연에서 보이는 "…묻히리랏다 靑山에 묻히히랏다 靑山이야 變할
리 없어라 나는 절로 질 꽃이어라."로 함축되는 은둔과 무상의 집념 그리고
그 허탈 뒤에 오는 "…지새여 듣는 먼 북소래 이제하 난 굳세게 살리라"의 신
념에 이르는 정신적 추이는 이 무렵의 苛酷한 彈壓과 관련하여 당시의 知性
들의 의식구조를 단적으로 상징하고 있는 것이 아닌가 싶은 인상을 준다.

이 시는 신석초의 뒷날의 다른 시 가운데서도 단연 秀作에 들지마는, 신석
초 개인에게뿐만 아니라 1940~1945년의 전쟁기간에 발표된 시 가운데서
그 시기의 情況을 浮彫한 작품으로는 이 위에 설 것이 없다는 평가에 동의할
것으로 안다.

신석초는 '폐간호'에 실은 또 다른 작품인 〈弓矢〉에서도 "…화살이 가서 찌
르는 그, 관역을 남은 몰라라 아무도 그 秘密한 즛을 몰라라"로 위축시대의
동향을 대변하고 있다. 관측의 각도에 따라서 그 과녁은 작자의 개인적인 해
탈일 수도 있고 겨레의 숙원일 수도 있을 것이나 이 작품이 다른 시대 다른
紙面에 실리지 않고 日帝末의 戰爭期에 그들에 의하여 강제 폐간되는 「文章」
의 폐간호에 게재되었다는 점에서 우리의 추리는 개인적인 것에서 민족적인

것으로, 또 시대적인 의미로 수용하게 된다는 데 뜻을 같이하게 된다.

지나친 확대 해석일 수도 있다 싶은 감은 없지 않으나 여기에 보이는 이상
화의 〈서러운 諧調〉에서도,

하로 가온대
오는 저녁은
너그럽다는 하늘의
못 속일 멍통일러라.

로 묘사되는 하늘의 태양은 이미 無常의 表徵으로 인식되고 있다.

하이야든 해는
떨어지려 하야
헐덕이며
피뭉텅이가 되다.

눈부신 해가 어느새 "피뭉텅이" 같은 석양으로 변하고 하늘은 이미 "멍통이"
가 되어가는 세상은 우리에게 절망과 암울만을 선사할 것이다. 그런 시기에
가장 아름다운 靑春을 맞은 사람에겐 슬픔이 있을 뿐일 것이다.

그래서 그는 이 시의 끝부분에서 다음과 같이 노래하고 있다.

一生 가온대
오는 젊음은
복스럽다는 사람의
못 감출 설음일러라.

白石은 이 폐간호에 3편의 시를 싣고 있는데 그 가운데 〈흰 바람벽이 있
어〉에서 스스로의 얼굴을 드러내고 있다.

이 흰 바람벽엔
내 쓸쓸한 얼골을 쳐다보며

이러한 글자들이 지눈다.
—나는 이 세상에서 가난하고 외롭고 높고 쓸쓸하니 살아가도록 태어났다
그리고 이 세상을 살어가는데
내 가슴은 너무도 많이 뜨거운 것으로 호젓한 것으로 사랑으로 슬픔으로 가득
찬다.

白石의 自慰는 비단 그뿐 아니라 모든 사람에게 공감되는 일반적인 자위일 것이다. 그러나 우리는 이 시가 '폐간지'와 일제 말기라는 時空의 限定的狀況과 분리하여 생각할 수 없는 선입견 때문에 이 시가 가지는 일반성을 특수화시키게 되는 것이고 전혀 다른 시각에서 접근할 수도 있는 것이다.

李陸史도 3편의 작품을 내고 있는데 그 가운데 〈子夜曲〉에서는 같은 절망을 고백하고 있다.

수만호 빛이래야 할 내 고향이언만
노랑나비도 오잖는 무덤 우에 이끼만 푸르리라

슬픔도 사랑도 집어삼키는 검은 꿈
파이프엔 조용히 타오르는 꽃불도 향기론데
연기는 돛대처럼 날려 항구에 들고
옛날의 들창마다 눈동자엔 짜운 소금이 저려
바람 불고 눈보래 치잖으면 못살이라
매운 술을 마셔 돌아가는 그림자 발자최 소리

숨막힐 마음속에 어데 강물이 흐르뇨
달은 강을 따르고 나는 차디찬 강맘에 드리라
수만호 빛이래야 할 내 고향이언만
노랑나비도 오잖는 무덤 우에 이끼만 푸르리라.

子夜란 한밤중으로 밤 11시에서 새벽 1시까지를 가리킨다. 가장 깊은 밤이다. 이 깊은 밤에 고향을 생각해 보는 것이겠는데, 슬픔도 사랑도 "검은 꿈"에 삼키워지고 "소금에 저린 눈동자"에 눈보라 치는 수난의 세월 속에서 "매운 술을 마시"는 사람들의 모습 그 식민지의 고향은 노랑나비도 오지 않는

"무덤"일 수밖에 없을 것이다.

  그러나 유치환과 조지훈에 오면 사뭇 한가롭기만 하다. 유치환은 〈春日遲遲〉에서 다음과 같이 읊고 있다.

    뒷골에는 솔개미의 아드바룬 한 개
    읍내 장터에는 사람이곤 안 보이고
    시집간 새각시 나드리 오는 날

이런 餘裕와 낭만은 함께 실린 〈歸夜〉에서도 여전하다.

    우리 집은 유약국
    行而不言하시는 아버지께선 어느듯
    돋보기를 쓰시고 나의 절을 받으시고
    헌 冊曆같이 愛情에 낡으신 어머님 옆에서
    나는 끼고 온 新刊을 그림책인 양 보았오.

조지훈은 〈靜夜〉 1~3을 발표하고 있는데 정갈한 閑裕가 흐르고 있다.

    靜 夜 · 1.

  별빛 받으며
  발자취 소리 죽이고
  조심스리 쓸어논 맑은 뜰에
  소리없이 떨어지는
  은행닢
  하나.

이 싱거운 閑裕도 서정주의 〈살구꽃 필 때〉에 오면 훨씬 구체화된다.

  〈前略〉

    살구꽃도 피는 날 밤엔 杜子美와 같이 燭불도 하나 돗구고, 나는 먼저 저고리를 벗어 본다. 할 일이 없다.
바지를 벗어 본다. 할 일이 없다.
란닝구, 사쓰를 벗어 본다. 할 일이 없다.
사루마다를 벗어 본다. 할 일이 없다.
아―양말을 벗어 본다. 벗어 본다.
食刀로 기이다란 발톱을 깎어 본다. 발톱 열 개를 어둠 속에 던져 본다.
올뺌아, 올뺌아, 살구꽃 나무에도 앉어서 우는 암놈 올뺌아, 시장하건 네려와
서 주서먹어라.

이 시는 "진 終日 食刀를 갈고 있는 것"으로 시작된다. 4面에 달하는 담화
체의 끝부분이 위의 인용 구절인데 하도 심심해서 옷을 벗어 보고 그래도 심
심하니까 갈았던 식도로 발톱을 깎아 올빼미에게 주워먹으라고 살구나무 아
래에 던지는 것이다.

채만식의 〈레디메이드 인생〉의 한 장면을 연상케 한다. 살구꽃 피는 화창
한 봄날에 젊은이가 왜 이렇게 無爲에 지쳐서 옷을 벗어 보고 발톱이나 깎는
해괴를 연출하게 되는 것일까. 우리는 이러한 安逸이 桎梏의 삶이 가져다 주
는 幽閑意識에 의한 반발이라고도 해석할 수가 있을 것이다.

물론 이런 閑裕는 누구에게나 있는 것이지만, 이 무렵의 극심한 통제와 강
압의 시기라는 전제에서 생각한다면 젊을수록 더욱 의식의 심층에서 일어오
는 반발의 충동에 민감할 수 있을 것이기 때문이다.

질곡에 갇히어 발버둥치는 쪽이 未堂이라면 오장환은 탈출을 꾀해 보는 것
이었다. 그는 〈旅程〉에서 이렇게 뛰쳐나온 자신을 돌아보고자 했다.

또 한 번 멀리 떠나자.
거기 港口와 파도가 이는 곳
午後만 되면 會社나 官廳에서 물밀 듯 나오는 사람들
나도 그 틈에 끼어 천천히 담배를 물고
뒷골목에 삐끔삐끔 내다보는
소매치기, 行旅病者, 어린 거지를 나려다보며
다만 떠나려가는 널판쪽 모양 몸을 마끼자.

〈중략〉

> 찾어온 발길이 아주 맥히는 바닷가에서
> 그때, 나의 떠나온 道程이 무엇인가를 생각해 보자
> 新開地 비인 터전에
> 새로이 포장치는 曲藝團의 쇠망치 소리
> 내가 무어라 흐렁흐렁 울어야는지
> 우두머니 그냥 우두머니
> 밤과 낮 둘밖에 없는 世上에
> 으째서 나 홀로 집을 버렸나. 집을 버렸다.

"떠나려가는 널판쪽에 몸을 맡기고" 떠나고 싶었던 '旅程'은 목적지가 따로 정하여진 것이 아니라 다만 그가 처해 있는 時空에서의 脫出에 뜻이 있었던 것이다. 그러나 헤매던 발길이 끝나는 바닷가 모래밭에 새로운 포장을 치는 것이다. 그리고 그것을 그는 "新開地의 비인 터전"이라고 부른 것이다. 새로 열리는 빈 땅에 집을 짓는 것은 무엇인가 새로운 희망을 심는 시작일 수 있을 것이다.

그러나 그 시작이 누구와 함께가 아니라 "나 홀로 집을 버리"고 왔기 때문에 "흐렁흐렁 우는" 아픔 속에서 준비되어야 했던 것이다.

閑裕에 安住하기도 하고 반발하기도 하지만 한편에서는 脫出하여 "新開地"에 새로운 집을 짓는 젊은이도 있다는 것을 보면서 이 시기의 젊은 세대의 의식의 動向을 짐작하게 된다.

폐간호 「文章」에 실린 시 가운데 마지막이 이병기의 〈그 방〉이다. 세 편의 時調를 내고 있는 데 모두 佳作이다. 「文章」의 운명과 조국의 현실 그리고 그 속에서 시달리고 있는 겨레의 설움을 잘 응축한 정서라고나 할 것인지 당시 상황을 곱게 형용한 諧調일 것으로 짚을 수 밖에 없는 것이다. 윤곤강이나 陸史, 未堂, 白石의 것이 排泄的 作用美에 속한다면 가람의 시는 造形的 作用美로서 고도의 기교 다음에 오는 스스로움의 경지라고나 할 것인지 모르겠다.

깨운 적도 없이 자다 일어 앉았다가
다시 누우면 잠도 그저 아니오고
싸늘한 실바람만이 이마 우로 회돈다.

V. 광복과 그 후의 시·1

日帝의 魔手에서 벗어난 것은 1945년 8월 15일 정오에 日皇의 降伏 放送이 있고서였다. 이 방송은 참전국들에게는 2차대전의 종결을 의미했으나 한민족에게는 36년의 식민지시대를 마감하는 역사적인 순간이었다.

8월 15일에 呂運亨은 建國準備委員會를 만들어 總督府의 政權을 물려받았고(나중에 큰 문제로 지탄되었지만), 전국의 형무소에서 독립운동에 가담했던 수감자를 비롯하여 2만여명이 석방되었다.

8월 18일에 소련군(제25군)이 元山에 상륙하였고 24일에는 평양을 점령하고 사령부를 설치하였다. 9월 2일 맥아더 사령부의 명에 따라 미 제 8군 제24군단의 하지 중장(오끼나와 주둔)이 布告文을 공중에 살포하였고 9월 9일 미군이 서울에 진주하여 미군사령관 하지 중장이 일본 총독 阿部信行의 降伏을 받았고 드디어 9월 9일 美太平洋方面 陸軍總司令官 맥아더 元帥가 北緯 38도선 以南에 美軍政의 實施를 布告하기에 이른다.

그러나 9월 12일에 조선공산당이 결성되고 책임비서에 박헌영이 앉았으며 9월 16일에는 韓國民主黨이 결성되어 수석총무에 宋鎭禹가 추대되면서 左右의 암투가 시작된다. 같은 9월 12일에 미군사령부에서 사령관이 일본 총독을 파면하고 아놀드 소장을 군정장관으로 임명하였다.

10월 16일에 이승만이 귀국하고 때맞추어서 조선독립촉성중앙협의회가 만들어지고 회장에 이승만을 추대하게 된다. 11월 23일 중경에 있던 임시정부의 제1진인 김구·김규식 등이 개인 자격으로 귀국하였다.

12월 27일 모스크바에서 3국 외상인 미국의 번즈, 영국의 베반, 소련의 몰로토프 등이 이른바 '三相會談'을 열고 한국의 독립 방안으로 5개년간 신탁

통치 실시를 결정했다고 발표하였다. 12월 29일에 신탁통치반대국민총동원위원회가 결성되고 전국이 찬탁·반탁의 소용돌이에 휘말리는 가운데 12월 30일 송진우가 피살되었다.

1946년 3월 20일에 미소공동위원회가 개최되었고 드디어 이 해의 6월 3일 이승만이 전북 정읍에서 저 유명한 "남조선만이라도 즉시 자율적 정부를 수립해야 한다"라는 발언을 하기에 이른다.

1947년 11월 14일 유엔총회에서 "한국의 즉시 독립과 유엔 한국임시위원단 파견의 결의안"이 가결되어 남한만의 총선거가 가시화되었다.

1948년 3월 1일 주한미군사령부의 사령관 명의로 남한 총선거 시행을 발표하였고, 3월 12일 김구·김규식·김창숙·조소앙·조성환·조완구·홍명희 등 7인 명의로 총선거에 불참할 것임을 성명하면서 전국이 찬반으로 들끓었으나 5월 10일 유엔 한국위원회의 감시하에 남한만의 총선거가 실시되었다. 5월 31일 국회가 개원되고 의장에 이승만이 선출되었다. 7월 12일 대한민국 헌법이 통과되고 7월 20일 대통령에 이승만, 부통령에 이시영이 국회에서 선출되어 7월 20일에 취임하였으며 마침내 8월 5일에 대한민국 정부수립을 선포하기에 이른다. 이 뒤에 한 달이 채 못된 9월 9일에 북한에서 이른바 조선민주주의인민공화국이 만들어지니 반도는 양단된 채 두 정부가 서게 된 것이다. 그러나 유엔은 이 해의 12월 12일에 유엔총회에서 한국 정부를 한반도 내에서 유일한 합법정부로 승인하였던 것이니 비록 정부는 둘이었지만 국제사회가 인정하는 정권은 하나였던 것이다.

이렇게 광복 후 숨가쁜 일정에서 보는 것처럼 미·소의 각축이 치열해지면서 공산당의 활동과 우익진영의 대응이 가열되고 그만큼 희생자도 늘어났던 것이니 건국 시기까지의 과정은 매우 격렬한 과도기라고 해야 할 것이다.

광복이 되던 1945년 8월 15일에서 1948년 8월 15일의 건국선포까지 3년 동안의 문학활동 가운데 시에 대하여 알아보기로 하겠는데, 우선 이 시기에 발간된 詩集을 보면 110권에 이르고 이 가운데 우리의 기억에 남을 만한 것으로는 다음의 작품집이라고 볼 수 있겠다.

중앙문화협회의 「解放記念詩集」(1945. 12. 12), 金起林의 「바다와 나비」

(1946. 4. 20), 朴鍾和의 「靑磁賦」(1946. 5. 5), 鄭芝溶의 「정지용 시집」(1946. 5. 30), 박목월·조지훈·박두진의 「청록집」(1946. 6. 6), 오장환의 「병든 서울」(1946. 7), 이육사의 「육사 시집」(1946. 10. 20), 정지용의 「白鹿潭」(1946. 10. 31), 윤석중의 「초생달」(1946), 오장환의 「城壁」(1947. 1. 10), 임화의 「찬가」(1947. 2. 10), 모윤숙의 「옥비녀」(1947. 2. 15), 김상옥의 「草笛」(1947. 4. 15), 김광균의 「寄港地」(1947. 7. 1), 曹雲의 「曹雲時調集」(1947. 5. 5), 오장환의 「나 사는 곳」(1947. 6. 5), 유치환의 「生命의 書」(1947. 6. 20), 신석정의 「슬픈 牧歌」(1947. 7. 25), 이병기의 「가람시조집」(1947. 9. 20), 윤동주의 「하늘과 바람과 별과 시」(1948. 1. 30), 윤곤강의 「피리」(1948. 1. 30), 정인보의 「담원시조집」(1948. 2. 5), 서정주의 「귀촉도」1948. 4. 1), 윤곤강의 「살어리」(1948. 6) 등이겠는데 이 시집들이 6·25 動亂 뒤에도 적잖은 영향력을 유지하였다는 것을 알게 된다.

이 시기에 발간된 시 전문지는 「詩塔」(1947) 한 권을 제외하고는 없었고 거의 종합문예지의 성격을 가진 것이었는데 그것은 광복이 가져다 준 의욕적인 시대상을 잘 반영하는 것으로 보인다. 1930년대에 10종의 詩誌가 있었다는 것에 비하면 격세지감이 없지 않으나 이 시기(광복 후)는 그만큼 경제적으로나 사회적으로 혼란하였을 뿐 아니라 정치적 관심이 고조되던 때였으므로 아무래도 문학은 상대적으로 위축되게 마련이었다. 경제나 정치와 달리 문학은 실용성에서 멀 수밖에 없고 그렇기 때문에 지반부터 흔들리는 역사적 전환기에는 뿌리를 내릴 만한 자리를 얻기가 힘들었을 것이다.

광복 후의 3년 동안의 시문학을 개관하기 위해서 손 가까이에 있는 시집 2권을 텍스트로 할까 하는데, 그것은 1945년 발행의 「解放記念詩集」과 「年刊 朝鮮詩集」(朝鮮文學家同盟 詩部委員會)이다.

「해방기념시집」에는 정인보·홍명희를 비롯하여 24명이 참가하고 있고, 「연간 조선시집」에는 48명이 참여하고 있으나, 이병기·김광균·김기림·오장환·윤곤강 등 9명이 「해방기념시집」과 「조선시집」에 동시에 출연하고 있어서 「해방기념시집」의 순수멤버는 15명이고 「조선시 집」의 진용은 39명이 되는 셈이다.

그런데 이 두 시집은 비록 당시의 대표 시인이 대거 참여하고 있기는 하지마는, 그 성격을 달리하고 있다는 점에서 주목된다. 말하자면 당시의 정치·사회적 현황을 잘 반영하고 있다는 증빙이 될 것임이 확실하다.

「해방기념시집」의 서문에서 李軒求는 다음과 같이 쓰고 있다.

平和로운 時代에 있어서 詩人의 存在는 가장 빗싼 文化의 裝飾일 수도 잇는 것이다, 그러나 그 詩人이 處하여 잇는 國歌가 悲運에 빠졌거나 統一을 일헛거나 하는 때에 있어서 시인은 그 빗싼 文化의 裝飾에서 떠나 或은 豫言者로 또는 民族魂을 불러이르키는 先驅者的地位에 노혀질 수도 잇는 것이다. 그러므로 政府도 軍隊도 가지지 못하고 帝政 露西亞의 苛酷한 彈壓下에 잇던 波蘭人에게는 詩人의 存在가 오직 國民의 再生을 豫言하며 屈辱된 精神生活을 激勵하는 크나큰 祝禱를 드리는 豫言者로 생각되엇으며 아직도 統一된 國家를 가지지 못하고 離散되여 잇는 伊太利 사람들에게 詩聖 '딴테'는 오로지 '唯一한 伊太利'로 崇慕되여 왓섯고 第一次大戰時 獨逸軍의 殘酷한 壓制下에 있엇든 白耳義에게 있어서 詩人 '베르아랭'은 祖國의 一神靈으로 推仰되였엇다.

우리가 過去 四十年間 日本帝國主義의 彈壓미테서 人類가 正當히 가질 수 잇는 모든 自由와 意慾과 思索과 行動을 餘地없이 剝奪當하고 잇는 中에 서로 오히려 우리의 詩歌는 文學의 다른 어느 部類에서보다도 훨씬 生氣를 띄고 燦爛하야 藝術의 아름다운 境地를 지켜왔을 뿐 아니라 우리 民族의 아름다운 言語를 豊饒하게 하는 노픈 文化의 生産者이기도 하엿엇다.

그러나 太平洋戰爭이 일어나기 1. 2년 전부터 저들은 民族文化抹殺의 最惡한 行動을 展開시키기에 死力을 다하야 朝鮮文學全滅運動으로 나왓스니 言論機關은 閉鎖當하고 한글運動을 彈壓하고 드듸어는 創氏制度라는 人類歷史에 없는 野蠻政策을 베푸러서까지 朝鮮民族의 文化를 업새바리랴고 드럿든 것이었다. 이리하야 모든 詩人의 붓은 꺾기여지고 아니 불타는 正義의 民族愛의 詩魂은 져들의 칼끝 밑에서 咀呪받고 切斷되여 바렷고 오직 一部에 反動的인 文學만이 不可抗力이라기보담 錯覺된 意識顚倒의 民族的 不幸의 事實을 演出시킴에 끈치고 말엇다.

라고 日帝治下의 受難을 돌아보고 나서 光復 후의 詩人의 役割을 역설하고 있다.

> 그러나 八月 十五日에 이르기까지의 約 五年間의 混亂期와 反動期에 있어서
> 詩人들은 오로지 沈默함으로써 雄辯 以上으로 우리의 詩歌와 民族의 精神을
> 지켜온 榮光의 戰士엿다. 이제 우리의 모든 感情과 知慧와 心魂은 해방되엿다.
> 閉鎖되엇든 詩의 殿堂의 鐵扉는 一聲에 깨트러지고 마럿다. 우리의 말이 洪水
> 처럼 밀려 나오고 우리의 想感이 潮水처럼 부프러오르는 자리에서 詩人의 가
> 슴은 미어지는 듯 터지는 듯한 興奮 속에 휩싸여젓다. 그리하야 四十年間 저들
> 이 우리에게 抑壓은 善政이라고 가르쳤스며 掠奪은 美德으로 꾸며냇스며 應懲
> 은 忠節이라고 깨우치랴들든 그 奈落의 烙刑을 잊어바릴 지경이엇다. 이제 우
> 리들은 아름답지 못한 過去를 불질러바리고 우리 血管 속으로 흘러들든 그 不
> 純한 피의 原素를 모조리 씨서낸 다음 우리의 心境은 一点의 흐림도 없이 부
> 상하는 祖國의 光復만을 빛우어 볼 것이 아닌가? 波蘭의 모든 詩人처럼 '딴체'
> 나 '뻬르아랭'과 같이 우리의 眞正한 詩魂으로 하여금 解放의 歷史 우에 빛나는
> 詩의 記念塔을 세워야 하고 唯一한 豫言者나 神靈처럼 崇仰되어야 할 이 땅의
> 詩人들이 아닌가?

조국의 광복만을 비추어 보며 예언자나 신령처럼 숭앙되는 시인이 되자고
역설하면서 시집의 출간 취지를 밝히고 있다.

> 이제 本協會는 우리 詩壇에서 囑望받는 詩人 여러분의 玉稿를 모아 建設道
> 程의 새로운 詩歌의 한 指標를 삼고자 하거니와 ― 중략 ― 바라건대 이 한
> 卷이 널리 우리 詩歌의 傳統과 生命을 傳해 주는 가장 貴한 메디엄이 되어진
> 다면 이에서 더한 기쁨이 없을가 한다.

고 맺고 있다. '이 서문은 1945년 11월 26일자로 쓴 것으로 되어 있으므로
8·15 광복의 열기 속에서 붓을 들고 있음을 말하는 것이다. 이 서문은 매우
유명하여 평론을 공부하는 사람들뿐 아니라 문학에 관심있는 이들이면 예외
없이 허두의 몇 구절을 외울 정도로 人口에 膾炙하였었다.

우리는 이 서문을 통해서 2차대전을 전후한 시기의 정황을 짐작할 것으로
믿으며 이 시기가 광복전에는 탄압에 의하여 광복 후에는 사회적 혼란 때문
에 함께 어려웠던 분위기였음을 알게 된다.

「해방기념시집」의 서문과는 달리 「조선시집」의 서문은 매우 도전적이다.

— 전략 — 그럼으로 많은 詩人들은 解放의 歡喜를 노래하지 못하였고 또한 노래할 결흘조차 없이 怒氣를 띄운 싸움의 노래를 부른 것이다. 얼마나 苛酷한 試鍊이었기에 苦待하던 解放의 날을 맞이하며 그 기쁨을 좀더 오래 享有하지 못하엿는가. 여러 말을 뇌까릴 必要가 없다. 祖國을 사랑하였기 때문에 죽고 다친 數千 數萬의 同胞와 더불어 詩를 지었기 때문에 벌써 한 사람의 詩人은 監獄으로 갔고, 祖國을 사랑하기 때문에 凶賊처럼 쫓기는 同胞들과 더불어, 노래를 부를 수 있기 때문에 숫한 詩人들은 武器를 携帶한 前科犯처럼 追及되고 있는 것이다.

詩는 南朝鮮에 있어서 인젠 完全히 하나의 兇器가 되었고 詩人은 放火犯과 같이 危險한 人物이 되었다.

祖國의 自由 없이는 詩의 자유도 없이 되었고, 詩의 自由 없고 또 祖國의 自由도 없이 된 오늘, 自由를 달라고 웨치는 人民의 소리를 떠나서 詩의 소리가 있을 수도 없이 되었으며 自由를 爲하여 흘리는 市民의 피를 떠나서 써질 수도 없이 되었다.

좋든 싫든 間에 詩는 이렇게 밖에 存在할 수 밖에 없는 理由도 또한 이러한 속에만 결국 民族詩는 자라가리라는 豫感도 잘하면 이 詩集 속에서 發見될지 모를 것이다. — 하략 —

이 서문은 「해방기념시집」처럼 개인명의로 된 것이 아니라 ‘조선문학가동맹중앙집행위원회 시부위원회’의 명의로 1946년 12월 15일에 쓴 것이었다.

이 서문에서 말하는 “自由”란 무엇을 의미하는 것일까? 이 글의 허두에는 “朝鮮人民”의 自由를 爲하여 다시 한 번의 싸움이 필요한 거와 같이 朝鮮 詩人들의 自由를 爲하여서도 또 한 번의 싸움이 필요하게 된 것이라고 전제한 뒤에

새로운 싸움에서의 勝利가 없이는 人民의 自由와 詩人의 自由는 實現되지 아니할 것이며 人民의 自由와 詩人의 自由가 實現되지 아니하면 民族의 解放과 詩의 解放의 날이라고 생각되었던 一九一一年 八月 十五日은 一九一一年 (1910년의 誤記인 듯함) 八月 二十九日에 지나지 않을 것이다

라고 못박고 있다. 그렇다면 이 自由는 解放에 연결된다고 볼 수가 있겠고 이 解放은 이들에게 있어서 “完全한 共産化”를 뜻하는 것일 것이다.

완전한 자유의 쟁취는 민족해방에 있고 민족해방이 선행되어야만 시의 해방이 가능하다는 것이며 8·15의 해방은 1910년 8월 29일의 韓日合併에 지나지 않다고 단정하고 있는 것이니 이들의 "自由를 위하여 흘리는 人民의 피를 떠나서 詩가 써질 수 없다"는 선언 속에 이미 同族相殘의 함정이 잠재해 있었다고 보아야겠다.

「해방기념시집」에서 이헌구는 "바라건대 이 한 권(시집)이 널리 우리 詩歌의 傳統과 生命을 傳해 주는 가장 貴한 메디엄"이기를 바랄 뿐이었는데 「조선시집」의 서문은 "피의 투쟁"을 선언하고 있는 것이다. 6·25의 殘酷이 이미 여기에 예비되어 있었는지도 모를 일이다. 몸서리쳐지는 대목이다.

이렇게 두 시집은 '순수'와 '투쟁'을 선언하면서 각기 작품들을 천하에 공개한 것인데 그 내용은 어떠했는지 알아보기로 하겠다.

Ⅵ. 광복과 그 후의 시·2

「解放紀念 詩集」에는 종래 전문 시인이 아닌 사람들, 예컨대 鄭寅普·洪命憙·安在鴻·李克魯·李熙昇·李軒求·朴鍾和 등이 참여하고 잇는 것이 특별하다고 볼 수 있다.

정인보는 '十二哀'라 해서 12인의 애국열사들을 추도하는 시조를 내고 있다. 그 가운데 〈故 溥齊 李相卨 先生을 생각하고〉를 소개한다.

> 불살러 날렷단들 님의 '안'을 가실 것가
> 못 감은 눈이 남어 오늘 우리 보시려니
> 구름이 北에서 오니 새로 늣겨 합니다.

李相卨 先生은 조선독립을 위하여 국제활동을 하다가 만주에서 분사 하였는데, 화장하였다 한들 선생의 안(精神)이 가실(변하다) 수가 있겠는가. 한을 품고 가시었기에 눈을 감을 수가 없었을 것이요, 눈을 감지 않으셨으니 오늘

의 光復을 볼 수 있음이라 한 것이다. 더구나 구름이 북쪽(만주 쪽)에서 흘러오는 날이니 당신 생각에 가슴이 메어진다는 뜻이다. 뭉클한 감회를 주는 시다.

　　홍명희는 〈눈물 섞인 노래〉라는 제목으로 64行의 시를 싣고 있는데 즉흥적인 광복의 감동을 표출하고 있다,

　　　　독립만세!
　　　　독립만세!
　　　　천둥인 듯
　　　　산천이 다 울린다
　　　　지동인 듯
　　　　땅덩이가 흔들린다
　　　　이것이 꿈인가
　　　　생시라도 꿈만 같다

　　　　아이도 뛰며 만세
　　　　어른도 뛰며 만세
　　　　개 짖는 소리 닭 우는 소리까지
　　　　만세 만세
　　　　산천도 빛이 나고
　　　　초목도 빛이 나고
　　　　해까지도 새빛이 난 듯
　　　　유난히 명랑하다
　　　　이러한 큰 경사
　　　　생외에 처음이라
　　　　마음 속속드리
　　　　기쁨이 가득한데
　　　　눈에서는
　　　　눈물이 쏟아진다
　　　　억제하랴 하니
　　　　더욱 더욱 쏟아진다.
　　　　〈하략〉

광복의 감격의 자유연상법의 표출에 맡겨 스케치한 내용이다. 이른바 排泄的인 수법에 맡긴 채 무리없이 心狀의 趨移를 浮刻한 것으로 보이는데 眞率한 맛을 주는 시다.

산천이 울리고 지동인 듯하고 生時인데도 꿈 같기만 한 光復…… 그래서 산천초목이 빛이 나고 해까지도 새빛이 난다고 하고 있다. "천대학대 속에 / 마음과 몸이 함께 늙어 / 조그만한 슯은 일엔 / 한 방울 안 나도록 눈물이 말랐더니 / 눈물에 보가 있어 / 오랫동안 막혔다가 / 갑작이 터졌는가?"

천지와 일월이 새빛을 낸다. 죽었던 강토가 소생되었음이기 때문이라. 그러니 모진 고난 속에서 어쩔 수 없이 눈물이 메말라 버릴 수밖에 없었던 것인데 그렇게 오래 전에 메말랐던 눈물이 솟구친 것이다. 그것도 그냥 흐르는 것이 아니라 눈물의 보(洑)가 터진 것이라고 말하고 있다.

무슨 수식어가 더 필요하랴. 산천이 새빛을 내고 태양이 한층 밝게 빛나며 기쁨으로 눈물의 보가 터졌으면 이 시대의 상황을 더없이 드러내 주는 말이랄 수가 있을 것이다. 그 시원한 해방감과 희망이 함께 밀물하는 그 한가운데서 울음보가 터질 수밖에 없는 사람, 그것이 "光復의 人間像"일 것이다.

이러한 진솔한 감격은 이 시집의 전편에 흐르지마는 몇 분의 작품에서 두드러지게 나타나고 있음을 보게 되는데 그 가운데 몇 분의 것을 든다면 이병기의 〈나오라〉, 이희승의 〈榮光뿐이다〉, 박종화의 〈大朝鮮의 봄〉이라 할 수 있다.

　　　　　나오라
　　　　　　　　　　이병기

　　밝어오는 이날 새로운 이 뫼와 이 들
　　도는 그 기운 가을도 봄이어라
　　시드런 나무도 풀이 도로 살어나누나

　　일즉 님을 여히고 이러저리 헤매이다
　　버리고 터진 목숨 이루 헬 수도 없다
　　웃음을 하기보다도 눈물 먼여 흐른다

다행이 아니 죽고 이날을 다시 본다
낡은 터를 닦고 새 집을 이룩하자
손마다 연장을 들고 어서 바삐 나오라

참다운 光復이라면 땅의 기운이 새로 돌아오는 回運의 實現이라야 할 것이
므로 이미 시들어 버린 가을의 山川에 봄이 오게 마련이다. 천지에 봄이 왔
기 때문에 메마른 초목이 다시 살아나리라.

가람에게 있어서는 光復이 사람만의 것이 아니라 천지의 것이요, 초목까지
미치는 回春이었던 것이다. 그러기에 이 벅찬 봄을 맞이하여 이날을 위하여
목숨을 바친 이들을 회억하고 웃음보다도 먼저 눈물이 날 밖에 없다.

한글 사건으로 옥고를 치르고 긴 세월 저들의 학대 속에서 생사의 경선을
넘나들던 그로서는 남다른 감회가 있었을 것이므로 "다행이 아니 죽고 이 말
을 다시 본다"는 말을 감히 할 수 있으리라.

가람은 그러나 감격에만 머물고자 하지 않고 "낡은 터를 닦아 새집을 이룩
하자"고 제의하는 선구자적인 의지를 보이고 있다.

이희승은 〈榮光뿐이다〉에서 이 광복이 우연히 온 것이 아니라 "깊은 까닭
과 原因이 있다"고 주장한다.

영광뿐이다

이희승

八月 보름달 저들의 霹靂이
우리에게는 自由의 鐘이었다.

太陽을 다시 보게 되도다
오 이제 얼마만이냐

잃어버린 입을 모두 찾아
마음대로 혀가 돌아가누나

두 발에 足鎖를 부숴버리고

뛰거니 닫거니 날 듯하여라

고랑 벗어버린 두 손에는
기운차게 기ㅅ발이 퍼더거린다

萬歲ㅅ소리에 땅이 터질 듯
눈에 보이느니 타오르는 氣慨
얼마나 그리웠던가
저 蒼空
껴안고 싶은
아름다운 江山
무서운 煉獄 속의
三十六年ㅅ동안
苦難의 試驗을 훌륭히 치렀다

왜 이것이 偶然이냐
깊은 까닭과 큰 原因이 있다

그렇다 原因과 까닭이 있으니
앞날은 반드시
榮光뿐이다.

'한글학회사건'으로 옥고를 겪고 극악한 고문을 당한 경험이 있었을 뿐 아
니라 우심한 탄압을 받아 왔던 그로서는 8·15 解放에 남다른 감회를 느꼈
을 것이다. 누구나 말하기를 이 위대한 날이 우리의 힘에 의해서가 아니라
연합군 특히 미군의 힘에 의해서 이루어진 것이므로 "他意에 의한 解放" 또는
"남의 힘으로 만들어진 光復" 쯤으로 평가되고 있는데 이것을 그는 부정하고
있는 것이다. 무엇인가 분명히 말하기는 어려우나 "깊은 까닭과 큰 原因이 있
어서" 우리의 光復이 왔다고 주장하고 있는 것이다.

그 까닭과 原因이 무엇인가. 그것은 우리 스스로 원자탄을 만들어서 일본
에 던지지 않았고 총칼을 들고 저들을 결정적으로 무찌르지는 않았다 하더라
도 3천만 동포가 저들의 만행에 대하여 분노했고 저들의 패망을 하늘에 소원

했으며 많은 사람들이 국내·국외에서 저들과 싸웠으며 혹은 죽고 혹은 감옥에 남아 있었으니 이런 모든 일이 남김없이 하늘을 감동시켰을 것이고 그리하여 저들 연합군이 우리의 땅에 오게 된 것이니 이것이 광복이 된 까닭이요, 원인으로 볼만한 것이 아니겠는가. 비록 결과적으로는 미국에 의해서 해방이 되고 직접적으로는 그들이 일본을 격파했던 것이지마는, 그 遠因은 우리가 충분히 조성했던 것이라는 뜻이리라. 그러므로 수수방관하고 있다가 우연히 얻은 幸運이 아니라(사실 그 당시의 많은 사람들이 우리의 광복을 태평양전쟁의 승리가 빚은 우연한 부산물쯤으로 이해하고 있었다.) 우리 스스로 전력을 다하여 싸운 결과라고 주장하고 싶은 것이다.

우리는 이 문제를 심각하게 주시할 필요가 있을 것이다. 우리의 광복이 우발적인 부산물인가 아니면 거족적인 항일투쟁의 결과인가 어느 한편에 서서 우리 입장을 정리해야 할 것이다.

이희승은 스스로 항일투쟁의 전면에 서서 싸운 主役의 한 사람이기 때문에 우리의 광복이 필연적이고 우리 스스로의 노력에 의해서 이루어졌다는 입장에 설 수 있지 않느냐는 생각을 하게 된다.

그러나 오히려 親日的인 立場에 있었던 사람들은 "독립운동을 했다하나 그것이 일본을 넘어뜨릴 만한 힘을 가지지는 못했으며 실질적으로 우리가 일본의 마수에서 풀려난 것은 일본이 미군에게 패망함으로써 부수적으로 얻어진 결과이지 독립투쟁에 의하여 우리 스스로 쟁취한 영광은 아니라"는 것이다. 말하자면, 우리의 해방이나 독립은 침략자인 일본의 의지와는 상관없이 태평양전쟁의 승자인 미국의 뜻에 의하여 이루어진 것이므로 우리의 노력의 산물이 아니라는 주장이다.

부분적으로는 일리가 있는 견해이다. 그러나 이 견해에는 몇 가지 문제점이 있는 것이다. 이 문제를 풀려면 우선 일본제국주의의 실체를 파악하는 것이 순서일 것이다. 일본의 침략사를 더듬어 보면 저들이 한국을 강점하는 것만이 목적이 아니었다. 일제는 임진왜란 때에도 그런 것처럼 한국을 넘어서 중국으로 들어갔고 마침내 아시아 전역을 장악하려고 하였다.

결과적으로는 미국·영국과 부딪치게 되어 태평양전쟁으로 발전하였지만,

이 전쟁은 미국·영국과의 전쟁이라기보다는 식민지 치하에 있는 각 민족의 싸움을 미·영이 도맡은 격이 되었으며 나아가서는 미국 본토를 넘볼지도 모르는 일본의 탐욕을 미연에 방지하는 전쟁이었다고도 분석할 수가 있는 것이다.

그러므로 우리의 광복은 당연히 아시아·태평양권의 공동의 적인 일본의 패망에서 가능한 것이며 태평양전쟁은 미국 아니 영국과 일본의 전쟁이 아니라 억압당하고 있는 식민지치하의 각 민족과 미국·영국의 공동으로 펼친 합동작전이며 연합전쟁이라고 간주할 수가 있을 것이다.

이런 관점에서라면 우리의 광복이 "까닭이 있고 原因이 있다"는 이희승의 논리에 동의하게 될 것으로 생각한다.

朴鍾和는 8·15광복 다음날인 16일에 〈大朝鮮의 봄〉을 노래하고 있다.

벙어리된 지 설은여섯해
서울 鐘路에 自由鐘이 울었다
아가야 이 종소리를 너도 듣느냐?
깨어저라 하고 두드리는 저 鐘소리
대한독립만세를 부르짓는 저 歡呼聲!
인제는 조선에도 봄이 왔구나
너도 나도 다시 한 번 살어낫구나

아가야 나도 너도 조상 없는 자식이였지?
姓도 일음도 다 갈었구나
三韓甲族이라면서도—

아가야 말까지 뺏겼구나
둥게 둥게 두둥게
너를 안꼬 얼러보지도 못했섰구나
五千年 歷史를 갖인 民族이라면서도—

나는 밤마다 울었다. 너는 몰랐지?
벼개를 적셔 가며 울었드니라.

소리없이 울었드니라.
숨소리 색색, 平和스럽게 잠든 네 얼굴을 바라보며
一生이 나가틀 절룸바리의 네 運命을 생각할 때
밤이 지새는 줄도 모르고 나는 소리업시 울었드니라.

벙어리된 지 설은여섯해
三千里 江山에 自由鐘이 울렸다

大朝鮮의 아들, 우리 아가야 이 鐘소리를 너도 듯느냐?
메아리 은은히 떨녀 감도라 슬지 안는 저 鐘소리
대한 民族 만세를 부르짖는 저 歡呼聲!
또 한 번 大朝鮮에 봄이 왔구나
활개를 치자 너도 나도 다시 살어낫구나.

月灘이 作故하던 전해에 KBS라디오 인터뷰에서 가장 좋아하는 自作詩를
읊어 보라니까 위의 詩를 낭송했었다. 스스로도 가장 마음에 들었던 작품이
었던가보다.

再生의 기쁨과 韓民族의 함성. 그리고 종각의 종소리가 울려퍼지는 그 언
저리에서 아가에게 들려주는 잔잔한 환호의 노래이다. 이 무렵의 진실을 꾸
밈없이 반영한 감흥임에 틀림이 없다.

아무래도 「해방기념시집」가운데 가장 뛰어난 작품이라고 할 만한 시는 金
珖燮의 〈束縛과 解放〉이다. 이것은 1945년 9월 29일에 쓰여져서 '조선문화
건설중앙협의회 문학강연회'에서 낭송한 시였는데 한민족의 수난과 기쁨을 적
절하게 함축했다고 할 만한 내용이었다.

壓迫과 蹂躪과 犧牲에 무친 三十六年
피를 흘리며 呻吟하며
自由를 차즈며 解放을 願하며
우리들은 얼마나
움직이는 世紀의 波動속에
뛰여들여하엿든가

또한
어데서 하고 시픈 일을 하고
어데서 읽고 시픈 글을 읽고
어데서 가고 시픈 길을 갈 수 이섯든가
어데로 가나 나라 업는 사람
어데로 가나 일흠 업는 사람

알지 못할 무거운 罪와 罰
朝鮮은 束搏과 눈물의 땅
피와 땀에 추근히 저저서

大地는 빛을 일코
우리들은 廢墟에 누은
헐버슨 손님에 지나지 못하엿다

아 恨만코
怨만흔 곳에서 살지던
日本帝國主義

한 民族을 잡아서 피를 짜며
殘忍한 靈魂을 불러 武裝하고
世界의 冠을 어드랴든
日本帝國主義

오늘 우리들은 그대로 머리 우에
黃昏의 挽歌를 보내느니
잘 가거라 日本아
고달픈 옷자락에
눈물을 씨스며
물러가서 凶夢을 안고
深淵에 누우라
고요히 잠자거라
자장歌는
우리의 行進으로 하여 주리라

이제
오래 苦惱하는 時代는 가고

歡喜에 넘치는 世代가
熱熱한 입을 열고
부르지즈며 行動하나니
萬物은 感激하야
우리와 함께 웃고 노래하고 춤춘다

아 기쁘다
하늘아
더 높고 더 크고 더 프르러라
우리들은 모도다 榮光에 醉하야
그대 푸른 가슴속에 뛰어들어
일하고 배우고 建設하려느니
榮光스러운 獻身
하늘을 밧들고 우리들은
자랑스럽게 地上에 우뚝 섯다

이 解放된 感激
이 共通된 歡喜가
오늘 自由의 紀元이 되야
祖國을 向하야 밧치는
한 덩어리 熱이 되고 힘이 된다면
누가 우리의 길을 막으랴

아 朝鮮의 意志와 智慧와 生命
永遠토록 生動하라 跳躍하라 飛翔하라
大宇宙의 創造에 기픈 뿌리를 두고
至高한 가슴속에 情熱을 가다듬어
無限한 未來에 繼續
二十世紀의 波動 만흔 山脈
노픈 峰우리 우에
永遠한 自由와 獨立의 塔을 세우라.

필자도 젊어서 많이 외웠던 시이다. "잘 가거라 日本아 / 고달픈 옷자락에 / 눈물을 씻으며……" 감명 깊은 구절이다. 작자는 "이 解放된 感激 / 이 共通된 歡喜가 / 오늘 自由의 紀元이 되어 / 祖國을 向하여 바치는 / 한 덩어리 熱이 되고 힘이 된다면 / 누가 우리의 길을 막으랴"고 강조하는 "아 朝鮮의 意志와 知慧와 生命 / 永遠토록 生動하라 跳躍하라 飛翔하라"고 외친다.

그리하여 "二十世紀의 波動 많은 山脈 / 높은 峰우리 위에 / 永遠한 自由와 獨立의 塔을 세우라"고 祝願하였으나 祖國은 分斷되고 이로부터 5년 뒤에 同族相殘의 動亂이 이 國土 위에서 恣行되었던 것이다. 36년의 고난을 겪었는데도 韓民族이 치르어야 할 피비린 수난이 이렇게도 엄청나게 남아 있었더란 말인가. 몸을 던져 통곡할 일이 아닐 수가 없다.

Ⅶ. 광복과 그 후의 시 · 3

「年刊 朝鮮詩集」에서 권환은 〈古宮에 보내는 글〉을 '美蘇共同委員會'에 부치고 있다.

　　〈전략〉
　그대들은 거룩한 園丁들
　팟쇼의 억센 가시나무를
　軍國主義의 모진 毒草를
　모조리 베버리고 뿌리채 뽑아버린
　勝利의 園丁!
　世界에 民主主義의 씨를 뿌리고
　世界의 民主主義 꽃에 물을 주는
　民主主義 園丁

　홀능하게 북도다 주리라
　朝鮮의 꽃
　民主主義의 꽃

四十年 동안 帝國主義 발밑에 짓밟혀
잎도 꽃도 피어 보지 못한
한 떨기 朝鮮의 꽃

봉실봉실 피리라 朝鮮의 꽃
아름답게 피리라 民主主義의 꽃
오래 동안 서리 맞고 것치러진
조고만한 이 花園에도
    〈하략〉

(1946. 3. 30)

이러한 연합군에 대한 순수한 인상은 같은 시집의 金光均의 〈상여를 보내
며〉(1946. 1. 30)에서도 보이지만, 광복 후에 고국에 돌아와서 他界한 세
젊은이를 보내면서는 "악착한 싸흠이 끝날 때까지"를 강조하는 데서 김광균의
8·15가 또 하나의 싸움을 전제하고 있음을 감지하게 한다.

    〈전략〉
풀도 꽃도 없는
섯달그믐 언 땅에 묻히려
그대들 고국에 차저왔든가

뭇겨레의 나즉한 통곡 속에
이제 먼 길을 떠나보내니
忘憂里 산길엔 눈이 오는가

구름에 가려 아득한 곧에
우리 영원한 리별이 비롯하는가
젊은 벗이어 평안히 가라

악착한 싸흠이 끝날 때까지
백만 사람의 가슴은 네 무덤이리라
그대들 빛나는 세 개의 별이리라

도대체 여기서 말하고 있는 "악착한 싸움"은 무엇일까? 일제는 이미 항복했으므로 그 대상이 아닐 것인데, 그렇다면 앞서 「연간 조선시집」의 서문에서 말하고 있는 "自由를 위하여 흘리는 人民의 피"와 연계된다고 보아야 하는 것인가?

이러한 "피와 투쟁" 또는 "싸움"의 이미지는 「조선시집」의 도처에서 발견할 수가 있는데 몇 가지 예를 들면 다음과 같다.

金東錫은 같은 「조선시집」의 〈나는 울었다 학병영전에서〉에서 "독사"를 들추고 품었던 칼로 독사를 베라고 외치고 있다.

　　　〈전략〉
　　그대들 돌아와
　　왜노를 쫓고
　　독사 숨은 풀밭을 갈어
　　꽃씨 뿌리며
　　〈중략〉
　　마음에 품었던 칼을 번득여
　　독사를 버히라
　　겨레의 피를 빠는 징그러운 배암
　　저 독사가 보이지 않느냐
　　쌍갈래 갈러진 혓바닥이
　　낼름거리는 것을 보라.
　　　〈하략〉

김동석의 "독사"는 김광균이 말하는 "악착한 싸움"에서 한 발 더 나아가서 구체화되었을 뿐 아니라 "겨레의 피를 빠는 배암"으로 명시하고 있음에서 그 대상이 특정 분야로 좁혀지고 있는 것을 느낀다.

그런데 이 "배암"의 이미지는 같은 「조선시집」의 金哲洙의 〈피〉에도 나타난다. "三千萬 우리 저 祖國을 찾어 달리것만 / 여기 다시 / 휘감어 삼키려는 / 오호 무서워라 / 白蛇! / 白蛇! / 피가 솟는다 / 우러러 嘆息하는 겨레의 蒼天에 / 끊는 피 / 피가 솟는다"고 하고 있다. 김동석의 독사는 김철수에 와서 白蛇로 변하고 있음을 볼 수 있다. 그러나 김철수의 백사는 백사로 끝나는 것이 아니라 "겨레의 先頭에 燦爛히 날리"는 "피―피의 旗ㅅ발"로 상징되고 있다.

이러한 "피"의 상징은 곧 결사투쟁의 다른 표현이겠지만 같은 시집의 朴魯春의 〈不如歸〉에서도 "이러 세워야 할 주추ㅅ돌 붉은 피로 뭉처 세우자"에 보이고, "새 歷史의 첫장을 고은 피로 아로새기자"에서 피의 이미지가 무엇을 의미하는지 잘 지시하고 있다.

악착한 싸움(김광균)에서 독사(김동석)로 거기서 다시 백사(김철수)로 발전하더니 드디어 피(박노춘)로 응결되는 것을 알게 된다.

이러한 일련의 공동의 공격목표가 무엇인지를 극명하게 제시하고 있는 이가 있으니 그가 바로 朴芽枝이다. 그는 「조선시집」에 실은 "海外에서 도라오신 革命志士 諸先輩에게 드리나이다"라는 부제가 붙은 〈드르시나이까? 에서 다음같이 쓰고 있다.

> 〈전략〉
> 님이시여! 드르시나니까 드르시나니까
> 민족을 파러 배 불리든 자
> 동포를 짓밟고 지위를 자랑하는 무리
>
> 이제는 님의 성스런 일흠까지 파러
> 형제를 속이려 하고
> 저들의 영화를 보전하려
> 또다시 남의 힘만을 등에 대고
> 〈중략〉
> 민족을 팔은 황금의 아지랑이
> 동포를 짓밟은 지위의 무지개
> 님의 일흠마저 팔은 기만의 구름
>
> 아아! 이것들이
> 인민의 소리로부터 귀를 가리며
> 님의 총명을 가리려 합니다.

    노동자 농민 근로하는 하도한 겨레
    이 강산이 떠나도록 외치는 저 — 소리
    님이시여! 드르시나니까 드르시나니까

「조선시집」에 관류하는 일련의 공통의식이 투쟁이고 그 투쟁은 "겨레의 피
를 빠는 배암"을 베어 없애는 이미지로 고정되었는데 그 투쟁의 목표를 분명
하게 제기하는 이가 있다면 바로 朴芽枝였다. 그가 지적하는 세 가지 유형의
적은 "민족을 파러 배불린 자, 동포를 짓밟고 지위를 자랑하든 무리, 임의 성
스런 일흠을 파는 자"였다.

민족을 팔아 배불린 자는 일제의 비호 아래에서 치부를 한 친일 기업주들
일 것이고, 지위를 자랑하던 자는 일제에 의부하여 벼슬하던 무리일 것일터
이다. 임의 이름을 파는 자는 누구일까? 아마도 그들의 말대로 親日勢力들이
다시 고개를 들고 愛國者를 自處하는… 그런 모습을 지칭함일 것으로 이해하
고자 한다.

광복 직후의 상황이 모두 이렇게 첨예한 대립구도로 되지는 안았다하더라
도 대다수의 문인들은 더 좀 확실한 광복을 기다리고 있었는지도 모른다. 노
천명은 「조선시집」에서 그러한 입장에서 광복을 맞고자 했다.

    님이 오신다는 꿈 같은 날
    보선발루 뛰어나가
    맞었으렸만 —

    웬일루 작구만 서러워
    웬종일 방안에서 울었노라
    하염없이 눈물이 대작구 흘러
    하염없이 눈물이 대작구 흘러

    무지개모양 사라진 꿈은 진정 아니고
    험한 길 가시덤불을 님은 밟구야 오신다니
    내 이제 꽃자리는 거두오리

어듸선가
'이브'의 後裔들이 옷을 다듬는 밤
님이 오실 날을 나는 종용히
銀河ㅅ가에 그려 보노라.

이미 고대하던 광복은 왔는데도 "웬일루 작구만 서러워" 하염없이 눈물이 자꾸 흐르고 있는 것일까? 이미 온 광복은 무엇이고 "험한 길 가시덤불을 밟고야 온다"는 광복은 또 어떤 님일까? 우리는 의아해 하고 망설여진다. 노천명은 그 "님"이 오실 날을 "은하ㅅ가에 그려 보노라"고 했으니 당장은 아니고 꽤 오랜 時日을 요하는 그런 광복인가 싶다. 「조선시집」에서 윤곤강은 "革命後援 藝術의 밤"에서 낭송한 '조선'을 「조선시집」에 싣고 있고 거기에서 다음과 같이 외치고 있다.

〈전략〉
비바람 눈보라도
겁낼 게 없으니
보라!
일곱 가지 빛을 비눌 돛인 구름이
거리에
들에
산에
바다에
홀란한 아침을 꾸미는 날

빛나는 조선의 아침이여
오! 그날을 위하여 우리는 싸우자.

윤곤강이 말하는 "그날"과 노천명의 "님이 오실 때"는 어쩌면 김광균의 "악착한 싸움이 끝날 때"나 김동석의 "독사를 베이는 때" 그리고 김철수의 "피의 깃발"과 연결된 이미지일는지도 모른다.

이 무렵의 시인들에게서 받는 일반적인 인상은 대체로 세 갈래로 정리할 수가 있을 것 같다.

하나는 단순한 환희이고 다른 하나는 회의적인 관망이며 셋째는 투쟁의 선언이다.

대체로 「해방기념시집」에 참여한 이들은 단순히 광복 그것에 대하여 환호할 뿐 그 뒤에 오는 민주조선의 건설은 희망적으로 보고자 하였다. 이제 식민지시대가 끝나고 倭鬼가 물러갔으니 우리가 대동단결하여 새나라를 건설하자는 것이고 「연간 조선시집」의 진용들은 일부이긴 하지마는 광복을 완전한 광복으로 받아들이지를 않고 진정한 광복은 이뒤에 올 것으로 보았다. 그리고 나머지의 대다수의 「조선시집」 시인들은 친일세력과의 한차례 싸움이 있은 뒤에야 진정한 자유와 광복이 올 것으로 분석한 것 같다.

이 三重構造의 광복의식은 대한민국 건국을 계기로 兩分化되어 左右翼의 줄서기로 분명한 색깔을 보이게 되지만 이렇게 되기 전까지는 윤곤강이나 오장환처럼 양쪽에 가담하여 서로 다른 내용의 시를 발표하는 측도 많았던 것이다.

그러나 이렇게 좌우의 혼란한 틈바구니에서 그들의 행태에 실망하고 모든 이의 각성을 촉구하는 이들도 있었으니 가령 「조선시집」에서의 이병기 같은 분의 〈해방 이후〉가 하나의 좋은 본보기가 될 것이다.

> 지난 팔월 이후 해방은 되었다지만
> 주리고 병들어 송장이 길에 썩고
> 아직도 三十八度는 트이지를 않는다
> 나의 사랑하고 믿는 그대들이어
> 불인 듯하는 그 情熱이 행여 식을세라
> 情熱이 식은 그 가슴은 氷海보다 칩어라.

이병기는 「해방기념시집」에도 작품을 실었고 거기에서는 "광복을 맞이한 환희에 들뜬" 감회를 浮彫하고 있었다. 그것도 그럴 수밖에 없었던 것은 이 시가 1945년 11월 12일, 그러니까 광복 후 불과 3개월이 채 못 된 시기에 완성한 때문이었는지도 모른다. 그러나 「조선시집」은 1947년 3월 20일에 발

행되었으니 이병기가 아무래도 광복된 지 1년 6개월이 지난 뒤에 위의 〈해방
이후〉를 썼을 것으로 추리한다면 광복후의 여러 가지 혼란을 지켜본 뒤의 착
잡한 심경을 토로한 것으로 이해할 수가 있을 것이다.

　광복의 감격이 있은 뒤 한국은 갑자기 아수라장으로 변하였었다. 경찰에는
일제치하에서 악명이 높던 일제의 走狗들이 버티고 있었고 사회의 표면에서
설치는 부류들은 대개 그 지방에서 손꼽히는 친일세력들이었다.

　공장은 문을 닫고 경제는 엉망이 되었다. 실업자는 넘치고 물가는 천정부
지로 뛰고 화폐는 일년 사이에 수십 분의 일로 평가절하되었다.

　그뿐 아니라 국토분단은 점점 장기화되어 가는 인상이고 남과 북에서는 각
기 미국과 소련이 주둔하여 반도는 공산주의와 자본주의의 이념투쟁의 쇼윈
도로 변해 가고 있었으니 광복의 환희와 감격이 갑자기 냉각될 수밖에 없었
던 것이다. 감격이 식고 난 뒤의 그 엄청난 절망과 불안 속에서 이병기는 이
시를 쓴 것이리라 그랬기 때문에 "해방이 되었다지만 / 주리고 병들어 송장이
길에 썩고 / 아직도 三十八度는 트이지를 않는다"라고 한탄하고 있는 것이다.
일년 반 전에 광복의 감격을 읊던 〈나오라〉의 激情이 〈해방 이후〉에서는 전
혀 보이지 않는다. 다만 우울하고 한탄스런 푸념뿐이다.

　이같이 절망적인 상황을 실망하지 않을 양심도 없어서는 안되겠지만 그렇
다고 절망의 늪에서 헤어나지 않아서도 안된다고 그는 생각한 것이다. 그래
서 8월 15일의 그 感激 그 情熱이 식어서는 안된다고 그는 각성을 촉발하고
만일에 정열마저 식어 버린다면 "氷海보다 치운" 가슴이 되어 우리들의 희망
까지 凍死시키고 말 것이라고 예측한 것이다. 그래서 그는 이 情熱을 다시
살려서 38도선도 뚫고 죽은 이도 살려내고 병든 이도 고쳐서 살기 좋은 "理
想國"을 만들자고 호소하고 있는 것이다.

Ⅷ. 맺는글

　이상에서 광복 전후의 상황과 문학 그 가운데 시문학의 현장을 주마간산으

로 스케치하여 보았다.

필자는 1970~81년의 여러 논문을 통해서 1950년대 이후의 한국문학의 수준이 1945년 이전의 "形式美"와 상해임시정부의 기관지격이었던 「독립신문」을 비롯한 국외의 救國誌가 지켜온 "眞實性"의 접합에서 가능했다고 주장해 왔거니와 식민지시대에 우리 사람들이 할 말을 못하고 쓰고 싶은 글을 쓸 수 없었던 것이 사실인데 그것은 1910년부터 1945년까지 변함이 없는 저들의 탄압정책 때문이었다. 하필 1940년에서 1945년까지가 "암흑기"였다고 구획하는 기존 문학가들의 논리가 옳지 못한 발상인 것을 여러 번의 논문에서 지적하였던 것이다.

저들은 民族抹殺政策을 실시하고 1925년부터는 민족의 역사를 날조하기 위해서 '조선사편수회'를 설립·운영하였고 검열제도를 마련하여 애국·애족은 물론이요 저들의 식민정책을 비판하거나 반대하는 내용의 말과 글을 일체 公表하지 못하게 하였다.

1930년 이후에 순수문학(시문학파)이 주창되었고 한편에서는 인간의 문학(시인부락파)이 나서기도 했으나 어느 것이거나 순수를 내세우는 쪽이나 인간부재를 성토하는 쪽이나 정치문학이라고 지탄받는 쪽(프로문학)이나 모두 日帝가 許與한 舞臺 위에서 許容된 만큼의 配役을 演出하는 삐에로에 불과했던 것이었다. 누가 우리들 가슴 깊이 간직된 아픔을 발표하였는가? 누가 우리들의 의식의 밑바닥에 가로누워 있는 진실을 폭로하여 보았는가?

표현하여 보았자 日帝의 檢閱에 걸릴 것이 뻔하니까. 한 번 검열에 걸리면 "不逞鮮人"의 낙인이 찍혀서 엄청난 불이익을 받을 텐데 누가 그런 위험을 무릅쓰고 모험을 한단 말인가.

이래서 1910~45년의 문학은 문학의 기본적인 역할이기조차 하였던 "그 민족의 사상·감정의 표현"을 하지 못했던 문학, 말하자면 일제의 식민정책을 충실히 추종한 문학, 필자의 표현으로라면 "일제의 민족말살정책에 의하여 일제가 보호·육성·관리할 문학"으로서 이른바 '管理文學'이었던 것이다. 말하자면, 우리 민족이 식민지시대를 살면서 무엇을 느끼고, 무엇을 생각했던가를 솔직하게 표현하는 문학이 없었던 것이다.

우리는 싫고 좋고 아프고 시원하고 이쁘고 밉고 나쁘고 착하고 거짓이고 바르고 하는 판단을 박탈당하였고 오직 가치판단의 기준은 식민주의자의 강압적인 명령에 따라야 했을 뿐이었던 것이다.

이와 같이 전도된 가치관의 시대, 그른 것을 옳다고 해야 하고 싫은 것을 좋다고 하며 악한 것을 선하다 하는 위장과 배반의 일상에 馴致된 生活이었기에 解放의 感激이 곧장 祖國建設로 直行될 수 없었던 것이다.

물론 미군과 소군이 남북을 점거하고 얼마 전까지만 하더라고 미군과 소군이 점거한 점령지역에 자치권을 준 정도의 상황이었지만, 그러나 그 조선 아래에서의 우리의 역할마저도 일제하에서 길들여진 폐습때문에 그나마의 主體的 意識을 찾기까지는 1960년의 4·19의거를 기다려야 하였으니 우리의 昏夢이 얼마나 심각하였던가를 충분히 짐작하게 하는 것이다.

아직도 유미주의적인 경향을 고집하는 경향이 우세한 것도 식민지문학 곧 관리문학의 遺習에서 脫皮하지 못한 때문이라는 것을 아는 이는 그리 많지가 않다.

그렇다고 시가 광복 이후의 「연간 조선시집」에서처럼 '피의 투쟁'으로 일관한다고 해도 그것은 문학이라기보다는 계급투쟁의 도구라는 한계에서 벗어나지 못하는 것이 아닌가 싶다.

시는 그 민족의 느낌과 생각을 솔직하게 반영해야 한다는 의무에서 떠나서는 안되지만 그 반영의 방법이 현실을 충분히 자기화한 그 자기의 어쩔 수 없는 精神의 發聲이어야 하고 그 발성은 내 개인의 것이면서 동시에 민족의 것인 공통성에 근거해야 할 것이다.

오늘날 우리 시가 많이 현실화되고 표현기법도 다양화되었으며 사고와 표현도 완벽하리만큼 자유로워진 것도 돌이켜보면 광복 전후의 역경을 겪으면서 역사적 시련들이 가져다 준 값진 소득의 소치였는지도 모를 일이다.

(1994. 表現)

제 3 부 새 資料로 본 古典文學의 虛와 實

제 1 장　處容說話의　再檢討

Ⅰ. 序 —— 處容說話의 몇가지 問題點

處容說話에 대한 바람직한 理解를 위한 試圖는 그동안 여러분의 힘든 硏究에 의하여 매우 貴重한 意見들이 發表되어 왔음은 우리가 함께 기쁘게 생각하는 일이다. 그 가운데서도 지난 1972年 6月에 成均館大學校 大東文化硏究所에서 이 方面의 硏究를 綜合한 듯한 "處容說話의 綜合的 考察"이라는 學術심포지움을 가졌다는 것은 매우 중요한 뜻을 가진다고 할 것이다.

생각컨대 處容說話는 李龍範氏의 表現을 빌린다면 "處容과 結婚한 美女의 疫鬼와의 不貞行爲를 보고 極東의 文學史에서는 찾아 볼 수 없는 怪奇한 表現의 處容歌를 남겼1)다고 할 수 있는 것으로서 精神衛生上으로도 조금은 釋然치 않는 뒷맛을 남기는 文學遺産이라고 할 것이다.

史實的 記錄에 典據한다면 處容說話가 말하여 주는 것은 "아내의 不貞을 讚美하는 男便의 寬容"으로 處理될 밖에 없으며 이 때문에 이 說話를 理解하는 態度에서도 여러 가지 문제점이 提起되지 않을 수 없는 것이다.

우리가 큰 관심을 기울여야 할 것은 處容說話의 精神(아내의 不貞을 寬容하는)이 一部論者들에 의하여 지나치게 美化되어서 심지어는 "衆生弘化에 나선 護法의 龍子인 處容은 이미 離欲無私의 心境에 들어 서 있었고, 따라서 愛慾의 世界를 通過한 彼岸에 있었던 것입니다."2)라는 讚美라던지 이러한 讚美에 反하여 또 處容의 부인을 탐내어 寢席을 같이 했다는 疫神을 병든 貴族

---

1) 李龍範. 處容說話의 一考察. 大東文化硏究. 別輯 1. 1972.. P.29
2) 黃浿江. 處容說話의 考察. 大東文化硏究. 別輯 1. 1972. P. 12.

文化의 主体者인 墮落하고 富裕한 公子[3]라고 推理하는 등등 이 說話가 가지는 묘한 多樣性이 우리들 精神史에 좋게도 나쁘게도 함께 영향하여 뭣인가 뒷맛이 좋지 않은 後遺를 남기고 있는 것은 否認할 수 없는 일이다.

낱낱이 들어 말할 필요조차 없겠지만 恒用 韓國人의 傳統的인 性格을 다루는 이들이 言必稱 擧論하는 것이 處容의 寬容이다. 그의 憎愛를 초월한 佛性의 顯現이 우리들 精神의 形成過程에 여간 크게 作用하지 않았다고 보고 이를 다시 飛躍시켜서 우리가 歷史上 수많은 外侵을 당했으나 한 번도 外國을 攻略한 史實이 없음에 連結시키고 있다.

外侵을 당한 것이나 遠征을 하지 않은 史實을 두고 이렇게 合理化시키는 方法은 결코 贊成할만한 것이 못된다. 歷史上 우리가 回顧되어지는 것은 반드시 우리의 劣勢에만 있었던 것은 아니었다. 우리는 新羅統一의 宿命的인 弱少에로의 轉落以後에도 北征을 許多히 치루었고 滿洲의 많은 領域을 오래 동안 統轄하였다. 或是 朝鮮朝에 들어와서 孝宗朝의 北伐의 挫折을 들어 그렇게 말한다고 하여도 그것이 侵害나 冒蔑에 대한 寬容의 美德에서가 아니라 外國을 쳐 彊域을 擴張할만치 國土가 어렵지 않았을 뿐더러 오히려 先民의 理想에 洽足한 樂土였다는데 더 큰 理由를 두었어야 했을 것이다.

處容의 美德이 三國遺事의 記錄에 根據를 둔 것이라 할지라도 "아내의 不貞을 寬容하는 態度"를 美化할 수 있는 充分한 典據는 明示되어 있지 않은 것이다. 가령 處容說話가 실려있는 三國遺事를 보면 그것이 傳奇的, 遺聞的인 내용으로 되어 있어서 說話的 体裁라는 것은 두말할 것도 없다. 또 그 事件 年代가 撰述의 時期에서도 相距 400年이나 지난 뒤었으므로 특히 口傳說話에 좋은 것도 없지 않았을 것이다. 더구나 一然이 佛書 80卷餘를 著述하였다고 전하는데[4] 그런 가운데 한 개 餘暇로 엮어냈다고 보아야 할 史書여서 佛書의 專門性에 비추어 매우 典據가 等閑視되었을 心證이 짙은 것이다.

三國遺事 編撰態度도 보면 〈卷第一〉의 〈紀異 第一〉과 〈紀異 第二〉 그리고 〈卷第五〉의 〈孝善 第九〉를 除外하고는 모두 佛敎中心의 說話로 集成하였다는

---

3) 李佑成. 三國遺事所載 處容說話에 대한 - 分析. 金載元博士 還甲紀念論文集.
4) "高麗國義與華山曺溪宗麟角寺迦智山下普覺國師碑" 大洋書籍. 三國遺事. P.39

것을 볼 수 있다. 이런 態度는 오히려 佛子로서 敎外의 分野에 관심을 가졌다고 보기 보다는 一般信徒나 出家者에게 發心을 促求키 위한 意圖的 著述이었다고 생각할 수도 있는 것이다.

　그런데 이런 佛敎的 側面이 매우 强調되고 있는 撰述에서 유달리 處容의 說話가 佛敎外的 分野를 다룬 〈紀異〉編에 收錄되어 있는 것이 여간 重要한 것이 아니라고 보는 것이다. 또 處容說話가 들어 있는 〈處容郎 望海寺〉에는 處容外에도 南山神인 祥審, 金剛嶺의 北岳神. 同禮殿 宴會에서의 地神등 三神이 춤을 추었다는 記錄이 한군데에 함께 들어 있는 것이다.5) 더구나 三國史記에는 〈憲康王〉條에 〈三月 巡行國東州郡 有不知所從來四人 詣 駕前歌舞 形容可駭 衣巾 怪異 時人謂之海精靈〉6) 이라는 것이 있어서 여기서는 處容까지 包含하고 있는 것을 알 수 있다. 憲康王 五年이면 西紀 879年이므로 이해 三月에 東部地方의 巡幸에서 四人의 舞人을 만나 駕前歌舞의 儀式을 받았는데 그 가운데 處容의 것만이 소상하여 歌詞가 傳하여 더불어 背景說話까지 자세히 다루어지고 있는 것이다.

　이러한 일련의 事實에 따른다면 處容이 승려가 아니었음이 明白한 것을 알게 된다. 萬一에 그가 중이었다면 〈紀異〉條가 아닌 다른 分類에 끼어 엮어졌어야 할 것이라는 確證이 간다. 處容이 〈紀異〉條에서 가장 큰 比重으로 다루어지고 그와함께 三神으로 불리는 南山神, 北岳神, 地神 등이 憲康王時에 나타났으며 御前歌舞라는 共通된 儀式을 行하였던 것은, 또 憲康王의 自京師至於海內比屋連墙 無一草屋 笙歌不絶道路 風雨調於四時7) 이라던지 王與左右登月上樓四望 京部民屋相屬 歌吹連聲 王顧謂侍中敏恭曰 孤聞今之民間覆屋以瓦 不以茅 炊飯以炭 不以薪 有是耶8) 에서 엿 볼 수 있는 것으로 그때에 善治의 一面과 함께 京都民의 歌吹連聲이라던지 笙歌不絶道路에서처럼 朝廷과 民間에서 함께 歌舞와 笙吹가 盛行하였음을 보여주는 것이다

---

5) 上揭書. 處容郎 望海寺. P.167
6) 三國史記. 憲康王. 大洋書籍. P.267
7) 上揭. 三國遺事. P.177
8) 上揭. 三國史記. P.67.

또한 雨順風調하여 百姓만 歌吹에 歡娛하는 것이 아니라 憲康王 스스로 詩와 歌舞를 즐겼다고 하였으므로 이때의 制度가 歌舞를 勸獎하여 王이 스스로 參與하였음이 여러 곳에서 눈에 띈다. 九年春二月 王幸三郞寺 命文臣各賦詩一首9)라던지 七年春三月 燕群臣於臨海殿 酒酣上 鼓琴 左右各進歌詞 極歡而罷10)나 又幸鮑石亭 南山神現舞於御前 左右不見 王獨見之 有人現舞於前 王自作舞 以像示之11)에서 보면 王이 詩나 歌舞를 즐겼을 뿐 아니라 몸소 춤을 추었다는 記錄이 보이는 것이다.

이러한 記錄에 따라서 우리는 處容說話의 背景이 되었던 憲康王代의 特性과 관련하여 處容에 대하여 다음 같은 것을 물을 수 있을 것이다.

1. 憲康王이 歌舞를 몸소 즐겼다.
2. 京都民의 晝夜 歌笙이 不絶하였고 國中에서서도 道路에 끊이지 아니하였다.
3. 東海龍과 七子 및 南山神, 北岳神, 地神 등은 모두 憲康王代에 있었던 일로서 이들이 御前歌舞奏樂하였다는 共通點을 갖고 있다.
4. 處容에게 下賜한 級干職은 地神出舞 名地伯級干12)에서도 보이는 것으로 歌舞를 專擔하였던 職人에게 주었던 官職이 아닌가 싶다.
5. 處容의 妻를 犯하였다는 姦夫가 왜 何必疫神이었을까 또 處容이 唱歌作舞而退한 뒤에 疫神이 吾羨公之妻 今犯之矣 公不見怒 感而美之(傍線筆者)에서 疫神의 感而美之(傍線筆者)가 뜻하는 것이 무엇일까.

이상과 같이 일련의 배경과 관련하여 다음과 같은 문제점으로 압축할 수가 있을 것이다.

ㄱ. 處容 등 歌舞人이 憲康王代에 級干職에 特採된 일이 있었다.
ㄴ. 級干職의 歌舞人들은 御前儀式에 出演하였으며 都中의 公私 宴會에도 나갔었다고 볼 수 있지 않을까.
ㄷ. 處容의 妻를 犯한 疫神은 다만 疫神에 不過하여 熱病을 앓고 있는 狀態엿

---

9) 上揭. 三國史記. P. 267.
10) 上揭. P. 267.
11) 上揭. 삼국유사. P. 167.
12) 上揭. P. 167.

다고 봄이 어떤가.
ㄹ. 處容의 歌舞는 굿의 儀式을 말하며 歌詞의 赤裡裡함이 熱病을 쫓아내는 呪
　術로 된 巫歌的象徵때문이라고 봄이 어떠한가.

　이러한 推理는 新羅때 뿐 아니라 古代의 모든 歌舞儀式이 呪術的인 것과
관련하였으며 民間의 災厄이 神의 造化에 起因한다고 보았던 것이 우리가 周
知하는 일로서 處容의 歌舞도 이러한 「액막음」이나 逐鬼의 굿과 함께 생각해
보는 것이 가장 마땅한 것이라고 여겨지는 것이다.

Ⅱ. 處容說話에 대한 諸家의 見解

　處容說話의 見解는 量的으로도 다른 說話에 비하여 壓倒的이며 內容上으로
도 多樣한 것이 특징이다. 대체로 이 方面의 諸家의 硏究를 간추려 보면 그
接近法에 있어서 다음과 같은 패턴으로 나눌 수 있겠다고 보는 것이다.

1. 語學的 側面
　姜信沆
2. 文學的 側面
　鄭炳昱
3. 佛敎的 側面
　黃浿江
4. 民族的 側面
　李杜鉉　金烈圭　高橋亨　安廓　金映遂　張籌根　金東旭　金泰坤
5. 政治的 側面
　李佑成
6. 宗敎的 側面
　文相熙
7. 歷史的 側面
　李龍範

여기서는 각 系列別 로 한 사람의 意見만 다루어서 보는 側面에 따라 어떠한 差異点을 들어 내고 있는지 살펴보기로 한다.

우선 語學的 立場에서 處容의 語義를 분석하고 있는 姜信沆氏의 見解를 들어 본다.[13] 그는 慈充=處容=즁의 語學的 公式(?)을 적용하고 있으며 그 合理的根據로서 兪昌均교수와 朴炳采교수는 三國時代의 固有名詞表記(三國遺事 및 三國史記 所載 地名, 官名, 人名등)에서의 對置音관계를 고찰하고 漢字音을 利用한 寫音体를 정리한 결과 古代국어의 子音体系에는 無氣子音과 有氣子音의 대립이 없었을 것이라는 推定을 하고 있다 그 증거로 提示된 例의 몇가지는 다음과 같다. (齒音系만 例示함)

毘處王 :	炤智王	處 : 智	tç — :	tç —
味 鄒 :	味 照	鄒 : 照	tʃ — :	tç —
官 狀 :	官 昌	狀 : 昌	tʃ — :	tç —
末 雛 :	末 祖	雛 : 祖	dž — :	ts —

이와같이 無氣音과 有氣音의 對立이 無視된다면 다음과 같은 公式도 成立될 수 있다.

"次次雄=慈充"[14]등 네가지 例를 引用하고 自己의 結論으로서 "筆者의 생각으로는 三國遺事의 記錄을 그대로 믿고 鷄林類事의 「龍曰稱」(民國版說郛에는 龍曰珍)을 根據있는 表記로 보고 싶다."[15] 즉 龍=處容=稱(tçjəŋ 處陵切, 曾開, 三平蒸昌)인데 古代 국어의 同一語를 一字또는 二字의 漢字로 寫音한 例가 많으므로 古代 國語에서 「龍」을 뜻하는 단어로서 「치용」또는 이와 類似한 一音節의 단어가 있었던 것으로 假定하고 싶다"[16]

고 하고 있다. 아무튼 處容의 龍의 寫音이라고 보는 것으로는 그 類例가 없는 것이지만, 姜信沆氏의 主張인 「즁」이나 「龍」의 문제는 많은 疑問을 同伴

---

13) 姜信沆. 處容의 語義. 大東文化研究 別輯 1. P. 6.
14) 姜信沆. 處容의 語義. 大東文化研究 別輯 1. P. 7.
15) 姜信沆. 處容의 語義. 大東文化研究 別輯 1. P. 8.
16) 姜信沆. 處容의 語義. 大東文化研究 別輯 1. P. 8.

하고 있기는 하다. 특히 龍의 古語를 「미르」라고 한 것은 이미 常識化된 것이다. 「頤齋遺稿」에도 呼龍爲彌里로 되어 있고 「訓蒙字會」에도 龍·辰이 모두 「미르」로 되어 있어서 「稱」은 「彌」의 誤임이 밝혀진 지금에도 이와같이 龍曰稱이라는 바탕에서 문제를 다루는 것은 마땅한 것이 못된다고 볼 것이다.

鄭炳昱氏는 一般的으로 八句体鄕歌를 十句体鄕歌와는 다른 別個의 系列에 屬하는 形態로 보자는 것이 自己의 주장이라고 前提하고 十句体歌는 原來名稱이 詞腦歌였을 것이라고 보고 詞腦歌는 慶州地方 즉 詞腦野地方에 流布된 十句의 定型詩임을 말하고 詞腦歌를 首都文化圈의 貴族文學이라고 단정하고 八句体歌는 地方文學일 可能性이 많다고 한다.

그는 Allen Tate의 Tension in poetry를 引用하면서 處容歌가 전혀 含蓄性이 排除되어 있으며 言語의 內包(Connotation)가 利用되지 않아서 tention이 없는 詩가 되어버려서, 이것은 오히려 首都文學이 지니고 있는 崇高하고 優雅한 것에 대한 抵抗이 뚜렷이 나타난다고 하고 있다.

여기서 偉大하고 莊嚴하고 優雅한 것이 可笑로운 것으로 轉落한 모습을 볼 수 있으며 이것을 그는 喜劇美라고 하였다. 이리하여 喜劇美와 irony의 새로운 世界를 槪括하여 高麗時代에 물려준 別曲文學의 性格을 만들었다고 설명하고 있음을 본다.17)

八句体歌가 十句体歌와 並立했던 것이고 八句体歌가 地方文學이며 地方文學은 偉大, 崇高, 莊嚴, 優雅에서 轉落한 irony를 나타냄으로써 한 개 묘한 喜劇美(?)를 길렀다고 하였는데, 많은 硏究를 요하는 문제라고 볼 것이다. 특히 十句体에 대한 八句体의 並立도 새로운 해석이며 地方文學의 直泄的, 粗雜性을 八句体가 代表한다는 것도 매우 중요한 발언이라고 보아진다.

佛敎的인 側面에서 이 說話를 다룬 黃浿江氏는 우선 護佛의 龍神이라는 것을 前提한다. 그리하여 新羅라는 佛國土를 東海에서 外護하는 護國龍神이 王政을 輔佐키 위해 龍子를 入京시킨다고 하였다. 그러므로 處容의 歌舞는 佛敎的인 敎化의 方便이었다고 보며 衆生弘化의 歌舞는 어느 것도 深妙한 佛事

---

17) 鄭炳昱. 文學으로 본 處容歌. 別輯 1. PP. 10-11.

가 아님이 없으며 이 佛性敎化의 歌舞로써 나선 護法의 龍子인 處容은 이미
離慾無私의 心境에 들어 서 있었고 따라서 愛慾의 世界를 通過한 彼岸에 잇
었던 것이라고 하였다. 18)

> "그에게 悲哀가 있었다면 그것은 「빼앗긴」 그것에가 아닌, 「빼앗고 빼앗기
> 는」 人間存在의 根源的인 虛無에 향해져 있는 것입니다. 그의 아내에 대한 사
> 랑은 그런 까닭에 根源的인 것입니다. 아내가 疫神 에게 몸을 내맞겼다고 잃어
> 지는 것은 아닙니다. 人間의 愛憎의 感情彼岸에서 觀照하는 處容에게 있어 「犯
> 妻」가 무슨 특별한 의미를 갖겠습니까? 「본디 내 것이언만 빼앗음을 어찌하리
> 꼬」는 「내것」이라는 「我執」을 버린 狀態卽, 본대 내것이라도 앗아가면 앗길수
> 있다는 無慾自在의 깨달음이 있을뿐 별다른 執着을 發見할 수 없습니다.
> 　處容은 歌舞로써, 疫神을 물리친 것이 아니라, 歌舞自退함으로써 捨心을 成就
> 하려 했던 것입니다. 그의 歌舞는 바로 그런 까닭에 敎化的인 것입니다."19)

　끝으로 그는 處容의 門神化, 處容歌의 呪歌視, 處容에 대한 巫俗的, 呪術
的 理解는 處容歌가 생긴 뒤의 後來的인 要素로 보여진다고 하고 있다.
　處容을 佛敎的 側面에서 昇華시킨 代表的인 解說이 이것이다. 그러나 處容
이 龍子임에는 異意가 없으나 佛敎와 有關한지 아닌지도 생각해 볼 문제이며
만일에 관계가 있다면 三國遺事 가운데 이미 明記해 두었을 것이다. 이유인
즉 三國遺事의 著者가 다른 사람이 아닌 一然이었기 때문이다.
　이 說話를 다룬 것 가운데 民俗學的 側面에서 본 것이 그중 많다. 여기서
는 대체로 두 사람의 절명을 참고하는데서 머문다.
　李杜鉉氏는

> "高麗의 僧 一然이 記錄한 三國遺事卷二 處容郎 望海寺條의 處容說話는 그
> 풀롯에서 中國의 鐘道說話나 佛敎緣起說話 등의 影響을 볼 수 있으나 그 基層
> 에는 여전히 新羅 以前부터의 呪術宗敎的 土着信仰이 核心을 이루고 있다고
> 생각한다"

---

18) 黃浿江. 文學으로 본 處容歌. 別輯 1. PP. 11-12.
19) 黃浿江. 文學으로 본 處容歌. 別輯 1. P. 12.

고 前提하고 處容은 그 言語는 모르지만, 現行音은 「제용」이라고 말한다. 제용은 짚으로 사람의 形像을 만들고 제용 직성이 된 사람이나 앓는 사람을 위하여 길가에 대신 버려져 厄을 막거나 산 永葬을 지내는데 쓰이는 代贖의 Scape goat와 같은 呪術人形이라고 그는 解明한다.

또 處容은 「門帖處容之形」으로 邪惡을 물리치는 「辟邪」의 呪力을 가질뿐더러 一面 「제용」으로서 邪惡을 짊어지고 대신 버려짐으로써 善을 맞이하게 하는 「進慶」의 힘을 갖는 複合的인 神格이며 이 兩面性은 現傳한 門神信仰과 제용 信仰의 民間傳承의 共存에서도 볼 수 있다고 말하고 있다. 그는 이어서 驅儺假面은 疫鬼를 쫓는 主體가 되는 同時에 客體로서 쫓기는 疫鬼가 되는 兩面性을 갖는 경우도 있으며, 濟州道의 「영감놀이」 굿은 이와 관련되는 民間傳承이라고 할 수 있겠다고 하고 處容歌의 마지막 一行과 地文의 處容이 歌舞而退하므로써 疫神을 設伏시켰다는 대문의 解釋은 以上의 處容說話가 갖는 處容神格의 複合性에서 이해되어야 한다는, 매우 重大한 提議를 하고 있다.

그리하여 그는 結論으로

> "霜臺舞가 護國神을 祭祀지내는 山神假面舞인 것처럼 處容舞도 護國神인 龍神을 祭祀지내는 龍神假面舞에서 영향되었을 것이며 더구나 文獻備考 補註에 處容舞를 一名 霜臺舞라고 한데서 볼 수 있듯이 處容舞는 山水神祭舞를 複合한 母體였다고 할 수 있겠다"[20]

고 하고 있다. 李氏는 「제용」과 處容門神의 同一性을 提起시켜서 이 分野의 研究에 새로운 문제점을 던져주었다고 할만하다. 그러나 비록 處容門神의 信仰과 제용 信仰이 同一한 性格의 것이라 할지라도 이것이 그의 所說대로 "新羅以前부터의 韓國土着의 古代傳承인 辟邪假面과 山神祭舞와 龍(水) 神祭舞 등의 複合에서 출발한 處容歌舞라면 處容歌舞는 後來的인 것이 된다는 말이 될 수밖에 없는 것이며 그렇다면 處容이라는 歷史的 人物의 實在가 架空化할

---

20) 李杜鉉. 處容歌舞. 別輯 1. P. 16.

수밖에 없는 것이다.

處容歌舞가 高麗때의 山臺雜劇이라던지 朝鮮때의 驅儺舞, 古代의 辟邪假面이나 水神祭舞와 전혀 無關하다는 것은 아니다. 그러나 處容說話 자체가 그러한 傳承的 遺習을 劇化시킨 한 개 創作物에 불과하다는 斷定은 조금 首肯되지 않는 점이 있다.

나는, 處容說話 뿐 아니라 다른 것도 가능한 한 史實을 지나치게 멀리 떠난 解釋은 피하는 것이 옳지 않은가 하는 입장에 선다. 왜냐하면 擴大解釋이 심해지면 경우에 따라서는 本末이 흐려지는 경우가 더러 있기 때문이다. 處容說話에 있어서도 處容이 傳統的인 信仰과 같이 관련되었다고는 보고 있으나 處容이라는 歌舞를 職能으로 하는 人物이 實在해 있다는 것은 無視하지 않는 態度가 필요하다는 것이다.

이어서 金烈圭氏는 處容傳說은 神聖傳說로 다루어져야 한다고 前提하면서 熱病大神을 驅逐하는 醫巫呪術의 起源에 관한 傳說이라고 못박는다.

> "歌舞는 呪術이라야 한다. 그것도 醫巫的인 呪術이라야 한다. 歌舞가 呪術일진대 處容歌는 마땅히 呪歌라야 한다.21)

그에 의하며 處容이 醫巫呪術師에서 門神이 되기까지의 과정에서 Hero-story의 主人公의 試鍊에서처럼 神力에 의하여 葛藤을 克服하고 드디어 神格化하는 한 개 典型을 밟는다고 보았다. 논란의 余地야 없는 것이 아니다. 그러나 醫巫的 呪歌라거나 Hero-story의 比較라던지로 多角的인 문제점을 들고 나와서 處容說話의 周邊을 分析하여 보는 태도는 매우 바람직한 것이었다고 하겠다.

李佑成氏는 "處容은 新羅末 憲康王 때의 蔚山地方豪族의 아들"이라고 하고22) 處容의 妻를 姦通한 疫神을, 그 당시 腐敗와 享樂에 젖은 新羅貴族子弟라고 推理해 내고 있다. 이것은 지나치게 處容說話를 神格化한다던지, 또는

---

21) 金烈圭. 處容傳承考. 別輯 1. P. 16.
22) 李佑成. 앞논문. 주 3. 別輯 1. P. 38.

색다른 解釋을 하고 있는 學界에 큰 波紋을 일게 한 代表的인 論文이라고 본다. 李氏의 方法은 于先, 記錄文學을 바탕으로하여, 處容의 眞面目을 밝히려는 接近이 조금도 無理하지 않다. 史實을 史實로 받아들이고 그 史實을 다치지 않는 誠實性과 함께 論理展開를 해가야 하는 것이 바람직한 것이라면 李氏의 것이 바로 그러한 것의 標本이 될만하다.

文相熙氏는 宗教史的인 側面에서 다루고 있다. 그는 處容信仰을 呪術信仰이라고 보고 處容信仰의 解明만이 문제 해결의 열쇠가 된다고 하고 있다.

> "處容信仰은 비록 원시적이긴 하지만 處容의 靈感을 빌어와 疫神을 물리치는 呪術的 信仰의 体驗이라고 봅니다. 자기의 힘으로써는 도저히 제어할 수 없는 惡鬼를 處容의 능력으로 내어 쫓는 놀라운 결과가 온다고 믿고 행하는 呪術입니다. 그러니까 處容信仰은 處容이란 신격의 힘으로 사람을 괴롭히는 病魔를 물리치는 원시적 呪術信仰이라고 보겠습니다. 그러므로 이 處容信仰이 歷史化한 것이 處容說話라고 할 수 있읍니다."23)

文氏는 處容歌나 處容舞나 處容信仰의 祭儀(Cult) 樣式的 表現이라 말하고 歷史가 神話化하였다기 보다는 오히려 神話가 歷史化한 것 같이 보인다고 하면서 "新羅 憲康王 때 云云은 記者의 普遍的 作爲라고 보입니다."24) 라고 結論한다.

결국 文氏의 態度는 處容說話 自体로 突入하는 것이 아니라 지금도 傳來되고 있는 處容信仰을 分析了解하여 處容의 性格을 明白히 한 뒤에 新羅時代를 포함한 原始信仰까지를 反省하면서 處容信仰의 眞實을 밝혀보려 한 것이다. 그러기 때문에 憲康王 때 云云이 記者의 作爲라는 것이라던지, 神話가 歷史化 했다는 獨特한 見解가 나오게 된 것이다.

마지막으로 歷史學的 立場에서 본 李龍範氏의 이야기를 들어 보자. 李氏는 三國史記를 비롯하여 益齋亂藁, 鄭誧의 詩와 慶尙道地理志, 世宗實錄地理志, 麗末文人의 詩文에는 모두 碧海에서의 處容으로 비록 그 容貌着衣가 怪常한

---

23) 文相熙. 上揭. 別輯 1. P. 19.
24) 文相熙. 上揭. 別輯 1. P. 20.

것은 밝히고 있으나 自然人으로서의 處容이었으며 결코 神秘的 要素는 보이
지 않는다고 하고 있으며

> "이제 三國史記를 보면 憲康王時에 容貌衣巾이 怪常한 人物은 一人이 아니라
> 四人이며 三國遺事에는 龍子가 七人이며 그 한 사람이 處容으로 되어 있는 것
> 으로 보아 이것은 新羅로 向한 이슬람 商人의 一團이 蔚山에서 憲康王의 要請
> 으로 入京하게 되었으며 處容郞은 그 중의 한 사람이었다고 보아야 하겠다."25)

고 하면서 이슬람 商人의 理財術을 政策에 反映코자 級干職을 주어 쓰게 된
것이라고 설명한다. 處容=이슬람 商人의 관계는 處容이 뛰어난 容貌를 가졌
다는 高麗때의 處容歌의 내용과도 연결되는 것이어서 전혀 색다른 論證이라
고만 보아 넘기지 못할 문제 가운데 하나라 할만하다.
　이밖에도 여러 意見들이 많이 있을 것으로 생각되나 여기서는 이만 줄이기
로 한다.

Ⅲ. 處容說話의 再檢討

1. 綜合的 考察의 方法

　우리는 대체로 여덟가지 方法으로 이 說話에 接近해 오는 것을 보았다. 그
리고 어떤 것은 지나친 附會가 있고 어떤 것은 한낱 自己 主張에의 補助資料
로써의 擧論이여서 이들 論究의 中庸을 타기가 매우 어렵다는데에 결론이 미
치었다.
　내가 일부러 綜合的 考察이라는 또 하나의 方法을 提起하게 된 것은 方法
의 混亂이 빚어낸 끝없는 論爭일 수도 있을 華麗한 浪費(?)에서 서서히 짐을
꾸리자는 이야기로도 될 것이다. 끝없는 論爭이라는 表現이 지나치지 않았을

---

25) 李龍範. 處容說話의 一考察. 別輯 1. P. 32.

까 싶지마는, 處容解釋 가운데 어떤 것은 전혀 接近의 可望이 없는 것도 있기 때문이다.

處容說話를 비롯한 여러 가지 古典解釋에 있어서 우리가 留意해야 할 것은 지나친 幻想의 適用을 禁하는 일이다. 따라서 記錄을 놓고 그 記錄의 주변을 살펴보고 그당시 뿐 아니라 현재와 그때의 것을 비교 연구하고 또 연구의 태도도 여러 分野에서 綜合的으로 檢討해 보는 자세가 필요하다. 가능한 한 獨斷論에 빠지지 않도록 愼重할 것이고 지나친 强辯이나 非生産的인 攻駁은 모두 삼가야 할 일들이다.

個人的 主張은 全体的 分野를 카버할 수 없다는 생각 같은 것이 있어야겠다. 이것이 없으면 내것만이 이것의 참모습이라고 떠들어 대게 되고 그 때문에 다른 좋은 意見이 나오지 못하게 되는 일이 許多히 많은 때문이다.

處容說話를 생각하면서 우리는 다음과 같은 몇가지 基本的인 問題부터 整理하여 두고 나가야겠다는 決心이 서게 된다.

　　a. 三國史記의 卷第十一 新羅本紀第十一 憲康王의 記錄과 三國遺事의 紀異第
　　　二 處容郎 望海寺의 記錄을 史實로서 認定할 필요가 있다.

이 두 記錄을 史實로서 認定한다 함은 記錄 以前에까지 소급하여 處容信仰을 생각하는 일을 삼가야겠다는 뜻으로도 된다. 몇몇 분의 硏究에 따르면 處容信仰이 先行된 것으로 되고 史記는 그 綠起說話를 記述한데 불과하다는 것으로 되어서26) 이것은 따로 處容門神이나 驅儺 등의 假面과 관련을 지어서 信仰先行說을 뒷받침 하고 있는 理論도 있어서27) 이러한 飛躍을 조금 留保하고 客觀的 純粹性에서 接近하는 태도가 당장 필요하며 그러한 前提的 設定으로서 史記의 認定이 앞서야 되겠다고 하는 것이다.

　　b. 處容歌의 歌詞內容과 背景說話를 史實의 바탕에서 다루어 가는 태도가 필
　　　요하다.

---

26) 文相熙. 上揭. 別輯 1. P. 20.
27) 李杜鉉. 上揭. 別輯 1. P. 14.

三國遺事에는 疫神이 姦通하는 것으로 되어 있는데 그 疫神을 다만 疫神으로 다루는 태도가 필요한 것이다. 疫神을 貴公子라거나 浪人쯤으로 비약시키는 것은 原典에 密接한 解釋이라고 볼 수가 없다. 三國遺事에도 見寢有二人 乃唱歌作舞而退…… 時神現形 跪於前曰(傍線筆者)에서 같이 時神現形하였다고 되어 있는 것이다. 그 앞 부분에 疫神欽慕之 變爲人(傍線筆者)하였던 疫神이 本色으로 돌아가서 아뢰는 것이다. 誓今已後 見畵公之形容 不入其門矣. 여기서 주목할 것은 疫神→變爲人→神現形으로 寢房에서 떠날 때의 疫神은 疫神의 本色을 가지고 떠나갔다는 사실이다.

> c. 處容歌나 處容舞, 處容信仰이 新羅以前까지 어떻게 발전하여 왔는가 살펴보고, 그러한 자세한 檢討 끝에 그 당시의 狀況을 그려낼 수 있기는 하나 매우 愼重하고 조심성 있는 接近이 필요하다.

處容信仰에 관한 史的 考察은 많은 분야에서 하고 있는 일이어서 되도록 一方的인 意見에 기울어지지 않도록 通說에 따르면서 新羅代 處容을 浮刻시키는 일이 지중한 것이겠다. 이러한 일을 해내는데는 言語學的側面도 있고 演劇史的 側面도 있겠고, 民俗學的 側面, 宗敎史的 側面, 歷史學的 側面등도 動員되지 않을 수 없을 것이다.

民俗學的 立場이라는 한계점도 그렇다. 가령 아직도 우리들 日常에서 쓰이고 있는 辟邪進慶의 儀式같은 것을 순전히 民俗學의 分野에서만 다룰 수 있다는 생각도 잘못된 것이다. 우리네 生活은 적어도 生活이기 때문에 그것은 모든 學問的 分類以前의 共同의 것이고 모두 思想과 學問의 發源인 것이다. 處容의 경우도 門神이라던지 疫神을 다루는 것은 民俗學分野니까 歷史學이나 言語學系에서는 관계해서는 안된다고 한다면 이것이야말로 큰 잘못이다.

무릇 古典을 다루는데는 적어도 여러 가지 方法을 합한 共同作業이 있어야 한다. 이것은 史實에 接近하기 위한 方法의 하나로서 言語學的 側面을 생각할 수도 있고 對象에의 接近을 위하여 보다 精密한 資料의 調査와 보다 廣範한 蒐集의 필요성이 요청되지 않을 수 없다. 그 때문에 歷史學이나 宗敎學, 地理學, 哲學, 佛敎學 등등 어떤 分野에서도 관여하게 되는 것이며 또 모든

分野에서의 共同作業이 없이는 바람직한 結論이 나올 수가 없는 것이다.

결국 이러한 綜合的인 方法을 일러 「綜合的 考察의 方法」이라 할 수 있을
는지 모르겠다.

2. 記錄의 再檢討

분분한 論難을 떠나서 잠시 三國遺事와 三國史記의 記錄을 다시 살펴 볼
필요가 있겠다.

三國史記는 高麗 仁宗 二三年(1145년)에 刊行된 歷史書인데 三國遺事는
확실치는 않으나 通說에 따르면 高麗忠烈王 七年 전후로 1281-1283년 사이
찬술연대인 것 같다. 그렇다면 三國遺事는 三國史記보다 近 140年 가까이 늦
게 편찬된 것이라는 말이 된다. 그러면 여기에 處容說話와 관련한 記錄을 살
펴보자.

三國史記는 本紀十二卷 年表三卷 雜志九卷 列傳十卷으로 되어 있는데 處容
說話와 관련이있는 記錄은 新羅 本紀十一卷에 收錄되어 있다. 그리고 三國遺
事는 第一卷 王曆第一 紀異第一 第二卷 紀二 第二. 第三卷 與法 第三 塔像第
四, 第四卷 義解 第五, 第六 神呪 第六, 感通 第七, 避隱 第八, 孝善 第九로
되어 있다. 이 가운데 處容郎에 관한 것은 紀異 第二에 收錄되어 있다.

여기서 注目해야 할 것은 著述者의 資料의 分類인 것이다. 三國史記에는
處容과 관련한 資料를 新羅本紀에 넣었고 三國遺事에는 紀異編에 실었다. 三
國史記의 新羅 本紀에 이것을 실은 것은, 形容可駭 衣巾怪異의 모습을 한 時
人謂之山海精靈이 駕前歌舞한 事件을 움직일 수 없는 史實로 다루고 있다는
證據이며 더우기 古記謂王卽位元年事[28]라는 것이 있어서 이것이 金富軾의
自意로 傳聞訛說을 옮긴 것이 아니라 그가 三國史記를 엮는데 바탕이 되었을
것이라 믿어지는 居柒夫의 「國史」라던지 「三韓古記」, 「新羅古記」, 「新羅古事
」, 따위의 어디엔가 收錄된 것을 옮긴 것이었다는 것이 明白하게 드러나고

---

28) 三國史記. 上揭. P.267

있다. 그러므로 이 事件은 憲康王때의 매우 큰 事件으로서 당시나 뒷시대의
史家들이 두루 알고 있는 일이었다고 推測되는 것이다.

三國遺事에는 處容이 따로 클로즈업되고 더불어 處容의 노래와 춤에 더

하여 背景說話까지 첨가되어 있음을 본다. 「處容郎 望海寺」에는 또 公不見
怒 感而美之 誓今已後 見畵公之形容不入其門矣 因此國人門帖容之形以辟邪進
慶(傍線筆者) 위의 글에서 傍線한 「因比… 進慶」까지는 一然이 넣은 敷衍이
냐 아니면 古記에 있는 것을 옮긴 것이냐가 또 문제된다 할 것이다.

생각컨데 一然은 平生을 慶州에 살았던 사람으로 아마도 新羅에 관한 史書
類를 다른 地方人보다 많이 求得할 수 있었다고 보여지고, 또 口碑說話도 慶
州人이기 때문에 많이 接하였으리라 생각되므로 處容郎 望海寺의 記錄은 古
記나 믿을만한 口傳에서 옮겼으리라 믿어진다.

그리고 三國遺事에도 이것이 紀異篇에 실려 있어서 佛敎的인 性格과는 엄
밀히 區分하고 있음을 본다. 筆者는 三國遺事를 지금까지와는 조금 다른 方
向에서 보려 한다. 그것은 三國遺事가 一然의 佛敎界에서의 高名에 비추어
佛敎의 布敎事業의 一環으로 이룩된 것일 것이라는 心證이 굳어지며 編制上
의 性格을 보아도 紀異一, 二를 除外하고는 거의 佛敎와 관련한 것으로 遺事
라는 名稱부터가 史記에 대한 批判精神이 反映된 듯 하지마는 史書로서 보다
는 新羅를 中心으로 한 佛敎史蹟을 그 玄妙한 逸話와 함께 담으면서 다만,
紀異一, 二에서 史記에서 소홀했던 것을 補充한 것이라고 할 수 있다는데 있
다. 史記와 遺事를 견주어 볼 때 遺事가 史記를 읽고 史記 나름의 性格的 偏
見을 意識的으로 바로잡고 疎漏했던 傳說, 民譚등 說話와 建國神話 등을 엮
어서 꺼져가는 民族魂을 불러 일으키겠다는 呼訴도 들어 있는 것으로서 編著
의 意圖는 護國佛法의 精神을 宣揚하자는데 있었다고도 하겠다.

이렇게 볼 때 處容은 紀異二에 실려 있다는 것만으로도 佛敎와는 관계가
없는 사람이 아니냐는 생각이 들지마는 望海寺나 新房寺로 불리우는 緣起說
話가 한편으로 이러한 速斷을 不安하게 만들고 있는 것이다. 三國遺事에는
此東海龍所變也 宣行勝事以解之 於是勅有司 爲龍舠佛寺近境 施令已出 雲開霧
散이라는 것과 王旣還 乃 靈鷲山東麓勝地 置寺 曰望海寺 亦名新房寺 乃爲龍

而置라는 것이 있어서 辟邪進慶의 門帖의 由來 以前에 이러한 龍에 관한 說話와 爲龍刱佛寺의 緣起傳說을 내세우고 있는 것이다.

　그러나 佛寺의 緣起說話가 많은 것을 볼 수 있으나 그것이 모두 佛敎와 관련된 것은 아니다. 佛寺가 創建된 緣源에 不過한 것도 많으며 또 民間信仰의 巫神이 生存했던 人物일 경우도 있으나 人間이 아닌 神의 몇째 公主라던지로 表現되는 일도 있다. 가령 仙巖寺, 雲巖寺등은 智異山 聖母神이 道詵에게 密囑하여 세웠다고 傳하고29) 古群山 崔孤雲神이라던지 金庾信을 山神으로 한 溟州 大嶺山神이나 鎭川 吉祥山金庾信神30) 등은 生存했던 巨人을 모신 例이겠으나 濟州의 廣壤堂漢拏護國神은 山神의 弟로써 聖德이 있어 護國神이 되었다31)는 등이 그것이다.

　이러한 일련의 民間信仰을 살펴 볼 때 佛寺의 創建이 巫神과 깊이 관계하고 있음을 볼 수 있으며 巫俗信仰이 새로운 佛敎輸入에 의하여 한층 多樣化되고 複合化되었다고 볼 수 있다. 그럴 수밖에 없었던 이유의 하나는 三國時代부터 歌舞以祭神의 信仰이 있어서 三韓의 것으로는 常以五月耕種畢 群聚歌舞以祭神 32)이라던지가 있고 新羅好祠山神33)과 馬韓에서　主祭天神者를 세워 名之爲天君34)이라 하는 따위가 모두 新羅 後期 이전부터 山神龍神地神등을 모시는 祠堂이 있고 巫者가 있어서 祭主의 일을 맡아왔다는 것을 충분히 立證하는 것이다.

　이렇게 보아간다면 處容說話를 古來의 巫神信仰의 한 連脈으로 看做할 수 있다고 여겨지며 憲康王代에 巫神의 出現이 두두러지게 나타난 것은 末世에 접어들어 脆弱한 國威와 관련하여 盛行하는 民間信仰의 極盛을 暗示하는 것이라고 내다볼 수가 있는 것이다.

---

29) 朝鮮の 鬼神. 民間の 鬼神. P. 163.
30) 上揭. P. 162.
31) 上揭. P. 162.
32) 三國志. 魏志東夷傳.
33) 新唐書. 東夷傳.
34) 三國志. 魏志東夷傳.

3. 疫神의 再檢討

앞에서도 나는 疫神을 다만 疫神으로 보는 것이 옳지 않을까라는 意見을 披瀝했지만, 다시 한 번 疫神에 대하여 考察할 필요를 느낀다.

高麗代의 處容歌에는 다음과 같은 것이 있다.

> 머자 외야자 綠李야
> 샐리 나 내 신고홀 미야라
> 아니옷 미시면 나리어다 머즌 말
> 東京 볼ㄱ 도래 새도록 노니다가
> 드러 내 자리롤 보니 가르리 네히로 셰라
> 아으 둘흔 내해어니와 둘흔 뉘해어니오
> 이런 저긔 處容아비옷 보시면
> 熱病神이아 贈ㅅ가시로다
> 千金을 주리여 處容아바
> 七寶를 주리여 處容아바
> 千金 七寶도 말오
> 熱病神을 날 자바 주쇼셔
> 山이여 미히여 千里外예
> 處容아비롤 어여려거져
> 아으 熱病大神의 發願이샷다. 35)

이 部分의 劇詩36)를 읽노라면 열병대신이라는 말이 있어서 신라시대의 역신이 매우 구체화된 것을 볼 수 있고, 또 열병대신이 독백을 하는 장면이 엿보인다. 처용아비를 만나면 열병신은 처용아비의〈贈ㅅ가시〉라는 것이고 천금도 칠보도 말고 나를 잡아다가 산과 들 천리밖에 처용아비가 보이지 않는 곳에 보내달라는 애원을 하고 있다. 여기서는 역신을 쫓는 驅儺의 儀로 발전하였음을 보이며 이미 처용이 驅鬼의 大神으로서의 크게 성행되고 있는 것을 본다.

---

35) 金享奎. 古歌謠. 註釋. 一潮閣. 1968. P. 253.
36) 高麗代의 處容歌는 劇詩의 形式을 밟고 있다고 보여진다.

처용이 驅鬼의 대신인 것은 조선대에 내려와서는 魚鼻大王[37]으로까지 추모되어 모든 역신을 몰아내는 가장 무서운 신으로 인식되는 것이다. 따라서 이때에 내려오면 처용의 처도 鉢里公主[38]라하여 수준급의 문학작품으로서의 무가도 전하고 있어서[39] 處容의 信仰이 뒷시대에 와서는 점차 의식화하여 民間信仰으로서 가장 두드러진 모습을 들어내는 것을 알 수 있다. 조선대에 전하는 「말미」(바리공주)라는 巫歌는 근 700행에 이르는 詩劇으로서 文學的 水準으로도 높이 評價할 만한 것으로 허두의 歌詞로는 大韓帝國 以後의 時代로 짐작되는데, 바리공주도 또한 죽은 龍王을 藥水를 갖다주어 蘇生시키는 내용이어서 에비 대왕과 함께 醫巫의 代表的辟邪驅神의 巫歌라고 볼 것이다.

이렇게 본다면 處容이 醫巫化하고 疫神을 쫓는 門帖으로 辟邪進慶의 民間信仰으로 발전한 것은 憲康王 이후이며 疫神은 다만 역신으로써 처용의 妻와 어떤 다른 관계에서 살펴볼만한 의미를 가지고 있다 하겠다.

바리공주의 무가가 조선대 이전부터 있었는지는 알 수 없으나 소생신으로 믿어오는 것을 보면 處容說話의 記錄에서 오늘날 우리가 얻어낼 수 없는 많은 것이 麗朝와 朝鮮에는 口傳되어 왔던게 아닌가 하는 생각을 갖게 한다. 그것은 三國遺事에는 전하지 않지만 處容의 처가 「바리공주」이며 죽음의 열병에서 蘇生하였다는 것으로 口傳되어서, 뒷날 醫巫歌에서 소생신으로 신앙되어 이미 죽은 사람이라도 이 「말미」(바리공주)를 불러 回生시키는 굿이 있었던 것으로 생각된다.

그렇다면 處容의 처 바리공주는 그 당시(憲康王때) 열병으로 이미 죽었다는 내용으로 解釋되며 거기에 處容이 새벽녘에야 돌아와 보니 아내는 싸늘한 시체가 되어 있었으며 이에 回生을 바라는 斷腸의 歌舞에 處容의 卽興的 哀切의 歌詞가 더해져 悲願의 굿이 시작된다고 보겠다.

        본디 내 것이언만
        앗아갔으니 어찌할거나

---

37) 李朝の鬼神. 巫覡の鬼神. P. 165.
38) 上揭. P. 165.
39) 上揭. P. 165.

巫覡에게는 신과 통화가 되는 超人間的인 能力이 있었다. 그래서 疫神은 處容에게 屈服하고 그와같이 盟誓하기에 이르는 것이다.

그러면 疫神을 더 좀 생각해 보기로 하자. 疫神이 高麗代에 와서는 열병대신으로 변하며 民間信仰에서는 마라리아로도 통하는데가 있다. 그런데 民家에서는 疫神이 비단 하나로 되어 있는 것이 아니라 여러 종류로 分類되어 實存된다. 이것은 대개 大流行病이 猖獗하게 되면 그 때에 命名되는 경우도 있었던 것으로, 宣祖十年에 全國에 癘疫이 퍼져서 民間에서는 毒疫神이 내려와서 돌아다니므로 五穀의 雜食을 하지 않으면 안된다고하여 雜穀商人이 巨富가 되었다고 전하고 그래도 癘疫이 멎지 않으니까 生牛血을 문에 발라야 疫神이 두려워 물러난다하여 屠殺이 극심하였다고 되어 있다. 특히 평안도, 황해도에 극심하여 王이 近臣에 명하여 제를 지내게 하였다고 한다.40) 아무튼 民間에 전하는 疫神은 가지가지여서 그 容貌도 꽤 다채롭다.

天賊   얼굴은 붉고 혀가 검은 靑鬼
天剛   손 하나, 발 둘, 전대(帒)를 가진 靑鬼
同奴   눈이 없고, 얼굴 붉은 靑鬼
儀光   얼굴 붉고, 쇠 이빨, 뿔과 꼬리가 있는 靑鬼
白蓮   一名 祝骨
長良   一名 天干 赤面의 黃鬼
百明   뿔 있고 얼굴 노란 赤鬼
退奇   一名 光矄, 手 一本, 足 一本, 날개 있음
東龍   人身魚首, 두 날개, 귀먹어리.
道側   一名 小郎, 赤面의 靑鬼
天赤   一名 赤伯
却老   一名 曾博, 활을 거진 黃赤面의 鬼 41)

이것은 十二支日에 해당하는 귀신만을 예로 든 것인데 그밖의 것이야 하나하나 매거할 수가 없다. 그야말로 귀신천하라 할만치 多衆이여서 그 이름을

---

40) 大東野乘-石潭日記.
41) 朝鮮의 鬼神. PP. 196-199.

댈 수가 없는 것이다. 그런데 그 疫鬼를 통털어서 疫神 또는 疫鬼라 하는 것이다.

이 疫鬼가 民家에 侵入하면 이제 열병이 발생하는 것이다. 만일에 癘疫이 다른 곳에 流行할때는, 방역의 방법으로 門帖處容한다던지, 우혈을 바른다던지의 벽사의 의를 갖추는 것이다. 그러나 병이 發生하면 驅鬼의 儀가 행하여진다. 그러다가 죽었을 때는 蘇生의 儀가 있는 것이다.

民間에서 병들었다 병걸렸다고들 많이 한다. 그리고 병이 완치되면 학질이 떨어졌다 병이 났다고 하는 것이다. 이 말은 지금도 쓰고 있는 語習이어서 이 말에서도 우리는 걸린다 떨어졌다 났다 에서와 같이 民間信仰의 實存을 느낀다.

대체로 疫神은 男性에게는 女性神이 붙어 發病케 한다는 것으로 되어 있다. 그러므로 女性의 병은 男性神의 交接으로 되는 것이다. 이렇게 생각한다면 處容의 妻의 이른 바 疫神과의 姦通은 바로 熱病에 걸린것이며 疫神이 사람으로 변하여 姦通하였다는 말은, 이러한 發病의 具象的 表現이라고 볼 수도 있으며 疫神이 다시 제모습을 드러내어 무릎을 꿇는 것은 驅鬼의 歌舞가 보이는 效驗으로 象徵된다고 이해할 것이다.

VI. 結 論

處容說話를 整理하는데 있어서 注意할 것은 되도록 특수분야에 치우쳐서 보려는 태도를 止揚하는 일이다. 이 說話가 民間信仰과 깊이 관계되고 있어서 新羅, 高麗, 朝鮮代와 昨今에까지 世間에 傳承되고 있는 傳統信仰의 歷史的 現實을 度外視해서는 안 될 것이다.

그렇다고 民俗學의 方向으로 逸走한다던지, 根據와 記錄의 뒷받침이 없는 飛躍的인 結論으로 치닫는 性急은 서로 피하면서 정중하게 結論으로 밀고가는 病理學的인 分析과 歷史學的인 檢討로 最小限度의 범위로 좁히어 接近을

試圖하는 것이 옳바른 자세라고 여기는 것이다.

나는 앞서 말한 몇가지 論究에서 대체로 다음과 같은 것을 말하였다.

1.

三國史記에 실린 憲康王代의 四人의 歌舞人에 대한 事件이 이미 古記에 記錄된 것으로 보면, 이 事件이 歷史的으로 매우 문제가 된 것이었다고 볼 것이다.

民間信仰은 三國時代 이전부터 傳來된 것이긴 하지만, 憲康王代의 國權의 문란, 末世之風에 영향되어 한껏 巫神儀式이 盛行하였다고 보아진다.

더욱이 이 記錄이 新羅 本紀에 收錄된 것을 보면 이러한 巫神儀式은 거의 國中行事로 奉行되었다는 傍證이 된다.

史記나 遺事에 실린 笙歌不絶道路나 歌吹連聲이라는 것이 그 背景記錄대로 風雨調於四時나 孤聞今之民間覆屋以瓦 不以茅 炊飯以炭 不以薪에서 보여주는 바와 같이 康衢煙月을 만나 百姓이 酒飮歌舞로 消費時代의 絶頂을 享樂하였다고만 볼 것은 아니다. 豊饒를 당하였으나 이미 國運은 기울어 不安이 臨迫해 오고 있다. 잠시 生活은 艱苟는 면하였으나 여러곳에서 준동하는 奸黨의 형세가 당장은 아니지만, 末世의 暗雲을 어렴풋이나마 느끼게 하였다고 보며 이 때문에 百姓은 이러한 어수선함이 諸神의 노여움에 있다고 여겨서 京鄕各處에서 民間儀式이 盛行한 것이 아니냐고 생각할 수도 있다.

나는 특히 後者쪽에 서는 사람이지만 그렇게 생각하는 이유는 다음과 같은 몇가지 근거에서 그런 것이다. 대체로 民間의 儀式에서 歌舞가 傳承되어진 것과 祀神儀에 관련된 것이며 그러한 예는 우리 주변에 허다히 많다. 가령 鎭川龍王三神祭는 每年 三月三日에서 四月八日까지 행하여지는데 四方의 女人이 巫者를 끌고와서 저들의 子女를 빌었으며42) 嶺東山神祭는 三,四, 五月中에 貧富人이 各己 저에게 알맞는 酒食을 준비하여 三日間 連飮連食한 뒤에

---

42) 上揭書. P.163

交易이 있었다.43)던지 楊口城隍神은 端午날에 인가에 내려온다는 것으로 이
날은 아침부터 鼓笛을 불며 치며 神을 맞이하여 三日동안이나 飮食을 나누어
먹고 보낸다44)고 하는 것이나 太白山神은 山頂에 상을 設하고 빌며 每年 四
月八日 神이 邑의 城隍에 내려와 있으므로 邑人은 기를 들고 鼓笛을 하며 성
대하게 맞이하여 성대한 축제를 하고 五月五日 端午에도 이와같은 盛儀를 다
하였다45)는 것이었다.

대개의 神祀는 國中行事로 나라에서 管掌하는 것과 各官衙의 것과 民間이
主掌하는 것으로 區別되나 대체로 이것은 年始, 年末, 端午, 한가위, 七月七
夕이라던지 年中 있었던 것이며 民間에서는 婚事, 還甲, 葬儀, 病故, 科甲46)
등에 언제나 歌吹鼓舞의 儀와 酒食의 饗宴이 있었던 것이다. 그러므로 史記
나 遺事의 歌吹不絶이 雨順風調하여 맞이한 大豊의 消費와 無關한 것은 아니
나 그 消費의 方法이 神祀와 깊이 관련된 것이며 거기에 따른 鼓笛歌舞도 民
間儀式과 관련한 것이라고 보아야 한다.

2.

이렇게 되면 處容은 단순한 職業巫覡의 類에 속하는 사람으로 볼 수도 있
는 것이며 때마침 盛行된 民間儀와 또 都城에서의 번성한 儀巫에 뽑히어 東
海岸地方에서 발탁되어 온 사람이었을는지도 모른다.

憲康王代 그렇게 擧國的으로 있었던 民間信仰의 神祀에 國巫로 쓰이어 級
干의 官職을 주었을 것으로 생각하는 것은 조금도 이상할 것이 없다. 그리하
여 處容은 都城 안 밖의 國祭에 참석하여야 하는 職責에 당하므로 항상 집을
비울 때가 많았다고 볼 수도 있다.

---

43) 上揭書. P. 162.
44) 상게서. P. 162.
45) 上揭書. P. 162.
46) 仁旺山神에게 빌면 科擧에 급제한다는 民間信仰이 있어서 해마다 山神祭가 서
　　울 지방에서 있었던 것이다.

나는 앞서도 아내가 姦通한 것이 아니라 疫神과 交接한 것으로 分析하여
熱病에 걸려 있었다고 하였지마는, 아내가 熱病에 걸려 위중하다는 전갈이
오지마는 處容은 王命이 至嚴하므로 집에 갈 수가 없었다. 밤낮으로 歌舞儀
에 몸을 담아 神祀로 日課할밖에 없었으리라. 그러던 어느날 며칠의 말미를
懇請하여 집에 돌아온 處容은 깜짝 놀랄 수밖에 없다. 아내가 이미 싸늘하게
죽은 것이다. 여기서 神巫 處容의 悲痛한 回生을 切望하는 卽興歌舞가 시작
되는 것이다.

民俗에는 시체가 아직도 疫神과 함께 있다고 믿어지며 그 때문에 蘇生의
굿이 盛行되고 있었던 것이다.

前場에서 筆者는 朝鮮代에 와서 處容의 妻가 바리공주로 되고 「말미」의 巫
歌가 전하고 있다고 하였다. 「말미」의 巫歌를 검토하여 보면 바리공주가 龍
王의 일곱 번째 공주로 되어 있으며 龍王의 죽음을 藥水로 蘇生시키는 장면
이 나온다. 이런 내용은 곧 死者를 앞에 놓고 바리공주를 불러 神藥水로 소
생시켜 달라는 呪術이었으며 이렇게 바리공주의 巫歌가 傳承된 것은 아마도
朝鮮代까지 處容과 바리공주의 說話가 많이 전하여 왔던 것으로 생각된다.

이렇게 보아간다면, 處容의 哀切한 蘇生의 歌舞가 神效하여 그의 妻가 再
生하게 되는 것이며 이 소식이 삽시간에 全國에 퍼져서 이때부터 處容이 魚
鼻大王으로 받들어지고 門神信仰으로 假面이나 제웅이 流行하였으리라고 보
는 것이다. 그렇게 되고 보니 處容은 生地도 모르는 무당에 불과했다가 뒷시
대에는 그를 神格化하여 龍子로 傳說化시키고 그의 妻는 龍女로 되어 高麗
朝鮮代에 까지 繼承되었던 것이다 라고 할 수 있다.

3.

그렇다면 이제 우리는 處容說話를 개운한 마음으로 설명할 수가 있겠다.

처용은 남자 무당이었다. 그는 당시의 東部地域의 男巫이었는데, 憲康王이
巡幸할 때 各地方에서 駕前歌舞儀가 있었는데 그 가운데 代表的인 사람이었
다. 때마침 운무가 덮은 일이 있었는데 그 지방巫覡들을 끌고 지방吏屬들이 ·

나와서 祀祭를 베풀었더니 雲霧가 개었으므로 王이 기뻐하여 그를 끌고와서 都城의 級干으로 삼고 곁에 두면서 무릇 國祭를 主管하도록 하였다.

왕은 또 開雲浦에서 龍神에게 佛寺를 지어 주겠다고 한 약속을 돌아와 시행하여 그 절의 이름을 望海寺라 하였다. 이 佛寺는, 巫覡이 神과 人間의 中間者이므로 신의 구하는 바를 왕에게 전하고 왕의 約束을 신에게 고하므로써 神兔을 풀게 한 것이라고 해석되는 것이다.

處容은 級干의 職巫로서 美女를 妻로 삼아 각종 國祭에 당하였는데 때에 아내가 熱病에 걸렸다. 處容은 돌아가고자 했으나 國事로 몸을 뺄 겨를이 없다. 그리하여 밤을 새며 國祭를 마치고 난 어느 새벽, 잠깐의 겨를을 얻어 집에 돌아와 보니 아내는 殞命하려고 한다.

기다리던 아내의 얼굴, 아직도 熱氣로 상기된 볼은 붉으스레한데, 임을 기다린 눈은 기력이 없어 茫然하나 하늘에 사무치는 원한, 내가 왔노라 소리치는 處容 앞에 아내는 가까스로 웃는 듯 긴 숨을 내 쉬더니 스르르 장지문을 닫듯 눈을 감은 채 숨을 거둔다. 아아 비오듯 쏟아지는 눈물이여, 터질 듯 옥죄는 가슴을 어찌할 꺼나.

處容은 조용히 일어난다. 마치 구름을 향해 날아오르는 한 마리 학처럼, 卽興으로 歌詞를 지어 노래를 하면서 춤을 추어 아내의 蘇生을 빌었다.

> 서울 밝은 달밤 아름답기도 한데
> 나라제사에 밤을 새도록 지내다가
> 앓는 아내 찾아 집에 와보니
> 아내는 疫神이 품어 크게 아팠구나
> 본래는 건강한 내 아내였는데
> 疫神이 지금 내 아내의 목숨을 앗아 갔으니 어찌할 꺼나.

사랑을 잃은 處容의 심상을 무엇에 비기랴. 노래소리는 저승의 모퉁이로 울려 퍼지고 悲願의 춤은 한생의 絶妙를 다한다. 드디어 응감한 疫神이 나와서 무릎을 꿇었으니 아내는 蘇生한 것을 의미하여 疫神이 公의 그림이 있는 곳에도 가지 않겠노라고 말하는 것은 處容의 卽興的인 歌舞가 그만큼 天地鬼

神을 感應케 한 것이었다는 것으로 보인다. 疫神의 굴복은 아내의 蘇生이며 疫神이 떠나는 것은 아내의 病이 完快하였음을 의미하는 것이다.

疫神과의 對話가 어떻게 可能한가 하는 것은 오늘날의 質問일 수는 있으나 七, 八十年前까지만 하여도 무당뿐 아니라 일반 民間에서도 鬼神과의 대화는 얼마던지 있었으며 이것이 밝혀지고 있는 것도 볼 수 있는 것이다. 朝鮮代의 徐居正을 비롯한 그 代表的인 몇 사람들의 의견을 들어보면 다음과 같다.

“有女巫 能爲鬼神語 試往事百中 問將來百不一中 少時狂僚數十輩直抵巫家 呼試之 巫口噤不開 蓋男子陽也 鬼神陰也 陰伏於陽 理之必然 且男巫少而女巫 多 是其驗也47) 鄭道傳도 이른바 魑魅를 山海陰虛之氣, 木土石之精이 薰染融 結되면 생기는 것이라고 하였고48) 또 李瀷도 “鬼者 其有知覺 與人同 故人之 所爲 鬼者氣也 氣無所不入 故能透木徹石 閃弄出幻如此也 鬼之情狀本多眩人爲 能 故往往出於意相外 而人亦爲所欺耳49)라고 하고 있다.

朝鮮代에 와서도 神은 事實化되었던 것으로, 儒家에게서까지 이러한 鬼神 生成說에 끼이게 되는 것을 보는 것이다. 이런 것으로 미루어 본다면 高麗代 나 新羅代의 귀신설은 더 말할것도 없다. 處容이 疫鬼를 보았고 疫鬼가 處容 에게 무릎을 꿇고 아뢴다는 것은 능히 그럴 수 있었다는 것을 짐작케 하는 것이다.

이리하여 處容은 아내를 蘇生시키고 더불어 快癒케 하였으므로 國中에 이 事實이 널리 알려져서 疫神의 말에 따라서 處容의 그림이 門神化되는 習俗이 생기고 그 習俗이 高麗에 와서는 더 盛行되고 處容의 그림도 畫工을 통하여 理想化시켜서 男性으로서 가장 아름답고 위의를 갖춘 形象으로 만들었을 것 이다. 이것은 高麗代의 處容歌를 보아도 짐작이 가는 일이다.

이것으로 處容說話에 대한 管見을 말하여 보았으나 여러 가지 점에서 未洽 을 느끼고 있다. 여러분의 아픈 나무라심을 기다린다.

(1974. 원광대 국어국문학연구)

---

47) 徐居正. 筆苑雜記. 卷之 二.

48) 權鼈. 海東雜錄.

49) 李瀷. 星湖僿說.

제 2 장 崔致遠의 出生地에 관한 再考

I. 머릿글

1. 研究目的

崔致遠은 成俔의 말마따나 "我國文章始發揮於崔致遠" 이었다 할만치 新羅末의 巨儒였을 뿐 아니라 高麗·朝鮮에 걸쳐서도 道詵·薛聰등과 함께 儒宗으로 奉崇되어 왔고 護國靈에 列하였다.

그의 遺著는 「新唐書」에 46集 1卷으로 記錄되어 있고 「三國史記」에는 文集 30卷이 流行한다하였으며 自序를 쓴 그의 「桂苑筆耕」의 記述에는 「桂苑筆耕」 1部 20卷, 「中山覆簣集」 5卷, 「私試今體賦」 5首 1卷, 五七言今體詩 100首 1卷, 雜詩賦 30首 1卷 등이 있다 하였으나 지금 傳하는 것은 「桂苑筆耕」 20卷이 있을 뿐이다.

그는 儒·佛·道가 盛行하던 晚唐時期(827-907)에 支那에서 지냈기 때문에 三敎(儒·佛·道)에 對한 理解에 있어서 偏重되지 않아서 일찌기

沈約有云 孔發其端 釋窮其致 眞可謂識大者 始興言至道矣[1]

라하여 그의 思想의 一端을 表現한 적이 있었지마는, 이는 儒·佛·道에 對한 自身의 所信을 잘 含蓄하고 있어서 뒷날 金富軾 以後의 偏狹·慓悍한 儒家의 橫暴가 本來 儒學의 바른 態度가 아니었음을 雄辯하고 있는 것이어니와,

---

1) 雙溪寺 眞鑑禪師碑.

그의 三教에 대한 깊은 知識은 또한 韓族의 固有思想에도 미치어 이 思想의
深奧・幽玄함이 三教에 比肩된다고 主張하고 있음을 본다.

> 國有玄妙之道 曰風流 設教之源 備詳仙史 實乃包含三教 接化羣生 且如入則孝
> 於家 出則忠於國 魯司寇之旨也 處無爲之事 行不言之教 周柱史之宗也 諸惡不作
> 諸善奉行 竺乾太子之化也[2]

그는 매우 廣範하면서도 深厚하고 또한 高邁・孤絶하여 權府에 阿諂할 수
없는 天性이었다. 年 28에 歸國하였으므로 마음껏 일할 때여서 僖宗의 禮遇
를 입어 짧은 동안 宦路에 머뭇거렸으나 결코 바람직한 자리가 주어지지 않
았다. 이러한 新羅朝廷의 處事를 일러 뒷사람들은 腐敗한 權貴들이 그의 大
器를 不能容하는 多疑忌의 所致라고 評하였다.[3]

이러한 緣由로 致遠은 不世出의 巨人이었음에도 불구하고 時勢에 不容되는
바 되어 松竹間에 소요하며 살다갔던 것인데

> 致遠自西事大唐 東歸故國 皆遭亂世 屯遭蹇連 動輒得咎 自傷不偶 無復仕進意
> 逍遙自放 山林之下 江海之濱 營臺榭植松竹 枕籍書史 哺詠風月[4]

어떠한 일인지 뒷날 그의 生地에 대하여 여러 가지 主張이 나돌아서 뒷사
람을 昏迷하게 하였다. 어떤이는 慶尙道의 昌原이 아닐까 말하고, 어떤이는
全羅道의 古群山이라 斷言하는 등 意見이 紛紛하여 아무튼 「三國史記」의 記
錄인 沙梁部人을 믿지 못하게 하고 있다.

本人은 이번 1977年 여름에 마침 古群山을 踏査하여 平素에 關心을 두었
던 崔孤雲의 生地 및 成長地에 대하여 整理하여 볼 생각을 가졌다.

「崔致遠이 어떤사람인가?」할 때에는 그의 思想과 文藝가 함께 論議될 터이
지마는 「崔致遠이 어디서 자랐는가?」라고 할 때에는 史蹟에 대한 檢討가 있

---

2) 鸞郎碑 序.

3) 三國史記. 卷 46. 崔致遠條.

4) 上揭書.

을 뿐 文學이나 抱負에 대한 論及은 다른기회에 넘기는 것이 상식일 것이겠다.

「三國史記」에는 분명히 그의 生地에 대하여 王京 沙梁部人이라고 하고 있고 世系는 失傳되어 알수 없다고 하였다.

　　　崔致遠 字孤雲 或云海雲 王京沙梁部人 史傳泯滅 不知其世系[5]

또 뒷날에 나온 漢文小說 「崔孤雲傳」에서는 生地가 文昌縣으로 되어있고 李能和가 撰한 引用書에는 古群山으로 못박는 이가 있고보니[6] 古群山 周邊에 散在한 遺蹟과 說話를 바탕으로 한 이들의 主張을 가벼이 拒否할 수 없는 立場에 놓이게 된 것을 是認하여야 하고 따라서 누군가 한 번은 國文學界에서 崔孤雲의 生地를 綜合的으로 考究하여 整理하는 것이 마땅한 일이라 여겨서 이번에 손대고자 하는 것이다.

2. 硏究方法

崔致遠의 生地에 대한 硏究는 대체로 文獻과 遺蹟, 그리고 說話등 3種類의 資料를 바탕으로 해야 하므로 多少 複雜한 느낌이 없지는 않으나 이제 限定 밖의 다른 資料를 여기에 더 끌어 댈 必要도 없으므로 있는바의 것을 고루 다루면서 崔孤雲 生地 確定이라는 目標에 接近해 볼까 한다.

古群山 地域의 踏查는 1977年 여름에 1週日 동안을 하였고 說話는 그곳 住民에게서 直接 採錄하는 方法에 따랐다.

古群山 遺蹟踏查나 說話의 調査에서 推理되는 몇 가지 일들을 다음에 밝히겠지만, 한마디로 말하면, 「崔孤雲傳」이나 「三國遺事」, 「三國史記」, 「聊齋志異」, 「江南五通之事」 등이 모두 古群山의 遺蹟에서 起緣된 것이라는 信賴感을 한층 加重하게 하고 있다는 것을 솔직히 是認하지 않을수 없는 것이다.

---

5) 上揭書.
6) 李能和. 朝鮮巫俗考. 古群山. 崔孤雲 神祠.

이것은 從來 이들 古群山地域의 遺蹟들이 崔孤雲이 仙遊한 한낱 遺跡일 뿐인데, 이것을 生地에 附會시켰다고 말해오던 一部의 主張을 뒤덮는 것일 수도 있는 것이어서 적잖은 重要性을 띠고 있다 하겠다.

Ⅱ. 세가지 接近方法

1. 記錄을 통한 考證

그의 生地를 推測하는 옛 記錄으로는 「三國史記」의

　　　崔致遠 字孤雲 或云海雲 王京沙梁部人 史傳泯滅不知其世系[7]

와 「三國遺事」의 다음과 같은 記錄등 두 記錄이 代表的인 것이다.

　　　四日觜山珍支村一作賓之又氷之　長曰智伯虎初降干花山是爲本彼部崔氏祖　今曰通仙部　巴等東南村屬焉　致遠乃本彼部人也　今皇龍寺南味呑寺南有古墟云是崔侯古宅也殆明矣[8]

「三國史記」에는 沙梁部人이라 하였는데 「遺事」에는 本彼部人이라고하여 異見을 보이고 있다. 「遺事」에서 말하는 沙梁部는

　　　二日突山高墟村長曰蘇伐都利　　初降干兄山是爲沙梁部梁讀云道或作涿亦音道鄭氏祖今曰南山部仇良伐麻等烏道北廻德寺南村屬焉[9]

이라 하여 突山高墟村의 村長이 沙梁部(音은 「사도부」라 함) 鄭氏의 祖長인 蘇伐都利라고 밝히고 있다. 그러므로 六村가운데 하나이기는 하지만 突山高

---

7) 三國史記. 卷 46. 崔致遠條.
8) 三國遺事. 卷 1. 新羅始祖 赫居世王.
9) 同上.

墟村과 觜山珍支村은 서로 다른 마을이며 沙梁部가 鄭氏의 貫鄕임에 대하여
本彼部는 崔氏의 보금자리라하여 다른 것은 「史記」의 記錄과 같으나 鄭·崔
兩氏만 뒤바꿔 놓은 것이다.

또 「遺事」는 「史記」의 諸未洽處를 補完한다는 立場에서 쓰여진 것이었기도
할뿐 아니라 釋一然 자신이 慶州에 살았던 사람이어서 그쪽 史蹟에 밝다고
볼 수 있다. 그러한 一聯의 與件과 關聯하여 생각한다면 「遺事」에서 밝히고
있는 鄭·崔 兩氏의 換置는 무엇을 뜻하는 것일까.

「史記」에는 沙梁部라고만 하였으나 「遺事」에는 今皇龍寺의 남쪽味呑寺의
남쪽에 古墟가 있는데 이것이 崔侯의 古宅이라고 밝히고 있다. 더불어 이 古
宅이 있는 곳이 本彼部라고 쓰고 있다.

그런데 「東儒師友錄」에서는 「東史纂要」를 引用하여

　　　　公諱致遠字孤雲一字海雲沙梁部人 沙梁慶州縣屬10)

이라하고 있고 「慶尙道地理志」에도

　　　　新羅崔致遠字孤雲或云海雲沙梁部人也11)

라고하여 「史記」의 記錄인 沙梁部說로 統一되어 있음을 볼수 있다. 그의 生
地가 本彼部가 아닌 沙梁部로 정착된 이면에는 그만큼 「史記」가 가지고 있는
史實性이나 權威가 크게 影響한 것이라는 것을 알 수 있겠으나 그보다도 「遺
事」의 異說을 後世人들이 拒否한데 있었다고 볼 수도 있는 것이다.

어떤 이유로 「遺事」의 主張이 無視되었는가에 생각하여 볼 必要가 있다.
本彼部人임을 밝힐뿐 아니라 今皇龍寺南味呑寺南有古墟云是崔侯古宅地라는
考證은, 「三國史記」의 王京沙梁部人史傳泯滅不知其世系라는 애매모호한 記述
보다는 훨씬 事實的이고 科學的이라 할 수 있다. 또한 本彼部가 智伯虎를 長
으로한 곳이며 崔氏의 발생이 여기임이 더욱 그 可能性을 더한다고 하겠다.

---

10) 東儒師友錄 卷之一. 崔文昌侯 列傳.
11) 慶尙道地理志. 慶州道 慶州府.

「史記」·「遺事」의 記錄에 反對하여 새로히 崔致遠의 生地를 古群山島라 하는 主張이 나온 것이다. 李能和의 소개에 의하면 朝鮮 正宗時의 徐某人이 崔致遠의 傳記를 썼는데 古群山人이라 하였다 한다. 그러나 그것이 어디에 根據한 것인지 모르겠다고 하고 있다.

　　　李朝正宗時祠臣徐某爲崔致遠立傳曰古群山人　未還知何所據而　想因此等說而記之者也[12]

　定宗 때라면 周知하는 바와같이 朝鮮中末이었으므로 이때에 祠臣으로 崔致遠의 立傳을 다룰 順에 當하는 사람이면 누구일까? 徐某는 조사결과 徐有榘임이 확인되었으나 崔孤雲의 傳記를 어디에 썼는지 調査되지 못하여 詳論할 바가 못되나 李能和의 引用을 믿는다면, 徐某의 主張은 金富軾(三國史記), 釋一然(三國遺事)에 이어 崔孤雲의 生地를 다르게 말한 세 번째 사람이 될것이 뻔하다.

　그 다음으로 崔致遠의 生地를 文昌이라한 「崔孤雲傳」을 들 수 있는데 거기에는 자뭇 世系까지 밝혀 놓고 있다.

　　　昔新羅時有崔冲者　早登龍門蹉跎仕路　晚除文昌令不堪愁懷　妻問之曰幸而除官此爲喜事君何爲憂也[13]

　이에 의하면 崔孤雲의 父는 崔冲이며 文昌令으로 와서 出生한 것으로 되어 있고 文昌에서 컸으므로 뒷날 麗朝初에 文昌侯에 봉한바 되었다고 推論되어 진다. 그러나 거꾸로 崔致遠이 文昌侯에 봉해진 데서 文昌令이라는 地名을 附會시켜 劇化한 것이 아닌가 하는 推測도 있음직한 것인데 李能和는 文昌出身이라서 文昌侯로 追封 된 것이 아니라 文章을 잘했기 때문에 그런 것이라고 말한다.

---

12) 李能和. 朝鮮巫俗考 第 19章. 地方巫風 及 神祠 八. 全羅道巫風 及 神祠 四.
　　古群山 崔孤雲 神祠.
13) 崔孤雲傳. 大提閣影印本.

> 高麗初葉　追封先生爲文昌侯　或者以先生　生於文昌故然者歟　抑亦以先生之能文
> 故贈此美號者歟[14]

能文故로 美號를 贈했다는 것은 薛聰의 追封이 弘儒侯였다는 것을 생각할 때 確然해지는 것이나 「崔孤雲傳」을 하나의 記錄으로 看做할때에는 文昌이라는 地名이 孤雲의 生地로 提起될 것임은 말할것도 없다. 또 하나의 生地로 擧論 되는 것은 「杜州」이다. 이것도 역시 李能和에 의하여 소개된 것인데, 그에 의하면 「聊齋志異」에 있는 바 이것은 「江南五通之事」와 비슷한 것으로 거기에는 忠孝烈을 비롯 風俗, 史蹟, 神異한 說話, 歌詠이 收錄된 것이다. 여기에 다음과 같이 있다.

> 新羅末崔种守是州　种妻生子名曰致遠　幼少聰慧異常　島古號文昌郡　又多漁爲唐
> 商船往來貿易之所　　唐商客見致遠而悅之遂載入唐登料入仕路後歸故國放浪山水間
> 島之月影臺　卽先生彈琴處[15]

清蒲松齡의 「聊齋志異」와 「崔孤雲傳」의 崔致遠이 入唐하는 經緯에 대하여 쓴 내용이 서로 다른 것을 보면 「聊齋志異」가 적어도 「崔孤雲傳」의 文脈을 轉寫한 것이 아니라 反對로 「崔孤雲傳」의 내용이 「聊齋志異」의 史實을 戲畫化하여 본 것이 아닌가 생각한다.

「崔孤雲傳」의 入唐 經緯는 繕鏡賈로 서울에 들어가서 丞相家에 接近하여 奴僕으로 들어가는 순서를 밟는다.

> 自稱繕鏡賈至羅丞相門前　則羅女聞之以陳鏡授乳母出遣　從門隙窺之　賈忽見羅
> 女顏色心以爲美更欲見之騁目綏繕墮鏡石上破之‥‥願以身爲奴以償此鏡乳母
> 入告丞相許之[16]

거울 수선쟁이에서 丞相家의 종이 된뒤에 드디어 丞相의 婿가 되고 唐에서

---

14) 李能和. 上揭書.
15) 李能和. 上揭書 再引用.
16) 崔孤雲傳. 上揭書.

보낸 石函之中物을 알아 내므로서 帝의 歎服을 듣고 天下之奇才라는 賞讚을 받는 가운데, 한 計略으로 唐帝의 命에 의하여 大國을 凌侮했다는 핑게아래 入唐하는 節次를 밟는다. 이렇게 「聊齋志異」의 내용과 「崔孤雲傳」의 내용이 보여주는 差異點은 相關性이 없다고 볼 때는 別問題이겠으나 어떤 從的關聯性을 抽出해 본다고 할 때에는 아무래도 「聊齋志異」의 내용이 「崔孤雲傳」보다는 앞선 것이라는 確信이 가게된다.

대체로 어떤 說話라고 하는 것이 定着文學으로 記錄되기까지는, 說話의 形態로 口傳되어 오다가 어떤 기회에 다시 文學作品化하게 되면 훨씬 多樣하고 具象的이며 많은 內容이 첨가되기 마련인데 「聊齋志異」의 내용이 앞선 時代의 것이고 「崔孤雲傳」은 그쪽의 說話를 小說化한 것이라고 解釋하는데 있어서 조금의 無理도 없다고 본다.

以上의 것을 綜合하면 지금까지 崔致遠의 生地로 提起된 地名은 沙梁部·本彼部·文昌·杜州등 5種이며 關係文獻을 들어 보면 다음과 같다.

1.沙 梁 部 - 三國史記　　　　　2.本彼部 - 三國遺事
3.古群山島 - 聊齋志異·正宗代의 崔某　4.文昌郡 - 崔孤雲傳·聊齋志異
5.杜　　州 - 聊齋志異

물론 이 가운데서 「慶尙道志」, 「東儒師友錄」, 「東國輿地勝覽」 등 有數의 文獻에 通說로 되어있는 것은 沙梁部가 孤雲의 生地라는 점이다. 그런데 같은 麗朝의 著作物 가운데서도 沙梁部 以外에 本彼部說이 등장하고 朝鮮朝에 와서는 上記 두 說과는 無關한 論外의 古群山說이 나와서 杜州·文昌의 屬島로 뒷받침이 되고 이것이 「崔孤雲傳」의 背景이 되니 자연히 論者의 關心이 古群山쪽으로 쏠릴 수밖에 없다.

그렇다면 崔侯의 生地가 麗朝 以後 朝鮮朝까지 꾸준히 是也非也로 論難이 되어 왔음을 알수 있고 그것이 朝鮮初에 와서는 「史記」나 「遺事」의 記錄이 批判 되었으며 「史記」의 沙梁部人이나 「遺事」의 本彼部人說은 다만 崔氏의 貫鄕이나 居趾를 말한 것이지 그의 出生地를 가리킨 것은 아니라는 結論에 이르게 된 것이 아니냐는 推測을 갖게 한다.

　　12歲에 入唐할 때에 咐囑한 父親의 말은 남아있으나 그 父親이 누구냐는 남아있지 않다는 點이 매우 의심스럽고, 12歲에 入唐하여 28歲에 歸國하였으면 16年의 相距인데 그 사이 家勢가 기울어 찾을바이 없이 되었다 할지라도 28歲의 젊은 崔致遠 자신에 의하여 家系는 記錄으로나마 保存되었을 것이 分明하다. 그런데 崔致遠은 스스로 孤雲 또는 海雲이라 自號하고 或은 後學을 가르치고 혹은 松竹에 소요하였으면서도 자신의 世系는 一言半句도 말하지 않았더란 말인가? 12歲에 入唐하였고 그때에 父親이 있어서 勉學을 咐囑하리 만큼 되었다면 12歲까지 成長할 동안에 家訓의 끼침이 어린 崔致遠에게 깊은 左右銘으로 남았으리라는 것은 짐작하고 남는 일이다. 그런데 世系不傳이 웬말인가?

　　여기서 몇가지 假設이 提起되여진다. 첫째는 崔致遠이 慶州에서 代代로 살아온 閥族의 후예가 아니라는 것이고,

　　둘째는 地方의 無名人士의 子息일 可能性이 많다는 것이다. 만일에 그가 閥族이 아니라 하여도 慶州에서 살아온 族屬의 후예라 한다면 崔致遠의 文名에 비추어 그 世系가 失傳될 까닭이 없기 때문이다. 崔致遠의 弟子들은 高麗初에 多數 入朝하여 王建을 도왔으므로 高麗朝에 큰 優待를 받았을 뿐 아니라 최치원은 顯宗 11年 8月에 先聖의 廟廷에 從祀되면서 14年에 文昌侯 로 追封되고 계속하여 列聖에 끼우니 그 經緯는 다음과 같다.

　　顯宗 11年 8月 丁亥追增新羅執事省侍郎崔致遠內史令從祀先聖廟廷[17]
　　丙午追封崔致遠爲文昌侯[18]
　　高宗 40年 6月 辛亥赦加上先王先妃尊諡名山大川德號文武兩班南班雜路凡有職者加次第同正職弘儒侯薛聰文昌侯崔致遠加賜州府郡縣吏津驛雜尺長典等武散階有差[19]
　　忠烈王 8年 5月 庚申教曰豫惟否德國步多艱天譴相仍旱災連歲故宜戒愼修德消變其犯二罪以下悉皆原色加松嶽及境內名山大川德號祖聖以下列祖加上尊號道詵國

---

17) 高麗史四. 顯宗二.
18) 高麗史五. 顯宗二.
19) 高麗史. 二十四 高宗 三.

師文昌侯弘儒侯並加封爵文武正雜凡有職者加次第同正[20]

忠宣王 12年 11月 ···新營構諸墳墓更加完補並置看守人戶禁樵採放火··大成至聖文宣王百代之師春秋釋奠朔望祭享諸儒聚會宜加精潔···孝子順孫節婦烈女정表門閭許加分職···地理國師道先儒宗弘儒侯薛聰文昌侯崔致遠並宜加號[21]

忠肅王 12年冬 10月 國內名山大川載諸祀典者各加德號修茸祠宇圓丘田社稷寢圍佛宇道觀修營以祭先代陵廟宮禁樵牧母令踐踩箕子始封本國禮樂敎化自此而行宜令平壤府立祠以祭其祭文宣王十哲七十子本國文昌侯弘儒侯務致蠲潔[22]

이렇게 道詵國師와 함께 薛聰과 崔致遠이 護國神의 位에까지 이르른 것을 알 수 있는데 그렇다면 高麗朝에 그의 世系가 不幸히 抹殺당한다던지 하는 逢變을 당하지 않았음이 確實하고 그렇다면 그의 世系不傳은 新羅때 부터였을 것임을 알 수 있다. 新羅때의 그의 世系가 밝혀졌다면 같은 慶州에서 二說이 나올리 없고 더구나 朝鮮朝의 古群山說이 나올 리도 없었을 것이다. 그의 生存年代가 新羅末이었고 入唐과 歸國의 時日이 分明한 것을 보면 그의 出生地와 世系도 역시 確實한 것이었다. 그런데 12歲 入唐시에 父親의 말은 남아있고 父名이나 世系는 모른다고 한다면 그것은 常識 밖의 일이 아닐수 없다. 萬에 하나 12歲 入唐과 父의 咐囑이 歸國後의 崔致遠의 記憶에 의하여 再生된 것이라면 어찌하여 父名과 生地와 世系는 失傳하고 咐囑만 傳한단 말인가?

問題를 여기까지 끌고 올 때, 몇가지 推理를 可能케하는 것이 있다면, 그것은 그 咐囑만을 알릴 뿐 世系는 말하지 않는 등의 處事가 崔致遠 자신에 의하여 意圖的으로 行하여진 것이라는 點이다. 그것을 뒷받침하는 證據로는, 崔致遠의 入唐이 私私로운 經路로된 渡唐이었다는 點을 들을 수 있다.

그러므로 그의 渡唐時의 狀況을 알 사람은 그의 父親과 村民, 그리고 그 自身이었을 것임이 확실하다. 그가 歸國한뒤에는 唐에서의 文名으로 잠시 新羅王의 돌봄을 입었으나 腐敗한 權貴들의 族閥政治는 한층 惡化하여 民生은

---

20) 上揭書. 二十九. 忠烈王 三 .
21) 高麗史. 二十九. 忠烈王 二.
22) 高麗史. 三十五 忠肅王 二.

塗炭에 빠지고 盜賊은 八方에서 跋扈하는 腐敗한 末世에 더구나 嚴格한 骨品 制度가 버티고 있는 新羅에서 庶民의 자식이 설자리가 있을리 없고 그도 또 한 기우는 亂世에 抱負를 펼 생각조차 할 수 없었을 것이다.

그는 잠시 머물던 官職을 버리고 山川에 떠돌면서 生地도, 世系도 말함이 없이 行雲流水로 逍遙하면서 때로는 後學을 가르치고 때로는 竹林·江海濱에 노니는 것으로 日常하였던 것이다.

혹시 沙梁部라고 뒷사람이 말한 것도 貫鄕을 말함일 뿐이고 本彼部라 한것 도, 그곳이 崔致遠이 잠시 살던 舊墟를 指稱함이지 崔致遠의 生地는 아마 아 닐 것이었다. 그래서 朝鮮朝人들은 좀더 科學的으로 調査하여 遺蹟,傳說을 綜 合한 뒤에 古群山이라는 結論을 하였는지도 모를 일이다.

2. 遺蹟을 通한 考證

崔致遠의 生地로 擧論된 곳이 여러 곳이었으나 그 가운데 「史記」나 「遺事」 의 說은 貫鄕을 뜻하거나 崔侯의 古宅이 있던 遺墟를 가리킨 것이지 出生地 를 말한다고 할수는 없으므로 生地의 論究對象으로 남는 곳은 文獻上 古群山 ·杜州·文昌등 세 地名이라 할수 있다.

이 밖에도 昌原 곧 지금의 馬山에 月影臺가 있고 또 昌原의 古名이 文昌임 에 비추어 出生地로 볼만한 곳이기는 하나 「史記」나 「遺事」에서도 昌原人이 라는 記錄이 없고 朝鮮朝에도 崔侯의 生地로 擧論된 일이 없으므로 새삼스럽 게 따져야 할만한 理由가 없긴하다.

月影臺는 馬山과 古群山에 각각 있고 둘다 崔侯가 어려서 공부하던 곳으로 되어있고 또 그의 글읽는 소리가 唐皇의 귀에 들렸다는 것인데 「崔孤雲傳」에 는

中原天子出後園翫月之際 遙聞詠詩之聲 淸且淡 問其侍臣曰詠詩之聲自何而來 耶 對曰去年以來月白風淸之夜則詠詩之聲 自新羅而來聞 仰觀天像貴星現東國 意 者東國有賢者乎 帝曰新羅雖偏小之國賢者自古有之萬里絶域之外 詩聲亮朗聞之況 近聽乎稱贊不已[23]

대체로 古群山列島와 그보다 100里쯤 深海쪽에 나아가 있는 於靑島에서도 그렇고 群山·沃溝의 西海岸一帶에서는 古來로 「선비의 글읽는 소리가 中國까지 들렸다」는 傳說이있다. 이 傳說은 「崔孤雲傳」에 있는 「去年以來月白風淸之夜則詠詩之聲 自新羅而來聞」과 같이 系를 같이 하는 것인데 「崔孤雲傳」의 上記 내용이 訛傳된 것인지 아니면 傳說이 먼저였고 「崔孤雲傳」의 것은 이 傳說을 小說化 한것인지 詳考 할길은 없다. 그러나 月影臺에서의 詠詩聲이 唐皇에게 들렸다는 「崔孤雲傳」의 스토리를 充足시킬만한 地理的 條件은 古群山쪽이 馬山보다는 훨씬 有利하다.

대체로 古人들은 正確한 距離感覺이 없었으므로 古群山이나 於靑島의 至近之處에 中國이 있다고 믿었던 것이다. 筆者가 於靑島에 갔을때도 조용한 밤이면 中國 쪽에서 닭우는 소리나 개짖는 소리가 들린다는 村老의 말에 失笑한적이 있었지만 그만큼 中國이 가까이 있다고 믿고 있었다는 것을 충분히 立證한다 할수 있다. 이런 一般의 意識에 崔致遠이 入唐하여 顯達하게 되니까 여러 가지 假設이 덧붙여져서 詠詩聲이 唐皇의 귀에 들려서 그것이 빌미가 되어 入唐했다는 奇緣의 계기로 꾸며진 것인지도 모른다.

물론 위와 같은 假說이 馬山에서도 成立되지 않을 까닭이 없다하겠으나 地理的인 與件으로 보면 馬山의 건너편은 倭國일것이므로 中土와는 相關이 적고 또 억지로 附會하려해도, 馬山에서 詠聲이 唐皇의 귀에 들리려면 海上이 아니라 陸地의 수많은 山野와 또 幾千幾百의 島嶼를 지나서야 彼土에 이르게 될 것이므로 詠詩聲이 淸且淡으로 들릴 리가 없을 것이다.

詠詩聲이 唐皇에게 들렸다는 것이 崔侯의 幼時의 총명을 象徵한 言說이지 어찌 事實이겠느냐고 抗議 한다해도 古群山 附近의 傳說, 正宗時의 徐某人의 古群山人說 등을 뒤집을 만한 資料가 馬山에는 없으므로 馬山을 生地 對象에서 除外하는 辭은 이만치서 줄인다.

그러면 文昌·杜州·古群山說에 대하여 檢討하여 보자. 「崔孤雲傳」에는 虛頭에 「昔新羅時有崔沖者早登龍門蹉跎仕路 晚除文昌令····」에서 崔侯의

---

23) 同上.

父가 沖이라는 것과 文昌郡의 守令으로 왔음을 明示하고 있고 「聊齋志異」에
는 「新羅末崔种守是州 种妻生子名曰致遠 幼少聰慧異常 島古號文昌郡···」
이라하여 崔侯의 父가 沖이 아니라 种으로 되고 古群山의 古號가 文昌郡임을
분명히 하고 있다.

沖과 种은 넘나드는 글자니까 크게 문제될 것은 없고 위 두 記錄으로 보면
杜州의 屬領이 古群山이요 古群山의 古號가 文昌이라는 것이다. 그러므로 文
昌은 杜州郡에 속한 古群山의 古號이므로 지금의 古群山의 옛 이름이라는 것
이다. 그렇다면 崔侯의 生地는 古群山으로 歸一 할 수밖에 없는데 古群山의
遺蹟을 좀더 알아봄으로써 古群山人說의 論據를 檢討하여 보기로 한다.

1977年 7月初에 國文學科 學生 30餘名을 데리고 「古群山列島 調査」에 나
섰다. 學生들은 白沙場에 텐트를 치고 교수들과 女學生들은 李明喆翁(77歲·
古群山 仙遊島 鎭里)宅에 머물기로 했다.

李明喆翁은 有能한 편이고 島內에서 8代나 살아온 이 地域의 望族으로 젊
어서 이후 近處의 指導者였던 것같았다. 그의 소개에 따르면 「仙遊八景」이
있는데 다음과 같다고 하였다.

1.望主峯 瀑布   2.平沙落雁   3.明沙十里   4.三島歸帆
5.仙遊落照   6.壯子漁火   7.巫山十二峯   8.月影丹楓 24)

「望主峯」은 仙遊島의 正北에 있는 봉우리로 美麗魁峻하다. 瀑布는 장마철
에나 이루어지고 春秋冬에는 微弱하다. 仙遊列島에서는 望主峯이 石山인 것
으로도 殊異하지만 높이로도 第一이 아닌가 싶다.

웬만하면 오를 수 있으나 매우 미끄럽고 危險하다. 望主峯 맨 밑쪽, 그러
니까 沙場에 서서 손으로 만질만한 높이에 자로 세로 10cm 크기의 漢字로
「內選莞人」이라는 四言이 刻하여 있다. 刻은 깊고 예쁘게 되어있는데 李明喆
翁의 傳言으로는 그가 幼少時에도 들어보면 옛날부터 있었다고 했다 한다.

「鄭鑑錄」에 이쪽이 范氏千年 都邑說이 있어 혹시 그런 類의 讖言이 아닌지

---

24) 仙遊島. 鎭里. 李明喆氏에게서 採錄. 1977. 7. 12.

모르겠다. 李翁의 說明으론 「莞島사람이 宮內에서 뽑힌다는 말」인지 모르겠다 했다. 이곳에 遺傳하기는 하지만 뜻은 모르고 있는 것 같고 莞字가 왕골 완字이니 莞人이면 莞島人인가 왕골사람인가, 또 內選이란 안에서 뽑는다는 뜻인데 안이란 國內인가 宮內인가 秘密選擧란 말인가. 아무튼 어려운 말이다.

이 望主峯의 東南 기슭에 神祠가 하나 있는데 「五倫堂」이라 하고 龍王·山神·임씨부인을 모셨다고 한다. 各島의 祀祭는 五倫堂에서 지낸 다음에 지낸다 한다. 또 一說에는 「望主峯에는 朝鮮 軍士가 3年 먹을 穀食이 들어있다」고 傳해온다고 하였고, 「三角山이 될까하여 올라가다가 三角山이 이미 섰다고 하므로 주춤하고 여기에 섰다」고 하였는데, 이는 古群山都邑說에 敷衍된 圖讖家의 緖說이 아닌지 모르겠다.

望主峯이라는 山名이 언제부터인지는 알 수 없으나 百濟 滅後에 王子들이나 興復救國戰에 參與한 將卒들이 여기 駐屯하여 임금을 그리며(望主) 또는 興復을 信仰하면서(望國) 살았던 데서 緣由한 山名이 아닌가 싶다. 옛날에는 나라(國)라는 槪念이 곧 君主를 의미하였음에서 望主는 곧 百濟興復으로 연결된다 할 수 있다고 본 것이다.

「平沙落雁」은 仙遊峯과 望主峯사이에 펼쳐진 沙場인데 干潮에는 平沙原이 되고 滿潮에는 바다물로 채워지는데, 干潮때에 보면 地形이 기러기 모양으로 모래턱이 모양지어져 있는데 李翁은 "平沙落雁이 그것을 말함이다"라고 했으나 나에게는 受肯되지 않았다. 어느 地方이고 勝景을 말하는데 歸帆이나 落雁이 있는 법인데 落雁이란 기러기가 날고 앉고 하는 모양을 말함이지 地形을 두고 命名하지는 않는 것이다.

「明沙十里」는 海棠花가 많았다 하나 지금은 殆無하였다.

「三島歸帆」은 三島는 仙遊島의 뒤쪽에 있는데 지금의 古群山中學校 뒷길로 질러 넘어가면 桶里에 이르는데 거기서 보면 조그만 無人島가 셋이 있고 그 사이로 돌아오는 帆船이 특히 夕陽의 노을을 등지고 올 때면 꿈같이 아름답다 하지 않을 수가 없다.

仙遊落照는 古群山列島의 主島인 仙遊島에서 바라보는 落照를 말함이다. 대체로 東海岸에서는 日出景이 꼽히고 西海岸에서는 日沒을 세우는데, 勝景

處에서 美景을 셀 때 落照가 빠지지 않음은 西쪽이라 바다 위로는 日出이 없고 오직 日沒만이 있으니 落照에 물드는 바다의 榮華가 지극히 아름다운데서 그런 것인데 仙遊島에서도 落照가 빠질리가 없다.

「壯子漁火」는 仙遊島의 西쪽에 있는 壯子섬에 고기잡이 배들의 불켠 光景을 이름인데 島의 古老들의 말로는, 三·四十年前만 하더라도 壯子島의 앞바다에 漁場이 형성되어 數百隻의 漁船群이 모여 밤에 고기를 잡게되면 漁船에 켠 燈火가 壯觀이었다는 것이었다.

中國商船들이 여러 날을 定泊하면서 고기를 사가고하여 섬이 흥성거렸고 景氣가 매우 좋았다는 이야기 였다. 「聊齋志異」에 「…又多漁爲唐商船往來貿易之所 唐商客見致遠而悅之遂載入唐」의 狀況을 뒷받침할만하다고 할 수 있다. 三·四十年前까지도 漁場이 盛況하였을뿐 아니라 近海의 魚物集散地였으니까 商船이 出入하였을 것은 不問可知일 것이다.

「巫山十二奉」은 望主峯 連脈인 南岳山의 北方에 있는 列島로서 俗稱 「서더리」라 하고 봉우리가 12個이므로 中土의 蒲湘八景중의 하나인 巫山 十二奉에 擬하여 붙인 이름으로 바다를 隔하여 멀리 보이는 勝景이다.

「月影丹楓」은 望主峯의 東쪽 섬에 있는 것으로 島名을 新侍島라 하고 그 섬의 山項을 俗稱 「어릉대」라 한다고 하는데, 이는 「月影臺」의 訛傳인지 알 수 없다. 傳하기는 옛날에 쓰던 칼이 있었으나 지금은 없다고 하고 여기서 옛 선비가 글을 읽으면 長安까지 들렸다고 한다고 李老人이 설명했다. 古群山八景으로는 月影臺의 丹楓이 꼽힌다고 하였다.

이 月影臺는 馬山의 것과 相同하나 馬山의 것은 「朝鮮金石文總覽」에도 나와있는바 碑文이 傳하나 新侍島는 傳說로 「어릉대」라는 山項의 岩石이 있을 뿐이다.

以上의 八景에서 보면 仙遊島의 「仙遊」라는 地名에서 神仙인 바의 崔仙子의 자취를 알 수 있고 壯子漁火에서 中國商船의 去來를 뒷받침하고 있으며 新侍島의 月影臺를 「어릉대」라하여 千年前부터의 傳說과 呼稱의 訛脫로 孤雲의 故地임을 實感케 한다고 할 수 있다.

仙遊島 北方 望主峯의 連脈인 南岳山의 西端에 金猪窟, 俗稱 「돼지굴」이

있는데 그곳이 傳說로는 금돝(金猪)이 살던 곳이라 하는데 지금은 窟로 되어 있지 않고 20m餘의 石壁으로 石灰岩이 海水에 용해되어 自然生으로 만들어진 狹谷으로 길이가 15m 정도로 음산하고 雄壯한 구조였다. 千餘年前에는 굴로 되어있을 可能性이 없지 않다고 推定된다.

「崔孤雲傳」의 내용대로 라면, 數十人의 女人이 살았다고 하였으니까 꽤 광활한 空間이 있어야 옳으나 생각처럼 넓지는 않았다. 아마도 小說이 이 地方의 傳說을 옮기면서 誇張하였으리라고 보아진다.[25]

이 地方人들의 말에는 옛부터 이 「돼지굴」 近方의 水域을 「금도치」라 부른다고 하고 「금도치에 가면 고기가 많다」고 傳해온다고 하며 그 傳說대로 고기가 많다고 하였다. 그러나 이 水域은 水深이 깊고 南岳山의 등쪽이어서 한적하였고 괴석으로 海岸에 돼지굴같은 岩隙이 散在하여 무시무시한 느낌을 주어 사람들이 잘 가지 않는다고 하였다.

여기서 抽出되는 것으로는, 「돼지굴」이나 「금도치」가 모두 金猪에 관한 傳說과 相關되어 오랜세월을 이곳 住民사이에 口傳되어 오던 것으로 보이며 이런 傳說이 능히 「崔孤雲傳」의 小說題材로 쓰이었을 것이라 믿어진다. 지금의 沃溝郡 沃溝面 仙緣里에 「紫泉臺」가 있고 碑石이 있었는데 이것을 沃溝郡의 官衙자리인 上坪里에 옮겼는데 碑는 正面이 「紫泉臺」라고 새겨있고 「沃溝郡誌」에는 立碑年代를 알 수 없다 하였다. 그런데 「沃溝郡誌」에는 다음과 같이 있다.

「紫泉臺」는 沃溝邑 上坪里 향교안에 서있으나 당초 沃溝邑 仙緣里 下梯의 西海岸 한 동산에 있었던 것을 옮겨 세운 것이다. 자천대가 세워진 年代는 확실히 밝히진 것은 없으나 이 자천대가 崔致遠과 關聯이 깊은 기록과 말이 전해오는 것으로 미루어 보면 신라 또는 그 이전에 세워진 것으로 推測할 수 있다. 紫泉臺의 이름은 이 동산 아래에 샘하나가 있었는데 샘물이 불그레한 데서 연유한 것이다. 紫泉臺가 있는 곳은、바위로 되었고 바윗빛이 붉었으므로 맑은 샘물이었으나 바윗빛 때문에 물이 붉게 비친 것이다.

---

25) 1977. 7. 13. 현지답사.

　　野史에 의하면 崔致遠의 아버지는 新羅의 武官으로 內草島(새섬)에서 水軍將으로 遷任될 때 따라와 살면서 內草島 건너 海岸 陸地의 下梯에 놀러 가곤 하는데 下梯의 모래밭에서 막대기로 글씨 연습을 하였다는 것이다. 글이 날로 나아가자 紫泉臺에서 글을 읽었는데 글 읽는 소리가 唐에까지 들려 唐에서 使臣이 와 그를 데려갔다 한다. 그가 공부한 紫泉臺 아래 바위에는 글 읽으면서 남겼을 두 무릎 자국과 벼루 자국이 남아있었다고 한다.26)

　「新增東國輿地勝覽」에는 「紫遷臺」라고 있어27) 上記 碑文인 「紫泉臺」와는 泉→遷이 다르다. 「沃溝郡誌」에는 바위 아래 샘이 붉어서 紫泉이라 했다 했는데 이는 잘못이다. 本來 紫란 神仙이나 帝王의 住居之色이다. 그래서 紫霞를 仙宮으로 쓰며 紫閣을 神仙의 居, 紫宮은 神仙의 宮으로 指稱하였음이 「神異經」에도 보이는데, 「靑丘山上有紫宮 天眞仙女多遊於此…」라 함이 이것이다. 紫泉은 그 用例가 있고 王勃의 「懷仙詩」에 紫泉漱珠液 玄巖列丹葩」라 있고 李商隱의 「隨宮詩」에 「紫泉宮殿鎖烟霞漱欲蕪城作帝家」라고 한 것이 있음을 본다. 그러므로 紫泉이 샘물이 붉어서가 아니고 瑞水로서 神仙이 居하는 곳의 샘이란 뜻이다. 紫臺란 用例도 仙人의 居室로 「漢武帝內傳」에 發紫臺之文 賜汝八會之書」라 있어 神仙의 生居로 되어 있다.

　그러므로 이는 崔致遠이 末年에 神仙이 되었다는 傳說로 인하여 그의 遺蹟은 모두 仙趾로 擬하여 命名한 것이니 가령 紫泉臺가 있던 마을이 「仙緣里」라 함이 그 좋은 例이다. 仙緣은 崔仙子와의 因緣을 이름이요 그가 한때 여기서 居하였음을 말하여 준다 하겠다. 그러나 「輿地勝覽」에 있는 「紫遷臺」는 어찌된 것인가. 紫遷이란 用例는 古文獻에는 보이지 않으나, 옛사람들이 이곳이 崔仙子가 幼時에 노닐던 곳이요 모래에 글씨를 썼다 함으로 「紫僊臺」라 써서 立碑한 것이나 아닐까. 僊은 仙이지만 잘못 읽어 「천」으로 誤讀되기 쉬우므로 地方人들이 半識讀으로 「천」으로 읽어 「자천대」라 해오다가 碑石이 風雨에 磨壞되어 數百年이 지난 뒤 有志者가 다시 立碑할 즈음 住民들에게 들으니 古來로 口傳에 「자천대」라 하였다 하니 「자」는 紫임을 알겠으나 「천」

---

26) 沃溝郡誌. PP. 270-271.
27) 新增東國輿地勝覽. 卷三十四. 沃溝 樓亭.

은 모르겠으므로 遷이라 하였는가 알 수 없다.

또 遷도 僊과 相通하는 點이 많다. 「段注」에 「僊去疑當爲遷去升高也長生者선去故從人선會意按선有高升之意從人從선者謂長生而升天之人也」라 있어 僊 곧 仙의 意가 長生·高升이고 長生而升天之人임을 알겠는데 遷도 「廣韻」에는 去下之高也로 있고 「詩」小雅에 出自幽谷遷于喬木이라하여 높은 곳으로 오르는 登의 뜻이 있음을 알겠다. 「說文」에도 遷 登也라 하였으니 위의 諸記錄과 같다. 이렇게 보면 紫僊이나 紫遷이나 相通하므로 어느것이 되었거나 本旨에서 벗어나지 않으므로 崔孤雲의 遺蹟을 紀念하는 趣意에 맞는 글자라 할 것이다. 생각컨데 당초에 이곳에는 紫遷臺라 있었는데 그뒤 歲月에 부스러져 없어졌으므로 뒷사람이 다시 세울 때에 近處 古老들에게 물으니 半識者들이라 僊을 「천」으로 口傳하여온바 「자천대」라 들어왔노라 하므로 「紫遷臺」라 써서 세웠는데 이것이 모두 鮮初 以前의 일이라 그 뒤 다시 부서졌고 地方民이 再建할 때에 「興地勝覽」을 詳考하지 않고 住民의 말에 따라 臺아래 泉이 있으니 紫泉臺라 한 것이 아닌가 싶다. 遷이 泉으로 變하고 다시 泉水의 紫色으로 因함이라는 傳說은, 「紫遷臺」라는 名을 새긴 碑가 磨耗되어 여기에 없어지고 다만 口傳으로 「자천대」라 하여오니 뒷사람이 「자천」의 「천」을 泉으로 誤認하여 여기에 泉水色이 紫니 紫泉이라 하였다고 附會한 것이겠다.

이밖에 內草島에는 崔致遠 一族이 살았다는 遺蹟이 있고 그곳 住民들의 말에 內草島는 仙緣里의 對岸이요 아주 가까우므로 幼時의 崔侯가 건너다니며 자천대에서 놀았다 할 수 있으나 古群山은 멀어서 그럴 수 없다고 하고 다만 「돼지굴」의 遺蹟만은 인정하노라고 해오고 있다.

이렇게 되면 崔侯의 出生地는 古群山과 內草島로 되겠으나 「沃溝郡誌」에는 崔侯의 父가 遷任해올 때에 崔侯가 따라왔다 하였지 出生하였다고는 하지 않았으므로 出生地 如否는 뒤로 미루기로 한다.

3. 說話를 通한 考證

說話 곧 傳說로는 「崔孤雲傳」의 것, 「聊齋志異」의 내용, 仙遊島의 說話, 內

草島의 說話, 「沃溝郡誌」의 것등 5種이다. 그런데 「崔孤雲傳」과 「聊齊志異」는 記錄을 통한 考證의 章에서 詳論하였으므로 여기서는 餘他의 3종만을 檢討하기로 한다.

☐ 仙遊島의 說話

　　1977年 8月에 仙遊島 住民인 77歲 李明喆翁에게서 採錄한 것이다.

　　옛날에는 지금의 沃溝郡의 陸地와 古群山이 연결된 陸地였다. 그런데 沃溝쪽(仙緣里를 暗示하는듯)에서 살던 한 사람의 아낙이 밤마다 어디론가 갔다가는 새벽에야 오곤 하므로 남편이 의심하여 하루는 잠을 자지않고 지키고 있은즉 바람이 일어나면서 아내가 무엇에 채여가는 듯이 훌쩍 날아가므로 뒤를 쫓다가 行方을 잃었다. 다음날 밤에는 실을 아내의 허리에 묶어 놓았더니 역시 여늬때처럼 훌쩍 데려가는지라 다음날 낮에 실을 따라 가본즉 바위틈으로 들어갔다. 안을 들여다 보니까 금돝이 있어서 숨어있다가 돌아왔는데, 아내가 금돝에게 「그대가 제일 무서워 하는 것이 무엇이냐」하니 금돝이 「내가 무서운 것은 아무것도 없으나 다만 말피라」 하므로 아내가 남편에게 말하여 말피를 끼얹으니 금돝이 도망갔다. 굴에서 돌아온 뒤에 胎氣가 있어 生男했는데 그 아이가 7歲에 行方不明이 되었다. 그 아이가 나중에 자라서 新侍島에서 글을 읽고 仙遊峯에서 놀았다함.28)

☐ 內草島의 說話

　　하루는 난데 없는 회오리바람이 陰散하게 불어오더니 內草島의 한 村夫를 잡아가지고 굴속으로 끌어 갔다. 가보니 금돼지가 사는 곳이었다. 村夫는 암돼지가 나가지 못하도록 굴문을 막아두기 때문에 할 수 없이 함께 살았는데 그 사이 돼지에게서 사내아이가 태어나고 그 아이가 자라서 7歲가 되었다. 7歲되던 해에 돼지가 문단속을 疏忽히 한 틈을 타서 아이를 데리고 뗏목을 만들어 타고 陸地로 逃亡치는데 금돼지가 따라오므로 죽을 힘을 다하여 노를 젓는데, 돼지가 뗏목에 닿을 즈음에 뗏목나무 하나를 끌러놓으면 금돼지는 欲心이 많아서 그 나무토막을 섬에 갖다두고 또 쫓아왔다. 村夫는 금돼지가 쫓아와 덤빌만 하면 뗏목의 나무를 떼어주고 돼지는 그 나무를 갖다 두고 오곤하는 반복 속에서 육지에 닿아 도망쳐 살아났다.29)

---

28) 鎭里. 李明喆氏에게서 採錄. 1977. 7. 15.
29) 沃溝郡 隱寂寺住持 李喜錫氏에게서 朴順浩교수가 採錄. 1967. 7.

□ 沃溝郡誌의 說話

野史에 따르면 崔致遠의 아버지는 新羅의 武官으로 內草島(새섬)에서 水軍
將으로 駐屯한 일이 있었는데 이때 최치원이 따라와 같이 살았다는 것이다. 그
래서 내초도 앞 강가(群山 近方에서는 바다를 강이라 하고 海岸을 강변이라
함) 인 下梯에도 놀러다닌 일도 있었다. 최치원은 하도 영특하고 재주가 있어
서 공부를 잘했다. 하제의 모래밭에서 막대기로 글씨를 연습해 익혔다는 것이
다. 얼마만치 글에 익숙한 후에는 자천대에서 글을 배우고 읽었는데 그 글을
읽는 소리가 중국 당나라에까지 들려 당에서 使臣이 와서 데려갔다고 한다. 지
금도 자천대 아래의 바위에는 그때에 최치원이 글읽느라고 두 무릎을 꿇은 자
국이 남아있고 벼루를 놓았던 자취가 역력하다.[30]

以上의 세 說話를 比較하여 보면 다음과 같다.

    1) 금돛이 아들을 낳음   내초도설화
    2) 금돼지굴   고군산설화·내초도설화
    3) 7歲때 行方不明됨   고군산설화·내초도설화
    4) 금돛에게 끌려갔던 女人이 아이를 낳음   고군산설화·최고운전
    5) 아비를 따라옴   옥구군지

여기서 注目되어지는 것은 古群山說話와 崔孤雲傳의 내용이 一致하고 금돼
지굴은 內草島說話에서도 섬 속에 있는 것으로 되어 있다는 점이다. 그러나
두 설화가 모두 금돼지를 母로 했거나 父로하여 關聯을 지운 것은 相通하나
돼지는 섬쪽이고 돼지의 相對役이었을 사람(최고운전·고군산설화의 女人·내
초도설화의 村夫)은 陸地에 살거나 內草島에 사는 것으로 되어있는 것이 共
通點이다.

그렇다고 보면 說話上으로는 「崔孤雲傳」과 系統을 같이 하는 것은 古群山
說話라고 할 수 있고, 따라서 古群山說話를 源流로 보고 內草島說話나 「沃溝
郡誌」, 「崔孤雲傳」의 것은 여기에 첨가 하였거나 여기서 派生된 것으로 짐작된
다.

---

30) 沃溝郡誌. PP. 270-271.

Ⅲ. 結 論

崔致遠이 出生한 곳은 지금의 古群山列島의 어느 섬이겠으나 陸地거나 陸地에 近接한 곳일 可能性이 많다. 說話에 仙遊島와 陸地가 옛날에는 이어졌다는 句節이 古群山說話에 보이는데, 이 이야기는 群山沃溝地域에 옛부터 傳해오는 것으로 西海岸 一帶 특히 칠산바다 - 古群山을 위시하여 영광 近海에 이르는 水域에 7個 고을이 있었는데 어느날의 大地震으로 陷沒되어 버렸고 몇 개의 섬만이 남았다는 地震說話에 根據하고 있다. 31)

그러므로 仙遊島도 古群山說話속에서는 陸地였으며 內草島도 說話 속의 시간에서는 陸地로 되어있다는 것을 알 수 있다. 다시말하면 지금은 섬이지만 그 당시에는 陸地였다는 것이므로 崔孤雲에 관한 說話속에서의 背景은 그것이 古群山이거나 內草島의 說話도 陸地였을 때의 일로 推定하여 그 時期가 地震으로 陷沒되기 以前이겠으니까 新羅 이전으로 올라가고 遙古 天地肇判의 開闢神話로까지 遡及한다고 할 수 있다.

칠산바다가 陸地였고 그것이 大地震으로 가라앉았다는 史錄이 없는 것으로 보면 三國時代거나 그 以前의 馬韓때에 일어난 事件인지도 모르겠다. 어쨌거나 崔孤雲傳說話의 背景으로 「옛날에는 古群山列島가 陸地였고 陸地였던 때에 금돼지가……」하는 것이니까 금돼지의 설화가 삼국시대나 그 이전부터 전하여 오는 것이라고 믿어지는 것은 당연하다.

그렇다면 崔孤雲說話 이전에 금돼지說話가 傳해 내려오다가 崔孤雲說話가 新羅 이후에 첨가된 것이라고 보아지며 崔孤雲說話는 그 說話의 구조상 古群山說話(仙遊島)를 繼承한 것으로 생각된다.

이렇게 文獻·遺蹟·說話를 통하여 綜合하여 보면 崔孤雲은 內草島를 포함한 古群山列島 가운데의 어느 곳에서 出生한 사람이다. 그 섬이 구체적으로 어디인지는 알 수가 없으나 文獻으로는 唐의 商船이 往來하는 貿易之所로는 仙緣里나 內草島보다는 古群山이 有力하고 또 古群山에는 古來로 鎭營이 있어

---

31) 筆者가 幼時以來 많이 들어온 傳說임.

서 西海水域을 統轄하였으므로 仙遊島의 住民의 600名이 官族이요 1,000名이 漁民·雜商이었다는 古老의 傳言이 모두 史實에서 벗어나지 않는다.

說話로 보면 금돼지굴과 崔侯의 父나 母의 居所는 相當한 거리가 있어야 하겠다. 內草島의 說話로는 금돼지굴에서 出生한 것으로 되어있고 古群山說話와 崔孤雲傳은 금돼지굴에서 나가서 母의 居所에서 낳았다 하였는데 과연 금돼지굴과 母의 居所와의 距離를 어느 정도로 想定할 수가 있겠는가가 문제이다.

古群山說話나 崔孤雲傳에는 명주실로 매어놓았다가 따라간 뒤에 명주실을 따라가 찾아냈다 했으므로 돼지굴에서 명주실로 이어지는 最長의 거리가 仙遊島일밖에 없을 것이다. 금돼지굴에서 仙遊島까지는 바다를 건너질러 간다고 해도 3km는 족히 될 것이다. 그러나 內草島나 仙緣里는 12km가 넘는 거리이므로 실꾸리가 미치는 限界밖에 있다고 할 수 있다.

더구나 杜山縣 곧 杜州 屬縣으로 隣近地域의 衙營이 있었고 唐의 商船이 드나들던 곳으로도 適地이기는 하나 다만 자천대에서 幼時에 글씨를 쓰고 놀았다는 것이 의심스럽다. 古群山과 자천대의 거리도 14km쯤 되기 때문이다.

古群山說話에는 7歲에 行方不明이 되었다고 하였으니 仙緣里에 있는 紫泉臺에 가서 놀았다는 설을 뒷받침할만 하다고 할 수 있겠다.

자천대설화는 무론, 최치원의 유적이어서 꾸며진 說話이기는 하나 세 살때 모래에 글씨를 쓰고 獨學 하였다는 등의 이야기가 모두 崔侯가 一定한 修學課程이 없이 自修獨學하였다 함을 말함일 것이다.

또 內草島는 仙緣里의 바로 건너이므로 崔侯가 幼時에 行不이 되었다는 이야기와는 거리가 멀다.

仙遊島의 仙遊나 금돼지굴, 月影臺, 금도치 등의 遺蹟이 仙遊島의 지근지처에 集中되어 있는 것도 이곳이 崔侯의 出生·成長의 故地임을 立證하는 것이라고 推斷되어진다.

이상으로 崔侯는 慶州崔氏의 후예로서 28歲 還國後에 慶州에서 살았고, 出生은 古群山 仙遊島에서였으며 寒微한 家系의 所生으로서 獨學으로 자라 唐商人에게 唐船에 태워져 入唐·登第하는 經路로 28歲에 還國하였다고 結論할 수 있을 것이다.

　따라서 古群山 仙遊島를 崔侯의 出生地로서도, 「崔孤雲傳」이라는 小說 背景으로서도 復元·保存하였으면 좋겠다는 생각을 하여본다.

(1976. 문리연구)

제 3 장 百濟歌謠 『井邑』 新考

Ⅰ. 머릿글

1992년 8월에 「백제 가요 정읍에 관한 재검토」를 발표하고 그것을 보완하고 다시 재정리하여 1996년 1월에 이 글을 쓰기로 하였다.

여기서는 대체로 다섯 가지 문제를 다룰 것이다.

첫째, 「정읍」이 백제의 노래인가 신라 후기의 노래인가를 소상히 밝힐 것이다.

둘째는 명칭의 문제인데, 백제의 「정읍」과 고려의 「정읍」에 대한 문제를 가리는 일이고

셋째는 고려와 조선에 걸쳐서 이른바 「井邑詞」는 어디에도 「井邑」으로만 되어 있고 「井邑詞」로는 되어 있지 않은데, 근대의 金台俊 이후부터 「井邑詞」로 통일이 되어 있음을 보게 된다. 과연 「井邑」이 맞는지 「井邑詞」가 맞는지 자료를 토대로 검토해야 하겠다.

넷째는 「全져재」의 문제이다. 全州를 全으로 호칭하던 용례가 없으므로 「後腔全」으로 읽고 「져재 녀러신고요」로 보는 것이 옳다는 이병기 교수의 주장과 全을 全州의 略稱으로 간주해도 잘못이 없고 「後腔全」의 용례가 없으니 「全져재」로 읽어야 한다는 김형규 교수의 주장이 엇갈리는데 그 근거를 좀더 가까이서 규명해 보려고 한다.

다섯째는 望夫石의 위치 문제이다. 현재 망부석으로 추정되고 있는 정읍시 덕천면 망제리 망제봉 아래의 바위가 맞는 것인지 아니면 초산 북쪽의 호남고등학교 옆에 정읍시에서 세운 망부석이 제 위치인지 아니면 다른 곳인지를

좀더 과학적으로 탐색할 것이다.

Ⅱ. 백제 노래인가 신라 후기 노래인가

「井邑」은 아는 바와 같이 지금의 전라북도 정읍시를 가리킨다. 1994년의 시군 통합으로 종래의 井邑市와 井邑郡이 통합되어 井邑市로 되었으나 井邑의 地名은 본래 百濟의 井村縣이었던 것을 新羅 景德王 16년에 井邑으로 改稱한데서 유래한다.

경덕왕 16년이면 서기 757년이므로 백제가 망하던 서기 660년에서 97년이 지난 뒤의 일이다.

거의 100년 가까운 시일이 지나서 지명을 바꾸었고 노래의 명칭도 「井邑」으로 되었으며 노랫말 가운데서도 「全져재」(「全져재」를 「全州져재」로 보기로 한다면)가 등장하는 등 井邑·全州가 모두 경덕왕 때에 개명한 호칭이므로 이 노래가 신라 후기에 지어졌을 가능성을 조심스럽게 거론하는 이들이 있었다.[1]

지명을 井村縣에서 井邑縣으로, 完山州에서 全州로 개정한 것이 경덕왕 16년이라면 이 「井邑」은 적어도 서기 757년(경덕왕 16년)을 상한선으로 할 수밖에 없고 제작 연대는 서기 757년 이후의 어느 時點으로 내려와야 한다는 것이 일반론이다.

그러나 한가지 문제로 제기되는 것은 이 「井邑」 뿐 아니라 「高麗史」 樂志에 보이는 「東京」이나 「三國遺事」 가운데 「處容歌」의 "東京明期月良"에 나타나는 「東京」, 「增補文獻備考」의 「東京曲」, 「東京歌」 등은 어떻게 해석할 것인가이다.

慶州가 東京으로 개칭된 것은 高麗 成宗 6年 (서기 987년) 10月의 일이므로 신라가 망한 뒤 52년이 지난 뒤의 일이었다.

---

1) 김사엽. 국문학사. 정음사. 1956. P. 195
　　이병기. 국문학전사. 신구문화사. 1991. 중판. PP. 55-61

　그러므로 井邑이나 全州가 경덕왕 16년에 개칭한 것이기 때문에, 「井邑」이 경덕왕 16년을 넘어 올라갈 수가 없을 것으로 보고 이 노래가 후백제 때의 노래일 것으로 추정하려는 것인데, 이 논리대로 한다면 「高麗史」 樂志의 「東京」이나 「三國遺事」의 「處容歌」, 「增補文獻備考」의 「東京曲」이나 「東京歌」 등은 모두 고려 시대의 노래라고 규정할 수 밖에 없을 것이다.

　그런데 어찌해서 「井邑」이나 「東京」, 「處容歌」, 「東京曲」, 「東京歌」를 「고려사」에서는 백제의 노래라 하고, 신라의 노래라 하는 것일까. 우리는 좀더 가까이서 이 문제를 살펴보아야 할 것이다.

　이들 노래를 백제나 신라의 노래라고 분류하는 것은 「高麗史」 三國俗樂이 처음이다. 거기에는 다음과 같이 있다.

　　　“新羅百濟高句麗竝用編之樂譜故附著于此詞皆俚語”[2]

　신라, 백제, 고구려가 악보를 편찬해 썼는데 여기에는 俚語의 歌詞를 붙였다는 것이다. 俚語란 漢文에 대한 우리말의 卑稱이다. 곧 우리말 가사란 말이다.

　三國俗樂으로 例擧한 노래는 다음의 신라 6수, 백제 5수, 고구려 3수이다.

　　新羅 ······ 東京(卽鷄林府)・東京・木州・余那山・長漢山・利見臺
　　百濟 ······ 禪雲山・無等山・方等山・井邑・智異山
　　高句麗 ··· 來遠山・延陽・溟州[3]

　위의 신라 가요 「東京」은 고려 성종 6년 (서기 987년)에 慶州를 개칭한 것이고 「木州」는 본래 百濟의 大木岳郡이었는데 新羅 때에 大麓郡으로 고치고 高麗 때에 木州郡으로 바꾸었다고 되어 있다.[4]

　「余那山」은 慶州府에서 남으로 40리에 있는 산 이름인데 新羅 때의 이름

---

2) 고려사. 지 권 제 25. 악 2. 삼국속악.
3) 앞의 책.
4) 신증동국여지승람. 권 16. 목천현.

을 그대로 준용한 것으로 생각된다. 고려 대에 와서 郡名까지는 바꿨으나 山名은 대체로 그대로 두었던 것으로 보인다. 「余那山」은 그 한 가지 예일 것이다.5)

「長漢山」은 「長漢城」과 동일한 것으로 생각되나 이 역시 신라의 북쪽 국경 한강 가의 漢山 북쪽 자락에 있는 山名인데 신라 대의 이름을 고려 때에도 그대로 쓰고 있음을 말하여 준다.6)

「利見臺」는 두 가지 설이 있는데 하나는 신라의 왕 부자가 서로 보지 못하여 그리워하다가 이견대를 지어 만나게 되니 그 기쁨을 노래했다는 전설이고 다른 하나는 신라의 神文王이 부왕인 文武王의 遺命을 받들어 感恩寺를 완성하고서 金庾信의 陰德으로 믿어지는 萬波息笛을 얻고서 이를 자축한 노래라는 것이다. 어느 것이거나 신라대의 歌名을 그대로 쓰고 있음에는 틀림이 없다.7)

다음에는 百濟代의 노래를 살펴보기로 하겠다. 「禪雲山」은 「신증동국여지승람」 전 36 茂長縣條에 "禪一作仙在縣北二十里高麗史樂志有禪雲山曲"8)으로 있고 그 내용으로 보면 고려사 악지의 기록을 옮긴 것으로 되어 있다. 따라서 禪雲山名은 백제 이래 바꾸지 않은 것으로 보인다. 왜냐하면 고려사 악지의 기록에도 "백제 때 長沙 사람이 征伐에 나아가서 기한이 되었는데도 돌아오지 않으므로 그 아내가 이 산에 올라서 남편을 생각하며 노래했다"함이 이를 뒷받침하고 있다.9)

「無等山」은 在縣東十里鎭山으로 기록되어 있고 俗有無等山曲百濟時城此山民賴以安樂而歌之라 한 것으로 추측컨대 山名을 바꾸지 않고 百濟의 曲名이 그대로 전승되고 있는 것으로 보인다.10)

「方等山」은 어떠한가. 「신증동국여지승람」에서는 다음과 같이 있다.

---

5) 앞의 책. 권 21. 경주부.
6) 서울대 동아문화연구소. 국어국문학사전. 신구문화사. 1981.
7) 고려사. 지 권 제 25 악 2.
8) 신증동국여지승람. 권 36. 무장현.
9) 신증동국여지승람. 권 35. 무장현.
10) 앞의 책. 권 35. 광산현.

半登山在縣五里鎭山新羅末盜賊大起據此山良家子女多被掠長日縣之女亦在其中
作歌以諷其夫不卽來救曲名謂之方等山轉爲半登長日縣疑卽長城[11]

여기서 간취하게 되는 것은 이 半等山이 지금의 方丈山(고창군에 소재)이
라는 것과 新羅後期(百濟가 멸망한 뒤)에 지어진 노래라는 것이다. 그리고
우리가 주목할 일이 바로 본래 백제 때의 方登山이 신라후기에는 半登山으로
바뀌었고 오늘날은 方丈山으로 와전되었다는 사실과 기록에 보이는 長日縣은
고려 이후의 長城縣이 아닌가 의심스럽다는 점이다.

山名은 시대에 따라서 住民들에 의하여 바뀔 수가 있을 것이다. 그리고 長
日縣을 長城縣으로 추정해서 잘못이 없는 것은 이 方等山(지금의 方丈山)은
고창군과 장성군의 경계를 이루는 蘆嶺에 인접한 산이기 때문이다.

「여지승람」에서 半登이 方登의 와전이며 長日縣이 長城縣이 아닌지 모른다
고 해둔 것은 方等山歌를 연구하는 데 있어서 매우 소중한 자료가 된다고 할
수 있다.

다음에 「井邑」을 살펴보기로 하자. 정읍은 百濟의 井村縣을 新羅 景德王
때에 井邑縣으로 고치고 太山郡에 붙이었다가 高麗 때에는 古阜郡에 딸리게
하였고 朝鮮에 와서 縣監을 두었다고 있고 井村 말고도 楚山이라고도 했다고
하였다. 또 「여지승람」 古跡條에

在縣北十里縣人爲行商久不至其妻登山石以望之恐其夫夜行犯害托泥水之汚以作
歌名其曲曰井邑世傳登岾望夫石足跡猶在[12]

라고 있다. 山名은 특별한 경우 외에는 고치는 일이 없었으나 고을 이름은
新羅 景德王代에 일제히 고쳤고 高麗代에 다시 바꾸었거나 신라 때에 고친
이름을 그대로 쓰고 있음을 확인할 수가 있었다. 「井邑」도 고을 이름이기 때
문에 예외 없이 신라 경덕왕대의 改名의 대상이 되었다는 것을 확인할 수 있
었다.

---

11) 앞의 책. 권 35. 광산현.
12) 앞의 책. 권 34. 정읍현.

그러면 백제 때의 마지막 노래인 「智異山」에 관해서 알아보기로 한다. 智異山名은 百濟 이래 바뀐 것으로 보이지는 않는다. 「高麗史」 樂志의 내용을 옮겨 놓은 것으로 보이는 「여지승람」 권 39 남원도호부에는 다음과 같이 있다.

求禮縣女有姿色居智異山下史失其名家貧盡婦道百濟王聞其妻內之女誓死不從[13]

이 기록은 남원도호부 「人物」조의 「烈女」항목에 「百濟 智異山女」로 冠頭한 것으로 보면 智異山名은 백제 이래 변하지 않은 것으로 짐작된다.

마지막으로 高句麗의 노래에 대하여 살펴보기로 한다. 우선 「來遠城」에 대하여 알아본다. 來遠城은 본래 고구려 때에 압록강 가에 있던 성이었다. 고구려에 귀속한 오랑캐들을 이곳에 수용하였기 때문에 붙인 이름인데, 고구려가 망한 뒤에는 女眞의 소굴이 되었는데 高麗의 成宗 때에 수복하였으나 遼에게 빼앗겼다가 다시 찾았고 遼와 金이 교체될 무렵에 고려의 영토가 되었었다.

「來遠城」은 내원성의 내력을 노래한 것으로 추정되는데 고려·조선까지 명칭의 변화는 없었던 것으로 보인다.[14]

「延陽」은 어떠한가. 延陽은 고려 때의 지명으로 경상북도의 英陽郡과 황해도 平山을 가리킨다. 「延陽歌」의 내용이, 연양현의 머슴이 자기를 비유하여 나무가 쓰일 때로 쓰이다가 불에 타 없어지듯이 자신도 죽기를 한하고 일하겠다는 것으로 고려 때의 노래라고 되어 있다.

여기서는 고구려의 노래라는 「고려사」 악지의 기록에 따라서 경북 英陽縣이 아니라 황해도의 平山일 것으로 보고자 하나 「여지승람」에는 英陽縣에도 平山都護府에도 그곳이 「延陽」이었다는 기록이 없고 다만 平山의 郡名에 「延德」, 「東陽」이 있을 뿐이다. 延德에서 延과 東陽에서 陽을 빼어 合名한 것이 延陽이 아니던가 하는 추측도 가능하나 근거는 없다.[15]

다음은 「溟州」에 대해서 알아본다.

---

13) 신증동국여지승람. 권 39. 남원도호부. 인물.
14) 주6 참조.
15) 신증동국여지승람. 경상도편. 황해도편.

　溟州는 본래 濊國이었는데 고구려에서 河西良 또는 河瑟羅라 하였고 신라 善德王 때에 小京을 두었으나 武烈王 때에 州로 고치었고 景德王 16년에 溟州라고 고쳤다. 고려 태조 19년에 東原京이라 하고 成宗 2년에 河西府라 하였는데 5년에 溟州都督府라고 고쳤고 元宗 원년에 功臣 金洪就의 고향이라 하여 慶興都護府로 승격시켰으나 忠烈王 34년에 다시 溟州로 고쳐 지금에 이르렀다.16)

「여지승람」 권 44 강릉대도호부「古跡」養魚池에는 다음과 같이 있다.

　世傳書生遊學至溟州見良家女羨姿色頗知書生每以詩挑之女曰婦人不妄從人待生擢第父母有命則事可諧矣生卽歸京師習學業女家將壻女平日臨池養魚磬咳聲必來就食女食魚謂曰吾養汝久矣宜知我意將帛書投之有一大魚跳躍含書悠然而逝生在京師一日爲父母具饌市魚而歸剝之得帛書驚異卽持帛書及父書徑詣女家壻已及門生以書示家父母異之曰此精誠所感非人力所能爲也遣其壻而納生焉17)

　"세상에 권하기를, 한 書生이 遊學하다가 溟州에까지 이르러 姿色이 있는 良家의 女人을 보고 끄을렸는데 女人이 글을 제법 아는지라 매번 시를 지어 건네곤 하니 女人이 말하기를 "부인은 망녕되이 남을 따르지 않습니다. 서생이 과거에 뽑히기를 기다려서 부모의 명이 계시면 일이 잘 이루어질 것입니다." 하니 서생이 서울로 돌아가서 과거시험 공부를 하였는데 여인의 집에서는 사위를 맞으려 하였다. 여인은 평소에 못에 고기를 길렀는데, 여인이 못 가까이에서 기침소리를 내면 먹이를 주는 줄 알고 고기가 몰려오므로 여인은 먹이를 먹는 고기에게 말하기를 "내가 너희를 오래동안 길러왔으니 마땅히 나의 뜻을 알 것이다." 하면서 비단에 쓴 편지를 던지니 한 마리 큰 고기가 뛰면서 글을 물고 유유히 사라졌다. 서생이 서울에서 부모의 반찬을 해드리려고 저자에서 고기를 사다가 배를 가르니 비단에 쓴 글이 나오므로 놀라고 이상히 여겨서 자기 아버지 婚書와 비단 편지를 가지고 여인의 집에 들어 가자 마침 정혼한 사위가 문에 이르렀다. 서생이 그 글을 보이니 女人의 부모가 이상하게 여기며 말하기를 "이는 정성이 고기를 감동하게 한 바라 사람의 힘으로 한 바가 아니다"라 하고 정혼한 사위를 보내고 서생을 맞아 들였다."

---

16) 신증동국여지승람 권 44 강릉대도호부
17) 앞의 책, 고적 양어지

위에서 살펴보건대 과거가 등장한다든지 帛書나 婚書의 왕래로 보아서 고구려 때의 것으로 보기는 어려우나 이 「溟州」를 「고려사」가 굳이 고구려의 노래라고 한 것을 감안하면 이 노래의 배경설화가 고려대에 오면서 많은 부분이 보완되고 시대에 맞게 윤색되지 않았나 싶기도 하다.

또 溟州라고 고친 것이 신라 경덕왕 때라고 하니까 경덕왕 이후에 생긴 노래라고 볼 수도 있으나 선덕여왕대(재위 632 - 647)에 이미 강릉에 小京을 두었다고 하므로 강릉은 경덕왕 16년(서기 757년)보다 110년 전에서 125년 전에 신라의 영토였으므로 「溟州」가 아닌 다른 이름의 노래일 수도 있었을 것이다.

그런데 「고려사」에서 신라의 노래가 아니고 고구려의 노래로 분류하게 된 것은 그럴만한 근거가 있었을 것으로 생각되며 그렇게 보면 「溟州」는 분명 경덕왕 16년 이후의 호칭이며 그 이전의 명칭은 고구려 때의 강릉의 지명인 「河西良」이나 「河瑟羅」였을 것으로 보는 것이 합리적이다.

이상에서 「고려사」의 삼국속악을 살펴 보았다. 山名을 제외한 東京, 木州, 井邑, 溟州등 地名은 木州·東京만 고려 때에 고쳤고 井邑, 溟州는 신라 경덕왕 16년에 바꾼 것이다.

그런데 어찌해서 「고려사」는 신라나 고려의 지명으로 불리우는 노래들을 삼국 시대 노래라고 분류하고 있을까. 그것을 입증할만한 근거는 없다. 다만 「고려사」를 편찬할 당시까지의 口碑傳承에 의존했을 가능성이 많을 것으로 볼 수 밖에 없다.

여러 기록이나 口傳에 위의 14수의 노래가 삼국시대의 노래라고 말하여 오므로 명칭은 신라 경덕왕 16년 이후의 것이지마는 삼국시대 노래 그 가운데서도 신라 6수, 백제 5수, 고구려 3수로 명확히 분류할 수 있었던 것이 아닌가 생각된다. 따라서 신라 경덕왕 16년 이후에 개명한 地名의 노래 예컨대 井邑, 溟州를 신라 후기의 노래로 볼 수가 없고 고려 성종 때에 개명한 木州 東京을 고려의 노래로 구분해서는 안된다는 생각이다.

그렇다면 이 노래들의 본명은 무엇이었을까. 東京은 徐羅伐이나 斯盧로서 우리 말의 「셔볼」이었을 것이나 고려 성종 이후에 바뀌었던 것이고 井邑도

井村이나 楚山이었을 것이나 신라 경덕왕 이후에 井邑으로 바뀌었을 것이므로 백제 때부터 경덕왕 이전까지는 그 때의 지명이 歌名이 되었을 것이 확실하다. 溟州도 위의 다른 노래들과 같은 과정을 거쳐서 고려 이후에 歌名이 지금과 같이 바뀌었을 것이고 木州도 이러한 예에서 벗어날 수는 없었을 것이다.

王命으로 地名을 바꾸었다고 해서 歌名이 어찌하여 바뀌는가. 대저 新王國이 들어서면 舊制度를 革罷하여 亡國의 遺民들에게 新王國에 忠誠하고 舊王國과의 斷絶을 요구하는 것이 通例이다. 이 때문에 모든 文物制度가 바뀌게 되지만 그 가운데서도 地名의 改定은 구왕조를 청산하는 주요 사업으로 꼽히는 것이다.

일단 지명이 바뀌면 모든 기록은 개정된 지명으로 하여야 할 것이고 일반의 호칭도 신지명으로 통일되어야할 것은 물론이다. 만일에 이를 위반하고 개정 이전의 지명을 기록하거나 말하거나 노래한다면 이는 王命을 어겼거나 舊王國에 대한 追慕쯤으로 斷罪되어 용납되지 못했을 것이므로 현실적으로는 일단 지명이 개정되면 그 지명으로 된 모든 명칭은 일제히 고쳐져서 통용되는 것이 상식일 것이다. 이런 연유로 '서라벌'이 '셔볼'로 바뀌었다가 다시 '東京'으로 되었고, '井村'은 '井邑'으로 고쳐져서 전래하게 된 것으로 보는 것이다.

이제 「井邑」이라는 노래가 신라 후기인 경덕왕 16년 이후의 것이 아니라 사실은 백제 때 부터의 가요라는 의견에 동의할 것으로 안다.

Ⅲ. 명칭의 문제

1. 백제의 「정읍」과 고려의 「정읍」

백제 때 부터 유행하던 「정읍」이라는 노래가 고려 때에 와서도 유명하여 궁중과 귀족, 민간에서 불리워졌던 것으로 추측된다. 그 「정읍」의 가사가 고려시대의 鄕樂인 「舞鼓」 가운데서 발견되는데 그 내용을 소개하면 다음과 같다.

樂師帥樂工十六人奉鼓臺具由東楹入置於殿中先置北次置東次置西次置南而出樂師抱鼓槌十六箇由槌入置鼓南而出每鼓槌二　諸妓唱井邑詞　前腔　둘하노피곰도ᄃ샤어귀야머리곰비취오시라어긔야어강됴리　小葉　아으다롱디리後腔全져재녀러신고요어긔야즌ᄃᆡ롤드ᄃᆡ욜셰라어긔야어강됴리　過篇　어느이다노코시라　金善調　어긔야내가논ᄃᆡ졈그룰셰라어긔야어강됴리　小葉　아으다롱디리　樂奏井邑慢機妓八入以廣斂　或四或二臨時啓稟○八鼓四鼓則妓數如其鼓數用二妓則共擊一鼓分左右而進立於鼓南北向齊行跪伏起立足蹈跪改尖斂而立舞俗稱舞踏訖並斂手執槌斂手而起足蹈舞進左右外立妓先進左右相連左旋繞鼓而舞隨杖鼓雙聲鼓聲而擊之奏井邑中機樂聲漸促則越杖鼓雙聲隨鼓聲而擊之奏井邑急機樂師因節次遲速越一腔擊拍妓八人斂手而退左右外立妓先退齊行跪置槌於本處斂手廣袖而立足蹈跪俛伏興足蹈而退樂止樂工十六人撤鼓而出樂師入撤槌而出中宮宴則置鼓置槌入鼓撤槌並妓爲之[18]

樂師가 樂工 16인을 거느리고 북과 받침대 등을 받들고 동쪽 기둥께서 들어와 殿 가운데 놓는다. 먼저 북쪽에 놓고서 다음에 동, 다음에 남으로 한다. 樂師는 나가서 북채 16개를 안고 동쪽 기둥께서 들어와서 북마다 북채 두 개를 북의 남쪽에 놓고 나간다. 모든 妓女가 井邑의 詞를 부른다. 前腔 달아높이 좀돋아서어기야멀리좀비치오시라어기야어강조리　小葉　아으다롱지리　後腔全져재녀러신고요어기야즌데를드디올세라어기야어강조리　過篇　어느이다노코시라金善調 어기야내가논데점그럴세라어기야어강조리 小葉 아으다롱지리

井邑慢機를 奏樂하고 妓女 8인이 넓게 여민다. 혹 4인 또는 2인으로 하되 임시로 아뢰어 행한다. 8鼓 4鼓는 곧 북에 맞추어 妓女를 배치하지만 쓸 때에는 한 북만 함께 치게 한다. 左右로 나누어 나아가서 북의 남에 서고 일제히 북을 향하여 무릎을 꿇고 앉아 머리를 숙이고 엎드렸다가 일어나서 뛰고 꿇어 앉아 다시 뾰족하게 여미면서 일어나 춤(俗稱 舞踏이라고 한다.)을 추고나서 손을 여미고 무릎을 꿇고 북채를 집고 다시 손을 여미고 일어나 뛰면서 나아간다. 左右 밖에 서 있는 妓女가 먼저 나아간다. 左右 서로 이어서 왼쪽으로 돌아 북을 둘러싸고 춤을 추니 杖鼓의 雙聲에 북소리가 잇따라 치면서 井邑中機를 연주한다. 奏樂 소리가 점점 빨라지고 장고의 겹소리를 넘어 북소리를 따라 북을 치면 井邑急機를 연주한다. 樂師는 절차에 따라 빠르게 느리게 一腔

---

18) 악학궤범. 권 5. 향악정재. 무고.

(악장의 단위인듯)을 넘어 拍을 치고 妓女 8인이 손을 여미고 물러난다. 左右 편 밖에 있는 妓女가 먼저 물러간다. 일제히 무릎을 꿇고 북채를 본디 자리에 놓고 손을 여미고 廣袖로 한다. 다시 서서 뛰었다가 꿇어 앉아 머리를 숙이고 엎드렸다가 일어나서 뛰면서 물러가면 奏樂을 멈춘다. 樂工 16인이 북을 거두어 나가고 樂師가 들어와서 북채를 거두어서 물러간다. 中宮의 宴會에는 북을 놓고 북채를 놓으며 북을 거두고 북채를 거두는 일은 모두 妓女가 한다. (번역 필자)

　도대체 어떤 경로로 백제의 노래인 「정읍」이 고려 시대에 제작된 「무고」에 삽입되었을까. 이 문제를 푸는 실마리는 아무래도 「무고」의 작자인 李混과 「무고」의 제작과정에 대하여 알아보는 데에서 찾아낼 수 있을 것이다.

　「舞鼓」는 侍中 李混이 寧海(昌寧)로 유배를 가서 고을살이를 할 때에 바다 위에서 浮查(바다 위에 떠 있는 나무)를 얻어서 북을 만들었는데 그 소리가 굉장하여 「무고」를 지었다고 있다. 「악학궤범」에는 그 경위에 대하여 다음과 같이 기록하고 있다.

　　舞鼓侍中李混謫官寧海乃得海上浮查制爲舞鼓其聲宏壯其舞變轉翩翩然雙蝶繞花
矯矯然二龍爭珠最樂部之奇者也[19]

　　무고는 侍中 李混이 寧海로 謫官이 되어가서 바다 위에서 浮查를 얻어서 북을 만들었는데 그 소리가 굉장하여 그 춤은 한 쌍의 나비가 꽃을 에워싸고 짝 지어 하늘거리는 것과 같고 두 마리 용이 여의주를 희롱하며 노니는 것 같아서 樂部 가운데 가장 기이한 것이다. (번역 필자)

　그렇다면 李混이란 어떤 人物인지 알아보는 것이 순서가 되지 않겠는가 싶다.

　李混은 1252 - 1312년에 살았던 인물로 고려 원종 때에 17세로 급제하여 國學學正에 승진한 수재였다. 字는 去華, 太初이며 시호는 文莊이다. 충렬왕 때에 승지가 되었으나 言事로 여러번 파면되었다. 충선왕이 元에서 賀正

____

19) 위의 책.

使로 불러 들이자 왕과 의논하여 官制를 개혁하였고 돌아와서 大詞伯이 되었으며 壁上三韓功臣의 號가 더해졌으나 관제 혁신으로 실직한 사람들의 원망을 받아오다가 淑妃의 미움을 사서 淮州와 禮州 牧使로 좌천되었다가 다시 僉議政丞으로 오른 뒤에 은퇴하였다.

성품이 관후하지만 탐욕이 과하여 銓選을 맡는 동안에 많은 축재를 했으며 서울 남쪽에 福山莊을 짓고 왕래하였다. 사람 맞기를 좋아하였고 거문고와 바둑을 즐겼으며 詩文에 능하였고 특히 短句에 뛰어났다고 한다. 일찌기 寧海에 귀양살이할 때에 浮査를 얻어 북을 만들었고 「舞鼓」를 지어 樂府에 전하였다 한다.

李混이 귀양살이로 謫官을 했던 寧海는 지금의 昌寧인데 거기에 있는 동안에 바다에 떠다니는 浮査를 발견하여 그것을 건져다가 북을 만들었다는 내용이다. 浮査란 뗏목같이 바다에 떠다니는 나무를 가리키는데 여기서 말하는 浮査란 아마도 주인 없이 떠다니는 오동나무일 것으로 추측되는데 수 백년 동안 절벽에서 자랐다가 태풍이나 벼락으로 잘리어서 바다에 빠졌거나 아니면 내륙에서 홍수에 밀려서 바다로 내쳐진 나무일 것이었다.

어쨌거나 이혼은 이 나무를 건져서 북을 만들었는데 그 소리가 굉장하고 기이했으므로 이 북소리를 바탕으로 「舞鼓」를 作曲한 것이다.

「무고」의 내용을 보면 다음과 같은 순서로 진행되고 있음을 알게 된다.

1) 악사가 북과 받침대를 들은 악공 16인을 거느리고 殿 가운데 나와서 북, 서,동, 남으로 나누어 놓는다. 악사가 나가서 북채 16개를 안고 들어와서 북의 앞(남쪽)에 북채 2개씩 놓고 나간다.

2) 모든 妓女가 「井邑」의 詞(노랫말)를 부른다.
  (「井邑」의 詞는 前腔 - 小葉 - 後腔 - 過篇 - 金善調 - 小葉으로 구성되어 있다.)

3) 노래가 끝나면 井邑慢機를 奏樂하는데 妓女 8인이 팔을 넓게 여미고 左右로 나누어 나아가서 북의 남쪽에 서서 북쪽을 향하여 무릎을 꿇고 앉아 머리를 숙이며 엎드렸다가 다시 팔을 뾰족하게 여미면서 일어나 춤을 춘다. (이 춤을 俗稱 舞踏이라고도 한다.) 춤을 추고 나서 손을 여미고 무릎을 꿇으며 북채를 집고 다시 손을 여미여 일어나서 뛰어 나아간다.

4) 左右로 이어서 왼쪽으로 돌아 북을 둘러싸고 춤을 추는데 장고의 雙聲에 북소리가 겹쳐지면서 井邑中機가 연주된다. 奏樂이 점점 빨라지며 장고의 겹소리가 가세하는데 그 위 더욱 우렁찬 북소리가 울리면 井邑急機를 연주한다. 악사는 절차에 따라 빠르게도 느리게도 하면서 一腔을 마치면 拍을 치고 妓女 8인이 손을 여미고 물러난다. (여기 「一腔」이란 樂章의 한 單位인 것 같다.)

5) 일제히 무릎을 꿇고 북채를 본디 자리에 놓고 손을 넓게 여미고 다시 서서 뛰었다가 꿇어 앉아 머리를 숙이고 엎드렸다가 일어나서 뛰어 물러가면 奏樂을 멈춘다.

6) 악공 16인이 북을 거두어 나가고 악사가 들어와 북채를 거두어 물러간다.

「舞鼓」의 내용으로 보면 「井邑」은 이 악곡의 도입부에 「삽입된 노래」의 한계를 벗어나지 않는다. 그러나 이 「무고」의 진행과정을 찬찬히 들여다 보면 이 악곡이 전체적으로는 노래 - 춤 - 북과 장고로 구성되어 있고 이것들이 어우러져서 慢機 - 中機 - 急機로 다시 말하면 춤과 북·장고의 가락이 느린 데서 점점 빨라져서 자진모리로 추겨올리면서 끝나는 한국악의 傳統的 三拍子로 되어 있음에 놀라게 된다. 오늘날의 농악이나 가야금이나 판소리에 보이는 三拍(三機)의 가락의 原典을 여기에서 발견하면서 그 生動的이면서 壯重한 가락을 재인식하게 되는 것이다.

그런데 이 慢中急의 三機로 구성된 「무고」가 전반적으로는 노래와 舞鼓(북춤)의 2部로 짜여졌음을 알게 되고 1부의 노래가 유장하게 끝나면 2부에서는 느리게·빠르게·점점 급박하게 북·장고를 치면서 거기에 맞춘 춤이 한바탕 휘몰아 돌다가 끝나는 것으로 一腔이 마치도록 만들어져 있는 것이다.

그러므로 「무고」는 「정읍」이라는 노래와 북춤으로 되어 있고 이때문에 이 「무고」를 일명 「井邑」이라고 한다고 있다.

그런데 여기서 문제로 남는 것이, 「井邑」의 歌詞와 曲을 李混이 지은 것이냐 아니면 百濟 때부터의 傳來歌이냐 이다.

이 문제를 푸는 단서는 두 가지 자료에 의존할 수 밖에 없는데, 하나는 「고려사」 악지에서 「정읍」을 三國俗樂으로 구분한 점이고 다른 하나는 「악학궤범」에서 諸妓歌井邑詞鄕樂奏其曲[20]이라는 구절이다.

「고려사」에서 삼국속악 가운데 백제가요로 분류하고 있는 근거는 앞의 글에서 충분히 밝혔으므로 재론할 필요가 없겠지마는 「악학궤범」의 기록은 조금 검토해 볼만한 가치가 있지 않은가 싶다.

諸妓歌井邑詞鄕樂奏其曲을 분석해보면, 모든 妓女가 井邑의 詞를 부르면 (노래) 鄕樂은 그 曲을 연주한다 하였으므로 「정읍」을 妓女들이 노래할 때에 鄕樂이 井邑의 曲을 연주한다는 말이다. 그렇다면 「井邑」이라는 노래가 있고 「井邑」의 曲이 있었던 것으로 보이며 노래할 때에는 당연히 井邑曲에 따라서 노래를 불렀을 것이 확실하다.

노래가 傳來한다면 당연히 노랫말과 樂曲이 있었을 것이므로 「악학궤범」에서 말하는 「정읍」의 노래와 곡은 이혼이 「무고」를 지을 때에 作詞·作曲한 것이 아니라 백제 때부터 전하여 내려오던 노랫말과 곡조라는 것을 알 수 있다.

그렇다면 이 「무고」는 전체적으로는 이혼이 지은 것이지만 慢·中·急의 三機의 序頭에 「井邑」歌를 삽입하고 그 다음에 初中終의 춤과 북·장고의 가락을 붙였으므로 일종의 唱을 곁들인 舞鼓라 할 것이다.

왜 자신의 「무고」에 傳來歌謠인 「井邑」을 곁들였으며 慢·中·急의 三機의 名稱도 어찌해서 井邑을 冠頭하여 井邑慢機·井邑中機·井邑急機라고 했을까. 우리는 이 점을 주시해야 할 것이다.

여러가지 추측이 가능하나 이혼이 영해에서 浮査를 얻어서 북을 만든 뒤에 대단한 舞鼓曲을 구상했을 때에 이미 「井邑」을 떠올렸을는지도 모를 일이다. 백제 때부터 유행한 名曲으로 고려 말에도 궁중과 민간에서까지 인기가 있었던 가요이므로 이 노래를 끼어 넣어서 웅장한 무고곡을 꾸미면 어떨까. 백제가요 「정읍」이 웅장하고 유장한 곡조이니까 웅장하고 기이한 북소리에 걸맞겠다 싶어서 「정읍」을 춤과 북·장고에 짜넣어서 편성하고 慢中急의 三機에도 井邑을 冠頭하게 된 것이 아닌가 생각된다.

이렇게 보면 「井邑」은 둘이라고 할 수 있다. 하나는 백제 때부터 전래하였던 「井邑」이고 다른 하나는 이혼이 지은 「舞鼓」의 別名이다. 「舞鼓」를 一名 「

---

20) 위의 책.

井邑」이라고 부른 예는 여러 곳에서 볼 수 있다.21)

이런 연유로 해서 「정읍」에는 백제의 노래인 「정읍」이 있고 고려의 북춤인 「정읍」이 있으며 백제의 「정읍」은 노래이고 고려의 「정읍」은 백제의 「정읍」이 삽입된 「무고」라는 것을 알게 되었다.

2. 「정읍」인가 「정읍사」인가

「井邑」에 관하여 살펴본 결과 이 노래가 일반의 추측대로 신라 후기의 노래이거나 고려 때에 지어진 노래가 아니고 백제의 노래라는 것 그리고 「정읍」에는 백제의 노래인 「정읍」이 있고 고려 때에 이혼이 지은 「무고」의 별명으로서의 「정읍」 등 두 종류의 정읍이 있다는 것을 밝혔다. 물론 백제의 「정읍」도 이혼이 「무고」를 제작하면서 허두에 삽입가요로 넣지 않았다면 지금과 같이 보존되지도 않았을 것이었다.

그런데 백제의 노래인 「정읍」이 근래에 와서 「井邑詞」로 불리워져서 이 노래의 배경이 되는 정읍지방에서는 정읍사문화제, 정읍사박물관, 정읍사공원 등의 기념 행사나 기념물이 생기는 해프님이 벌어지고 있어서 학계에서 이 노래의 명칭을 「정읍」과 「정읍사」 가운데 어느 하나로 확정해주어야 한다는 요구가 일어나고 있는 것이 현실이다.

필자가 알기에는 김태준의 「高麗歌詞」22)가 「井邑詞」로 명명한 처음이 아니었던가 싶은데 확실치는 않다.

우선 「정읍」이 바른 이름인가 「정읍사」가 옳으냐는 감정적으로 가릴 것이 아니라 보다 구체적인 거증을 필요로 하고 있다.

필자는 지난번 발표한 「백제가요 「정읍」에 관한 재검토」에서 이 문제를 소상하게 밝혔지마는 그 내용을 소략하면 다음과 같다.

「三國遺事」에 실린 15수의 가요를 수록하는데 「삼국유사」의 편술자는 다음과 같은 표현법을 사용하고 있음을 본다.

---

21) 신증동국여지승람. 권 34. 정읍현. 성소복부고. 권 18. 문부. 15 병자기.행.
22) 김태준. 高麗歌詞. 학예사. 1939.

유형 1
歌曰   (忠談師)
有歌云   (廣德·嚴莊)
유형 2
作歌曰   (水路夫人)
作歌 …… 歌曰   (信忠)
作歌之 ··· 歌曰   (融天師)
作鄕歌 ··· 歌曰   (月明師)
유형 3
讚 …… 歌曰   (忠談師)
唱歌 …… 歌曰   (處容郎)
유형 4
作 …… 唱之云   (武王)
歌之云   (駕洛國記)
유형 5
作歌 …… 詞曰   (芬皇寺千手大悲)
唱 …… 詞曰   (水路夫人)
乃作 …… 歌 …… 詞曰   (月明師)
作歌 …… 詞獻之   (水路夫人)
유형 6
作歌 …… 辭曰   (永才) 23)

이상의 6개 유형을 보면 찬술자인 一然이 同一한 表現法을 쓰지 않는다는
데에 감탄할 것으로 안다. 따라서 一然은 歌와 唱을 같은 개념으로 쓰고 있
고 歌는 동사와 명사로 쓰고 있으며 歌詞와 詞는 동일 개념이고 때로는 詞와
辭를 같은 뜻으로 사용하고 있다는 사실을 알게 되었다.

분명한 것은 詞(노랫말)가 歌(노래의 뜻일 때)로 대치되거나 歌의 개념으
로 쓰인 사례는 찾아볼 수 없으며 詞는 歌詞 곧 노랫말의 뜻에서 벗어날 수
없다는 사실이다.

가령 「水路夫人」의 "唱海歌詞曰"도 "唱 海歌 詞曰"로 읽어서 『海歌를 불렀
는데 노랫말은 가로대"로 풀고 歌名을 「海歌詞」가 아닌 「海歌」로 보아야한다

---

23) 삼국유사. 권제 5.

는 결론을 도출하게 되는 것이다.

이 논리는 「고려사」의 속악에 보이는 「動動」, 「無㗊」, 「舞鼓」에서도 통용
되고 있음을 발견한다. '

　　　舞鼓
　　　……　　　立于南樂官重行而坐樂官二人奉鼓及臺置於殿中諸妓歌井邑詞鄕樂奏其曲
（밑줄 필자）
　　　動動
　　　妓二人先出向北分左右立斂手足蹈而拜俛伏興跪奉牙拍唱動動詞起句　　或無執拍
諸妓從而和之鄕樂奏其曲 （밑줄 필자）
　　　無㗊
　　　妓二人先出向北分左右立斂手足蹈而拜俛伏擧頭唱無㗊詞訖仍跪諸妓從而和之鄕
樂奏其曲 （밑줄 필자）24)

「고려사」는 향악 24수 가운데 오직 위의 세 수에만 詞를 붙여서 특별히
다루고 있다. 歌井邑詞, 唱動動詞, 唱無㗊詞에서 보는 바와 같이 歌……詞,
唱……詞의 표현양식으로 처리하고 있는데 이러한 예는 「악학궤범」 시용당악정
재도의에서도 만나게 된다.

　　　獻仙桃
　　　……　唱獻天壽　慢　尾前詞　……　唱尾詞　……　唱獻天壽嗺子詞　……　唱金盞子慢尾前
詞　……　唱金盞子嗺　子詞 （下略）
　　　五羊仙
　　　……　唱步虛子　令　尾前詞　……　唱尾後詞　……　唱破子詞
　　　蓮花臺
　　　……　唱徵臣詞
　　　回舞圖
　　　……　唱金尺詞　……　唱其詞　……　唱詞
　　　地仙舞圖
　　　……　唱寶籙詞

---

24) 고려사. 지. 권. 제 25. 악 2.

觀天庭
…… 唱觀天庭詞
受明命
……唱受明命詞
荷皇恩
…… 唱荷皇恩詞
賀聖明
…… 唱賀聖明詞
聖澤
…… 唱聖澤詞25)

「고려사」악지의 "歌(唱)…… 詞曰"의 양식이나 「삼국유사」의 「제 5유형」인 "作歌(唱)…… 詞曰"의 양식이 鄕樂에만 적용되는 것으로 보였으나 「악학궤범」에서는 「당악」에도 "唱…… 詞"가 준용되고 있는 것을 알게 된다.

그렇다면 "唱(歌) 井邑詞"에서 보이는 "詞"는 도대체 어떤 뜻으로 쓰였던 것일까. 이해를 돕기 위해서 「고려사」 악지에서 "俗樂"으로 지정한 세 노래를 보기로 들겠다.

「舞鼓」에서는 악관 2인이 북과 북받침을 받들어 殿 가운데 놓음과 동시에 諸妓가 井邑의 노랫말을 부르고 이와함께 鄕樂이 (井邑의)曲을 연주한다는 것이다.

「動動」에서는, 「井邑」과 달리 먼저 妓 2인이 나와서 北을 향하여 좌우로 나누어 서서 손을 여미고 발을 뛰었다가 엎드려 절하고 일어났다가 무릎을 꿇고 牙拍을 치면서 「動動」의 노랫말의 첫 구절을 부르면 (북채는 들었으나 박자를 치지 않을 수도 있다) 諸妓가 따라 부르고 동시에 鄕樂이 그 곡조를 연주한다고 있다.

「無㝵」에서는 「井邑」이나 「動動」과는 조금 달리, 妓 2인이 먼저 나와서 북 향하고 左右로 나누어 서서 손을 여미고 뛰었다가 엎드려 절하고 난 뒤에 머리를 들고 「無㝵」의 노랫말을 부르고 나면 꿇어 앉은 諸妓가 따라 부르면서

---

25) 악학궤범. 시용당악정재도의.

동시에 鄕樂이 그 곡조를 연주한다고 있다.

위에서 보면 唱 ……詞의 뜻은 詞와 歌를 일부러 구분하기 위한 指示的 語法이 아닌지 모르겠다. 왜냐하면 "노래한다"(唱 또는 歌)는 말 속에는 곡조와 노랫말을 동시에 부른다는 뜻이 있다고 간주하는 것이 상식인데 모든 기록에 노래의 노랫말을 (사람이)부르고 鄕樂이 그 曲을 연주한다고 기록한 것을 보면 "노래"라는 개념과 "노래한다"는 개념은 다른 것으로 본 것 같다.

"노래"는 명칭이고 "노래를 부른다"고 하면 "곡조를 연주하면서 사람이 말로 노랫말을 불러야 하는 것"의 상황을 묘사하기 위하여 唱(歌) …… 詞 …… 鄕樂 奏其曲의 表現樣式이 固定되어 쓰였는지도 모를 일이다.

결론적으로 말한다면 이들 노래의 바른 이름은 「海歌」이지 「海歌詞」는 아니며 「動動」이지 「動動詞」는 아니고 「無㝹」일 뿐이지 「無㝹詞」는 결코 아니듯이 「井邑」의 호칭은 옛부터 「井邑」이지 「井邑詞」일 수는 없는 것이다.

어떤 노래이던지 노래의 명칭에 詞를 붙인 것은 반드시 그 앞에 唱이나 歌를 두어 "어떤 노래를 부른다"는 뜻으로 쓰고 있고 노래 이름 다음에 詞(辭)를 붙이어 "鄕樂이 그 노래의 곡조를 연주할 때에 사람이 말로 노랫말(詞)을 부른다"고 표현하기 위한 漢文套의 規格的 表現을 지금 사람들이 誤解하여 「井邑詞」니 「海歌詞」니 하는 엉뚱한 歌名을 造作해내어서 混亂을 일으키고 해당 地方人들로 하여금 井邑詞文化祭, 井邑詞公園, 井邑詞博物館 등 어색하고 설은 호칭의 남발을 유발하게 하였으니 이 아니 실수인가. 하루 바삐 바로 잡아야 할 것이다.

Ⅳ. 「全져재」인가 「져재」인가

「井邑」의 노랫말 가운데 다음의 귀절을 놓고 이병기교수와 김형규교수가 각기 의견을 제시하였던 것인데 그 부분을 소략하면 다음과 같다.

문제의 발단은 「井邑」의 노랫말 가운데 "全져재녀러신고요 어긔야 즌 더롤

드디욜셰라"라는 귀절에서 "全겨재"의 "全"을 "全겨재" 앞의 "後腔"에 붙이어 "後腔全"으로 보고 "겨재녀러신고요"로 읽어야 한다는 주장이 있었다.

이는 이병기교수의 설인 바, 그에 의하면 '악학궤범'의 「무고」에 「정읍」의 노랫말 가운데 다음의 부분에 대하여 지적한 것이다.

> "諸妓唱井邑詞前腔돌하노피곰도드샤어긔야머리곰비취오시라어긔야어강됴리
> 小葉아으다롱디리後腔全겨재녀러신고요어긔야즌디롤드디욜셰라어긔야어강됴리
> 過篇어느이다노코시라金善調어긔야내가논디졈그롤셰라어긔야어강됴리小葉아으
> 다롱디리" (밑줄 필자)26)

위의 맡줄 친 부분에서 "後腔"에 "全"을 붙이어 "後腔全"으로 읽어야 한다는 주장을 한 것이다. 왜냐하면 前腔에 붙어 있는 小葉이 後腔에는 없으니까 "後腔으로 오로지 끝났다"는 뜻으로 全을 붙이어 後腔全이라 한 것이므로 이 부분은 "後腔 全겨재 녀러신고요"로 읽지 말고 "後腔全 겨재 녀러신고요"로 읽어야한다는 것이다. 이렇게 하여야 하는 또 하나 다른 증거로는 "全州"를 "全"으로 略稱하거나 다른 명사에 冠頭하여 "全겨재"라고 한 用例가 없었다는 주장이었다. 다시 말하면 "全州"라고 하여야 전주의 명칭이 되지 "全"만으로는 전주의 호칭으로 볼 수 없고 또 그렇게 쓴 자취를 발견할 수 없기 때문에 '全겨재"는 성립될 수 없다는 논리이다.27)

그러나 김형규교수는 위의 설에 반론을 폈다. 첫째 「악학궤범」에는 "後腔全"이라는 樂名이 없고 葉이 안 붙어서 "後腔全"이라고 했을 것이라고 하지만, 「鄭瓜亭」에는 前腔과 中腔에 모두 葉이 붙지 않았는데도 "全"을 붙이어 "前腔全"이라거나 "中腔全"이라 하지 않았음을 말하였다. "後腔全"으로 읽을 수 없으니까 마땅히 "後腔 全겨재 녀러신고요"로 읽어야 옳은데, 그렇다면 全州를 "全"으로 약칭한 용례를 찾아냈느냐 하는 문제가 남는다. 김형석교수는 全州의 原地名은 "全"字 하나 뿐이라고 말한다. 州는 郡·縣·邑·府와 같이 어느 지명에든지 붙이는 보통명사라는 것이다. 그 증거로 '삼국사기'의 기록을

---

26) 악학궤범, 앞 책
27) 이병기. 국문학전사. 앞 책.

인용하고 있는 것이다.

「삼국사기」 권 9 경덕왕 16년에 보면

　　　冬十二月改沙伐州爲尙州領 州一 郡十 縣三 …… 完山州爲全州 領州一 小京一 郡十 縣三十一

　신라 경덕왕 16년에 二字 이름으로 된 地名은 一字로 고쳤는데 "沙伐州"가 "尙州"로 되어 沙伐이 尙으로 二字名이 一字名으로 되었으며 "完山州"가 "全州"로 바뀌어서 完山을 全으로 二字名이 一字名으로 고쳐진 증거를 제시하고 있다. 28)

　이렇게 보면 "全州"에서 "州"는 "고을"이라는 보통명사이므로 全州의 이름은 "全" 한 글자 뿐이라는 말이 된다. 그렇다면 "全"字를 앞에 붙이어 "全져재"라고 부른다고 해서 이상할 것이 없다는 주장이다.

　김형규교수의 주장은 두 가지로 압축할 수가 있겠는데 하나는 「악학궤범」에는 後腔全이라는 樂名이 없으므로 비록 "後腔이 오로지 끝났다"는 뜻으로 쓰였다는 추측도 인정할 수가 없다는 것이다. 다른 하나는 비록 "全州"를 "全" 한 자만으로 사용한 예는 찾을 수가 없었으나 "全州"를 분석하여 보면 "州"는 고을 州 字이므로 郡·縣의 뜻이며 보통명사이니까 "全州"의 명칭은 "全"일 뿐이라는 주장이다. 어거지로 맞추는 것 같은 느낌이 없지 않으나 그렇다고 달리 잘못되었다고 지적할 만한 것도 아니기 때문에 둘 다 수용할 수 밖에 없는 주장이라고 여겨진다. 말하자면 "後腔 全져재 녀러신고요"이냐 아니면 "後腔全 져재 녀러신고요"이냐의 분제는, 「악학궤범」의 어디에도 "後腔全"의 用例가 없으므로 "後腔全은 樂譜上의 用語로 볼 수가 없다는 것을 전제로 할 때에, "全州"를 "全"字 하나만으로 사용한 예가 있느냐만 해결한다면 잘 풀릴 것으로 보인다.

　과연 "全州"를 "全"으로 사용한 기록이 있을까. 만일에 있다면 그 문헌이야 말로 그 동안의 분분한 시비를 하루 아침에 밝혀주는 광명과 같은 역할을 해

---

28) 김형규. 고가요주석. 일조각. 1968. PP. 205-207.

낼 수 있을 것이었다.

필자도 전국의 대학 도서관, 개인 장서 등을 뒤지면서 항상 머리에 간직하고는 있었으나 그러한 문헌은 쉽게 손에 들어오지 않았었다. 그러던 1977년의 어느 늦은 봄에 한 고물 수집상이 民畵라면서 10폭 병풍 한 벌을 가지고 와서 사라고 권하였다.

그림은 100여년이나 됨직하게 낡았고 낙서와 때로 더럽혀졌으며 儀裝은 걸레처럼 찢어져 너설거렸는데도 그림은 뛰어나 보였다. 그래서 사기로 했고 당시로서는 상당히 큰 돈을 주었다. 보름 쯤 뒤에 다시 찾아 와서 지난 번의 병풍을 사준 것에 대하여 감사한다면서 낡은 책 상하권을 놓고 갔다. 살펴보니 戊戌年(1958년)애 출간한 「完山誌」上下卷이었다.

「完山誌」上編의 李道衡이 쓴 序文에는 「完山誌」의 原本이 正祖 때에 출판되었고 重版本이 憲宗代였으며 三刊이 隆熙代의 庚戌(1910년)이었다니까 이 版本은 그로부터 49년 뒤의 것이었다고 하였다. 「完山誌」上編 3면에 다음과 같이 있다.

李瓊仝曰全本百濟之完山唐顯慶間濟亡地入於新羅景德王始全州羅衰甄萱定都立
國稱後百濟歷數十年高麗太祖滅之置安南都護府尋復全州或稱順義軍雖沿革不一常
爲南方巨鎭我太祖龍興推本璿源肇基之地陞州爲府選子第入宿衛以寵異之賓天之後
建慶基殿奉安晬容全之重於斯爲盛府治人物稠衆貨財委積與京城無異誠一大都會也
云云 (밑줄 필자)29)

그리고 같은 「完山誌」 35면의 "故事豊沛記聞"에 다음과 같이 있다.

鄭摠所製桓王碑文璿源所自全之望族云云盖司空以下穆祖以上世居完山以基宏業
沿流溯源시太祖桑梓之鄉斯其有創殿崇奉之擧歟 (밑줄 필자)30)

---

29) 完山誌. 1958.

30) 完山誌. 完山誌刊所라고만 있고 20명의 任員名單이 기명되었으나 인쇄소는 밝
    혀지지 않음. 간행연대는 1958년 8월 하순으로 되어 있다.

위의 예문은 이경동과 정총이 지은 글이다. 두 사람의 글에서 모두 "全州"를 "全"으로 略稱하고 있음을 보는데 그렇다면 이들은 어느 때 사람들인지 알아볼 필요가 있겠다.

정총은 고려말 조선초의 학자로서 자는 曼碩 호는 復齋였으며 시호는 文愍이었다. 고려 우왕 때에 장원 급제하여 벼슬이 올라 政堂文學에 이르렀고 조선 초에 開國一等功臣이 되고 西原君에 봉해졌다.

뒤에 鄭道傳과 같이 「고려사」를 편한 했는데 태조 5년(1396)에 明太祖가 「고려사」를 트집잡아 權近 金若恒 등과 같이 문책되었으나 다른 이들은 풀리었고 정총만 구류되어 大理衛로 유배되어 가는 도중에 죽었다. 31)

이경동은 「완산지」하권 「名臣」에 간단하게 기록되어 있을 뿐이다. 곧 "登第官 參判 以文章名世 有成宗御賜詩傳于世"가 전부이다. 그리고 「완산지」상권 「山川」의 「楸川」에는 "在府西北十里 三川之下流 高麗李參判瓊仝退休垂釣於此 仍號楸灘 又有釣臺"라고 있고 濟南亭 (全州 南城 밖의 營將廳 동쪽에 있음)의 額字를 楸灘 李瓊仝이 썼다고 있다.32)

「여지승람」에는 이경동이 고려조의 政堂文學이었던 李文挺의 四代孫이라고 있다. 또 「완산지」에도 李伯由가 朝鮮의 開國功臣이요 完城君에 封하였고 시호를 良厚라 하였는데 李文挺의 孫이라 하였다. 이경동이 이백유의 直孫인지 아닌지는 알 수 없으나 이문정의 고손자인 것만은 분명하므로 「完山誌」에서 "고려이참판경동"이라고 한 것은 誤記일 수밖에 없다.

성종이 그에게 시를 하사했다면 그 임금은 고려의 성종이 아니라 조선조의 성종이어야 할 것이다. 왜냐하면 그의 조부인지 傍祖인지 알 수 없으나 이백유가 조선의 개국공신이라면 그로부터 70 -80년 뒤에 이경동이 활동했으리라고 보는 것이 합리적이고 그 시대를 성종대로 추정해서 무리가 없기 때문이다.

어찌되었거나 이경동이 全州府誌를 지으면서 全州를 "全"으로 약칭하였고 정총은 이태조의 先代의 碑文을 쓰면서 "全之望族"이라고하여 全州의 약칭으

---

31) 이홍직. 국사대사전. 지문각. 1968.
32) 주30. 참조.

로 "全"을 썼던 것이다.

그렇다면 정총이 全州를 "全"이라고 쓴 것은 무엇을 근거로 함이었을까. 우리는 몇가지 전제가 가능하다고 보아진다. 첫째는 漢文의 略稱性向이다. 漢文은 二字名을 一字名으로 줄이어 쓰는 것이 通例이고 地名이나 人名뿐 아니라 物名도 略稱하는 것이 관례이므로 全州 — 全도 그러한 性向의 하나라고 볼만하다. 다른 하나는 백제·신라 이래 유행하던 「井邑」의 노래가 고려 때에 와서도 人口에 오르내리었을 것인데 그 노랫말에서 全州를 "全"으로 약칭하니까 全州 — 全의 호칭이 고려 이래 일반화되지 않았던가 하는 생각이다.

만일에 일반화되지 않았다면, 이경동 같은 이는 고조와 조부가 모두 堂上官에 오른 顯族으로서 내내 전주에 世居한 名門인데 스스로 全州를 論하면서 全州라고 써야 할 地名을 경박하고 불경스럽게 "全"으로 약칭하므로써 고려시대 같이 전라도를 심하게 폄훼하던 때에 자기 고장을 일부러 卑下할 까닭이 없을 것이기 때문이다.

또 하나의 추론으로는 이것이 노래의 歌詞이므로 "全州져재"보다는 "全져재"가 훨씬 부르기 좋기 때문에 4字를 3字로 줄였을 것이라는 의견도 수긍이 된다.[33]

아무튼 이 「完山誌」 상하권 2책의 발견으로 全州를 "全"으로 略稱한 용례를 문헌에서 확인할 수 있었다는 것은 국문학계로서는 크나큰 경사가 아닌 수 없다. 왜냐하면 이 확인으로 인하여 「井邑」의 노랫말 가운데 "全져재녀러신고요"가 가능하게 되었고 따라서 "後腔全"의 유무를 가지고 시비할 일이 자연히 소멸되었기 때문이다.

V. 望夫石의 位置

망부석은 「여지승람」 정읍현의 "古跡"조에 수록되어 있는데 그 내용은 다음과 같다.

---

33) 김형규. 앞책.

望夫石在縣北十里縣人爲行商久不至其妻登山石以望之恐其夫夜行犯害托泥水之
汚以作歌名其曲曰井邑世傳登岾望夫石足跡猶在[34]

　　망부석은 관아에서 북으로 10리에 있다. 정읍 고을 사람이 行商을 하는데
오래되었으나 돌아오지 않으므로 그 아내가 산에 있는 돌에 올라 (남편이 돌
아올 길을)바라보면서 지아비가 밤에 다니다가 도적에게 해를 입을까 두려워
사 흙탕물에 더럽힘으로 비유하여 노래를 지었는데 그 곡조(노래)의 이름은
「井邑」이다. 세상에 전하기를 오르막에 있는 망부석에는 아직도 발자취가 남아
있다고 한다. (번역 필자)

　「여지승람」에서 말하는 縣北十里가 어디쯤일까. 많은 사람들이 망부석의
소재에 대하여 궁금해하였지만 그 자리를 찾는다는 것이 그리 용이한 일은
아니었다. 그 동안의 후보지로 추정된 곳은 대체로 세 곳이었다.

　제 1후보지는 井邑市德川面望帝里 望帝峰 밑의 산자락에 있는 바위이다.
이 바위는 본래 4-5 미터 쯤 되는 길이에 폭이 1미터 그리고 높이가 120센
티미터 정도 되는 바위인데 일제 시대 (아마도 1940년대)에 일본인들이 3분
의 2를 쪼개다가 神社의 바닥에 깔았다고 하였다. 그래서 현재는 3분의 1정
도가 남아 있는데, 어림잡아서 250센티미터 쯤이나 될까 싶다.

　어째서 일본인들이 이 바위를 파쇄했느냐 하니까 오래전부터 이 바위가 祭
壇이 되어 근방의 남녀노소가 떡을 찌고 온갖 제수를 마련하여 가지고 와서
이 바위에 올려놓고 신명과 하느님에게 빌어왔기 때문에 일본인들이 이것을
싫어하여 민간신앙을 단절시킬 목적으로 그렇게 부수어 버린 것이라고 설명
한다

　이 근처에서 전설·고적을 오래동안 수집해온 姜石幻씨(국민학교 교장 역
임. 작고)의 설명에 의하면 望帝峰 아래 동네 이름을 옛부터 "비럭골"이라고
한다고 하면서 혹 거지들이 많이 살았기 때문에 붙여진 이름이 아닌지 모르
겠다고 한다. 그래서 필자는 "비럭골"이란 "빌억질" 곧 乞食을 뜻하는 말이 아
니라 두 손을 비비면서 공들이는 것을 말한다고 보고 이곳이 옛부터 하느님

---

34) 신증동국여지승람. 권 34. 정읍현. 고적.

이나 神明에게 祭祀하는 곳이라는 뜻이라고 설명하여 주었다.

그 증거로는 이 동네 안쪽에 望帝峰이 있고 이 망제봉 동남쪽에 宋氏祭閣이 있는데 그 옆에 갓을 쓴 미륵이 서 있는 것(키가 3미터가 넘는 거구이다)과 망제봉의 북서쪽 자락에 5층 석탑이 밭 가운데 덩그렇게 서 있는 것으로도 알 수 있다.

이 名物들은 모두 비럭골에 모이는 사람들이 조성한 것으로 보이며 오래동안 신봉되었을 것으로 생각된다.

이 望帝峰은 斗升山의 동쪽 支脈이고 이 맥이 북으로 2킬로미터쯤 가서 시루봉(甑山)을 만들고 그 아래 동네를 손바래기(客望里)라 하는데 望帝里와 客望里 곧 빌억골과 손바래기는 깊은 相關性을 가진 지역이었다. 望帝와 客望, 이 말을 쉽게 푼다면 백성들이 바라는 손님이 다름 아닌 天帝이므로 이곳은 "天帝待望의 祈願"이 서려 있는 곳이다. 말하자면 메시아사상이 깃들어 있는 땅이라고 할 것이다.

지금도 전국의 대학이나 대학원의 국문과 학생들이 이곳의 바위를 찾아와서 가요 「井邑」과 望夫石을 實査하고 간다.

그러나 이곳은 지금 井邑市이고 조금 전까지는 정읍군이었지만 20세기 초까지만 하여도 古阜郡에 속하였다. 일제의 식민지가 되면서 행정구역 개편을 하게 되었는데 泰仁縣, 古阜郡, 井邑縣을 통합하라는 지시가 내렸다. 통합하여 三郡縣이 1개 군으로 되면 郡名을 무엇으로 하느냐를 가지고 泰仁縣과 古阜郡이 팽팽하게 맞서서 조금도 양보하지 않았다. 정읍현은 태인현이나 고부군에 비하면 아주 취약한 현이라서 감히 이 싸움에 뛰어들 엄두도 못내었던 것이다. 싸움이 열기를 띠자 중앙에서 태인도 고부도 아닌 정읍군으로 하면 어떤가 하고 조정안을 내어 郡名이 井邑으로 일단락되었던 것이다.

그래서 지금은 이 자리(망부석)가 정읍군이지만 韓末以前까지는 古阜郡의 땅이므로 「여지승람」에서 말하는 縣北十里의 地點이 아닐 뿐만 아니라 방향도 서북에 해당된다.

강석환씨는 그 바위를 이 근방 사람들이 "여시바우"라고 하고 "장사 나간 남편을 기다린 바우"라고 한다고 보완하였으나 이 말은 뒷사람들이 附會한 것이 아닌가 생각한다. 만일에 이 바위가 望夫石이 확실하다면 「여지승람」 편찬자들이 정읍현에 넣지 않고 당연히 고부군에서 다루었을 것이라는 생각을 하게 된다.

제 2후보지는 정읍시에서 몇 년 전에 조성한 「정읍사공원」이다. 이 공원은 楚山의 북쪽 기슭에 정읍시에서 조성하였는데 초산의 북쪽에 자리를 닦고 조형물을 만들어 望夫石과 行商人의 妻를 彫像하였다.

그런데 초산의 북쪽으로 자리잡은 근거가 무엇이냐고 물으니까 조성에 참여했던 시공보실장의 견해는 간단했다.

「여지승람」에 縣北十里라고 했고 이 노래가 백제의 노래이니까 이 두 가지 근거를 마탕으로 터를 잡았다는 것이다. 백제 시대의 현은 지금의 샘바다(井海)이니까 거기에서 北十里이면 대개 초산의 북쪽 기슭이 되겠다는 衆論이어서 그 자리로 잡은 것입니다 하였다.

그런데 여기에서 문제로 남는 것은 縣의 자리에 대한 고증이다. 그 縣의 자리를 어떻게 찾느냐 하는 것이 이 망부석의 자리를 추적하는 관건이 될 것인데, 그렇다면 縣廳舍가 백제 이래 신라, 고려, 조선까지의 수 천년동안에 한 곳에만 있었을 리가 없었을 것이므로 어느 때의 현청 자리를 찾느냐를 먼저 정하고 그 자리에서 縣北十里를 재어 보아야 望夫石의 자리가 잡힐 것이다.

어느 때의 현청 자리를 기준으로 하느냐 그것은 두말할 것 없이 「동국여지승람」을 편찬할 당시의 현청이어야 할 것이다. 그 때가 언제인가 그것은 世宗 6年을 起点으로 삼아야 할 것이다. 왜냐하면 이 때에 전국에 통첩하여 각 고을의 현황을 수집하여 「신찬팔도지리지」를 8년 뒤(1432)에 완성하였기 때문이다.

조선 성종 때에 중국에서 「大明一統志」가 들어오니까 성종이 노사신·양성지·강희맹 등을 불러 「신찬팔도지리지」를 대본으로하여 「대명일통지」와 같은 체제의 지리서를 편찬하라하여 1차로 성종 12년 (1481)에 「여지승람」 50권을 완성하고 1486년에 보완하여 「동국여지승람」 35권을 발간했으며 1499년(연산군 5년)에 개수하고 1530년(중종 25년)에 증보하여 「신증동국여지승람」이 간행되었다.

이 문헌의 내용은 전국 각고을의 연혁·풍속·廟社·陵寢·궁궐·官府·학교·토산물·효자 열녀·성곽·산천·누각·寺社·驛院·교량·고적 전설·가요·名賢의 사적·시인의 題詠 등 광범위에 걸친 총체적인 문화의 수록이었다.

그러므로 「신증동국여지승람」의 底本이된 「신찬팔도지리지」를 시작으로 「여지승람」의 1차 간행까지를 따져 본다면 1432년(세종 14년)에서 1481년(성종 12년)의 사이 곧 1432년에서 1481년 까지의 50년 사이에 존치했던 井邑縣廳 자리를 찾는 것이 망부석의 위치를 가늠하는 첩경이 될 것임은 더 말할 것이 없다.

그래서 필자는 지난번의 「백제가요 정읍에 관한 재검토」에서 종래에 없었던 새로운 방안을 제시하여 현청의 위치를 지금의 호남고등학교 (초산 북쪽 기슭)에서 동국민학교 (멀고개 입구 남쪽 골짜기) 사이의 중간 지점에서 동국민학교 쪽으로 2분의 1쯤 다가선 地點으로 잡아 보았다.

필자가 이 지점을 유력한 후보지로 보는 것은 다음과 같은 몇 가지 근거를 바탕으로 한 것이었다.

첫째 세종 6년에 전국에 왕명을 하달하여 각 고을의 현황을 상세하게 보고케 하고 그 자료를 바탕으로 해서 편찬한 지리서가 「신찬팔도지리지」인데 이 때에 정읍현의 각종 자료를 수집·관측하였던 현청의 위치가 망부석의 위치 곧 縣北十里의 자리를 잴 수 있는 起点이 되기 때문이다.

둘째 그렇다면 세종조에 있었던 현청의 위치를 헤아리는 방법은 과연 무엇이란 말인가. 필자는 오래 동안 고민하던 끝에 통쾌한 해답을 터득하게 된 것이다. 그것은 「여지승람」의 山川조에 보이는 산의 위치에 관한 기록을 바탕으로 역산하는 방법이었다. 다시 말하면 어떤 산이 현청으로부터 남으로 30리이고 어느 산은 동으로 15리 어떤 산은 북으로 20리 어느 산은 서로 25리라고 기록되었으면 그 산으로부터 거꾸로 따져 보면 관측의 원점이 나올 게 아니냐 하는 발상이었다. 다시 말하면 현청으로부터 남으로 30리이면 그 산에서 북으로 30리 지점에 현청이 있을 것이고 현에서 동으로 15리이면 그

산에서 서로 15리에 현이 있으며 현으로부터 서로 25리에 있는 산에서는 동으로 25리에 현청이 있기 마련이다. 그러므로 산과 현과의 거리와 방향을 기록한 그 수치를 거꾸로 追及해가면 산과의 거리를 측정한 起点에 도달하게 되기 마련이고 이 자리가 바로 당시의 현청일 것이니 여기에서 북으로 10리 지점에서 망부석을 찾는다면 큰 오차가 없을 것이 아닌가 하는 생각이었다.

　　그래서 「여지승람」의 정읍현 가운데 산천조를 살펴보고 산과의 거리와 방향을 검증하기로 하였다.

　　　　내장산 : 현에서 동으로 25리에 있다.
　　　　오봉산 : 현에서 남으로 20리에 있다.
　　　　반등산 : 현에서 서남으로 30리에 있다.
　　　　칠보산 : 현에서 북으로 10리에 있다.
　　　　입암산 : 현에서 남으로 30리에 있다.
　　　　갈재 : 현에서 남으로 30리에 있다.
　　　　웅산 : (매봉) 북으로 1리에 있다. 35)

　　위의 7개 산을 역산해보면 서로 만나는 관측점이 나오게 되어 있다. 예컨대 내장산에서 서로 25리, 오봉산에서 북으로 20리, 반등산에서 동북으로 30리, 칠보산에서 남으로 10리, 입암산에서 북으로 30리, 갈재에서 북으로 30리 그리고 매봉에서 남으로 1리가 만나는 자리가 어디일까. 그곳은 매봉의 남쪽 자락일 것이고 입암산과 칠보산으로 긋는 일직선과 내장산에서 서로 긋는 직선의 교차점이 될 것이므로 당연히 매봉의 남쪽 1리인 지금의 동국민학교 앞이 되는 것이다.

　　그러면 이 자리를 기점으로 해서 북으로 10리면 어디쯤이 될까. 「여지승람」에서 말하는 10리에 대하여 생각해볼 필요가 있을 것 같다. 가령 입암산이 남쪽으로 30리에 있고 반등산이 서남으로 30리, 갈재가 남으로 30리라고 하였으나 지금의 거리로 보면 입암산은 동국민학교에서 8킬로미터 이내에 있고 갈재는 10킬로미터 방장산은 12킬로미터에 있는 것이다. 또 칠보산의 경

---

35) 주30. 앞 책.

우는 상두산에서 시작하는 맥이라서 칠보에서 일어나서 내장산으로 이어지는 산맥으로 칠보에서 정읍까지 30-40리를 북남으로 달려오는 큰 산이다. 그러니 이 산의 어디를 기준으로 칠보산이라고 하여야 할 것인가 망서려진다. 생각해보면 칠보산은 시작하는 쪽은 낮고 길게 일어나서 북면 소재지 부근에서 발달하여 남으로 달려와서 구룡동(구룡실)에서 크게 세 봉우리를 내고 내장산으로 이어지므로 아마도 「여지승람」에서 말하는 "칠보산은 현에서 북으로 10리에 있다"는 것은 구룡동의 봉우리를 主峰으로 간주한 것일 것이다.

대저 현과 산의 거리 측정은 지금 같이 정확하지를 않고 어림짐작으로 한 것이 많기 때문에 세밀한 고증은 불가능하다.

그러면 지금의 동국민학교 앞으로 현의 위치를 잡아보기로 하고 여기에서 북으로 10리 지점을 살펴 보는데, 망부석의 후보지로서의 몇가지 조건이 전제되어야 할 것으로 여겨진다.

첫째가 높직한 언덕이나 고갯마루가 있고 북쪽으로 낮고 넓게 트인 들이나 골짜기가 열려 있어야 할 것이다. 왜냐면 전주는 정읍에서 동북쪽에 있으므로 남편은 동북쪽에서 돌아올 것이기 때문이다.

둘째는 정읍에서 전주로 다니는 길이 나있는 곳이라야 망부석의 후보지가 될 것이겠다. 아무리 언덕이나 고개로 되어 있고 북쪽으로 골짜기나 들이 열려 있어서 언덕에서 충분히 북을 향하여 조망할 수가 있다고 해도 전주에서 정읍으로 나 있는 큰 길이 없으면 여기에 해당되지 않을 것이다.

높직한 언덕으로 되어 있고 북쪽으로 나즉한 골짜기나 들이 열려 있으며 전주에서 정읍으로 가는 큰 길이 나 있는 곳이면서 현에서 10리 안에 있는 곳이 과연 어디일까.

망부석의 후보지로 꼽히는 곳은 북면 사무소에 이르기 전의 높직한 언덕 그러니까 구룡동 휴게소에서 북면 사무소까지의 중간 지점의 金谷과 勝富里의 북쪽 언덕이 縣北十里의 유력한 후보지이다. 그러나 10리라는 관념이 2킬로미터 이상 3-4킬로미터까지를 두루 일컫는 것이라면 망부석의 후보지는 구룡동 입구의 휴게소 주변(금곡)까지 포함하여 볼 만한 것이다.

한편 최현식 정읍문화원장은 「괴바라기」라는 마을이 있는데 "괴"가 사랑의 옛말이니까 "괴바라기"는 "行商 나간 지아비를 바라보며 기다린다"는 내용과 일치한다는 주장이었다.

매우 합당한 주장이기는 하지만, 이 문제는 동네의 이름에 무게를 두는 입장 때문에 縣에서 北으로 10리 이내인가. 오르막으로 된 곳이면서 북쪽으로 나즉히 열린 골짜기나 들 사이로 전주에서 오는 큰 길이 나 있는 곳인가가 주요 조건으로 거론되는 데는 다소 약세일밖에 없다.

필자는 지금의 북면사무소 근처를 후보지로 정할 수 있다고 생각하나 이곳은 구릉이 길어서 북쪽으로 열린 들을 내려다 볼만한 오르막까지 가려면 태인이 건너다 보이는 데 까지 가야 하는데 그곳은 정읍현에서는 30리가 넘기 때문에 매우 유력한 후보지이기는 하지만 縣北十里의 조건에서 멀리 벗어나는 지역인 것이다.

그러면 현에서 10리 지점에 해당하면서 오르막이고 북으로 나즈막한 골짜기가 열려 있으며 그 사이로 전주-정읍 간 큰 길이 나 있는 곳은 어디인가. 그곳은 정읍시 북면 승부리 너머의 오르막의 면소재지가 보이는 곳이 꼽힐 뿐이다. 따라서 이 곳의 오르막의 山石을 골라 望夫石을 삼을 것이고 적당한 돌이 없다면 조형물을 세울 수밖에 없을 것이다.

Ⅵ. 결 론

필자는 이 글의 들머리에서 5가지의 문제를 들고 이것을 규명하여 보겠다고 하였다. 그래서 다음과 같이 풀어 보았다.

1) 「정읍」이 신라 경덕왕 16년 이후의 노래일 것이라는 주장을 원점으로 되돌리고 「고려사」를 비롯한 역사서들에서 俗樂을 신라 6수 백제 5수 고구려 3수로 분류하고 있는 배경이 口碑傳承에 근거한 것으로 보고 「정읍」은 본명이 「井村」이나 「楚山」이었을 것이며 백제시대부터 유행한 노래였으나 신라 경덕왕 16년 이후에 지금의 「井邑」으로 歌名을 바꾸었다고 보았다.

2)「井邑」이 백제 가요인「정읍」이냐 아니면 고려가요인「정읍」이냐를 구체적으로 따져 보았다.

지금의 백제 가요「정읍」은 고려 때 사람 이혼이 지은「舞鼓」라는 북춤 악곡에 삽입되어 그 가사가 전해오고 있는 것이다. 「무고」는 이혼이 지은 북과 춤의 악곡인데 이 북춤이 시작되는 첫들머리에 妓女들의 合唱으로「정읍」을 부르게 되어 있는 것이다. 합창이 끝나면 북장구의 가락이 井邑慢機 - 井邑中機 - 井邑急機로 연주하면 一腔이 끝나도록 되어 있다. 이 때에 정읍만기・정읍중기・정읍급기를 三機라고 하고 이 삼박자로 된 무고를 일반적으로「井邑」曲 또는「井邑」樂이라고 하였다. 36)

그러므로「정읍」에는 백제 때부터의 노래「정읍」이 있고 고려 때의 이혼이 지은「무고」의「정읍」이 있는 것이다. 하나는 노래이고 다른 하나는 북춤으로 엮어진 악곡인 것이다.

3)「정읍」을 김태준(1930년대 이래)으로부터「정읍사」라고 부르기 시작하여 오늘날은 거의 통일되다시피 되었다. 「정읍」이 옳은가「정읍사」가 맞은가를「고려사」,「삼국유사」등 고문헌의 표기법, 관례, 성향 등을 예로 들면서 그 잘못을 예의 추구하여 근래에「정읍사」나「해가사」는 모두「정읍」,「해가」로 읽어야 한다는 것을 밝혔다.

4)「後腔全 져재녀러신고요」인가 아니면「後腔 全져재녀러신고요」인가로 논란이 분분했던 문제를 새로운 문헌을 제시하므로써 일단락을 지었다.

「全져재」냐「後腔全 져재」냐의 논란의 쟁점은 결국「後腔全」이라는 樂名이 성립될 수 없으므로「악학궤범」의「무고」에서「後腔全」으로 사용한 것으로 인정할 수 없다는 결론에 도달하기 마련이다. 따라서「全州」를 "全"으로 略稱했다는 用例를 찾을 수가 없어서「全져재」를 강력하게 세울 입장이 못되었던 것이 그 동안의 현실이다.

그런데 필자가 1978년에 고물 수집상이 선물한「完山誌」상하권에서 "全州"를 "全"으로 약칭한 용례를 3곳이나 발견할 수가 있어서 이 문제에 대한

---

36) 조선왕조실록. 중종. 권 32.

길고 긴 논쟁을 마감하게 한 것이다.

　5) 마지막으로 行商人의 처가 登岾에 올라 지아비를 기다리며 노래했다는 山石을 뒷사람들이 望夫石이라 하였는데 그곳이 어디일까 하는 문제이다. 종래의 정설을 정읍군 덕천면 망제리의 망제봉· 밑 바위로 擬定했는데 그곳은 韓末까지 고부군 우덕면이었으므로 정읍현의 영역이 아니며 정읍시에서 근래에 초산의 北麓에 조성한 「정읍사공원」에 만들어 놓은 망부석이 있는데 여기도 제자리가 아니라는 것이 필자의 견해이다.

　망부석이라고 불리워진 「여지승람」의 登岾山石이 있을만한 곳이 어디일까. 그것을 찾아내는 방법을 「여지승람」에서 제시하는 縣北十里라는 기록에 따라서 縣의 자리를 찾아내기만 하면 거기에서 북으로 10리이니까 후보지의 지점은 어려울 것이 없다고 보았다. 그래서 정읍시에서도 백제시대의 현자리를 구전에 따라 笠岩面科橋里의 샘바다(井海)로 보고 거기에서 북쪽으로 10리이니까 초산 기슭으로 지정한 것이다. 현자리를 샘바다로 보았다면 초산 북쪽 기슭이 비록 10리는 아니지만 적어도 2-3킬로미터는 되니까 縣北十里에 걸맞는다고 할 수 있다.

　그러나 「여지승람」에서 말하는 縣北十里의 縣이 과연 샘바다일까가 문제이다.

　필자는 「여지승람」의 저본이 되었던 「신찬팔도지리지」의 편찬이 세종 6년(1475)에 자료를 수집하여 세종 12년(1481)에 완성되었으므로 대저 세종 6년에서 12년 사이에 존속했던 정읍현 자리가 「여지승람」을 편찬할 당시의 현자리라고 할 수 있을 것이라고 보았다.

　그런데 현이 옮긴 기록이 따로 없으므로 구체적으로 세종 초기에 있었을 현청자리를 찾기가 쉬운 일은 아니다. 그렇다면 어떤 방법으로 현자리를 찾는가. 필자는 오랜 생각 끝에 묘안을 안출해 내었던 것이다.

　그것은 「여지승람」에 수록된 "山川"의 현과의 방위 및 거리를 역산하는 방법이다.

　예컨대, 내장산 -동 25리, 입암산 - 남 30리, 칠보산 - 북 10리, 매봉(膺山) - 북 1리를 역산 곧 거꾸로 재가면 내장산에서 서 25리, 입암산에서 북

30리, 칠보산에서 남 10리, 매봉에서 남 1리에서 만나는 지점이 당시의 정읍현의 정보 자료를 제공한 현청자리일 것이 확실하다.

현자리가 지정되었으니 여기에서 북으로 10리쯤에 오르막으로 되고 북으로 나즉히 열린 골짜기나 들이 있으며 그 가운데 전주–정읍간 큰 길이 나 있는 곳을 골라서 망부석의 후보지를 삼아야 한다는 것이 필자의 주장이다.

그곳으로 적당한 곳은 북면 승부리에서 조금 올라가서 북면 사무소가 멀리 보이는 오르막 길 근처로 잡는 것이 옳을 것으로 생각된다. 거기서는 나즉하게 밭과 논이 깔려 있고 저 멀리 북면 사무소 쪽에서 오는 전주–정읍간 길이 나 있어서 달빛 아래에서 지아비가 오는 모습이 보일 것이기 때문이다. 더불어 이 곳이 「여지승람」에서 명시한 縣北十里에도 맞는 자리라는 것을 알아 두어야 하겠다.

그 동안 「井邑」을 「정읍사」로 불러 왔기 때문에 하루 아침에 「정읍」으로 바로잡기가 쉽지 않을 것이고 이미 정읍시의 사업으로 공원을 조성하여 조형물을 만들어 놓았으니 그것을 부수고 다른 장소에 다시 조성한다는 것도 경비의 문제를 비롯한 여러 가지 어려움 때문에 용이하지 않을 것으로 안다.

그러나 역사란 그 시대를 살아가는 사람들에 의하여 바로 세워지고 걸러져서 차츰 정화되고 바른 방향을 잡아가게 되는 것이고 그렇게 되어야만 뒷시대의 빛과 소금이 되어 인류사를 보다 나은 곳으로 이끌어 갈 수가 있을 것이다.

아무리 번거롭고 힘들더라도 역사바로세우기사업은 모든 일에 앞서서 추진되어야 할 것으로 보며 그런 뜻에서 「정읍」에 관한 필자의 작은 논문도 집필되었다는 것을 차제에 밝혀 두고자 한다.

(1996. 한국세계문학비교학회)

제 4 장 四友歌와 李愼儀에 關한 研究

Ⅰ. 四友歌 發見의 經緯

1973年 6月 27日 午後에 李萬相教授(圓光大 農大)의 案內로 그의 裡里 自宅에 들렀었다. 마침 6月 24日에 1學期 終講을 하기도해서 조금은 閑暇하지 않은 것도 아니지만, 李教授가 自己집에 家藏한 傳來의 先代 文集이있는데 한 번 閱覽하지 않겠냐고 1年前부터 여러차례 懇請해 왔으나 그무렵이 近代詩歌 資料의 總蒐集이라는, 내나름으로는 꽤 방대하고 힘겨운 일에 東奔西走하던 때라 李 教授의 請에 應할 짬도 없었지만, 李 教授가 農學을 專攻하는 이라서 그 先代의 文集이라는 것이 그겨 平凡한 詩文集이겠거니 싶어 흘려 들어버리곤 했었다. 그랬더니 해를 넘겨 그 이듬해 新學期가 되니 이제는 自己집을 찾아주면 秘藏한 家用酒를 待接하겠다는 條件을 덧붙여 勸하는 것이라 平素 好酒에 巨飮이라 솔깃해서 그러면 終講하고 가기로 約束했던 것이었다.

27日 午後에 李 教授宅에 들려 精誠들인 술대접을 받으며 酒興이 제법 오를 무렵을 기다려서 文集을 내놓는 데 살펴보니 石灘集이었다. 天·地·人 三冊으로 된 이 文集의 主人은 李 愼儀으로서 仁祖朝에 作故한 분으로昏世에 立節한 名士로서, 海州牧使 刑曹參議등 許多한 官職에서 善政하던 名卿으로서 그무렵 喧藉히 衆人의 입에 오르던 한 분으로 宋 時烈 같은 이가 「다른사람을 欽仰하는 것의 倍를 하였다」고 自述하고 있을만큼 대단한 이 였는데 이 분의 文集이 李 教授宅에 있을 줄은 짐작하지 못한 일이다.

더구나 나를 놀라게 한 것은 그 文集의 人冊에 한글로된 四友歌 4 首와그

外의 時調 6首가 收錄되어 있느 것이었다. 四友歌는 松·菊·梅·竹등 四君
子를 題材하여 霜風雪寒에 守節하는 孤高의 모습을 稱頌한 것으로, 石灘이
光海朝에 抗論하다가 會寧으로 流配되어 李恒福, 鄭弘翼등과 함께 圍籬속에
서 지내던 立節의 氣慨를 隱喩하던 短歌로서 韓國文學史上 그 類例가 없는
佳什이었다. 그 밖의 6首의 時調도 興陽으로 南遷하여 쓴 것도 있고하나 그
런대로 좋은 作品이어서 流配時調서도 10首이면 首位級이 아닌가 생각이 들
었다.

이 四友歌와 6首의 時調 後面에는 여러사람의 讚이 붙어있어 四友歌에 대
한 價値를 더욱 뚜렷이 하고 있었다.

石灘集은 石灘이 沒한 뒤 174年이 지난 1801年에 和順 萬淵僧舍에서 刊
行된 것으로, 石灘이 全義人이기 때문에 全義 李氏인 李 敎授의 先人께서 간
직하고 있었던 모양이다.

나는 石灘集을 보고나서 李 敎授에게 그 內容을 說明하고, 거기에 10首의
時調가 있고 10首中의 四首는 四友歌로서 國文學史上 매우 큰 意義가 있다는
것을 거듭 강조한 뒤에 文集을 公開하기로 하였다.

그런데 막상 公開하려하니 누군가 내가 아지못하는 곳에 이미 發表했는지
몰라서 各 大學論文集은 물론 地方新聞과 定期刊行物도 調査해보기로 하고
때마침 成文閣에서 世界文藝大辭典을 編輯中이라 그쪽에도 依賴하여 알아보
도록 하였더니 아직 公表되지 않았다는 報告가 9月中旬까지 모두 들어왔다.

그래서 그해 겨울에 詩文學誌의 請으로 몇장의 寫眞과 함께 內容을 簡略히
소개한 80枚(200字) 정도의 論文을 보냈었는데, 그것이 中央日報 2月 18日
字1) 에 發表되었고 詩文學에는 3月號2) 에 실리게 되었던 것이다. 또 文 德
守 編의 世界文藝大辭典에는 세 가지 項目이 新設되었으니, 石灘集·李 愼儀
·四友歌가 그것이었다.

그 뒤 어언 5年의 歲月이 흘렀다. 좀더 具體的으로 李愼儀의 人間을 소개
하고, 四友歌를 解明하여 關心있는 이들에게 알린다는 것이 이러구러 늦어져

―――――――――――――――――

1) 中央日報 尹善道의 五友歌 이전에 四友歌가 있었다. 1974.2.18
2) 이상비. 李愼儀의 四友歌外 六首의 時調. 詩文學. 1974. 3.

오늘에 遷延되었다. 흡족하지는 않으나 게으름을 벌하는 뜻으로 誠實히 써볼까 생각한다.

Ⅱ. 石灘 李 愼儀의 年譜

石灘 李 愼儀는 字가 景則, 號는 石灘, 諡號는 文貞公으로 明宗 6年(1551)4月 9日 辰時에 漢城에서 태어났다. 肅宗 6年(1680)에 宋 時烈이 撰한 諡狀에는 다음과같이 있다.

> 李 公 諡狀
> 本貫 忠淸道 全義縣
> 高祖 宏植 求禮縣監 贈吏曹判書
> 曾祖 益禧 繕工監副正 贈兵曹叅判
> 祖   侃 不仕 贈 仁曹叅議
> 考   元孫 刑曹叅議 贈吏曹叅判
> 妣   國姓 李氏3)

그리고 石灘先生文集附錄上의 年譜에는 다음과 같이 있다.

明宗 6年　　　　　4月 9日 辰時 漢城에서 태어나다
明宗 9年(1554年) 4歲때 7月에 父親 叅判公이 돌아가셨다.
明宗15年(1560年) 10歲때 3月에 모친 貞夫人 李氏가 돌아가시니 天涯孤兒가 되었다.
明宗19年(1564年) 14歲때였다. 伯氏 宣傳公에게 依託하고 있는데, 石灘과 季氏에게 儒業을 하지말고 弓馬를 익힐 것을 勸하였다. 季氏 牧使公은 男兒가 世上에 낳아서 마땅히 싸움터에서 죽을 것이지 어찌 窓門앞에 앉아서 讀書나하는 썩은 선비가 될 것이냐하고 드디어 붓을 내던졌으나 石灘은 더욱 學業

---

3) 石灘集 人. 李公 諡狀

에 힘써 經傳을 좋아하여 그 大義를 벌써 통달하였으므로, 비록 鄕紳으로 學問을 이룬 老壯들이라해도 번번히 찾아와서 疑難處를 相質했다고 한다.

明宗21年(1566年) 16歲에 杏村 閔純에게 就學하였다.

明宗22年(1567年) 明廟께서 昇遐하시니 石灘이 말하기를, 나는 일찍이 孤兒가 되어 執喪할 수가 없었다. 天壤間에 한 罪人이라. 이제 國喪을 당했는데, 君親一體이니 비록 벼슬없는 사람이라도 스스로 喪에 當할 것이라 하고 먹는 것을 가리고 밖에서 자기를 3年이나 하였다.

宣祖3年(1570年) 夫人을 맞이했다. 慶州 李氏로 李應龍의 女였다

宣祖9年(1576年) 아들 貞吉 태어났다.

宣祖10年(1577年) 石灘이 學問을 深篤하게 하는 가운데, 때때로 閑寂한 林外 石灘의 扁上에서 놀고 숲속을 거닐며 性理學을 익히었다. 그리하여 마음으로 四書를 가까이 하였고, 學問의 經路를 中庸으로 삼았으며 이를 가장 의지 하였다. 小學을 平生의 귀감으로 여기어 뒷날 北方으로 귀양살이 갈 적에도 小學을 長孫에게 주면서 이르기를, 修身의 大方이 모두 여기에 있고 立身揚名도 역시 이 책에 있다고 하고 또, 小學은 내平生에 父兄같이 모셨고 子女처럼 사랑했다고 하였다. 石灘이 도에 들어 根基를 오직 이들 書冊에 두었으므로 世間의 巧文詞로 榮達을 구하는 데는 일찍이 마음을 갖지 않았던 것이다. 그러기 때문에 그의 글은 經傳에 따를 뿐 修辭나 技巧가 없어 陶淵明의 靖節之文과 千載를 두고 神秘하게도 契合한 것이었다. 사람들이 혹 科擧에 應할 것을 勸하면 근심스런 빛을띠고 하는 말이, 내 일찍이 父母를 여의어 의지할 곳이 없는 데 비록 科擧에 급제 한다한들 어찌 榮幸이 될 것인가 하였다. 한 번도 시험에 응한 일이 없었다.

宣祖15年(1582年) 禮賓參奉을 제수했으나 不就하였다. 때에 朝廷에서 六行의 선비를 뽑는데 朝議에서 李 愼儀가 篤學力行하여 卓然히 自守하는 사람이라 하였다.

宣祖17年(1584年) 34歲때 孝陵參奉을 제수하니 石灘이 나가지 않으려 하였다. 스승 杏村이 말하기를, 그대는 世祿之臣으로 不可不 한 번은 謝絶하는 것이나 더는 못하는 것이니 나아가 就

任 하라 하였다.

宣祖19年(1586年)　36세 宗廟奉事를 받고, 가을에 그만두고 高陽에 돌아왔다.

宣祖20年(1587年)　37歲 大學箚錄을 完成했다. 大學을 用工, 精讀하여 手寫한 一通을 만들었는 데, 先儒의 訓釋을 많이 밝히고 章을 나누며 글자를 釋明하여 혹시 大學의 章句에 未盡한 것이 있으면 쉽게 찾도록 編成하였다.

宣祖22年(1589年)　39세에 아들 貞吉이 태어났다. 長子婦 光山 李氏를 맞다.

宣祖23年(1590年)　40歲에 家禮箚錄을 完成했다.

宣祖24年(1591年)　9月에 杏村先生 돌아가시다.

宣祖25年(1592年)　8月에 司饔直長을 제수하다. 때에 倭奴가 대거 入寇하여 京城이 떨어졌다. 大駕는 西狩하고 畿甸은 魚肉이 되었다. 石灘은 高陽에서 鄕兵 300名을 召集하여 壇을 쌓고 義將臺라 불렀다. 비록 孤軍霽卒일지언정 倭賊을 많이 捕殺했으나 軍功은 幕下에 있는 李興立에게 넘겼다. 9月에 李氏 牧使公이 죽었다. 公의 諱는 愼忠으로 이 해에 吉州牧使였다. 倭奴에게 잡힌바 되어 갖은 곤욕을 당했으나 不屈하고 죽었다. 公의 家書에는 7月 18日에 南北 兵使가 敗하니 公은 吉州城을 지키면서 王子를 陪衛하였다. 그런데 會寧府의 軍民이 反逆하여 두 王子를 묶어서 倭奴에게 넘겼다. 때에 一道 守令과 邊將, 북병사가 모두 도망치고 단지 公과 李英, 李範, 文夢軒 등 數人이 王子를 모시다가 이 변을 당한 것이다. 10月에 中部 注簿를 받다. 이는 倡義使 金千鎰의 馳啓에 말미암은 것이다.

宣祖26年(1593年)　10月에 司宰監注簿, 11月에 工刑二曹 佐郎을 받다. 이 때에 明兵이 서울을 奪還하여 大駕가 還都하였다. 12月 稷山縣監에 임명되다. 그때에 逆賊 宋裕가 稷山에 진격하였으므로, 儒臣가운데 鎭衆禦賊할 人物을 고르는데 石灘이 應薦되여 現地로 卽行하였다. 가던 길로 賊徒를 소탕하였다.

宣祖27年(1594年)　1月 奉訓郎, 3月軍資監僉正兼 縣監을 拜受하다.

宣祖28年(1595年)　1月 陞朝散大夫軍資監副正을 兼하다.

宣祖29年(1596年)　46歲 6月에 陞奉列大夫, 7月에 陞奉正大夫軍資監正兼을 拜受, 이때에 逆賊 李 夢鶴이 鴻川·林川을 빼앗았다. 兵使 李時言이 할 일 없이 敗走하여 溫陽 村舍에 숨어서 어

찔할 바를 몰랐다. 石灘이 稷山 軍卒과 天安郡守 鄭好仁
의 兵卒을 調發하여 8千兵으로 鎭壓하였다. 이 일로 뒤에
淸難原從功臣錄에 들었다.

宣祖30年(1597年) 正月 中直大夫에 오르다. 逆賊을 討滅한 功으로 2階를 뛰
었던 것이다. 10月 다시 陞敍되다. 때에 倭奴들이 또 南
原府를 함락하므로 明軍이 敗走하여 明將이 8千兵의 殘軍
을 끌고 公州에서 稷山으로 와서 斗院들에서 倭奴와 接戰
하였다. 그때에 邑里가 避兵으로 텅비었는데 公이 8千兵
士를 한사람 소홀함이 없이 7日동안을 接待를 잘 하였는
데 倭奴가 敗退한 뒤에 監司 金信元이 馳啓하여 命이 내
린 것이다.

宣祖31年(1598年) 49歲때 9月에 通訓大夫에 오르다. 때에 明軍을 接待한 功
績을 宣祖大王께서 接見한 자리에서 稱美 하시고 이 같이
내리신 것이다. 10月에 稷山縣監에 仍任되다. 公은 秩浦
로 돌아가려 했는데 監司 尹敬立이 治績을 褒啓하여 특별
히 조치 된 것이다.

宣祖32年(1599年) 高阜郡守로 陞進되었으나 病으로 不就하다. 公이 稷山縣監
에서 解歸되어 5, 6日을 지나니 廟堂에서 말이 났다. "守
領 가운데 으뜸되는 功이 있는 자는 遞職된즉 바로 부임
이 되는 것이 國規인데 前稷山縣監은 7年이나 勞心하여
功績이 茂著한데 지금까지 官職을 내리지 않다니 웬일이
냐?" 이라하여 拜受된 것이다.

宣祖33年(1600年) 正月 平市令을 받았으나 病으로 不就하다. 3月 槐山郡守를
받다. 12月 15日에 夫人 李氏 卒하다.

宣祖35年(1602年) 正月陞敍되다. 監司 柳 公根이 慈詳·淸愼한 官吏로 百姓
을 아끼고 恭敬한다고 啓하고 御使 金鼎一이 몸을 깨끗이
갖고 政事에 苦心한다하여 啓하므로 그리된 것이다.

宣祖36年(1603年) 53歲, 本家에 돌아오다. 公은 4年을 槐山郡守로 在職하였
는데, 病이 거듭 심하여지므로 遞任의 許諾이 되어 장차
돌아가려하니, 고을의 父老들이 길을 막고 여러 날을 울
면서 郡守로 留任해줄 것을 請하므로 公이 글을 지어 諭
하였다. 御史 李 好義가 이를 啓하였다. 慶州牧使를 拜하
였으나 病으로 不就하다. 때에 朝廷에서는 南漢山城과 京
城을 修築하고 京師를 保障하는데 일을 擔當할 사람으로

公을 推薦하여 廣牧에 任命하였으나 病으로 不就하다.

宣祖37年(1604年) 3月, 林川郡守를 拜하였다. 7月에 陞敍되다. 때에 監司가 啓하기를 政理有緖하고 吏畏民愛한다하므로 그러한 것이다. 이해에 壬辰效忠仗義協力宣武錄勳을 입고 다시 龍灣扈聖錄에 들어갔다.

宣祖38年(1605年) 55歲, 正月에 南原府使를 拜하다. 때에 王이 學術이 精深하고 才行兼備한 人物을 薦하라하니 公이 旅軒 張顯光과 함께 被選되어 臺望에 들었다. 9月에 陞敍되다. 御史 成晋善이 포계하였던 것이다.

宣祖39年(1606年) 正月 洪州牧使를 拜하다.

宣祖40年(1607年) 3月, 海州牧使를 받다. 海州에는 王子의 田庄이 많았는데 王子들의 田庄이 百姓의 논밭 가까이에 있으므로 보는대로 빼앗은 것이 심히 많았다. 公이 이것을 모두 따지어 백성의 논을 도로 찾아주니 王子들이 울면서 宣祖께 呼訴하기를 "海州牧使 때문에 田庄을 保存할 수가 없읍니다"하니 宣祖께서 "너희들이 근신하라 海州牧使는 나역시 말하기가 어렵다"고 하였다.

宣祖41年(1608年) 58歲, 御史 崔 起南의 啓로 옷 表裏一襲을 下賜받다. 이해 2月 宣祖大王 昇遐하다.

光海元年(1609年) 59歲, 御史 李稶의 褒啓로 表裏一襲을 下賜받다.

光海 2年(1610年) 60歲, 首陽琴을 만들다. 首陽山 神堂里의 巖石上에 枯桐이 있으므로 公이 奇異히 여겨 伐木하여 琴을 만들었는데 이름을 首陽琴이라 하였다. 이는 朱子의 紫陽琴의 故事를 본 딴 것으로 序에 쓴 것이다. 12月 通政大夫에 陞하다. 公이 海州에 4年이나 있었으므로 官職을 버리고 돌아가려 하므로 海州의 老少住民들이 門을 지키고 留任하기를 請하는자의 數가 千여명에 달하므로 監司 崔 東立이 이를 듣고 그 事情을 啓하니 特命으로 加資된 것이다.

光海3年(1611年) 61歲, 褒美敎書를 내리었다. 이는 善政에 대한 加資가 있은 뒤 따로 褒典한 것이다. 表裏를 받으시다. 때에 御史가 啓하기를 淸身自持하여 秋毫도 犯한 바가 없다고 極讚하여 이러한 命을 내린 것이다.

光海 4年(1612年) 62歲, 3月 海州에 任命되다. 當時 監司 尹 暄啓가 아뢰기를, 牧使 李 愼儀는 몸을 廉謹하게 가지며 百姓을 아끼고

奉公으로 官職에 臨하며 終始一心으로 學問에 뜻을 두었
으며 財産을 남긴 것이 하나도 없었다. 그가 벼슬을 그만
두고 鄕里 秩浦로 돌아가려하니 주민들이 請留하였으니
이는 실로 至誠에서 나온 것이라하여 特別히 命한 것이었
다.

光海 5年(1613年) 63歲, 海州牧使를 그만두고 高陽으로 돌아오다. 折衝將軍
行虎賁尉副司果兼五衛將을 拜受했으나 취임하지 않았다.
이 무렵에 光海의 政事가 어지러웠으므로 病이라 칭탁하
고 不就하다.

光海 6年(1614年) 64歲, 7月에 아들 貞吉이 從仕郎을 받다. 10月에 折衝將
軍虎賁尉副司果兼五衛將을 내렸으나 不就하다.

光海 7年(1615年) 65歲, 正月에 아들 貞吉이 宣務郎을 받다. 7月에 折衝將軍
僉知中樞府事兼五衛將을 내렸으나 不就하다.

光海 8年(1616年) 66歲, 正月에 夫人 李氏에 淑夫人을 贈하다.

光海 9年(1617年) 67歲, 光海主가 母后를 將次 廢止하려하므로, 公이 분연히
일어나서 大義를 위하여 抗論獻議 400餘言을 하다. 때에
光海 政亂으로 奸臣들이 永昌大君을 煽禍하여 害하고 장
차 仁穆大妃를 廢하려고 財物로 꾀어 百司에 議論을 모으
는 중이라 可否의 한마디를 잘못하면 화가 미쳤다. 그러
므로 數三의 강직한 大臣 이외에는 모두 아첨하지 않는
이가 없었으며 대개 財物에 입을 다물고 감히 나서려하지
않았다. 공이 歎息하여 가로되 이는 天道가 滅한것이며
人紀가 끊어진 것이라하여 떨쳐일어나 獻議하되, 天人順
逆의 理致로 極言하였는데 略述하면 다음과 같다.
"人之心은 天之心이요, 天地의 心이 곧 人의 心이라. 人
心이 順한 즉 天理 역시 順하고 人心이 不順하면 天理역
시 不順이니 엎드려 바라옵건데 聖上께오서는 天人이 하
나라는 理致를 熟察하시어 體는 大舜의 마음으로 하시옵
고 行은 大舜의 道로 하시오면 神人이 喜悅하게되니 이것
이 곧 國家臣民의 福이오니다."
獻議를 올리니 奸臣 李 國光, 河 仁俊, 閔 深 등이 글을
올려 重辟한 곳으로 流配할 것을 請하니 사람들이 모두
두려워하였으나 公은 坦然自若 하였다.

光海10年(1618年) 68歲, 3月、會寧에 栫棘하였다. 때에 三司가 일제히 遠竄

토록 請하니 光海가 怒하여 가로되, 奇 自獻, 李 恒福은
大臣의 몸으로 저들의 所懷를 말할뿐이었는데도 三司가
安置하도록 請하였는데, "오늘의 三司는 前日 奇·李를 攻
駁하던 그 三司임에 틀림이 없는데 治人에 어찌 갈수록
가벼워져 遠竄이란 말이냐? 法에 따른다면 반드시 安置로
해야 할 것이다"하였다. 또 앞서 光海는 "李愼儀는 凶悖하
기 李恒福, 鄭弘翼과 다름이 없으니 絶塞安置하라" 하여
드디어 會寧에 加棘하도록 하였다. 會寧은 國土의 極北이
다.

公은 匹馬單僕으로 아들 한분을 데리고 登程하니 公의 側
室이 號哭하며 拜訣하니 주위 사람들이 울지 않는 이가
없었다. 公은 의연히 말위에서 마음의 움지김이 없었으므
로 그를 보내는 知舊들이 모두 歎服하였다.

李鷄林 守一에게 小玄琴을 請得하다. 公은 平素에 琴律을
解得하였으므로 鷄林에게 請하여 琴을 얻은 다음, 松·竹
·梅·菊의 四友歌를 지어 被絃度曲하니 이는 自身의 孤
高之趣를 寓托한 것이다. 興陽으로 南遷 한 뒤에도 琴을
가지고 다니면서 古人이 琴瑟을 쉬지 아니한 뜻을 深味하
였다.

9月에 興陽으로 配所를 옮기다. 때에 北虜가 쳐들어 온
다는 놀라운 報가 날로 急하니 公이 鄭休翁 弘翼에게 글
로써서 이르되 "우리는 北虜의 鋒鏑에 앉아 죽을 수는 없
다. 賊勢가 急한즉 圍籬를 짜르고 나아가서 졸병으로 從
軍하여서라도 城위의 얕은 담하나라도 지키어 힘을 다하
여 적을 막을 것이다. 多幸이 이기면 圍籬中에 돌아갈 것
이요, 不幸하게 되면 罵賊殺寇하며 힘이 다할 때까지 싸
우는 것이 옳다. 그러나 모름지기 朝命을 기다릴 것이다"
라 하였다.

邊報는 날로 急하여 이를 듣는 이들이 잠깐이라고 聳動
하므로 奸徒들이 罪人을 北에 두는 것이 마땅치 못하여
興陽으로 옮겼다. 가는 도중 稷山에 이르니 一邑 父老들
이 소를 잡고 술을 내어 慰勞하니 市와 같았다.

光海11年(1619年) 69歲, 衆判公墓碣을 세우다. 앞서 이미 碑石이 준비되었으
나 公의 謫北으로 세우지 못하더니 이를 한마디도 하지

못함을 마음아파하다가 家人에게 부탁하여
諸子 姪에게 抵書하니 비로소 세우게 된 것이다.

光海12年(1620年) 70歲, 沙溪 金 先生에게 答書하다. 公은 沙溪와 더불어 平素부터 서로 友情이 도타왔다. 沙溪가 누차 글을 보냈는데, 그 가운데 묻기를 "公의 前日에 南人에 치우쳤었는데, 이제보니 옳다는 사람이 하나도 없는 바 公의 所見은 어떠한지?" 라는 말이 있었다. 石灘이 답하여 가로대 "錦繡의 입에서는 반드시 錦繡가 나오는 법, 兄은 어찌하여 이런 말을 하시는가. 이 한 사람도 옳다는 이가 없다(無一人可者)라는 다섯자는 비록 世上을 憤慨하여 나온말이지만 執中之論이 아닐까 두렵소. 구차히 지금을 마음아프게 여겨 옛을 생각하여 公이 한말이라면 於彼於此 옳다는 이는 얻기 어려울 것인데, 어찌 꼭 南人만을 責한단말이오. 생각컨대 선비란 서로 友道를 取함에 있어 그 뜻을 봄은 말할 것도 없는 것이며 뜻의 높음을 두고 取捨하는 것을 스스로의 道로 여겨 마땅히 힘써야 하는 것이요. 나는 본래 南人도 아니며 본래 西人도 아니며 역시 北人도 아니요. 항상 옛 학문을 좋아하여 篤學敦行孝弟하는 이를 스스로 일러 吾類라할까? 비록 幅巾·闊袖하고 高談·大言하는 者라도 생각뿐 實行이 없은즉 내스스로 이르되 非吾類라 할것이니, 平生을 좁은 생각으로 살아왔은 즉 스스로 中立不倚, 無偏·無黨하였던 것입니다. 이제 兄께서 나를 南人이라 指目하시나 내마음에는 迷惑된 바가없오이다. 다만 吾兄께서 자기마음으로 남을 헤아리는가 싶어 웃음을 금할 수가 없었습니다. 東西南北의 朋黨이 생겨난 것은 國家의 大不幸을 자초하는 萌兆라 할것입니다. 지난 일이야 그렇다하더라도 다음부터는 이러한 일은 듣지 않을 것입니다" 라 하였다.

光海13年(1621年) 71歲, 12月 3日 長子 宣務郎 貞吉의 喪을 당하다. 宣務公은 時望이 있었으나 不幸이 內艱을 얻어 三年동안이나 죽을 마셔오면서 몸이 몹시 상하였다. 終身疾은 이에 이르러 더욱 沈痼해가더니 마침내 일어나지 못하게 된 것이다. 公은 白首·長沙로 이 逆境을 당한 것이다. 그러나 壽夭는 天命이니 어찌 할 것인가.

光海14年(1622年) 72歲, 公이 謫居한지 벌써 5年이 되었다. 圍籬한 加棘이
조금도 상함이 없었고 몸가짐을 謹守하여 限域을 尺寸도
넘지 않았다.

仁祖元年(1623年) 73年, 3月 刑曹叅議에 被旨하여 還朝하다. 때에 仁祖大王
의 反正으로 奸臣의 무리가 誅戮되고 朝廷에서 守正舊臣
들을 부르니 初政에 公이 吏曹叅議로 들어가 政事에 참여
치도 못한채 다음날 이같은 명이 내린 것이다.
公이 還朝할 때 서울에 집이 없었다. 그래서 그때 한 空家
가 西小門안에 있었는데, 鬼邪의 變으로 廢置된지 오래되
었다.하여 사람들이 감히 가까이 하는 이가 없었는데, 公
이 그집을 借入한 뒤에는 鬼變이 전혀 없었다. 洛陽人들
이 서로 傳說하기를 公의 정기는 鬼膽도 깨친다고 하였다
한다.
折衝將軍龍驤尉副護軍을 拜受하다. 4月에 折衝將軍僉 知
中樞府事, 5月에 嘉善大夫行掌隷院判決事 兼經筵特進官에
陞拜되다. 때에 上下에 敎書하되 慈殿에 관한일로 立節하
여 罪를 얻은 사람을 加資하라 하시어 公도 入侍하였다.
그리하여 經幄에서 啓하기를 "만번죽어 餘生에 天顏을 한
번 우러러뵈어 삼가 한 말씀 올리올까 하옵나이다. 聖上
께오서 밝으신 德으로 維新의 새날을 당하와 時急히 하오
셔야 할 일이 賢才를 收用하시옵고 民心을 살피실 일이오
니다. 이 두 가지를 엎드려 바라옵니다. 殿下께오서는 옛
聖王의 德을 본받아 나라를 다스릴 때가 되었아옵니다" 하
였다. 듣는 이들이 모두 公의 말을 가르켜 老成宿德之言
이라 하였다.
6月에 入侍晝講하다. 때에 上께서 治國의 道를 下問하시
니 諸臣이 功利之說을 다투어 아뢰었다. 公은 獨對하여
여쭈되, "政治는 반드시 三代의 法으로 한 후에라야 可히
化民成俗할 것입니다"라 하였다.
上께서 처음에 留念하시지 않으므로 公은 장차 詣闕하면
人君의 躬行出治之要를 手書하여 袖中에 넣어가지고 와서
榻前에 陳上하겠다고 생각했는데, 그 일이 이루어지지 않
았다. 다음날 延平 李公貴가 泣請하기를 "어제 李 愼儀가
進言하였아온데 殿下께서 不答 하였아옵니다. 臣은 그 일

이 切恨하와 원하옵나니 上께서 李 愼儀를 불러 試問하시되 三代之治가 무엇인지 충분히 그의 말을 들으신 연유에 그 當否를 해아려 處事하심이 어떠하겠나이까" 하였으나 上께서 끝내 不應하셨다.

7월에 乞骸를 上疏했으나 不允하셨다. 때에 公은 나이 70을 넘어 南北風霜을 겪는 사이 날로 쇠약함이 심할뿐아니라 또 道가 行해지지 않음으로 드디어 引年乞退하고자 했으나 허락되지 않았다.

10월 光州牧使를 拜하다. 때에 공이 一時 擧世的인 重望을 엎고 大用을 바랄까하여 公을 시기하는 무리가 있어 補外할 것을 당시 銓長으로 있던 申 欽에게 말하니 申公이 말하되 "이 사람은 人望이 있는 一世의 名儒로서 經幄 (곧 經筵)에 출입한지 얼마안되는 데 어찌 補外함이 合當하리오" 하니 말한 자가 부끄러워 할 일 없이 물러갔다. 申公이 入相하게 되어 銓長 (곧 吏曹判書)의 자리에서 떠나니 그 사람이 補外를 다시 말하여 필경 光州牧使를 내린 것이다.

仁祖 2年(1624年) 74歲, 正月 病으로 遞職을 아뢰었다. 때에 病으로 쉬려고 하였으므로 빨리 任地에 돌아갈 수가 없어서 都城밖에 10數日을 머물게 되었으나 官供을 命하지 않아서 困難을 당하므로 隣邑 守宰가 그 淸德에 感服되어 다투어 糧資를 주선하여 보냈다. 이 때에 賊臣 李 活이 兵을 들어 叛하여 犯京하였다고 들었다. 大駕는 公州로 南狩하였는데 先生은 不得已 病으로 따르지 못하니 病이 더욱 심하여지고 아픔이 더 하였다. 虎賁衛司直을 내렸으나 病으로 不就하였다.

仁祖 3年(1625年) 75歲, 3月 龍驤尉副護軍 6月, 다시 掌隷院判決事兼 經筵特進官을 제수했으나 病으로 不就하였다.

仁祖 4年(1626年) 76歲, 正月 嘉義大夫刑曹叅判兼 五衛都摠府管에 제수되어 응하였다. 때에 封事를 올리도록 聖旨가 내리어 여기에 응하였다. 그때에 雷霆의 변이 있어 上께서 避殿하시게 되어 先生께 구언하였던 바 이에 一綱十二目의 封事를 올리니 그 대략은 다음과 같다.

方今 我國을 害하는 者는 西虜로서 항상 우리나라를 노

려보며 狼貪하여 廟堂을 쳐들어 올려고 합니다. 그러니
防備를 아무리 충분히 짜낸다 하더라도 善策이 없을 것입
니다. 殿下께오서 中夜不寐하시는 것이 옳고 飮食을 마주
하여 맛을 잊으심이 이것이 옳습니다. 비록 그렇다하나 臣
이 깊이 우려하는 바는 단지 西虜에만 있는 것이 아니옵
니다. 방금 눈앞에 있는 積弊로서 이것이 날로 深痼되고
蔓延되고 있으니 비유컨대 사람이 한 번 元氣가 敗하면
百病千症이 交發하여 一毛一髮이라 할지라도 病들지 않은
것이 없음과 같은 것입니다. 臣은 전에도 聖上께서 여러
번 太煩을 들으셨다하기로 근심하신 가운데 큰 것을 들어
말씀드린 것입니다. 슬프다. 오늘의 나라가 病든 실마리
가 綱目은 있으나 君이 배우려고 하는 마음이 없음이니
이것이 곧 病國의 綱領이 아니고 무엇입니까. 그 目에 12
條가 있으니 賢士를 씀에 있어 이름만 取할 뿐 實을 求하
지 않음이 病國의 目 가운데 하나입니다. 諫을 拒否하여
좇지 아니하고 臺官을 蔑視하는 것이 病國之目의 둘입니
다. 勳이 多雜하여 秩序가 없고 恣意로 賞을 내리어 驕하
여지면 곧 病國之目 三입니다. 朝紳이 粉飾文具하여 奢侈
에 빠지면 이런 일은 病國之目 四입니다. 庶官이 多雜하
여 先後를 잃고 있으면 이는 病國之目 五입니다. 큰 선비
의 말은 많으나 어진 말이 아직 없으면 病國之目 六입니
다. 房踐를 막지 않고 私意로 橫馳하면 이것이 病國之目
七입니다. 內需를 옛풍습대로 魚鹽에 의지하는 일을 罷脫
하지 못한다면 이것이 病國之目 八입니다. 農事를 이름있
는 勢道家에 의하여 橫占하게 하면 病國之目 九입니다.
備蓄이 따로 없이 3年을 지나며 難局을 계속하여 겪으면
이어찌 病國之目 十이 아니겠습니까 등등 12目을 擧論하
고 다시 부연하므로 누누히 五六千言으로 말하지 아니함
이 없었으니 이는 모두 至誠과 피로써 하였음이라. 或者
가 이르되 中興 後에 第一名疏라 하였다. 本疏는 처음에
잃어버렸었는데, 先生의 季子인 監役公이 虜亂時에 陷沒
되었기 때문에 이 疏가 있었는지를 아지 못하였다. 그후
壬寅에 先生의 玄孫을 처음으로 興陽 丁氏家에서 얻었던
것이다. 대개 先生이 興陽에 여러해 謫居하였던고로 그

곳 人士가 先生의 義를 사모하여 마지 아니하였으므로 이를 베끼어 寶帳하여 두어 失傳하지 않고 오래오래 물리게 되었으니 어찌 至誠·惻怛하다 아니하랴. 만일 그렇지 않다면 이 글은 끝내 泯滅하여 남아나지 못하였으리라. 그런고로 先生의 諡狀과 碑文 가운데는 이 疏語가 없다.

仁祖 5年(1627年) 77歲, 旅舍에서 作故(易簀)하다. 때에 집에서 調病하는 사이 北虜가 入寇하였다. 上께서 江都로 幸하시므로 先生께서 驚惶에 疾隨하였으나 御駕는 이미 渡江하였고 先生은 病으로 扈從 할수 없어 仁川에 머물다가 水原 井里村舍로 向하였으나 疾患은 벌써 돌이킬 수 없이 되었는데 죽음에 임하여서도 憂國一念은 변함이 없었다. 이날 斂葬함에 斗粟이 없어 이웃에 도움으로 襚衣를 입히어 葬禮(襄)를 치르다. 州民間에서 이 소식을 듣고 쌀을 거두어 賻하기를 마치 親戚과 같이 하였으니 先生의 德이 깊음을 可見할만하다. 9月에 高陽 元堂里에 葬하다. 乾坐로 夫人곁인 데, 先生의 舊居에서 咫尺이었다.

仁祖 6年(1628年) 正月, 上께서 禮官을 보내어 致祭케하시다. 때에 禮曹佐郎 黃胤後가 왔었다.

顯宗10年(1669年) 禮曹判書 趙 復陽이 贈諡를 啓請하였다. 趙公은 入闕하여 上께 여짜오되 臣은 일찍이 金德誠, 鄭弘翼이 立節한 일을 陳達한 바가 있어 賜諡하라는 命이 계셨습니다. 여짜옵건데, 故叅判 李愼儀도 立節事實이 金·鄭에 떨어지지 않습니다. 바라옵건데, 그들과 같이 贈諡하심이 어떠하오리까 하니 上께서 允許하시었다.

顯宗13年(1672年) 諡狀을 내리라 命하다. 때에 副修撰 崔 後向이 啓하되, 故叅判 李某는 昏朝(燕山君 때)에 廢母 收議할 때에 立節하였던 사람인 바 數年前에 判書 趙 復陽이 榻前에 陳達한 일이 있어 贈諡되었아옵니다. 하니 敎旨가 내렸다.

무릇 諡贈에 議論은 諡狀이 있은뒤에 가능한 것인 데, 李某는 諡狀이 없으며 또 子孫의 有無도 알수 없으므로 本館에서 擧行치 못했었으나 禁府로 알아보니 廢母 收議 事件 때에 立節한 바 忠誠됨이 卓然하였다. 上께서 諡狀이 없이 贈諡함은 뒤에 폐단이 된다 하시었다. 右議政 金 壽興이 가로되 無諡狀으로 諡를 議論함은 例로 하기 不可하

니 이는 有官으로 文書하여 分明히 하는 것이 옳다고 하
였다. 上께서 廢母 收議가 곧 官의 文書이니 비록 無諡狀
이라하나 그때의 立節 을 據證하여 贈諡함이 옳다 하시었
다.

肅宗 6年(1680年) 諡狀 및 神道碑銘이 이루어지다. 尤菴 宋 文正公의 撰이었
다.

肅宗10年(1684年) 閏6月, 資憲大夫 戶曹判書兼知義禁府事五衛都摠府都摠管을
贈하다. 때에 右議政 金錫胄, 承旨 金鎭龜가 啓請하되 故
叅判 李 某는 먼저 正卿을 贈한 然後에 議諡함이 어떠리
까하여 이같이 下命된 것이다.

9月, 다시 資憲大夫 吏曹判書 兼知義禁府事五衛都摠府都
摠管이 贈되다. 때에 領府事 金壽興이 入侍하여 啓하되,
故叅判 李 某에 贈職事는 戶曹에서 重職이라 하여 反對할
뿐 아니라 李 某가 生時에도 吏曹에 物望이 있었으므로
그렇게 바꾸는 것이 좋겠다 하였다. 上께서 戶曹에 일은
詳察치 못하였노라 하시고 改贈하라하여 이렇게 된 것이
다.

肅宗11年(1685年) 8月, 文貞公으로 諡가 내리다. 學問에 勤勉하고 文學을 좋
아하므로 文이요(勤學好文曰文), 淸白하고 守節을 하였으
므로 貞이라(淸白守節曰貞)하였다.

肅宗22年(1696年) 11月, 諡禮延을 行하였다.

肅宗44年(1718年) 誌文이 이루어지다. 踈齋 李相國 頤命의 撰한 바였다.

肅宗45年(1719年) 高陽儒生, 申泌등이 文峰書院에 追享할 것을 상소하여 允
許되다.

肅宗46年(1720年) 2月, 位版을 高陽 文峰書院에 奉安하다. 本院에는 杏村 閔
先生純이 主壁으로, 南秋江孝溫, 奇 眼齋 遵, 金 思齋 正
國, 鄭 秋巒 之雲, 洪 慕堂 履祥을 모신 것인데 先生과
李 晚晦 惟謙을 함께 升配하고 左尹 尹植이 祭文을 지었
다.

英祖15年(1739年) 2月, 槐山 華嚴書院에 追享되다. 本院에는 退溪 李先生滉
을 主壁으로 하고 盧 蘇齋 守愼, 李 默齋 文楗 柳 西坰根
을 幷享하였는데, 湖西 儒生들의 發議로 先生을 升配하고
師傅 李 世煥이 祭文을 지었다.

英祖17年(1741年) 義將臺碑를 세우다. 여기는 先生의 舊居에서 東쪽으로 몇

里밖에 있는데, 洞人, 直長 張海翼, 左尹 尹植 등이 臺에
작은 碑를 세웠는데, 碑面에 쓰기를, 李 石灘 義將臺記라
하고 뒤에 先生이 壬辰에 設臺하고 倡義 하니 149年뒤
庚申에 洞人이 세우다 云云하였다.

純祖元年(1801年) 文集이 이루어지다. 和順에 있는 萬淵僧舍에서 鋟梓하 였다.

Ⅲ. 石灘集의 內容과 人間 李 愼儀

1. 石灘集의 內容

石灘集은 純祖元年 (1801)에 文集이 完成되어 和順 萬淵僧舍에서 鋟梓한
것이었는데 五卷三冊으로 되어있고 「石灘先生文集目錄」에는 다음과 같이 있
다.4)

        卷上
            詩 五言絶句一首
            存敬吟
            丁巳獻議
            應 旨封事

        卷中
            書
            答 柳方伯二 ● 名根號西坰
            唱 趙參奉
            答 金上舍
            與 金上舍
            與 沈襄陽 名 宗道
            與 李剛中 名 惟侃
            與 鄭 承旨 三 ● 名 弘翼號休翁

---

4) 石灘集. 地. 年譜

　　　卷下
　　　　割録
　　　　大學
　　　　家禮
　　　　附録卷上
　　　　有旨三
　　　　教書
　　　　賜祭文
　　　　年　譜
　　　卷下
　　　　世德
　　　　行狀
　　　　家狀遺補
　　　　諡狀
　　　　神道碑銘　幷序
　　　　誌銘幷書
　　　　挽詞二
　　　　祭文
　　　　高陽儒疏
　　　　文峰書院追享祭文
　　　　華巖書院追享祭文
　　　　義將臺詩序
　　　　讀先生遺稿書
　　　　四友歌跋四
　　　　跋文5) 6)

　　以上의 目錄은 天·地·人 三冊중 天冊에 있는 바, 各冊에 收録된 內容을 詳論하면 다음과 같다.

　　1. 石灘集 天
　　崇禎 甲申後 再甲戌 初秋之 丁未에 쓴 尹 鳳九의 序文이 手書版刻으로 첫

---

5) 四友歌跋·跋文은 原版本에 빠진 것으로 뒤에 木刻印으로 찍은것임.
6) 石灘先生文集 目録.

面에 있다. 目錄을 지나서 「石灘先生文集上」에는 詩一首가 있고, 丁巳獻議의
全文이 收錄되었으며 災異後應 旨封事의 長文이 全 載되고 있어 上卷에는 總
세 種의 記文으로 되어있다.

石灘先生文集中에는

答柳方伯, 又上柳方伯, 唁趙參奉, 答金上舍, 與沈襄陽, 與李剛中, 與鄭承
旨, 又答, 又答, 與李兵使, 又答, 又答, 答會寧通判, 又與, 與吳僉知, 與
鄭節使, 與金正字, 與興陽主倅, 又, 答金鐵原, 附沙翁書, 又, 答李肅川,
與趙參奉, 賀柳生天根, 答李順天, 答申同知, 答李淸風, 又, 與丁進士, 與
趙進士, 與柳洗馬邀友, 與友人, 答友人, 寄長子, 寄次子, 寄兒輩, 寄孫兒
等, 又, 又, 寄長孫, 又, 寄次孫,

雜著

自愚解, 遮道解,

祭文

祭習靜先生文, 祭開城留守洪君瑞文 名履祥 號 慕堂, 祭亡女朴昱妻文,

石灘先生文集附錄 上

御賜文

有旨, 有旨, 敎書, 賜祭文, 年譜

石灘先生文集附錄 下

附錄

大學, 家禮,

石灘先生文集 附錄下

世德, 行狀, 家狀補遺, 諡狀(宋時烈)神道碑銘幷書(宋時烈), 誌銘幷書(李
頤命), 祭文高陽章甫追享文峰書院疏(洪啓迪), 文峰書院追享祭文(尹植),
槐山華巖書院追享祭文(李世煥), 義將臺詩序(尹植), 讀先生遺 稿書贈李君
歸湖南(尹植),

石灘先生文集補遺

四ᄉ 友우歌가, 短단歌가,

石灘先生文集追附

敬題, 石灘李先生四友歌後(李 宜哲, 金時粲, 尹植, 金鎌)

石灘先生集跋(宋煥箕)

以上이 天・地・人 三冊에 收錄한 目錄의 全部이거니와 그 具體的인 내용은
石灘의 人物論을 다루면서 더러 論及될 것이므로 여기서는 省略하기로한다.

2. 人間 李 愼儀

石灘은 明宗 六年(1551年) 四月九日 辰時에 漢城에서 태어났다. 石灘의 諱는 愼儀요 字는 景則이고 號는 石灘으로 本貫은 全義이다. 高祖는 廣植으로 求禮縣監을 지내고 贈吏曹判書를 내렸고, 曾祖는 益禧로 繕工監副正이었고 贈 兵曹參判이 내렸으며 祖는 侃으로 不仕하였으나 贈 戶曹參議를 받았고 考는 元孫으로 刑曹參議를 지내고 贈 吏曹參判을 내렸던 漢城의 豪族으로 配는 國姓 李氏였다.

石灘은 비록 閥閱의 家系에 태어났으나, 4才에 父親을 여의고 10才에 母親이 돌아가시니 매우 不幸한 편이었다. 母親은 恭靖大王의 曾孫인 都正 成終의 女였는 데, 石灘이 10才에 執喪했는 바 成人과 조금도 다름 없이 節度가 있어서 弔者들이 稱歎치 않은 이가 없다고 하였으니 그 素性의 端正함이 알만하다.

10才에 孤兒가 되니 伯氏 선전공에게서 敎育을 받았는데, 어려서부터 性行이 端重하고 戱嬉를 즐기지 않았다. 伯氏는 諸書에 無不貫通한 才士로서 志氣가 豪邁하여 , 항상 두 아우에게 弓馬를 배우기를 勸하였다. 李氏 牧使公이 이에 좇아 窓前에서 讀書나 하는 腐儒가 되느니 보다 武人이 되겠다고 나섰으나 石灘은 끝내 學業에 勉勵하여 經傳을 거의 通하였다고 한다.

16才에 杏村 閔 純에게 師事하였다. 閔 純(1520~1591)은 宣祖 때의 儒賢으로 字는 景初, 本貫은 驪興으로 駱峰 申 光漢과 花潭 徐 敬德에게 배운 사람이다. 經學, 易理에 밝아서 孝陵參奉, 持平까지 지낸 官祿이나 벼슬은 마음에 둔 이가 아니었다. 宣祖 8年 仁順王后의 喪에 烏帽黑帶를 하도록 定한 禮官들에 反對하여 宋의 法에 따른 白衣冠三年制를 請하여 許諾 받은 바 있는 傳統派의 儒學者였다.

이런 스승에 그 제자로, 幼時부터 整肅한 性品의 公이 20年을 杏村 門下에서 篤學하였으니 堅苦刻勵하여 諸學을 次第溫習하였을 것은 당연한 일이다. 公이 言行에 있어 儼然하고 整肅하였으며 諸行이 禮로써 하니 閔 先生이 항상 德器라 稱讚했다고 전한다.

　　石灘은 典型的인 儒家였다. 日常의 思慮와 行動이 조금도 이에서 벗어난적
이 없었다. 그의 一生은 41才에 杏村 閔 純의 喪을 맞기까지의 篤學期間, 42
才때에서 비롯된 官吏生活, 67才때에 光海君의 廢母抗論으로 인한 謫居生活,
還朝 이후의 波瀾에 이은 77才 易簀으로 나누어진다.

　　杏村에게 摳衣受業함에 있어 嚴立課程했다함은 그의 年譜를 비롯한 行狀
등에 쓰인 바이지만, 27才때에 郊林밖에 書室을 짓고 閑居하면서 石灘뒤에서
養素하고 松林間을 遊泳하면서 潛心性理를 했으므로 因하여 自號하기를 石灘
閑人이라 했다한다. 이때에 지었다는 唯一한 漢詩一首가 石灘의 心境을 잘
代辨하고 있다.

　　　　至理求何處　存心主一時
　　　　靜中無限味　非敬家難知[7]

　　이 무렵에 그의 學問은 이미 成熟하여 小學으로 平生의 行己之方으로 삼고
있음을 볼 수 있다. 뒷날 謫北時에도 長孫에게 주는 글 가운데, 「修身大法盡
在此書　立身揚名亦在此書」라하고 또, 「小學吾平生敬之如父兄　愛之如子女」라
하여 力說하고 있음에도 알 수 있다.[8]

　　그는 好學之士로서 經學에 根基를 두어 道學에 뜻이 있을 뿐 이른바 世間
의 巧文詞로 榮進을 꾀하는 일에는 마음이 없었던 것이니, 혹시 科擧에 응하
려는 勸誘를 받을 때마다 蹙然히 말하기를 「일찌기 早失 怙恃하였으니 비록
得科第하더라도 무엇이 榮幸이리오」하여 한 번도 응시한 일이 없었다고 하니
그의 介潔求道의 高邁를 짐작하게한다. 32才에 禮賓參奉을 除하였으나 不就
하였고, 34才에 다시 孝陵參奉을 科하므로, 그는 不就하고자했으나 杏村이
「君은 世祿之臣으로 不可不一謝나 더는 못한다」하므로 나갔다는 것으로 미루
어 그의 宦路에의 關心이 이같이 疎遠하였던 것을 잘 말해준다. 36才에 宗廟
奉事에 就하였다가 가을에 그만두고 高陽에 돌아와서 이듬해 大學劄錄을 마

---

7) 上揭書. 年譜.
8) 上揭書. 天・寄長孫.

무르게 된다. 이는 用工精篤한 手寫로써 先儒의 訓釋을 많이 引用한 力著였으며 더우기 이 해에 함께 完決한 家禮剳錄은 그의 家率의 訓늘을 넘어서서 이 時代의 儀禮를 考證하는 한 典據로서도 큰 몫이 된다고 할 것이다.

그에게 있어서 가장 哀痛한 不幸이 그의 스승 杏村의 別世였다. 그의 41才에 당한 師弟의 死別은 일찍이 早失한 그로서는 더욱 悲痛하였을 것은 말할 것이 없다. 그가 뒷날 杏村 祭文에 「終日 모시고 앉아 있어도, 本源에 據한 바 아닌 말씀이 없으셨다」고 한 바 그의 言行이 얼마나 篤實한 道學에 바탕한 것인가 알수 있다. 杏村이 위독하다는 소식을 듣고 達夜不寐로 戴星馳歸했으나 미치지 못하여 그 슬픔은 至極하였으며 그는 그러한 아픔으로 期年을 치루었던것이다. 石灘은 「祭習靜先生文」에서

"···不恤吾道而奪吾先生遽至此極耶　吾道從此而不明矣　斯文此而不興矣 儒林從此而空虛矣 學者從此而孤陋矣···"[9]라 하여 吾道가 이로부터 不明하고 斯文이 이로부터 일어나지 않고 儒林이 이로부터 空虛하고, 學者가 이로부터 孤陋하리라 하였으니 그 敬慕의 情이 그위에 더할 수가 없다. 溫然하기 春和氣之요 澹然하기 秋水之淸같던 杏村이 떠난 뒤 虛虛한 心懷속에서 그는 壬辰亂을 맞는다. 釜山에 上陸한 倭寇는 승승장구 이미 京城이 떨어져나갔다고 듣고 鄕兵 三百餘人을 召集하여 義將臺에서 宣誓하고 出進하여 倭奴를 많이 잡아 죽였다. 그러나 軍功은 幕下의 李 興立에게 돌리니 興立의 功이 그로 말미암음을 알고 朝廷에서 司饔直長을 내렸던 것이다.

이로부터 그의 官職生活이 始作되는데 43才에 工曹佐郎·刑曹佐郎을 연거푸 받은 것도 이 亂中의 일이요, 稷山縣監을 받은 것도 이해의 12月 이었다. 6月에 觀察使 李 延馨의 啓에 의하여 石灘의 治績이 인정되어 大夫列에 오르고, 7月에 奉正大夫軍資監正兼 縣監을 제수받았다. 이는 그무렵 李 夢鶴이 反亂을 일으켜 鴻山·林川을 연달아 함락하고 北上하니 兵使 李 時言이 倉卒간에 어찌할 바를 모르고 溫陽 村舍에 이르러 허둥대었다. 石灘이 稷山의 軍卒을 調發하여 天安郡守 鄭 好仁과 合兵하여 8,000兵으로 달려 이르니 그때

---

9) 上揭書. 天·祭習靜先生文.

에야 兵使가 士氣를 되찾아 逆徒를 누를 수 있었다. 이 일로 陞모되고 뒤에
淸難原從功臣錄에 올랐던 것이다. 討逆의 功으로 中直大夫에 오르니 二階級
을 띈 셈이었다. 그 해 10月에 倭奴가 다시 南原을 함락하고 中國兵은 敗走
하여 公州에서 稷山으로 8,000兵을 끌고 와서 斗院野에서 交戰하였는데, 近
處 邑里의 百姓들이 싸움을 피하여 달아나 텅비었으므로 石灘이 中國兵을 接
待하기 7日을 하였는데 한 사람도 소홀함이 없었던 것이다. 이 일을 監司 金
信元이 馳啓하여 그리된 것이다. 이 일로 다시 通訓大夫에 올랐으나 내내 稷
山에 있었다. 稷山에서 떠나 槐山郡守로 갔는 데, 그해 12月 15日에 夫人 李
氏의 喪을 당한다. 53才 되던해, 그러니까 夫人을 여윈지 4年 뒤 賜 表裏(옷
의 겉·안감)가 있었는데, 이는 그가 稷山에 있던 業績을 御使 李 好義가 啓
하여 그리된 것이다. 石灘이 4年동안 稷山縣監으로 있었는데 病으로 여러번
遞職을 請하여 드디어 허락 되었다. 장차 稷山을 떠나려 하는데 한 고을의
百姓들이 몰려나와 길을 막고 여러 날을 울면서 머물기를 청하였다. 石灘이
글을 지어 諭하였던 것인데 그의 愛民하는 斷面을 알수 있는 것으로 御使 金
鼎一이「石灘이 慈詳하고 淸愼한 官吏로써 淸苦하게 몸을 지켜 政理에 緖가
있다」고 啓한 바가 그것이다. 55才되던 해에 南原府使를 拜受하고 2年 뒤에
海州牧使로 옮긴다. 海州에는 평소에 여러 王子의 農土가 많았는 데, 王子의
農土 近處에 있는 民田은 모조리 王子들이 보는대로 빼앗아 간 것이 매우 많
았다. 사태가 이러하였으니 民怨이 오죽했을까마는, 相對가 王子니 누가 감히
입밖에 올릴 사람이 없었다. 때에 石灘이 赴任하자 그러한 民怨을 듣고 본래
의 田主에게 모두 돌려 주었다. 이사이 王子들의 直接 間接의 行悖야 이루말
할 수 없었겠지만 의연한 石灘의 剛直에 屈하지 아니치 못하였을 것이다. 記
錄에는, 王子들이 宣廟에게 泣訴하기를 "臣等은 海州牧使 李 愼儀 때문에 田
庄을 保全하기가 어렵게 되었아옵니다. 살피소서" 하니까 宣廟 말씀이 "너희
들이 삼가거라, 海州牧使 李 愼儀는 내가 그렇게 했다해도 彈할 사람이니라"
하였다고 있다.10) 이 얼마나 두려운 剛直인가, 옳음에 있어서는 비록 君王의

---

10) 上揭書. 地. 年譜.

威力으로도 어쩌지 못하는 剛直이었으니, 이러한 石灘의 傲骨을 알아주는 宣廟의 英明이 없었으면 이일이 그같이 無事할 수 있으리오마는, 어쨌거나 石灘이 아니고는 감히 흉내 조차 내기어려운 일이었다.

그의 58才되던 해에 知遇의 主君 宣祖大王이 昇遐하신다. 昇遐하시던 二月에 한달 앞선 正月 御史 崔 起南의 啓로 表裏一襲이 下賜된다. 옷 한 벌을 받은지 한달만에 大王의 崩御를 당하니 남달리 忠情이 강한 그의 슬픔은 오죽했을 것인가. 光海君이 뒤를 이은 光海元年에 御史 李 稶의 褒啓로 表裏一襲이 下賜되니 荒凉했을 心境에 感恩의 恐縮이 더했을 것이리라.

60才 되던 해에 先人 叅判公의 墓文을 晋原府院君 柳西坰에게 請한다. 그리고 이 해에 有名한 首陽琴을 만든다. 일찍이 首陽山 神堂里 巖石上에 枯死한지 몇해되는 桐木이 있었는 데, 石灘이 奇異히 여겨 베어다가 琴을 만들고 朱子의 紫陽琴을 본떠 首陽琴이라고 命名했다고 한다.

海州牧使로 있기 4年만에 장차 官職을 버리고 고향에 돌아가려하므로, 그 消息을 들은 州內 老少들이 門을 지키고 머물기를 請하는데 하루에 千餘名이나 되었다. 監司 崔 東立이 이일을 올리어 特命으로 12月에 通政大夫에 加資된 것이다 그의 寬厚溫和한 面貌를 잘 말 해준다고 할 수 있다. 還甲이 되던 해 正月에 褒美되어 表裏 一襲이 下賜되었다. 이는 御史가 石灘을 말하여 "淸愼自持하여 秋毫도 不犯하는 人物이라"고 啓한 데서 그리된 것이다.

63才 때에 海州牧使로 仍任된다. 赴任한지 6年이었으나 州民의 請留가 심하여 떠날 수 없음도 그러려니와 監司 尹 暄이 啓請하기를

> 牧使 李愼儀는 몸가짐이 廉謹하고 百姓을 잘 다스리며 奉公으로 居官하고 終始一心으로 學을 일으키고 生財케하여 한가지도 遺漏함이 없아옵니다. 이제 그 職을 그만두고 돌아가려하니 州民들이 請留하는, 데 實際로 至極한 精誠에서 나온 住民들의 행동이옵니다11)

하니 現地의 狀況에 좇아 仍任될밖에 없었다. 63才 되던해에 遞職에 허락되

---

11) 上揭書. 地・年譜

어 高陽에 歸鄕하였다. 그 해에 折衝將軍行虎賁尉副司果兼五衛將이 拜되었으나 光海君의 政亂이 于甚해지므로 不就하였다. 2年뒤에 다시 五衛將職이 내렸으나 나아가지 않고 7月에 折衝將軍僉知中樞府事兼五衛將에 拜하였으나 나아가지 않았다. 그가 67才되던해에 큰 事件이 일어났으니 그것이 다름아닌 所謂 光海主의 廢母收議였다. 光海主는 初期의 明哲을 버리고 점차 昏迷에 빠지고 奸臣의 亂政이 極을 이루어 드디어 永昌大君을 害하고 장차 仁穆大妃를 廢하려고 百司에 收議를 하는 때라 누가 감히 그 옳지 않음을 한 마디도 하지 못하였다. 오직 李 恒福·奇 自獻·鄭 弘翼 등의 大臣들이 분연히 일어나 이 大逆을 꾸짖고 謫北의 화를 입었을 뿐이었다. 石灘은 天道가 滅하고 人紀가 끊어짐이 이 지경에 이름을 慨嘆하고 草野의 몸으로 四百餘言의 抗論獻議를 올리니 이것이 奸輩의 指彈을 입어 會寧으로 栫棘되는 것이다.

石灘의 抗論은 매우 峻烈하여 이미 그 度에 있어서 生死의 限界를 넘어선 것이었다.

> "人心이 곧 天心이요, 天心이 바로 人心이오니다. 人心이 順한 즉 天理역시 順하고, 人心이 不順하면 天理도 역시 不順한 것이오이다.
>
> 엎드려 바라옵건데, 聖上께오서는 天人의 一理를 熟察하시어 大舜之心으로 體하고 大舜之道로 行하시어 神과 人이 함께 喜抃하므로서 國家 臣民의 福이 되게 하소서···"12)

하는 極言은 句句節節이 忠義에 차있으나 昏君의 비위에 맞을 리가 없고 그 속뜻이 光海主를 天人을 大逆하는 凶謀로 모는 論理 였으므로 奸臣 李 國光·河 仁俊·閔 ?? 등이 請置重辟의 斥訴에 몰리지 않을 수 없었던 것이다.

68才되던 3月에 三司에서 遠竄을 請하므로 光海主가 大怒하여

> 奇 自獻·李 恒福은 大臣의 몸으로 단지 所懷를 말한 것 뿐인 데도, 그때에 三司가 安置를 請했지 않느냐, 그런데 지금의 三司가 곧 前日의 그 李·奇를 攻駁하던 三司인데 治人의 氣力이 어찌 그렇게 맥이 없는가13)

---

12) 上同

라하고 李 愼儀는 凶悖하기 李 恒福·鄭 弘翼과 다름이 없으니 絶塞安置에 加棘하라」고 하였다. 會寧은 極北이었다. 石灘은 單僕에 一子를 거느리고 匹馬로 떠나는 데 側室의 號哭속에서도 조금도 動心하지 않았다. 家眷의 拜訣과 親知의 送別에서 눈물을 흘리지 않는 이가 없었으나 그는 끝내 毅然하여 微動도 없었으니 그의 送行을 지켜보는 知舊들이 歎服해 마지 않았다고 한다.

會寧의 謫居 生活에서 四友歌를 지었던 것이니 그가 四友歌를 짓게 된 데에는 李 守一의 功도 또한 많았던 것인 데, 石灘이 謫地에서 鷄林 李守一이 보낸 小玄琴에 四友歌를 지어 度曲하여 孤高之趣를 寓하였으니 李守一의 贈琴이 없었다면 四友歌의 創作을 어찌했을까 두렵다. 일찌기 宋時烈은 石灘의 諡狀에서 其謫北也求琴於北閫李鷄林守一不畏奸黨之窺伺別造以贈之(傍線筆者)14)라고 말하였다.

奸黨의 窺伺 를 두려워하지 않고 小琴을 만들어 준 李 守一의 외연한 勇氣도 이 기회에 賞嘆하지 않을 수 없을 것이다. 외로운 謫地에서 추위와 배고픔을 견디면서 古人의 不輟琴瑟之義를 深味하고 스스로 治心·養性하였던 것으로, 9月에 興陽으로 옮겨서도 이러한 生活은 계속되었다.

9月에 北虜의 侵入이 있어 邊報가 매우 急하다하자 그는 함께 安置해 있는 休翁 鄭 弘翼에게 貽書하기를,

> "우리는 앉아 죽을 수는 없다. 賊勢가 急하게되면 圍籬를 부수고 나가 從軍하여 힘을 다해 賊徒를 막을 것이요, 幸히 이기면 圍中에 돌아오되, 不幸이 이기지 못한다면 힘을 다해서 싸울 것이다. 그러나 모름지기 朝命을 기다릴 것이다"15)

라고 하였다. 平常의 몸으로도 國難에 당할 處身에 흔들림이 있는 법인데 極北의 謫中에서 이 처럼 竭忠報國의 一念에 한점의 티끌이 없는 忠肝을 어디서 쉽게 찾을 수 있을 것인가. 邊報가 날로 급하니 在北 罪人을 仍置할 수가

---

13) 上同.
14) 上揭書. 人·諡狀.
15) 上同.

없어 興陽으로 옮기게 되는데 途中의 稷山에서 石灘이 지나간다는 風聞에 邑中의 父老들이 酒肉을 들고 다투어 모여들어 慰勞 하였는데 마치 市場과 같았다고 하였다.

平素에 沙溪와 親交가 있었는 데 沙溪에게서 온 여러 통의 글 가운데「公이 前日에 南人이었는 데, 이제와서는 옳다고하는 이가 한 사람도 없으니 公의 생각은 어떠하냐」고 물은 句節이 있었다. 石灘이 答書하기를

"···錦繡의 입에서는 반드시 錦繡가 나오는 法이오, 兄은 어찌하여 이와 같은 말을 하시오. 이 無一人可者라는 五者는 비록 世上을 悲憤하여 나온 말이라하더라도 執中之論이 아닐까 두렵소이다. 구차히 오늘의 世態에 傷心하고 옛날을 사랑하는 뜻에서 한말이라면, 於彼於此 옳다고 하기가 어려울 것인 데 하필 南人에게 責任을 돌일 까닭이 무엇이란 말이오. 선비라는 것은 友道를 相取함에 있어 彼此의 觀은 勿論하는 것이고 오직 그 뜻을 崇尙하여 取捨하는 것이 吾道의 마땅한 先務인 것입니다.

나는 본래 非南이오, 非西이며, 역시 非北입니다. 매양 好古 篤學하고 敦行 孝悌하는 이를 일러 吾類라 하는 바요. 비록 幅巾闊袖하고 高談 大言하는 者라도 夷考하고 實이 없으면 나는 非吾類라 이를 것입니다.

鄙見이 이와같이하여 平生을 살아 왔기 때문에 스스로 中立不倚 하여 無偏無黨하였던 것입니다. 그런데 이제 兄께서 나를 指目하여 南人이라하니 兄께서 스스로의 마음으로 度人하는가 싶어 웃음을 禁할 수가 없오이다. 東西南北이 일어난 것이 國家의 大不幸의 萌兆이온 데, 지나간 일은 그러려니와 이제 이런 일을 들을 필요가 있겠습니까···"16)

하였다. 君子의 恒心이 이와같이 흔들림이 없고 指向하는 바 뜻이 時勢와 超然하여 멀리 孤高之香을 띄운다면 우리는 이런 일을 일러 至善의 사람이라 할 것이다.

71才되던 12月에 長子 宣務郎 貞吉을 잃는다. 時望을 입은 그릇이었으나 終身之疾을 얻어 三年이나 죽으로 연명하다가 일어나지 못하니 白首長沙로 당하는 이 逆境이 그를 얼마나 아프게 했으랴. 더구나 멀리 謫中의 傷中에서

---

16) 上揭書. 天·答沙溪書

듣는 悲報이고 夫人을 잃은 지 二十有餘年에 외롭게 기른 자식을 보내는 情을 누라서 짐작이나 할 것이가.

桁棘 6年되던 해에 仁祖反正으로 群奸이 誅殺되고 守正舊臣을 부르게 됨에 石灘도 解圍되어 吏曹參議로 入朝했으나 미처 赴任하기전 翌日에 變命이 있어 刑曹參議를 받게 된다.

還朝하는데 都城에 집을 마련할 돈이 없어서 할 수 없이 한 空家를 찾아든다. 이 집은 西小門에 있는 凶家로 鬼神이 亂舞한다하여 사람들이 接近하지 못하고 내박처둔 채 몹시 더러운 建物이었다. 그는 이런 일을 莫論하고 凶家에 들어가 起居하였는데 어찌된 일인지 그가 들어 산 以後에는 鬼事之變이 한 번도 일어나지 않았다고 한다. 그래서 洛陽사람들이 傳說하기를 石灘의 精氣가 鬼膽을 깨뜨렸다고 하였다.

三月에 入朝하여 累進, 五月에는 嘉善大夫行掌隷院判決事兼 經筵特進官에 陞拜되었다. 이때 經幄에 들어가 啓하기를

> "萬번 죽기로 餘生에 天顔을 한 번 우러러 삼가 한 말씀 올리고자 하옵니다. 聖上의 밝으심으로 이와같은 維新의 날을 맞이하였아오니 마땅이 急히 힘쓰실 것은 賢才를 收用하여 民心을 悅服하는 일이 그 하나요, 둘은 바라옵건대 殿下께오서는 古昔의 聖王의 規矩에 나아가서서 彊域을 다스리오소서"

하니 듣는 이들이 모두 老成宿德한 분의 말이라하여 稱頌하였다고 한다. 6月에 晝講이 있었는데 上께서 治國의 道를 下問하시니 여러 臣下가 다투어 功利之說를 바쳤다. 이 때 獨對하여 말씀드리기를, "반드시 三代의 법으로 다스린 연후에 可히 化民成俗하는 것입니다"하였더니, 上께서 별로 留念하려 하지 않았다. 石灘은 장차 詣闕하면 바치려고 人君이 躬行하여야 할 것과 나라를 다스리는데 있어서의 要點을 정성스럽게 手寫하여 소매속에 넣고 다녔다. 어느 때든지 榻前에 이르면 進達하려하였으나 그 기회가 끝내 없었다. 翌日 이 모양을 알았던지 아니면 石灘의 獻言에 契合한 바가 있었던지 李 貴가 울면서 上게 請하기를,

　　昨日李 愼儀何以則三代之治 聽其盡言然後 量其當否而處之何如[17)

　라 했으나, 上께서 終乃 應하지 않았다. 光海의 昏朝에는 오로지 한 떨기 菊
花처럼 立節守正하여 그 時代의 亂流속에 오직 하나의 燈台로 살았던 石灘이
었다. 南北으로 끄을려다니며 安置되었던 謫居生活의 風霜을 뉘라서 이같이
從順할 수, 있었을까. 오늘 狂亂의 惡候가 지나고 光明의 太陽이 밝았다. 維新
의 英傑 仁祖가 들어섰던 것이다. 圍籬栫棘에서 풀리어 陞拜되어 還朝의 召
命을 받은 그의 心懷에는 萬感이 交錯했으리라. 더구나 經筵特進官에 拜受되
니 理想政治를 할 때를 만난 그의 가슴은 흥분에 떨었으리라. 백번 생각하고
獨對를 許諾받은 자리에서 平生의 抱負를 陳上했으나 不納하는 눈치였다. 그
러나 여기에 머물지 않고 다시 아뢸 기회를 노리었으나 쉽지 않았다. 보다못
한 李貴가 울면서 啓請하였으나 默默不答이라 石灘은 여기서 그의 時代가 갔
음을 直感한 것이었다. 그래서 引年을 乞骸했으나 許諾되지 않았다. 그의 乞
骸가 받아들여지지 않고 그대신 光州牧使가 제수되었다. 謫地에서 還朝한 뒤
의 石灘은 이미 擧世的 衆望을 한 몸에 받는 巨人으로 成長해 있었던 것이다.
期待를 걸었던 長子 正吉의 죽음을 配所에서 듣고 73才의 초라한 몸으로 돌
아온 그였으나 남은 餘生을 王道의 實現에 두어 維新時代의 새 主君을 달래
어 大朝鮮의 中興을 꾀하여 宣廟때의 李 珥가 못이룬 꿈을 仁祖代에 살리고
자한 唯一한 人物로 남았던 것이다.
　　그러나 徐 景德-閔 純에 이어지는 道學의 理想은 그에게 와서도 時流의 不
容을 입어 한갓 理想論者의 辨說로 斷罪될 뿐이었다. 더구나 그를 忌憚하는
무리의 꾸준한 補外說에 몰리어 光州牧使로 나가게 된 것이다.
　　당초에 몇몇 사람들이 銓長 申 欽에게 補外를 强請하므로, 申 欽이 이를
반대하여 "李 愼儀는 一世의 名儒로 이제 막 經幄에 出入한 人望之士인데 補
外가 웬말인가" 라고하여 그들의 입을 막았으나 申 欽이 入相함에 따라 銓長
에서 떠나니 다시 補外를 내어 끝내 唯一한 直臣인 그를 朝廷에서 내보낸 것
이었다.

---

17) 上揭書. 地·年譜

四年後에 다시 經筵特進官으로 불렀으나 病으로 不就하고 67才의 正月에 嘉義大夫刑曹叅判兼五衛都摠部總管을 拜하고 이해에 仁祖의 求言을 받고 封事一綱十二目을 올리는 榮光을 입는다. 獨對以後 治國의 뜻을 말고자했으나 機會를 얻지 못하고 도리어 時輩의 忌諱로 補外의 不遇를 당한지 4年만에 얻은 幸運이었다.

그때에 雷霆의 변이 있어서 上께서 避殿하시어 先生께 求言하였던 것이다. 封事一綱十二目은,

> "方今 我國을 害하는 者는 西虜로서 항상 우리 나라를 노려보며 狼貪하여 廟堂을 쳐들어오려 합니다. 그러니 防備를 아무리 충분하다 하더라도 善策이 없을 것입니다.
>
> 殿下께오서 中夜不寐하시는 것이 이것이옵고, 음식을 마주하여 맛을 잊으심이 이것이 옵니다. 비록 그렇다 하나 臣이 깊이 우려하는 바는 단지 西虜에만 있는 것이 아니옵니다. 방금 눈앞에 있는 積弊로서, 이것이 날로 深痼 되고 蔓延되고 있으니 비유컨대 사람이 한번 元氣가 敗하면 白病千症이 交發하여 一毛一髮이라할지라도 병들지 않은 것이 없음과 같은 것입니다.
>
> 臣은 전에도 聖上께서 여러번 太煩을 들으셨다 하기로 근심 가운데 큰 것을 들어 말씀드린 것입니다.
>
> 슬프다. 오늘의 나라가 병든 실마리가 綱目은 있으나 君이 배우려고 하는 마음이 없음이니 이것이 곧 病國의 綱領이 아니고 무엇입니까. 그 目에 十二條가 있으니 賢士를 씀에 있어 이름만 取할 뿐 實을 求하지 않음이 病國의 目 가운데 하나 입니다. 諫을 拒否하여 좇지 아니하고 臺官을 蔑視하는 것이 病國之目 二입니다. 勳이 多雜하여 秩序가 없고 恣意로 賞을 내리어 驕하여지면 곧 病國之目 三입니다. 朝紳이 紛飾文具하여 奢侈에 빠지면 이는 病國之目 四입니다. 庶官이 多雜하여 先後를 잃고 있으면 病國之目 五이며 큰 선비의 말은 많으나 어진 말이 아직 없으면 病國之目 六입니다…"[18]

등등 十二目을 말하고 五六千言을 여기에 더 부연하였던 것이다. 或者가 말하기를 中興 以後에 第一名疏라 하였다는 데 과연 이 封事는 石灘의 所懷를 남김 없이 吐露한 것으로써 血誠의 忠情이었다.

---

18) 上揭書. 天・應旨封事

　　다음해 7月에 北虜의 入寇가 있어 上께서 江都로 幸하심에 病中이라 서둘러 따랐으나 너무 衰弱하여 渡江할 수 없어 扈從을 못하고 仁川에 머물다가 水原 馬井里 村舍에 돌아와서 나라 걱정을 하면서 16日에 77才를 一期로 波瀾많은 一生을 마치었다.
　　宋 時烈은 石灘을 말하여

　　　氣宇俊偉 器度恢弘 律己淸素 處事淸明 常心遊物表冲 澹無累仕官非素志也……平居溫然 不露聲色而至臨事處義則確然 不可奪之操 文元公金先生最相親愛每稱其師友淵源之正　雖其所施只見於民社之間而終能以一身任綱常之重遂興李文忠諸賢同條而共貫以垂世敬於無窮則抑可謂小屈而大伸矣…19)

라고 「神道碑銘 幷序」에 하였고

　　　"나의 先君子께서도 布衣로서 公과 더불어 立懂하였던 바, 여러 번 公의 風貌를 듣고 欽仰·敬服하기를 他人에게 하는 것의 倍를 하였었다"

고 하고 있다. 左議政 李頤命도,

　　　公爲人俊偉光明篤實嚴正以反躬切己之學早服訓平居溫然不露其聲色至於臨大義確平有賁育不可奪之節故以一身任綱常之重處事精明律己淸嚴故居官民懷其惠常心遊物表任宦非素志也20)

라고 「誌銘 幷序」에 쓰고 있다. 可謂一世의 代表的인 儒學者였고 忠義의 臣下였으며 愛民의 官吏일뿐 아니라 家眷의 慈父였으니 尤庵이 말한 氣宇는 俊偉하고 器度는 恢弘하며 律己淸素하고 處事 精明하였다고 한 것이 과연 그의 면모를 잘 드러냈다고 할 것이다.

---

19) 上揭書. 人·神道碑銘並書.
20) 上揭書. 人. 誌銘並書

Ⅳ. 四友歌와 그 밖의 六首의 時調에 대한 評價

四友歌는「石灘集　人　石灘先生文集附錄下, 石셕灘탄先션生싱文문集집補보遺류」에 收錄된 것인데 다음과 같다.

四ᄉ友우歌가

松숑
바회예 셧눈솔이 凜늠然연 훈 줄 반가온뎌
風풍霜샹을 격거도 여외눈줄 전혜업다
얻디타 봄비츨 가져 고틸줄 모릭ᄂ니

菊국
東동籬리의 심은 菊국花화 貴귀훈줄를뉘 아ᄂ니
春츈光광을 번폐ᄒ고 嚴엄霜샹 이 혼쟈퓌니
어즈버 쳥고훈 내 버디 다만 녠가 ᄒ노라

梅미
곧이 無무限훈호되 梅미花화룰 심근 뜻은
눈속에 곧이 퓌여 훈비틴줄 貴귀 ᄒ도다
ᄒ물며 그윽훈 香향氣긔룰 아니 貴귀코 어이리

竹쥭
白빅雪셜이 ᄌ즌날에 대룰보려 窓창을 여니
온갖 곳 간디 업고 대습히 푸릭러셰라
엇디훈 淸청風풍을 반겨 흔덕흔덕ᄒᄂ니21)

이것이 四友歌로서 四友란 松·菊·梅·竹의 四君子를 가리키는 것이다. 이 노래는 그의 67才때, 곧 光海 10年(1618) 3月에서 9月사이에 會寧의 謫地에서 지은 것이다. 鷄林 李守一에게 글을 보내서 琴을 請하였고 李守一은 石灘이 罪人이 되어 栫棘에 있으므로 그에게 琴을 주는 일이 혹시 奸黨에

---

21) 上揭書. 人·石灘先生文集補遺.

게 指彈되어 迫害를 받을 것이 분명함에도 불구하고 勇氣를 내어 금을 만들어 주었다고 尤庵은 말하고 있다. 琴을 얻은 뒤,

　　遂作 松竹梅菊四友歌 被絃度曲以寓孤高之趣焉 及南遷亦以琴自隨深味古人不輟琴瑟之義以之治心養性焉[22)]하였던 것이므로, 四友歌를 지은 特別한 뜻이 담겼음을 示唆하고 있는 것을 본다. 石灘이 스스로 當世를 가리켜「如此則天道滅矣人紀絶矣」라하고 분연히 일어나서 極言獻議를하여 昏君의 無道를 목숨을 던져 諫하였으니 그 節義·孤高를 뉘라서 흉내나 내겠는가 그러므로 이 四友歌는 그러한 高節을 스스로 높이고 기울어가는 나라를 可矜해 하는 愛國愛民의 心懷를 읊은 것이라 할 수 있다.

　　　　　松
　　바회에 셧는 솔이 凜然혼줄 반가온뎌
　　風霜을 격거도 여외눈줄 젼혜업다
　　언디타 봄비츨 가져 고틸줄 모르나니

　　바위와 솔은 둘다 恒常性의 象徵으로서 選擇되어진 것이다. 바위는 큰돌이며 風雨와 雷震의 天變에 탈이 없다. 그러므로 詩에서는 가장 剛한 것의 表象일밖에 없고, 솔은 비록 봄에 新枝가 나고 成長하며 가을에 枯葉이 지지 않는 것은 아니나 靑葉이 항상하여 그 盛勢가 霜風에 시듦이 없고 눈분배에 傷하지 않으며 萬樹가 雪寒에 파묻힌 때에 凜然히 天地間에 서있으니 그 氣象이 果是 石灘의 貞義에 연결된다 할 것이다.

　　그래서 石灘은 바위와 그 위에 섰는 솔이 그의 心相에 契合하여 반갑다하였고 風霜을 겪어도 변하지 않는 守節之士로서「봄비츨」고칠줄 모르는 强靭·崇高를 기린 것이다. 여기서 石灘이 隱喩하는「봄빛」은 실로 意味深長한 것으로, 時勢에 屈伸·變化하는 俗儒·奸黨이 아닌 永世에 의연한 孤高守節의 氣象을 말하는 것이니 오직 소나무가 이른 봄부터 겨울까지 간직하여 고치치 않는다한 것이다.

---

22) 上揭書. 地. 年譜.

菊
東籬의 심은 菊花 貴혼 줄를 뉘아ᄂ니
春光을 번폐ᄒ고 嚴霜이 혼자 퓌니
어즈버 쳥고혼 내 버디 다만 녠가 ᄒ노라

소나무에서 守節의 氣象을 노래했다면, 菊에서는 淸高한 姿勢를 讚揚한 것이다. 菊花가 貴한 것은 春光을 번폐하고 嚴霜속에서 피었기 때문이라 했다. 春光은 百花爛漫의 時節이다. 무릇 凡常의 것이 이 때에 저마다 그 고은 자태를 자랑하지만, 얼마지 않아 가을이 오면 서릿발치는 秋風에 시들지 않는 草木이 없음인 데, 황차 연약한 花卉가 어찌 바늘같은 늦가을의 商風에 당하랴, 이 때문에 저마다 만가지 꽃이 필 수 있는 春光을 피한다 하는 것은, 곧 봄이 아닌 가을에 꽃을 피운다하는 것은 누구나 할 수 있는 時流輩의 凡事가 아니라 地位와 家産과 목숨까지 내걸고 나서지 않으면 안되는 勇氣가 필요한 것이기에 그런 것이다. 嚴霜은 바로 그러한 바름을 지키는 이에게 내리는 迫害와 危難을 말함인 것이다.

石灘은 嚴霜을 이기고 홀로 아름답게 피어있는 菊花를 「淸高한 내 벗」이라 表現하여 奸黨이 들끓는 昏世에 맑고 고상하게 피어있는 自身을 寓托하였던 것이다.

梅
곧이 無限호되 梅花를 심근 ᄯᅳᆺ은
눈속에 곧이 퓌여 혼 비틴줄 貴ᄒ도다
ᄒ물며 그 윽혼 香氣를 아니 貴코 어이리

특별히 梅花를 사랑하는 뜻이 눈빛같은 白花의 빛깔 때문이요 그 白梅花가 풍기는 향기를 貴히 여기는 때문이라 하였다. 白雪과 白梅와 冷寒은 서로 相通하는 이미지다. 눈은 희고 맑은 것이나 차디 찬 것이다. 白梅도 또한 희고 高潔하나 찬 것은 마찬가지라. 그 潔白은 오히려 固執스러워 冷寒으로 서서 迫害와 脅危를 이기는 것이다. 옛부터 梅花를 雪中花로 아끼고 사랑하되 그 香氣를 높이 사는 것이니 이는 梅花의 勝寒·淸高한 맛이 介潔·守義의 節士에

比喩되며 그러한 守節이 人間에게 있어서 高邁한 人格의 精華로써만 發現되
는 것이기 때문에 이것을 白梅花의 優雅하고 清新한 香氣에 붙여 말해온 것
인데 이 「梅」에서 石灘은, 百가지 꽃 가운데 梅花를 選擇한 이유와 그 가운
데 白梅花를 사랑하는 뜻을,

> 눈속에 곧이 퓌여 훈비틴줄 貴ᄒ도다

라하여 「눈속에 피는 눈과 같이 흰빛갈」인 때문이라 하였다. 그리고 이렇게
눈속에 피는 눈과 함께 흰 梅花이기 때문에 가지기 마련인 香氣이기에 더욱
貴한 것이라 하여

> ᄒ물며 그윽훈 香氣롤 아니 貴코 어이리

로 맺었다. 含畜된 뜻이나 趣意가 段階的으로 高調되어 마침내 「한빛」에서
發火하고 「그윽훈 香氣롤 아니 貴코 어이리」에서 散華하니 四友歌가 모두 잘
된 作品이기는 하지만 그 가운데서도 이 作品은 아주 絶妙한 手法으로된 것
일 뿐만 아니라 뜻에 있어서도 石灘 自身의 立場을 높은 次元에서 隱喩하고
있음을 알 수 있다.

> 竹
> 白雪이 ᄌ즌 날애 대롤 보려 窓을 여니
> 온갓 곳 간티 업고 대슙히 푸르러 셰라
> 엇디훈 清風을 반겨 흔덕흔덕ᄒᄂ디

이 시의 妙處는 「清風을 반겨 흔덕흔덕ᄒᄂ디」하는 終章의 動態的描寫에
있다. 初章의 「白雪」과 青竹의 原色的 構圖 「清風을 반겨」 흔들흔들하는 情
景에서 한 꺼번에 活性化되어 意味하는 것이 아니라 거기 살아있는 곧 움직
이고 있는 生動的現實을 展開시킨다. 더구나 嚴冬雪寒의 바람을 清風이라 表
現하고 그 清風을 반겨 춤추는 青竹의 모습은 謫北의 作者가 어떠한 思想의
사람인가를 잘 말해주는 것이라 할 것이다.

寒風에 시달리는 대숲을 보고, 추위에 떨고있는 不遇寒士를 聯想하는 것이 아니라 오히려 淸風을 반겨 춤을 추는 狀況으로 받아들이는 石灘의 氣槪이니 그의 謫居生活이 스스로 얼마나 자랑스럽고 떳떳한 것이라고 自認했던가 알 수 있다. 더욱이 「竹」에서 대를 한 나무에 머물지 않고 대숲이라하여 集團을 말한 것도 特別하고 寒風을 淸風이라하여 대숲이 淸風에 즐겨워한다는 것으로 당세에 石灘과 함께 守正하는 李恒福등 여러 사람이 亂世에 義를 지키는 것을 讚揚하고 있는 것도 特異하다.

四友歌 外에도 따로 6首의 短歌가 함께 실려있는 데 다음과 같다.

丈쟝夫부의 흐올 事ᄉ業업 아는다 모ᄅ는다
孝효悌졔忠튱信신 밧긔 흐올니리 쏘인는가
어즈버 人인道도의 흐올니리 다믄인가 흐노라

南남山산의 만턴 솔이 어드려 가단말고
亂난後후 斧부斤근이 그대도록 놀낼시고
두어라 雨우露로 곳 기푸면 다시 볼가 흐노라

窓챵밧긔 細셰雨우오고 뜰긔에 졔비ᄂ니
謫젹客긱의 懷회 抱포는 무슨 일로 그디 업셔
뎌 졔비 飛비飛비롤 보고 한 슙계워 흐ᄂ니

謫젹客긱의 벗디 업셔 空공樑양의 졔비로다
終종日일 흐는말이 무슴 辭ᄉ說셜 흐ᄂ작고
어즈버 내 푸은 실룸은 널로만 흐노라

人인間간의 有유情졍흔 버손 明명月월밧긔 쏘 인는가
千쳘里니롤 머다아녀 간디마다 뚤아오니
어즈버 반가온 녯 버디 다믄 녠가 흐노라

雪셜月월의 梅미花화을 보려 잔을 잡고 窓챵을 여니
셕뛴 곳 여윈속이 자잔ᄂ이 香향氣긔로다
어즈버 蝴호蝶졉이 이香향氣긔 알면 애쁜츨가 흐노라23)

以上 6首인데, 대체로 謫地의 寂漠을 달랜 것들이라 할 수 있다. 그런데 이 作品들의 作詩年代에 있어서 두 가지 異見이 있어서 여기에서 眞僞를 살펴볼까 한다.

石灘이 會寧에 있었던 것은 1618年 3月~9月 以後는 興陽으로 옮겨서 1623年 3月(仁祖元年)還朝까지 5年동안을 여기서 보내게 된다. 「石灘先生文集追附」에는 李宜哲, 金時粲, 尹植, 沈潮, 金鎌등 5名의 글이 있는데, 이는 石灘의 後孫 相奎가 四友歌를 倩畫手繪하여 그 아래에 序文을 받은 것이다.

그런데 그 가운데 尹植의 글에

先生居興陽謫也作松菊梅竹四歌以遣牢騷其辭尙流傳……24)

라 있고 興陽 謫地에서 四友歌를 지었다고 明記하고 있는 것이다. 이와는 달리 年譜에는

先生素解琴律至是請琴於鷄林遂作松竹梅菊四友歌被絃度曲以寓孤高之趣焉及南遷亦以琴自隨……

라고 있다. 여기서는 興陽으로 옮겨가기 이전인 會寧에서 四友歌를 지었음이 確實하고 그 한가지 傍證으로는 會寧 謫居中에 李 守一에게 보낸 편지와 그에게서 小琴을 받은 뒤의 答書가 있어 會寧에서 小琴을 얻은 것이 획실하다는 것을 알게 한다.

……萬里殊方深囚圍中與壁爲隣不見天日晝黑如夜人生到此神懷素然有切已……長日難遣孤燈難消欲得小玄琴憑此養性兼爲破寂而會寧境內非徒無知音者一生亦無見琴者是猶緣木求魚其能得乎側聞營下有琹者尙多造琹者亦存云不拘琴品善惡造作工拙周旋圖惠則雖天下價之明珠奚比於此伏願勿播此言徐徐求得隱而付惠幸甚囚中鼓琴古亦有之……25)

---

23) 上揭書. 石灘先生文集補遺.
24) 上同.

"……萬里 떨어진 北方에 圍籬中의 罪囚가 되어 있으니 壁을 사이에 두고 해를 볼 수가 없어 낮이 흡사 밤처럼 어둡소그려. 人生이 여기에 이르니 정신이 索然하게 되어가고… 날이 길어 지루하고 밤에는 孤燈 또한 끄기 어려워서 小玄琴이나 얻을 수 있었으면 養性을 겸하고 破寂으로 삼을 것인데 싶습니다만, 會寧 境內에는 知音하는 이가 없어서 琴을 보기조차 어려우니 琴을 求한다는 것이 緣木求魚라, 側聞에는 營下에 琴이 많이 있고 造琴者도 있다고 들었습니다. 琴의 品質이 좋고 나쁘고 만듬새의 자잘못을 不拘하시고 周旋하여 주신다면 그것은 天下에 값이 없는 明珠라 한들 어찌 이것에 견줄 것입니까. 바라옵건데 이런말은 남이 알게 하지마시고 천천히 求得하여 보되 나타나지 않게 하였으면 幸甚이겠습니다. 囚中에 있는 몸으로 琴을 구해달라는 것이 해괴하다 하실지 모르나 옛 사람들도 囚中에서 鼓琴한 일이 있었던 것이니 그렇게 여기소서……"

李守一은 당시 北閫으로 있었으나 뒤에 鷄林府院君이 된 사람이었다. 奸臣輩의 눈초리가 두려웠을 것이나 위험을 무릅쓰고 琴을 求하여 주었던 것이니 이 일이 石灘의 答書에 있다.

"玄琴을 圍中에서 얻으니 이는 足히 열 사람의 친구에 해당 한다 할만 합니다. 잠은 멀리 사라지고 긴긴 여름해도 짧아져서 좋습니다. 天下에 어떤 物件을 얻어서 이와같이 만족하겠습니까. 거듭 拜謝하는 바입니다……"26)

이상의 答書를 보면 玄琴을 會寧에서 李 守一이 周旋하여 준 것이 확실하고 石灘이 이것을 받아서 養性·破寂한 것이 사실이고 四友歌를 지어 度曲·鼓琴하였다함도 옳은 말이다. 그러나 다 옳은 데, 四友歌의 內容에 있어서 「松」·「竹」은 그런대로 이해할 수 있어, 9月까지 會寧에 있었으니 철이 빠른 極北의 菊花를 8月에 보았으리라 싶지만 문제는, 「梅」로서, 梅花를 심었다는 것이나 눈속에 핀다는 表現이 2·3月이 아니면 어려운 일로 9月에 떠난 會寧이니 會寧에서는 있을 수 없는 일이고 「竹」에서 보면 「白雪이 자즌날에 대를 보려 窓을 여니」라는 매우 事實的表現이 있어서 겨울을 나는 동안에 쓴

---

25) 上揭書. 天·與李兵使
26) 上同. 又答

흔적이 있다는 것은 否認하지 못하게 한다. 또 短歌 6首中에도

  雪月의 梅花를 보려 잔을 잡고 窓을 여니 셕뿐 곳 여왼속이 자잔눈이 香氣
로다

라고 있어 겨울에 잔을 들고 窓을 여느 風流가 보이므로 謫居하는 가운데 겨
울을 보낸 곳은 會寧이 아닌 興陽이고 또 여기서 向後 5年을 보내게 되니까
아무래도 興陽에서 많은 短歌를 지었으리라고 생각할 수도 있을 것이다. 四
友歌를 합하여 全 10首의 短歌를 어느 것을 會寧에서 짓고 어느 것을 興陽에
서 지었는지 알 수 없으나, 四友歌 가운데 「松」·「菊」은 會寧에서 지었다 할
수 있고 「梅」·「竹」은 아무래도 한 겨울의 作品이라서 興陽에서 生産한 것이
아닌가 하는 추론도 있을수 있는 일이다. 그러므로 尹 植이 말한 바, 「先生居
興陽謫也作松菊梅竹四歌云云」27)의 主張은 반은 맞고 반은 맞지 않다고도 할
수 있다.

 또 李 鷄林에게서 琴을 얻은 지 半年동안이나 會寧에 있었으므로 거기서
많은 時調를 지어 度曲했으리라는 것은 상상하고 남음이 있는 것이다. 그러
므로 四友歌는 會寧과 興陽 사이에서 지은 것이라고 보는 것이 옳고 대체로
會寧에서 「松」·「菊」을 얻고, 興陽으로 옮긴 1618年의 겨울에서 이듬해 봄
사이에 「梅」·「竹」이 完成되었으리라고 보는 것이 무리가 없다는 생각을 할
수 있다. 그러나 詩의 創作이 반드시 그 季節을 당하여 臨寫하는 寫生畵와는
다른 것이어서 봄에 앉아 가을을 능히 그리며 여름에 서서 겨울과 늦가을을
노래할 수는 있는 것이다. 더욱이 이들 時調는 亂世에 立節한 守義之貌를 顯
現하려는 것이었으므로 매우 觀念的인 側面이 강하다고 할 수 있어서 會寧에
서 겨울을 나지 않았으니까 겨울을 난 興陽에서 썼다고 하는 말이 오히려 可
當치 않다고도 할 수 있다.

 또 栫棘의 형편에 대숲을 庭中에 거느리고 뜰악에 梅花를 심는 餘裕가 있
었는지 疑心스러운 것이다. 正字 金地粹에게 보낸 편지에 圍籬의 周邊을 잠

---

27) 上揭書. 石灘先生文集補遺.

시 그린 것이 있다. 金地粹는 마침 그곳에 流配해온 사람으로 石灘이

> 那知今日同若此行也人生斯世生於一世幸也仕於同朝幸也二幸猶難矧生同一時仕
> 同一朝罪同一事謫同一道者乎天來緣分非偶然也[28]

라고 한 것을 보면 咫尺에 와있는 사람으로 光海朝에 石灘과 같은 罪目으로
몰리어 遠竄된 사람인 듯 싶다. 果然 「斯世에 낳서 一世의 幸은 同朝에 벼슬
하는 것이요 둘째 幸은 낳기는 같은때에 하지 못하나 같은 朝에 벼슬하고 같
은일로 罪를 얻고 같은 귀양살이 하는 일이라, 그대와 나는 先天에서부터 緣
分이 있는 처지지 偶然히 이렇게 된 것이 아니오」……하듯이 가까운 사이
인 듯 謫地에서의 괴로움과 不安을 같은 편지속에 쓰고 있다.

> 鄙生僅支矣但圍芭三迊高壯能簷結芭長木密如木寨四面圍外閭家比櫛茅簷相接脫
> 有閭中失火雖有翼之鳥勢難飛去況無翼之人乎早晚當見火葬坐此圍中……(傍線
> 筆者)

"……겨우 살아갑니다. 圍之三迊은 高壯하기 처마를 지나고 큰 나무를 엮
어 만든 울이 흡사 木寨(나무로 엮은 城砦) 같소이다. 四面은 閭家가 比櫛한
데, 茅屋의 처마가 서로 붙어 있으니 民家에 失火라도 하는 날이면 비록 날개
돋친 새라한들 날아가기 어려운 데, 황차 날개가 없는 사람이겠습니까. 早晚間
이 圍中에서 火葬을 당하게 될 것입니다……"

여기서 有翼之鳥勢로도 難飛去라하였는데, 이는 木寨가 높고 險하다는 뜻
도 있고, 또 李守一에게 求琴할 때에도

> 萬里殊方深囚圍中 與壁爲隣不見天日晝黑如夜
> 萬里 색다른 곳에 圍籬中의 깊이 갈힌 罪囚가 되니 壁으로 싸여 해를 볼 수
> 가 없고 낮이 어둡기가 밤과 같소이다.

하였으니 좁은 空地의 어디에서 대숲을 보고, 어느 땅이 있어 梅花를 심었겠

---

28) 上揭書. 天·與金正字

는가 생각건대 三間茅屋밖에는 運身할만한 길을 집주위에 겨우 내고 가시와 長木으로 조밀하게 엮은 울을 둘렀을 것이니 햇볕이 닿지 않고 또 밖을 넘어다 볼 틈도 없으리라. 이런 환경에 생대숲을 본다거나 梅花를 심고 菊花를 피우며 소나무와 바위를 玩賞하는 등의 일들이 모두 現實의 일이 아니라 想像의 所産임을 알 것이다. 石灘의 四友歌가 會寧에서 썼느냐 興陽에서 썼느냐의 基準은 둘 다 季節의 適否가 문제가 되어서는 안된다. 作品속에서는 季節과 松·巖·菊·竹등이 題材가 되지만 그것이 圍籬의 世界에서는 現實的으로 존재할 수 없었던 때문이다. 外部가 遮斷되어질 때 人間의 活動은 內部世界로 集中되듯이 石灘의 경우도 遮斷된 外部는 「壁과 暗黑」뿐의 것이었으나 內部는 오히려 種種色色의 現實世界가 마련되었던 것이다.

그래서 나는 四友歌의 製作時日의 起点을 李 守一에게 請琴하기 이전으로 보고자 한다. 石灘은 光海의 亂政을 避하여 隱居하던 터였고, 廢母收議에 獨力으로 無道를 匡救할 수 있을 것이라는 생각은 아니하였을 것이나 世綠之臣으로 大義를 闡明하지 않을 수 없어서 投死極言을 敢行하였던 것이니 그로 인하여 奸臣의 訴迫를 받을 것을 짐작하였음이 사실이었다. 그러므로 비록 會寧에 加棘되지 않는다할지라도 遠方에 安置될 것은 覺悟한 일이라 오히려 謫所에 닿자 平穩한 心懷에 있을 것은 뻔한 일이다.

그리하여 適中의 무료를 달래느라 四友歌를 지어 그것을 唱和했던 것이나 玄琴의 補가 없어 궁여지책으로 하다 못해 李守一에게 囚中鼓琴古亦有之 라 辨明하면서 時急을 告하여 懇請한 것이라 믿는다. 四友歌는, 그러므로 李守一이 小琴을 求得하여 주기 以前에 이미 完成되었던 것이고 나머지 時調는 그 뒤 興陽에 와서도 많이 지어졌으리라고 생각된다.

Ⅴ. 四友歌와 五友歌에 關한 私見

尹善道 의 五友歌는 山中新曲 가운데 漫興 6首, 夏雨謠 2首, 朝霧謠등 1首

와 함께 56才 때 仁組 20年 盈德 配所에서 돌아와서 聞簫洞·金鎖洞에서 起
臥하며 지은 것이다.

　　仁組 20年이면 서기 1642年으로 서기 1618年 (光海10年)의 石灘의 四友
歌보다 24年이 늦은 作品이다. 孤山이 丙辰抗疏를 올리고 李 爾瞻등에게 竄
黜되어 慶源으로 流配당한 것이 서기 1616年으로 石灘이 抗疏로 會寧으로
가기 3年前의 일이었다. 두 분이 모두 仁組反正 으로 還朝하니 孤山은 8年만
의 解謫이요 石灘은 5年이었다.

　　孤山은 이해에 金吾郞으로 召還되었는데 그 때 나이 38才이었고 石灘은
刑曹叅議를 내리어 부르니 이미 73才의 老軀였다. 둘 사이의 年齡次는 35年
으로 두 世代가까이 孤山이 아래였으니 두분이 비록 交遊한 적은 없다하나
光海昏朝에 立節한 罪目으로 囚中에 있었으니 孤山으로서는 石灘의 抗論을
익히 들어 알았을 것이고 石灘이 玄琴을 즐기고 謫居中에 四友歌를 지어 부
른 것이 京鄕間에 流行했을 것으로 보면 孤山도 四友歌를 익히 알고있었다고
假想할만하다.

　　孤山의 五友歌는 序首를 합하여 모두 6首인데 다음과 같다.

五 友 歌

一

내버디 몃치나ᄒ니 水슈石셕과 松숑竹듁이라
東동山산의 돌오르니 긔더욱 반갑고야 두어라 이 다숫밧긔 ᄯ더ᄒᆞ야 머엇ᄒ리

二

구룸빗치 조타ᄒ나 검기를 ᄌᆞ로ᄒ다
ᄇᆞ람소리 묽다ᄒ나 그칠적이 하노매라
조코도 그츨뉘업기ᄂᆞ 믈뿐인가 ᄒ노라

三

고즌 므스일로 퓌며셔 쉬이디고
풀은 어이ᄒᆞ야 프르ᄂᆞᆫ듯 누르ᄂᆞ니

아마도 변티 아닐손 바회뿐인가 ᄒ노라

四

더우면 곳퓌고 치우면 닙디거놀
솔아 너ᄂ 엇디 눈서리를 모ᄅᆞᆫ다
九구泉쳔의 블희고ᄃᆞᆫ줄을 글로ᄒᆞ야 아노라

五

나모도 아니거시 플도 아닌거시
곳기ᄂ 뉘시기며 속은 어이 뷔연ᄂᆞᆫ다.
뎌러코 四ᄉ時시에 프르니 그를 됴하ᄒ노라.

六

쟈근거시 노피떠서 萬만物믈을 다비취니
밤듕의 光광明명이 너만ᄒ니 또 잇ᄂᆞ냐
보고도 말 아니ᄒ니 내 벋인가 ᄒ노라29)

　　五友歌는 四友歌와 根本에 있어서는 孤高之節을 노래한 것이며 다만 題材에 있어 약간의 相異点을 보일뿐이다. 가령 五友歌 가운데,

구름빗치 조타ᄒ나 검기롤 자로ᄒ다
ᄇ람소리 ᄆᆰ다ᄒ나 그칠적이 하노매라

에서의 作意는 恒常됨이요 不變性이요 持續되어야할 것을 希求하고 있다. 구름빛이 흴때는 그렇게 優雅·恍惚할 수가 없으나 그것은 곧 검어진다거나 잿빛으로 변하여 항상 되지 못한 것이라는 말로서 이는 世俗의 浮華를 象徵한 것으로 그것이 모두 一時的 形象에 不過함을 가리킨 것이며, 바람소리가 맑다함은 주로 松風을 이름으로 針葉을 스치는 淸音 이 高細雅纖하여 옛부터 선비들의 修心의 伴侶로 삼아오던 것인데 이것이 자로 불다가 그치다가하여 그 無形의 孤高가 능히 有形의 구름에 比할 바가 아니나 永續되지 아니하므

---

29) 孤山遺稿卷之六下. 別集 歌辭 山中新曲

로 차라리 물을 擇한다 한 것이다.

물은 明鏡같이 구름의 榮華를 비칠 뿐 自作이 없고 時勢에 從順할뿐 執着하지 않는 것, 無味·無性하나 謙虛하고 持久한 性向이 있어 他物에 優先하고 담겨있거나 흐르거나 動靜을 共有하여 끊임이 없으니 君子의 벗이 될만하다. 이미 浮世의 辛酸을 겪은 그로서 淸澹平淵의 물에 돌아갈 것을 생각함은 시끄러운 세상을 떠난 自身에의 再確認이라고 생각할수 있을 것이다. 물은 不變함이요 永續됨이다. 그것은 超時代的인 大義에 體하려는 作者의 思想을 잘 代辨하고 있다.

五友歌中의 「바위」와 「솔」에 대한 것은 四友歌 가운데 첫 節인 「松」에 이미 나와있다.

"바회예 셧는솔이 凜然혼줄 반가온뎌"로 시작하는 이 作品은

> 風霜을 격거도 여외논줄 젼혜업다
> 얻디타 봄비츨 가져 고틸줄 모르느니

로 맺어 風霜속에서도 여외지 않고 春色을 變치 않는 곧음을 稱頌한 것이다. 이와같은 이미지가 孤山의 것에도 나타나고 있다. 「꽃이 피면서 쉽게 지고, 풀은 어이하여 푸르는 듯 누르나니」라고 하고

> 아마도 변티 아닐손 바회뿐인가 ᄒ노라

라고 하여 石灘의 「바위에 섰는 솔」의 印象을 聯想케하고 있다. 더욱이 「더우면 곳 픠고 치우면 닙디거늘」을 다진 뒤에

> 솔아 너는 얻디 눈서리를 모르는다
> 九泉의 블희고든줄을 글로ᄒ야 아노라

에 이르러 솔의 뛰어난 점을 「블희고든」 것에 두었으니 솔의 푸른 氣象을 咏描함에 있어 바위를 변치 않음으로 表象하기 위하여 꽃과 풀이 春秋에 쉽게

시들고 마는 것을 견주어 花草의 凡類에서 바위가 殊異함을 보이려했던 것같
으나 花草와 巖石의 對比가 과연 常과 無常의 想念으로 쉽게 連結되는 것일
까 의심스럽다. 花草는 植物이요 바위는 金屬이므로 强弱·長短의 性質上의
比類가 可當치 않는 것이다. 花草의 懦弱이나 可變에 對照되는 槪念은 菊花
나 소나무, 대나무 등이어야할 것이다. 또 소나무가 눈서리를 이기어 무릇 百
花千樹에 뛰어나서 외연히 서있음이 뿌리가 곧기 때문이라고 한 것도 석연치
가 않다. 만가지 꽃과 풀이 서리와 눈에 시들어버리고 오직 그 푸른 봄빛을
白日下에 誇示하는 소나무의 氣象은 그 푸른 針葉에 있는 것이다. 이러한 靑
松의 特質을 立節에 關聯시켜 形象化한 것으로는 石灘의 「松」이 훨씬 秀作임
에 틀림이 없다.

　石灘은 우선 靑松을 「바회에 셧는 솔」로 具象化하고 바위의 堅固위에 靑松
의 不變을 浮彫함으로써 凜然한 맛을 十分 살려가면서 그 「凜然흔줄 반가운
뎌」라하여 靑松의 立節이 自身과 契合하여 반갑다고 말하고 있을 뿐 아니라
「風霜을 격거도 여외ㄴ줄 전혜 업다」고 賞讚하고 있다. 天道가 滅하고 人倫
이 끊어진 風霜의 時代에 홀로 天主를 받쳐들고 서있는 守義의 堡壘인 謫客
들을 이이상 어떻게 絶妙하게 描破한단 말인가.

　생각컨데 孤山은 石灘의 四友歌 中의 「松」을 바위와 솔로 分離하여 그림으
로서 애써 石灘의 「松」에 담긴 내용을 避하여 描寫하고자 하였던 것 같고 그
러다 보니 자연히 솔과 연결하여야 할 不變의 守義를 바위로 돌리고 솔은 오
히려 뿌리의 곧음을 들어 自身의 立節을 間接的으로 顯現하고 있기는 하나,
그것이 모두 石灘의 「松」에 있어서 처럼 適切하지도 못하고 鮮明하지도 못한
것을 알 수 있다.

　그러나 石灘이 그의 四友歌에서 松·菊·梅·竹을 통털어 不變의 節介(松),
春光(榮華)을 피하여 홀로 서있는 淸高한 精神(菊), 눈속에 피어있는 香氣
(梅), 迫害와 無道속에 淸節을 지켜 自足해하는 淸風(竹)을 노래하므로서 大
義를 지키는 孤高之節을 反復하여 力說함에 比하여 孤山은 그의 五友歌에서
石灘의 四君子를 題材에 있어서 避하였을 뿐 아니라 해와 달을 끌어들여 守
節의 限界밖으로 詩의 領域을 擴大하여 人生과 宇宙의 事象을 美化하고 意義

있게 하였다. 孤山은 물·바위·솔의 守節을 읊고 여기서 人生의 深淵속으로 沈潛하였으니 그것이 대의 直觀에서 잘 나타나고 있다.

　　나모도 아닌거시 플도 아닌 거시
　　곳기난 뉘시기며 속은 어이 뷔언난다

　봄속에 백가지 꽃이 피는 것은 凡常의 世界를 말함이다. 時流에 좇아 흐르는 匹夫匹婦의 俗態·巷情에서 땅에 떨어진 世上을 건져주기를 어찌 기대할 것인다. 이제 暴君의 擅斷이 서리와 눈처럼 내리며, 그렇게 흥청거리던 世情은 阿勢面從으로 바뀌어 흡사 가을서리, 겨울 눈바람에 시드는 草木처럼 한결같이 終末의 暗雲에 휩싸여 떠는 법이라 누구있어 高節을 지켜 비뚤어진 時代의 등불이 되어 生民의 方向을 가리킨다 自願하겠는가.

　나무도 풀도 모두 시드는 霜風寒雪속에 대는 풀도 나무도 아니면서 四時에 푸르고 곧은 모습을 견디어 세찬 바람에 굽히지 않으니 果是 節士의 기상이 아닌가. 더구나 속이 텅비어 있어 淸虛·休明을 속에 간직하고 밖으로 不義의 時代에 맞서 뚜렷이 옳음을 밝히니 이 어찌 君子의 상이 아닌가. 선비의 修己가 마음을 비워 休明에 으르러 다하고 나아가 세상에 서서 大義名分을 세우는 것으로 근본을 삼는 다면, 이 대의 詩야말로 吾道의 眞髓를 含蓄한 것이요 나아가 時代를 살아가는 知識人의 本分을 明示한 哲理라 할만하다. 이 詩는 石灘의 五友歌中「竹」에서 보는 바와 같은 白雪속에 대를 보려 窓을 여니 온갖 꽃이 간데 없고 대숲이 푸르구나 어찌한 淸風을 반겨 흔적흔적하느니 보다는 次元이 다른 世界이다. 石灘의 대가 節義를 나투는 平面的 敍述이었다면 孤山의 대는 有史以來의 선비의 本體를 그 震源으로부터 克明한 直觀의 投影이요. 超時代的인 戒示的 呼訴力을 갖는 永遠의 목소리라고 할 것이다. 그러나 孤山의 五友歌는 마지막에서 宇宙的次元으로 飛躍하는 것이니 그것이 곧 달의 詩이다.

　　쟈근거시 노피떠서 萬物을 다비취니
　　밤듕의 光明이 너만ᄒᆞ니 또 잇ᄂᆞ냐

萬物을 다 비치는 밤중의 光明 그것은 昏世의 聖者일 수도 있고, 죽음을 무릅쓴 義士일 수도 있다. 그러나 人間뿐이 아닌 萬象森羅의 어둠을 비치는 그냥 그대로 달일 수도 있다.

조그만 人間의 뜻이 어찌 저 光明大月을 당하랴. 燈이라면 가장 큰 燈이요 昏朝濁世를 밝히는 道義라면 가장 널리 비치는 것이리라. 그러한 光明의 달이「萬事를 보고도 말하지 않으니 내 벗이라」고 孤山은 끝을 맺고 있다.

이 境地는 可謂 萬物을 差別없이 비치는 달이니 萬物齊同의 價値觀에 와있음이요 보고도 말하지 않으니 是非를 絶한 放之自然의 姿勢이며 나아가서 言語道斷의 자리에 머물러 있음을 立證한 表現이라 할만하다.

四友歌와 五友歌의 長短을 疎略하였거니와 四友歌는 四君子라는 限定的題材 때문에 趣意의 擴散이 許容되지 않은 反面에 시대를 살아가는 自身과 守節의 罪目으로 苦生하는 同志들의 立場을 工巧한 手法으로 隱喩했다고 할 수 있고 五友歌는 四友歌가 가지는 優雅한 情志를 계승하면서 여러 측면에서 애써 襲用을 피한 흔적이 많고 四友歌의 題材인 四君子를 豁然히 벗어나서 自由로운 素材속에서 自身의 思想的水準을 具現했다고 보아진다. 또한 四友歌가 典型的인 儒學者의 姿勢를 그려보았고 賞讚한 것이라면, 五友歌는 儒學을 포함하여 道·佛의 領域으로 高揚하여 한 時代에서 汎人生으로, 거기서 다시 宇宙萬有로 自我의 理解를 昇華하여 自然과 人間이 渾然一體가 되어 言語로 미치지 못하는 眞如의 境地를 드러내게하고 있음을 窺察하게 되는 것이다.

VI. 四友歌의 文學史的意義

四友歌의 발굴은 時調史上 큰 收穫이었음이 확실하다. 東洋 傳來의 四君子를 題材로하여 單一名稱의 詩歌로 具現한 例도 일찍이 없었거니와 그 내용에 있어서도 매우 格調 높은 手法으로 亂世를 살아가는 士類의 志節을 比喩하여 이 方面의 獨步를 이루었다고 할 것이다. 또 나머지 6首의 時調와 합하면 도

합 10首의 詩歌가 되므로 적지 않은 量에 이르며 이것들이 謫地에서 創作된 作品이라 流配時調로서는 最多量이어서 文學思想 流配時調의 脈을 形成하여 새로운 장르 造成에 劃期的인 役割을 해냈다고 볼 것이다.

더욱이 이 四友歌는 五友歌의 創作에 決定的 影響을 주었으리라고 믿어지는데서 文學史的인 意義를 더한다고 할 수 있다. 다시말하면 四友歌의 發生이 없었으면 五友歌의 創作이 可能하지 않았으리라는 推測을 낳게 한다는 말이다. 왜 그러냐 하면, 五友歌가 쓰여지기 24年前에 四友歌가 지어진 것이 사실이고 또 四友歌가 그당시 士流階級 뿐만이 아닌 民間에도 膾炙되었으리라고 想像되므로, 孤山으로서도 여러 作品을 손대다보니까 四友歌와 비슷한 노래를 지어볼 생각을 갖게 되었을 것임이 확실하다.

그러나 막상 自己의 心懷와 儀容을 象徵하는 自然物을 禮讚하는 노래를 石灘을 倣效하여 짓고자하나 石灘의 四友歌를 그대로 옮기는 일은 아니되므로 五友歌라하여 石灘의 四友歌에서 題材로한 松·菊·梅·竹을 피하여 水·石·松·竹·月로 하고 四君子를 넘어서서 自然物로 採材의 限界를 擴大하므로서 그 趣意도 훨씬 廣範하고 深長하게 했던 것이라고 볼 것이다.

대개의 詩歌들이 특히 士類層의 것들은, 隱遁과 戀君으로 大別되는대, 石灘의 詩世界는 圍籬의 環境때문에도 그렇겠지만 巍然한 義人의 氣慨를 賞嘆한 것뿐이었으니 이것도 다른 이의 趣向과는 區別되는 것이라고 하겠다.

石灘이 時調作家로서의 等位가 數量次로해서 13位에 屬한다는 것은 1974年 3月號의 「詩文學」誌에 이미 발표했었거니와, 作品의 水準에 있어서도 五友歌와 雙璧이라 할 것이니 時調史上 그 比重으로도 重要視 해야 할 人物임에 틀림없다. 아무튼 1973年에 四友歌가 發掘되고 그밖에 6首의 時調가 함께 公表됨은 물론 그것이 李 愼儀 한 사람의 所作으로서, 더구나 配所에서 지어졌다는 것이 우리 文學史에 寄與한 功은 적지않은 것이며 또 이러한 人物이 그 寬厚·端儀·介潔·立節의 人間像과 함께 不滅의 表象으로 國文學史속에 살아있다는 것이 우리를 얼마나 기쁘게 하는지 모른다.

(1975. 원광대 논문집)

제 5 장 쌀뭍방죽과 그 주변설화 연구

I. 머릿글

이 논문은 우리 나라의 한 지방에 있는 문화재가 택지개발 대상지역에 편입되어 장차 파쇄되거나 옮겨질 위험에 놓여있는 시점에서 이 문화재가 비록 발굴되지도 못했고 문화재로 지정되지도 않았으나 매우 주요한 문화재임에 틀림없다는 것을 입증하고자 하는 의도에서 착수된 것이다.

문제의 문화재는 군산시 지곡동(옛날의 백두게)의 "금배재"라는 산 중턱에 있는 "애기바우"를 말한다. 이 바위는 "중바우", "개바우"와 함께 "쌀 뭍방죽"(지금의 세칭 은파유원지)의 연기설화와 修道의 본보기, 久遠의 母像, 삼신신앙으로 발전하는 특이한 양식이기 때문에 현재까지의 한국내의 설화, 문화재로서는 그 유례가 없는 희귀한 종류에 속한다는 것을 먼저 밝혀두는 바이다.

세 바위의 보존을 위해서 직접 현지를 답사하였고 바위의 화면과 함께 택지 개발사업에 밀리어 파쇄 위기에 몰린 현황을 보도함으로써 일반의 공감을 불러 일의키게 하여준 KBS군산방송국의 김성일 기자, 전북일보의 윤재식 기자 그리고 전북일보의 특집기사화를 기획.지원한 김종량 편집부국장님께 감사의 뜻을 전하고 택지개발의 현장 책임자로서 하나의 장애물로 간주해버릴 수도있을 것인데 사려 깊게도 이 바위를 안전한 곳으로 옮기어 보존하기 위해서 온갖 노력을 기울이고 있는 한국토지개발공사 군산나운공사현장사업소의 안진회 소장의 노고를 치하하지 않을 수가 없다. 이제 우리의 언론계나 건설 현장에서 이와같이 전통문화를 아끼고 보존하려는 마음들이 일어나고 있다는 것을 보게 되면서 한편 반갑고 한편으로는 든든한 기분이 드는 것은 나만의 입장이 아닌 줄 안다.

이 논문의 집필 동기는 앞에서 말한 것처럼 이들 세 바위에 대한 문화재적 가치를 부여하고자 하는 데 있었고 그것을 위하여 시급히 작성된 것이지만 자료수집은 적어도 60년의 세월을 투자한 셈이라고 해도 지나친 말이 아닐 것이다. 왜냐하면 필자는 쌀뭍방죽의 북쪽 끝인 한밝골 절메(지금의 나운동)에서 태어나고 거기서 19세까지 살았으며 지금도 절메산이 선산이기 때문에 매년 몇 차례씩 드나들고 있으므로 이들 세 바위는 물론이요 쌀뭍방죽 주변의 유형·무형의 문화들에 대한 연구·분석이 지속적으로 수행되었다고 할 수가 있는 것이다

이 연구논문은 말하자면 쌀뭍방죽과 그 주변설화에 관한 필자의 생애를 통한 연구를 압축한 것이라고 할 수가 있을 것이다.

Ⅱ. 米堤池에 대하여

1. 명칭

요즘 사람들은 "쌀뭍방죽"하면 모르고 "은파유원지"라고 해야만 그 곳이 어디인지 알겠다는 태도이고 심지어는 "은파"는 알지만 "米堤池"는 만경강 근처나 군산비행장 주변의 어떤 조그만 못 정도가 아니냐고 묻는 사람이 많다.

"은파"는 銀波로써 "은빛 물결"이라는 뜻이리라. 그만큼 물이 맑고 풍광이 아름답다는 뜻으로 이 곳에 유원지 영업 허가를 신청한 업자가 영업허가원서에 본명인 "米堤池"라고 하지 않고 자기 나름대로 새 이름을 지어서 "國民觀光地 銀波"로하여 교통부에 제출하였고 교통부에서 1975년에 같은 이름으로 허가가 나니 그 이후로 이곳이 "米堤池"가 아닌 "銀波"가 된 것이다.

그러므로 "銀波"란 군산시나 전북농지개량조합에서 지어 붙인 이름이 아니고 유원지 허가를 신청할때 신청인인 업자가 자의로 만들어 낸 이름일 뿐인

데 이 "은파"가 본디 이름인 "米堤池", 우리말로 "쌀뭍방죽"을 제치고 전면에 부각이 되고 천여년이나 된 전통적인 이름은 땅에 묻히게 되었으니 안타까운 일이 아닐 수 없다. 그렇다면 본디 이름인 "米堤池" 우리말로 "쌀뭍방죽"은 무슨 뜻일까. 뒤의 淵源의 章에서 상세히 논할 것이지만, "米堤池"가 처음 등장하는 문헌은 15세기에 발간된 〈新增東國輿地勝覽〉이 처음이다. 거기에 간단히 米堤池의 둘레가 壹萬九百十尺이라고 기록된 것이 근거가 된다. 그 뒤에 모든 기록에는 "米堤池"라고 되어 있고 우리말로는 "쌀뭍방죽"이라고 불러왔었다.

그렇다면 "米堤池"의 "米"는 무슨 뜻일까. 米는 아시는 바와 같이 "쌀 미字"이다 "堤"는 "방죽 곧 흙을 쌓아서 물을 막은 것"(築土遏水)의 뜻이 있고 또 "막는다"(滯·防)는 뜻이 있는데 여기서는 두 가지 뜻을 모두 수용하는 것이지만 주로 "방죽" 곧 "흙을 쌓아서 물을 가두어 두는 것"에 한정하는 편이 훨씬 이해를 돕는 데 유리하다.

"방죽"이라는 말은 漢字로 表記하면 "堤"요 英文으로 表記하면 "댐"(Dam)이다 그렇다면 "둑"과 "방죽"의 차이는 무엇일까. "둑"은 흙이나 돌을 쌓아서 막은 그 자체를 가리키고 "방죽"은 흙이나 돌을 쌓아서 막은 그 안의 물까지를 두루 포함해서 부르는 낱말이라고 이해하는 것이 훨씬 사실적이다. 한문에 "防築"이 있는데 이것도 "방죽"의 취음인 것이요, 영어의 "댐"(Dam)의 번역어로 "堰堤"라고 하는데 여기서의 "堰"도 "방죽언"이니 堤와 같은 뜻이다. "둑"은 河·川의 양쪽의 물길을 잡아주느라고 높게 쌓은 흙의 성을 가리키는 말이고 이 말이 전전해서 湖水의 堤防도 두루 "둑"과 "방죽"이 혼용된 것이지 우리의 본디 말은 "방죽"이나 "堤"나 "댐"도 마땅히 "방죽"으로 번역하여 써야 할 것인데 우리의 이름은 모두 버리고 고려·조선이래 "방죽" 대신에 "堤"를 높이어 쓰더니 해방 후에는 "堤"대신에 "댐"이라고만 쓰고 있어서 "大雅댐"이니 "팔당댐"이니 "운암댐"이니 하고 있다. 지난(1991) 大雅방죽 竣工紀念文을 쓰면서 필자는 일부러 "壁骨堤" "米堤"라 쓰고 "大雅堤"라고 하였다. "댐"을 버리고 "堤"를 취한 것은 우리의 본디 말인 "방죽"을 찾아주기를 완곡히 암시한 것이랄 수가 있다.

그런데 堤가 방죽인 것은 잘 알겠으나 "米堤池"를 왜 옛 사람들이 "쌀뭍방죽"이라고 했을까가 문제로 남는다. "米"로 보면 "쌀"임이 확실하나 "쌀뭍"으로 보면 이것이 "쌀"(米)인지 "쌓을"(築)인지 애매하고 또 "뭍"이 "못"의 와전인지 아니면 "뭍"(陸)인지 알 수가 없다. "쌀뭍"은 "쌓은 못"의 뜻 으로 쓴 "쌀못"일 것이라고 해서 그의 "절미"라는 詩에 "쌀못"이라고 쓴이가 있다[1]. 그렇게 보면 "米堤"는 百濟時代의 우리말이었을 "쌀못"을 "米堤"로 번역한 것이라는 설명이 된다.

그러나 金堤의 "碧骨堤"가 본래 金堤郡의 古名이어서 방죽의 이름을 金堤郡의 옛이름으로 붙였다는 記錄[2]이 있기는 하지만, "碧骨"이 "벼의 골"임은 의심할 여지가 없고보면, "쌀뭍"의 "쌀"도 벼에 상응하는 쌀의 개념 에서 벗어나지 않는다고 보아야 할 것이다. 그렇다면 "뭍"은 陸地의 우리말이니 "쌀뭍"은 "쌀의 집산지인 육지"의 뜻이 아닌지 모르겠다.

좀 더 이 "쌀뭍"을 궁구하여 보면 "쌀뭍"이 본래 "방죽"의 이름이 아니라 洞名임을 알게 된다. 지금 米堤池의 남쪽 끝에서 바른 쪽으로 가면 米龍里라는 마을이 있다. 이 마을의 이름이 옛날에는 "쌀뭍"이었다. 이 마을은 매우 큰 마을로 면사무소가 있던 곳이다. 米面 면사무소이다. 이곳은 米面이라는 이름으로 부르게 된 것도 "쌀뭍"에 면사무소가 있을 때에 面名을 짓게 되어 "쌀뭍"의 "쌀"에서 하나를 따서 "米面"이라 했다는 말이 있다.[3]

그렇다면 "쌀뭍"은 동네 이름이고 "쌀뭍방죽"은 "쌀뭍"이라는 동네에 있는 "방죽"이라는 뜻이 되어 우리의 이해를 훨씬 쉽게하여 준다.

지금 "米堤池"의 아래 쪽은 10여리의 들이 있고 이 들의 관개는 "米堤池"의 물로 했을 것이므로 米穀의 集散地는 당연히 "쌀뭍"이었을 것이고 여기로 징수된 쌀이 다시 "米堤池" 내의 社倉으로 入庫되었을 것이다. "米堤池"의 中部 동쪽의 골짜기를 "사창굴"이라 하고 "米堤池"의 북서부 곧 은파유원지로 들어

---

1) 慈山李相斐博士華甲紀念詩集. 「世界現代代表詩人選集」에 쓴 賀詩. 작자는 具素然. 韓國學研究所 非常任委員.
2) 동국여지승람 권 三十三. 전라도 김제군.
3) 필자는 조부 諱鐘善에게서 들었다.

오는 입구쪽의 골짜기를 "사창이"라 하는데 이 두 곳에 모두 社倉을 두어 조적염산(糶糴斂散)을 하였을 것으로 추정된다. 더구나 "米堤池"의 中部 동쪽의 "사창굴"의 옆 산자락을 "방아동"이라고 하였는데 水沒 이전에는 그 곳에 집이 한 채가 있었고 이곳을 "방아동"이라고 부른 것은 "사창이 있는 골짜기"(사창굴은 사창골의 와전일 것이다)이므로 그 골짜기의 주변에 "방아를 찧는 동네"가 있었을 것은 불문가지의 일이다. 인근 동민들이 "사창굴"을 "私娼窟"로 오해하여 옛부터 그 입구에 술집이 여러 채가 있고 인근 한량들이 드나들어서 심심찮은 사건들이 일어났던 것으로 미루어 私娼街였을 것이라 하나 술집 몇 집 있는 것이야 어느 길목인들 없고 반반한 酒母와 한량들 사이에서 오가는 사랑놀이의 哀歡이야 어디인들 없을 것인가. 그것쯤으로 어찌 "私娼窟"이라고 하는 지명으로까지야 불러왔을 것인가. 아마도 그 곳에 정부의 社倉이 즐비하게 있고 精米의 施設도 갖추어서 쌀을 들이고 내고 방아를 찧는 일로 번화하였을 것이어서 社倉이라고 한 것이고 그 쌀을 모두 集散하는 곳이 "쌀뭍"이었을 것이니 "쌀뭍"은 "쌀의 陸地"의 뜻으로 또는 집산지의 뜻으로 쓰이어서 "쌀뭍"으로 불리웠고 "米堤池"는 "쌀뭍에 있는 방죽"의 뜻으로 붙여진 이름일 것으로 보는 것이 옳겠다.

그러나 米堤池의 북동 쪽에는 한밝골, 절메, 새터, 백두게 등의 동네가 벌여 있는데 이쪽에서는 으레 "쌀뭍방죽"이라 하지 않고 "절메방죽"이라고 불렀다. 이것은 "쌀뭍방죽"의 또하나 다른 이름 곧 별명이라고 보아야 하겠으나 방죽의 이름이 동네의 이름을 따라 지어졌다는 것을 말하여 주는 좋은 증거가 된다고 할 수가 있다.

결론적으로 말하면 이 방죽의 이름은 古文籍上의 記錄으로는 "米堤池"이고 우리말로는 "쌀뭍방죽"(발음상으로는 "쌀뭇방죽"이지만 뜻으로 보아 "쌀뭍방죽"으로 고정하는 것이 좋겠다. 이 뒤에는 "쌀뭍방죽"또는 "쌀뭍"으로 쓰겠다)이라고 한다. 그러나 방죽의 북동쪽에서는 오래 전부터 "절메방죽"이라고 불러 왔다. "절메"는 漢字로 "寺山"이라고 표기하였는데 방죽의 북쪽에서 남쪽으로 한 가운데 나즉히 떠 있는 산이 경주 이씨들의 선산인데 이 곳이 필자의 선산이요 필자가 태어난 태받이이기도 하다. 이 산을 중심으로 하여 옛 한밝골을 모두 절메라 하기도 하고 좁게는 이 산의 동쪽과 북쪽의 동네만을 지칭하여 부르기도 한다. 한밝골은 함박골로 부르다가 다시 한밭골로 와전되어 "大田里"로 표기되고 절메, 새터, 고지기, 임방절, 정승리를 통틀어서 大田部落이라고 하였으니 일제 말엽의 행정구역에 의해서 그리되었던 것이다. 지금은 모두 나운동으로 편입되었다.

다시말하면 이 방죽의 이름은 "쌀뭍방죽"이고 북쪽에서는 "절메방죽"이라고 불러왔었으니 따지자면 古式的인 呼稱은 "쌀뭍방죽"이고 "절메방죽"은 별명이라고 보아야 할 것이다. 그러나 古文書나 公報上의 방죽의 명칭은 "米堤池"로 되어 있고 지금도 全北農組나 群山市의 공식상의 호칭은 모두 "米堤池"이라는 것을 이 기회에 재삼 밝혀두는 바이다. "銀波"라는 호칭은 지금의 보트장이 있는 유락시설 곧 그 언저리의 유원지의 이름일 뿐이다. 다시 말하면 "쌀뭍방죽" 내의 골짜기 골짜기마다 얼마든지 유원지가 신설될 수가 있을 것이고 그 유원지마다 고유의 이름을 가질 수가 있을 것이다. 가령 "절메유원지", "금파유원지", "七星遊園地" 등 얼마고 새 이름을 지어 부를 수가 있을 것이다. 아무튼 어느 한 업자가 자기 유락사업의 고유호칭으로 지은 이름이 방죽의 이름으로 둔갑하여 본디 이름을 몰아내게 된 경위는 이 정도로서도 충분히 밝혀졌을 것으로 믿는다. 따라서 "쌀뭍방죽"(米堤池)이 오래된 이름이며 유서 깊은 호칭이라는 것도 이를 계기로 재인식해 주었으면 싶은 심정이다.

2. 쌀뭍방죽 안팎의 지명

「쌀뭍방죽주변지명도」에서 보는 것처럼 "쌀뭍방죽"은 남북으로 길게 가로 누워있고 옛부터 "아흔아홉귀"의 방죽이라해서 굽은 귀가 많기로 유명하다. 옛날 한 아기장수가 이 곳을 서울터로 만들려고 백귀를 만들면 밤 사이에 한 귀가 무너지곤해서 도로 아흔아홉귀가 되어버려서 아기장수의 꿈은 이루어지 않았다[4]는 전설이 있는 것을 보면 이 방죽에 굴곡이 많다는 것을 단적으

---

4) 이 부분은 설화의 장에서 상술할 것임.

로 이해할 수가 있을 것이다.

우선 북동쪽에서부터 살펴보기로 한다. 방죽 한 가운데로 산이 길게 남으로 달려와서 커다란 함선처럼 떠있는 모습이 보인다. 이 산이 "절메산"으로 漢字로 寺山이라고 기록되어 있다. 이 산이 慶州李氏尙書公派 가운데 國瑞公의 後孫들이 世居해온 한밝골 절메의 先山이다.

필자는 이 절메산의 동쪽 기슭에 있던 집에서 태어나서 19세까지 살았으나 "쌀뭍방죽"의 堤防을 높이는 확장공사 때에 수몰민이 되어 1954년에 이곳을 떠나야 하였다. 이 절메산은 "절메" 곧 "寺山"인데 "절메산"이라고 한 것은 메(뫼, 곧 산)가 두 번 겹친 격이어서 어색하나 우리 말의 語習이 끝 말을 겹치는 예가 많음을 알 수 있는데 예컨대 "처갓집"(家와 집의 중복), 井州邑 (州와 邑이 모두 고을의 뜻)등 허다하다. 절메산도 그 한 예 가운데 하나일 뿐이다.

이 절메는 산 꼭대기에 땅에 묻힌 넓직한 巖盤이 있고 땅 위로는 2尺 반 정도의 바위가 솟아있는데 지금은 필자의 15대조이신 贈領議政 諱 夢麟公의 墓의 바로 뒤이다. 이 바위를 옛부터 "검바우"(神바위)라하여 古來로 유명한 절메(기도 드리는 산의 뜻으로 옛부터 神聖視되던 곳이다)의 神壇으로 信奉되어 왔다.

이 절메는 五聖山이 祖山이며 들며 잠기며 西走하던 龍(산의 줄기)이 龜岩에서 솟구치고 다시 달리다가 八馬에서 기운을 얻어서 단숨에 月明山으로 솟구치고 여기서 남으로 20리를 달리니 이 峻嶺을 七星峰이라고 부른다. 七星峰이 남으로 내닫다가 "독점"께서 동으로 한 줄기를 내고 "금배재"로 솟구치더니 여기에서 역시 남으로 30리를 달리어 連屛山으로 뻗어 하늘 가득히 가리운 그안에 "쌀뭍방죽"을 만들어 놓고 그 한가운데 "절메"를 내어 연꽃같이 띄어 놓았으니 사람들이 이 "절메"를 蓮花倒水라하여 연꽃이 물에 짐짓 기우는 듯하다고 賞讚하고 어떤이는 모든 靈峰이 이 산을 향하여 모이고 업드리니 흡사 임금 앞에 부복한 신하들 같다하여 群臣奉詔라 하였다.

이 절메의 뿌리 쪽을 "한밝골"이라 하였는데 사람들이 부르기로는 "함박골"이라 하였다. 이 "함박골"을 "한밭골"로 굴절시켜서 漢譯하여 "大田里"라 하니 어쩔 수 없이 "한밭골"이 되었지만 사실은 한밭골←함박골←한밝골임을 알아야 한다. 꽃에 함박꽃이라는 것이 있다. 희고 활짝 핀 큰 꽃이다. 한밝 곧 크고 밝은(하얀) 꽃이란 뜻이다. 그 "한밝"을 우리 語習上 "한밝" →"함박"이라고 발음하고 있는 것이다. "함박"을 "한밝"의 와전이라고 보기로 하면 "한밝꽃" 곧 "크게 밝은 꽃"인 "함박꽃"이 "한밭" 곧 "크나큰 밭"의 꽃이라고 풀어야 하니 사리에 맞지 않은 억설이다.

"한밝"이란 옛날 "한신앙"의 대이상으로 여기던 "밝음"을 接應하는 것이었다. 환·밝으로 내려오면서 우리 민족이 면면히 숭봉하여 오던 "한님신앙"이 다름 아닌 "한밝신앙"이었었다.

그러므로 "한밝골"은 반드시 "절메"에 神壇이 있어야 하고 四時로 한님에 대한 절 곧 天祭가 있는 神聖한 땅인 것이다. "절메"가 "한밝골"에 있는 연유가 바로 이 때문인 것이다.

"검바우"가 곧 神壇이므로 "절메"는 절 곧 "한님께 절하는"(天祭) 산이고 그 산의 뿌리께에 반달처럼 펼쳐진 마을이 바로 "한밝골"이니 이 곳에 여러 가지 시설이 마련되어 있고 높은 司祭들이 기거하면서 전국에서 찾아오는 참배자들을 그 닦은 바에 따라 대접했을 것이다.

"쌀뭍방죽"이 古來로 靈湖로 알려져 있고 많은 설화와 민간신앙의 원천이 된 것도 바로 "한밝골-절메"가 韓民族의 傳統信仰의 中心地로 役割했기 때문인 것은 더 물을 것이 없는 일이다.

이리하여 "쌀뭍방죽"의 동북쪽 고샅은 도표에 보이는 대로 "절메"이고 동쪽으로 가서 "새터"가 있다. 이 "새터"는 "한밝골"에서 새로 닦은 터라는 뜻으로 쓰인 말이다. 그 곳을 지나서 동남쪽으로 가면 "암밖두게"라고 하는데 이 곳은 "안밖두게"로서 말하자면 "백두게의 안쪽"이라는 뜻으로 "쌀뭍방죽"을 중심으로 명명한 이름임에 틀림이 없다.

이 고샅에서 남쪽으로 산 자락을 돌아가는 그 끝에 지금은 물 밑에 잠기었으나 넓직한 밭과 공터가 있고 산딸기가 지천으로 피어 있었는데 그 언저리를 "방아동"이라고 불렀다. 필자가 어렸을 적에도 그 곳에서 방아를 찧는 일은 없었고 정미소가 있기 때문에서도 물론 아니었는데도 사람들이 불러 온대로 "방아동"이라고 하였다.

상고컨대 "방아동"을 돌아서 남쪽으로 가면 그리 깊지 않은 고샅인데 그 곳을 옛부터 "사창굴"이라고 하였음에서 고려.·조선 때에 이곳에 社倉을 두고 방아찧어 싣고 가곤했던 쌀고을이 아니던가 싶다.

지금도 이 곳 사람들이 "사창굴"을 "私娼窟" 또는 "私娼고을"로 오해하여 옛날 娼女들이 살던 곳이라 하나 이 고샅이 읍내의 지근지처에 있지도 않고 또 큰 동네 주변도 아닌데 한적하고 인가가 드문 곳에 창녀들이 살았으리라고 생각되지 않는다. 더구나 그 옆이 "방아동"이므로 私娼은 社倉의 잘못임을 알겠고 이 곳이 쌀의 보관·정미·반출의 중심지였음을 짐작하게 하고 남는다.

무엇 때문에 社倉을 방죽의 고샅에 마련했을까. 그것은 수확기에서 겨울까지 연례 행사처럼 곡창지대인 이 곳을 침범하여 쌀을 강탈해 가던 倭寇들로부터 식량을 보존하기 위함이었다는 설에 필자도 동의하는 바이다. 그러므로 "사창굴"이라고 한다면 "사창의 고을" 곧 社倉이 많이 있는 곳이었을 것으로 보면 이 곳에서 대규모의 入出庫와 精米(방아)가 年中 행하여지고 지방과 서울(松都)이나 漢陽으로의 수송이 군산의 째보 선창을 통하여 이루어졌을 것이라고 보는 것이 순리이다.

"사창굴"을 지나서 남으로 이동하면 꽤 넓직한 고샅이 나오는데 이 곳을 옛사람들이 "개정지"라고 불렀다. "개-"란 대체로 말의 머리에 얹히어 "야생의-" 또는 "야외의-" 등의 뜻을 부여하므로 여기서는 "야외의 부엌"이라는 말로 이해된다. 다시 말하면 임시로 만들어 놓은 아궁이에 솥을 걸고 밥을 짓고 국을 끓이며 부치개를 부치어 모여드는 입을 먹였을 것이다.

도대체 무슨 일로 이 한적한 골짜기에 많은 사람이 모였으며 얼마나 많이 모였기에 임시로 정지(부엌)를 만들어서 대접하곤 했을까.

"개정지"는 집이 아닌 野外에 임시로 아궁이를 만들고 한 때 쓰고나서 버리는 그러한 부엌쯤의 의미로 쓰였던 말이라고 생각하면 틀림이 없다.

이 "개정지"의 위 쪽(북쪽)이 "사창굴"이고 그 옆이 "방아동"이니 대저 社倉에 벼가 입고 되려면 가을이 깊어야 하고 봄이 되면 다시 벼를 내어 세미로 분배하거나 도성으로 운송하려면 이 곳에서 정미를 하여야 할 것이므로 늦가

을과 겨울에 이 곳에 일이 시작되고 노동인력이 많이 소요되기 때문에 당연
히 원근 각지에서 사람들이 모이게 되고 또 일하는 사람들도 밥을 붙여 먹었
을 것이니 이렇게 두어 달 동안 붐비던 난장은 봄철이 가고 농번기로 접어들
면 다시 한산해졌을 것이므로 매년 늦가을에서 이른 봄까지만 "개정지"를 마
련하여 먹매를 대던 곳으로 역할 할 수밖에 없었으리라.

이 "개정지"에서 남으로 내려가면 "용둘리"5)를 지나 이제 "쌀뭍방죽"의 맨
끝에 오게 되는데 이 끝 부분이 옛날에는 모두 "연방죽"이었다. "연방죽"이란
연꽃으로 꽉 찬 방죽이었다는 말이다. 방죽 가에는 수양버들이 늘어지고 물
위에는 연꽃이 끝없이 피어있으니 그 넓은 방죽에 넘실거리는 황홀에 매료되
지 않을 수가 없다. 더구나 그 파아란 연잎 사이로 모습을 드러냈다가 잠기
곤 하는 잉어며 월척의 붕어를 보게 될 때 그리고 그 때 마침 소리개가 공중
을 날아준다면 이야말로 鳶飛魚躍의 神秘境이 아니고 무엇이겠는가. 그러나
안타깝게도 지난 번의 확장공사 때에 이 연방죽은 잘라내 버리고 안으로 당
겨서 둑을 높여 쌓았기 때문에 지금은 그 아름답던 "연방죽"을 볼 수가 없다.
하기야 "연방죽" 자리를 잘라내지 않았더라도 수심이 너무 깊어져서 연은 살
수 없었을 것이다.

"연방죽"은 영원히 다시 재현하지 못하는 "쌀뭍방죽"의 아름다운 추억이 되
고 말았다.

이 "쌀뭍"을 지나서 지금의 "은파유원지"께에 오면 이곳이 40, 50년 전까지
만 하여도 "번쾌"라고 하는 이가 살고 있는 집이 있었다. 필자의 기억으로도
방죽 가에 들샘이 있었고."번쾌네 집"으로 불리웠던 집은 산 밑에 안채와 행
랑, 헛간까지 해서 아마도 서너 채가 벌여있었던 그러한 영상으로 남아있다.

필자 또래의 주민들에게 물어보아도 아무도 그 본명은 기억해 내지 못하나
그의 별명인 "번쾌"만은 잊지 않고 있다. 그는 키가 크고 눈이 부리부리한 데
다가 왼쪽 눈두덩이인가에 흉터가 있어서 흡사 그 위엄있는 威儀가 漢高組를
도와 漢을 세운 舞陽侯 樊噲와 같다고 해서 사람들이 그렇게 부른 것이다.

---

5) 용둘리는 용이 둘렀다는 뜻이다. 龍은 산의 끝 줄기를 말한다.

"번쾌"가 사는 집이라하여 "번쾌네 집"이라고 부르고 그 집 앞을 갈 때면 혹시 혼이 날까 두려워 종종걸음들을 쳤다. "번쾌"는 여러 형제를 두었고 모두 장가를 들여서 한 집에 살았었는데 그 타고난 위엄에 영향되었음일까 治家를 잘하여 유복한 편이었다.

이 "번쾌네 집"을 지나서 지금의 "은파유원지"로 들어오는 길목의 고샅을 "사챙이"라 불렀다. 이 "사챙이"도 "社倉"의 와전임에 다름 아니다. 이 곳에는 다른 곳과 마찬가지로 다랑배미 논이 층층이 있었다. 그리고 그 고샅 양쪽 산자락에 社倉을 두어 쌀을 쟁였을 것이다.

이 "사챙이"에서 다시 동북쪽으로 가면 처음의 "절멧산"의 서쪽 고샅에 이른다. 이 곳을 옛부터 "임방절"이라고 불러왔다. "임방절"이 무슨 뜻일까.

"임방"에 해당하는 말에 두 가지가 있는데, 하나는 "壬方"이라는 말이다. 이 방위는 24방위의 하나로 正北에서 서쪽으로 15도 정도 비낀 각도의 안쪽을 가리킨다. "절멧산"에서 보면 "임방절"이 정확하게 壬方이 되는 것은 사실이므로 "임방에 있는 절"이라는 뜻으로 "임방절"이라 했단 말인가. 그렇다면 어찌 壬方에만 절이 있겠는가. 24방위에 모두 절(기도하는 壇)이 있었어야 할 것이다. 그런데 여기 말고는 "-절"과 같이 된 지명은 더는 없는 것을 보면 "임방"에 있는 기도하는 壇의 뜻은 조금 맞지 않는 것 같다.

다음으로는 "任房"이라는 말이 있다. 이 말은 "보부상들이 모여서 노는 곳"이란 뜻이다. 본래 우리말의 "임방"이겠는데 取音하여 漢字로 "任房"이라고 쓴 것이니 漢字의 "任房"에는 별다른 뜻이 있을 리 없다.

만일에 "임방"을 "褓負商들이 노는 곳"으로 해석한다면 "임방절"은 "보부상들이 주로 모여서 기도하고 제사를 지내는 제단"의 뜻이 된다. 이렇게 보면 "나룻리"에서 "한밝골"로 들어오는 어귀를 "보리마당"이라고 하는데 이것이 "벌이마당"임을 알겠다.

무슨 말이냐 하면, 보부상이란 등짐 장수나 봇짐 장수를 말하는데 이들은 삼국시대 이전부터 성행했으며 조선시대에 와서 더욱 조직화 되었었다. 이 "쌀뭍방죽" 주변이 米穀의 集散地이고 보니 당연히 전국의 보부상이 모여들기 마련이고 또 그들의 조직을 통해서 이 곳의 쌀이 전국으로 유통되었을 것이었다. 그래서 그들이 모이는 늦가을에서 겨울 동안에 그들만의 天祭壇 곧 "절"6)이 있었을 것이고 그들만이 출입할 수 있는 절이므로 사람들이 "임방의 절"이라고 이름지었을 것이고 그 입구를 "벌이마당" 곧 등짐, 봇짐 장수들이 모이는 곳이므로 "돈벌이 하는 장사꾼들이 모이는 마당"이라는 뜻으로 붙여진 이름일 것으로 보는 것이 옳겠다.

사대부나 일반인은 "한밝골"의 "절메"에 있는 "검바우"로 가지만 보부상들은 천민들이어서 거기에 동참할 수가 없었을 것이므로 자기들 나름의 제단(절)을 만들어서 專用하였으리라. 그 제단을 그들 스스로 "임방절"이라 하지는 않았을 것이고 일반인들이 "보부상들이 어울어져서 기도도하고 한님께 제사도 지내고 나서 함께 음복도 하고 노는 곳"이라는 뜻으로 타의에 의해서 불리워진 이름이라고 보아야 한다.

"벌이마당"은 확실한 장소가 전해지고 있으나 "임방절"은 구체적인 장소는 알려지지 않고 다만 그 전체의 고샅을 통틀어서 "임방절"이라 하였으니 상고할 길이 없으나 아마도 "벌이마당"을 지나서 조금 안쪽으로 들어와서의 어떤 장소가 아닌지 모르겠다. 그렇다면 "절멧산"이 마주 보이는 산자락의 어디쯤, 다시 말하면 "임방절"의 왼쪽이 "절멧산"이니까 바른쪽 산의 중턱쯤에다가 天壇을 마련하고 寄宿할만한 舍屋을 짓고하여 보부상 전유의 영역을 형성했을 것이라고 해석하는 것이 사리에 맞는다고 생각한다.

이렇게 해서 "쌀물방죽"의 안골의 이름을 한 바퀴 돌아본 셈이다. 다시 한 번 동북쪽에서부터 동남, 남, 서, 서북으로 이어보면, 절메-새터-암박두게-방아동-사창굴-개정지-용둘리-연방죽-쌀물-번쾌네집-사챙이-임방절로 된다.

---

6) 절을 祭壇이라고 한 것은 옛 우리말을 회복한 것이다. 절이 불교의 寺院으로 둔갑한 것은 고려 이후의 일이다. 본래는 절은 致誠, 기도, 제사의 뜻이고 壇의 뜻이었다.

Ⅲ. 쌀뭍방죽과 주변설화

1. 쌀뭍방죽의 연혁

"쌀뭍방죽"이 처음 문헌에 보이는 것은 〈신증동국여지승람〉7)이다. 이 문헌의 沃溝縣 山川條에 "米堤池在縣西北十里周一萬九百十尺"이라고 간략하게 쓰여있는 것이 고작이다. 방죽의 둘레가 10,910尺이면 3,600m이니까 둘레가 10리에 가까운 크기이니 꽤 큰 규모이다. 물론 金堤郡에 있는 碧骨堤는 "堤의 길이가 六萬八百四十三尺 堤內周回七萬七千四百六步"라고 있으므로 미터로 환산하면 둘레가 무려 69.665m나 되니 里數로 따지면 170里나 되므로 국내에서도 초대형의 규모라서 이 곳과는 비교가 되지 않는다.

"쌀뭍방죽"이 〈신증동국여지승람〉에 보인다면 이 문헌이 언제 찬술되었는가를 알아봄으로써 이 방죽의 築成年代도 짐작할 수 있을 것이 아닌가 싶어진다.

조선시대의 成宗이 노사신·강희맹·서거정·성임·양성지 등에게 명하여 찬술을 지시한 것이 소위 〈동국여지승람〉의 제1차 편찬이었다. 이것이 완성된 것은 성종 12년으로 서기 1481년이었고 권수는 모두 50권이었다. 4년 뒤에 다시 김종직에게 수정하도록 명하여 다음 해에 탈고하니 성종 17년(서기 1486)이었으며 권수는 5권이 늘어나서 55권이 된 것이다.

그 뒤에 연산군 3년(서기1497)에 성현, 임사홍 등에게 명하여 수정·보완하여 인출된 것이 연산군 5년(서기 1499)의 인본인데 국내에는 한 권도 없고 일본의 경도대학에 55권 가운데 28권이 소장되어 있으니 안타까운 일이다.

중종이 즉위하여 이행, 홍언필 등에게 명하여 잘못을 바로잡고 빠진 곳을 보완하여 탈고 한 것이 중종 25년 (서기 1533)의 〈新增東國輿地勝覽〉이다.

그러나 이 〈동국여지승람〉도 그 이전부터의 사료를 근거로하여 찬술된 것이니 가령 세종 6년(서기 1424)에 각 도에 통첩한 全國地志의 規格(각읍의

---

7) 新增東國輿地勝覽. 卷之 三十四.

연혁. 산천. 경역. 성과. 교통. 목장. 토산물. 고적. 민속 등등)이 그것이고 집현전 학사 양성지에게 세조가 명하여 완성한 「八道地志」(이것은 성종 9년에 완성됨)같은 것도 그 가운데 하나일 것이다.

따라서 고려시대, 더 나아가서 삼국시대의 여러 가지 사료를 바탕으로하여 〈팔도지지〉가 이루어졌고 그 〈팔도지지〉나 〈전국지지〉를 근거로하여 〈동국여지승람〉이 이루어졌을 것이니까 "쌀뭍방죽"의 축성 연대는 당연히 고려로 거슬러 올라가게 되고 어쩌면 백제시대까지로 소급한다 하여도 조금도 지나친 추정이라고 할 수가 없다는 것을 말해 두고자 한다.

2. 쌀뭍방죽의 주변설화

쌀뭍방죽에 얽힌 설화는 대체로 4종이 있고 그 가운데 3종은 "세 검바위"에 관련되어 있다. 열거하면 다음과 같다.

가. "금도구통. 금도구때" 설화

금도구통·금도구때는 금절구·절구공이의 사투리이다 절구를 도구통 이라 하고 절구공이를 도구때라고 하는 것은 전라도, 충청도, 경상도 지방에서 쓰이고 있는 방언이다. 그러므로 금도구통은 금으로 만든 절구요 금도구때는 금으로 만든 절구공이인데, 절구와 절구공이를 금으로 만들만치 부자이려면 밥그릇이나 문갑은 또 금·은으로 수놓았을 것이고 그밖의 호박, 진주 등의 보석은 얼마나 많았겠는가.

전하여 오는 옛말에 "쌀뭍방죽" 한 가운데 쯤에는 옛날 굉장한 부자가 살았었는데 살림이 고스란히 물에 잠기었으므로 그의 세간이 그대로 물속 깊이 묻혀 있는데 그 속에는 "금도구통". "금도구때". "금세숫대양"[8]. "금밥그릇". "금수저". "금젓가락"이 있다는 것이다.

"쌀뭍방죽"의 "사창굴"께의 산자락에서 서북 방향으로 200m쯤에 직경

---

8) 대양은 대야의 사투리이다. 전북지방에서 많이 쓰인다.

70m정도의 늪지대가 있다. 흙이 차져서 살에 달라붙고 또 그 바닥이 끝없이 깊어서 한 번 빠지면 움직일수록 밑으로 묻힐 뿐 헤어나올 수가 없어서 동아줄을 던져서 몸을 묶고 밖에서 여러 사람이 잡아당겨야 겨우 살아나는 그런 곳이 있었다. 이 곳을 옛부터 "용처"라고 불러왔는데 이말은 "湧處"라는 뜻으로 썼던 말이 아닌가 여겨진다. 이 곳에서는 물이 솟아서 방죽의 원천수가 되었던 것이라서 "湧泉"일 것이나 그 영역이 너무 넓으니까 "龍處"라고 했던 것 같다.

전해 오는 말에는 이 "용처" 아래에 부잣집이 가라앉았기 때문에 거기 에 "금도구통", "금도구때", "금밥그릇"과 보석들이 있다는 것이었다.

1939년(기묘년)의 큰 가뭄에 "쌀뭍방죽"이 말랐기 때문에 대망의 "용처" 를 볼 기회가 있었는데 그 때에 필자는 겨우 여덟살이었지만 아직도 "용처"에 서 받은 소름끼치는 경험을 잊지 않고 있다.

직경이 70-80m나 될 둥근 늪은 찰흙으로 되어 있고 찬 물이 솟구치므 로 서늘한 바람이 감도는데 용이 산다는 소문이라서 금새 용이 솟아날까 두려워 조마조마한데 누군가 20세 전후의 청년이 그 둘레에서 힘주어 발을 구르면 "용처" 전체가 출렁이므로 주변에 모여 섰던 어린이들이 한꺼번에 겁에 질려 비명을 지르곤 했다. 그러던 중 동네 청년이 그 곳을 지나다가 발을 헛디디자 그만 흐믈흐믈 빠져들어 목만 남았는데 우리들 꼬마 너댓 명은 계속하여 "사람 살리라"고 합창을 하고 너댓 명은 주변으로 달려가서 사람을 데려왔는데 어른들 대여섯이서 동아줄을 던져서 뽑아내는 데만 몇 시간이 걸렸고 밖으로 나오자마자 모두 헐떡거리면서 땅에 즐비하게 퍼져 눕던 모습이 지금도 선하다.

그 "용처"가 바로 "쌀뭍방죽"의 원천이요, 굉장한 부잣집 자리요, 금은보 화가 묻혀있는 곳이라는 것이다.

나. 애기장수의 서울터 만들기

"애기장수" 이야기는 도처에 많이 있고 또 "아흔아홉귀"이야기도 많이 있는

데 여기서는 그 설화가 "애기바우"에 연결되어 있는 점이 특이하다고 하겠다.
  이야기의 내용은 이렇다.

　　"옛날에 한 아기장수가 쌀뭍방죽이 있는 이 곳을 서울터로 만들려고 하는데
이곳이 아흔아홉 귀이기 때문에 서울터가 될 수가 없어서 고민하다가 생각하
기를 백 귀로 만들면 될 것 아니냐 하고 한 귀를 만들었단다. 한 귀를 만들고
서 하룻밤을 자고나면 다른 한 귀가 무너져서 도로 아흔 아홉 귀가 되고 마는
것이었다. 그래서 다시 한 귀를 만들면 또 한 귀가 무너지곤 해서 끝내 백 귀
를 만들지 못하고서 울면서 떠나갔다"는 것이다. 이 때 아기장수가 백 귀를 만
들고 바라보았다는 자리가 "애기바우"인데 그 바위에는 아기장수가 서 있었다
는 자리에 발자욱이 두 자욱 남아있고 장검을 짚었다는 자욱이 모두 바위에
남아있다.

  아흔아홉 귀 이야기는 이 방죽이 그만큼 굴곡이 많다는 것이고 서울터 로
삼으려 했다는 것은 이 곳의 지형이 매우 뛰어났음을 비유적으로 암시한 말
이다. 서울터가 못되어서 아기장수는 울며 떠났지만 아흔아홉 귀까지는 되어
있기 때문에 한 귀만 채우면 서울터가 될만큼 이곳이 서울터로서의 모든 조
건을 갖추고 있다는 뜻으로도 이해된다. 그래서 아기장수의 이야기를 빌어
이 곳이 그만큼 대단한 곳임을 간접화법으로 과시하고 있다고 볼 것이다.

  다. 세 바위 설화

  ㄱ. 엉고개와 금배재에 관하여
  세 바위에 관련된 설화에는 두 가지가 있는데 이야기에 들어가기 전에 먼
저 세바위의 위치와 "엉고개" 및 "금배재"에 대하여 설명하겠다.
  앞의 〈쌀뭍방죽주변지명도〉에 보면 "쌀뭍방죽"의 북동쪽에 "엉고개"라는 곳
을 확인할 수 있을 것이다. 이 곳은 옛날에는 꽤 번창한 五街里로서 이발소,
술집, 잡화상 등이 있던 곳이고 여기에서 북으로는 군산, 남으로는 "암박두게"
를 거쳐서 사창굴, 개정지, 옥정리, 옥구읍내, 그리고 동으로는 玉山面 백두
게를 거쳐서 거르메, 당북리로, 서로는 새터를 거쳐 한밝골, 절메로, 서북으

로는 정성리를 거쳐 나룻리로 통하게 되어 있었다.

　"개바우"는 엉고개에서 남으로 500m쯤의 길 가에 있었는데 지금은 파쇄되어 없어졌고9) 엉고개에서 동북으로 산이 있는데 200m쯤 떨어진곳, 이른바 "금배재"라고 하는 봉우리의 중턱에 "애기바우"가 있으며 엉고개에서 서쪽으로 300m 지점의 길 가에 "중바우"가 있다.

　"엉고개"란 "엄고개"의 와전이고 "엄고개"는 "어미고개"의 준말이다. 엄 은 어미를 줄인 것이다 어미는 무엇인가. 여기가 오거리이기 때문에 많은 길이 여기서 생겼다 해서 어미고개라고 했다고도 볼 수 있겠으나 "애기바우"가 젊은 어미가 아기를 업고 있는 바위이고 또 그 바위가 뒷시대에 삼신 할미로 숭앙되었기 때문에 이 고개는 어미바위가 있는 고개의 뜻으로 "엄고개"라 했던 것인데 뒷날 엄→엉으로 와전하여 "엉고개"가 된 것이겠다.

　"애기바우"가 애기의 바위가 아니라 아기를 업은 어미의 바위이기 때문 에 다른 이름으로는 "어미바우" "엄바우"이고 "검바우"로 신앙된 사례는 "애기바우" 가 있는 봉우리를 속칭 "금배재"라고 하는 데서도 충분히 설명된다고 하겠다. "금배재"는 검배재"의 와전이다. 검(神)이 금으로 발음되는 것은 어법상 흔한 일인 것이니 가령 헌집→흔집, 험잡다→흠잡다 등이 그 예이다. 물론 금 ← 검이지만 검은 또 곰(고마. 神)에서 온 말이기도 하다.

　그러면 "금배재"의 "금"이라면 "배재"는 무엇인가. "금배재"의 "배"는 "바위"의 준 말이다. 그러므로 "금배재"는 "검(神)바위의 재"라는 말로서 "검바위가 계시는 재"라는 뜻이 된다. 검바위가 무엇인가. 그것은 말 할 것 없이 "애기바우"를 가리키는 말이다. "애기바우"가 왜 검바우로까지 숭앙되기에 이른 것인가. 그것은 나중에 설명하겠지만10) 우선 미리 말할 수 있는 것은, "애기바우" 가 삼신 할미로 신봉되면서 검으로 받들어지고 이 바위가 있는 산을 "검바우

---

9) 1975년에 새마을 반장이라는 어설픈 동민이 미신타파라고 해서 그랬는지 깨 부수어 버렸단다. 그 뒤 그 자는 화를 입었고 근동의 개가 모두 죽었다는 동민들의 증언이 있어 기이하게 여겨진다.

10) 그 내용은 끝 부분에 자세하게 설명하는 장이 마련되어 있다.

재"로, 그 밑의 고개를 "어미고개"로 명명하여 이 근처를 聖域化하여 왔다는
사실이다.

ㄴ. 세 바위 설화(一)

세 바위는 세 개의 바위로 나뉘는데 "개바우", "애기바우", "중바우"라고 불
리우는 세 개의 바위를 가리킴은 앞서 거론했거니와, 이 세 바위에 얽힌 설
화가 두 종류로 나뉘어 있는 것이 재미있다.

여기서는 우선 두 종류 가운데 하나를 소개하기로 한다.

　　"옛날 아주 옛날에 지금 쌀뭍방죽 자리에 큰 동네가 있었고 그 동네의 한
복판에 굉장한 부자가 살았더래요. 그러니까 그 때는 아직 쌀뭍방죽이 생겨나
기 훨씬 전의 이야기이지……

　　그런데 그 부잣집 주인이 심성이 아주 고약했대요. 구두쇠에다 놀부 심보라
중들이 동냥을 와도 곡식 대신에 흙을 퍼주거나 돼지 똥을 퍼주고 내 쫓았다
는 거니까 그 성미를 알만하지 뭘.

　　그런데 그의 며느리는 혼자 되었지만 아주 착했다는 거예요. 그래서 자기
시아버지가 심술이나 부리고 동냥 온 스님에게 돼지 똥을 퍼주는 날이면 한
모퉁이에 숨어있다가 쫓기어 돌아가는 스님을 불러서 많은 쌀과 금은보화를
주면서 자기 시아버지의 허물을 사과하고 자기의 극락왕생을 소원하곤 했다는
거예요.

　　이렇게 수 년이 흐르면서 부자는 번번이 찾아온 스님에게 똥을 퍼붓고 과부
며느리는 그 때마다 허물을 사죄하고 극락왕생을 간청하는 것이었어요.

　　그러던 어느 달 밝은 밤에 스님이 갑자기 달려와서 몰래 과부 며느리를 불
러내어 "극락왕생 하려면 지금 당장 떠나야 한다"고 서두르니 여인은 허겁지겁
평상옷을 입고 세 살박이 어린 아들을 들쳐업고 스님을 따라 나섰어요. 고갯마
루에 올라서면서 스님은 엄숙한 말투로 훈계하는 거였어요. "지금 우리가 가는
길은 이승을 떠나서 저승으로 가는 길입니다. 이승에서 저승으로 넘어가는 길
목에는 경계가 있는데 이 경계를 넘을 때는 이승의 모든 생각, 모든 인연, 모
든 애착을 버려야 합니다. 그리하여 아주 순수하고 깨끗한 마음이라야만 이 경
계선을 넘어서 "극락"으로 가게 되는 것입니다.

　　그러나 이승의 인연을 끊지 못하고 애착을 버리지 못하여 살던 집을 뒤돌아
본다든지 하면 하늘의 벌을 받아서 선 자리에서 돌이 되는 것이니 명심 또 명

심하여야 합니다."

여인은 오랜 세월을 두고 극락왕생을 희구해 온 터였고 이제 그 소망을 이루게 되었는데 어찌 사소한 애착을 못 버리어 큰 일을 그르칠까보냐 하고 내심 굳게 다짐하고 스님을 따라 왔습니다. 얼마를 왔을까. 이제 이 고비를 돌아 서쪽으로 가면 영영 이승을 작별하게 되는 것이라 고 생각하니 억눌렸던 감정이 폭발한 것입니다. 사랑때 묻었던 세간과 정든 집, 시아버지, 권속들 그리고 하인들이랑 생각에 생각이 이어서 얽혀 일어나니 감당할 수가 없습니다.

"이제 이승을 떠나면 언제 다시 여기에 올 수 있으랴. 이대로 그냥 가버 린다면 그 아쉬움을 어떻게 삭이리. 한 번 슬쩍 돌아보는 것쯤이야 무슨 큰 죄가 되랴"하고 지금의 "금배재"에 올라가서 자기가 살던 마을을 돌아본 거예요. 그랬더니 어쩔거나. 그 곳에는 집도 마을도 없고 다만 물이 가득히 출렁일 뿐이었더란 말입니다. 여인은 놀란 나머지 그 자리에 엎어져 죽으니 하늘의 계율을 어긴 벌로 바위가 되니 그녀를 극락으로 안내하던 중도 돌이 되었고 그녀를 따라 가던 개도 돌이 되어버린 것이라고 합니다.

이것은 필자가 어렸을 때에 같은 동네의 李鐘基氏에게서 들은 이야기이다. 이종기 씨는 산지기를 하면서 배를 가지고 그물도 치고 주낙도 놓고 해서 물고기를 잡아서 팔기도 하고 겨울에는 옛날 이야기 책 수십 권을 보따리에 싸서 들고와서 사랑방을 치우고 밤을 새워 읽어주면 동네 여인, 어린이, 남정네 할 것 없이 매일 앉을 자리 없이 가득히 앉아서 그의 구성진 낭독을 들으며 혀를 차기도 하고 탄성을 지르기도 하며 때로는 박장대소도 하면서 시간 가는 줄을 모른다. 말하면 傳奇叟[11]였던 것이다. 그는 또 "경바치"(푸닥거리에 가서 경을 읽어주는 박수를 이 근처에서는 "정바치"라고 부르고 푸닥거리를 "정 읽는다"고 했다)이기도 해서 여러 가지로 다재다능한 사람이었으니 이 고장의 설화에 대해서도 잘 알고 있었으리라.

이 설화에는 세 가지 구조가 복합되어 있어서 한국의 설화 가운데 특이한 종류에 속한다고도 볼 수 있다.

제 1구조는 권선징악의 구조이다.

부자인데도 구두쇠고 심술쟁이이기 때문에 동냥을 온 중에게 돼지똥을 퍼

---

11) 전기수란 서울 뱃고개 같은 데서 傳奇(소설)를 읽어주고 돈을 받아 살아가는
    사람의 별명이다

주는 등으로 행악을 저질러서 결국 水災의 희생물이 되었고 마음씨 고운 며느리와 아기는 구제되었다는 구조가 하나이다.

제 2구조는 방죽이 생긴 연원이다.

어느 날 밤 모두 잠든 사이에 갑자기 땅에서 물이 솟아나서 방죽이 되었기 때문에 아무도 세간이나 목숨을 건지지 못하고 水沒이 되었다는 구 조이다. 이 생성설화에서 엿볼 수 있는 것은 이 방죽이 본래 둑을 쌓아서 만든 방죽이 아니라 땅바닥에서 물이 갑자기 솟아서 된 자연호수였다는 것이라는 것이다.

제 3구조는 왕생극락의 교훈의 구조이다.

극락에 가서 산다는 것이 얼마나 어려운가를 눈으로 볼 수 있게 만들어 놓은 구조이다. 이것은 바위의 物形에 맞추어 만들어낸 별도의 이야기로서 욕심을 버려야 극락에 가는데 욕심을 버리기가 얼마나 어려운가 하는 것을 말해주는 내용이다.

이 세 구조가 따로따로였을 것이나 뒷날 하나로 재구성되었을 것으로 볼 수밖에 없다.

ㄷ. 세 바위 설화(二)

세 바위에 얽힌 설화 가운데 나머지 하나를 소개하기로 하겠다. 이 설화는 종교가이셨던 필자의 조부님에게서 들었다.

이 "절메방죽"12)은 영험스런 곳이여. 그러고 "중바우", "애기바우", "개바우"도 비록 돌이라지만 거기 가서 빌면 영험이 있다고들 허니라.

특히 "애기바우"는 애기 못 낳는 여자들이 공을 들이면 번번이 옥동자를 내려주어서 많은 사람들이 바우 아래에 떡을 쪄서 이고가서 빌고 자식낳기를 소망하여 오고 있어… 그러고 그 세 바우에 얽힌 이야기가 있단다.

아주 태고적에 이 절메방죽 자리는 방죽이 아니라 넓은 들이었어. 그 들의 복판에 동네가 있고 그 가운데 갑부가 한 사람 살았는디 어쩐 영문인지 패운

---

12) 쌀물방죽의 북.동쪽에서는 절메방죽이라고 불러오고 그 인근마을에서도 그렇게 불렀다.

이 들었던지 몇 년 사이에 주인이 죽고 그 부인도 죽고 그러고 그 아들이 젊은 나이에 이쁜 아내와 갓난 아들 하나를 두고 죽어버렸어. 그 큰 살림과 그 많은 하인을 거느리고 젊은 여자 혼자서 다스려야 하였으니 그 고통이 얼마나 컸겠느냐. 또 몇 년 사이 시부모가 돌아가셨지, 서방이 죽었지 하였으니 못당할 일 당하면서 온갖 고초를 다 겪은 셈이 아니겠느냐.

옛날부터 그 집에 단골로 다니는 노승이 하나 있었는디, 그 노승이 올 때마다 과부는 오래오래 변치 않는 세상, 희노애락을 여읜 고요한 세계가 없느냐고 묻고 극락이 그런 곳이라면 더 살아볼 필요없이 지금이라도 이 살림 다 놓고 떠나고 싶다고 졸라댄 것이었어.

노승은 알았다고만 대답하고 가고 소식이 없다가 또 들리면 과부는 시주를 적게 해서 그런가 싶어 쌀을 수십 석을 주기도 하고 논을 바치어 寺畓으로 시주하기도하여 온갖 정성을 바치면서 극락에 가기를 빌었는디 몇 년이 지나도 소식이 없더니 어느 날 한밤중에 노승이 달려와서는 지금 떠나야 한다고 서두르는 거였어. 잠자다가 일어나 과부가 어찌할 바를 모르고 있는데 노승이 시간이 없다고 어서 나서라고 소리치는 거여. 살림이고 금은보화고 모조리 버리고 몸만 빼어 가지고 가자고 성화를 대니 과부는 세 살짜리 애기만 들쳐 업고서 화급히 집을 나섰지. 한밤중이니 모두 잠에 골아 떨어져서 아무도 눈치를 못 챈 것이지.

그러니까 지금으로 말하면 사창굴께로 혀서 옥정리에서 엉고개 가는 길로 들어 서서 한참을 갔지. 길에 들어서니까 노승이 걸어가면서 다짐을 받는 거여.

"극락으로 간다는 것은 쉬운 일이 아닙니다. 지금 당신은 살아서 극락에 가는 것이니 그 어려움은 더욱 큰 것입니다.

극락이란 아무나 가는 곳이 아니라 욕심이 없고 애착과 미련을 여읜 사람만이 갈 수 있는 그런 세계입니다. 물질이나 금은보화로 못 살 것이 없습니다마는 극락은 살 수가 없습니다.

극락에 가겠다고 마음 먹고 하늘에 고하고 가는 이 길은 아주 엄중하여 이승과 극락의 경계를 넘을 때에는 실오라기만한 탐착심이 있어도 안 되고 병아리 눈물만큼이라도 애착심이 남아서 이승의 일을 못잊어 한다거나 슬쩍 뒤돌아본다든지 하기만하여도 무서운 천벌이 내려 그 자리에서 돌이되는 것이니 절대로 뒤돌아보지도 말고 못잊어하는 생각을 일으켜서 도 안 됩니다. 만일에 아무 생각 없이 언뜻 돌아보기만 하여도, 그것이 착심도 아니요, 미련도 아니요, 실오라기만한 인정이라 할지라도 하늘의 벌은 용서가 없소이다" 하더라는 것이여. 헌데 그 젊은 과부는 몇 걸음 더 가면 이승이 끝난다 하니 이제는 자기가 살던 동네와 그 넓은 전답, 고래등 같은 집과 세간, 정든 하인들을 모두 다시는 못 본다는 생각이 드니 갑자기 그리운 생각이 일어났던 거여. 절대로 뒤돌아 보아서는 안 된다, 한 번만이라도 돌아보기만 하면 그 때에 모든 것이 허사가 될 뿐 아니라 천벌을 받아서 바윗돌이 된다고 했기 때문에 아무리 그리운 생각이 뭉클뭉클 일어나도 누를 수 있었으나 막상 "엉고개"에서 서쪽으로 가야한다고 하고 여기서부터의 길은 극락의 문으로 가는 길이라 하니 그 "엉고개"의 오거리에서 그만 망설이게 된 것이란다.

그냥 가느냐. 비록 천벌을 받아 돌이 된다고 하여도 정든 동네를 한 번만, 딱 한 번만 돌아보고 가느냐. 살던 곳을 돌아보려면 "엉고개"에서 동쪽으로 나 있는 "금배재"로 올라가야 되고 그냥 노승을 따라 극락의 문으로 들어가려면 "엉고개"의 오거리에서 서쪽으로 나있는 "한밝골"로 난 길로 가야 하는 것인데, 바로 그 "엉고개"에서 과부는 어쩔 줄을 몰라 고심하고 있는디 벌써 "한밝골" 가까이 가 있는 노승이 어서 오라고 소리소리 지르는 거였어. 망설이지 말고 어서 오라는 거지. 그 오거리에서 한 생각 잘 못하면 다시는 극락의 길을 못 오고마니 눈 딱 감고 독한 마음 먹고 어서 오라는 거지.

그런데 여인은 역시 사람이라서 이 생각 저 생각 마음 속에서 떠오르는 일들을 떨쳐버리지를 못하고 그만 "엉고개"에서 걸음을 멈추고 섰는 거였어.

아마 등에 업은 어린 자식도 불쌍하게 생각되었겠지. 한 세상 살아보지도 못하고 에미를 따라서 극락으로 가버리면 이승의 즐겁고 쓰라리고 하는 맛도 보지 못하는 것 아니냐 싶기도하고 또 조상 대대로 물려온 세간이며 전답을 모두 내 팽개치고 나 혼자만 영생극락하겠다고 가는 스스로의 모습이 꼴 사납고 또 너무 제 욕심만 부리는 것 같기도하여 그만 맥이 탁 풀린거여. 처음 집을 나설 때와는 달리 시간이 지날수록 후회스럽고 안할 짓을 한다 싶어서 자꾸 자책이 된 거여.

그래서 비록 벌을 받아 돌이 될지라도 한 번쯤 돌아보고 가는 것이 사람으로서의 도리요 人情이라고 생각하고 "금배재"로 올라가서 돌아본 거여. 그랬더니 이게 웬일인가. 자기가 살던 그 넓은 들에는 동네도 고래등 같던 집도 아무 것도 보이지 않고 벙벙히 들어찬 물과 뿌연 물안개가 달빛에 자욱히 깔려 있을 뿐이었어.

그들 일행이 동네를 빠져나온 바로 그 시각에 그 부잣집 바닥이 밑으로 두려빠지면서 물이 솟아나서 삽시간에 물바다가 된 것이여. 그러니 집이고 사람이고 모두 水葬되고 만 거여. 한 밤중에 잠자다가 일을 당하였으니 경황이 있었겠느냐. 허둥대다가 한꺼번에 물귀신이 되었겠지.

그런디 그 노승은 물난리가 날 줄을 미리 안 거여. 천기를 누설할 수는 없으니까 아무 말도 않고 있다가 그 시각에 달려와서 몸만 나오라고 한 거지. 살림 챙기고 보석 챙기고 하다가는 극락이고 뭐고 안 되니까 그 시각에다 맞추어가지고 와서 모두 버리고 가자고 한 거여.

말하자면 그 노승은 사람이 아니지. 부처님이거나 관음이거나 미륵이었겠지. 그러니까 멀쩡한 동네가 일시에 쏘13)가 될 줄을 알았지 않겠느냐. 또 하느님의 사자나 부처였으니까 산 사람을 데리고 죽어서나 가게 되는 극락을 가고 있었지 보통 중 같았으면 엄두도 못낼 일이 아니겠느냐.

이리하여 여인은 돌아보게 되고 돌아보니 물바다가 된지라 기가막혀 그 자리에서 자지러져 정신을 놓았는데 마침 뒤돌아보지 말라는 금기를 어겼으니 천벌이 내린 거여. 그래서 여인이 그 자리에서 돌이 되니 애기도 함께 돌이 될 수밖에 없고 여인을 인도하던 노승도 인도를 잘 못한 죄를 물어서 벌을 주었으므로 돌이 되었단다. 개는 무슨 죄가 있었냐고? 개야 말도 못하고 주인이 극락에 가는지 장보러 가는지 모르고 그냥 따라 온 것뿐인데 벌을 받았으니 너무혔지? 개는 많이 억울하게 된 거여. 그러나 한편 생각하면 개도 모르고 따라 왔다고 하여도 "극락으로 가는 길"에 동참한 것이니 禁忌를 어긴 벌을 함께 받아야하지 않겠느냐? 벌을 안 받고 잘 통과되었더라면 개도 극락에 갔을 테니까 말이다.

전하여 오는 말에는 여인이 "금배재"에 올라가서 돌아보니 노승도 돌아보았고 개도 또한 돌아보았다는 거여. 노승이야 여인이 안 오니까 돌아보게 된 것이지만 맨 나중에 오는 개가 무엇하러 돌아보았는지 모를 일이여. 개도 마지막 길이다 싶어서 주인을 따라 돌아본 것인지도 모르지…

이리하여 그 "엉고개"에서 서쪽으로 "애꾸렁"을 지나 "정성리"로 접어드는 언저리14)에 "중바우"가 있고 "엉고개"에서 동쪽으로 산 봉우리의 중턱에 "애기바우"가 있고 "엉고개" 못 미쳐서 "개바우"가 있는 것이란다.

여인이 돌이 되어 된 바우니까 "어미바우"라고 하여야 할 것인디 "애기바우"라고 한 뜻이 뭐난 말이지? 그것은 아마 그 바우한테 빌고 치성을 드리면 애기를 태어나게 해주니까 "애기를 내려주는 바우"라는 뜻으로 후세 사람들이 그렇게 부른 것이 아니겠느냐?"

지금도 필자는 조부님의 말씀을 생생히 기억하고 있으며 앞서 소개한 두

---

13) 쏘가 되다는 말은 아마 古語의 소가 된소리로 된 것일 것이다. 건물이나 나무나 풀이 통채로 으깨지고 그 자리가 쑥대밭이 되고 밑 바닥이 함몰되어 물이 차 있는 상태를 이른다.

14) 여기에서 200m쯤 가면 한밝골에 들어선다.

가지의 "세 바위 설화" 가운데 뒤엣것, 곧 과부가 혼자서 큰 살림을 주관하다
가 인생의 무상을 자탄하고 영생극락의 길을 떠난 이야기를 필자는 정통 설
화로 생각하고 있다.

따라서 심술장이 시아버지가 등장하는 설화는 뒷시대에 이 설화를 좀 더
극적으로 윤색하고 희화화하려는 의도에서 첨가 각색된 것이라고 보는 것이
옳겠다.

이야기가 단순구조로 되어 있는 것을 원형으로 보고 둘이나 세 가지 구조
가 복합된 것은 그 단순구조에서 발전·분화된 것으로 간주하는 것이 설화를
분류하는 방법이기 때문에 이 "세 바위 설화"도 이 분류법에 의하면 스스로
그 순서가 밝혀지게 되어 있는 것이다.

Ⅳ. 세 바위에 얽힌 민간 신앙

세 바위는 "중바우". "애기바우". "개바우"를 총칭하는 말로 필자가 편의상
붙인 이름이다. 세 바위 가운데 "중바우"에 대한 신앙은 들은 일이 없고 "개바
우"도 별다른 신앙이 없었던 것으로 아는데 얼마 전에 "개바우"를 파쇄하여
버린 뒤에 여러 가지 재앙이 따랐던 것으로 보고되어 혹시 신앙까지는 몰라
도 아직도 신성성이 유지되지 않았나 하는 생각을 갖게 한다.

그래서 여기서는 "애기바우"에 대한 신앙을 먼저 정리한 뒤에 "개바우"에
대하여서도 잠깐 언급할까 한다.

1. "애기바우"에 얽힌 민간신앙

"애기바우"는 설화의 내용을 보면 "어미"라고 해야 맞을 것인데 왜 하필 "애
기바우"라고 했을까 하는 의문을 아니 가질 수 없게 한다. 바위의 모습도 "중
바우"나 "개바우"에 비하여 훨씬 크고 여러 개의 바위가 밑 바위의 위에 얹혀

있어서 규모가 크게 보이는데 조그마한 인상을 주는 "애기바우"라는 명칭을 부여한 데에는 그만한 이유가 있을 것이 아닌가 하는 생각을 갖게 한다.

이 문제를 풀어주는 실마리 구실을 하는 것이 바로 "엉고개"라는 오거리의 이름이다. 앞에서도 "엉고개"에 대해서 누누이 설명하였기 때문에 여기서는 중언부언하지 않겠으나, "엉고개"가 "엄고개"를 가리킴이요 "엄고개"는 또 "어미고개"를 의미한다는 것은 앞에서 말했거니와, 어찌하여 뒷 사람들이 이 오거리를 "어미고개"(엄고개)라고 불렀을까. 그것은 여인이 이 고개에서 어머니다운 어떤 극적인 일을 치렀기 때문에 그것을 기념하기 위하여 사람들이 그렇게 부른 것이 아니었을까. 어머니다운 일이 무엇일까. "母情이 물씬 풍기는 어떤 사건"이 이 고개에서 일어났기 때문에 사람들이 그 일을 기리어 "어미고개"라고 부른 것이리라.

설화의 내용으로 보면, 이 고개에서 서쪽으로 가면 이제 이승을 하직하고 극락의 문으로 들어가게 된다. 그렇게 되면 이승과는 영영 이별하게 되기 마련이다. 이 오거리에서 여인은 망설인다. 그냥 눈 딱 감고 중을 따라 서쪽 길로 가느냐 돌이 되는 천벌을 받을지라도 살던 곳을 한 번만이라도 뒤돌아 보느냐.

생각하면 대대로 피땀 흘려 모은 큰 재산을 버리고 오는 것이 아니던가. 대이을 자식까지 업고 극락에 가버리면 그 집안은 대가 끊기어 멸절하고 마는 것이 아닌가. 세상에 나서 한 세상 살아보지도 못한 세 살 난 어린 자식을 데리고 극락에 간다는 것이 과연 에미로서 할 일이고 그 재산 다 버리고 가는 것이 대가집 장손 며느리로서 할 일이던가. 나 혼자 극락에 가서 극락 왕생하겠다고 이렇게 모진 짓을 해도 되는 것인가. 여인은 치밀어 오르는 가책에 시달리며 비틀거렸으리라. 극락왕생을 위하여 모든 것을 아낌 없이 버릴 수 있었던 굳은 결심이 무너지기 시작한 것이다. 남의 대가집에 시집 와서 그 집의 살림을 늘리고 자손을 생산하여 세상에 이름을 내지는 못했을망정 거꾸로 시부모 모두 여의고 지아비까지 잃은 박복한 몸으로 그나마 어린 자식 잘 키워서 대를 잇고 큰 살림 잘 지키어 자식에게 물려주라시던 시부모와 지아비의 유언도 저버리고 나 혼자 잘 되자고 훨훨 떠나서야 사람으로서 할 일이던가.

우리들의 이웃에서 어디서나 흔하게 만날 수 있는 어미들… 극히 한국적인 어미로 여인은 돌아가 있었다.

극락에 가서 영생한들 그것이 무엇이랴. 한 집안을 이 지경을 만들어 놓고 깨치면 뭘하고 열리면 뭣하랴. 내 비록 돌이 되는 천벌을 받는다 하 더라도 남의 집안 며느리로서 돌아가신 어른들에게서 위촉을 받은 몸으로서 뒤도 안 돌아보고 갈 수야 있겠는가. 사람으로서는 더구나 살림을 맡은 자식있는 어미로서는 그럴 수 없다고 여기고 산 중턱으로 향하였던 것이다.

이 설화의 핵심이 바로 여기에 있다. 여인이 순순이 중을 따라 서역을 향해서 갔고 아무 일 없이 살아서 극락으로 갔다(깨쳤다)면 숭고하고 성스럽기는 하나 무슨 인간적인 멋이 있겠는가.

헌데 이 여인은 여느 여인들처럼 살림을 맡아 하는 자식을 둔 어미의 입장에서 아파하였던 것이다. 극락이냐 이승이냐. 비록 돌이 되어 죽는 천벌을 받을지라도 "며느리와 지어미, 어미의 자리"를, "어미의 마음씨"를 저버릴 수는 없었던 것이다. 얼마나 뿌리 깊은 어미의 정이냐. 한 발 서쪽으로 내디디면 이제 모두 잊어버리는 것을…. 그 고비 길에서 여인은 며느리로서 아내로서 자식의 어미로서의 자리를 끝내 버릴 수 없었던 것이다. 그리하여 스스로 극락행을 단념하고 천벌을 선택하는 것이다. 사람들은 여인의 이 선택 곧 "한국의 어미"를 지킨 여인의 장한 결단을 높이 찬미한 것이다. 그리하여 그 고개의 이름을 "어미를 되찾은 고개"라는 뜻으로 "어미고개"라고 불렀고 오랜 세월이 흐르자 "어미"는 "엄"으로 줄어 들었고 "엄"은 다시 "엉"으로 와전하여 "엄고개"는 어느 때부터인가 "엉고개"가 된 것이다.

이렇게 보면 "애기바우"도 처음에는 마땅히 "어미바우" 또는 "엄바우"라고 불렀을 것이었다.

그러다가 "어미바우"는 생김새가 넓은 岩盤위에 너댓 개의 큰 바위가 겹쳐서 얹혀 있어서 흡사 어미 등에 여러 아이들이 업힌 꼴이라 "아기를 업은 여인"이 돌이 된 설화와 함께 "아기를 태워주는 어미"로 비치고 그러다가 마침내 "삼신어미"로 신봉되기에 이르는 것이다.

이것을 뒷받침하여 주는 증거가 바로 "금배재"라는 지명이다. 앞서 설 명한 대로 "금배재"는 "검바우재"의 준 말이요 "검바우"는 곧 "神巖"이라는 말이니 이때에는 "어미바우"가 "삼신어미"로 숭앙되는 민속 신앙이 형성되었음을 증거하는 것이라고 하겠다. 검바위가 있는 곳이니 이 지역은 신성한 곳이라는 뜻으로 "검바우재"라고 부르기에 이르렀고 세월이 가면서 "검"은 "금"으로 바뀌고 "바우"는 "배"로 줄어서 "검바우재"는 "금배재"로 정착한 것이다.

이렇게 보면 방죽연기설화의 주인공이었던 여인에서 뒷시대에서는 삼신 어미 또는 삼신할미로 신앙되면서 "어미바우"는 "검바우"로 다시 "애기바우"로 굴절·변화하게 되었다고 보겠다.

이 "애기바우"가 삼신으로 신봉된 신앙은 최근까지도 지속되었다. 필자 는 젊어서도 시루떡과 촛불, 향을 피우며 밤마다 치성을 드리던 어미네들을 기억하고 있다.

우리나라 어디에고 삼신 신앙은 있고 바위를 신봉하는 物形信仰이 없는 것은 아니나 이 "애기바우"처럼 형성 과정이 애절하고 감동적이며 의미심 장한 바위는 아직 없었고 또 그것이 神巖으로 숭앙되면서 종당에는 "애기바우"라는 애칭을 갖게 되는 특이한 내력을 지니고 있는 바위도 아직 발견되지 않았다.

그런 의미에서 이 검바위(애기바우)는 "한국의 어머니 상"으로 영원히 기념되어야 할 것이다.

지난 번에 군산에 갔다가 "애기바우"가 있는 동네인 지곡동, 옛날의 백 두게에 사는 사돈(고병환 씨)을 만났더니 "애기바우"에 대한 이야기가 나왔다.

> "그 전에 전설따라 삼천리에 '애기바우' 이야기가 나왔는디 그것도 이 교 수가 해주었다고들 허거던. 그런디 '개바우'는 새마을 사업한다는 녀석이 돌을 쓴다고 폭파하여 가지구 바숴서 자갈로 썼다나 하였는디 벌을 받아 가지구서 그 녀석은 거기 살도 못하구 망조가 들어서 어디로 도망가고 그 무렵에 그 도랑(근처) 개가 모조리 죽었었어. 왜 죽었는지 몰라. 한 삼사 년 동안 개가 안 되었으니까.
> 그러구 '애기바우' 말이여. 지금 택지 개발한다고 토개공에서 허물고 있 어. 동네에서 여러 차례 가서 다치면 안 된다고 허물지 말고 그대로 놓아두라고 말하였는디 우리 촌사람 말이 얼마나 먹혀야 말이지.

　　요전에도 '금배재'를 허물다가 '애기바우'근처를 파려고만 하면 증기가 고 장
이 난대여. 다른 기계를 대면 또 금방 고장이 나구하여서 할 수 없이 고사를
지냈는디, 도중에 흙이 무너져서 제삿상을 덮쳐서 고사를 작파했다는구먼. 어
떻게 이 교수가 나서서 좀 보존허두록 하여봐"

　　현장 사무소의 한 간부는 조그마한 우발적인 사고를 동네 사람들이 "애기
바우"에 연결시키고 있다고 말하면서 실소하였으나 필자에게는 주민들이 조그
마한 사고까지도 놓치지 않고 "애기바우"에 연결시켜서 생각하고 있는 그 발
상 자체가 아직도 이 "애기바우"에 대한 神聖性이 살아있다는 증거로 간주되
었다.

　　삼신은 우주를 낸 신이므로 삼신이 일월성신과 삼라만상을 낸 뒤에 사 람
을 냈으므로 만물이 삼신의 품에서 나오지 않음이 없는 것이다. 그러기에 삼
신은 母神이요 産神이며 人命을 맡은 신이다.

　　한 여인이 어머니의 신으로 높임을 받더니 다시 삼신으로 신앙되었으니 이
렇게 극적인 과정을 거쳐서 하나의 종교로까지 승화된 바위는 세계적으로도
흔치 않을 줄로 안다.

2. 개바우에 관한 신성성

　　"개바우"는 1970년대에 새마을운동이 한창일 때 엉뚱한 젊은이들이 나 타
나서 동네의 당산나무, 검바우 등을 베고 부수고 하면서 그렇게 하는 것이
모름지기 미신타파요 근대화라고 광신하고 허둥댔던 일이 있었다. 전국적으
로 상당한 문화유산이 이 변란으로 소멸되는 수난을 당하였는데 "개바우"도
그러한 예의 하나임에 틀림없다.

　　"개바우"나 "중바우"는 "애기바우"같이 "어미바우"라거나 "검바우"로 달리 불
리운 적은 없었던 것 같고 그것을 입증할만한 자료도 별로 없다. 다만 아까
의 주민의 말을 빌어서 이 문제를 생각해 본다면 아직도 "개바우"에 대한 애
정이 주민들 사이에 상존하고 있고 "개바우"는 개의 靈쯤으로 인식하고 있는
것이 현실이라는 분위기를 느끼게 된다.

“개바우”를 깨 부순 사람이 망하고 벌을 받아서 형편없이 되었고 그 무 렵에 개가 모두 죽었다는 말은 그가 직접 겪은 사실을 토대로 하고 있다는 점에서 우리를 주목하게 한다. 이 회고담은 그 “개바우”에 아직도 神聖性이 유지되고 있다는 말이 되는 것이며 신성성이 유지되는 한에서는 “개바우”가 비록 신앙의 상징물이 아니라 할지라도 주민들의 정신속에 개 의 靈으로 자리 잡고 있고 그들이 기르고 있는 개가 “개바우”와 연결 고리로 이어져서 하나의 살아있는 개의 수호신으로 구실하고 있음을 알게 한다.

V. 세 바위 설화의 의의와 문화재적 가치

1. 세 바위 설화의 의의

“쌀뭇방죽” 주변에는 대체로 4종의 설화가 있고 모두 보존할 가치가 있 는 것들이다. 그 가운데 “ 세 바위 설화(二)”에 대하여서는 별도의 해설이 있어야 그 참 뜻이 드러날 것으로 생각되기 때문에 따로 장을 설정하여 다루어 보고자 한다.

“세 바위 설화(二)”에서 보면 여인이 집을 나와서 “엉고개”에 이르기 전 까지는 당초의 결심대로 극락왕생의 일념으로 중이 경고한 금기를 지키고 한 점 흐트러짐이 없이 잘 왔는데 “엉고개”에서 갑자기 갈등을 일으키는 것이다. 물론 “엉고개”에 와서 갑자기 갈등이 일어났다기보다는 오기 전부터 일기 시작한 갈등이 “엉고개”에 이르자 절정에 달했던 것이라고 보는 것이 순리일 것이다.

그렇다면 “엉고개”는 어떤 곳인가. 앞서 제시한 「쌀뭇방죽주변지명」에서 보면 “엉고개”는 오거리로 되어있고 중과 여인이 걸어온 길은 “엉고개”에서 남쪽으로 난 길을 북으로 거슬러 온 것이었다. 극락으로 가는 길은 “엉고개”서 서쪽으로 나 있다. 서쪽으로 가면 “정성리”를 지나서 “한밝골”에 이른다. “중바우"는 "정성리"의 입구에 놓여있다.

이것은 무엇을 말하고 있는 것인가. "엉고개"는 사통오달의 갈림길이라 서 중앙임을 암시하고 있다. 이 중앙에서 어느 길을 선택하느냐에 따라서 속세로 돌아가느냐 극락으로 가느냐로 정하여진다.

易의 河圖에서는 북→동→남→서→북으로 돌아오는 것을 왼쪽으로 돈다(左旋)고 하고 모든 운행이 왼쪽으로 도는 것은 순행한다고 하고 있다. 이 하도의 방위로 보면 동쪽으로 나아가는 것은 다음에 남쪽으로 향하여 간다는 뜻이 들어 있음을 예시하고 있다고 할 수가 있다.

이 말이 무슨 뜻이냐 하면, 여인이 살던 집은 "엉고개"에서 보면 남쪽에 있다. 이 설화에서는 여인이 "살던 집"이 世俗으로 상징된다. 그러므로 여인이 뒤돌아 본다고 하는 것은 그냥 자기가 살던 곳을 잠깐 보는 것이 아니라 世俗의 名利를 그리워한다는 뜻으로 이해된다. 또 여인이 동쪽 길로 나아가서 산중턱으로 올라갔다는 것은, 동은 남으로 가는 길목이기 때문에 연인이 世俗으로 깊숙이 돌아가 있음을 표시하고 있다.

따라서 "개바우"가 남쪽으로 아직 "엉고개"에 도달하지 못한 거리에 있 는 것은 개가 畜生의 상태에 있음을 비유적으로 보이고 있다고 할 수 있다. "중바우"가 "엉고개"에서 서쪽으로 나 있는 "한밝골"로 가는 도중의 "정성리"의 입구에 있는 것은 무슨 의미인가. "한밝골"이란 깨친다, 大覺한다는 뜻이다. 대체로 한신앙에서는 天地震盪으로 표현되고 있는 "빛의 접응"이 불교에서 말하는 大覺이다. 그러나 한신앙의 천지진탕은 그냥 깨치는 정도의 것이 아니라 천지가 두려빠지는 듯한 폭음과 함께 만나는 빛인 것이니 불교의 깨침과는 많은 차이가 있다. 중도 꼭 승려로만 볼 것은 아니다. 옛날의 한신앙의 신선일 수도 있고 신일 수도 있다. 뒷시대에 와선 불교적 설화로 윤색되면서 "극락왕생"이라든가 "중"의 안내 등으로 탈바꿈되었다고 볼 수도 있다.

어쨌거나 "중바우"가 있는 곳은 "엉고개"에서 서쪽 길이고 서쪽은 불교 에서는 天쓰 곧 부처님이 계신 곳이요 "서쪽으로 간다"(西往)는 말은 곧 부처님 곁으로 가는 것이니 불문에 귀의한다는 뜻이다. 그러므로 "엉고개"에서 서쪽 길로 들어서면 世俗을 잊어야 하고 "중바우"가 있는 "정성리"(이곳은 지금 井

星里로 표기하여 우물에 별이 비치어 井星이라 했다 하나 근거가 없는 말이고 "精誠里"가 아닌지 모르겠다. 결국 "한밝골"에 가려면 곧 빛의 접응을 받으려면 정성을 다하는 과정이 필요할 것이므로 "엉고개"에서 서쪽으로 가서 "한밝골"로 가는 중간 지점에 "정성리"를 설정한 것이라고 보는 편이 합리적이다.)의 입구에서부터 온 정성을 기울이는 精進이 있고서 비로소 大覺(한밝골)에 이를 것이므로 중은 정성리로 넘어가는 어름에 서서 여인이 오기를 기다린 것으로 되어있다.

그러므로 중은 이미 세속의 붉은 먼지에서 멀리 벗어나서 "정성리"의 입구에 있으므로 여인이 자리한 세속지향의 위치와는 다른 탈속의 세계에 있는 것이다.

이렇게 보면 결국 이 설화는 한 인간이 세속을 떠나서 마음 닦는 공부를 하는데 있어 티끌세상의 애착과 스스로의 내부에서 우러나오는 본능적 인 욕구를 극복하는 과정을 "엉고개"에서의 여인의 갈등으로 상징하였고 정성리를 지나 한밝골에 이르는 길을 설정한 것은 갈등을 이기고 무릇 착을 여읜 뒤에 다시 정성을 다하여 나아가야만(精進) 見性의 기쁨을 만나게 되는 경지(한밝골)가 있음을 구상적으로 벌여 놓았다고 볼 것이다.

가만히 이들 세 바위가 놓여 있는 위치와 방향 그리고 동네 이름을 음 미하여 보면 볼수록 경탄을 금할 수가 없는 것이다. 도대체 처음부터 세 바위에 얽힌 설화를 만들기 위해서 길도 저렇게 내고 산봉우리도 만들고 오거리도 조성했으며 동네 이름도 그렇게 알맞게 배치한 것이란 말인가. 아니면 우연히 그렇게 만들어진 것이란 말인가. 사람의 힘으로는 이렇게 길을 내고 바위를 만들어 놓고 마을 이름을 지어놓고 할 수는 없을 것이다.

더 좀 구체적으로 분석하여 보면 "엉고개"나 "금배재"는 이 설화가 생긴 뒤에 붙여진 지명이고 "한밝골"은 처음부터 있었던 것으로 보인다. 따라서 "정성리"는 이 설화를 보완하는 과정에서 붙여진 이름이 아니었던가 싶다.

아무튼 지형과 바위의 모양, 바위의 위치 그리고 길과 바위, 동네 이름 등이 신묘하게 조화를 이루어서 이 설화를 윤색하고 있는 것을 보면서 옛 사람들의 슬기에 감탄하게되고 이곳이 옛부터 깨친 偉人을 기다리는, 말하 자면 메시아 사상이 있는 곳임을 알게한다.

그런데 더욱 홍미를 끄는 것은 이 설화가 〈마음닦는 본보기〉로 마련된 것이었으나 뒷사람들은 오히려 설화의 주인공인 여인이 "엉고개"의 속세와 극락의 갈림길에서 격렬한 마음의 시련을 겪다가 끝내 천벌을 무릅쓰고 살던 집을 돌아보게 되고 금기를 어긴 죄로 돌이 된 그 극적인 대목을 찬미한 사실이다.

말하자면 修道하는 이들에게 거울삼으라고 마련된 說話가 본디 목적은 퇴색되고 엉뚱하게도 극락의 문턱에서 이를 포기하고 며느리로서의 자리, 아낙으로서의 의무, 어머니로서의 사랑을 선택한 여인을 중심적으로 부각시켰을 뿐 아니라 어미의 표상으로 세우고 마침내 검으로 받들어져 삼신으로까지 밀어올린 것이다.

그리하여 이 여인은 설화 속에서는 극락으로 가다가 중도에 금기를 어긴 죄로 천벌을 받은 실패자이나 설화 밖에는 신앙의 主神으로 격상되었으니 그렇게 될 수밖에 없었던 것은 "엉고개"에서의 갈등 속에서 여인은 초월의 세계가 아닌 보통 사람들의 정이 있는 세상, 사랑이 넘치는 삶, 서로 믿고 의지하는 인간관계의 세계를 택하였고 그것을 위해서 죽음도 사양하지 않은 "위대한 어미"였기 때문이다.

2. 세 바위의 문화재적 가치

"쌀뭍방죽"과 관련한 설화는 모두 4종이 있는데 그 가운데 「금도구통. 금도구때」는 가장 단순한 구조로 되었고 「애기장수의 서울터 만들기」 설화는 앞엣 것 보다는 다양한 설화이긴 하지만 역시 단조롭다.

그러나 세 바위 설화에서 앞에 욕심장이 시아버지가 등장하는 설화는 조금 권선징악 취향의 효과를 노골적으로 가미한 구조이나 전체적인 줄거리와의 균형에 걸맞는 것 같지 않고 오히려 시부모를 여의고 남편을 잃은 슬픔을 겪으면서 인생무상을 절실하게 체험하는 것으로 배열한 과부 며느리 쪽이 자연스러워 좋다.

그러나 4종의 설화가 문학적으로는 모두 가치가 있는 자료들이다. 이 설화를 통해서 옛사람들의 사상과 祈求를 알게 되기 때문이다.

그 가운데서도 "세 바우 설화(二)"는 우리나라의 설화문학 가운데 단연 걸작에 속한다고 할만하다. 이 설화구조는 단순히 "修道의 본보기"로 있을 뿐 아니라 뒷시대에 주인공인 여인을 "대표적인 어미"로 찬양하고 다시 "아기를 태워주는 삼신"으로 신봉하는 종교로까지 발전하여 명칭도 "어미바우"에서 "검바우"로 거기서 "애기바우"로 탈바꿈하게 되어 "아기" 그 자체가 삼신을 제치고 전면으로 등장하는 과정을 밟는 특이한 변용을 보이고 있는데 이것을 단계적으로 정리하면, 극락으로가던 여인→세속을 선택하고 죽은 뒤에 "거룩한 어미"로 추앙된 여인→삼신어미 곧 검어미로 신봉된 여인→아기를 태워주는 "아기바우"로 거듭 태어남 등으로 4단계의 변천을 보이고 있다.

"검바우"는 "검바우재" 곧 "금배재"의 지명으로 남아있고 바위는 "검"이 라고 하는 초월적이고 전능하며 위압적인 신에서 누구에게나 사랑을 받는 천진난만한 "아기"로 탈바꿈하는 데서 보다 서민적이고 사랑스러우며 친근한 이미지를 가진 삼신으로 다시 태어난다.

이렇게 오랜 세월을 통해서 꾸준히 발전의 흔적을 지니고 있고 메시아 사상에서 삼신의 종교로까지 가히 국보적인 가치가 있는 문화재라고 말할 수 있겠다.

Ⅵ. 極樂길 巡禮路의 保存(결론)

이 설화들을 통해서 우리는 "쌀물방죽"이 둑을 막아서 만든 인공 방죽 이기보다는 어느 날 갑자기 물이 솟아서 동네가 물 속에 잠긴 천연의 호수였다는 사실을 알게 된다. 그리고 이곳을 서울로 만들려는 이가 있을 만치 풍광이 빼어난 곳임을 알겠다. 그뿐 아니라 "한밝골"이나 "절메"가 修道하는 이들이 들어가고 싶어하는 "최고 최상의 聖殿"이었음을 말하여 주면서 이 곳이 옛부터 크게 깨친이(구세주)를 기다리는 우리 민족의 희망의 땅임을 알게한다.

이러한 여러 가지 귀중한 것을 옛 사람들이 사랑할줄 알고 책임질 줄 알며 괴로워 할 줄 아는 인간, 정이 있는 인간을 가장 거룩하게 여겼다는 것이고 그렇게 "정이 있는 어미"만이 아기를 태워주는 삼신이 될 수 있다는 우리 사람들의 심성을 읽을 수 있게 된 것이라 할 것이다.

따지고 보면 바위가 먼저 생기고 방죽은 훨씬 나중에 만들어졌을 것이지만 설화 속에서는 방죽이 먼저 생기고 그 뒤에 바위가 된 것 같이 만들어져 있다.

이야기도 방죽의 연기설화와 바위설화가 따로따로 있었다가 뒷날 어떤 상상력이 풍부한 이야기꾼에 의해서 하나로 접합되었을 것인데 사람들은 처음부터 그렇게 되어있는 것으로만 믿고 그렇게 전해주고 있는 것이다.

대저 모든 설화는 바위의 모양새에 따라서 이야기를 꾸며내고 방죽의 내력은 따로 만들어내서 동네 이름이나 나무, 개울, 언덕에 얽어서 이야기를 꾸며내어 붙이기도 하고 떼기도 하면서 이야기를 엮어간다. 모든 설화가 그런 경위를 거쳐서 하나의 이야기로 태어나는 것이다.

생각하면 이 "쌀물방죽에 얽힌 설화"도 이런 유형에서 멀리 벗어나는 것은 아니지만 이 설화는 여러 가지 측면에서 여느 설화와는 매우 다른 구조임을 알게 된다

> 첫째는 단순한 방죽의 발생 설화이다.
> 둘째는 극락길 설화이다.
> 셋째는 삼신어미 설화이다.

이 세 가지 설화가 함께 복합된 것이 바로 "세 바위 설화"임을 알 수가 있다.

둑을 쌓아서 만든 방죽이 아니라 바닥에서 물이 솟구치면서 집자리가 함몰되어 만들어진 자연호수라고 하는 것을 설화는 강조하고 있다. 그러므로 이 설화 속에는 이 방죽이 당초에는 자연스럽게 물이 솟아서 된 것이라는 발생의 역사가 담겨져 있는 것에 주목할 필요가 있는 것이다.

　다음으로는 엉고개, 새터, 정성리, 한밝골로 연결해서 「깨침을 향하여 가는 과정」을 가시적으로 표현한 것이라고 할 수 있는데 이것을 좀 더 구체적으로 설명하자면, 처음에 禪工夫에 들어서의 결심(중을 따라 집을 나서는 여인), 그리고 열심히 닦는 모습(엉고개까지의 길), 그리고 오랜 시간이 지나고 공부가 고비에 접어들면 자기 모습, 현재의 위상과 관련한 갈등이 일기 시작한다. '잘하는 일인가(세속을 버리고 온 것이) 이것이 바른 삶인가.' 그 고비를 지나서 다시 큰 결단을 수없이 내리어 자기와의 싸움을 하고 나서 세속이냐 아니냐의 싸움이 일단락 되고나면 이제 이 "엉고개"에서 서쪽 길을 택하고 "새터"로 가야한다. 그래서 "새터"에서는 세속은 버리고 새로운 마음가짐으로 뜻을 세우고 "정성리"에서부터는 "우주의 근원은 무엇이냐"로 압축한 해답을 구하여 한 길을 갈 뿐인 것이다.

　그런 연후에 큰 의심에 대한 큰 해답으로 「깨침」(大覺. 見性. 천지진탕)으로 상징된 것이 바로 설화에서 극락으로 상징된 "한밝골"인 것이다.

　깨친이를 옛 사람은 신선(仙)이라 하였다. 신선은 초인이요 구세주와 같은 개념이다. 그러므로 이 설화는 구세주 설화라고 할 수도 있고 신선 설화라고 해도 좋으나 가장 적절한 표현은 아마도 "깨침에 이르는 공부를 열어보인 설화"라고 해야 맞을 것이다. 말하자면 세속을 떠나서 공부하겠다는 뜻을 세우고 집을 나오고 나서 호된 시련(세속의 탐착, 세속과 비속의 선택의 혼미 등등)을 앓다가 다시 세속으로 돌아가기도 하고 세속을 못 잊어 돌아보기도(이 설화 속의 여인처럼)하다가 다시 큰 마음을 일으키고 오로지 「우주의 근원을 묻는 큰 길」을 갈 뜻을 세우고 "엉고개"를 떠나 서쪽 길인 "새터"에서 새 마음가짐으로 나아가고 "정성리"에서부터 오직 「한 가지 대답」을 듣고자 온 정성을 여기에 기울인 뒤에야 비로서 「천지진탕」의 큰 폭음과 함께 눈부신 광명 속에서 通明의 接應을 만나게 되는, 그러한 정신적 과정을 눈으로 볼 수 있게 벌여 놓은 현장교육을 위한 유적이 이것인 것이다. 이 설화는 이러한 절절한 「마음을 닦아서 큰 깨달음에 이르는 과정」을 눈으로 볼 수 있게 바위와 동네 이름을 알맞게 배열한 것이니, 옛사람들의 그 지혜와 정성에 감탄을 금할 수가 없으면서도 이 지역이 옛부터 깨침공부를 하는 사람이 많았다는 것과 그러한 「한밝신앙」의 중심지임을 알게 되고 아울러 이 설화의 본래의 일차적 의의는 "크게 깨치는 인물을 바라는 뜻"이었다고 할 수 있으니 종교적으로 "세계를 광구할 성인을 기다리는 땅"임을 보여주고 있다고 할 것이다.

세 번째에는 비록 깨침의 길(극락을 살아서 간다는 것은 곧 살아서 극락의 경지에 이른다는 뜻이니 이는 깨친다는 의미인 것이다)에서 신선과 세속의 어미를 놓고 고민하다가 세속을 택한 여인이지마는 후세 사람들은 "며느리와 아내와 어미의 세 가지 의무"를 더 소중히 여기고 벌을 받아 죽더라도 한 번만이라도 돌아보고 가는 것이 사람된 도리라고 생각한 여인 의 "갸륵한 마음씨"를 높이 샀고 그런 여인이기에 뒤에 용서를 받아서 능히 대각을 얻었으리라고 믿고 그녀를 신으로 추앙하고 신앙한 것이다.

필자는 좌담이나 강연에서 늘 말했다.

> "아무리 하늘의 법도가 엄중하다고 해도 대가집 며느리로서 큰 살림 버리고 대까지 끊고 가는 길이 너무 잔인하고 안 되었어서 한 번 돌아본 것 뿐인데 그것이 무슨 큰 죄라고 천벌을 내렸겠는가. "애기바우"가 거기에 그렇게 있는 것은 마음공부하는 이들이 집을 나선 바로 뒤는 잠자코 따르다가 얼마만치 수련에 깊이 들어가면 그 때에 가서 "엉고개"에서 여인이 갈림길을 선택해야 하듯이 이제 건곤일척의 한 가지 길을 골라야하고 골랐으면 그 길로 일로매진 해야 하는 것이므로 이 고비길(엉고개)에서 엄청난 자책과 갈등을 겪어야 하는 것이니 여인을 벌 주어 바위로 만든 것은 여인이 잠깐 돌아본 그것이 죄가 되어서 천벌을 내린 것이 아니라 여기에서 그만큼 큰 시련을 겪게 된다는 것을 보여주기 위해서 바위로 남아있게 한 것이라고 이해하는 것이 순리일세. 그리고 "중바우"가 "새터"를 지나 "정성리"에 있는 것은 두 가지 뜻이 있다고 보아야하는 걸세. 한 가지는 깨치는 길은 이 쪽(한밝골)으로 가야 올바르게 가는 길이라는 것을 밝히기 위하여 거기에 있는 것이고 그 곳이 "새터"를 지나 "정성리"라는 동네 입구인 것은 거기서부터는 모든 정성을 다해서 최후의 대답 하나 (우주와 인생의 참 길)를 얻기 위해서 달려가는 것뿐임을 보인 것일세. 큰 광명의 자리(천지진탕. 대각)는 그 너머에 있지 않은가. "한밝골"이 바로 불교의 대각이요 한신앙의 천지진탕인 것이니 이 곳이 옛날에 한신앙에서 최고의 성지요 "한"의 메카가 되었었음을 말하여 주는 것이네.
>
> 나는 늘 생각하네. 옛날에 한신앙이나 불교신자들이 "한밝골"에 이르려면 쌀뭍에서부터 용둘리→옥정리→개정지→사창굴→암박두게→엉고개를 거쳐서 거

기에서 새터→정성리→한밝골의 코스를 밟았을 것으로 보고 이 코스가 옛날의 한신앙이나 그 뒤의 불교에서도 준행되던 「순례의 코스」였으리라고 생각하는 것일세. 언젠가는 우리가 이 순례길을 재현해서 살려야 할 것이라고 생각하네.

　　그렇기 때문에 설화 속의 여인을 뒷사람들은 충분히 하늘의 용서를 받아서 극락에 갔다고 보고(왜냐면 슬쩍 뒤 돌아본 것쯤이야 대수롭지 않은 허물이니까 눈감아 주었을테니까) 그 여인을 겨레의 어미로 추앙하다가 마침내 "삼신어미"로 신앙하게 된 것이네. 그러니 설화는 돌이 된 상태까지의 이야기에 머물지만 뒷사람들은 이야기가 머물은 거기에서 더더욱 진행시켜서 여인이 용서를 받고 능히 천지진탕의 큰 깨침을 이루었기 때문에 그 뒤에 그러한 훌륭한 자식을 점지해 주는 삼신어미가 되었다고 보는 것일세. 만일에 극락으로 가다가 천벌을 받아서 죽은 여인으로 끝났다면 누가 그 여인에게서 아기를 태워주기를 빌었겠는가. 그러니 "금배재"의 여인 곧 어미바위(애기바우)는 세속과 비속의 두 갈래 길목에서 고민하게 되는 수도자들에게 교훈삼으라고 상징적으로 표현한 장면이지 반드시 여인이 금기를 어기어 천벌을 받은 것으로만 보는 것은 잘못이네."

필자가 이렇게 생각하는 것은 "천벌로 바위가 된 것"과 "삼신으로 신앙"된 것 사이에 너무나 큰 갭이 가로 놓여 있기 때문이다.

"벌받아 죽은 여인"이 "삼신어미"로 추앙되려면 그 사이에 어떤 획기적 인 변화가 있어야 하고 그 변화는 "천벌"을 정반대로 돌려 놓을만한 내용이어야 할 것이었다. 천벌의 정반대는 극락일 것이고 살아서 극락을 간다고 하는 것은 큰 깨침을 얻어 최고의 희열을 맛보는 大聖이 되었을 것이므로 이 설화의 주인공인 여인이 벌을 받아 죽어 돌이 되었다는 것은 극락에 이르는 길에서 갈등을 겪는 대목이 있음을 보이기 위하여 그렇게 한 것이고, 말하자면 뒷사람들이 "극락길"의 순례에서 보고 배우게 하기 위한 현장교육을 위해서 돌이 되어 있는 것이고 사실은 서쪽 길로 가서 "새터" 곧 세속을 활연히 벗어던진 "새로운 터전"으로 들어가 "정성리"에서부터 정진하여 극락인 "한밝골"에 이르는 데 성공한 것으로 본 것이다. 그래야만 그 여인이 거룩한 어미가 되고 거룩한 여인이 태워주는 자식을 얻고자 젊은 아낙들이 구름처럼 모였을 것이다.

그뿐 아니라 살아서 극락에 가는 순례의 길로 공인되어 남녀노소가 여 기 모여서 "쌀뭍"에서 시작하여 북으로 거슬러 와서 "개바우"를 지나 "엉고개"에서 함께 갈등해 보고 고민해 보다가 "금배재"에 올라 "아기바우"에서 여인이 돌이 되었던 아픔을 경험하고서 다시 내려와서 "엉고개"에서 서쪽 길인 "새터"로 출발하여 새로운 마음으로 자리잡고 "정성리"에서부터는 오직 한 대답을 추구하며 정진하다가 "한밝골"에 도착하는 "극락길"은 일반인이나 마음닦는 이에게 모두 반드시 한 번은 가보아야 할 "순례로"였을 것이다.

우주가 끝날 때까지 아이들은 태어나야 하고 세상이 있는 한까지 마음닦는 공부는 추진되어야 할 것이므로 이 쌀뭍방죽 주변의 세 바위 설화 곧 「극락길」 순례로는 보존되어야 하고 여기를 찾는 순례자뿐만 아니라 알지 못하는 사람들에게도 알려서 반드시 여기에 와서 「극락길」을 밟고 집을 나와서 마음의 갈등을 극복하고 나서 새마음을 내어 정진하다가 한밝(깨침)에 이르는 「큰공부」를 체험함으로써 마음닦는 공부를 시작하는 국민교육장으로 승화시킨다면 얼마나 좋겠는가 하는 생각을 하여 본다.

각급 학교 학생은 물론이지만 일반인도 참여하고 외국인도 참여한다면 仙境建設은 생각보다 훨씬 앞당겨질 것이라고 믿는다.

국가차원에서 이 「극락길 순례로」를 복원 보존하여 국민의 현장 교육장으로 활용하는 데 투자하여 주시기를 바라고 그 계획의 일조가 되게 하기 위하여 이 글을 쓴 것임을 다시 한 번 밝혀두는 바이다.

민족이 위대하게 되느냐 아니냐는 정신력에 있는 것이다. 그 정신력을 길러주는 것은 전통문화를 계승하고 계발하는 데 있는 것이다. 위대한 문화를 보존 선양하지 못하고 폐기하거나 파손·매몰하여 버린다면 그 민족은 조만간 멸망하여 다른 문화민족에게 흡수되고 말 것이다.

(1992. 유재영박사 화갑 논문집)

제 4 부 文人, 그가 追求하는 世界

제 1 장 金時習과 求道行

I. 세상을 놀라게 한 신동

金時習의 貫鄕은 강릉이다. 字는 悅卿, 호는 梅月堂·東峯·山淸隱·贅世翁이며, 법호를 雪岑이라 하였다.

그의 先代는 신라 알지왕의 후예인 원성왕의 동생 주원의 후손이고, 그의 시조는 고려의 侍中을 지낸 金治鉉이다. 그리고 증조부는 允柱로 안주목사였고 조부 謙侃은 五衛部長이요, 그의 아버지 日省은 忠順衛이었으며 어머니는 울진 仙槎張氏였다.

그는 세종 17년(1435) 서울 성균관 부근의 泮宮里 私邸에서 태어났다. 그날 밤 반궁리 사람이 꿈을 꾸었는데, 공자가 반궁리 김일성의 집에서 태어나는 것을 보고 다음날 찾아가보니 김시습이 출생했더라는 것이다.

그는 태어나서 여덟 달만에 스스로 글을 알았으므로, 이웃에 사는 최치운이라는 어른이 「時習」이라 이름지었다고 한다. 그가 두 살 되던 해에 그의 외조부가 "울 앞에서 꽃이 웃으나 소리를 들을 수 없도다(花笑檻前聲未聽)"라고 하니 그가 병풍 속의 꽃을 가리키며 "아아"하였고, "숲 속에서 새가 울되 눈물은 보기 어렵다"하니까 또 병풍 속의 새를 가리키며 "아아"하였다 한다. 비록 말은 하지 못했으나 사물에 능통하였음을 알게 하는 대목이다.

세 살 때에 능히 말을 하게 되었는데 외조부에게 "시는 어떻게 짓습니까?" 하고 물었다. "일곱 자로 하는 데 평측(平仄)과 대우(對偶)·압운(押韻)으로 된다"는 대답을 듣고 곧 "봄비가 새로 장막을 치니 기운이 열리는도다(春雨新幕氣運開)", "복숭아 붉고 버들 푸르르니 삼월이 저무네(桃紅柳綠三月暮)"라고 말하였다. 또 "푸른 침으로 구슬을 꿰었도다 솔잎의 이슬이여(珠貫靑針松葉露)" 등 천여 언(千餘言)을 지었다고 한다.

세 살 때에 유모 開花가 보리방아를 쿵쿵 찧으니까 다음과 같은 시를 지어 읊었다 한다.

> 비내리지 않고 우뢰소리 없는데 무슨 진동인고
> 노란 구름만 쪼각쪼각 사방으로 나뉘어 가네
> 無雨雷聲何震動
> 黃雲片片四方分

그러자 모든 사람들이 神異하게 여겼다 한다.

다섯 살 때에는 〈中庸〉과 〈大學〉을 읽었으며 이웃에 사는 이 계전의 문인이 되었다. 이웃에 여러 鉅公이 살았으므로 자연히 장안에 소문이 났다. 하루는 정승 허주가 찾아와서 "나는 노인이니 「老」자로 시를 지어보겠느냐?"하므로, 즉시 "늙은 나무에 꽃이 피니 마음은 늙지 않았네(老木開花心不老)"라 읊으니 허정승이 놀라고 감탄하면서, "이 아이는 신동이로다"하였다. 그 후로 선비들이 줄을 지어 찾아왔다.

세종대왕께서 들으시고 그를 불러 知申事 박이창에게 시험하여 보라는 지시를 하였다. 지신사가 그를 무릎에 앉히고 이름을 부르면서 물었다.

"김시습아, 네가 능히 싯귀를 지을 수 있겠느냐?"하니까 "來時襁褓金時習(올 때에 요에 싸여 온 김시습이요)"라고 대답했고 또 벽화의 산수도를 가리키며 "또 지어보겠느냐"하니까 "小亭舟宅何人在(작은 정자 배집에 누가 있을까)"라고 하였다. 이와같이 많은 시를 지어보이니 세종이 말하기를 "내 친히 그 아이를 보고 싶으나 사람들의 시끄러운 말을 꺼리어 그만두는 것이니, 집에 돌아가게 하여 열심히 공부하라 이르라. 나이가 차고 학업이 성취하면 장차 크게 쓸 것이다"하시고 선물을 내려 돌아가게 하였다.

〈東京雜記〉라는 문헌에는, 세종대왕이 大內로 김시습을 불러 「三角山」이라는 題를 내리고 글을 지으라 하니

三角高峯貫太淸　登臨可摘斗牛星
非徒岳峀與雲雨　能使王家萬世寧
삼각산 높은 봉우리는 太淸을 뚫고 솟아 있으니
거기 올라 가히 북두칠성을 따낼만 하네
산이 헛되이 구름과 비를 더불어 있음은 다름이 아니라
왕가를 만세토록 평안하게 하려 함일세

라고 지었다. 왕이 기특하게 여겨 상으로 비단 100필을 내리며 "네 혼자 힘으로 가지고 가라"하니, 시습이 100필의 비단을 모두 풀어서 그 머리를 서로 맺어 그 한끝을 허리에 맨 뒤 인사를 드리고 나오니 100필이 모두 따라 왔으므로 임금께서 더욱 기이하게 여겼다고 한다. 그러나 이 말이 뒷사람들이 꾸민 것이라고 그 스스로 쓴 〈上柳襄陽陳情書〉에서 밝히고 있다.

Ⅱ. 단종이 폐위되자 중 되어 방랑

5세에서 13세에 대사성 김반(金泮) 문하에서 〈맹자〉·〈시경〉·〈춘추〉를 익히고 또, 司成 윤상(尹祥)에게서 〈역학〉·〈예기〉와 무릇 史書를 포함하여 제자백가 등 안 읽은 것이 없이 모두 열람하였다고 스스로 쓰고 있다.

15세에 그는 어머니를 여의고 외가의 농장으로 내려갔다가 외숙모까지 세상을 떠나자, 다시 서울로 올라와서 중병으로 고생하는 아버지를 모시고 계모를 맞이한다. 이 사이에 훈련원 都正 남효례의 딸을 아내로 취한다. 이 무렵 그는 암울한 환경에 실의하고 장안을 떠나 삼각산의 重興寺로 들어간다.

이 산사에서 단종이 임금의 자리를 사양했다는 소문을 듣자 사흘동안 문을 닫고 나오지 않더니 하루 저녁에는 갑자기 통곡하며 읽던 책을 모조리 태우고 미치광이같이 되어 달아났다. 그때부터 삭발하고 중이 되었는 바, 이름을 설잠(雪岑)이라 하였다.

이때부터 전국을 편력하는 행각이 시작되었으나, 그렇게 된 동기가 반드시 단종의 일에만 있었던 것은 아니다. 명리를 즐겨하지 않고 산수를 방랑하면서 시를 짓고 홀로 몸을 지키는 것이 옳다는 생각이 어려서부터 있었다고 그가 쓴 〈탕유관서록후지〉에서 말하고 있다. 이렇게 볼 때 여러 가지 사정이 복합적으로 작용했던 것으로 생각된다.

그는 우선 송도를 두루 돌고 관서로 향하여 험준한 기절령(己岊嶺)을 밟고 향령(香嶺)에 올라 발해의 유려한 섬들과 삭막한 산하에 접하면서 대자연을 몸으로 느꼈던 것이다. 그래서 그는 벼슬을 하지 않고 천하의 산천에 자적하며 노닐 수 있음을 다행으로 여기며, 생업과 직무에 매이지 않은 자유인임이 얼마나 자랑스러운 일인가를 말하고 있다.

24세 되던 해에 〈탕유관서록〉을 정리하고 다시 관동지방으로 떠난다. 그리하여 금강산을 거닐고 경포대에 머물면서 화려하고 기괴한 絶勝을 〈탕유관동록〉에 남겼다.

여기서 그의 발길은 삼남지방으로 옮겨진다. 거기서 남국의 풍요한 물자와 화훼, 각 지방의 진귀한 산물과 강폭한 민속을 겪으면서 마침내 그가 그렇게 미워하던 세조의 치적을 찬양한다.

> 대대로 어진 인재를 내고 끊임없이 왕실을 도우니 변경에도 근심할 것 없도다. 난리의 자취는 이제 없어지니 이는 성조의 지극한 다스림의 일단이니라(代出良材 世輔王室 邊境無 慮狼煙頓息 此聖朝至治之一端也

29세 되던 해에는 호남에서 견문한 내용들을 〈탕유호남록〉에 담고 그 전과 같이 後志를 썼다. 그리고 31세 되던 해에 경주 남산 금오산에 금오산실을 마련하고 거기서 평생을 지내기로 하였다. 그러나 원각사 낙성회에 참석하라는 세조의 소명에 홀연히 서울로 향하였다. 이 서울행은 그의 知遇인 효령대군의 간곡한 추천사에 의한 것이었다. 그리고 그 낙성회에 참예하여 김시습이 지은 시 가운데에는 다음과 같은 것들이 있다.

> 부처님의 헤아리심이 만유를 두루 보시니
> 마땅히 우리 임금의 수명이 만년을 누리게 하소서
> 覺皇有鑑如周瞬 應壽吾王萬有年

성주께서 오백년 왕국의 중흥을 이루었으니
고르고 빛나는 功業이여 초연한 다스림이어라
聖主中興五百年 熙熙功業政超然

　이것을 보면 그의 말대로 "태평성대라 해도 늘 있는 것이 아닌 모처럼의 성대한 연희(勝會不常 盛世難過)"였기 때문에 贊詩를 지어 임금께 바친 것이다. 옳지 않은 임금에 대한 뜻은 굽힘이 없으나 佛事에 대한 致詞는 그것대로 다른 것임을 말하여 주는, 장부의 도량을 보인 것이라 할 것이다. 왜냐하면 그가 세조의 "원각사에 머물러 있도록 하라"는 어명을 뿌리치고 병을 빙자하여 서둘러 내려온 것으로도 알 수 있다. 돌아오는 도중에도 여러 차례 소환하라는 세조의 명을 듣지 않고, 자신의·길이 泉石에 소요하면서 사는 것임을 깨달았기 때문이라고 그의 〈梅月堂藁〉에 적고 있다.

Ⅲ. 영의정을 「종노릇」이라고 매도

　매월당이란, 그가 금오산실에서 거처하던 집의 이름이라 한다. 그리고 이 집은 지금은 폐허가 된 용장사(茸長寺)라는 것을 〈東京雜記〉는 밝히고 있다.
　금오산실에서 6여년을 병고 속에 헤매이던 그가 서울로 올라온 것은 37세 되던 성종 2년이었다. 시대는 이미 바뀌어 두 임금의 시대가 지났고 그의 동료들은 혹은 예문관대제학(서거정)이 되었고 혹은 좌리공신(노사신)이 되어 있었다. 그는 城東에 「瀑泉精舍」를 짓고 거기서 살겠다며 「歸田園詩」 5수를 지었다. 그 가운데 "족히 남은 목숨을 보존할 수 있으니 어찌 속세의 명리에 눈을 돌리랴(足以保殘生 豈變浮沈間)"이라는 귀절이 있는 것을 보면 그 무렵의 그의 심경을 헤아릴만 하다.
　이 무렵의 그의 생활은 몹시 궁핍하여 주변에 몇 무(畝)의 땅을 얻어 콩과 조를 거두었을 뿐이며 때때로 거경(鉅卿)을 하나 같이 모멸하는 것으로 일을 삼았다.

하루는 술을 마시고 거리를 지나가다 영의정 정창손을 보고 "너 종노릇이 편하냐"하니 정창손은 못 들은 체 하였다고 한다. 그가 영의정을 「종노릇」이라고 매도하였으니 그의 時勢에 대한 사나움이 어떠했던가를 알만 하다.

그는 또 시정의 상가를 지나다가 막연히 서·있기도 하고, 혹은 길에서 오줌을 누고 남이 보는데도 피하지 않으므로 아이들이 비웃고 돌을 다투어 던져서 쫓아내는 일도 있었다 한다. 그러니 그의 「脫俗」과 「弄世」와 「戲人」의 경지가 어디쯤에 와 있었던가를 가히 알만 하다.

그는 물론 物慾도 떠난 사람이었다. 그 한 예로, 〈용천담적기〉에는 다음과 같이 쓰여 있다.

그는 田宅을 얻었으나 남에게 빼앗기게 되었는데도 아깝게 여기지 않았다. 갑자기 그 사람에게 빼앗아간 전답과 집을 돌려달라 했으나 그 사람이 응하지 않았다. 그는 직접 자기의 전택을 탈취해간 자와 관청에 가서 맞싸우는데 흡사 시정의 싸움처럼 시끄러웠다. 끝내 사리를 따져서 전택을 찾아내어 만든 문서를 품에 사려넣고 문을 나선 다음 하늘을 보고 크게 웃고는 문권을 꺼내어 찢어버리고 그것을 개천에 던졌다.

또 율곡이 쓴 〈金時習傳〉에는

산에 있을 때에 찾아오는 이가 있으면 자기에 대한 都下의 소식을 묻고 자기를 통매하는 이가 있으면 喜色이 드러나고, 만일에 거짓 미치광이로서 그 속에는 다른 배포가 있다고 하는 이가 있다고 하면 문득 눈썹을 찌푸렸다.

또 어떤 人望없는 인물이 높은 자리에 임명되었다고 하면 반드시 통곡하면서 "이 백성이 무슨 죄가 있어서 이 사람이 이 책임을 맡게 되었읍니까"라 하였다.

하루는 서거정이 入朝하느라고 행차 중에 통행을 금하는 때에 시습이 마침 남루한 옷에 고색(藁索)을 둘러매고 폐양자(蔽陽子 : 천한 사람이 쓰는 대나무로 만든 갓)를 쓴 채 그 길을 가다가 전도(前導)를 범하게 되었다. 그는 고개를 들어 "강중(剛中 : 서거정의 字)이 편안한가"하고 불렀다. 서거정이 웃으며 대답하고 수레를 멈추어 이야기하니 사람들이 모두 놀란 눈으로 서로 쳐다보았다.

이렇게 비뚤어진 세상을 한탄하고 권신을 닥치는대로 대중 앞에서 욕보이면서 10년 동안을 주로 서울 근교에서 지냈다. 그중에서 가장 오래 거처한 곳은 수락산이었던 것 같다. 〈秋江集〉 권 2 「甁東峯」 2수에 다음과 같은 글을 쓰고 있다.

> 文名三十載 足不履京師
> 水落前巖得 春來庭樹宣
> 禪師不喜佛 弟子摠能詩
> 문명을 날린 지 30년
> 서울을 밟지 않았네
> 수락산 바위에 거처를 하니
> 봄이 와 뜰나무 잎이 나는데
> 선사는 염불을 안 좋아하니
> 제자들은 모두 시를 잘아네

IV. 백세의 스승이 될 만한 사람

김시습은 그가 49세 되던 해에 관동으로 떠난다. 六經과 子史類 등의 책을 걸메고 다시 방랑의 길을 뜬 것이었다. 그의 발길이 닿은 곳은 강릉·양양·설악·한계(寒溪)·청평·춘천·수춘(壽春)·사탄(史呑) 등이었다. 더러 젊은이들을 가르치기도 하고 더러는 산 속에 소요하면서 남은 세월을 보낸 김시습은, 그의 나이 59세(성종 24년)가 되던 3월 어느날 병상에 누워 봄비를 바라보며 충청도 홍산 무량사에서 다음과 같은 시를 남기고 세상을 떠났다.

> 春雨浪浪三二月 扶持暴病起禪房
> 向生欲問西來意 却恐他僧作擧場
>
> 봄비 들이치는 이삼월에
> 심한 병 겨우 견뎌 선방에 일어

삶을 향하여 서래의(西來意 : 부처의 뜻, 곧 大圓境地)를 묻네
허지만 다른 중들이 섣불리 나설까봐 두렵구려

율곡의 〈김시습전〉에 의하면, 화장하지 말라는 유언대로 절 옆에 시신을 안치해 두었는데 3년이 지난 후 관을 열어보니 안색이 생시와 같았다고 한다. 그래서 사람들이 이는 부처라고 경탄하며 다비(茶毗)를 치루고 유골을 추려 부도(浮屠)를 만들었다는 것이다.

율곡은 그의 〈김시습전〉의 말미에 다음과 같이 쓰고 있다.

> 그 사람을 상상할 때에 재주가 그릇 밖으로 넘쳐 흘러서 스스로 수습할 수 없으리만큼 되었으니, 그의 받은 기운이 經淸은 지나치고 厚重은 모자라게 마련된 것이 아니었던가. 그러나 그는 義를 세우고 倫紀를 붙들어서 그의 뜻은 日月과 빛을 겨루고 그의 風聲을 듣는 이는 나부(懦夫)도 응동(應動)하게 되니 百世의 스승되기에 넉넉하다 하여도 지나친 말이 아닐 것이다. 오직 애석한 것은 시습의 영예(英銳)한 자질로써 학문의 공과 실천의 實을 쌓았더라면 그의 성취는 한량이 없었을 것이다.

김시습이 세상을 떠난 지 289년, 정조 6년(1782)에 이조판서로 추증되었다. 그리고 2년 뒤에 청간(淸簡)이라는 시호를 받았다. 그의 일생의 행적에 걸맞는 시호라고 여겨진다.

동봉 김시습, 그는 어떤 사람일까? 정병욱은 「김시습 연구」에서 유교와 불교를 통합한 사상가로 평하였다. 김시습의 생애가 해괴하고 비범한 物外의 소요와 경직된 반골의 비판의식이라는 양면성을 가진 점에서는, 유교적 현실성과 불교의 玄妙를 겸비했다고 볼 수도 있을 것이다.

그러나 동봉 김시습이 걸어간 인생은 무엇인가를 찾아나선 끝없는 求道의 역정이었다고 보아야 하지 않을까. 그 출발은 비록 유교적 지반이었지만 그가 그 끝없는 유랑에서 갈구했던 것은 자연으로 돌아가고자 하는 物我一體의 경지에 있었다기보다는, 생의 궁극을 캐내고자 끝없는 물음을 던지면서 泉石과 市井을 누비며 돌아다닌 궁구(窮究)의 일생이었다고 할 것이다. 〈매월당집〉 서문에 다음과 같은 글이 보인다.

불경에 있어서도 또한 밝아서 막히는 것이 없이 정치(精緻)하고 세밀함을 보여서, 하루는 동도(東都)를 지나다가 활연히 크게 깨달아 이르기를 "선(禪)의 이치는 자못 깊어 다섯 해를 헤아리고 생각해서 이에 밝게 깨달음을 얻었다. 우리 도(유교)에서는 스스로 단계가 있어서 건강한 사람이 사다리를 오르는 것과 같이 한발을 들면 한 계단을 오르는 것이어서 문득 깨달아 시원하게 열리는 즐거움은 없었으나 우유(優遊)하면서 느끼어지는 쾌적한 맛이 있는데, 이 선의 깨달음은 마음이 허명(虛明)하여 부딪히는 데마다 막힘이 없이 뚫려 있어서 참과 거짓, 손님과 주인의 구분이 오히려 얼음처럼 풀려서 구름이 스러지는 것과 같다."

그의 큰 깨침이 어느 정도의 경지인지는 아무도 헤아릴 길이 없는 것이지만, 그가 충청도 홍산 무량사의 병상에서 읊은 싯귀에는 그의 勞心의 일단을 알아볼 수 있는 몇가지 심증이 잘 드러나 있다.

披閱古方無寸效 也宜看箇本來眞
고방(古方)을 모두 찾아보아도 조금도 효험이 없어
에라 놓아두어라 어차피 본래의 참됨을 보게 되는 것을

이 시의 처음 부분에 "十年放浪遊山水瘴雨蠻煙多惱人(십년을 산수에 떠도니 독한 비와 연기가 몹시도 사람을 괴롭히네)"라고 쓰여 있다. 또 마지막 열반송과 비슷한 「무량사와병」에서는 "向生欲問西來意(삶을 향하여 서래의를 묻고 싶네)"라고 쓰여 있는 것을 볼 수 있다.

앞에 예거한 싯귀가 단순한 질병에 대한 처방이라고 볼 수도 있겠고, 또 그 시의 앞 부분의 「십년」이란 말이 병이 깊어진 시간을 구체적으로 표현한 것이라고도 볼 수 있다. 그러나 여기서의 십년은 그의 일생을 상징적으로 말한 것이고 「독한 비와 연기」는 자연과 인생이 그에게 끼친 번뇌 일 것이다. 그래야 육체의 통증이 아니라 정신의 아픔으로 연결되는 것이며 이렇게 되어야만 그의 마지막 시에서 비로소 얼굴을 내미는 "나의 일생을 향하여 묻노니 「서래의」가 무엇이냐"라는 生限의 필사적 갈구가 분명하게 드러나는 것이다.

이렇게 보면 淸簡公 김시습은 재주만 있고 그 실천이 없는 儒家도 아니요 수석과 더불어 일생을 산 문인도 아니다. 오직 인생과 우주의 본래 모습을

찾아서 돌진한 구도자였다고 할 것이다. 그러면서 그러한 구도자가 세속과
權府에 대하여서는 어떻게 그 義를 세우고 참을 지켜야 하는 것인가를 생활
로 보여주었던 것이니, 율곡의 말대로 百世의 스승이 될만한 사람이라고 할
수 있다.

(1986. 廣場)

제 2 장 李愼儀와 孤節

　石灘은 明宗 六年(1551年) 四月九日 辰時에 漢城에서 태어났다. 石灘의 諱는 愼儀요 字는 景則이고 號는 石灘으로 本貫은 全義이다. 高祖는 廣植으로 求禮縣監을 지내고 贈吏曹判書를 내렸고, 曾祖는 益禧로 繕工監副正이었고 贈 兵曹參判이 내렸으며 祖는 侃으로 不仕하였으나 贈 戶曹參議를 받았고 考는 元孫으로 形曹參議를 지내고 贈 吏曹參判을 내렸던 漢城의 豪族으로 配는 國姓 李氏였다.

　石灘은 비록 閥閱의 家系에 태어났으나 4才에 父親을 여의고 10才에 母親이 돌아가시니 매우 不幸한 편이었다. 母親은 恭靖大王의 曾孫인 都正 成終의 女였는데, 石灘이 10才에 執喪했는 바 成人과 조금도 다름없이 節度가 있어서 조객들이 稱嘆치 않는 이가 없다고 하였으니 그 素性이 端正함을 알만하다.

　10才에 孤兒가 되어 伯氏 宣傳公에게서 敎育을 받았는데, 어려서부터 性行이 端重하고 戱嬉를 즐기지 않았다. 伯氏는 讀書에 無不貫通한 才士로서 志氣가 豪邁하여 항상 두 아우에게 弓馬를 배우기를 勸하였다. 季氏 牧使公이 이에 좇아 窓前에서 讀書나 하는 腐儒가 되느니 보다는 武人이 되겠다고 나섰으나 石灘은 끝내 學業에 勉勵하여 經傳을 거의 通하였다고 한다.

　16才에 杏村 閔純에게 師事하였다. 閔純(1520~1591)은 宣祖때의 儒賢으로 字는 景初, 本貫은 驪興으로 駱峰 申光漢과 花潭 徐敬德에게 배운 사람이다. 經學, 易理에 밝아서 孝陵參奉, 持平까지 지낸 官錄이나 벼슬은 마음에 둔 이가 아니었다. 宣祖 8年 仁順王后의 喪에 烏帽黑帶를 하도록 定한 禮官들에 반대하여 宋의 法에 따른 白衣冠三年制를 請하여 許諾받은 바 있는 傳

統派의 儒學者였다.

　이런 스승에 그 弟子로, 幼時부터 整肅한 性品의 公이 20年을 杏村 門下에서 篤學하였으니 堅苦刻勵하여 諸學을 次第溫習하였을 것은 당연한 일이다. 公이 言行에 있어 儼然하고 整肅하였으며 諸行을 禮로써 하니 閔先生이 항상 德器라 칭찬했다고 전한다.

　石灘은 典型的인 儒家였다. 日常의 思慮와 行動이 조금도 이에서 벗어난 일이 없었다. 그의 一生은 41才때 杏村 閔 純의 喪을 맞기까지의 篤學期間, 42才 때에서 비롯된 官吏生活, 67才때에 光海君의 廢母抗論으로 인한 謫居生活, 還朝 以後의 波瀾에 이은 77才易簀으로 나누어진다.

　杏村에게서 摳衣受業함에 있어 嚴立課程 했다함은 그의 年譜를 비롯한 行狀 등에 쓰인 바이지만, 27才때에 郊林 밖에 書室을 짓고 間居하면서 石灘뒤에서 養素하고 松林間을 遊泳하면서 潛心性理를 했으므로 因하여 自號하기를 石灘閑人이라 했다한다. 이때에 지었다는 唯一한 漢詩 一首가 石灘의 心境을 잘 대변하고 있다.

> 至理求何處 存心主一時
> 靜中無限味 非敬家難知[1]

　이 무렵에 그의 學問은 이미 小學으로 平生의 行己之方으로 삼고있음을 볼 수 있다. 뒷날 謫北時에도 長孫에게 주는 글 가운데, 「修身大法盡在此書 立身揚名亦在此書」라 하고 또 「小學吾平生敬之如父兄 愛之如子女」라하여 力說하고 있음에도 알 수 있다.[2]

　그는 好學之士로서 經學에 根基를 두어 道學에 뜻이 있을 뿐 이른바 世間의 巧文詞로 榮進을 꾀하는 일에는 마음이 없었던 것이니, 혹시 科擧에 응하라는 勸誘를 받을 때마다 蹙然히 말하기를 「일찌기 无失 怙恃하였으니 비록 得科第하더라도 무엇이 榮幸이리오」하여 한 번도 응시한 일이 없었다고 하니

---

1) 上揭書. 年譜.
2) 上揭書. 年譜.

그의 介潔求道의 高邁를 짐작하게 한다. 32才에 禮賓參奉을 科하였으나 不就
하였고, 34才에 다시 孝陵參奉을 科하므로, 그는 不就하고자했으나 岾村이
「君은 世祿之臣으로 不可不一謝나 더는 못한다」하므로 나갔다는 것으로 미루
어 그의 宦路에의 關心이 이같이 疎遠하였던 것을 잘 말해준다. 36才에 宗廟
奉事에 就하였다가 가을에 그만두고 高陽에 돌아와서 이듬해 大學畓錄을 마
무르게 된다. 이는 用工精篤한 手寫로써 先儒의 訓釋을 많이 引用한 力著였
으며 더욱이 이해에 함께 完決한 家禮畓錄은 그의 家率의 訓旨를 넘어서서
이 時代의 儀禮를 考證하는 한 典據로서도 큰 몫이 된다고 할 것이다.

그에게 있어서 가장 哀痛한 不幸이 그의 스승 岾村의 別世였다. 그의 41才
에 당한 師弟의 死別은 일찍이 早失한 그로서는 더욱 悲痛하였을 것은 말할
것이 없다. 그가 뒷날 岾村祭文에 「終日 모시고 앉아있어도, 本原에 據한 바
아닌 말씀이 없으셨다」고 한바 그의 言行이 얼마나 篤實한 道學에 바탕한 것
인가 알 수 있다. 岾村이 위독하다는 소식을 듣고 達夜不寐로 載星馳歸했으
나 미치지 못하여 그의 슬픔은 지극하였으며 그는 그러한 아픔으로 期年을
치루었던 것이다. 石灘은 「祭習靜先生文」에서

"…不恤吾道而奪吾先生遽至此極耶 吾道從此而不明矣 斯文此而不興矣 儒林從
此而空虛矣學者從此而孤陋矣…"3)

라하여 吾道가 이로부터 不明하고 斯文이 이로부터 일어나지 않고 儒林이 이
로부터 空虛하고, 學者가 이로부터 孤陋하리라 하였으니 그 敬慕의 情이 그
위에 더할 수가 없다.

溫然하기 春和之氣요 澹然하기 秋水之淸같던 岾村이 떠난 뒤 虛虛한 心懷
속에서 그는 壬辰亂을 맞는다. 부산에 상륙한 倭寇는 승승장구 이미 京城이
떨어졌다고 듣고 鄕兵三百餘人을 召集하여 義將臺에서 宣誓하고 出進하여 倭
奴를 많이 잡아 죽였다. 그러나 軍功은 幕下의 李興立에게 돌리니 興立의 功
이 그로 말미암음을 알고 朝廷에서 司饔直長을 내렸던 것이다.

---

3) 上揭書. 天・寄長孫.

이로부터 그의 官職生活이 시작되는 데, 43才에 工曹佐郎·刑曹佐郎을 연거푸 받은 것도 이 亂中의 일이요, 稷山縣監을 받은 것도 이해의 12月이었다. 6月에 觀察使 李廷馨의 啓에 의하여 石灘의 治績이 인정되어 大夫列에 오르고, 7月에 奉正大夫軍資監正兼 縣監을 제수받았다. 이는 그무렵 李夢鶴이 反亂을 일으켜 鴻山·林川을 연달아 함락하고 北上하니 兵使 李時言이 倉卒간에 어찌할 바를 모르고 溫陽 村舍에 이르러 허둥대었다. 石灘이 稷山의 軍卒을 調發하여 天安郡守 鄭好仁과 合兵하여 8,000兵으로 달려 이르니 그 때에야 兵使가 士氣를 되찾아 逆徒를 누를 수 있었다. 이 일로 陞呈되고 뒤에 淸難原從功臣錄에 올랐던 것이다. 討逆의 功으로 中直大夫에 오르니 二階級을 뛴 셈이었다. 그해 10月에 倭奴가 다시 南原을 함락하고 中國兵은 敗走하여 公州에서 稷山으로 8,000兵을 끌고 와서 斗院野에서 交戰하였는데, 近處 邑里의 百姓들이 싸움을 피하여 달아나 텅비었으므로 石灘이 中國兵을 接待하기 7日을 하였는데 한 사람도 소홀함이 없었던 것이다. 이 일을 監司 金信元이 馳啓하여 그리 된 것이다. 이 일로 다시 通訓大夫에 올랐으나 내내 稷山에 있었다.

稷山에서 떠나 槐山 郡守로 갔는데, 그해 12月 15日에 夫人 李氏의 喪을 당한다. 53才되던해, 그러니까 夫人을 여윈지 4年 뒤 賜 表裏(옷의 겉·안감)가 있었는데, 이는 그가 稷山에 있던 業績을 御使 李好義가 啓하여 그리 된 것이다. 石灘이 4년동안 稷山縣監으로 있었는데 病으로 여러번 遞職을 청하여 드디어 허락되었다. 장차 稷山을 떠나려하는 데 온 고을의 百姓들이 몰려나와 길을 막고 여러 날을 울면서 머물기를 청하였다. 石灘이 글을 지어 諭하였던 것인데 그의 愛民하는 斷面을 알 수 있는 것으로 御使 金鼎一이 「石灘이 慈詳하고 淸愼한 官吏로써 淸苦하게 몸을 지켜 政理에 緖가 있다」고 啓한 바가 그것이다.

55才되던 해에 南原府使를 拜受하고 2年뒤에 海州牧使로 옮긴다. 海州에는 평소에 여러 王子의 農士가 많았는데, 王子의 農土 近處에 있는 民田은 모조리 王子들이 보는 대로 빼앗아 간 것이 매우 많았다. 사태가 이러하였으니 民怨이 오죽 했을까마는, 相對가 王子니 누가 감히 입밖에 올릴 사람이

없었다. 때에 石灘이 赴任하자 그러한 民怨을 듣고 본래의 田主에게 모두 돌려주었다. 이 사이 王子들의 直接間接의 行悖야 이루말할 수 없었겠지만 의연한 石灘의 剛直에 屈하지 아니치 못하였을 것이다. 記錄에는, 王子들이 宣廟에게 泣訴하기를 「臣等은 海州牧使 李愼儀 때문에 田庄을 保全하기가 어렵게 되었사옵니다. 살피소서」하니까 宣廟 말씀이 「너희들이 삼가거라, 海州牧使 李愼儀는 내가 그렇게 했다해도 彈할 사람이니라」하였다고 한다4) 이 얼마나 두려운 剛直인가, 옳음에 있어서는 비록 君王의 威力으로도 어쩌지 못하는 剛直이었으니, 이러한 石灘의 傲骨을 알아주는 宣廟의 英明이 없었으면 이 일이 그같이 無事할 수 있으리오마는, 어쨌거나 石灘이 아니고는 감히 흉내조차 내기 어려운 일이었다.

그가 58才되던 해에 知遇의 主君 宣祖大王이 昇遐하신다. 昇遐하시던 二月에 한달 앞선 正月에 御史 崔起南의 啓로 表裏一襲이 下賜된다. 옷 한벌을 받은지 한달만에 大王의 崩御를 당하니 남달리 衷情이 강한 그의 슬픔은 오죽했을 것인가. 光海君이 뒤를 이은 光海元年에 御使 李稶의 褒啓로 表裏 一襲이 下賜되니 荒凉했을 心境에 感恩의 恐縮이 더했을 것이리라.

60才되던 해에 先人 叅判公의 墓文을 晋原府院君 柳西坰에게 請한다. 그리고 이 해에 有名한 首陽琴을 만든다. 일찍이 首陽山 神堂里 嚴石上에 枯死한지 몇해되는 桐木이 있었는데, 石灘이 奇異히 여겨 베어다가 琴을 만들고 朱子의 紫陽琴을 본떠 首陽琴이라 命名했다고 한다.

海州牧使로 있기 4年만에 장차 官職을 버리고 고향에 돌아가려하므로, 그 消息을 들은 州內 老少들이 門을 지키고 머물기를 請하는 데 하루에 千餘名이나 되었다. 監司 崔東立이 이 일을 올리어 特命으로 12월에 通政大夫로 加資된 것이다. 그의 寬厚溫和한 面貌를 잘말해준다고 할 수 있다. 還甲이 되는 해 正月에 褒美되어 表裏 一襲이 下賜되었다. 이는 御使가 石灘을 말하여 「淸愼自持하여 秋毫도 不犯하는 人物이라」고 啓한 데서 그리된 것이다.

63才 때에 海州牧使로 仍任된다. 赴任한지 6년이었으나 州民의 請留가 심

---

4) 上揭書, 地・年譜.

하여 떠날 수 없음도 그러려니와 監司 尹暄이 啓請하기를

> "牧使 李愼義는 몸가짐이 廉謹하고 百姓을 잘 다스리며 奉公으로 居官하고 終始 一心으로 學을 일으키고 生財케 하여 한가지도 遺漏함이 없아옵니다. 이제 그 職을 그만두고 돌아가려하니 州民들이 請留하는 데 實際로 至極한 精誠에서 나온 州民들의 행동이옵니다."5)

하니 現地의 狀況에 좇아 仍任될 밖에 없었다. 63才되던 해에 遞職이 허락되어 高陽에 歸鄕하였다. 그 해에 折衝將軍行虎賁尉副司果兼五衛將이 拜되었으나 光海君의 政亂이 于甚해지므로 不就하였다. 二年뒤에 다시 五衛將職이 내렸으나 나아가지 않고 7월에 折衝將軍僉知中樞府事兼五衛將에 拜하였으나 나아가지 않았다. 그가 67才 되던 해에 큰 事件이 일어났으니 그것이 다름아닌 소위 光海主의 廢母收議였다. 光海主는 初期의 明哲을 버리고 점차 昏迷에 빠지고 奸臣의 亂政이 極을 이루어 드디어 永昌大君을 害하고 장차 仁穆大妃를 廢하려고 百司에 收議를 하는 때라 누가 감히 그 옳치 않음을 한 마디도 하지 못하였다. 오직 李恒福・奇自獻・鄭弘翼 등의 大臣들이 분연히 일어나 이 大逆을 꾸짖고 謫北의 禍를 입었을 뿐이었다. 石灘은 天道가 滅하고 人紀가 끊어짐이 이 지경에 이름을 慨嘆하고 草野의 몸으로 四百餘言의 抗論獻議를 올리니 이것이 奸輩의 指彈을 입어 會寧으로 栫棘되는 것이다.

　石灘의 抗論은 매우 峻烈하여 이미 그 度에 있어서 生死의 限界를 넘어선 것이었다.

> "人心이 곧 天心이요, 天心이 곧 人心이오니다. 人心이 順한 즉 天理 역시 順하고, 人心이 不順하면 天理도 역시 不順한 것이오니다.
> 　엎드려 바라옵건대, 聖上께오서는 天人의 一理를 熟察하시어 大舜之心으로 體하고 大舜之道로 行하시어 神과 人이 함께 喜抃하므로써 國家臣民의 福이 되게하소서…"6)

---

5) 上揭書. 地・年譜.
6) 上同.

하는 極言은 句句節節이 忠義에 차있으나 昏君의 비위에 맞을 리가 없고 그 속뜻이 光海主를 天人을 大逆하는 凶謀로 모는 論理였으므로 奸臣 李國光 · 河仁俊 · 閔深 등의 請置重辟의 斥疏에 몰리지 않을 수 없었던 것이다.

68才되던 3월에 三司에서 遠竄을 請하므로 光海主가 大怒하여 「奇自獻 · 李恒福은 大臣의 몸으로 단지 所懷를 말한 것 뿐인 데도, 그때에 三司가 安置를 請했지 않느냐, 그런데 지금의 三司가 곧 前日의 그 李 · 奇를 攻駁하던 三司인 데 治人의 氣力이 어찌 그렇게 맥이 없는가」7)라하고 李愼儀는 凶悖하기 李恒福 · 鄭弘翼과 다름이 없으니 絶塞安置에 加棘하라 하였다. 會寧은 極北이었다. 石灘은 單僕에 一子를 거느리고 匹馬로 떠나는 데 側室의 號哭 속에서도 조금도 動心하지 않았다. 家眷의 拜訣과 親知의 送別에서 눈물을 흘리지 않는 이가 없었으나 그는 끝내 의연하여 微動도 없었으니 그의 送行을 지켜보는 知舊들이 歎服해 마지 않았다고 한다.

會寧의 謫居生活에서 四友歌를 지었던 것이니 그가 四友歌를 짓게된 데에는 李守一의 功도 또한 많았던 것인데, 石灘이 謫地에서 鷄林 李守一에게 小玄琴을 보내달라고 請하였던 바 李鷄林이 快히 造琴하여 보냈던 것이다. 石灘은 李守一이 보낸 小玄琴에 四友歌를 지어 度曲하여 孤高之趣를 寓하였으니 李守一의 贈琴이 없었다면 四友歌의 創作을 어찌했을까 두렵다. 일찍이 宋時烈은 石灘의 諡狀에서

"其謫北也求琴於北闥李鷄林守一<u>不畏奸黨之窺伺別造以贈之(傍線筆者)</u>"8)

라고 말하였다. 奸黨의 窺伺를 두려워하지 않고 小琴을 만들어준 李守一의 의연한 勇氣도 이 기회에 賞嘆하지 않을 수 없을 것이다. 외로운 謫地에서 추위와 배고픔을 견디면서 古人의 不輟琴瑟之義를 深味하고 스스로 治心 · 養性하였던 것으로, 9월에 興陽으로 옮겨서도 이러한 生活은 계속되었다.

9월에 北虜의 侵入이 있어 邊報가 급하다하자 그는 함께 安置되어 있는 休

---

7) 上同.
8) 上揭書. 人 · 諡狀.

翁 鄭弘翼에게 貽書하기를,

> "우리는 앉아 죽을 수는 없다. 賊勢가 急하게되면 圍籬를 부수고나가 從軍
> 하여 힘을 다해 賊徒를 막을 것이요, 幸히 이기면 圍中에 돌아오되, 不幸히 못
> 한다면 힘을 다해서 싸울 것이다. 그러나, 모름지기 朝命을 기다릴 것이다."9)

라고 하였다. 平常의 몸으로도 國難에 당할 處身에 흔들림이 있는 법인데 極
北의 謫中에서 이처럼 竭忠報國의 一念에 한점의 티끌이 없는 忠肝을 어디서
쉽게 찾을 수 있을 것인가. 邊報가 날로 급하니 在北 罪人을 仍置할 수가 없
어 興陽으로 옮기게 되는데 途中의 稷山에서 石灘이 지나간다는 風聞에 邑中
의 父老들이 酒肉을 들고 다투어 모여들어 慰勞하였는데 마치 市場과 같았다
고 하였다.

平素에 沙溪에서 온 여러 통의 글 가운데 「公이 前日에 南人이었는데, 이
제와서는 옳다고(南人을) 하는 이가 한 사람도 없으니 公의 생각은 어떠하
냐」고 물은 句節이 있었다. 石灘이 答書하기를

> "…錦繡의 입에서는 반드시 錦繡가 나오는 법이오, 兄은 어찌하여 이와같은
> 말을 하시오. 無一人可者라는 五字는 비록 世上을 悲憤하여 나온 말이라하더라
> 도 執中之論이 아닐까 두렵소이다. 구차히 오늘의 世態에 傷心하여 옛날을 사
> 랑하는 뜻에서 한말이라면, 於彼於此 옳다고 하기가 어려울 것인 데 하필 南人
> 에게 責任을 돌릴 까닭이 무엇이란 말이오. 선비라는 것은 友道를 相取함에 있
> 어 彼此의 觀은 勿論하는 것이고 오직 그 뜻을 崇尙하여 取舍하는 것이 吾道
> 의 마땅한 先務인 것입니다.
>
> 나는 본래 非南이오, 非西이며, 역시 非北입니다. 매양 好古 篤學하고 敦行 孝
> 弟하는 이를 일러 吾類라 하는 바요. 비록 幅巾潤袖하고 高談 大言하는 者라도
> 夷考하고 實이 없으면 나는 非吾類라 이를 것입니다.
>
> 鄙見이 이와같이하여 平生을 살아왔기 때문에 스스로 中立不倚하여 無偏無黨
> 하였던 것입니다. 그런데 兄께서 나를 指目하여 南人이라하니 兄께서 스스로의
> 마음으로 度人하는가 싶어 웃음을 금할 수가 없오이다. 東西南北이 일어난 것이
> 國家의 大不幸의 萌兆이온데, 지나간 일은 그러려니와 이제 이런 일을 들을 필요

---

9) 上同.

　　가 있겠읍니까…"10)

하였다. 君子의 恒心이 이와같이 흔들림이 없고 志向하는 바 뜻이 時勢와 超然하여 멀리 孤高之香을 띄운다면 우리는 이런 이를 일러 至善의 사람이라 할 것이다.

　71才 되던 12월에 長子 宣務郎 貞吉을 잃는다. 時望을 입은 그릇이었으나 終身之 疾을 얻어 三年이나 죽으로 연명하다가 일어나지 못하니 白首長沙로 당하는 이 逆境이 그를 얼마나 아프게 했으랴. 더구나 멀리 謫中의 傷中에서 듣는 悲報이고 夫人을 잃은 지 二十有餘年에 외롭게 기른자식을 보내는 情을 누라서 짐작이나 할 것인가.

　栫棘 6년이 되던 해에 仁祖反正으로 群奸이 誅殺되고 守正舊臣을 부르게 됨에 石灘도 解圍되어 吏曹叅議로 入朝했으나 미처 부임하기전 翌日에 變命이 있어 刑曹叅議를 받게 된다. 還朝하는데 都城에 집을 마련할 돈이 없어서 할 수 없이, 한 空家를 찾아든다. 이 집은 西小門에 있는 凶家로 鬼神이 亂舞한다하여 사람들이 接近하지 못하고 내박쳐둔 채 몹시 더러운 건물이었다. 그는 이런 일을 莫論하고 凶家에 들어가 起居하였는데 어찌된 일인지 그가 들어 산 이후에는 鬼邪之變이 한 번도 일어나지 않았다고 한다. 그래서 洛陽 사람들이 傳說하기를 石灘의 精氣가 鬼膽을 깨뜨렸다고 하였다.

　3월에 入朝하여 累進, 5월에는 嘉善大夫掌隷院判決事兼 經筵特進官에 陞拜되었다. 이때에 經幄에 들어가 啓하기를,

> "萬번 죽기로 餘生에 天顔을 한 번 우러러 삼가 한 말씀 올리고자 하옵니다. 聖上의 밝으심으로 이와같은 維新의 날을 맞이하였아오니 마땅히 急히 힘쓰실 것은 賢才를 收用하여 民心을 悅服하는 일이 그 하나요, 둘은 바라옵건대 殿下께오서는 古昔의 聖王의 規矩에 나아가셔서 彊域을 다스리오소서"

하니 듣는 이들이 모두 老成宿德한 분의 말이라하여 칭송하였다고 한다. 6월에 晝講이 있었는 데 上께서 治國의 道를 下問하시니 여러 臣下가 다투어 功

───────────────────

10) 上揭書. 天·答沙溪書.

利之說을 바쳤다. 이 때 獨對하여 말씀드리기를, 「반드시 三代의 법으로 다스린 연후에 可히 化民成俗하는 것입니다.」하였더니, 上께서 별로 留念하려 하지 않았다. 石灘은 장차 詣闕하면 바치려고 人君이 躬行하여야 할 것과 나라를 다스리는 데 있어서의 要點을 정성스럽게 手寫하여 소매속에 넣고 다녔다. 어느 때인지 楊前에 이르면 陳達하려하였으나 그 기회가 끝내 없었다. 翌日이 모양을 알았던지 아니면 石灘의 獻言에 契合한 바가 있었던지 李貴가 울면서 上께 請하기를,

"昨日 李愼儀 何以則三代之治 聽其盡言然後 量其當否而處之何如"11)

라 했으나, 上께서 종내 응하지 않았다. 光海의 昏朝에는 오로지 한 떨기 菊花처럼 立節守正하여 그 時代의 亂流속에 오직 하나의 燈台로 살았던 石灘이었다. 南北으로 끄을려다니며 安置되었던 謫居生活의 風霜을 뉘라서 이같이 從順할 수 있었을까. 오늘 狂亂의 惡候가 지나고 光明의 太陽이 밝았다. 維新의 英傑 仁朝가 들어섰던 것이다. 圍籬栫棘에서 풀리어 陞拜되어 還朝의 召命을 받은 그의 心懷에는 萬感이 交錯했으리라. 더구나 經筵特進官에 拜受되니 理想政治를 할 때를 만난 그의 가슴은 흥분에 떨었으리라. 백번 생각하고 獨對를 허락받은 자리에서 平生의 抱負를 陳上했으나 不納하는 눈치였다. 그러나 여기에 머물지 않고 다시 아뢸 기회를 노리었으나 쉽지 않다. 보다못한 李貴가 울면서 啓請하였으나 默默不答이라 石灘은 여기서 그의 時代가 갔음을 直感한 것이었다. 그래서 引年을 애걸했으나 허락되지 않았다. 그의 乞骸가 받아들여지지 않고 그대신 光州牧使가 제수되었다. 謫地에서 還朝한 뒤의 石灘은 이미 擧世的 衆望을 한 몸에 받는 巨人으로 成長해 있었던 것이다. 期待를 걸었던 長子 貞吉의 죽음을 配所에서 듣고 73才의 초라한 몸으로 돌아온 그였으나 남은 餘生을 王道의 實現에 두어, 維新時代의 새 主君을 달래어 大朝鮮의 中興을 꾀하므로써 宣祖때의 李 珥가 못이룬 꿈을 仁祖代에 살리고자한 유일한 인물로 남았던 것이다. 그러나 徐敬德 — 閔純에 이어지는

---

11) 上揭書. 地·年譜.

道學의 理想은 그에게 와서도 時流의 不容을 입어 한갖 理想論者의 蓑說로 斷罪될 뿐이었다. 더구나 그를 忌彈하는 무리의 꾸준한 補外說에 몰리어 光州牧使로 나가게 된 것이다.

당초에 몇몇 사람들이 銓長 申欽에게 補外를 强請하므로, 申欽이 이를 반대하여 "李愼儀는 一世의 名儒로 이제 막 經幄에 出入한 人望之士인데 補外가 웬말인가"라고 하여 그들의 입을 막았으나 申欽이 入相함에 따라 銓長에서 떠나니 다시 補外를 내어 끝내 唯一한 直臣인 그를 朝廷에서 내보낸 것이다.

四年後에 다시 經筵特進官으로 불렀으나 病으로 不就하고 76才의 正月에 嘉義大夫刑曹叅判五衛都摠管을 拜하고 이해에 仁祖의 求言을 받고 封事一綱十二目을 올리는 榮光을 입는다. 獨對以後 治國의 뜻을 말고자했으나 機會를 얻지 못하고 도리어 時輩의 忌諱로 補外의 不遇를 당한지 4년만에 얻은 幸運이었다.

그때에 雷霆의 변이 있어서 上께서 避殿하시어 先生께서 求言하였던 것이다. 封事一綱十二目은,

"方今 我國을 害하는 者는 西虜로서 항상 우리나라를 노려보며 狼貪하여 廟堂을 쳐들어 오려 합니다. 그러니 防備가 아무리 충분하다 하더라도 善策이 없을 것입니다.

殿下께오서 中夜不寐하시는 것이 이것이옵고, 음식을 마주하여 맛을 잊으심이 이것이옵니다. 비록 그렇다 하나 臣이 깊이 우려하는 바는 단지 西虜에만 있는 것이 아니옵니다. 방금 눈앞에 있는 積弊로서, 이것이 날로 深痼되고 蔓延되고 있으니 비유컨대 사람이 한 번 元氣가 敗하면 百病千症이 交發하여 一毛一髮이라할지라도 병들지 않은 것이 없음과 같은 것입니다.

臣은 전에도 聖上께서 여러번 太煩을 들으셨다하기로 근심 가운데 큰 것을 들어 말씀드린 것입니다.

슬프다. 오늘의 나라가 병든 실마리가 綱目은 있으나 君이 배우려고하는 마음이 없음이니 이것이 곧 病國의 綱領이 아니고 무엇입니까. 그 目에 十二條가 있으니 賢士를 씀에 있어 이름만 取할 뿐 實을 求하지 않음이 病國의 目 가운데 하나 입니다. 諫을 拒否하여 좇지 아니하고 臺官을 蔑視하는 것이 病國之目 二입니다. 動이 多雜하여 秩序가 없고 恣意로 賞을 내리어 驕하여지면 곧 病國之目 三입니다. 朝紳이 粉飾文具하여 奢侈에 빠지면 이는 病國之目 六입니다…"12)

등등 十二目을 말하고 五六千言을 여기에 더 부연하였던 것이다. 或者가 말하기를 中興 以後에 第一名疏라 하였다는 데 과연 이 封事는 石灘의 所懷를 남김 없이 吐露한 것으로써 血誠의 忠情이었다.

다음해 7月 北虜의 入冦가 있어 上께서 江都로 幸하심에 病中이라 서둘러 따랐으나 너무 衰弱하여 渡江할 수 없어 扈從을 못하고 仁川에 머물다가 水原 馬井里 村舍에 돌아와서 나라 걱정을 하면서 16일에 77才를 一期로 波瀾 많은 一生을 마치었다.

宋時烈은 石灘을 말하여

> 氣宇俊偉 器度恢弘, 律己淸素 處事淸明 常心遊物表冲 澹無累仕官非素志也…平居溫然 不露聲色而至臨事處義則確然 不可奪之操 文元公金先生最相親愛每稱其師友淵源之正　雖其所施只見於民社之間而終能以一身任綱常之重逢興李文忠諸賢同條而共貫以垂世敬於無窮則抑可謂小屈而大伸矣…13)

라고 「神道碑銘 幷序」에 하였고

> "나의 先君子께서도 布衣로서 公과 더불어 入覲하였던 바, 여러 번 公의 風貌를 듣고 欽仰·敬服하기를 他人에게 하는 것의 倍를 하였었다."

고 하고 있다. 左議政 李頣命도,

> 公爲人俊偉光明篤實嚴正以反躬切已之學早服訓平居溫然不露其聲色至於臨大義確平有賁育不可奪之節故以一身任綱常之重處事精明律己淸嚴故官民懷其惠常心遊物表任宦非素志也14)

라고 「誌銘 幷序」에 쓰고 있다. 可謂 一世의 代表的인 儒學자였고 忠義의 臣下였으며 愛民의 官吏일 뿐 아니라 家眷의 慈父였으니 尤庵이 말한 氣宇는 俊偉하고 器度는 恢弘하며 律己淸素하고 處事에 精明하였다고 한 것이 과연

---

12) 上揭書. 天·應旨封事.
13) 上揭書. 天·應旨封事.
14) 上揭書. 人·神道碑銘並序.

그의 면모를 잘 드러냈고 할 것이다.

　四友歌는 「石灘集 人 石灘先生文集附錄下, 石셕灘탄先션生싱文문集집補보遺류」에 收錄된 것인 데 다음과 같다.

　　　四ᄉ友우歌가

　　松숑
　　바회예 셧는솔이 凜늠然연 흔 줄 반가온뎌
　　風풍霜상을 겪거도 여외는줄 전혜업다
　　언디타 봄비츨 가져 고틸줄 모르느니

　　菊국
　　東동離리의 심은 菊국화 貴귀흔줄를뉘 아느니
　　春츈光광을 번폐ᄒ고 嚴엄霜상이 혼쟈퓌니
　　어즈버 쳥고흔 내 버디 다만 넨가 ᄒ노라

　　梅미
　　곧이 無무限흔호되 梅미花화롤 심근 뜻은
　　눈속에 곧이 퓌여 흔비틴줄 貴ᄒ도다
　　ᄒ믈며 그윽흔 香향氣긔롤 아니 貴귀코 어이리

　　竹쥭
　　白빅雪셜이 ᄌ즌날애 대롤보려 窓창을 여니
　　온갓 곧 간디 업고 대습히 푸르러셰라
　　엇디흔 淸쳥風풍을 반겨 혼덕혼덕ᄒ느니15)

　　이것이 四友歌란 松·菊·梅·竹의 四君子를 가리키는 것이다. 이 노래는 그의 67才 때, 곧 光海10年(1618) 3월에서 9월 사이에 會寧의 謫地에서 지은 것이다. 鷄林 李守一에게 글을 보내서 琴을 請하였고 李守一은 石灘이 罪人이 되어 栫棘에 있으므로 그에게 琴을 주는 일이 혹시 奸黨에게 指彈되어 迫害를 받을 것이 분명함에도 불구하고 勇氣를 내어 琴을 만들어 주었다고

____

15) 上揭書. 人·石灘先生文集補遺.

尤庵은 말하고 있다. 琴을 얻은 뒤,

　遂作 松竹梅菊四友歌 被絃度曲以寓孤高之趣焉 及南遷以琴自隨深味古人不輟琴 瑟之義以之治心養性焉[16] 하였던 것이므로, 四友歌를 지은 特別한 뜻이 담겼음을 示唆하고 있는 것을 본다. 石灘이 스스로 當世를 가리켜 「如此則天道滅矣人紀絕矣」라하고 분연히 일어나서 極言獻議를 하여 昏君의 無道를 목숨을 던져 諫하였으니 그 節義·孤高를 뉘라서 흉내나내겠는가 그러므로 이 四友歌는 그러한 高節을 스스로 높이고 기울어가는 나라를 可矜해 하는 愛國愛民의 心懷를 읊은 것이라 할 수 있다.

(1972. 詩文學)

---

16) 上揭書. 地·年譜.

제3장 李光洙와 佛敎思想

Ⅰ. 머릿글

韓國의 佛敎가 어떠한 形態로 受容·發展되어왔는가를 整理하여 보는 일은 佛敎史를 研究하는 立場에서는 매우 重要한 意味를 갖는다고 할 수 있다.

史的整理의 한 方法으로 一般信徒를 對象으로하는 質問紙 調査도 可能할 것이고 各寺刹이나 布敎所別 統計資料를 통한 集計도 생각할 수 있을 것이다.

그러나 文學作品을 대상으로 作家의 意識을 抽出해보는 것도 佛敎史가 韓民族의 精神史的 次元에서 理解되어야 한다는 論理에서 빼놓을 수 없는 일이라고 할 것이다.

文學을 통한 佛敎意識의 照明은, 文學이 思想·感情의 直接的 表出이 아니라 그것의 形象化라고 하는 間接的 方法에 의하여 開陳되고 있는 것이므로 다른 文獻이나 資料에서 看取되는 史實보다는 훨씬 象徵的인 意味를 갖는다는 特性을 認定하지 않을 수가 없다. 筆者가 여기서 象徵的이라고 한 말은, 文學의 具象性은 비록 어떤 特定한 個人(作家)에 의하여 이루어지지만 그 創作過程에서 形象化된 作中人物들은 作家의 個性的 聯關을 排除할 수는 없다하나 個別者的 影響力에서보다는 더 많이 時代나 社會의 特性을 類型的으로 典型化한다는 文學의 機能에 注目할 必要가 있다는 데서 使用한 것이고 또 그렇게 時代나 社會를 反映하기마련인 그 典型的 實體를 「象徵的」이라고 限定하여 써본 것이다.

1975年에 筆者는 韓日佛敎學術會議에서 「韓國의 佛敎文學에 나타난 人間像」을 發表한 적이 있었다. 이 論文에서는 新羅이래 高麗, 朝鮮에 걸친 說話,

詩歌, 小說 등에 散見되는 佛敎信仰의 形態를 類型化하여 본 것으로서 대체로 어떤 社會階層이 어떤 信仰類型에 屬해 있다는 것을 밝히는 하나의 試論이었다.

그러나 이 글에서는 그러한 信仰이나 佛敎意識의 外形的 類型을 다루려는 것이 아니라 詩人이나 作家의 內部에 흐르는 意識의 趨移를 追究하여 보고자 하는 것으로서 말하자면 佛敎의 受容과 行이라는 두 側面이 궁극에 있어서는 精神의 所用에 돌아가는 것이므로 佛敎의 自利利他가 어떤 必然性에 의하여 遂行되는가를 알아 보고자 하는데 있는 것이다.

그런데 그러한 精神의 現象을 把握한다는 것은, 특히 文學의 경우에 있어서는 매우 어려운 條件이 隨伴되기 마련이다. 文學이란 어느 경우에 있어서도 一般性의 要請을 拒否할 수 없을 뿐 아니라 오히려 社會的인 普遍的人間像의 顯現에 注力하는 것이어서 이러한 人間像에 宗敎的體驗을 맞추게 되는 作業이 그 任務라 할 수 있을 것이다.

다시말하면, 한 作家가 그의 宗敎的體驗을 作品을 통하여 說明하려 할 때에, 民族이나 人類의 共感을 얻게 되려면 作中人物의 行爲가 一般的인 共通點을 具有하지 않으면 안된다는 것이 主要한 問題가 된다고 할 수 있다. 만일에 한 主人公의 作態가 作家가 所屬한 種族이나 民族 또는 人類의 共通性을 享有하지 않은 전혀 異質的이며 稀貴한 實發 事件으로 看做될 때 그것은 讀者에게 共感을 불러일으킬 수도 없을 뿐 아니라 그러한 文學이 그 民族이나 民族을 代辯했다고 생각하는 사람은 아무도 없을 것이기 때문이다.

이 때문에 佛敎意識이, 한 作家를 통하여 創作된 作品에 表出되는 과정에서는 作家自身이 가지고 있는 意識의 水準이 그대로 流入되는 것이 아니라 社會的 一般的 條件에 制約을 받아서 오히려 本來의 모습을 維持하기가 어렵다는 結論에 도달하게 되기 마련이다.

그러므로 小說이나 說話를 통한 佛敎意識의 觀察은, 그 作家가 明哲한 사람이면 그럴수록 더욱 一般的인 類型에 近接한 人間像을 創出해내고 있음에 注目하게 된다. 이런 연유로해서 文人의 佛敎的 關心이나 意識을 살핀다는 것이 小說이나 說話를 통한 方法으로는 曖昧·模糊할 뿐 아니라 그 作家가 꽤 有能할 경우에 있어서는 自己本體를 아예 숨겨버리기 때문에 그의 原型을 捕捉하기가 쉽지 않고 자칫 잘못하면 誤謬에 빠질 公算마져 있다는 것을 생각해야 할 것이다. 그래서 이 論稿에서는 說話나 論文類, 小說은 뒤로 돌려서 副次的 補助資料로 하고 詩를 中心으로 해서 文人들의 佛敎意識을 考察하여 보고자 한다.

詩는 作詩者의 心懷를 直截的으로 傳達하는 것이기 때문에, 만일에 小說家이면서 詩를 썼던 李光洙 같은 경우에 있어서도 오히려 그의 시를 통하여 小說에서의 不透明性을 解讀하는 데 크게 寄與한다는 것을 實感하리만큼, 當者의 意識의 實相을 眞率하게 고백한 점에서 切實하기 때문에 文人의 佛敎意識의 變遷史를 硏究하는 데 適合한 典據가 된다고 생각하는 것이다.

本 論文에서는 李光洙를 중점적으로 分析·評價하려고 하는 바, 春園이 1910年代에 그의 데뷰作인『無情』[1]을 발표하였고 19世紀末에서 20世紀 中葉까지 살았던 사람이므로 이러한 作家라면 대체로 韓國近代의 佛敎意識의 흐름을 헤아리는 데 모자라지 않겠다는 생각이 들었던 것이다.

春園이 韓國의 佛敎文學을 代表한다고 생각하지는 않으나 적어도 近代韓國文學의 黎明期로부터 植民地時代의 韓國人의 佛敎에 관한 意識이 어떠했던가를 그의 行蹟을 쫓아서 觀察할 수 있다고 보았기 때문이요, 個人的으로는 春園은 基督과 孔子와 釋迦가 그의 內部에 共存했던 사람이었으나 中年 이후에는 차츰 佛敎에 傾倒되어 간 것을, 그를 오래동안 侍奉했던 朴定鎬의 回顧에 보면, 하루에도 두세번씩 患中에 高熱이 되면 그에게 佛經을 읽어 달라고 했었다고[2] 하고 있는 것으로 알 수 있는데 이런 것으로 미루어보거나 또 無涯가 生時에「春園의 집에 가보면 佛堂을 設하여 놓고 흡사 生佛처럼 處身했다」[3]고 말하여 그가 自內証에 의한 당연한 行儀로서 取한 態度가 아니라 짐짓 꾸민듯한 印象이 많다는 뜻으로 說明하였던 것을 들었었다. 이런 일련의 일들을 綜合해보면 春園은 終生 佛敎로 向해 接近한 사람이라 할 수 있다. 佛

---

1) 無情(短篇). 大韓興學報 11號. 1910. 3.
2) 朴定鎬. 序(春園詩歌集).『李光洙全集』. 月報. 三中堂出版局. 1963. 4. 20.
3) 梁柱東. 筆者등이 그분의 自宅에서 受講할 때 直接들었음. 1958.

教的 側面에서도 時代意識의 屈折과 함께 多樣한 樣相을 띠게 될 것으로 期待된다.

韓國의 佛教文學을 研究한 實績은 지금까지 눈에 띠는 것이 별로 없었다. 黃浿江의 「新羅佛教說話研究」나 金起東의 「國文學上의 佛教思想」 그밖에 九雲夢이나 金時習을 다루면서 副次的으로 擧論한 以外에는 檀國大學校의 某教授가 佛教意識에 관해서 發表했다는 新聞報道가 2·3일 전에 났었는데 아직 入手하지 못하여 무어라 말하기 어렵다.

筆者가 1975年에 발표한 「韓國의 佛教文學에 나타난 人間像」은 불행히도 原本을 求得하기 어렵고 日譯本이 남아있긴하다.[4]

韓國精神史에 至大한 영향을 주었을 것으로 생각되는 佛教의 文學作品을 통한 연구나 作家의 佛教에 대한 意識을 考究하는 作業은 今後 많이 추장해야 할 일의 하나라고 생각한다. 本論文은 그러한 일의 한 試論이긴 하나 紙面이 제한되어 充分한 理論 展開가 어려워서 本格的인 내용은 다른 기회로 미루기로 하겠다.

Ⅱ. 思想的 彷徨의 論理的歸結點으로서의 民族主義

春園은 8才(1899)때 동네 書堂에서 漢學을 읽고 그해 9月의 白日場에서 「東籬凌霜發 無數黃金錢」의 壯元詩로 近洞을 놀라게 할만큼의 秀才였다. 9才에 漢學을 마치고 11才에 孤兒가 되는 運命속에 外家와 再堂叔家에서 轉轉 放浪을 하다가 12歲에 東學에 入道하여 朴大領家에서 文書를 베끼는 書記 兼 秘書로 寄食한 것이 빌미가 되어 다음해 日本 官憲의 東學彈壓에 懸賞金 百원짜리 逮捕令이 그를 뒤쫓는다. 그때 그의 나이 13才, 父母의 遺産인 細目 2匹, 明紬 3匹, 廣木 1匹을 70兩에 팔아서 路資를 삼고 서울로 避身하니 9才에 四書三經을 떼는 早達이라하나 너무 苛酷한 試鍊이다.

---

4)『アジア公論』. 1976. 8月號.

새옷 입을 때면 어머님이 생각혀라
삼동 다 지나도 솜옷 한 벌 없으시고
가난에 쪼들리시던 젊으신네 시왔다.

장맛비 퍼붓던 날 젖은 나뭇 잎을 이고
치맛 자락에 호박잎에 싼 딸기를
寶鏡아 부르시와 주시던 이 시왔다.

채마 좁은 끝에 옥수수를 심그시와
여물기도 전에 저녁 짓는 아궁이에
구어서 꼬창이 꿰어 주시던 이시왔다

손수 누에 놓아 명주 한 필 낳은 것을
싸서 두고두고 끄내어서 보고보고
寶鏡이 장가 들기를 기다리신 이샸다

「홀머니, 어린누이, 네 몸에 累 되어서
丈夫일 못하리라. 아비 따라 가오리라」
아바님 屍體를 넘어 돌아 가신 이샸다

[附言] 내 어머니 忠州 金氏는 열 다섯 살에 二十年長인 내 아버지에게로
시집왔다. 어머니 스물 세 살 적에 내가 나고는 집이 치폐하여서 서른 세 살
그가 돌아갈 임박하여서는 朝夕이 未由하였다. 이 노래는 그런 어머니를 생각
하고 지은 것이다. 나 장가 들이기를 무척 기다리던 어머니였다. 그 明紬 한
필을 내가 처음 서울 올 때에 路資를 삼았다. 그것과 銀物 몇 가지와 細木 두
필과 이것이 어머니의 遺産인 同時에 내 生涯의 밑천이었다. 말 없는 내 어머
니의 사랑이었다.

어머니는 屍體를 넘으면 죽는 다는 것을 믿고 어린 누이를 업고 아버지의
屍體를 넘었다. 그 후 어머니는 八日만에, 어린 누이는 一年만에 아버지 뒤를
따랐다.5)

그의 父母가 연이어 死亡한 것은 그의 나이 11才(1902)때로 虎列剌에 의

---

5) 어머니, 春園詩歌集 所載, 여기에 枚擧한 財産目錄은 又新社刊 別冊年譜와 다르
다. 거기에는 細目 2필, 明紬 3필, 廣木 1필을 70냥에 팔았다고 있다.

함이었다. 三男妹 중에 젖먹이 아이가 민며느리로 가고 큰누이는 祖父 李建
圭에게 맡겼는데 젖먹이 누이가 1년만에 뒤이어 죽은 것이다.

그의 傷心이 얼마나 컸으면 祠堂에 불을 놓아 紅牌, 文籍, 位牌를 태워 없
애고 故鄕을 떠나려 했었을까.

12才때 東學에 入道하므로써 宗敎的體驗을 처음 갖게 된 그가 「그리스도
思想에 共鳴하여 篤實한 크리스챤 生活을 하기로 作心」6) 하게 된 것은
1907년(16才)의 일이다. 이 作心이 언제까지 持續되었는지 알길은 없으나
1920년에 쓴 「미쁨」은 그의 基督信仰을 알게하는 좋은 指標가 된다고 하겠
다.

                1.
        아아 믿고 싶다.
        너는 나를 믿고
        나는 너를 믿고
        서로 믿고 싶다 —
        그렇게 믿는 세상이 언제나 올까나

        님아 네 눈에서
        의심의 깜박임을 떼라
        내가 참말을 할 제
        어이하야 그냥 깜박이나뇨
        언제나 말과 말이 곧은 길로 다니료

        「나를 믿으라」
        하는 말도 못 믿네
        「너를 믿노라」
        하는 말도 못 믿는다네
        아아 못 믿는 님이시니 내 어이하리오

                2.
        惡魔! 惡魔!

---

6) 「年譜」. 又新社. 別冊. PP. 154-155.

어느 惡魔냐, 그 어느 惡魔러나
사람의 입술에
「거짓의 씨」를 뿌린 것이
네야말로 惡魔로다 ── 惡魔의 惡魔

에덴 동산의
불쌍한 이와에게
千萬代에 滅치 못할 罪惡의 뿌리를
심은 것이 ── 무엇으로냐
알았다. 갈라진 혀끝의 달콤한 「거짓말」

아비와 아들과
나라와 백성과
지아비와 아내의
피로 맺은 言約이, 所謂 鐵石 같다는 言約이
이로부터 깨어지다. 눈물이 오다. 죽음이 오다.
「어디를 가시든지
主를 좇으리다」
하고 주먹을 불끈 쥔 베드로
아아 닭이 울기 전에
세 번은 過하다, 세 번 「모른다」는 정말 過하였다.

　　　3.
드는 칼을 들어
내 혀를 베어라
입술도 찢어 버려라
만일 「거짓말」의 毒液이 全身에 퍼졌거든
아아 主여 硫黃의 불길로 全身을 태워지이다.

十字架의 寶血로
씻을 것이 무엇이닛까
聖神의 불로
태울 것이 무엇이닛까
「이다, 저다」 마시고 다만 「거짓말이다」할 것니이다.

                이 눈물의 노래를 외는
                二千萬 흰옷 입은 무리에게
                모든 苦痛도 내리소서
                悲慘도, 무엇도 다 내리소서, 마는
                다만 그네의 입술에서 거짓의 뿌리를 뽑아 주소서
                아아 믿고 싶다.
                너는 나를 믿고
                나는 너를 믿고
                서로 믿고 싶다
                그렇게 믿는 세상이 언제나 올까나.7)

春園은 어려서부터 病弱한 데다가 白麟濟에 의해 脊椎카리에스로 한쪽 갈 빗대를 도려내었고8) 4년 뒤인 1929년에 또 왼쪽 腎臟을 切除하는 大手術을 받는다. 거기에 肺까지 弱하여 病苦와 싸웠던 것인데, 이러한 모든 與件들 —— 다시말하면 가난과 病弱, 거기에 初娶였던 白惠順과의 갈등과 許英肅과의 不如意한 사랑 등등이 그에게 宗敎的 彷徨을 加重시킨 것이 아니었던가 생각하게 된다.

基督敎的 信仰과 儒敎的素養은 오래동안 그의 精神的 基底를 形成한채 정작 佛敎에 맞부딪칠 때까지 衡平關係를 持續한다고 할 수 있다.

그의 高弟子였던 朴定鎬는 다음과 같이 述懷하고 있다.

    "…先生의 生活이 부처님의 生活이요, 하느님의 生活이요, 孔子님의 生活이요, 眞理의 生活이라고 봅니다. 先生님을 모셔오기 四年이 되지만 어느날, 어느 때든지 慈悲와 사랑과 仁과 眞理를 떠나서 사신 날을 못 보았습니다…"9)

이러한 儒學과 佛敎와 基督敎의 共存은 그 自身의 中年以後의 修養이 갖는 당연한 結構이기도 하지만, 이러한 思想的 浮游는, 더많이 그의 敎育課程에서 영향된 바가 크다고 볼 수가 있다.

---

7) 「미쁨」. 創造. 1920. 5月號.
8) 1925년 3월 百餘日을 臥病함.
9) 朴定鎬. 春園詩歌集 序.

　그는 鄕里의 鼎陽洞 慈聖山 기슭에 있는 慈聖齋라는 書堂에서 漢學을 공부하였고 日本으로 건너가서는 芝白金의 長老系 學校인 明治學院에 3學年으로 編入하여 3년 課程을 마치면서 '基督敎徒가 될 것을 作心하는 데서 예수에 대한 傾倒가 시작된다.

　그러나 그의 이러한 傾倒는 三敎의 綜合이라는 것으로 混成되고 만다. 그가 바라는 것은 宗敎的眞理의 探究가 아니라 「名人」이 되는 過程的 修行의 方便으로서의 것이었기 때문이다. 1925년에 春園은 다음과 같이 回顧하고 있음을 본다.

　　"…『無情』『開拓者』 등 朝鮮最初의 新小說을 썼고 또 되나 안되나 現在 朝鮮에서는 가장 多量의 小說을 썼다고 해서 親舊들도 나를 小說 쓰는 사람이라고 생각도 하고 때때로 稱呼도 해주는 모양이나 그런 일을 당할 때마다 나는 悲哀와 羞恥에 가까운 一種의 不快를 느낀다. (中略) 小說家가 되리라는 생각을 하여 본적은 없었다. 지금도 그러하다. 思想, 批判, 敎育 이것으로 一生을 보내고 싶다. (中略) 革命과 宗敎 이것이 나의 最高의 所願이다. 革命으로는 不合理한 社會를 改善하고 宗敎로는 醜惡한 人生을 善美化한다.…"10)

　그가 最高의 理想으로 알았던 것은 政治와 宗敎를 겸하는 일이었는데, 政治는 救國의 一念과 榮達의 出世主義가 혼합된 것이었고 宗敎는 眞理나 生死觀 때문이기 보다는 人生의 醇化에 宗敎의 機能이 有效하기 때문이라는 論理의 歸結에서 였다.

　그러나 數年後에 그의 理想은 많은 變貌를 가져와서 當初의 心地가 꺾이는 것을 보게 된다.

　　"…오늘날 朝鮮人은 當分間 名人主義로 나갈 수 밖에 없다. 설사 그것이 唯一한 進路가 아니라 하더라도 重要한 進路는 될 것이다.
　　사람의 野心을 가장 激發하는 것은 政治러니와 政治的 野心은 當分間 朝鮮人으로서는 無望이다. 그러면 그 野心을 어디서 發散할고? 그것은 文化의 各 方面에 名人되는 것으로 發散할 길 밖에 없다.

10) 내가 屬할 類型. 文藝公論 創刊號. 1929. 5.

桂貞植은 바이올린으로, 裵雲成은 그림으로, 姜鏞屹은 小說로 다 國際的 名人이 되었다. 또 어떤 분은 비타민 E의 化學成分의 發見으로 世界 學界에 名人이 되고, 어떤 분은 拳鬪로 國際的 名人이 되었다고 한다. 이 밖에 혹은 學術方面으로, 혹은 藝術方面으로, 혹은 宗敎, 思想方面으로, 世界的 名人이 될 길만은 막히지 아니하였다. 이러한 名人이 많이 생기는 것은 直接으로 當者 個人의 野心을 滿足시키지마는 間接으로 民族의 힘을 늘이고 聲譽를 높이는 것이다."11)

그의 野心은 政治家였으나 植民地治下였기 때문에 不可能하다. 그러니다른 文化活動을 해서 民族의 底力을 向上시키는 것이 좋겠다는 결론이다. 말하자면 그의 綜合的인 宗敎觀도 각 宗敎의 長處를 收合하여 民族의 人性敎育에 援用하자는 것이 目的이었다고 할 수 있겠다.

여기에다가 自身의 身體的 病弱이나 宗敎的인 不幸이 相乘作用을 하고 또 生來的 嬌慢에서 오는 孤獨같은 것이 어떤 절대자에의 依支를 促求시켰는지도 모른다.

"밤에 韓君이 날더러 교만하다고 충고하였다. 과연 나는 교만하다. 누구에게든지 내 재능을 자랑하고 싶고 남이 나를 칭찬해 주지 아니하면 불쾌하다. 이 때문에 남들이 나를 싫어할 것이다."12)

친구들이 교만하다거나 破格의 男兒라고 비난하고 따돌리고 하는 것을 그는 「대인물은 흔히 세상에서 배척받는 것이다」13)라고 自矜하는 性品이니까 外面上으로는 단단해보이지만 內心 되씹는 고독속에서 生死의 문제도, 無常과 永遠의 문제도 생각하게 되고 그래서 그 무렵 (明治學院 — 早稻田大學)에 톨스토이에 心醉하기도 하고 世界旅行을 꿈꾸기도 했던 것이라 여겨진다.

"…내 靈魂을 빼어서 품에다 안고
하늘 높이 솟아서 구름보다도

---

11) 名人主義. 四海公論. 1935.
12) 日記. 12月 23日. 朝鮮文壇. 1925. 4月號. 明治學院時節의 日記임.
13) 上同. 日記. 1月 2日.

별보다 더 높이 하늘보다도
무엇보다 더 높이 둥실 솟아서
새보다도 빠르게, 바람보다도
더 빠르게 부살같이 流星과 같이
그렇게도 빠르게 無限無窮한
虛空 속에 휙휙휙 定處도 없이
간다 가네 가고 가 그 어데메로…"14)

그가 큰 꿈을 심고자했던 五山學校에서 排斥을 받은 뒤 韓滿國境을 넘던때에 시베리아의 雪原과 廣漠한 興安嶺을 지나면서 大自然에 魅了되던 경험이 바탕이 된 長詩이었으리라.

그의 宗敎와 思想의 방황은 불붙은 野心에 緣由되지만, 그 野心은 궁극에 있어서 朝鮮主義에 關聯된 것이라 할 수 있다. 그의 朝鮮主義 — 곧 民族主義의 형성은 幼兒期부터 시작된다. 그가 12才 되던 1903年에 露西亞 兵丁들이 定州에 侵入하여 掠奪을 일삼는 데서 싹이트고 이듬해 定州에서 벌어진 露日軍의 戰鬪를 보고 悲憤한 것이었다.

"내 마음에 처음으로 민족의식의 싹이 튼 것은 언제던가. (中略) 내 민족의식은 태어나는 날에 벌써 가지고 있다고 볼 수 있다. 그러나 나의 모든 본능이 때와 일을 만나서야 비로소 발작하는 모양으로 나의 민족의식도 비록 나면서부터 내속에 있었다하더라도 그것이 드러나는 데는 어느 때 어느 일이라도 기연이 필요한 것이다. (中略) 그러나 대개 강한 민족의식의 눈을 뜨게 하는 일이 일어났으니 그것은 일아(日俄) 전쟁이었다.

내가 열 두 살 되던 해는 계묘년이요, 서력으로는 一九〇三년이었다. 이해 겨울에 아라사 병정이 정주에 들어왔다. 그들은 들어오는 길에 약탈과 겁간을 자행하여서 성중에 살던 백성들은 늙은 이를 몇 남기고는 다 피란을 갔다. 젊은 여자들은 모두 남복을 입었다. 길에서 아라사 마병 십여명에게 윤간을 당하여서 죽어 넘어진 여인이 생기고, 어린 신랑과 같이 가던 새색시가 아라사 병정의 겁탈을 받아 튀기를 낳고 시집에서 쫓겨 나서 자살을 하였다. 이때에 나는 우리 민족이 약하고 못난 것을 통분하고 아라사 사람을 향하여 이를 갈았다.

---

14) 極態行. 學之光. 1917. 12. 第14號.

「저놈들을…」
하고 나는 조그마한 주먹을 부르쥐었다"15)

　幼時에 일으킨 民族意識은 그의 一生을 支配하게 되는 데 그 가운데서도 「民族改造論」, 「新生活論」 등 70余篇의 論文에 反復 强調되고 있다. 「民族改造論」은 近 60,000字에 이르는 論文으로 그의 이른바 「三育事業」 —— 곧 德·體·知의 理論을 說得力있는 文體로 엮은 力作이다. 그는 結論에서 이같이 말한다.

　　"…그러면 내 意見은 어떠냐. 이 論文에 말한 것으로 이미 斟酌도 하였으려니와, 나는 차라리 朝鮮民族의 運命을 悲觀하는 者외다. 前에 말한 悲觀論者의 理由로 하는 바를 모두 眞理라고 생각합니다. 우리는 果然 順치 못한 環境에 있습니다. 우리는 이 以上을 想像할 수 없을이 만큼 精神的으로나 物質的으로나 疲弊한 境遇에 있습니다. 또 우리 民族의 性質은 劣惡합니다. (根本性은 어찌 되었든지 現狀으로는), 그러므로 이러한 民族의 將來는 오직 衰頹 又衰頹로 漸漸 떨어져 가다가 마침내 滅亡에 빠질 길이 있을 뿐이니, 決코 一點의 樂觀도 許할 余地가 없습니다.
　　(略)
　　그러면 이것을 救濟할 길이 무엇인가. 오직 民族改造가 있을 뿐이니 곧 本論에 主張한 바외다. 이것을 文化運動이라면, 그 가장 徹底한 者라 할것이니 世界各國에서 쓰는 文化運動의 方法에다가 朝鮮의 事情에 應할 만한 獨特하고 根本的이요, 組織的인 一方法 을 添加한 것이니 곧 改造同盟과 그 團體로서 하는 가장 組織的이요 永久的이요 包括的인 文化運動입니다. 아아 이야말로 朝鮮民族을 살리는 唯一한 길이 외다.
　　最後에 한 가지 미리 辨明할 것은 이 改造운동은 政治的이나, 宗敎的의 어느 主義와도 相關이 없다 함이니 곧 資本主義, 社會主義, 帝國主義, 民主主義, 또는 獨立主義, 自治主義, 同化主義 어느 것에나 屬한 것이 아니외다. 改造의 性質이 오직 民族性과 民族生活에만 한하였고, 또 目的하는 事業이 上述한 바와 같이 德體知 三育의 敎育的 事業의 範圍에 限한 것인 즉 아무 政治的 色彩가 있을 理가 萬無하고 또 있어서는 안될 것이외다. 루소의 말에 「政治가 되기 前에, 軍人이나 牧師가 되기 前에 爲先 사람이 되게 하여라」한 것이 있거니와 이것이 改造운동의 限界이니 同盟者中에는 온갖 主義者, 온갖 業者, 宗敎의 信

---

15) 나의 告白. 民族意識이 싹트던 때. 春秋社刊. 1948.

者를 包含할 수 있는 것이니 대개 무실하자 力行하자, 信義있자, 奉公心을 가지자, 한 가지 學術이나 技藝를 배우자, 職業을 가지자, 學校를 세우자, 하는 것 등은 어느 主義者나 어느 宗教의 信者나를 勿論하고 共通한 信條로 할 수 있는 것이외다. 어느 宗教의 信者든지 改造同盟에 들어 그대로 修養함으로 참으로 좋은 信者가 될 것이요 ××主義者는 참으로 좋은 ××主義者가 될 것이니 대개 이는 人이 根本되는 모든 要件이기 때문이외다.

이에 나는 民族改造에 關한 思想과 計劃의 大要를 述하였습니다. 나 自身이 이 主義者인 것은 勿論이어니와 讀者中의 多數가 여기 共鳴할 것을 믿습니다. 그래서 이것이 實現될 날이 멀지 아니할 것을 確信하매 넘치는 기쁨으로 내 작은 生命을 이 高貴한 事業의 基礎에 한 줌의 흙이 되어지라고 바칩니다."16)

그의 朝鮮主義는 흔한 愛族, 愛民의 感傷을 멀리 벗어나서 어떻게 하면 이 民族을 獨立, 自强하게 하고 優越한 文化國民으로 育成하느냐에 焦點을 둔 매우 能動的이고 積極的인 行動派라는 點에서 종래의 것들과 특별히 區分된다. 그의 「조선아」를 보자.

조선아!
그렇게도 내게 슬픔을 주고
근심을 주고
떠나면 그리움을 주고
다시 볼 때에 반가움을 주는
인연 깊은 조선아!

너를 위하여 내가
몇 번이나 울었던고 이를 갈았던고
몇 번이나 밉다고 발길로 찼으며
몇 번이나 안 돌아본다고 고개를 흔들었던고…
그리고는 또다시
아아 또다시
오 「내 조선아!」 하고 얼사 껴안았던고?

아 ― 조선아!

---

16) 民族改造論의 後尾部分. 開闢. 1922. 5月號.

왜 너는 남과 같이 크지를 못하였더냐
굳세지를 못하였더냐
왜 남과 같이 슬기롭지를 못하였더냐
어찌하여 남의 웃음 거리가 되었더냐
아아 얼마나 내가 너를 저주하였으랴
네 배에서 나온 것을 저주하였으랴

그러나 아아 내 조선아!
나는 너를 사랑하노라!
이 어린 눈이 오늘에야 떠어
네 가슴 속에 깊이깊이 감추인
보물의 빛을 보았노라
아아 그 빛을 보았노라

아아 너는 결코 못난이가 아니러니라
값없는 이가 아니러니라
천년에 빛날 무궁화!
그 한 송아리를 피오랴
오천년 기나긴 세월에
그날의 봄바람을 기다다릴 때에
아아 그 뉘라 알았으리
낸들 어이 알았으리
못난 체하는 네 눈의 표정을
아아 그 뉘라 알았다더냐

이봐라!
조선의 아기들아!
아들들아 딸들아! 울던 눈물을 거둘지어다
울기에 늙은 머리 흰 아기들도 기뻐 뛸지어다
남들의 비웃음에 애끓던 이들아, 무덤속에서 뛰어 일어나 기쁜
모양으로 볼지어다
너희들을 웃던 자에게 소리쳐 자랑할 지어다 —
「보라 나의 조선은 적은 것이 아니러니라」고!
아아 내 조선아!

그는 스스로 革命家[17]임을 자처하고 있으며 우리는 그것이 環境的 要因에서 온 것보다는 生來的인 것들이 더 많았다는 自辯을 만나면서 그의 力動性을 直感하게 된다.

> "나는 어려서부터 ××的 氣象이 많았다. 이것이 만일 自矜이 된다하면 甚히 未安한 일이어니와 어떤 意味로 보면 어떤 사람이 ××的 氣象이 많다고 하는 것은 그 사람의 生長한 社會的 地位가 貧賤하였다는 뜻이 되어 도리어 羞恥가 되는 것이다. 나는 사실상 賤은 그다지 아니하였지만 貧으로는 窮地位에 達하였고 게다가 早失父母하여 주위 사람들에게 귀찮음을 받는 身勢였다. 이러한 環境만 해도 내게 ××的 氣象을 注入하기에 넉넉하였을 것이다. 그러나 나의 ××的 氣象은 다만 環境만은 아니요 내 個性에 뿌리를 박은 것이라고 생각된다."[18]

고 解明하여 그의 革命的氣象이 環境的 影響力에서 보다는 天賦的이라고 말하고 있고, 같은 글에서 그는, 革命的氣象의 發現이 11才의 가을에 父母의 俱沒을 당하고 祖上의 神主와 紅牌등 世傳家藏을 태워버리려 한 것과 19才 때에 祖母喪을 당하여 承重居喪을 廢한 事件, 離婚을 斷行한 것등으로 充分히 立證된다고 發明을 하고 있다.

(略)
아아 天地의 主宰여!
이 山과 雲霧와 바람을 내신 이여!
내 祈禱를 들으소서!
내 몸을 燔祭物로 받으소서

깨끗한
당신의 세계가
왜 罪惡으로 더러웠습니까
崇嚴코 平和로운

---

17) 조선아. 開闢. 1924. 2月號.
18) 내가 屬할 類型, 文藝公論, 創刊號, 1929. 5. 文中에 「××的」은 「革命的」이라고 解釋됨. 當時에 倭警이 削除한 것임.

당신의 聖殿에

어찌하여 죽음의 부르짖음과
피눈물이 찼습니까
어찌하여
아아 어찌하여
約束하신 가나안 福祉와 미새야를 안 주십니까

봅시오!
저 검붉은 불길을 봅시오!
거기서
당신의 寶座를 向하고 오르는
뜨거운 연기를 봅시오!
그것이
버리신 당신의 百姓의
가슴에서 타오르는 것입니다. 가슴에서!
우러른 내 얼굴에
대답을 주소서
치어 든 내 손에
救援의 金印을 내리소서
아아 天地의 主宰시여!19)

그의 金剛行은 1921년 8월에 이어 두 번째다. 毘盧峰에서 東海의 日出을
맞으면서 부르짖는 泣訴였다. 가나안은 어디에 約束되고 미사야는 어찌하여
보내지 않느냐고 抗議한다. 그리고서 天地의 主宰神에게 救援의 金印 — 이
世界를 건질 權能을 달라고 하는 것이다.

그가 島山을 모델로 한 長篇小說『先導者』를 長白山人이라는 筆名으로 東
亞日報에 連載하기 111回에 總督府의 禁止令으로 中斷된 것이 그해 7월이었
다. 「民族改造論」의 筆禍事件으로 文筆圈에서 除外된지 6個月餘에 金性洙,
宋鎭禹의 勸告로 東亞日報社에 들어가서 그의 積年의 懷抱를 풀어보려는 판
국에 커다란 벽이 다시 그의 앞을 가로막은 것이다.

---

19) 祈禱. 金剛山 毘盧峰에서. 開闢. 1923. 8.

　　그는 龍洞에서 民族中興의 빛을 보았던 島山에게서 出衆한 組織力 整然한 人格을 만난다. 歸國하여 修養同盟會를 發起하고 各種의 글에 民族培養의 意志를 실어내지만 發表될때마다 拍手대신에 抗議와 暴力만이 그의 勞苦에의 메아리로 되돌아 왔기 때문에 持病과 疲勞가 겹친 그를 암담하게 하였다.

　　그러기에 今剛山頂에서 외친 것이다. 나에게 天地主宰의 化權으로서의 能力을 달라고, 그의 革命的血氣는 그에 앞선 「偶感 三篇」20) 「기운을 내어라」21)에도 激昻되어 있다.

　　　　동무야
　　　　우는 소리를 그쳐라, 참 듣기가 싫다
　　　　주먹을 불끈 쥐고 소리 질러라
　　　　「내 손으로, 내 손으로, 내 손으로 하자!」고
　　　　江山이 잘못되었거든 뒤집어 꾸미자
　　　　宇宙에 缺이 있거든 뜯어서 고치자
　　　　동무야 무엇이야 못하랴
　　　　기운을 내어라, 우는 소리를 그쳐라!

　　　　神經衰弱을 버려라
　　　　消化不良을 떼어라
　　　　해뜨기 前에 일어나 山과 들에 뛰어라
　　　　담배를 버리고 술 먹기를 그쳐라
　　　　그리고 健壯한 男子가 되어라, 女子가 되어라
　　　　血氣 좋고, 힘 많고, 기운차고
　　　　全身에서 후끈후끈하는 健康의 김이
　　　　六身의 굴뚝 煙氣같이 솟게 하여라
　　　　그러한 사람이 되자, 동무야.22)

　　植民地治下에서 더구나 臨政을 들락거리고 「獨立新聞」을 만들고 했던 要視察人物로서 이 이상 어떻게 더 노골적으로 쓸 수 있단말인가. 이 한편의 詩

---

20) 偶感三篇. 너는 靑春이다. 1920. 11. 9. 李光洙全集 15. 三中堂, 1964.
21) 기운을 내어라. 創造. 1921, 1.
22) 偶感三題. 上同.

에 목숨을 걸 覺悟가 없이는 이렇게 쓰지 못할 것이다.

그의 革命的 氣象은 바로 民族愛로 연결되나 그것이 단순한 憐憫에 멈추는 것이 아니라 뜯어고치고 바꾸는 일이었으므로 그가 文弱한 詩人이 아니라 熱血的政治人이요, 革命家였다는 것을 알게 한다. 그러나 植民地治下의 여러 가지 與件이 그에게 革命的 行爲로의 進路를 막았던 것이다. 이 때문에 그의 革命的 衝動은 文筆을 통한 發散의 길로 屈折하지 않을 수 없게 된다.

이러한 革命的 氣象의 抑制過程에서 그에게 영향을 준 계기가 여러번 있는데 그중의 하나가 李昇薰을 만나는 일이다. 李昇薰은 五山學校로 春園을 불렀고 新民會事件으로 南岡이 拘禁되자 龍洞會長까지 맡게 된다. 그는 明治學院에서 心醉했던 톨스토이의 思想을 실현할 수 있는 계기도 되고 龍洞이라는 新生活運動의 實踐場에서 指導者로 일할 수 있다는 데서 그의 革命思想은 敎育의 方向으로 進路를 바꾸게 된다.

비록 이 生活은 짧게 끝났다 하나 그의 一生을 硏究하는데 있어서 중대한 전환의 계기로 볼 수 있는 時期라고 생각한다. 그가 五山을 떠난 것이 그의 自傳的記錄인 『나의 告白』23)에는 過勞라 하였으며, 톨스토이 思想을 學生들에게 感染시켰다고 해서 宣敎師 로버어트 校長의 抗議를 받았고 初娶였던 白惠順과의 지루한 結婚生活도 큰 몫을 한 셈이라고 評傳24)은 덧붙이고 있으나 筆者는 오히려 龍洞生活에 참여하면서 그가 많은 것을 얻지 않았나하는 생각을 갖는다. 그가 뒤에 『흙』이나 「新生活論」, 「民族改造論」 등의 革命的 思想의 主潮라고 해야할 民族改造의 計劃이 五山時節의 龍洞生活에서 胚胎된 것이 아닌가 나는 생각한다. 물론 이 무렵의 新生活運動이 南岡의 龍洞 뿐 아니라 少太山의 佛法硏究會도 있었고 日本에서의 新村運動도 있었으나, 龍洞은 南岡의 思想에 의하여 新設되고 운영되던 村으로서 春園의 述懷에 의하면

　　"淸潔과 風俗改良과 貯蓄을 目的으로 하여 每月 一次 男女가 다 모여서는
　　일도 의논하고 講演도 들었다. 청결을 힘쓴 결과로 憲兵(日人)의 淸潔檢查에

---

23) 나의 告白. 春秋社. 1948.
24) 春園評傳. 李光洙全集 別卷. 又新社. 1979.

龍洞에는 들르지를 아니하였고 每會에 男子면 신 한 켤레, 女子면 糧米 얼마를
모아 共同으로 貯蓄을 한 것도 상당한 額에 달하였다.
　　나는 婦人會員들의 委任을 받아서 每土曜日에 부엌과 뒷간과 안방과 이불을
檢査하였다. 아마 朝鮮에서 村落自治運動으로서는 이것이 처음일까 한다"25)

라고 할만치 전혀 새로운 印象으로 비쳤을 것임이 확실하다.

感受性이 특별한 春園이 이 조그만 龍洞의 理想을 民族的인 것으로의 擴大
와 昇華를 着眼했으리라고 假定하는 것은 조금도 無理가 없는 일이라고 생각
한다.

막연한 血氣만으로 精神的 放浪을 계속하던 靑年에게 龍洞의 新生活은 하
나의 충격이었으리라. 그는 思想的 混亂을 경험한다. 이제까지 旣成性에 盲從
해 왔던 自身을 反省하면서 결국 李光洙라는 人間이 南岡이라는 巨人 앞에서
는 아무런 意味를 갖지 못하다는 것을 알게 된다. 끄을려만 살았던 自身을
回顧하면서 그는 갑자기 虛無를 경험한다. 過去의 모든 내가 否定된다. 그리
하여 견딜 수 없는 空虛에 서서 脫出을 決斷하지 않을 수 없다. 어디론가 떠
나자. 너무 허전하다. 흡사 億萬金의 財産을 하루아침에 잃은 사내처럼 그는
定處없는 旅程을 시작한다.

滿洲, 러시아, 上海를 거쳐 돌아온 春園에게는 이미 龍洞에서 자신도 모르
게 싹튼「民族改造의 理想」이 상당한 形象을 갖춘 모습으로 成長되어 있음을
우리는 알 수 있다.

그는 仁村의 도움으로 早稻田大學에 入學하지만, 이 時期에 有名한「無情」
을 每日申報에 연재하고「開拓者」,「新生活論」을 써서 物議를 일으킨다. 그
리고 마침내 2·8 獨立宣言書를 作成한다. 이로부터 民族主義者 春園이 서서
히 모습을 드러내는 것이다.

두 번째 그에게 결정적인 영향을 준 사람은 安昌浩였다. 春園의 말로라면
서로 面對하기는 1919年 5月 29日 紅十字病院이 처음이었다. 春園이 日本에
서 上海로 逃避한 뒤 얼마 지나서였다.

---

25) 나의 告白. 李光洙全集 7. PP. 235-236.

　春園은 島山과 함께 1년여를 한 방에서 起居하면서 어느 때는 8일간이나 밖에 나가지도 않고 이야기만 했다고 말한다.26) 春園은 興士團에 대해서 다음과 같이 쓰고 있다.

　　"홍사단의 이론은 島山의 실천과 아울러서 깊이 내 마음을 끌었다. 홍사단의 주지를 들은 내 인상으로는 민족의 독립은 독립을 운동함으로 될것이 아니요, 민족이 독립의 실력을 갖춤으로만 이뤄지는 것이었다.
　　이렇게 깨닫고 보니 나는 동포들이 많이 사는 속으로 들어갈 수밖에 없었다.
　　나는 제 주권이 있는 나라의 혁명운동은 국외에서 하는 것이 편하고 제 주권이 없이 남의 식민지가 된 나라의 독립운동은 국내에서 하여야 한다는 결론을 얻었다. (略)
　　이리하여 나는 「國民皆業, 國民皆學, 國民皆兵」이라는 긴 글 한 편을 지어 「독립」신문에 실리고 그 신문사에서 손을 떼고 국내로 뛰어들기로 결심하였다."27)

　결국 그의 이러한 還國 決心은 島山의 民族自疆論에 感化된 것으로서 興士團의 漸進 工夫·務實力行을 具體化한 데서 온 것이었다. 上海에서 興士團에 入團하고 주요한 朴賢煥등과 讀書·靜座·祈禱를 하면서 謹愼生活을 익히는 등 새로운 生活을 만나게 된다.

　결국 春園은 島山의 領域에서 벗어나지 못한 느낌이 없지 않았지만, 島山의 思想이 春園의 革命意識과 부딪히면서 새로운 民族主義가 再創造되었다고 볼 수 있다.

　春園은 龍洞에 가기 전까지만 해도 外來思想으로 武裝되어 있었고 新教育을 받은 外國留學生의 그것과 똑같은 亞流에 불과했다. 그런데 龍洞의 南岡 精神에서 어떤 生命力을 直感한 것이다. 混亂과 갈등으로 彷徨하던 그의 內部에 自覺의 눈이 떴다. 血氣로는 되지 않는다. 무엇인가의 新아이디어와 組織이 있어야 한다. 그렇게 생각하니까 지금까지의 知識이란 별로 쓸모가 없

---

26) 나의 告白. 同上.
27) 나의 告白. 同上.

는 것이었다. 虛勢를 부리던 어제의 日常이 참괴하기 짝이 없다. 자 나서자.
저 넓은 天地로 그리로 가서 經倫을 얻고 새판을 꾸며보자.

　이런 때에 島山을 만나니 島山에게는 春園이 꿈꾸는 世界가 이미 마련되어
있었던 것이다. 春園은 조용히 島山의 思想을 承服했다. 그리고 完全消化된
거기에 自己思想을 展開하려고 하였다.

　春園의 思想은, 그러므로 南岡的인 新村의 아이디어와 島山的인 修養會의
組織이 折衷되어진 것이라고 볼 수가 있으나 基督教를 排擊하고 傳統的 精神
을 發揚하려 한 점에서는 前人未踏의 慧眼이 있다고 할 수 있다.

Ⅲ　信仰的 遍歷과 理想實現의 方法으로서의 佛教信仰

　春園의 思想을 端的으로 表現한다면, 「民族力量의 培養을 통한 自主·獨立
의 爭取」라고 할 수 있겠다. 이러한 思想과 그의 宗教는 年令과 時間의 經過
에 따라 많은 變化를 가져오고 있다.

　그는 初期에 基督教에 親近感을 갖는 印象이었으나 차츰 그 弊端을 自覺
하기 시작한다. 그는 물론 「耶蘇教가 朝鮮에 준 恩惠」[28]도 알고 있었으나
「今日 朝鮮耶蘇教會의 缺點」[29]에서 예수교의 缺陷을 지적하고 있다.

> "…나는 現時 耶蘇教會의 缺點으로 階級的임, 教會至上主義, 教役者의 無識
> 及 迷信的임의 四個條를 擧하였오, 다시 이를 통틀어 말하면 現時 朝鮮教會는
> 專制的·階級的이요, 耶蘇教의 根本特徵인 自由, 平等의 思想을 沒却하였으며
> 宗教의 信仰을 人生의 全體로 여겨 信者, 非信者의 區別을 善人, 惡人의 區別
> 같이 여기며, 人生의 幸福은 文明에서 오고 文明은 宗教外에 政治, 法律, 實
> 業, 科學, 哲學, 文學, 藝術及 各種 技藝로 成立된 것이니, 宗教는 實로 此等
> 諸分科의 一에 不過하는 줄은 不知하고 學術, 技藝를 輕蔑하고 諸般 文明事業
> 을 非神聖視하여 文明進步의 熱望이 없으며 教役者가 文明을 理解하지 못하여

---

28) 耶蘇教의 朝鮮에 준 恩惠. 靑春. 1917. 7月號.
29) 今日 朝鮮耶蘇教會의 缺點, 靑春, 1917. 11月號.

多數한 敎人을 迷信으로 이끌어 文名의 發展을 沮害하여 迷信的信仰을 固執하여 社會의 趨勢와 並進치 못하므로 마침내 文明的 宗敎의 使命을 다하지 못한다 할 수가 있소"30)

그는 비록 예수교뿐만 아니라 儒學의 폐해도 지적하여 그 歷史的 過誤를 신랄하게 규탄하고 있다.

"…王建이 三國을 統一하여 萬民의 歸依를 받은 것은 이 新羅의 罪를 討한 까닭이다. 王建은 朝鮮民族이 新羅에 대한 怨恨을 알기 때문에 國號를 高句麗에 依하여 高麗라고 하였다. 朝鮮民族의 宗家로 歷史的 榮譽를 지니고 온 이는 高句麗였다.

新羅는 愛國心에 있어서는 恒常 反逆者요 罪人이었다. 異族을 끌어들이는 것은 新羅主義라고 할 것이다.

高麗 以來로 千余年間 朝鮮人은 單一한 國民生活을 하여 왔다. 오직 徹天之恨이 되는 것은 李朝의 崇明思想이였다. 이 崇明思想은 檀君 以來의 모든 民族文化를 夷滅하고 말았다.

地名 人名이 中國化, 衣服, 風俗의 中國化는 말할 것도 없고, 傳統的 宗敎(仙王과 및 歷史, 民族的 偉人 崇拜를 中心으로 한)를 法令으로 强壓하고 中國崇拜를 國敎的으로 强制하였다.

仙王堂, 府君堂을 淫祀라하여 撤廢하고 孔孟, 朱子 또는 朝鮮으로 中國人 된 者들의 祠堂을 세웠으며 父祖의 祭祀도 中國化해버리고 말았다.

母岳院은 慕華館이 되고, 各地의 「검」山은 모두 佛敎式, 또는 中國式 이름으로 變名해 버리고 말았다. 아버지는 春府로 變하고 언니는 伯氏나 仲氏로 變하고 어머니는 萱堂이니 慈堂이니 母親이니 하고 中國名으로 變하고 말았다.

이 모양으로 朝鮮人의 固有한 思想을 破壞하는 同時에 또는 그 方便으로 朝鮮語를 强壓하고 賤視하여 이것의 滅絶을 期하였다. 이 大罪를 犯한 者는 누구냐하면, 그것은 民族意識을 磨滅함으로 自己네의 地位를 保全하려 하던 兩班, 儒林階級이었다…"31)

그가 外來宗敎인 예수교와 儒學을 批判하면서 들어내고자 한 것이 무엇인가. 그것은 「民族固有의 宗敎」인 仙王 곧 仙人王儉을 推獎하는 일이었다. 그

---

30) 今日 朝鮮耶蘇敎會의 缺點. 靑春. 1917, 11月號.
31) 朝鮮民族論. 東光叢書. 1·2, 1933, 6~7.

가 마지막 堡壘로 삼은 것이 民族傳來의 宗敎를 宣揚하는 일이었으니 그의 民族主義가 正道위에 섰음을 立証하는 가장 主要한 據証이라고 할만하다.

　　"…나는 이 「서낭님」이라는 神이 곧 仙王, 王儉이라고 믿는다. 中國文化가 들어오고 治者階級에 尊敬思想이 생겨서 民族固有의 宗敎, 思想을 撲滅하였기 때문에 이 서낭님 崇拜는 一種 民族의 迷信처럼 되고 말았지마는, 그러한 尊漢的 治者彈壓밑에서도 동네마다 서낭 崇拜의 聖所가 있고, 年 二次, 혹은 年 四次의 祭禮가 全洞民의 虔誠으로 至今까지 行한다는 것은 이 仙王崇拜가 어떻게 朝鮮 民族의 피와 뼈에 깊이 박혀 永遠히 뽑을 수 없음을 알 것이다."[32]

　이렇게 해서 春園은 民族力의 培養이라는 大前提를 充足시키기 위하여 거기에 걸맞는 宗敎의 필요성을 강조한 나머지 民族의 固有宗敎에 도달한 듯 싶다. 그리해서 예수교와 儒敎로부터 한 번의 큰 脫皮를 敢行해서 固有宗敎의 언덕에 올라선 것이다. 그러나 理論上으로는 그렇다 할지라도 民族固有의 宗敎를 再演한다는 것이 全民族的 現實에서 可能한 것인가. 固有宗敎의 原形이 모두 磨耗되어 한낱 占卜과 醫巫로 殘命하는 저 모양의 것을 國敎로 삼자고 해서 따를 사람이 뉘 있겠는가. 여기서 春園의 苦悶이 시작된다. 그가 平素에 주장해온 革命과 宗敎의 양면성이 유지되기 힘들다는 것을 깨달았기 때문이다.

　이러한 挫折속에서 佛敎에 接近하게 되는 기록이 서서히 마련되는 것이다. 그가 불교에 연을 대는 것은 1922년 7월에 圓覺經을 耽讀하는 데서 비롯된다.

　그가 圓覺經을 읽을 무렵인 1921년은 극도의 疲弊속에 있던 때였다. 上海에서 獨立運動을 하다가 財政의 궁핍에 빠져 움직일 수 없게 되자 懷疑에 휩싸인 채 歸國하고 만다. 宣川에서 체포되었으나 서울로 送致되어 不起訴로 釋放되니 全民族으로부터 變節者로 指目되었다. 거기에 本妻와 離婚하고 許英肅과 結婚(1921. 5)한 데서 오는 一般人들의 非難 등 그가 감당하기에는 너무 많은 不運이 그를 逼迫했다. 그는 문을 잠그고 끝없는 沈默의 늪으로

---

32) 朝鮮民族論. 同上.

沈潛해 갔다. 이제 그의 말을 믿어줄 朝鮮人은 아무도 없었다. 그는 정치적으로는 民族反逆者요 社會的·人間的으로는 本妻 背反한 悖倫者이기 때문이었다.

金性洙, 宋鎭禹, 崔南善 등이 찾아와서 激勵하는 사이 「感謝와 謝罪」라는 書簡體의 懺悔文을 남기고 心氣一轉을 위한 金剛山行을 斷行한다. 그런데 공교롭게도 이 무렵 그의 從弟 李學洙가 削髮을 한다.

金剛山行을 마치고 돌아와서 그가 곧장 着手한 것이 會心의 大作인 「民族改造論」이었다. 참으로 담이 크고 맹랑하고 時勢를 모르는 사람같았다. 그러나 世評은 가혹해서 暴徒가 亂入하는 激動을 겪는 사이 그의 絶望은 극에 달한다. 글이란 一般이 呼應하여 읽어주어야 그 效力이 나는 법인 데 그처럼 反抗하고 罵倒하니 文筆을 하는 이에게 그 이상의 아픔이 없다.

이러한 周邊의 非難과 離反을 겪으면서 人間으로서의 虛脫을 씹지 않을 사람이 없을 것이다. 이보다 10여년 뒤에 쓴 詩 가운데서 「쇠북」33)과 「럼비니頌」34)은 이 무렵의 心境을 잘 말해준다고 할 수 있다.

첫 닭 울이에
쇠북을 치네
듣는 이도 없는
쇠북을 치네

간밤의 번뇌에
가위 눌린 중생의
꿈을 깨라고
새벽 북을 치네

해가 기울 때
쇠북을 치네
듣는 이도 없는

---

33) 春園詩歌集, 年代未詳.
34) 럼비니.第1輯. 1937. 5. 7.

> 쇠북을 치네
>
> 왼종일 번뇌에
> 시달린 중생의
> 마음을 쉬라고
> 저녁북을 치네
>
> 끝없는 중생의
> 다함 없는 번뇌여!
> 내 치는 북소리
> 끊일 줄 없어라. (쇠북)

"듣는 이도 없는 쇠북을 치네"의 餘韻이 꽤 섧다. 孤絶속에 있던 春園의 깊은 곳을 象徵的으로 形容한 것같이 여겨진다. 그러나 念願은 끈질기어 佛力을 빌어 自身이 쓰는 글자마다가 永劫의 甘露가 되어 六趣에 허덕이는 衆生의 목을 축이게 해달라고 懇請하는 것이다.

> 내 마음에 한 생각이 있으니
> 영겁에 풀이 오던 바로소이다.
> 고이고 또 고이고
> 익고 또 익었사오매
> 그 향기 고운 醍醐를 노래의 葫蘆에서
> 三界衆生에게 뿌리나이다
> 모도 받아 淸凉을 얻어지이다
>
> 내 붓이 그리는 글자마다
> 내 입이 부르는 가락가락이
> 영겁에 마르지 않는 甘露를 이루어
> 六趣에 허덕이는 衆生의
> 목을 축이소서 비나이다.

그는 光復後에 詩를 많이 썼었고 그것을 모아서 『春園詩歌集』과 詩集 『사랑』으로 묶어 刊行했는 데 그것이 1955년 6월의 일이다. 그러므로 그의 精

神的遍歷과 詩는 一致하지 않는 點이 많다.

『럼비니頌』은 그가 修養同友會事件으로 김윤경, 朴賢煥, 申允局 등과 鐘路署에 갇히던 때였다. 獄中에서 지었는지는 알 수 없으나 그 무렵의 獄中經驗을 읊은 것으로 보이는 詩는 별로 없다.

그의 佛敎的詩는 近 30篇에 이르나 禪과 行의 順序를 지을 수가 없고. 다만 平生을 佛을 향하여 接近해 갔다고 해야 할 것인지, 아니면 佛을 빌어 自身의 野心을 펴는 方便으로 삼았는지 더 追究해 보아야 할 것 같다.

그가 어쩌면 抽象的으로 認識한 佛敎에서 自內驗의 것으로 轉換하는 계기가 바로 安岳의 燃燈寺 鶴巢庵(一名南庵)에 있는 僧房에 逗留한 때가 아닌가 싶다. 이것은 그벗 金善亮의 開陳에 의한 것이지만, 당시 (1927. 9. 36才 때) 東亞日報 編輯局長織을 사임하고 2년 전에 脊椎카리에스로 한쪽 갈빗대를 도려내고 靜養中에 이 病이 다시 再發된 때문에 취해진 최후처방이랄 수가 있는데 이 때부터 半年 以上을 死線을 해맸던 것이다. 그는 島山에게 쓴 편지에

> "…그러나 先生任! 저는 先生께 슬픈 消息을 드리지 아니치 못하게 되었습니다. 그것은 昨日 醫師에게 脊椎카리에스라는 診斷을 받은 것입니다.」
>
> 醫書를 보면 이 病은 小兒는 快癒하는 希望이 있으나, 成人된 사람은 거의 快癒할 希望이 없다고 합니다. 速하면 一, 二年, 오래 끌면 或 十數年 더 살 수가 있다고 하는 데 넉넉잡고 한 三年 더 살 것으로 작정하는 것이 合當할 듯하옵니다.…"35)

라고 한다. 이러한 切迫속에서 生의 限界가 거의 끝났다 싶은 해 곧 갈비 切除手術後 三年만에 더는 죽음의 공포에 시달릴 수 없어서인지 아예 죽음과 正面對決할 心算으로 燃燈寺에 들어간 것이다. 그리하면서 무서운 精進이 시작된다.

---

35) 島山 安昌浩先生에게. 開闢. 1925年. 8月號.

임 거기 겨오신 줄 말로 들어 아옵건만
때는 달리거늘 내 걸음은 더디어라
갈 길도 다 가기전에 해 저믈까 저퍼라

가다가 저믄 날에 몸은 가빠 다리 아파
두 손 모아 안고 길바닥에 꿇어 앉아
「임이여」 부르옵거든 나와 맞아 줍소서

임 찾아 가는 길을 걸어 걸어 가올사록 힘들고 고달픔이
이몸으록 어려워라
손 끌어 주시옵소서 대어 가게 합소서

어두운 광얏길에 풍우조차 칠 양이면 가냘핀 내 촛불을 가누기도 어려워서
가지도 오지도 못코 임 부르고 우노라

임 불러 슬픈 정곡 아뢰옵는 내 기도를
폭풍이 붓어붓어 산산이도 흩었어라
흩어진 조각조각을 모아 들어 주소서

임 찾아 떠난 길이 이 하루도 다 지났다.
햇것 다릿것 걸을 길은 길이언만
끝 모를 앞길 혀오매 까마아득하고나

이 몸 하올 일이 이 일밖에 또 있는가?
걸어라 걸어. 새면 걷고 새면 걸어
목숨이 다하기까지 임 찾는 길 걸어라

임이 겨오신 곳이 십만억토 밖이라네 백만억토기로 가면 갈날 있을 것이
갈밖에 없는 길이니 머다만다 하리까

본원 정토에서 임의 앞에 뵈올 때에 아아 그 기꺼움 생각만도 고마워든 허
득여 걷는 일쯤을 고생되다 하리까?[36]

---

36) 임거기. 春園詩歌集. 年代未詳.

이 精進은 임(佛)을 만나려는 念에서 이제는 煩惱와 病苦에 찌든 肉身을 바치는 殺身成道의 願을 세우기에 이른다. 여기서 그는 그렇게도 自慢해왔던 스스로의 조그만 才能이나 그토록 아꼈던 「民族改造의 理想」 따위가 한갓 茫茫大海의 잔물결에 다름아닌 것을 알았던 것이라 무엇을 重하다하고 절박하다 했을까 하는 깊은 懷疑와 空妄에 빠진다. 그리고선 또 한 번의 허물을 벗는 것이다.

무엇을 못드리리 몸이어나 혼이어나
억만번이나 죽고 나고 죽고 나서
그 목숨 모다 드려도 아까울 것 없어라

三千大天世界 바늘 끝만한 구석도
임 목숨 안 버리신 따이 없다 하였어라
중생을 사랑하심이 그지없으시어라

어둡던 맘일러니 이 빛이 어인 빛고?
久遠劫來에 못 뵈옵던 빛이어라
그리고 굳은 業障이 이제 깨어지니라

무엇을 바치리까? 박복하고 빈궁하와 바칠 것 바 없어라. 그똥 몸을
아끼리만
한 송이 꽃만 못하오매 그를 설어합니다.37)

끝 부분에 "똥 몸을 아끼리만 한 송이 꽃만 못하오매 그를 슬어하노라"하는 대목은 可謂 絶唱이다. 생각하면 人間이란 구린내나는 몸둥어리가 아닌가. 榮慾에 얼룩져 外華假飾이 현란하지만 그것이 물거품같은 줄을 알면 이 몸둥어리가 「똥몸」이 아니고 무엇인가 더구나 人間의 肉身이 저렇게 淸粹히 피어 盧中에 고요히 서있는 한 떨기 꽃의 스사로움에 어찌 견준다하겠는가. 春園의 나아감이 여기에 이르렀으면 精進이 歲月값을 한 것이 된다.

『春園 李光洙評傳』38)은 다음과 같이 쓰고 있다.

---

37) 佛心. 春園詩歌集. 年代未詳.

春園의 一生은 實로 鬪病生涯였다고 해도 과언이 아니다. 春園의 死生觀은 이 때 定해졌고 이후 病床, 休養地를 전전하며 불교에 心醉함을 보여준다. 春園은 健康의 惡化로 東亞日報를 辭退하고 信川溫泉을 경유 安岳의 燃燈寺로 정양을 떠났다.

春園은 4個月余를 燃燈寺에 있으면서 生死의 갈림길을 넘나들며 佛에 접근한 것인데, 나중에는 아예 生死를 넘는 지경에 있었으니 그의 精誠이 凡常을 넘는 것이었다.

임의 얼굴

열 오른 몸이 病床에 누웠노라면 열 오르는 임의 얼굴. 그것은 부처님의 얼굴인가. 그러면서도 눈에 보여지고 손으로 만져지는 얼굴을 만들어 놓고야 비로소 살뜰한 그리운 정을 발할 수 있는 나의 道心! 天地를 두들겨 부셔서 한 분 놓고 빚어 놓고 그리워하고 반가워하고 두려워하고 빌고 어리광하는 나의 마음이여. 이 偶像마자 두들겨 부수고 싶으면서도 한끝 차마 아깝기도 한 내 無明여.

날마다 뵈옵건만 늘 새로신 임의 얼굴
그러하옵길래 뵙고 나면 또 그리워
千萬年 두고 뵈와도 그만인 줄 없어라

임 얼굴 고우심이 천만 되리 만만 되리
一生에 곁에 뫼셔 두고두고 뵙더라도
고우신 반이나 뵈오리 만일이나 뵈오리

어설픈 이 눈으로 좁고 어린 이 맘으로
生前 헤아려도 못 헤아릴 그 고우심
차라리 모른 척하고 임의 품에 들리라.[39]

참고삼아 이 무렵의 것으로 생각되는 詩 한 편을 더 소개하면 다음과 같다.

---

38) 春園 李光洙評傳. 李光洙全集.別卷. 又新社. 1975. 5. P. 124.
39) 春園詩歌集. 三中堂. 1964. 1. PP. 416-417.

사 모

임 사모하는 마음 무엇에나 비기리까?
혀로도 붓으로도 그릴 길이 없사오매
손 모아 가슴에 안고 눈을 감아 봅니다.

임 한 번 뵈온 뒤로 세상과는 발을 끊고
방에 깊이 숨어 나지 아니하는 뜻은 임 두고 누를 만나리 만날 뜻이 없어라
세상이 제 모르고 임을 헐어 말하올제
헐어서 헐릴 임이 아니신 줄 알면서도
하그리 소중한 마음에 가슴 아파합니다.
중생의 임이시니 나만 혼자 못 뵈올줄
번연히 알면서도 어리석은 맘이론지
내 임만 되소사하여 애를애를 씁니다.

때 되면 오시련만 그 때를 못 참고서 늦어라 글탄키에 좋은 세월 다 보내고
오신 제 드릴렌 손도 아니 대었어라.40)

이 詩의 第 2聯은 佛敎에 대한 그의 信念을 나타낸 것이라고 여겨진다.

임 한 번 뵈온 뒤로 세상과는 발을 끊고
방에 깊이 숨어 나지 아니 하는 뜻은
임 두고 누를 만나리 만날 뜻이 없어라.

이 聯은 春園과 佛敎라는 關心이 論究에 있어서 매우 重要한 部分으로 理解되어야 할 것 같다..

春園이 明治學院 時節에 예수교도가 될 것을 願했었고 또 儒學을 쉽게 떠나지 못하고 있다가 몇 가지 批判文을 公開하고나서 여기 이렇게 돌아와 佛敎에 있는 것이다. 그가 歸依한 佛敎는 生命을 바칠만한 길이며 이 길을 擇한 뒤에는 다른 宗敎는 거들떠 보지도 않았다는 것인데 이는 그에게 있어서 佛이 無上最高의 理想이었기 때문이었다.

---

40) 春園詩歌集. 同上. PP. 421-422.

그의 佛道에의 디딤돌이 되었던 人物들이 몇 분이 있는데, 年譜의 記錄에는 映湖先師와 金剛山 普光庵의 月河老師이고 이 月河에게서 法華經을 듣는 것이다. 그 뒤 한 분이 耘虛堂 李學洙인데 이분은 春園이 少時에 寄食하던 定州의 큰댁 손으로 春園과는 同甲인 從弟였다. 2년 전에 生死未判으로 궁금하던차 金剛山行 길의 楡岾寺에서 邂逅하니 8月 凉陰의 山寺에 밤이 짧았으리라.

그에게 釋王寺의 한 老婆가 佛敎의 眞理를 깨우쳐주었다고 年譜[41]는 쓰고 있으나 그의 自敍傳이나 日記 등 어디에서도 確認할 길이 없다.

그가 法華經 한글풀이를 손댄 것이 1934년 9월이었고 3년 뒤에 日警에게 押收되고 만다. 그러나 이 때까지도 기독교와 共存하는 것을 볼 수 있다.

> "S형이 선물로 준 香을 피우다. 나는 十方 諸佛前에 꿇어 앉아서 焚香合掌하였다. 이 香氣가 十方에 퍼져서 一切衆生의 마음을 淸淨케 하소서 하고 念하다. 一炷香! 내 몸이 一炷香이 되어지이다. 그러나 醜惡한 냄새가 날 이 몸이여! 어젯밤에 누가 福音 十二章, 詩篇 三十七篇을 P君더러 읽어달라고 한다. 「義人은 땅을 차지하고, 惡人의 씨는 끊어지리라」믿음이 적은 무리들아, 두려워 말라. 어리석은 자여, 적게 믿는 자여!
> 　法華方便品을 읽다. 「諸佛語無異 於佛所說法 當生大信力 當生大歡喜 自知當作佛」 언제 알지도 못하면서 어른의 이르는 말씀을 들을 줄도, 믿을 줄도 모르는 어린 나여"[42]

이렇게 佛과 예수가 共存하는 生活은 그 다음 날의 日記에서도 보인다. 云何佛刹莊嚴得 一念淸時萬法淸이라고 쓰고 「煩惱의 跡까지 除滅하는 것이다. 내 마음이 淸淨할때에 法界가 다 淸淨하는 것이다」라 쓰고 바로이어 「昨夜, 누가 十, 十一, 十二, 十三, 十四, 十五, 十六章을 읽다. 「적은 무리여, 두려워 말라!」」[43]고 쓰고 있다.

「山居日記」에도 每日 誦經과 念佛의 日課가 記錄되고 있다.

---

41) 年譜. 李光洙全集 別卷. 又新社. 1979. PP. 171-172.
42) 病床日記. 三千里. 1938. 1. 25. 日記.
43) 同上. 1. 26. 日記.

그가 예수와 佛의 共存에서 차츰 佛로의 傾倒가 시작된 것이 1938-1940년 무렵이라고 볼 수도 있고 정작 佛心을 指向하는 時期는 아무래도 解放後로 보는 것이 좋겠다. 春園이 楊州의 奉先寺로 간 것이 1946년 9월 2일이다. 思陵의 집을 떠나서 아주 入山한 것인데 정작 當者는 思陵 집에의 애착을 못 끊고 「봉선사로 가는 것이 입산인 것도 같고 아닌 것도 같다. 「隨綠銷舊業任運着衣裳」하는 신세다」44)라고 하고 있다.

이 때의 9월에서 12월까지 4개월간이 그에게는 佛道에 精進할 수 있는 좋은 기회였다.

"한번 절할 때마다 천겁 때를 씻노매라 흐렸던 마음 거울 날로날로 빛이나니 대원경(大圓鏡) 뚜렷한 날이 멀지 않아 오리라."45)

그러나 夫人이 찾아오고 興士團의 請으로 「島山 安昌浩」를 쓰노라하여 山을 나오니 그의 入山이 여기서 끝나고 만다. 奉先寺 時節의 詩라고 이름지은 것이 특별이 없으나 「맘」같은 詩는 自內証의 언저리를 더듬는 것이라 할 수 있다.

        맘

텡 비었어!
아모 것도 없어!
그 중에서 문득 일어나는 구름장 하나
우뢰, 번개 되고
바람, 비 되고
그리고는 이윽고, 또
텡 비었어
아무 것도 없어!46)

---

44) 山居日記. 文章. 1939. 8月號.
45) 山中日記. 돌베개. 1948. 6. 刊行.
46) 同上. 9月20一 日記中에서.

煩惱까지는 아니나 雜然한 것이 일었다 사라지는 것이야 누구나 있는 법이다. 悟後라해서 항상 淸澄할까보냐. 凡事를 處決하고 運用하는 데 걸리고 부딛치니 雜스럽지 않을 뿐 靜定에 머물 수는 없다. 그러나 春園의 이 구름이나 우뢰, 번개, 바람과 텅빈것의 相照는 煩惱나 住着과 虛의 區分이니 글쎄 覺이 없이 煩惱만 밀어낸다고 씻어지는 것일까 모르겠다. 본디 뿌리 뽑힌 것이 아니니 씻어내면 다시 연이어 솟아나는 것이라. 끊일 날이 없다. 그러므로 表現의 語法上 煩惱를 끊는다 그랬지 어찌 끊어지랴. 覺後의 世界는 根本에 있어 「새자리」인 것이니 煩惱니 着이라 할만한 것이 도무지 없는 것이다. 모두 道요 眞이라 世俗의 視覺으로는 이해하기 어렵다.

春園이 애써 닦았음에는 틀림없다. 때로는 祈求도 해보고 求福도 해보고 見性도 熱願하여 어느 때는 西來意를 自力으로 體驗하고자 한 점이 많고 佛의 精神은 知覺한 이라서 佛世界의 普遍化에 努力한 흔적이 여러 곳에 보인다. 그러한 佛의 進步化를 염원한 그의 代表作으로 筆者는 「부처나라」를 소개하고자 한다.

> 부처 나라 있다 하네
> 미움도 싸움도 없는 나라
> 그 나라 있다는
> 말만 해도 고마워라
> 저마다 부처 된다 하네
> 욕심도 근심도 없는 살림
> 그런 살림 있다는
> 말만 해도 기꺼워라
>
> 있다가 썩을 몸인 줄
> 알진대 무엇을 아끼리
> 부처나라 세우기에 바치리라
> 속더라도 밑질 바 없어라

「附記」 인류는 평화를 구하나 세계는 그것이 없다. 평화의 세계는 부처의 나라에만 있고, 그것은 부처가 된 사람들이 모임으로써만 된다. 가깝해도 무가

내해어니와, 원하는 마음은 반드시 이룬다니 이룬다니 희망이 있다. 그것이 천
년 뒤에 와도 안 좋은가. 영영 뒤에 와도 좋다. 평화의 세계가 오게하려고 힘
쓰는 것만도 좋지 아니 한가. 그만해도 세상은 지금 보다 살기 좋을 것이
다.47)

위의 詩는 1949년 7월 25일 지은 것으로 되어있다. 이 해는 그가 反民特
委에 끌려가서 病保釋되고 집안에 틀어박혀, 起訴가 되어 民族反逆者로 裁判
을 받느냐, 아니면 不起訴 處分을 받느냐의 초조한 時間속에 있던 때이고 그
의 一生 가운데 가장 悲運의 期間이라고 할 수가 있다.48)

이런 때에 「부처나라」를 念願하지 않을 수도 없었던 그의 심경을 알만하지
만, 이 詩는 그의 佛道에 대한 이제까지의 모든 信心을 集大成한 作品이요
또 立願의 結晶이라 할만한 좋은 글이라 할 수 있다.

Ⅳ. 結　論

春園의 佛敎信仰을 近代 知識人의 信仰的 人間像이라고 해야할까 아니면
20세기 前半期 植民地時代의 佛敎人像이라고 해야 할까 아무튼 韓國의 近代
初期의 思想的 宗敎的 亂流를 가장 잘 代表하는 人物임에는 틀림이 없다.

그가 佛敎를 잘 認識한 사람이었던 것은 「淨佛固土」라는 隨筆에서 찾을 수
가 있는데

"…禪이란 佛을 念하고 마음을 잡는 것이요 別物이 아니다. 마음을 잡을 때
에 十方佛에 비옵고 煩惱는 燒滅되고 業障은 除去되고 三界는 了達되고 三明
六通八解脫의 明行이 足하여진 때에 等覺, 妙覺에 入하리라 하는 뜻인가보다.
…"

---

47) 부처나라. 새벽. 1954. 9月號.
48) 그는 이해(1949) 8월 29일에 不起訴가 되었다.

라고하여 禪과 行의 窮極이 어디에 있는가를 알고는 있었으나 그가 구하고자 하는 것은 그러한 解脫이나 成佛이 아니었다. 佛土를 이룩하는 데 도움을 주는 사람 — 佛을 爲他人說하여 이 世界로 하여금 佛敎淨土가 되는 데 寄與하는 사람… 그것이 그의 目的이었다. 그는 그의 力著『元曉大師』에서 다음과 같이 쓴다.

> "…원효의 목표는 다만 화엄경을 주석하는 데만 있지 않았다. 대승기신론(大乘起信論)과 화엄경주석이 끝나면 법화, 금강 할 것 없이 중요한 대승경전을 다 주석을 내이고 싶었다. 원효는 자기가 처음 불경을 읽었을 때에 어떻게나 알기 어려웠던 것을 생각하고 이것을 알기 쉽게 적더라도 이러한 경들이 어떻게 우리에게 소중하고 중요한 것임만이라도 사람들에게 알리게 하고 싶었다.
> 그래서 원효는 인생의 향락을 온통 단념하고 불경 주석의 뜻을 세운 것이었다.
> 「원효가 이 세상에 다녀간 뒤에 불도를 모르는 사람이 없게 하리라」 이것이 원효의 뜻이었다.… 略 …
> 그러므로 원효는 해탈도 바라지 아니하고 왕생극락(往生極樂)이나, 성불(成佛)도 바라지 아니하였다. 그는 오직 불도를 모르는 중생이 하나도 없게 하기를 바란 것이다.…"49)

春園은 화엄경 한글풀이에서 부터 「마의태자」, 「이차돈의 죽음」, 「원효대사」, 「세조대왕」 등의 불교계 장편소설과 30여편의 佛詩, 「生死片感」이나 「淨佛國土」를 위시한 佛隨筆類 등에 佛心을 전하려고 노력하였다.

그가 「輪迴無盡」이라는 散文詩에서도 스스로 윤회를 믿기 때문에 다시 오고 갔다 다시 와서 이 나라 이 백성을 도와 佛世界를 만들겠다고 거듭 강조하고 後尾의 讚에

> 이생에 못다 한일 내생에 또 하오리다
> 미진한 원들 두고 스려질 줄 있소리까
> 맹세코 현세 극락이 이뤄짐을 보리라

---

49) 元曉大師. 李光洙全集 5. 又新社. 1979. 5. P. 354.

　　한 사람 맺힌 뜻이 삼천 대천 흔들거든
　　삼천만 발한 대원 안 이룰 줄 있소니까
　　큰 희망 담은 수레를 밀고 갈까 하노라 … 略… 50)

라고 하였다.

　　결국 李光洙는 事業家이지 宗敎人은 아니라는 생각을 갖게 되는 것인데, 그것은 그의 大願이 결국 「佛國土의 建設」이라는 것으로 나타나기 때문인 것이다. 그는 覺得하여 그 無盡한 眞味에 喜悅하는 것도 淸虛의 灑落에 魅了될 줄도 모르고 佛을 世人에게 알리고 傳播하여 궁극에 佛人天國을 만들고자 한 것이다. 그것도 한 生으로써가 아니라 輪廻生의 永劫을 통하여 나고 또 나서 그 大業을 이룰 때까지 계속할 것이라는 願力이니 얼마나 대단한가. 문득 阿彌陀佛의 前身인 法藏比丘가 世自在王佛에게 48願을 세우고 210億의 國土에서 훌륭한 나라를 택하여 理想國을 건설하기로 하여 영겁의 수행을 하면서 大衆과 함께 成佛하기를 소원한 故事가 생각난다.

　　결론으로 말한다면 李光洙는 당초에 小說家로써가 아니라 政治와 宗敎를 兼行하는 敎育者가 되기를 소망하였었다. 政治로는 國家를 改造하고 宗敎로는 人性을 醇化하여 理想的인 朝鮮을 建設하는 것이 그의 꿈이었다. 그러나 植民地治下에서 그것이 着手되기 어렵다는 생각을 가지게 되자 上海를 두 번이나 가고 團體를 조직하고 하여 獨立運動에 참여하여 보지만 그것으로는 日本의 魔手에서 朝鮮이 빠져나오기가 어렵다는 結論에 도달하여 무엇인가 새 방법이 없을까 할 때에 李昇薰의 龍洞이라는 理想村을 보게된다. 春園은 여기서 自身의 愚昧와 無力을 自覺한다. 이로부터 虛無를 달래기위한 旅行을 다녀와서 「新生活論」으로 朝鮮의 現象을 맹렬히 비판하고 歷史的 轉換을 요구한다.

　　그러다가 安昌浩를 만난 뒤에 그의 漸進的 民族力의 養育論에 빠져 平生을 벗어나지 못한다. 이것이 그의 思想的 遍歷이었다.

　　그런데 그 영향으로 이룩된 것이 그의 會心의 力作인 「民族改造論」인 것은

---

50) 輪廻無盡. 李光洙全集 第 15卷. 三中堂. 1964. PP. 317-319.

우리가 다 아는 일인 데, 이 理想이, 島山의 죽음과 그의 變節, 解放으로 이한 反逆者로의 指目 등으로 散散 조각이 나버리자 그의 畢生의 꿈이었던 政治와 宗敎의 衡平에 의한 理想國의 建設이 水泡가 되고 그의 불붙는 情熱은 佛敎로 기울어서 스스로 元曉이고자 했고 法藏比丘이고자 誓願하면서 天刑의 歲月을 살은 것이었다.

1940년 3월에 香山光郎으로 改名한 뒤에 執筆한 「元曉大師」는 그의 이러한 佛敎的 所願을 具象化한 것이라고 할 수 있다. 결국 宗敎人이기보다는 文筆을 통하여 世人에게 佛敎를 知覺하게 하자는 것이므로 그는 佛敎的 文筆家요 佛敎的 敎育者로 待接하여야 할 것이며 그가 佛敎에 쌓아오릴 業績은 결코 작다고 할 수가 없다.

1939년 12월에 「朝鮮文人協會」에 加入하고 「民族保存」이라는 變節者의 發明으로 호도하는 그의 生은 사실에 있어서 現實로는 죽은 것이었다.

그는 解放後에 쓴 「나의 告白」에서 자신의 變節이 民族主義에 바탕을 둔 것이라고 말한다. 그가 「朝鮮文人協會」에 사퇴서를 내고 同友會事件 재판에 나가니까 日人 檢事가

> "피고는 죽어도 민족주의를 버릴 자는 아니니, 재판소는 그에게 속아서는 아니된다. 하였다. 그리고 내내 오년, 다른 이에게 사년 이하, 이심에서와 비슷한 구형을 하였다.
> 재판장이 나더러 검사의 말에 대하여 할 말이 없느냐 하기로, 나는
> 「검사의 말은 옳다. 내가 천황을 말하고 내선 일체를 말하는 것은 오직 조선 민족을 위한 것이다. 만일 그리하는 것이 조선민족에게 이익이 아니된다면, 나는 곧 독립 운동을 시작할 것이다.」
> 하였다. 그날 변호사는 왜 그런 위태한 말을 하느냐, 아슬 아슬 했다고 나를 책망하였다."51)

그는 같은 글 「民族保存」에서도 전쟁이 끝날 때까지 일본에 協力하는 理由를 7個項으로 枚擧하고 協力하지 않을 때의 害毒을 들어 말하면서 自己의 正

---

51) 나의 告白. 李光洙 全集.7卷, P. 275.

當性을 피력하고 있다. 그러나 이런 변명이 비록 합리적이고 說得力을 갖는 다 할지라도 平凡한 文人이라면 모르나 民族의 指導者라는 次元에서의 李光洙로서는 도저히 凉解될 수 없는 것이다.

그러므로 筆者는 變節期부터의 그를 죽은 것이라고 보고자 했으며 그는 그 자신의 內面世界속에 復活한 것이었다. 그 復活이 바로 佛에의 歸依였던 것이다.

그러나 그는 生來의 野心家요 革命家라서 安穩히 앉아 禪·行으로 消日하기가 쉽지 않아 以前에 가지고 다닌 民族力의 培養이니 理想村이니 하는 것을 다시 바꾸어 佛世界의 建設로 願力을 세워서 世世生生에 輪廻還生하여 그 大業을 이루겠다고 한 것이다.

韓末에서 6.25 이전까지의 佛教를 春園을 통하여 본다고 하면, 儒學과 예수教의 共存속에 살다가 合併이후에는 갖은 彈壓을 받고 忍苦·自修의 길을 밟고 있다가 解放을 맞아서 비로소 佛國建設의 理想을 세우게 된다고 說明할 수 있어서, 春園이 韓民族과 受難을 함께한 悲運의 文士였음을 再確認하게 되는 것이다.

(1986. 崇山 朴吉眞 博士 古稀論叢)

제4장 尹東柱와 詩의 姿勢

　　이승에 살아있는 동안 한권의 詩集조차 내놓지 못한 한 사람 植民地에 태어나 이른바 軍國主義者의 內地인 敵의 監房에서 28세라는 젊은 나이에 쓸쓸히 죽은 사람—尹東柱를 생각할 때마다 내게는 드맑은 푸른 하늘이 잊혀지지 않는다.

　　1955年 3月 26日 發行의 正音社版 遺稿集 「하늘과 바람과 별과 詩」이 없었던들 그렇게 피맑은 한 人間의 목소리는 永久히 허튼 바람결에 쓸려가버렸을 것이다.

　　나는 尹東柱가 특별히 偉大하다거나 有名한 大詩人이어서 다루려는게 아니다. 다만 그에게는 詩와 時代와 人間이 어울려 모두어질 먼 焦點 속에 너무나 값비싼 〈바른 姿勢〉가 있기 때문이다.

　　詩人을 다룬다는 것은 詩와 人間의 全部를 다룬다는 말이나, 한 詩人이 이미 세상을 떠나고 그가 저승에서 말하여지는 모든 以後音聲이 다시 여러번 바뀐 時代에서도 充分히 무르익어 갔을 때 우리는 퍽 온전한 가슴으로 그 詩人의 이야기를 주받게 될 것이다. 실상 다른 分野에서도 그렇지만 詩나 詩人같이 엄청난 넓이를 가지고 불리워지는 이름도 드물 것이다. 詩는 無味한 韻文의 集團에서 哀歡의 넉두리들. 저 숫다한 實驗들. 그리고 먼 永遠者의 피밴 목소리까지를 두루 포함한 이름이었다.

　　그러나 우리가 어느 詩人을 말한다는 것은 그 시인을 사랑하거나 미워 하기 위해서가 아니다. 다만 重要한 理由의 하나는 그때의 모습을 다시 밝히고 오늘의 빈자리에 그를 歷史的 榮光으로 살게 하는데 있다 할 것이다.

　　詩人論은 많았다. 그러나 주의할 일은 그 가운데 가장 價値있는 本質的 狀

況을 빼놓지 않는 것이다. 한 詩人을 격찬하거나 非難한다는 것은 批評에서
가장 삼가야 옳을 偏頗性인 것이다. 거기는 嚴正만이 소용된다. 그리고 그런
嚴正은 그 詩人의 全般을 사랑한다는 것으로 이해되어지는 것이다. 理解한다
는 것은 알베레스의 말마따나 우선 사랑해야 하는 것이기 때문이다. 理解는
신날한 批判과 愼重한 選擇으로하여 그 時代와 現實의 冷靜한 分別아래에서
了解한다는 것일 것이다.

　詩人論은 자칫하면 偏頗的으로 흐르는 失手들 때문에 맨 먼저 評者의 普通
的인 主觀의 確立을 必要로 한다. 그리고 그것은 어떤 辨明을 덧붙이든간에
現代를 基準(評者의 時代)으로 하는 것이기 때문에 評者自身의 어떤 주관적
인 논지를 위하여 한 詩人은 푸짐한 材料가 되어지기 일수다. 그러나 이러한
낭비를 避하기 위하여 評者는 극히 詩人에게 誠實해야 할 것은 말할 것조차
없다.

　우리가 관심할 일은 어떤 詩人에 대하여 세가지 部面의 態度와 行蹟일 뿐
이다.

　　1. 그 詩人이 어떤 思想的 態度로서 그 時代와 社會와 國家와 世界에 대하여
　　　 살았었던가?
　　2. 詩에 있어서 어떤 位置에 있었고 어떤 階層까지 探究해나아갔고 또 詩史에
　　　 있어서 얼마만한 領域을 開拓했던가?
　　3. 그의 모든 일이 그 時代는 물론 現代에 있어서 얼마만한 영향을 끼쳤는가?

　그러나 嚴密히 말한다면 그 詩人 自身이 宇宙와 人間에 대하여 어떻게 생
각하고 또 행동했던가를 살피는 일일 것이다. 이것은 다른 말로 표현하면 詩
人의 全務性[1]에 대한 考察 以外의 아무것도 아니다.

---

1) 全務性이란 사람이 살아가는데 있어서 必要한 모든 物質的 · 精神的인 充足에의
　 義務行爲이다. 대체로 오늘날의 詩人에게는 그 意義가 더욱 複雜해지는 경향이
　 있다. 詩人은 一個部門의 專門家이기를 強要당하지만 동시에 共同體全般에의 聯
　 關 때문에 一個專門分野만이 아니라 歷史的 現實一般에 대한 參與를 강요 당한
　 다. 그러므로 全務性은 한사람의 眷屬의 營生 및 對人關係에의 誠實에서 시작하
　 여, 社會와 國家의 不正에 대하여 不斷한 抗戰을 갖추지니는 狀態를 意味하게

　　詩史를 硏究해본 사람은 詩史全體가 詩에 있어서 適當한 圓熟期까지를 지낸 한 詩人의 行蹟과 거의 比例하는 점이 없지 않다는 것에 注目할 것이다.

　　이런 例는 哲學史에 있어서 허다하게 實驗한 史實과 흡사한 것이기도 하다. 이는 詩가 다른 科學一般과 함께 不斷히 探究의 歷程을 밟아오고 있다는 뚜렷한 證據인 것이다. 詩는 어느시대에 있어서나 實驗的인 것이다. 그리고 그것은 不斷히 人間에 接近시키려고 하는 熱意로 하여금 繁盛해가고 있는 것이다.

　　가냘픈 리리시즘—그리하여 虛弱한 群像들의 廷命의 푸념으로써 詩는 존재할 수도 있었다. 우리 詩史의 대부분은 그런 흐름을 거쳐왔고 또 그곳을 벗어나려하지 않았다.

　　人間을 아끼고 사랑하라. 그것은 眞實과 악수하는 피비린 투쟁이 아니면 안된다. 그런 凄切한 모습을 나는 尹東柱에게서 찾을 수 있었다. 人間을 사랑하는 誠實性은 맨먼저 그 個人의 人間的인 完成(修正)과 병행하는 것이므로 詩는 어떤 境遇 마치 祈禱와 같은 精誠과 淸淨으로 生의 길이를 재게 되고 늘 슬픈 뒷 등을 그에게 보이기 마련이다.

　　嚴密한 意味로 말할 때 詩는 修道者의 조용한 祈禱文이거나 아니면 抗告狀이나 享樂物이어야 했다. 그러므로 그가 (詩人이) 正常的인 사람이든 奇癖的 人間이든 詩人은 現實속에 뛰어들어 짓밟히는 무리와 버려진 非實用的 事象들을 불러일으켜주는 鬪士거나 아니면 哀歡의 물결에 휩쓸려가는 논다니의 어느 한쪽을 擇하여야 했던 것이다.

　　詩人이 處한 時代의 性格은 대개의 경우 그로하여금 享樂的인 傾向과 聖者的인 傾向의 어느 하나로 歸着시킨다. 그러나 그 가운데서 詩人이 人間의 不平等을 直視하고 美의 本質을 全體人間의 平等한 調和에 두었다고 할 때 그는 서슴치 않고 聖者的인 길을 선택할 것이다. 그러므로 遊娛가 아니라 苦鬪(救濟)일때 詩業은 反抗과 勇氣와 勝利에의 집념이 문제되는 것이다.

　　이무렵 尹東柱가 遂行한 조용한 스테이트먼트를 參考할 것이다. 또 이 發

되는 것이다.

言은 그의 將來에 決定的인 方向提示와 아울러 그의 스타일을 잘 말해주는 것이다.

> 죽는 날까지 하늘을 우러러
> 한점 부끄럼이 없기를
> 잎새에 이는 바람에도
> 나는 괴로워 했다
> 별을 노래하는 마음으로
> 모든 죽어가는 것을 사랑해야지
> 그리고 나한테 주어진 길을
> 걸어가야겠다
> 오늘 밤에도 별이 바람에 스치운다
>
> 〈序詩〉 1941. 2. 20

詩를 쓰게 된 것이 생래적인 것이든 아니면 후천적인 선택에서던지 詩를 하게된 소신과 시행위를 통해서 장차 세계와 우주에 대하여 무엇을 어떻게 할 것인가에 대한 선언이 있어야 한다.

이 「序詩」은 이미 그속에 簡略하게나마 詩와 人間과 詩人 全般에 대한 이야기가 함께 어울려 거의 완벽하다싶은 明示가 들어있는 안쪽엔 이미 그의 宿命的인 시련이 재빠르게 등대하고 있었던 것이다. 이 「序詩」 한편으로 尹東柱는 이미 詩人으로서의 天命을 甘受했고 그리고 그속엔 聖者的 길에로의 뚜렷한 選擇이 나타나 있다.

詩는 人間에 뒤지는 것이다. 詩가 人間을 위하여서만 쓰여져야 한다고 말해버릴수야 없지만 詩는 늘 人間的이어야 한다. 그것이 어떤 永遠者의 목소리를 빌어서이건간에 그 소리가 人間을 향하여 말하여지기에 詩的 眞實은 살아 있는 것이다.

"죽는날까지 하늘을 우러러 한점 부끄럼이 없기를"

부끄럼은 罪意識만을 말하는게 아니다. 이미 共同體에 自身을 바친 뒤엔 죄란 利害打算의 量的 詮衡에서 빚어진 관념의 유희에 다름 아니다.

다만 어떤 時代와 集團이 끊임없이 뭣을 渴求하고 있을 때, 그리고 그것이

純粹한 生의 自由와 관련한 所願일 때 詩人의 無爲는 現實逃避이다. 詩人은 소원을 이루기 위하여 싸우는 것이다. 植民地의 하늘아래서 抗戰의 態勢를 갖추지 않은 詩人은 모두 罪人이었다. 그리고 그것은 人間的인 부끄럼이었던 것이다. 부끄럽지 않으려면 어떻게 해야 하는가 여기에서 詩人은 聖者의 슬픈 最後를 몸으로 느껴야 하는 것이다. 그리하여 그는 그렇게 말한 것이다.

> 괴로웠던 사나이
> 幸福한 예수 그리스도에서 처럼
> 十字架가 許諾된다면
> 목아지를 드리우고 꽃처럼 피어나는 피를
> 어두워가는 하늘 밑에 조용히 흘리겠습니다
> 〈十字架終節〉 1941. 5. 31.

聖者的인 길에의 選擇은 强烈한 現實的인 救濟義務를 늘 그림자처럼 作伴하는 법이다. 現實에 대하여 責任을 느끼는 것은 그 現實에게 뭣을 주고져하는 구제의식의 발로에서 이고, 그것은 現在의 사랑과 未來에의 希望으로 敢行되는 것이다.

이른바 塵世를 떠나거나 거기 살면서 脫俗을 自負하고 疎外를 誇張하는 때 우리는 그런 詩人의 態度를 일러 詩的僞善이라고 부르는 것이다.

現實가운데 서서 社會와 民族과 人間一般의 수난을 自己化하고 그것의 向上과 安全에 誠實을 다한다는 것은 우선 그런 一般事況을 사랑한다는 것이다. 사랑은 個人主義的 方法으로하여 이루어지는 個體의 美化가 아니다. 오히려 사랑을 받으며 있는 對象속에 自己를 내어던지는 無報酬의 獻身인 것이다.

虐待받고 있는 民族 —— 征服者의 極惡한 專橫밑에서 詩人의 〈無報酬의 獻身〉은 죽음 以後의 作業이어야만 했다. 그러므로 참된 詩行爲—곧 植民地의 하늘 아래서의 詩的 헌신은 예수의 慘酷한 最後와 항상 直結되어 있었던 것이다.

그러나 이러한 無報酬의 獻身은 詩的 手段을 빌어 現實앞에 선 詩人에게 있어서는 어떻게 있어지는 것인가?

暴力에 依하여 짓밟히고 있는 植民地에서의 獻身은 征服者의 暴力을 凌駕하는 暴力이 요구되었지만 그러나 현실에 있어서의 詩行爲는 暴力의 벽을 결코 넘어갈 수 없었던 것이다.

詩는 時代앞에 선 한 人間, 또는 한 民族의 凄切한 精神的 姿勢일 뿐이고 眞實을 위한 鬪爭을 촉발시키는 偉大한 召集나팔소리일 뿐이다. 그러므로 詩人은 늘 民族이라는 單位속에서 體驗하고 作業하면서 現實的으로는 다만 孤獨한 一個 人間으로서 社會의 뒷전에 서있기 마련이다.

우리는 이러한 고독에의 切感을 尹東柱에게서 절절히 발견할 수 있는 것이다. 詩를 쓰는 사람은 때때로 뭣 때문에 詩를 써야하는 것인가에 대한 自問을 받으면서 불시에 온몸을 휩쓰는 쓸쓸함을 느낄 것이다. 그것은 그러나 눈물이기엔 너무나 진한 샛빨간 핏덩이일 게다.

　　六疊房은 남의 나라. 窓밖에 밤비가 속살거리는데
　　등불을 밝혀 어둠을 조금 내몰고
　　時代처럼 올 아침을 기다리는 最後의 나
　　나는 나에게 작은 손을 내밀어
　　눈물과 慰安으로 잡는 最初의 握手
　　　　　　〈쉽게 씌어진 시〉의 終節. 1942. 6. 3.

그러나 이러한 自己集中은 끝내는 그로하여금 獻身行爲나 詩人의 天命으로부터 멀리하고 一般性에서 狂的인 自己返戾를 敢行하기 마련이고 스스로 絶緣의 位置에서 宇宙와 對決하는 것이다. 人間은 이러한 두가지 熱中을 늘 享有하기 마련이다. 이런 形而上學的 考究는 人間의 本質에 대한 立體運動이 되고 이는 나아가서 現實的 行動에 根源的인 動力을 주는 것이다.

이 문제에 대하여 우리는 尹東柱의 좋은 몇가지 몸부림을 參考할 수 있다.

　　…한번도 손들어 보지못한 나를
　　손들어 표할 하늘도 없는 나를

　　어디에 내 한몸 둘 하늘이 있어

　　나를 부르는 것이오

　　　　　〈무서운 時間〉中節 1941. 2. 7.

　그러나 이러한 沈澱은 늘 계속하는게 아니다. 이미 聖者的인 길—다시 말
하면 無報酬의 獻身을 選擇한 바에야 그에 대한 뚜렷한 明示가 있어야 할게
아닌가. 그의 「序詩」은 계속해 말한다.

　　잎새에 이는 바람에도
　　나는 괴로워 했다

　慈悲는 宗敎에서만이 아니다. 하나의 絶對者를 假設하고 宇宙의 理由를 그
에게 歸一시키려할 때, 無理한 合理主義는 信仰이라는 補助者를 必要로 하고
天罰이라는 超絶한 壓力의 應報를 豫備해 두었던 것이다. 그러나 詩의 慈悲
는 모든 理由를 物卽自에게 돌려 보낸다. 그리하여 散在한 宇宙萬象을 다만
그 모습으로 아끼고 그 모습 그대로에서 아름다움을 캐어내는 것이다.

　그러나 그 어떤 것보다도 切迫한 밀리타리즘의 時代에 있어서 詩人은 역시
宗敎와 같이 受難者의 運命을 면할 길이 없는 것이다. 詩는 人間的이기 때문
이다. 그러므로 宗敎가 神을 信仰하여 十字架를 메듯이 詩人은 人間을 信仰
하므로 말미암아 敵의 쇠사슬을 찼던 것이다.

　偉大한지라 —— 慈悲. 사랑의 힘은 큰 것이다. 人間은 물론 저 山野와 하
늘과 구름, 宇宙萬物 드디어는 昆蟲과 한 개 잎사귀에까지 人間하는 者인 詩
人의 誠實은 미치는 것이다.

　生命은 모든 言語에 앞서는 것이다. 詩가 사는 곳은 그러므로 온 누리에
充滿한 生命이 사는 곳이며 그 生命들이 사랑하므로 인한 交通속에서 더불은
高度의 調和가운데 있는 것이다.

　尹東柱는 비록 素朴하게나마 그의 手記속에서 이렇게 쓰고 있다.

　　나는 世界觀. 人生觀. 이런 좀더 큰 問題보다 바람과 구름과 햇빛과 나무와
　우정, 이런 것들에 더 많이 괴로워해 왔는지 모릅니다.

　　　　　　　〈花園에 꽃이 핀다〉遺稿集 182p

生命이 生命을 사랑하는 것은 다만 더럽혀지지 아니한 맑은 精誠이 있기에 그런 것이다. 산다는 것은 그러니까 反抗과 사랑의 無數한 受授關係의 連續狀態를 이름하는 말이리라.

그러면 이 慈悲, 이 거룩한 사랑이 한 詩人에겐 어떻게 있어졌던가.

尹東柱의 「序詩」은 말한다.

별을 노래하는 마음으로 모든 죽어가는 것을 사랑해야지

사랑은 반드시 救濟가 깃들어 있어야 한다. 허나 泛然한 사랑은 다만 憐憫에 그치기 일수인 것이다.

사랑하는 者가 사랑을 받는 者의 모두를 自己化하고 자기를 희생하여 相對를 건지는 熱意로써 全體의 救濟를 이룩하는 積極性이 없다면, 詩人의 사랑은 모름지기 傍觀者의 位相을 벗을 길이 없는 것이며 이는 말할 나위없이 詩的僞善임에 다름아니다.

憐憫을 내용으로 하는 무릇 사랑은 敗北美에의 애착에서 오는 사치일 뿐이다. 이런 態度를 일러 우리는 서슴치 말고 〈保守主義者의 虛禮〉라 불러야 옳다.

眞正한 사랑은 성실한 救濟를 항상 內包하는 것이다.

그리고 사랑한다 할 때 반드시 우리는 希望을 가질 것이다. 만일에 希望과 勝利에의 確信이 없는 反抗이었다면 우리는 서슴치 않고 文學을 일러 偉大한 僞善의 詐術일라고 이름할 것이다.

反抗은 希望品은 救濟心에서 일어나고 勝利에의 確信으로 인하여 强化되는 것이다. 尹東柱가 「별을 노래하는 마음으로」 사랑해야 한다고 말한 것은 保守主義的 虛禮가 아니라 眞正한 救濟에의 顯示에서 일 것이다.

希望을 담은 사랑 救濟에의 손길이 미치는 領域은 뭣인가 限界는 無限하다. 왜냐면 宇宙一般에 미치기 때문이다.

詩가 藝術인 바에야 美를 추구하는 것이겠지만 그러나 美는 곧 詩的 眞實과 共通되는 內質이 아니면 안된다. 美는 사실상 救濟에 先行하는 것이고 또

救濟의 훨씬 뒤까지 있어지는 너무나 넓은 限界性을 지니고 있는 것이다.

美란 사랑한다는 것이다. 그러나 그 사랑이 自己를 超越한 無報酬의 獻身이어야 한다. 그러므로 美는 하이덱커의 말이 아니더라도 非實用的인 것에 대한 愛着인 것이다.

그러나 重大한 일은 이 美가 內包하고 있는 兩面이다. 非實用的인 것에 대한 愛着일 경우 美는 救濟와 享樂(愛玩)을 거의 똑같이 지니고 있는 것이고 그것은 美만이 가지는 어쩔 수 없는 生理이기도 한 것이다. 이런 兩面性은 항상 詩人의 周邊을 거의 充滿시키고 있는 것이며 時代와 詩人의 主觀에 따라 이 兩面의 美는 다른 部分을 制壓하고 일어서는 것이다.

타골이 生活의 全部를 救濟에 바치지 않는다고 늘 짜증을 냈던 간디의 生理와 맞지 않았던 것은 그가 때때로 急迫한 印度 國民의 慘狀에서 눈을 돌려 푸른하늘과 무지개, 그리고 노고지리를 노래해야만 했기 때문이며 그것은 그가 革命家나 聖人이기 보다는 먼저 詩人인 데에 그 이유가 있었던 것이다.

그러나 愛玩은 救濟에 從屬시켜야 옳다. 宇宙一般을 限界로한 美라 이를지라도 詩人에겐 人間이 모든 것에 優先하는 것이고 또 모든 人間 가운데 그가 소속한 그의 民族이 가장 切實한 것일 때 救濟는 愛玩을 훨씬 멀리 넘어서기 마련인 것이다.

尹東柱는 그러므로 「모든 죽어가는 것을」 사랑하기를 「별을 노래하는 마음」로 해야 한다고 明示를 하였던 것이다.

希望을 머금은 사랑은 救濟이고 또 그것은 救濟를 받아야 할 對象을 滅하게 한 敵에 대한 준열한 抗戰이기도 한 것이다. 그러므로 被征服時代에 있어서의 모든 詩人은 먼저 투사여야만 했었다.

그리하여 외로운 兵士—詩人. 詩人의 魅力은 실로 이런 곳에 있는 것이다. 尹東柱는 그리하여 꾸준히 홀로 抗戰했다.

> 이윽고 턴넬이 입을 벌리고 기다리는데 거리 한가운데 地下鐵道도 아닌 턴넬이 있다는 것이 얼마나 슬픈 일이냐. 이 턴넬이란 人類歷史의 暗黑時代요, 人生行路의 苦悶相이다. 空然하나 未久에 우리에게 光明의 天地가 있다.
>
> 〈始終〉 遺稿集 196p

봄이가고 여름이 가고 가을 코스모스가 홀홀히 떨어지는 날 宇宙의 마지막
은 아닙니다. 단풍의 世界가 있고—履霜而堅氷至—서리를 밟거든 어름이 굳어
칠 것을 각오하라가 아니라 우리는 서릿발에 끼친 落葉을 밟으면서 멀리 봄이
올 것을 믿습니다.

〈花園에 꽃이 핀다〉遺稿集 184p

그러나 이런 鬪爭은 한결같이 一貫되어지는 게 아니다.

동료나 선배와 함께 通情하며 수월하게 살아갈 수 없었던 그는 쓸쓸히 끊
어진 어느 絶壁밑을 혼자서 걸어가야만 했기에 마침내 虛脫이 온 것이다.

파란 녹이 낀 구리거울속에 내 얼굴이 남어 있는 것은
어느 王朝의 遺物이기에 이다지 욕될가
　〈中 略〉
밤이면 밤마다 나의 거울을
손바닥으로 발바닥으로 닦어보자
그러면 어느 隕石밑으로 홀로 걸어가는
슬픈 사람이 뒷모양이 거울속에 나타나 온다

〈懺悔錄〉1942. 1. 24.

투쟁에 있어서 문제는 詩의 現實的인 效用性에 있다. 때때로 詩는 차라리
한방의 彈丸보다 값싼 것이라고 여겨질 수도 있다. 祖國을 찾고 虐待속에 허
덕이는 民族을 救하는 것은 뭣 보다도 武力이었기 때문이다.

그러나 性急은 禁物이다. 詩가 할 일은 오히려 實戰이 아니라 어두워가 는
民族의 하늘에 별을 創造해 주는 것이다. 그리고 不滅의 生命을 지키므로하
여 그 어느 날까지도 기다리는 힘을 길러주는 것이다. 무서운 민족말살의 잔
혹속에서 民族의 生命을 지키며 〈기다린다〉는 것 같이 더 큰 戰鬪는 없었던
것이다.

그리하여 詩人은 民族精神속에서 자꾸 滅하여가는—喪失되어가는 重要한
要素를 供給(暗示)하며 來日의 하늘밑으로 걸어가야 했다. 여기 尹東柱의 詩
人다운 人間性을 그런 뜻으로 引用해 보자.

나는 또 내가 모르는 사이에—
나는 아마도 眞實한 世紀의 季節을 따라—
하늘만 보이는 울타리 안을 뛰쳐
歷史같은 포지슌을 지켜야 봅니다
〈寒暖計〉 1937. 7. 1

그러나 그 새벽. 그 光明의 하늘은 빨리 오는게 아니었다. 日帝는 民族의 言語를 빼앗고 唯一한 民族의 등불이기조차 했던 朝鮮日報 및 東亞日報는 廢刊 (1940. 8) 되었다. 獨逸軍에게 마지노線은 돌파 (1940. 5) 되고 세계는 軍國主義者의 獨舞臺가 된 것이다.

詩人은 絶望해야만 했다. 創氏制度가 强制되고 (1940. 2) 愛國烈士들은 思想犯 豫禁이라는 이름으로 잡혀가고 (1941. 3) 詩的 眞實은 총칼에 쫓기우며 살아야 했다.

尹東柱는 소리없이 외친 것이다.

너는 살찌고
나는 여위여야지. 그러나

거북이야
다시는 龍宮의 誘惑에 안떨어진다.
푸로메디어쓰 불쌍한 푸로메디어쓰
불 도적한 죄로 목에 맷돌을 달고
끝없이 沈澱하는 푸로메디어쓰
〈肝〉 1941. 11. 29

大東亞共榮圈의 建設을 내걸고 마지막으로 民族精神의 根絶을 試圖하는 어둠속에서도 그러나 尹東柱는 神의 救援을 외치지 않았던 것이다. 그는 끝내 人間의 편에 서서 오히려 프로메디어쓰의 運命을 甘受했던 것이다.

民族의 不幸이 神의 意志가 아닌 바에야 民族의 光復도 神의 意志일 수 없었던 것이다. 人間은 역시 人間이면 그만이다. 모든 現實은 다만 人間, 그 自身의 所産이었던 것이다. 詩人이 救濟를 擇했고, 그리고 그런 天命의 受難속

에 서 있음을 甘受했을 때 神이라고 하는 것은 다만 詩的 眞實의 象徵 이외
의 아무것도 아니었던 것이다. 神의 救濟를 빈다는 것은 그러므로 이미 詩人
의 天命을 포기하는 일이고 그것은 초라한 個體에로의 초라한 낙오를 뜻한다
할 것이다.
　우리는 다시 여기서 尹東柱의 조용한 속삭임을 들어두자.

　　돌담을 더듬어 눈물 짓다
　　쳐다보면 하늘은 부끄럽게 푸릅니다

　　풀 한포기 없는 이길을 걷는 것은
　　담 저쪽에 내가 남어 있는 까닭이고

　　내가 사는 것은 다만
　　잃은 것을 찾는 까닭입니다.
<길> 1941. 9. 3.

　잃은 것은 美다. 그리고 日帝時代의 무서운 하늘아래서 詩人은 이미 잃어
버린 人間의 美를 되찾기 위한 싸움에 뛰어들어야 하지만 그러나 그싸움은
목숨을 건 싸움이었고 처음부터 승패가 정해진 도전이었다. 이 때문에 결과
적으로 救濟의 對象은 다만 詩人으로 귀착되기 마련이다.
　마지막으로 우리는 그의 (序詩) 의 남은 부분을 들어보자.

　　그리고 나한테 주어진 길을 걸어가야 겠다
　　오늘 밤에도 별이 바람에 스치운다

　주어진 天命을 體驗하지 않았을 때 詩는 그 길을 잃는 법이다. 體驗해 버
렸을 때, 그는 이미 人間의 全務性 가운데 물질적 營生을 포기해야만 했다.
그러므로 구비쳐 오곤 했던 수 없는 周邊의 受難을 밀고 天命은 그에게 그의
길을 재촉하는 것이다.
　尹東柱의 暗示的인 告白을 여기 들어 그의 救濟가 지니는 態度를 알아본다.

　　이 안에서 어떤 일이 이루어졌으며 어떤 일이 행하여지고 있는지 城밖에서
살아왔고 살고 있는 우리들에게는 알 바가 없다. 이제 다만 한가닥 希望은 이
城壁이 끊어지는 것이다.

〈始終〉遺稿集 189p

그리고 그는 다시 사람들에게 말했던 것이다

　　다들 죽어가는 사람들에게
　　검은 옷을 입히시오

　　다들 살아가는 사람들에게
　　흰옷을 입히시오

　　다들 울거들랑
　　젖을 먹이시오

　　이제 새벽이 오면
　　나팔소리 들려 올게외다

〈새벽이 올때까지〉 1941. 5.

　　기다리는 생활은 만날 날에의 確信이 없이는 支撑할 수 없는 것이다. 世紀
는 차츰 暗黑에 뒤덮이고 救濟의 隊列—荒凉한 戰線에서 變節하는 兵士가 늘
어만 갔다.

　　더러는 愛玩으로, 더러는 賣國으로, 더러는 隱遁으로 떠나고 反抗의 戰線
에는 홀로 敵陣을 向하여 쏘는 몇방의 砲聲이 이따금 어둔 밤하늘을 쓸쓸하
게 흔들 뿐이었다. 이것이 敵治下 우리 詩人들의 虛弱한 生態이었다.

　　救濟의 詩人들—죽음 以後의 삶을 擇한 그들의 목숨은 永遠의 시간대에 살
아 여기 있는 것이다. 그리고 이 反抗의 戰線에서 변함없이 熾烈한 集中射擊
을 가하면서 前進하는 극히 소수의 레지스탕스들의 모습을 아련히 바라보고
있다.

빠리여 求해 달라 소리치지 말라
너는 네 할바이 없는 목숨으로 사느니
네 파리한 알몸 뒤엔
인간스런 모든 것이 그 눈동장에 비쳐 있다.

빠리 내 아름다운 고향
바늘 같이 가냘프고
칼날같이 강한
검소하고 어진 너는 부정을 용서하지 않으리라
네게 하나의 혼란은 지금 이 不正이리니
너는 빠리여 머지않아 스스로 사슬을 풀리
빠리여. 별과 같이 희미하게 하늘거리는
우리들의 살아있는 희망이어

                              (뽈 엘뤼아르)

어둠을 아는 民族에게만 새벽은 사는 것이다. 그 肉重한 桎梏의 時代에 어둠을 知覺하지 않은 많은 詩人을 우리는 안다. 하물며 희미하게 매달린 救國 詩人들의 별빛이야 보배로울 이유가 없었으리라. 그러나 詩人의 救濟的 誠實 —나아가서 〈無報酬의 獻身〉은 實用性에 있는게 아니라 보다 많이 永遠에 던지는 人間尊嚴의 衿持를 말하는 것이다.

하나의 生命은 宇宙를 包容한다. 人間은 人間이기 때문에 이를 必然的으로 是認하지 않을 수 없다. 그러므로 人間의 不幸은 詩의 不幸이다.

詩人이 스스로 救濟의 길을 選擇할 때 이것은 하나의 道德的義務라기 보다도 오히려 人間的인 自由때문인 것이다. 그러니까 現代와 같은 人間抹殺의 時代에 있어서 詩人의 투쟁은 自然스럽게 誘發되고 또 持續되는 것이다. 尹東柱는 그리하여 그렇게 그의 序詩의 마지막을 警告하여 두었으리라,

오늘 밤에도 별이 바람에 스치운다

그의 警告는 그의 手記에서 더 如實히 證明되어졌다.

  이제 닭이 홰를 치면서 맵찬 울음을 뽑아 밤을 쫓고 어둠을 줏내몰아 동컨으로 훤히 새벽이란 새로운 손님을 불러온다 하자. 하나 輕妄스럽게 그리 반가워할 것은 없다. 보아라 假今 새벽이 왔다 하더래도 이 마을은 그대로 暗澹하고 나도 그대로 暗澹하고 하여서 너나 나나 이 가랑지길에서 躊躇 躊躇 아니치 못할 存在들이 아니냐

<별똥 떨어진데> 遺稿集 174p

  詩가 關與할 分野는 다만 全一的인 民族一般과 小數의 有識分子일 뿐이었다. 저 山間僻村의 茅屋들—그 가련한 細窮民에겐 빵이 문제였다. 사랑은 普遍的인 施善이다. 가난한 百姓의 卑俗들이 하나의 農民詩를 꾸미려는 詩人의 貴重한 材料로서 항상 그 자리에 그렇게 있어져야 한다고 한다면 이는 얼마나 무서운 모욕이겠는가.

  眞實은 全般的인 人間의 自由에 대한 熱望이고, 또 그 實現을 말하는 것이다. 眞實한 人間에의 자유—저 가난한 者들, 저들을 에워싼 無知와 貧困과 不法의 굴레를 벗게 해주라. 실로 巨大한 詩人의 苦悶은 이것이다. 物質的 現實 곧 一般現實에서 詩人이 孤立되어야만 했던 重大한 理由의 하나가 바로 詩人의 무릇 作業이 現實的으로 별로 效用性을 갖지 아니한데 있었던 것이다.

  저들 農民에게, 下流層의 人間에게 人間的 自由를 주어야 한다—詩人 尹東柱의 苦悶도 그런데 있었을 것이다. 다만 놓여 있는 現狀에 대한 同情, 그리고 거기로 쏟아보내는 얼마쯤의 憐憫—그것은 바로 保守主義的 虛禮의 存在樣式에서만 容納될 行世인 것이다. 좀더 果敢하게 參與하는 것이다. 그것이 詩人이며 人間인 사람들의 <全務性>에의 誠實인 것이다. 이는 今後 詩人이 지녀야할 또 하나의 행동강령일 것이다.

  빼앗긴 땅에서 日本帝國主義를 打到하면서 한편 根本的인 救濟 때문에 부닥쳐 苦悶해야만 했던 것은 역시 윤동주라는 詩人의 맑은 精神만이 지닐 수 있는 聖者的 配慮인 것이다.

  現實은 언제나 人間으로 하여금 詩的抵抗, 詩的救濟에만 멈물게 하지 않는다. 無報酬의 獻身은 반드시 詩만을 媒介로 하지 않기 때문이다. 詩는 오히려 그런 獻身에의 手段의 하나에 不過한 것이다. 그러나 그런 手段 가운데 가장

高次元의 階層에 屬한 것이 詩임을 否認할 수는 없을 것이다.

人間은 人間의 全一的인 救濟때문에 그가 할 수 있는 모든 것을 動員하는 법이다. 거기 全人의 出現이 期待되는 이유가 있다.

詩人이면서 詩的 行動이 아니라 直接 革命運動에 參加하고 戰場에 서며 監房에서 抗爭하는 일은 詩的 消極性에 대한 不信에서 보다는 오히려 人間의 全務性에 대한 全人的 成就感에서인 것이라고 나는 생각한다.

尹東柱의 바른 姿勢는 바로 그런 詩와 人間이 함께 서둘러 그 全務性을 다하려는 誠實한 位相에서 찾아 볼수 있었던 것이다. 그것이 내게는 소중하고 훌륭한 것이었다고 생각되었던 것이다.

어떤 경우든지 詩는 그 詩人의 精神을 反映하는 법이다. 人間一般과 世界에 대하여 어떤 思想을 가지고 있었으며 어떤 態度로 時代에 섰었던가를 그가 詩人인 以上 그 詩에 나타냈었으리라. 詩는 그 人間의 最高의 行動이었고 또 示顯이기 때문이다.

허나 詩가 藝術인 이상 우리는 詩가 지녀야할 技術的인 面에 대하여 조금도 等閑할 수는 없는 것이다. 尹東柱를 말하려 할 때 우리가 부닥치는 困難 가운데 가장 문제되는 것은 그의 詩作生活이 極히 짧았다는 點이다. 우리는 왕왕 한 詩人의 圓熱이 50歲를 中心으로 해왔다는 것을 생각할 때 선뜻 손대지 못할 不安을 禁할 길이 없는 것이다.

그러나 그것이 部分的으로 未熟하다할 망정 그의 行蹟이 眞正 바른 길을 向하여 있어졌다고 할 때 若干의 기쁨을 느끼는 것이다.

詩의 階層이 反射的인 곳에서 排泄, 歸仙的인 곳으로 그리고 종내는 反抗, 救濟的인 곳으로 向上되어 왔다는 얘기는 내가 이미 發表하였었다. (1960. 1. 5~25일. 朝鮮日報連載)

그런 階層을 따라 粗野하고 急速한 飛躍은 있었다손치더라도 尹東柱가 反抗期(批創期)에 들어섰음을 우리는 앞에서 잘 보아왔던 것이다.

自然美에의 投入은 항시 反射的 作用을 빌어 詩의 첫 자리를 곱게 장식하여 왔는데 그렇다면 尹東柱의 많은 反射的 描寫가운데 하나를 들어보기로 하자.

바람이 팽이처럼 돈다
나무가 머리를 이루 잡지 못한다
내 敬虔한 마음을 모셔드려
노아때 하늘을 한모금 마시다
　　　　　　　　　　〈소낙비〉 1937. 8. 9.

　　그러나 社會와의 主務的 交涉이 잦아감에 따라 사람은 차츰 自己를 返戾
하는 것이다.
　　不合理한 世相―그리고 눈부신 에고이즘의 時流속에서 사람은 孤立한 自己
를 發見한다. 거기 爆發하는 絶望과 울분, 그것을 客觀化하지 않을 수 없는
切迫의 節期, 그것을 排泄期라 일렀다.
　　尹東柱는 소리쳤다.

塔은 무너졌다.
붉은 마음의 塔이―

손톱우로 새긴 大理石塔이―
하루 저녁 暴風에 餘地없이도

오오 荒廢의 쑥밭
눈물과 목메임이여！

꿈은 깨어졌다
塔은 무너졌다
　　　　　　　　　　〈꿈은 깨어지고〉 1936. 7.29.

　　이리하여 다시 사람은 거친 曠野로 몰려나오는 것이다. 人間의 本質―뚜렷
한 理由의 反問, 그러나 絶望뿐이다. 自虐을 거듭하는 敗北의 歷程은 그로 하
여금 異次元의 自己發見에로 接近시킨다.
　　허나 그러기에 앞서 이미 산다는 것은 어쩌면 지루한 것이 된다. 世上은
그에게 充分한 本質的인 解答을 주지 않는다. 여기 다른 次元의 世界를 摸索

하는 移越意識──곧 現實逃避에의 충동이 그를 애워싸는 것이다.
  尹東柱가 排泄의 絶頂에 異次元의 世界에의 移越을 念願한 것은 그의 詩
「또 다른 故鄕」에서 였다.

    白骨이 우는 것이냐
    아름다운 魂이 우는 것이냐

    志操 높은 개는
    밤을 새워 어둠을 짓는다
    어둠을 짓는 개는
    나를 쫓는 것일게다

    가자 가자
    쫓기우는 사람처럼 가자
    白骨 몰래
    아름다운 또 다른 故鄕에 가자
〈또 다른 故鄕〉1941. 9.

  絶緣地帶의 設定은 苛酷한 自己探究의 作業을 이르는 말이다. 참다운 自己
反省은 人間의 普遍性을 結果하는 법이니 尹東柱가 다시 無味한 現實로 돌아
와 사랑을 더불어 世上을 보았다는 것은 그리 놀라운 일이 아니다.

    停車場 푸랫폼에
    내렸을 때 아무도 없어
    다들 손님들뿐
    손님같은 사람들뿐
      〈中 略〉
    모퉁이마다
    慈愛로운 헌 瓦斯燈에 불을 혀놓고

    손목을 잡으면
    다들 어진 사람들

　　　　　다들 어진 사람들
　　　　　　　　　〈看板없는 거리〉1941

　이리하여 다시 現實로 돌아온 詩人은 그가 지나치게 希求했던 華奢한 異景에의 꿈에서 나와 灰色의 얼굴에게 希望을 주고자 마음하는 것이다.

　가장 重要한 것은 世上에서 뭣을 얻으려는 熱狂이 아니라 世上에게 뭣을 주고자 하는 사랑의 態度일게다.

　排泄期를 넘어가면 그런 施愛의 선택에서 일이 시작된다. 그러나 尹東柱에게서 우리가 항상 느끼는 것은 詩에 있어서의 技術的 部面에 대한 소홀이었다. 허나 粗野했으되 建全하게 人間을 대한 그의 소중한 歷程이 그런 작은 部面을 充分히 카바하고 남음이 있노라고 나는 생각했다.

　技巧는 創造된 美를 알뜰히 손질하는 재주와 要領이었다. 그러나 그 美에 대한 행동은 모든 技巧를 超越하는 것이다. 反抗은 民族과 人間 一般의 眞實한 自由를 爭取하려는데 있음은 앞서 말한 바다. 하지만 다시 우리가 留意할 일은 그 窮極의 美—곧 〈全體를 위한 眞實한 自由〉는 反射期의 自然美나 排泄期의 哀歡, 永嘆의 作用美와는 次元이 다른 너무나 偉大한 境地의 美라는 點이다.

　美學은 많이 달라졌다. 그리고 人間이 志向하는 偉大한 것은 共同體 全般의 運命에 대한 眞實한 自由의 문제가 아니면 안 되었다.

　自然美에의 耽溺 —그리고 現實逃避의 아름다운 別名. 田園에서의 牧歌는 우리 形便과 같은 悲慘한 時代에 있어서는 너무나 自己背反의 作爲임에 다를 바 없다. 하물며 가냘픈 抒情. 그리고 값싼 愛玩에 始終해왔던 우리 文學의 主流는 反逆의 늪에서 自娛하는 썩은 선비가 아니고 무엇인가.

　그런 때 호올로 反抗과 救濟의 길을 걸어간 尹東柱의 모습은 다시 우리 詩史의 빈 자리를 퍽 자랑스럽게 빛낼 것이이라고 나는 여기는 것이다.

　새벽을 믿어 굳건히 푸른 하늘을 지키며 싸운 尹東柱는 解放되기 六個月前 그러니까 1945年 2月 16日에 아무도 없는 敵의 監房에서 죽었다.

　그 무렵 그에겐 2, 3年 동안의 詩作 및 手記가 많이 있었으나 모두 倭警에게 强奪당했다는 사실을 李氏 尹一柱의 後記에서 찾아보는 것이다.

1917年 12月 30日 北間島의 明東에서 尹東柱는 태어났다. 祖國은 빼앗기고 憂國之士는 거의 豆滿江을 건너갔다. 그리하여 北間島 그 거친 無法地帶에는 永遠을 더불어 푸른 祖國의 하늘이 살아있었던 것이다.

咸鏡北道의 會寧 고장을 떠나 間島의 荒蕪地를 開拓한 할아버지의 건실한 鬪志를 尹東柱는 가장 많이 물려받았다고 傳해진다. 四男妹의 맏아들로 태어난 그는 그를 醫師로 기르려는 그의 아버지의 꾸준한 努力에도 不拘하고 詩를 택했다 한다.

연희전문학교를 나올 무렵인 1941년 12월 그는 첫 번 出版으로 77部를 내려다 失敗한 채 「하늘과 바람과 별과 詩」라는 이름의 詩集을 들고 고향 北間島로 돌아갔었다고 전한다.

北間島…愛國志士들…祖國의 푸른 하늘…反抗의 詩…그리고 詩人 尹東柱…… 이런 것은 어쩌면 어떤 은연한 風景같이 스사로운 印象을 우리에게 준다.

1944년 6월에 2년의 體刑言渡를 받고 日本 福岡刑務所에서 服役했었던 그는 거기서 殞命했던 것이다.

생각컨데 얼마나 超然한 모습인가. 이 글을 쓰고 있는 내 눈앞에 나타난 東柱는 하이얀 두루마기를 입고 소리없이 걸으며 푸른 하늘을 바라보는 모습이다.

日本總督에게 무릎을 꿇고 和文創作을 主張하고 徵兵督勵의 앞장에 서서 피를 토하며 裕仁天皇陛下에게 忠誠을 부르짖는 部類가 얼마나 많았던가.

하물며 그들 背反者類가 이 거룩한 光復의 하늘 아래서 國運을 料理했음을 뉘우칠 때 진정 피로써 닦아낸 저 祖國의 푸른 하늘이 부끄러워 견딜 수 없다.

尹東柱의 그 많은 작품 가운데서도 유달리 그의 遺稿集의 「序詩」을 잊을 수 없다. 이 한편의 詩는 天命이 그에게 불러준 매니페스트이다. 그리고 이는 人間하는 이와 詩의 本質을 求하려는 이에게 훌륭한 支配力을 지닐 것으로 나는 알고 있다. 詩에 있어서 가장 代表的 類型 가운데 우리 詩史가 지닌 흐름은 세가지 主流였다. 하나는 素月의 높고 簡潔한 愛玩의 態度. 둘째는 아직

말해버리기는 빠르지만 天涯의 感觸을 주는 未堂의 歸仙의 態度. 그리고 셋째는 尹東柱의 피맑은 救國의 態度이다.

이밖에도 李箱같이 纖細한 解部와 多樣한 實驗이 오랫동안 문단을 지배하고 있다는 것도 우리는 잘 알고 있다. 그러나 슬프게도 李箱은 그것을 마물러서 巨大한 집을 지어놓지 않았다. 그러기에 뒷 사람은 수 많은 材料만을 그에게서 절취해 갔던 것이다.

요즘 4. 19를 계기로하여 우리 詩가 갑자기 反抗的인 傾向으로 향하고 있다는 것은 퍽 좋은 現狀이기도 하다. 이즘에 다시 植民地 時代를 回顧하고 不安定한 過渡期에 조국의 광복에 목숨을 바친 이들의 훌륭한 모습을 생각해본다는 것은 한만족의 긍지에 한없는 자신을 주는 일이다.

植民地時代나 逆天의 시대는 어느 하늘 아래에서도 反抗과 救濟를 불러오게 되어 있다. 不平等 抑壓 그리고 人間의 虐待는 어쩌면 歷史의 生理이기도 하기 때문이다.

詩人은 그러므로 그런 不條理의 회오리바람속에서 永遠한 完美를 生理化하고 그것의 現實化를 위하여 努力하는 것이다. 反抗과 救濟는 그런 努力의 持續狀況을 이르는 또 다른 이름인 것이며 그것은 가장 重大한 人間의 使命이며 人間尊嚴을 爲하여 宗敎하는 詩人의 課業이기도 하다.

(1960. 自由文學. 5月號)

제 5 장 李炳勳과 들의 思想

Ⅰ. 堂北里 周邊

李炳勳詩人의 태받이는 沃溝郡 玉山面 堂北里 白石部落이다. 이곳은 筆者가 태어난 米面 新豊里 大田部落 절메라는 곳에서 白土里(백두게)를 지나면 바로이니, 옛부터 交分이 잦은 이웃들이었다.

堂北里의 앞 남쪽에 뾰족한 산이 있어 흡사 붓을 세워 놓은 것 같은 모양인데, 이름하여 돛대산이라 한다. 風水를 말하려는 것은 아니나, 이 산은 근방의 筆峰으로서 작지만 꽤 秀麗하여 群山 쪽에서 보아도 제법 巍然하다.[1]

沃溝郡이란 百濟 때에 馬西良縣이라고 부르다가 그 뒤에 고쳐진 것인데 따로 玉山縣[2]이라 일렀다니 沃과 玉이 音讀으로 비슷하여 往來하는 말인지 모르겠다.

李詩人의 生地인 堂北里에서 서쪽으로 5리 쯤에 沃溝邑이 있는 데 여기 林氏들이 麗朝에 門下侍郎平章事를 지낸 林槩・林有文 父子의 後孫들이다. 沃溝는 지금의 古群山을 屬縣으로 하는 데 이 近郊가 崔致遠의 生地[3]로서 더러 文氣가 비어 있는 곳이라 할 수 있다.

堂北里 남쪽 아까 말한 文筆峰 南麓에 翰林洞이 있고 거기서 「廉義書院」이 유명한 데 崔致遠이 세웠다는 傳言이니 꽤 오랜 역사를 가진 것이다.[4]

---

1) 筆者의 生地이고 지금도 往來가 있어서이지만 자세한 것은 李炳勳 詩人의 相談에 힘입었음을 밝혀둔다.
2) 新增東國輿地勝覽 全羅道 沃溝郡
3) 李相斐. 文昌侯 崔致遠의 出生地考. 圓光大. 文理研究. 創刊號. 1983. 5.
4) 堂北里 近郊의 傳說에 의함.

李詩人은 말하자면 선비의 고장에서 태어났다고 해야 할지 여러 가지 갖추어진 환경조건 속에서 生育한 셈이라 할 수 있다.

그 구체적인 이유로는 그를 낳은 堂北里에 바로 杜進士의 門中이 있고 그 마을 앞에 翰林洞이 있고 廉義書院이 있어 少時에 漢學을 여기서 익혔던 것이니 돛대산의 運氣 말고도 詩文을 하게 된 來歷이 많은 것이다. 더구나 이 고장 사람들이면 어려서부터 崔孤雲 이야기를 古老뿐만 아니라 婦女들에게서까지라도 익히 듣는 편이라 文章立志의 꿈이 이래저래 싹트기 마련이라고 할 수 있겠다.

이 부근에는 「米堤池」라는 큰 湖水가 있고 거기에 관련한 傳說·逸話가 수없어서 어린이들에게 幻想과 꿈의 滋養을 많이 준다고 할 수 있다. 「米堤池」의 본 이름은 「쌀뭍방죽」으로서 뒷날 地名의 漢文表記化 때에 뭍이 陸과 相通한 「提」로 된 듯하나 筆者의 마을에서는 「절메방죽」이라고 불러왔다. 東國輿地勝覽에는 이 湖水의 둘레를 一萬九百十尺이라 했는데5) 지금은 훨씬 넓다. 筆者의 마을인 절메가 이 湖水의 북쪽 머리이고 李詩人의 堂北里는 湖水의 左邊을 이룬 脈 中部의 東南枝脈에서 펼쳐진 마을이다.

여기서 群山이 약 십리 남짓하니 옛날에는 4·5십분이면 족히 걸을 만한 거리이다. 堂北里에서 북쪽으로 백두게를 지나서 언덕배기 길을 올라서면 조그마한 五街里가 나오는데 여기가 面界로 절메와 백두게, 群山, 용둘리, 정승리로 갈리는 길목으로 어미고개의 와전인 「엉고개」다. 「엉고개」를 지나 정성을 다한다는 「정성리」 등 전형적인 우리의 風土가 李詩人을 키웠다.

Ⅱ. 들의 이미지

群山에서 堂北里쪽으로 가려면 「흙구데기」를 지나서 「둔배미」에 이른다.

---

5) 新增東國汝輿勝覽. 上揭. 지금은 銀波라 改名하고 水位를 훨씬 높이어 廣大해짐.

지금은 이 지역을 두루 합쳐서 「屯栗洞」이라 하지만 옛날 屯田이었던 곳임을 알게 하는데6) 그 「둔배미」에서부터 평야가 시작되어 倭政 때의 倭人의 「宮崎農場」7)을 지나서 「거르메」를 벗어나면 「지곡리」와 「堂北里」에 맞닿는데 이 길이 삼십리의, 玉山 들을 질러가는 粘土길이다.

이 들녘은 아마도 옛부터 대부분이 滿潮에는 바다였고 干潮에는 검푸른 등성이를 내밀던 뻘바탕이었을 것임이 확실하다. 갈대밭이 장관을 이루고 갈게들이 熱射의 태양 밑에서 이리 몰리고 저리 몰리던 그런 허허벌판이었을 것이다. 倭帝가 萬頃江에 둑을 쌓아 올리고 논을 치면서 반듯반듯한 1,200평자리 整畓으로 꾸며지고 新作路가 생기고 新作路 곁에 큰 똘(溝)이 마련되니 비로소 이 광막한 갯벌이 沃土로 변한 것이다.

李詩人이 60가까운 세월을 함께 해온 곳이 바로 이 들이었던 것이다. 흙과 거기에서 자라기 마련인 나락이나 보리, 아니면 공다리나 雜草, 그리고 그 무논에 찰삭이는 雨水, 또랑을 넘치는 물, 그리고 四時長節 거기에 쏟아지는 햇빛, 끊임없이 불어대는 바람, 아침 햇빛에 영롱한 이슬과 草綠의 生命들, 넓은 들을 건너가는 구름, 아득히 머언 地平線에 깔리는 노을같은 것들이 그의 생애를 형성해 왔으며 그를 그이게 한 必須의 滋養들이었다고 할 수 있다.

어느날 밤에 한가로이 李詩人의 두 詩集《下浦길》과 《멀미》를 뒤적이다가 깜짝 놀란 적이 있었다. 이유인 즉 그 詩의 밑바닥에 깔린 것들이 바로 이 堂北里를 중심으로 한 玉土벌 곧 「들의 思想」이었기 때문이다. 그의 두 詩集의 全詩篇을 훑어 보는 사이에 나는 점점 이 생각에 자신을 갖게 되었는데 그것은 다음과 같은 調査資料로도 충분히 立證되는 일이다. 그는 그의 詩를 짓는데 있어 아래와 같은 낱말을 많이 사용하고 있었다.8)

---

6) 群山浦의 주둔군이 짓던 屯田이었다.
7) 解放後는 群山商科大學이었다가 지금은 中央商高가 됨.
8) 下浦길. 詩文學社. 1981.4
   멀미. 韓國文學社. 1983.11

출전 낱말	下浦길	멀미	합 계
물	37	44	81
흙(땅)	35	28	63
바람	33	27	60
햇빛(별)	23	25	48
이슬	16	25	41
들	10	7	17
노을	5	4	9

빈도수에 따라 적어본 것이지만, 그가 항상 하고 있는 세계, 다시 말하면 그의 日常의 現住所가 어디인가를 잘 말해준다고 할 수 있다.

아까 말한 湖水를 圍繞한 주변은 산지이지만 이 산지의 서안은 서해요 남은 萬頃江口이며 동은 玉山平野이니 이곳이 옛날에는 모두 갯벌이었음은 이미 말한 바이지만, 李詩人의 詩들에 「바다」라는 말이 두두러지게 많이 쓰이는 것은 바다와 들이 기실 「갯들」이라는 개념(또는 개뻘)에서 일치된다고 볼 수 있다.

바다와 들은 서로 뒤섞이는 이미지인 것이다. 바다와 萬頃江口가 연결된 이미지이기 때문에 들과 바다와 강은 때때로 그의 詩에서 가장 많은 빈도를 보이는 물과 흙에 통하는 精神的 寄港地요 고향이랄 수가 있다.

深山幽谷에 있어서의 물은 非俗과 淸淨에 이어지지만 들의 물은 實用性과 직결된다. 들에 있어서의 물은 강과 바다의 想念에 相通하며 그것은 서로 순환 상생의 원리에서 동일시해야 한다.

이래서 땅(흙)이 비로소 물을 만나서 生命을 잉태하고 이슬과 바람과 햇빛(별)으로 인하여 길러내는 것이니 여기에서 創造의 要件이 마침내 충족되는 것이다.

땅(흙)은 基底가 된다. 이것은 두꺼운 深層으로 生命의 神秘을 갊고 하늘에 응하여 열려 있는 것이다. 여기에 물이 흘러 흡족히 적시니 새싹이 돋아 바람과 햇빛의 恩寵으로 生育되는 바탕을 채비케 하는 것이라. 물은 基底에

스며들어 活力을 주는 힘으로 象徵된다.

물은 그러므로 강과 바다와 들을 연결하는 共通의 이미지이다. 강이 강일 수 있는 것은 물이 充溢하고 물이 흐르기 때문이요 물이 만일에 말라버린다면 강일 수가 없다. 바다도 물로 인하여 바다로 있는 것이지 물이 없다면 벌써 바다가 아니다. 강이나 바다나 둘 다 물이 마른 다음에는 질펀한 갯발로 남는 것은 마찬가지다.

萬頃江口는 이미 바다나 마찬가지이다. 넓은 河口는 干滿에 따라 갯벌도 되고 바다도 된다. 堂北里 남쪽 下浦앞이 바로 그런 곳이다. 그래서 바다와 강은 李詩人에게 있어서는 같은 개념이요, 이미지인 것이다.

그런데 그에게 있어서의 들은, 바로 이 강이나 바다를 같은 개념으로 묶어 놓은 물의 이미지로 하여금 더욱 독특한 것으로 만들게 하고 있다.

물이 있는 들과 물이 없는 들은 전혀 다른 모습의 들이다. 물이 없는 들은 가을부터 겨울에 이르는 동안의 들이다. 가을의 물이 없는 들은 할 일을 다 끝낸 들이다. 잠든 들이다. 그것은 이미 벼나 보리를 자라게 하는 자신의 가장 소중한 기능을 포기하므로써 活力을 잃고 죽음에 가까운 끝없는 잠에 빠진다. 들은 가을에 접어들어 秋收를 끝내고 볏짚을 걷고 가을갈이를 했거나 맨논바닥으로 있거나 깊은 잠에 빠져들어가는 것은 마찬가지이다. 잠든 들은 물이 없는 들이다. 그것은 그 바닥에서 벼와 보리뿐 아니라 한포기의 풀잎도 길러내지 못하지만 하다 못해 또랑에서 흔한 송사리 한 마리를 길러낼 힘이 없게 氣盡해 있기 마련이다. 이래서 물은 들의 생명이요 활력이라 하는 것이다. 말하자면 물이 없는 들은 물이 없는 江口나 바다와 같이 한낱 갯벌에 다름 아니다. 李詩人에 있어서의 물은 바로 들이며 그것은 흙과 같은 이미지로 이해되면서 무한한 生産性으로 연결된다고할 수 있다.

물 다음으로 그가 많이 쓰고 있는 語彙는 「흙」이었다. 이것은 때로는 「땅」으로도 表現되지만 아무튼 「農土」의 뜻과 상통하는 이미지이다. 흙은 무엇인가를 기르는 母胎여야 한다. 그것은 비록 공다리 뿐만이 아니라 벼와 보리와 자운영도 길러내고 독새기풀도 길러내지만 물을 담아서 붕어와 미꾸라지를 살게 하는 것이다. 어디 그 뿐인가. 넓은 땅은 虛虛空間을 이루어 들을 건너

지르는 바람을 항상하게 하고 구름을 품에 사리어 때로는 비를 내리고 때로는 이슬을 마련하여 밤마다 만물을 생기있는 것으로 만들어낸다.

흙은 물이 담겨져 있거나 없거나 간에 養生의 이미지로 있으며 그것은 없음에서 生命을 創造해내고 所出을 만들어내는 奇蹟의 샘으로 顯現되어 항상 幻想的 對象으로 浮彫된다. 그래서 李詩人에게 있어서의 땅은 또하나 다른 想像의 원천으로서 또는 꿈의 세계로서 昇華된 저쪽의 空間으로 설정되어 있기 마련이다.

그러므로 땅은 이미 현실의 땅이 아니라 정신세계에 존재하는 이데아로서의 像이며 그것은 무릇 創造的 動力의 근원으로 實在하며 種種의 형상을 案出하는 바탕으로서 작용하는 幻想의 샘이다. 여기에서의 땅은 바로 「들」이며 「물이 있는 들」로서 바다와 강에 연결되는 「活力」의 상념인 것이다.

이 「땅」의 이미지— 곧 활력은 창조의 힘이 되는 것인데 그것이 李詩人의 시세계에서는 무엇으로 具象되는가. 그것은 「바람」과 「햇빛」과 「이슬」이다.

바람이나 햇빛이나 이슬은 모두 땅과 물의 上層構造요 그것은 어딘가에 具顯된 實在로서가 아니라 부단히 변화하고 있는 亨通으로 상징된다. 그것은 땅과 하늘 사이에서 뭣인가를 꾸준히 만들어 내고 또 소멸시키고 하는 造化의 현상으로서 把握되어진다.

「白虎通」에 風之爲言萌也 養物成功9)이라 한 것이 바로 그것이다. 바람은 物의 쌌인 것이니 物을 길러 제모습을 갖추도록 하는 것이 그 기능인 것이다. 宇宙에 遍滿한 萬事物이 거기 그렇게 고정되어 있는 그 자체로서는 變通이 없다. 구름이 있고 물이 있고 冷과 熱이 있으나 그 스스로 어찌하랴. 이것들이 움직여서 流通交合하므로써 비로소 조화가 되는 것이니 「바람」이란 움직임이요, 옮김이요, 化合이요, 變, 그것의 이름이다. 그러므로 바람이 있어 씨를 길러 자라게 하고 다 자라서 열매 맺게(養物成功)하는 「作用의 機能」을 管領하는 것이다. 다시 말하면 바람은 작용을 말한다.

비를 오게 하고 물이 흐르고 나무가 자라고 생명이 잉태하며 陰陽이 교합

---

9) 白虎通. 八風

하는 등의 무릇 움직임이 곧 바람인 것이니 李詩人의 시세계에 등장하는 바람도 이러한 「創造의 作用」으로서의 한 개 現象의 뜻으로 통한다고 할 수 있을 수 것 같다.

햇빛이나 이슬의 상징도 작용의 이미지에서 派生된 것이겠지만 그것들이 각기 다른 形象으로 共存하게 되는 것은 그의 「들」이 지니는 空間性에 綠由되고 있는 것이다.

들은 항상 變容되고 있다. 四季가 끊임없이 모습을 바꾸면서 살림을 경영하듯 들은 이러한 大自然의 생을 품에 包容하고 營爲해 가고 있는 것이니 그 눈부신 創造의 神秘에 魅了된 詩人의 눈에는 그것들을 그렇게 자라고 시들고 하게 하는 근원의 秩序에 關心하게 하고 마침내 그러한 秩序의 眞諦인 바의 상징으로서 「바람」을 形象하고 빛과 이슬의 作用을 거느리게하여 들의 현란을 꾸며보고자 하는 것이다.

Ⅲ. 作品分析 · Ⅰ

누구에게나 오랫동안 詩를 쓴 사람이라면 그가 그의 표현기능(藝術)을 통하여 세상에다 대고 무엇을 말하려했는가 하는 작품을 한 두편 갖기 마련이다. 李詩人에게도 그런 類의 작품이 몇 편 있는 것 같다.

「씨나락」10), 「소출」11) 「片片信」12)이 그것이다.

　　어쩌다가 너만 남았느냐
　　겉늙은 햇볕
　　등거리 잠방이만으로
　　살을 다 내놓고 산

---

10) 下浦길. P. 24
11) 멀미. P. 21
12) 멀미. P. 24

사리문도 없이
마음까지 훤히 열어놓고 산 개땅쇠야
나이 기울드락
낮엔 뙤약볕 깔고
날씨의 고를 풀고
밤엔 달을 깔고 바심한 것을,
흙을 거르고 물 걸러 온 것을,
한푼거지 없어도
남아 있기를 잘했구나.

네가 아니면
논빼미의 끼니는 누가 짓겠느냐
〈씨나락〉

쉰넘은 나약한 시인
난 해와 내기 하면서 해로하는 농사꾼의 이름으로
겨우 겨우 얻은 얼마간의 낱말 소출을 저낸다.
낱단으로 묶어 들여온
아지랑이의 곡식이며
눈썹아래 지적거리는 이슬의 열매며
꺼끄레기가 까실거리는 햇빛의 소출을
모두 훑어서 저낸다.
멍석 위에 쌓이는 낱말들이다.
목을 길게 뽑고 오직 작게 다진 것
최종 최초의 맺음으로 남은 것
다시 흙으로 돌아가기만을 자칭하는
낱말들이다.
난 머리가 흰 낱말을 저낸다.
앞 뒤 마당 큰방 아랫방 빈채로 열어 놓고 하늘과 내기하는 농사꾼의 이름으로
〈소출〉

기지개를 켜면 부러질 듯
말라버린 나의 가지
다 늦게 봄은 웬 봄인가

손가락을 휘어보네만
소리나기는 틀렸어
마디마디 아픈걸

나의 이승은 침침해졌어
달·별이 희미해졌는가 하면
대낮에 전기를 켜고
돋보기를 걸친지 오래지

썼다가 구기고 또 구긴 편지를
쓰레기통에 버렸더니
그길로 한 노인이 끄는 영구차에 실려
나의 문전을 떠났어.

나의 봄은
아침상을 물린 뒤에야 돌아오는
바람난 여인네의 신발소린가.

〈片片信〉

　세 편의 시를 읽으면서 느끼는 것은 奇拔한 發想法과 自由聯想에 의한 神妙한 이미지의 飛翔이 주는 驚異이다. 도대체 씨나락을 보고 「어쩌다가 너만 남았느냐」고 물으면서 虛頭를 열 수가 있을까. 나락(稻)의 所任이 食糧에 있는 것이라면, 쌀이 되어 챗독에 담기지 못한 씨나락은 분명 落伍된 存在다. 富貴功名의 激浪에서 밀려나서 어느 궁핍한 閒村에 寓居한 文士로 연결되는 自棄의 認知, 여기서부터 시작하는 詩의 발상은 自虐이지만 「한푼거지 없어도/ 남아있기를 잘했구나/ 네가 아니면/ 논빼미의 끼니는 누가 짓겠느냐」고 맺을 무렵에는 이 시인이 自己의 使命을 분명히 自覺하고 있음을 믿게 한다.

　「논빼미의 끼니」라고 그는 말한다. 끼니란 본래 때(時)를 말함이었으나[13] 轉訛하여 세 때에 먹는 밥을 뜻하게 된 것이다. 끼니는 사람이 생명을 부지하기 위하여 반드시 있어야 할 必須의 일이라는 것을 생각하면 논빼미의 끼

---

13) 杜詩諺解. 끼니 업시나고 (無時出). 訓蒙字會. 끼니시(時)

니라고 表現했을 때의 씨나락은 어디쯤에 있는 것일까.

씨나락이 스스로의 처지와 통하는 애써 否定的 視角으로 자신의 生을 그리면서 겉늙고, 헐벗으며 寒貧의 살림에 마음까지 열어놓고 사는 개땅쇠로 비하하나 결국 이 들판의 끼니를 지어주는 生脈의 구실을 하는 自身임에 미칠 때에 「나」는 至高至善의 存在로 信賴된다.

그러나 「소출」에서는 매우 直說的으로 詩業을 하게 된 자신을 드러내지만, 철저히 농사꾼의 意識을 빌어 詩作을 描出하려는 독특한 수법이 注目된다. 그러면서 그 描寫는 深度있는 觀念語로 變容되면서 狀況을 드러내거나 想의 연결에 있어서는 조금도 어색하지 않고 유연하다.

詩作은 「낱말 소출을 져내는」 農作에 비유되면서 한층 淸雅한 톤으로 高調되어 「아지랭이의 곡식이며/ 눈썹아래 지걱거리는 이슬의 열매며/ 꺼끄레기가 까실거리는 햇빛의 소출」로 승화한다.

아지랑이의 곡식이나 이슬의 열매, 햇빛의 소출은 일상의 논리밖에 있는 언어들이다. 그것은 들의 공간을 造成한 바람의 食率들로서 대지의 生育을 꾸미는 活力의 편에 서 있기 마련이어서 어쩌면 자연의 정신을 형성하고 있는 主要素들일지도 모른다.

햇빛은 무릇 살아있는 목숨의 것을 상징하고 아지랑이는 땅의 體溫을 대변하며 이슬은 그 玲瓏으로 하여금 生體의 가장 귀한 鮮度를 規準한다. 이슬 맺힌 푸나무에게는 아침 햇빛이 비추어서 처음으로 생명의 모습을 비추어내고 그 비추이는 物自體는 안개에 싸여 있다가 서서히 벗겨지므로써 확인되는 것이니 햇빛이나 안개나 이슬이 모두 생명의 것이요 아침의 것이며 들의 것이라는 데에서 우리로 하여금 李詩人이 들의 詩人이라는 것을 재확인한다.

그런데 이 〈소출〉이 인상적인 것은 대개의 描寫가 그런 것처럼 이쪽에서 農民쪽으로 접근해가서 그들 일상의 家稽을 형용하는 類의 手法이 보통이나 여기서는 營農의 方法을 빌어 詩作의 斷面을 추수리려 한 데서 前人未踏의 새맛을 보여 주게 되는 것이다.

〈片片信〉은 위의 두 시처럼 意圖的인 면면이 없고 내키는대로 써나간 솜씨이나 오히려 순하고 범연한 맛에서 갑자기 이 詩人의 熟練을 만나게 한다.

소리나기는 틀린 손구락, 이미 枯木이 된 年輪, 그래서 돋보기가 제격인데 어느날 쓰레기통에 버린 편지를 한 노인이 끄는 영구차에 실려 떠나버렸다고 고백한다. 知天命의 나이에 걸맞는 思惟의 한 樣式이랄까를 잘 表出한 시라 하겠다.

사랑은 知覺하기는 하나 느끼기에는 너무 늙었다고 겸손해하고 그것을 이른봄 물끼오른 나무에 비유하고 있는 데 이 부분이 여간 흔연하면서도 절실하지 않다. 그리고 부칠곳 없는 편지를 쓴다. 썼다가 버리고 또 쓰곤 하는 반복속에서 아직도 솟아오르는 春情을 더듬어 보려하나 그것은 상대가 있어야 하는 것이라서 부질없이 쓰레기통에 던져지고 만다. 여기서 노인이 끄는 영구차가 와서 싣고 갔다는 狀況의 설정은 뜻밖이기도 하지만, 봄을 말하고 思春을 헤아리다가 이것들을 모조리 단절해야 하는 경지의 精神的次元을 짐작케 하는 특별한 기법의 채용이면서도 설지 않아서 좋다.

이러한 체념의 자세는 耳順을 향해 가는 한 과정으로서 不可缺한 것이 겠는데 그의 시 〈산그림자를 기르다가〉에서 보면 그 체념이 이미 超越者로 連脈되어 상당히 깊은 곳까지 나아갔음을 짐작케 하고 있는 것이다.

산에서 그림자 하나 따라 내려와
내 울안에서 산다.
연안의 작은 도시안 땅 쉰평
내가 머무는 곳
나는 싹이 나는 산그림자에 물을 주고
아침을 산다.
비좁은 마당에 떨어지는
작은 햇볕 조각 주워모아
가지에서 가지를 이어내고
잎을 내고
그것들이 나의 유리문에 가득하면
또 물을 주고 저녁을 산다.
그러다가 내가 대신 산그림자가 되어
산으로 걸어간다.14)

우리가 항용 金素月의 〈山有花〉 속의 「저만치 혼자서」의 저만치를 두고 靑山과의 거리니 뭐니 말해오나 自然과 人間, 人間의 이승과 저승의 관계를 이만큼 스사롭게 설명하고 있는 시인을 아직 보지 못했다.

들의 시인으로서는 드물게 보는 산의 題材인데 흙에서 나서 흙으로 돌아가는 輪回人生의 질서를 손으로 만져보는 듯한 느낌이다. 스스로 온 곳을 알며 또 갈 곳을 믿어 의심치 않으면 道에 든 것이다. 永生의 길을 닦고 기르며 살아가는 사람의 모습은 崇高하기조차 한 것인데 이 시는 그러한 眞理를 〈산 그림자〉로 凝縮하여 물을 주며 사는 것으로 求道的 生을 代寫하려 하고 있다.

이상에서 例擧한 네 편의 시는 모두 李詩人의 自畵像일 것으로 여겨 다루어 본 것이다.

그가 자신의 시를 통하여 무엇을 말하려 했는가를 診斷하자는 것이 목적이었으니, 네 편의 시를 통하여 자신을 時代의 씨나락으로 깨닫고 소출을 거둬들이고 超然한 생속에서 自然에 從順하는 道家的 生涯를 꾸려간다는 것에 同意하리라고 믿는다.

Ⅳ. 作品分析 · Ⅱ

李詩人의 詩歷을 50년대 초부터 치기로 한다면 아마도 30有餘年으로 보는 것이 옳을 것인데, 文學的 傾向에 있어서 그를 추천한 「自由文學」誌의 辛夕汀씨와는 별다른 相關性이 없는 것 같이 보인다.

李詩人에게 있어서의 長技는 直觀力이라고 할 수 있다. 사물을 보면서 곧장 本質을 꿰뚫는 超感覺的 能力, 그래서 深層의 바탕에서 금새 有機的 想像力이 작용해서 하나의 映像的 空間을 展開해 놓는 機敏한 재주가 그에게는 生來的으로 부여되어 있는 것 같다.

몇가지 경우를 들어보면 다음과 같다.

---

14) 멀미. P. 33

大川

모새들이 모여서
바다의 소출을 넣었다 가뒀다 한다.

소출을 체로 바쳤다.
걸렀다.
헹궜다 하며,

고무레로 엎었다
뒤집었다
뒤적거리며

모새들이 모여서
바다의 흔백을 넣었다 가뒀다 한다.

〈모새밭〉15)

　모래밭에 밀려왔다 밀려가는 파도를 스케치한 것이다. 그것을 그는 흡사 들녘의 아낙이 나락이나 콩 따위의 소출을 아침에 널었다가 뒤집었다가 저녁에 거두어들이는 日常에 견주어보려 한 것이다. 파도를 보면서 들녘의 일상을 연상하고 파도가 밀려왔다 밀려가는 그 짧은 순간에 農村의 가을을 묶어보는 想像의 飛躍이 엉뚱하면서도 읽는 이에게 快感을 주는 것은 아마도 聯想法의 奇異에 연유함인지 모르겠다.
　深層을 뚫는 直觀力은 그의 詩 어디에도 엿보이지만, 특히 〈原木〉에서 그 才能이 십분 드러나 있다고 볼 수 있다.

저승의 나이 서른 다섯
남의 나라 병정이 되어
적도선 보르네오에 끌려간 친구가
下浦마을에 돌아왔다
열대의 숲속에서

---

15) 멀미. P. 16

남의 나라 군복을 입고 싸우다가
바람의 벽을 뚫고 달겨든 총알을 맞고
쓰러져 잠든 것이
나왕나무가 되어 그 땅에 뿌리를 박게 된 것
어려서는 그곳이 제 땅인 줄 알았다가
철들자 남의 땅인 것을 알게 되었으나
워낙 뿌리가 깊이 내려가 있는지라
아랫도리를 잘라
가운데 몸만 돌아온 것
原木은 그렇게라도
下浦마을에 돌아오고 싶었다.

〈原木〉16)

군산에는 韓國合板工場이 있어서 群山沿岸 뿐 아니라 長項과 沃溝의 海岸에는 南洋에서 실려온 原木이 바닷가에 수 없이 떠있다. 수중에 두는 것이 좋아선지 적당히 積載해 둘 만한 터가 없어서인지 原木은 계속 들어오고 合板이 되어 나가지만 수량은 줄어드는 것같지 않게 지천으로 바닷가에 떠있는 것이다.

李詩人이 본 것은 그 原木이다. 그 原木을 보고서 倭政때 學兵으로 또는 徵兵으로 끌려간 우리네 靑年들이 거기서 죽어 寃魂이 되어 나왕나무로 있다가 돌아온 것으로 幻想한 것이다. 聯想도 나름이겠지만 이쯤 되면 構造的인 幻想이요 天賦的特質을 인정하지 않을 수가 없다. 짠물에 들쑥날쑥 떠있는 外來 原木을 보면서 詩人의 感受性이 이렇게 깊게 民族의 가장 아팠던 傷痕에 미치고, 그리하여 그 受難史가 나왕나무로 接合되어 베어져 돌아오는, 인간의 근원적인 歸巢本能으로 이어진다는 것은 우리의 상식을 멀리 뛰어넘는 觀照의 所産이라고 할 만하다.

이러한 感情移入의 妙는 〈허리띠〉17) 〈고추〉18) 〈末日에 1, 2〉19) 〈연탄·

---

16) 下浦길. P. 85
17) 下浦길. P. 95
18) 下浦길. P. 60
19) 下浦길. PP. 20-21

Ⅰ〉[20] 〈갈대의 發聲〉[21]등에 잘 나타나 있다.

여기서는 번잡을 줄이는 방편으로 〈연탄 · Ⅰ〉을 살펴보는 것으로 만족하려 한다.

가서 불덩어리가 되어야지
어느 시댄가의 억울한 副葬物이
눈감지 못한채
천길 地下에 갇혀
어둠의 무게에 눌려 어둠으로 썩은 혼백이
광부의 살에 묻어
坑밖으로 나오더니
폐장 심장에 맞구멍을 뚫고 비로소 숨쉬더니
차를 타기도 하고
리어카를 타기도 하고
구멍에 마다 바람을 담고
침침한 地下의 골목을 싸다니다가
헛간에 쌓여
쇠찌게로 물려 갈
차례를 기다리던
그믐 달아

가서 불덩어리가 되어야지
끓는 이 세상의 밑불이 되어야지[22]

그의 接近法은 歷史意識이라고까지는 할 수 없을지 몰라도 꽤 深層化되어 있다는 생각을 갖게 한다. 흔한 연탄을 보면서 「썩은 혼백의 억울한 부장물」로 인식하고, 시커먼 연탄을 보고 「차례를 기다리던 그믐달아」라로 비약하는 이미지는 아무리 詩的經倫이 넉넉하다고 하는 말로서도 설명에 未洽할 정도이다. 그러면서 恨으로 썩어내린 것이 종당에는 「끓는 세상의 밑불」이 되어

---

20) 멀미. P. 25
21) 멀미. P. 28
22) 上揭 註 20

야 한다는 召命으로 귀결하는 그의 執念은 결국 〈씨나락〉이나 〈소출〉, 〈末日에·2〉에서 보여주는 「時代의 生脈을 지키는 農民」으로 살아가고자 하는 자신의 理念的 具現이라고 해야할 것 같다.

그의 이러한 構造的 想像과 歷史的 直觀力이 感覺的인 技法의 뒷받침이 없다면 아무런 효과도 거두지 못할 것이다. 그러나 그는 뛰어난 感覺을 함께 享有하여 簡潔하면서도 凝集力이 있는 敍景을 엮는 才幹을 보여준다. 대표적인 서경시로 〈한모금의 노을〉을 추천하고 싶다.

그는
日沒뒤에 비로소
눈을 뜬다.

한모금의 노을을 마신
물이 어둠으로 변하고
외등이 그 안에 남아
담배를 피워문다

발등을 넘는 바다의 한자락이
都市의 뚜껑밑에 이르러
地下室 밑바닥을 끄는
신발 소리

검은 수압이 어깨에 실린다
검은 물방울이
흔들리는 생각을 빠아 다시
물방울을 맺는다.

그는
성냥불을 들고
삭아가는 노을의 눈심지를
돋아 올린다.

그러나 그의 이러한 感覺的技能과 匠人티를 느끼게 하는 言語選擇, 深層的 直觀力도 脫俗의 眼目이 基底에서 버티어주지 않고는 제 빛깔로 드러낼 수가 없을 것이었다.

내가 여기서 脫俗의 眼目이라고 말한 것은 횔덜린에 있어서의 「常住」[23]와 같은 뜻으로서 無常의 것들을 넘어 서서 항상하는 세계에 대한 끊임없는 동경과 信賴를 말하는 것이다. 物自體에서 永遠을 感知하는 것은 佛敎的 世界觀에서는 늘 있는 일에 속하나 作家가 그의 作品 속에 나투기란 쉽지 않은 것이다.

이러한 일련의 特技를 綜合한 듯한 印象을 주는 作品으로서 나는 〈下浦길·5〉를 소개하고자 한다.

농부는
농약을 물고 논두렁에 쓰러진
황새를 묻고 있었다

긴 다리
뿌리채 뽑힌 소나무
하늘 빛이 묻은 눈에 흙이 들어가고
구름이 묻는
바람이 묻은
날개가 깔렸다

풀이 묻은 주둥이에 흙이 물려
미쳐 뱉지 못한
목소리

해는 쓸쓸히
저녁을 넘어가고 있었다.

---

23) Martin Heidegger. Holderlin und das der Dichtung. 1937.
　　濟藤信治譯. 理想社. 1938.

다음날
황새는
그림자가 되어
그 들녘을
건너가고 있었다.24)

사실 설명이란 설명하려는 物自體가 스스로 말하고 있을 默示에 미치지 못
한다. 더구나 그것이 言語로 되어있는 詩에 있어서는 더 말할 것이 없다. 이
詩는 바로 그러한 默示的 質感을 풍겨주는 作品이라고 할 만하다.

農藥과 現時性, 황새의 죽음과 埋葬의 리얼리티의 餘韻 그리고 그림자가
되어 들을 날아가는 황새의 이야기는 超時空의 狀況에 設定한 生命의 說話이
면서 20世紀的 殘虐에 대한 뼈아픈 抗告로서도 充分한 役割을 하고 있는 詩
라고 여겨진다.

V. 李炳勳의 文學世界

그이 文學世界를 말하기에 앞서서 그가 자기가 하고 있는 詩業에 대하여
그것이 무엇인지를 말한 한편의 詩를 살피는 것이 순서이겠다.

詩人으로서의 自認이야 앞서도 지적되었으나 여기서는 그러한 使命意識이
아니라 藝術一般에 대한 그나름의 持論을 피력한 듯한 느낌이 들어 눈여겨
보아 달라고 하는 것이다.

깨진 바가지를 꿰매던
솔뿌리로
깨진 머리통을 꿰맨다.

박살난 얼굴조각을 거둬

---

24) 下浦길. P. 18

다시 얼굴을 만든다.

코의 높이와 입의 깊이를 그리다
바람의 눈을 그리면
그것이 소용돌이 친다.

산을 꿰매던
솔뿌리로
깨진 地球儀를 꿰맨다
東西로 갈라진 땅
남북으로 갈라진 땅을 거둬 테를
메운다.

잠자는 풀의 꿈
잠자는 나뭇잎의 꿈을
흔들어 깨워
소박한 마음을 세우고
군데군데 신바람을 달아
뛰고 흔든다.
다시 地球의 마당을
갈며 산다.

〈탈놀이〉25)

　분명 여기에는 李詩人의 意圖的絶叫가 들어있다. 思想이라고 해야 할지,
宣言이라고 해야 할지 어쨌거나 나라와 세계에 대하여 그는 여기서 무엇인가
를 말하고 있는 것만은 틀림없는 일이다.
　「산을 꿰매던 솔뿌리로 地球儀를 꿰매고/ 東西南北으로 갈라진 땅을 거둬
테를 맨」다고 하고 있다. 戰煙에 덮인 世界를 향하여 던지는 平和의 메시지
이다. 동서로 갈라진 독일, 남북으로 갈라진 한국을 끌어모아 테를 메어서 하
나로 接合하여 통일하여 보겠다는 것이다. 그 가능성은 차치하고 하나의 詩
人이 가져보는 따뜻한 素望이며 祈求로서는 지나치리만치 적극적이고 능동적

---

25) 멀미. P. 40

이다. 이러한 적극성은 그의 예술관이랄까 인생관에도 나타나서 풀의 꿈·나뭇잎의 꿈을 흔들어 깨워 소박한 마음을 세우고 군데군데 신바람을 달아 뛰고 흔든다는 데서 더욱 鮮明해진다. 말하자면 주어진 대로 살아가겠다는 消極的인 姿勢가 아니라 부서진 탈바가지를 솔뿌리로 꿰매어 쓰듯이 與件을 만들어가면서 살겠다는 主體的 人生觀을 보여준다.

더구나 「소박한 마음을 세우고 군데군데 신바람을 달아 뛰고 흔드는」데 이르러서는 이미 世俗의 限界를 넘어서서 放之自然 體無去住26)의 水準에 이르렀음을 말해준다. 徐廷柱씨의 「춤이야 어느 술참 땐들 출 수 없으랴」27)의 경지처럼, 自然에 내맡겨, 내 마음에 일어나고 잃어지며 가고·옴이 없는 虛虛自適이 이루어질 때에 喜怒哀樂이 나와는 멀리서 生滅하고 吉凶禍福이 나의 行步와 無關한 것이 될 것이다. 이러한 精神次元에서 비로소 哀歡을 내 스스로 지어서 즐기며 禍福을 부릴 수 있는 場이 이루어 지는 것이다.

생각하면 藝術이란 신바람을 달아서 재미를 만들고 즐기면서 살아가는 탈춤과 같은 것일 것이다. 人生도 그렇고 世界도 그와 같은 한 장면의 놀이마당이 아니고 무엇이랴.

본디 갖고 갖지 않음이 무엇이며 높낮음이 따로 있지 않은데, 사람사람 나라나라의 憎愛와 和不和가 무엇일까. 갈라진 것은 꿰매어 합치고 나뉜 것은 섞어서 뭉칠 것이라 그리하여 신바람을 매달아 펄렁펄렁 춤을 추며 재미를 일구며 살아가자는 思想이다.

그의 文學世界는 人道主義的인 기초에서 출발한다. 그리하여 靑少年期를 지냈고 아직도 그 언저리에서 살아가는 堂北里를 중심으로 한 玉山平野가 항상 그의 精神的基底로 되어 모든 想念의 원천을 이루게 한다.

지금까지 모든 詩人들이 農村을 그리거나 農民을 題材로 한 文學에서, 外皮를 그리려 하였고 변죽을 어루는데 머물렀던 것이 사실이었다. 다시 말하면 農民 밖의 사람이 되어서 農耕의 담밖에서 굽어보는 憐憫이나 感激으로 描出하려 하였던 데에서 그 脆弱性이 드러났던 것이다.

---

26) 信心銘 中의 一句
27) 徐廷柱의 鶴. 徐廷柱文學全集 1. 一志社. P. 215

　李炳勳詩人의 「들의 詩」는 그 스스로 農人의 자격으로 詩 쪽에 接近해 오는 사람이었다. 農人의 耕作法으로 시를 짓고 農眼으로 觀察하며 農心으로 思考하는 傳統的인 韓國의 農人이 바로 李炳勳이라는 詩人이라고 해서 조금도 과장되지 않을 것이다.

　그는 철저하고 완벽한 農人으로 農人 專有의 言語를 빌어 農眼에 비치는 周邊을 거짓 없이 읊었다고 말할 수가 있을 것이다. 이런 점에서 李炳勳詩人의 文學的 位置가 特色있는 것으로 될 것임은 더 말할 것이 없다.

　農人으로서의 詩人, 詩를 쓰는 農人, 어떤 名稱으로도 부합될 것이지마는, 李炳勳詩人의 文學이 흔히 말하는 田園詩라거나 牧歌詩, 종래의 農村文學과 전혀 다르다고 하는 것도 此際에 분명히 해 둘 필요가 있다고 본다.

　田園文學이란 農民文學은 아니다. 非農民이 農村에 가서 잠시 소요하면서 體驗한 이러그러한 내용을 表出한 것을 가리키고, 牧歌文學이란 1832년 프랑스 畵家 드라끄로와가 모로코 여행을 하고 돌아와서 모로코의 異國的情趣에 魅了되어 異國的自然에의 憧憬(exoticism)을 畵幅에 담으면서부터 藝術一般, 특히 文學에 영향을 주어 異國的 自然에의 憧憬과 神秘的, 幻想的 性向의 낭만주의적인 어설픈 模造品으로 잠시 발생했으나 어차피 韓國的土壤에는 안 맞는 植物이었다.

　내가 李詩人의 文學이 종래의 農村文學과 다르다고 한 것은 앞서 지적한 일이지마는, 더 부연해 둔다면 農村을 題材로 하되 農民의 生活을 직접 다루지 않는다는 데에 있는 것이다. 그의 詩의 어디에도 農民들의 職業的 哀歡이 그려져 있지 않다. 그의 詩에는 自然으로서의 大地는 있지마는 農村이나 農民은 없는 것이다.

　안개 끼고 바람 불고 이슬 맺히고 눈부신 햇살이 비치는 들은 있지마는 모심고 김매고 막걸리 마시면서 논두렁의 쉴 참을 나는 農夫의 땀밴 얼굴이 없다.

　그의 詩는 그래서 農民의 詩도 農村의 詩도 아닌 것이다. 오히려 그러한 農民이라던가 生活이라던가 하는 時俗의 哀歡이 퇴색하고 걸러진 훨씬 뒤의 世界, 이미 現實과 斷絶된 深層意識 속에서 再現된 하나의 秩序로서의 世界

그리하여 그것은 觀念化되고 昇華되어서 淡白한 墨畵처럼 抽象化된 그런 象徵으로서의 世界에서 存在하는 것이기 때문에 나는 그의 詩를 自然派의 詩라거나 農村詩라고 부를 수 없다고 생각한다.

그의 詩는 抽象化되었으면서도 堂北里와 下浦, 玉山平野, 萬頃江, 群山港 등의 鄕土性을 떠나려 하지 않는 데에 특색이 있다. 그것들은 그의 內面世界에 조응되어서 또하나의 小宇宙를 造醸해내고 그것을 통하여 꾸준히 外部世界를 觀照하고자 한다.

그러므로 내가 말하는 「들의 詩人」은 野人을 말하는 것도 아니요, 農村도 아닌 땅과 바람과 햇빛과 이슬의 詩人, 농사 짓듯이 세상을 보고 농사 짓듯이 살아가는 精神的 農人, 진국의 農人을 가리키는 말이라는 것을 밝혀두고자 한다.

(1989. 詩文學)

■ 이 상 비

　원광대 국문학과(1956), 중앙대 대학원 국문학과(1960), 중화민국 중화학술원 문학박사('81), 조선일보사 신춘문예 문학평론 당선('60), 동아일보 신춘사회비평 당선('62), 동학혁명기념회장('60-'66), 표현문학회장('78-'85), 한국언어문학회장('79-'80), 한국시문학회장('84-'85), 국제펜클럽한국본부이사('88-'90), 원광대학교 양학부장('71-'78), 원광대 기획위원장('78-'79), 원광대 이부대학장('79-'80), 원광대 인사위원('80-'82), 원광대 문리대학장('82-'86), 원광대 교육대학원장('92-'94), 원광대(부설) 한국학연구소장('82-'96).
　현재 원광대 인문대 국어국문학과 교수겸 대학원 국어국문학과 주임교수
　세계문학한국비교학회 고문

저편서 : 현대와 인간(1976), 현대와 윤리(1978), 한국민족문학사론(1982), 파종기(시
　　　　집. 1982)외 8권.
논　문 : 민족문학사 연구. 한밝사상연구 외 56편.
번역서 : 석탄집(1986), 악마의 포식(1987), 백사집(1989), 백세영수첩(1977)외 3권.

版　權
所　有

새자료에 의한
한국문학사의 재평가

1997년 11월 1일 인쇄
1997년 11월 8일 발행

著　者 : 이상비
發行人 : 朴榮喜
發行處 : 以 會 文 化 社
　　　　서울 용산구 갈월동 6-9
　　　　전화(02)318-7912
　　　　등록번호 : 제 1-1342

ISBN 89-8107-067-9　　　정가 : 26,000원